奇梦集

〔美〕斯蒂芬·金 著　路旦俊 施红梅 译

THE BAZAAR OF BAD DREAMS

斯蒂芬·金作品系列

STEPHEN KING

人民文学出版社
PEOPLE'S LITERATURE PUBLISHING HOUSE

著作权合同登记号　图字 01-2018-9065

图书在版编目(CIP)数据

奇梦集/(美)斯蒂芬·金著;路旦俊,施红梅译
.—北京:人民文学出版社,2020
(斯蒂芬·金作品系列)
ISBN 978-7-02-015017-5

Ⅰ.①奇…　Ⅱ.①斯…　②路…　③施…　Ⅲ.①短篇小说-小说集-美国-现代　Ⅳ.①I712.45

中国版本图书馆 CIP 数据核字(2019)第 019060 号

出 品 人　黄育海
责任编辑　朱卫净　张玉贞
封面设计　陈　晔

出版发行　人民文学出版社
社　　址　北京市朝内大街 166 号
邮政编码　100705
网　　址　http://www.rw-cn.com

印　　刷　上海盛通时代印刷有限公司
经　　销　全国新华书店等

字　　数　438 千字
开　　本　890 毫米×1240 毫米　1/32
印　　张　15.375
版　　次　2020 年 7 月北京第 1 版
印　　次　2020 年 7 月第 1 次印刷

书　　号　978-7-02-015017-5
定　　价　59.00 元

如有印装质量问题,请与本社图书销售中心调换。电话:010-65233595

目 录

前　言

我为您写了一些东西，我忠实的读者。在月光下，你可以看见它们就摆放在你的面前。不过，在你看到我兜售的手工珍品之前，让我们先来谈一谈，好吗？不会太久。来，坐到我身边来，再靠近一点，我不会咬人。

不过，我们已经相识那么久，我想你也知道这不完全是真的。

对吧？

I

你会感到惊讶——至少我认为你会讶异——有许多人问我为什么还要写短篇小说。原因十分简单：我从中获得极大的乐趣，因为我生来就是要愉悦大众的。我弹不好吉他，也不会跳踢踏舞，但我能写短篇小说，于是我就写了。

我天生就是一个小说家，这一点我承认。我特别喜欢那些能为作者和读者创造一种沉浸式体验的长篇小说，在这里，小说有机会成为一个几乎真实的世界。一部成功的长篇小说，作者和读者之间不仅仅是一夜情缘，而是已经缔结良缘。如果我收到读者的来信，告诉我读完《末日逼近》或《11/22/63》感到难过，我觉得这些小说就已经成功了。

不过，对于更短小、能给人更强烈体验的短篇小说而言，还有很多可以一说。短篇小说令人精神振奋，有时甚至令人感到震惊，如同和你再也见不到的陌生人跳华尔兹，或者是在黑暗中亲吻，又或者是一件漂亮的古董在街头集市的廉价毛毯上出售。是的，当我把所写的故事收集起来，总感觉自己就像个街头小贩，一个只在午夜才兜售商品的小贩。我把作品分门别类，邀请读者——也就是你——来挑选自己的读物。而我总会加上一个恰当的警告：小心，亲爱的，因为这里面是有危险的。有些短篇小说是隐藏在内心深处的噩梦，是你彻夜难眠时无法停止思考的噩梦：你非常清楚地记得把壁橱门关上了，可为什么壁橱的门却是开着的呢？

II

如果说我很享受短篇小说的严格范律，那我就是在撒谎。短篇小说需要诸如进行大量枯燥练习的杂技技巧。有的老师说，*读起来很轻松是努力写作的结果*，事实的确如此。长篇小说中可以被忽略不计的错误，在短篇小说中会变得十分突出、显而易见。严格的纪律必不可少。作家必须控制冲动，不去走那些令人着迷的侧道，只能坚持走主道。

我从来没有像写短篇小说时那样敏锐地觉察到自己的才华有限。我一直在与一种不足感作斗争，内心深处有种恐惧，担心无法弥合一个伟大的想法和实现这个想法的潜力之间的鸿沟。用简单的英语来说，最终的作品似乎永远不会同某天从潜意识里涌现出来的美妙的想法一样完美无瑕，伴随着激动人心的思想：*啊！我把它写出来了！*

然而，有时候成果也非常棒。每隔一段时间，写出来的东西甚至比最初的想法还要更好。我喜欢这样。真正的挑战是动笔开始写这该死的东西，我相信这就是为什么有那么多怀揣伟大的思想并想成为作家的人，从来没有真正拿起过笔或者未曾敲打键盘的原因。大多数时候，这一过程如同在寒冷的天气里试图发动汽车。一开始，马达甚至都不会转动，只会发出呻吟。但是，如果你坚持下去（假如电池没坏），引擎就会启动……运行开始会有不畅……慢慢地就会流畅起来。

该故事集中的有些故事是灵光乍现的成果（《夏日雷鸣》就是其中之一），我必须立刻将其写出来，即使这意味着要打断我正在创作的小说。而其他一些作品，比如《81 英里路标》，我已经耐心地等待了几十年。然而，创作一个好的短篇小说所需的严格关注点总是一致的。写长篇小说有点像打棒球，只要需要，比赛就会持续下去，即使意味着要打上二十局。而写短篇小说更像打篮球或者踢足球：你在和对手竞争，也在和时间竞赛。

在写小说时，无论长短，学习的曲线永远不会结束。当我向美国国税局申报纳税时，我是一个职业作家；但如果用创造性的术语来说，我仍然只是一个业余爱好者，仍然在学习手艺。我们都是如此。每一天的写作都是一种经验学习，是一场和新鲜事物的战斗，绝对不能够想当然而为之。一个人不能增加自己的天赋——那是与生俱来的，但有可能阻止天赋萎缩。至少，我喜欢这样想。

所以，嘿！我仍然喜欢写短篇小说。

III

以下呈现的就是我的商品，亲爱的读者。今晚我要出售一些东西——一个看起来像汽车的怪物（《克里斯汀》的阴影），一个可以通过写你的讣告将你杀死的人，一个可以访问平行世界的电子阅读器，以及任何时候都受欢迎的人类末日。我喜欢在其他小贩早已回家的时候兜售这些东西。街上空无一人，冰冷的月亮飘过城市的峡谷。我喜欢在这样的时刻铺开我的毯子，兜售我的商品。

闲话少说。或许你现在就想买点东西，对吧？你看到的每一样东西都是纯手工制作，虽然我喜欢每一件作品，但我也很乐意出售，因为它们是我特地为你制作的。请随意翻阅，但需小心谨慎。

其中最优秀的作品是长着牙齿的。

2014 年 8 月 6 日

1

十九岁那年，我在缅因大学上学，我经常开车从奥罗诺到达勒姆小镇，在我的书里，这个小镇通常被称为哈楼。我差不多每隔三周，一到周末就去看望我的女朋友……巧合的是，还有我的母亲。我开的是一辆 1961 年产的福特旅行车：六个人坐一排还绰绰有余，三个人坐一排更显宽敞（如果不理解，就去问问你爸爸吧）。这辆车是我哥哥大卫传给我的二手车。

在那个时候，I-95 号公路已经很少有人经过。一旦劳动节过去，夏天时人们又回到日常工作、生活中，这条公路几乎就无人问津了。当然，那时也没有手机。如果车在路上坏了，你就只有两个选择：要么你自己修好，要么就等着某个好撒马利亚人[①]停下来载你去最近的车库。

在一百五十英里长的旅途中，我对位于贾丁纳和刘易斯顿之间的“85 英里路标”产生了一种特殊的恐惧。我相信，如果我的旧车坏在路上，它就只能停在那儿。我能想象它蜷缩在故障车道上，孤单地被抛弃的情形。会有人停下来确认司机没事吗？司机不会碰巧躺在前排座位上死于心脏病吧？当然会有这样的人。好撒马利亚人无处不在，尤其是在荒郊野外。生活在荒野郊区的人们会照顾好自己。

但是，我想，假设我的旧旅行车是个冒牌货呢？对粗心的人来说，这是个可怕的陷阱？我觉得那会是个好故事，的确如此。我将其称为“85 英里路标”。我没有重写，更不用说出版了，因为我把它给弄丢了。那时我经常嗑药，丢了很多东西。有那么一小段时间，我甚至弄丢了自己的思想。

时间快进了近四十年。虽然到了二十一世纪，曼恩河长距离的

① 好撒马利亚人，是基督教文化中引申出来的一个口头语，意为好心人、见义勇为者。

I-95 号公路上交通更加繁忙，但是劳动节之后，车流量依然很少，财政预算削减迫使该州关闭了许多休息站，刘易斯顿出口附近的加油站和汉堡王（我在那里吃了很多汉堡）就是其中之一。它被废弃了，在进出口坡道的栅栏上手写着**不得进入**，显得越来越悲伤，越来越破旧。严寒的冬天使停车场变得坑坑洼洼，裂缝里杂草丛生。

有一天我经过这里，回想起丢失的老故事，决定重新再写一遍。因为废弃的休息区比可怕的“85 英里路标”稍微往南一点，所以我必须改变原来的标题。其他内容都差不多，我想。收费高速公路的绿洲可能已经一去不复返——就像我的旧福特车、我曾经的女友，还有我的许多坏习惯——但故事依然存在，这是我最喜欢的故事。

81英里路标

1. 皮特·西蒙斯（2007 年的哈啡）

“你不能来。”他哥哥说。

乔治说话的声音很低，尽管他的其他朋友——一群自称为“暴乱袭击者”的十二岁和十三岁的邻居——都在街区的尽头等着他。他变得很不耐烦，“因为太危险了”。

皮特说：“我不怕。”虽然他有点害怕，但他说得很坚定。乔治和他的朋友们要去保龄球馆后面的沙坑，要在那里玩诺米·特瑞奥特发明的一项比赛。诺米是突袭队的队长，比赛被称为“地狱伞兵”。有一条坑坑洼洼的小道通向沙砾坑的边缘，比赛内容就是骑着自行车全速前进，大声喊着突袭者规则，然后从自行车座上往下跳。通常的落差有十英尺左右，约定的着陆区比较软，但迟早会有人降落在沙砾上而不是沙子上，从而可能将胳膊或脚踝折断。就连皮特也知道这一点，尽管他有点理解为什么这会增加吸引力。如果被父母发现，那将是“地狱伞兵”的末日。然而，就目前而言，这种没有头盔的比赛仍然如火如荼地继续着。

不过，乔治很清楚他不能让弟弟皮特去玩这个游戏，他应该在父母工作的时候照顾好皮特。如果皮特在沙砾坑里把哈菲自行车给毁了，乔治很可能会被禁足一个星期。如果皮特折断了一条胳膊，他将被禁足一个月。如果皮特扭断了脖子——上帝保佑不会发生那样的事！乔治猜想他可能得一直待在卧室里消磨时光，直到上大学为止。再说了，他也很喜欢这个小弟弟。

“你就在这里晃悠一下，”乔治说，“我们几个小时后就回来。”

“可是我和谁玩呢？”皮特问。此时正放春假，所有他的朋友，那些他妈妈称之为“年龄合适”的朋友，似乎都去别处了。有几个去了奥兰多的迪斯尼乐园，每当皮特想到这一点，心里就妒火中烧——这是一种卑鄙的酒，却异常可口。

“你就在这附近逛逛，”乔治说，“去商店，或者别的什么地方。”他从口袋里掏出两张皱巴巴的钱来，“给你钱。”

皮特看着钱说：“天哪，我都可以用它买一辆科尔维特了，也许能买上两辆。”

“快点，西蒙斯，否则我们不等你就走了！”诺米大叫。“来了！”乔治回应道，然后低声对皮特说，“拿着钱，不要当傻瓜。”

皮特接了钱。“我甚至还带了放大镜，”他说，“我本来要让他们看看……”

“他们看过你那个小伎俩上千次了，”乔治说，不过，他看到皮特的嘴角瘪了下去，于是试图缓和一下气氛，“而且，你看看天空，笨蛋。你不可能在阴天用放大镜生火。出去玩一会儿，等我回来我们一起玩玩电脑战舰什么的。”

“快点，胆小鬼！”诺米大叫，“再见，手淫者！”

“我得走了，”乔治说，“帮个忙，别惹麻烦，就待在附近。"

“你很可能会摔断脊椎，终生瘫痪。”皮特说，然后又急忙从分叉的手指吐出口水以解除诅咒，“祝你好运！”他冲着哥哥身后喊道，“祝你跳得最远！”

乔治挥了挥手表示感谢，但没有回头。他站在自行车踏板上，这是一辆大大的老式施温恩，皮特很羡慕，可是他不会骑（他试过一次，但只骑到半路就已经筋疲力尽）。皮特看着乔治加快速度，冲过奥本郊区的房子，赶上了他的伙伴。

现在，就剩下皮特一个人了。

他把放大镜从挎包里拿出来，放在前臂上，但是周遭没有一点光亮和热度。他沮丧地看着低垂的云层，把放大镜放回原处。放大镜很不错，是里奇福思牌的。这是他去年圣诞节得到的礼物，用来做他的蚂蚁农场科学项目。

“放大镜很快就会在车库里积满灰尘的。”父亲曾经说过。不过，尽管蚂蚁农场的项目早在二月份就结束了（皮特和他的搭档塔米·威瑟姆拿到了 A 的好成绩），但皮特还没有厌倦放大镜，他特别喜欢在后院用放大镜在纸上烧洞。

但今天不行，今天下午像沙漠一样向前延伸。他本可以回家看电视的，但有一次父亲发现乔治一直在看《大西洋帝国》，里面到处都是老流氓和裸露的奶头，于是就把一切有趣的频道都封锁了。皮特的电脑上也有一个类似的区域，他还没有找到解开的方法，然而他会找到办法的，这只是时间问题。

现在该怎么办呢？

“那又怎么样？”他低声说着，慢慢地朝墨菲街的尽头走去，“那么……他妈的……干什么好呢？”

“地狱伞兵”太危险，他因年龄太小而不能玩。多么让人郁闷。他希望能想到一些东西，让乔治、诺米和所有的袭击者都知道，即使是小孩子，也能面对危险……

于是他就想到了一个主意，可以去探索废弃的休息区。皮特认为大孩子是不会知道的，因为这是和皮特年纪相仿的孩子克雷格·加依告诉他的。克雷格说去年秋天他和几个十岁的孩子一起去过那里。当然，整件事可能只是个谎言，但皮特并不这么认为。克雷格说了非常多的细节，他可不是那种善于编造故事的孩子。实际上，他人还有点傻。

既然有了目的地，皮特就开始加快踩起脚踏板。在墨菲街的尽头，他左拐进入了风信子街。人行道上没有人，也没有车。他听到了罗西诺家吸尘器的哀鸣声，除此之外，所有人都像是在睡觉或是已经死了。皮特猜想他们其实是在工作，就像他的父母一样。

他向右来到玫瑰林道，经过一个黄色标记，上面写着**此路不通**。玫瑰林道上只有十几栋房子，街道的尽头有一道链条栅栏，栅栏后面是浓密的灌木丛和杂乱的次生林。当皮特靠近链条时（上面贴着一个完全没有必要的标志**此街不通**），他不再踩脚踏板，而是让车子靠惯力向前滑行。

他模模糊糊地感觉到，尽管他把乔治和他的“突袭者”伙伴看作大孩子（当然，这也是“突袭者”们对自己的看法），但他们并不是真正的大孩子。真正的大孩子是那些有驾照和女朋友的坏少年。真正的大孩子上的是高中。他们喜欢喝酒、抽大麻、听重金属音乐或嘻哈音乐，还喜欢和女朋友接吻。

因此，就去废弃的休息区吧。

皮特从哈啡山地车上下来，环顾四周，看是否有人在观察他。没有人。甚至那对讨厌的克罗斯基尔双胞胎，那两个在不上学时喜欢到处跳绳（绑在一起）的孩子也没有出现。在皮特看来，这简直是个奇迹。

皮特能听到不远处 I-95 号公路上的汽车不停地呼啸而过，向南行驶到波特兰或向北行驶到奥古斯塔。

皮特想，即使克雷格说的是实话，栅栏也许已经修好了，今天或许就是这样。

可是，他弯下腰来凑近一看，发现栅栏虽然看起来很完整，但实际并非如此。有人（很可能有个大孩子，很早以前就加入了令人厌烦的年轻人行列）从上到下把链条剪成一条直线。皮特又看了看四周，然后把手放在金属钻石上推了推。他以为会遇到阻力，但并没有。割开的链环像农场的大门一样打开了。“真正的大孩子”一直在用它，好吧，真不错。

你如果想一想，就会觉得很有道理。也许“真正的大孩子”有驾照，但是通往“81 英里休息区”的入口和出口现在被高速公路上的工作人员用橙色大桶挡住了。在废弃的停车场，破旧的路面上杂草丛生。皮特已经亲眼看过几千次，因为学校的校车从劳德尔伍德出发，他就在那里上车，驶上 I-95 号公路的三个出口，到达萨巴特图斯街，那里是奥本第三小学的所在地，也被称为“恶魔岛”。

他还记得休息区还在开放时的样子。那里有一个加油站、一个汉堡王、一个天使冰王和一个胜百诺比萨店，后来这些都关闭了。皮特的父亲说，收费公路上有太多的休息区域，州政府无力让它们全部开放。

皮特推着自行车滚过链条上的缝隙，然后小心翼翼地把临时搭好的大门推回去，直到钻石形状与栅栏相吻合，栅栏看起来又完整了。他朝灌木丛走去，小心谨慎地不让哈啡的轮胎压上任何碎玻璃（栅栏这边有很多）。他开始寻找他知道一定在这里的东西，被切开的栅栏说明这里一定有些什么。

有一条通向灌木丛深处的小路，路上有一些被踩过的烟头、废弃的啤酒瓶和汽水瓶。皮特沿着小路推着自行车往前走，高大的灌木丛把他吞没了。在他身后，玫瑰林道在一个阴云密布的春日里沉睡着。

就好像皮特·西蒙斯根本没去过那里。

据皮特估计，连接链条栅栏和“81英里休息区”之间的小路大约有半英里，路上到处都是“大孩子”留下的标记：半打棕色小瓶子（两个上面还挂着与之匹配的可乐汤匙）、空空的零食袋、挂在荆棘上的一条蕾丝边内裤（皮特觉得好像已经挂在那里好久了，大概有五十年了），还有——中奖了！——半瓶还带有螺丝盖的波波夫伏特加。经过一番思忖，皮特把伏特加和放大镜，还有最新一期的《致命钥匙屋》，以及一包双层奥利奥夹心饼干一起放进了挎包。

他推着自行车穿过一条缓慢流淌的小溪，经过一些游戏牌，来到了休息区的后面。那里出现了另一个链接栅栏，但这一个也被切断了，皮特正好可以滑过去。这条小路穿过高高的草丛一直延伸到后面的停车场。他想，这里应该是过去那些运货卡车停车的地方。在靠近大楼的地方，他可以看到人行道上曾经是放垃圾桶的较暗的矩形印迹。皮特放下哈啡支架，把自行车停在其中一个上面。

想到接下来会发生的事情，他的心怦怦直跳。*私闯民宅，小甜心。你可能得因此进监狱。*但是，如果发现一扇敞开的门或者窗户上一块松动的木板，算不算私闯民宅呢？他想这一行为算是擅入，但擅入本身算是犯罪吗？

他心里知道应该算是犯罪，但他猜想，如果没有私闯，那就意味着不用坐牢。毕竟，难道他不是来这里冒险的吗？来做一些以后能向诺米、乔治和其他袭击者吹嘘的事情吗？

好吧，他很害怕，但至少他不再觉得无聊了。

他试推了一下那扇门，门上写着**员工通道**，字迹褪了色。他发现门不但锁了，而且锁得很严——纹丝不动。门的旁边有两扇窗户，但一眼就能看出，窗户被木板给紧紧钉住了。他想起了那个看起来完整而实际上并不完整的铁链栅栏，于是就推了推窗户，窗户没有动。在某种程度上，这是一种解脱。如果愿意的话，他就可以摆脱困境了。

只有……真正的大孩子确实进去过了，他对此深信不疑。那么，他们是怎么做到的呢？从前面吗？可以看到收费公路的全貌？ 如果他们是在晚上来的话，也许是这样的。但是皮特没有打算在光天化日之下这样做。因为任何一个有手机的过路司机都可以拨打911说："你可能想知道，有个小孩在'81英里休息区'胡闹。你知道的，就在汉堡王曾经的地方？"

我宁愿玩"地狱伞兵"，也不愿在州警察营房打电话给我的家人。事实上，我宁愿折断双臂，把老二夹在牛仔裤的拉链里。

嗯，也许不是那样。

他朝装卸区晃去，在那儿又一次中了"头奖"。在混凝土筑起的月台墙根，有几十个被踩烂的烟头，几个棕色小瓶子围绕着它们的国王：一个深绿色的奈奎尔瓶子。月台上面原来是大型半挂车用来卸货的，高度刚好到皮特的眼睛，水泥已经支离破碎，可对于脚穿查克·泰勒鞋的敏捷小孩来说还是有大量的立足之地。皮特把胳膊举过头顶，手指卡在坑坑洼洼的月台表面……其他的，就像他们说的，小菜一碟。

月台上，有人用红色颜料喷写了**爱德华的小岩石，红色漩涡统治**。不过颜料已经褪了色。这不是真的，皮特想，应该是"身轻如燕的袭击者"统治。然后，他从现在所处的高处向四周环顾了一下，咧嘴笑了笑，说："实际上，我才是统治者。"高高地站在空旷的休息区后面的月台上，他有了统治者的感觉，至少目前是这样。

他爬了下来——只是为了确保没有问题，然后想起了挎包里的东西。他的储备，万一他决定在这里度过一整个下午，用来进行探索什么的。他思忖着要带什么，然后决定解下挎包，把所有的东西都拿走，甚至放大镜也可能会派上用场。他的脑海中开始有了模糊的幻想：男孩侦探在一个废弃的休息区发现了一场谋杀案的受害者，并在警察之前就破了案。他可以想象自己在向那些惊掉下巴的“袭击者”解释，这其实很简单，简直是初级水平，我亲爱的混蛋们。

当然是胡说，但幻想一下也其乐无穷。

他把包放到了装货的月台上（考虑到半瓶伏特加，所以特别小心），然后又爬了上去。通向室内的波纹金属门至少有十二英尺高，底部有两道而不是一道巨大的挂锁，但里面有一扇内嵌的一人大小的门。皮特试了一下旋钮，没有转动。他推了一下，门也没开，但是门有些松动，事实上，门很松垮。他低头一看，发现门底下塞了一个木楔子，如果他曾经见过，应该知道这完全是一种预防措施。从另一方面来说，对于那些吸食可卡因和咳嗽糖浆的孩子，你还能期望什么呢？

皮特拉出了木楔子，这一次他试着开门时，门吱吱嘎嘎地打开了。

曾经是汉堡王的那扇大前窗，是用铁丝网而不是木板盖着的，所以皮特毫不费劲地就看到了里面的东西。餐厅部分，所有桌子和摊位都不见了，而厨房部分现在只是一个昏暗的洞，墙上伸出一些电线，天花板上有些瓷砖垂了下来，不过这个地方还有一些家具。

在中间位置，折叠椅包围着两张被挤拢在一起的旧牌桌。在这两张牌桌上，有半打脏兮兮的镀锡烟灰缸、几副油乎乎的自行车牌，还有一叠扑克筹码。墙上装饰着二三十份杂志。皮特饶有兴趣地查看了这些杂志。他知道女人的阴部，他在HBO电视网和电影频道上看到过不少（在他的家人变得聪明，屏蔽了收费的有线频道之前），但这些都是剃了毛的阴部。皮特不确定这有什么大不了的——在他看来，有点恶心——但他认为长大后他可能会接受。另外，裸露的奶子弥补了这一点，光溜溜的奶子真他妈的太赞了。

在角落里，三张脏兮兮的床垫像牌桌一样挤拢在一起。不过，皮特已经够大了，知道这上面玩的可不是什么扑克游戏。

“让我看看你的阴部！”他命令墙上的其中一个妓女，咯咯地笑了起来，然后又说，“让我看看你刮过的阴部！”他笑得更厉害了。他有点希望克雷格·加依也在这里，即使他是个笨蛋，这样他们就可以一起嘲笑那些刮过毛的阴部了。

他开始四处游荡，不时发出一阵笑声。休息区很潮湿，但实际上并不冷。只是这里的气味太糟糕了，混合着香烟、大麻、陈酒以及墙壁慢慢腐烂的气味。皮特感觉还能闻到腐肉的味道，可能是在罗斯塞利或赛百味买的三明治发出的臭味。

皮特在曾经有人点过鲸鱼和捕鲸船汉堡的柜台旁边的墙上发现了另一张海报，是贾斯丁·比伯大约十六岁时的海报。比伯的牙齿被人涂黑了，有人在他一边的脸颊上加了一个诺兹的贴纸。红墨水画的魔鬼之角从比伯的头部冒出来，他脸上插满了飞镖。墙上的魔法标记显示，投中脸部得十五分，投中鼻子得二十五分，投中眼睛得三十分。

皮特拔出飞镖，在空荡荡的大房间里往后退，一直退到地板上印着**比伯线**的黑点处。皮特站在“比伯线”后面，六支飞镖射击了十到十二次。最后一次，他得到了一百二十五分。他觉得很不错，想象着乔治和诺米·特瑞奥特在为他鼓掌。

他走到一扇有网格覆盖的窗户前，望着外面空荡荡的混凝土月台，那里曾经是加油站，凝视着远处的车流。车辆并不多，他想，夏天来时，车辆会一辆接一辆，载着蜂拥而至的游客和夏天的人们。除非他爸爸是对的，如果汽油的价格涨到每加仑七美元，那么所有人都会待在家里而不会外出了。

现在干什么呢？他玩过了飞镖，看过足够多的剃过毛的女人……嗯，也许不是一辈子，但至少可以支撑几个月。没有谋杀案要解决，现在做什么好呢？

伏特加，他决定了，接下来就是这个。他会尝上几口，只是为了证明他能做到，等以后向别人夸口就会有这个至关重要的真理之环了。然后，他想，他会收拾好东西，回到墨菲街。他会尽量让冒险之旅听起来有趣——甚至很刺激，但事实上，这个地方并不是很有趣。

不过只是这样一个地方，真正的大孩子可以来玩玩纸牌、和女孩亲热一下、下雨的时候不会淋湿而已。

但是酒……那才是重要的东西。

他把挎包放在床垫上，坐下来（小心翼翼地避开污渍，因为上面污渍很多）。他拿出伏特加酒瓶，如痴如醉地研究它。他十岁多，快要十一岁了，并没有特别渴望品尝成年人的快乐。就在一年前，他偷了祖父的一支烟，在7-11便利店后面抽了起来。应该说他只是抽了一半，就俯身把午餐都吐到了运动鞋之间。那天，他获得了一条有趣但并不十分宝贵的信息：豆子和法兰克福香肠进入你的口中，看起来不好看，但至少味道不错。可是反胃的时候，看起来他妈的很糟糕，而且味道更糟。

他的身体立刻强烈地拒绝了美国人的精神，告诉他酒不会比烟更好，甚至可能更糟。但如果他不喝一点，任何吹嘘都是谎言。他哥哥乔治有测谎仪，至少对皮特而言是这样。

我可能会再吐一次，他想，然后说："好消息是我不是第一个喝这鬼东西的人。"

想到这点，他又笑了。他微笑着拧开瓶盖，把瓶口凑到鼻子上闻了闻。是有点气味，但不是很强烈。也许是水而不是伏特加，那点气味不过是残留物罢了。他把瓶口举到嘴边，有点希望真的是酒，又有点希望不是酒。他没有期望太多，并且当然不想喝醉，否则有可能会从装卸月台爬下去的时候扭断脖子。可是他又很好奇，因为他的父母深好此物。

"敢为天下先。"他无缘无故地说，然后喝了一小口。

可以肯定那不是水，味道像热乎乎的轻油，他几乎是惊讶地咽了下去。伏特加热辣辣地进入喉咙，然后在胃里炸开了。

"天哪！"皮特大叫起来。

泪水涌上了眼睛，他远远地把瓶子拿开，仿佛瓶子咬了他似的。可是，胃里的热度已经消退，他感觉好多了。他没有喝醉，也不像是要吐。他又尝了一小口，现在他知道该期待什么了。嘴里热乎乎的……喉咙里热辣辣的……然后有什么东西在胃里炸开，这其实还挺酷。

此时，他感到手臂和手上有一种刺痛感，脖子也是。那不像入睡时四肢针扎的那种感觉，更像是有什么东西苏醒过来了。

皮特又把瓶子举到嘴边，然后把它放低。除了会从装卸月台摔下来或是在回家的路上摔坏自行车之外，还有更多需要担心的事情（他在想是否会因为醉酒骑车而被捕，想来可能会）。喝上几口伏特加，可以四处吹嘘是一回事，但如果喝醉了，父母一回家就会知道，只需看他一眼就明白是怎么回事。假装清醒是行不通的，父母常喝酒，他们的朋友也喝酒，而且有时喝得还不少，任何蛛丝马迹都逃不过他们的眼睛。

另外，还得考虑可怕的宿醉问题。皮特和乔治曾在周六和周日早晨多次看到父母满眼通红，脸色苍白，在家里游来荡去。他们会服用维生素片，要求你把电视声音调小，而且绝对不准播放音乐。宿醉看起来完全是乐趣的反面。

不过，也许再喝一口也不会有什么坏处。

皮特喝了稍微一大口，喊道："嗡，我们已经起飞了！"这又让他大笑起来。他感到有点头晕，不过却十分愉快。吸烟，他没学会。喝酒，他做到了。

他站起来，摇摇晃晃地走了几步，尽量保持身体平衡，然后又笑了起来。"你只要跳进那个该死的沙坑就行了，甜心。"他对着空荡荡的餐馆说，"我真他妈的喝醉了，他妈的喝醉了更好。"这太有趣了，他狂笑不已。

我真喝醉了吗？就只喝了三口？

他认为自己没有喝醉，但他肯定是很嗨了，不能再嗨了，已经够嗨了。"负责任地喝酒。"他对着空荡荡的餐馆说，大笑了起来。

他得在这里逛上一会儿，让酒劲消失。也许得花一个小时，也许两个小时，也许得等到三点钟。他没戴手表，但能从一英里外圣约瑟夫教堂的钟声中听出时间来。到那时，他就离开这里，先把伏特加藏起来（这样可以进一步进行研究），然后把木楔子放回门下。他回到家附近首先就要去 7-11 便利店，他得买一些口味浓烈的茶莓口香糖来清除酒精的气味。他曾听孩子们说伏特加是可以从父母的酒柜里偷出来的，因为它没有味道，但是皮特现在可比一个小时前聪明多了。

“而且，”他用一种说教的语气对着空无一人的餐馆说，“我敢打赌，我的眼睛是红的，就像爸爸喝了太多的马天尼酒那样。”他停顿了一下，这样说不是很准确，但是管他妈的。

他把飞镖收起来，回到比伯线上，继续投射，只投中了一次，他觉得这是最滑稽的事情。他在想比伯是否有一首歌叫《我的宝贝剃掉了阴毛》，能够风靡一时，他觉得这一想法太过有趣，不禁大笑起来，笑得直不起腰来，只得把双手放到了膝盖上。

止住笑后，他擦去了流出的鼻涕，把它们弹到地板上（你们好餐馆的评分等级付诸东流了，他想，对不起，汉堡王），然后又踉踉跄跄地回到了比伯线上。这次更倒霉，他看不到任何东西，飞镖根本钉不上比伯。

而且，他终究感觉到有点恶心，尽管不是特别难受，还很高兴自己没尝试喝第四口。“我可能会吐出喝下去的波波夫伏特加。”他说着，笑了起来，随即发出响亮的打嗝声。他抛下了飞镖，回到床垫上。他想用放大镜查看一下是否有小东西在上面爬来爬去，最后决定不看也罢。他想吃些奥利奥，又担心胃会不舒服。胃会有感觉的，你得承认这一点，对它要尽量温柔。

他躺了下来，双手放在脑后。他听说喝醉时，眼前所有的东西都会打转转。可是并没有发生这样的事，所以他猜自己只是喝高了一点儿，小睡一下就应该没事了。

“可是不能睡太久。”

是的，不能睡太久，睡太久就糟了。假如家人回家发现他不在，假如他们找不到他，那他就会有麻烦了。也许乔治会因为没有看管好他而受到责骂。可问题是，当圣约瑟夫教堂的钟声敲响时，他能自己醒过来吗？

在清醒的最后几秒钟里皮特意识到，他只能希望如此，因为他就要睡了。

他闭上了眼睛。

在废弃的餐馆里沉沉地睡去。

外面，在I-95号公路南行的行车道上，出现了一辆型号和年份不明的旅行车，它的行驶速度远低于高速公路的最低时速，一辆疾驰的半挂车在它后面不停地按着喇叭，转向了超车道。

那辆旅行车，现在几乎是滑行着转到了休息区的入口车道，完全无视一大个上面写着**服务关闭　下一个加油站和食品站在27英里外**的标志。车子撞上了四个堵在车道上的橙色大桶，大桶滚了起来。车子在离废弃的餐馆大楼约七十码远的地方停了下来，司机一边的车门打开了，但没有人出来；车子也没有发出那种愚蠢的车门开着的提示音，车门只是静静地半开着。

假如皮特·西蒙斯没有睡觉，而是一直在看着窗外，他也看不到司机。因为旅行车上沾满了泥浆，挡风玻璃上也沾了一层泥。这就奇怪了，因为新英格兰北部已经一个多星期没有下过雨，高速公路完全是干的。

在四月多云的天空下，那辆旅行车就停在入口处的斜坡上。它适才撞倒的橙桶停了下来，司机一边的车门一直敞开着。

2. 道格·克莱顿（2009年的普锐斯）

道格·克莱顿是班戈的一名保险人员，他正驱车前往波特兰，他已经在喜来登酒店预订了房间。他预计最迟两点能到目的地，这样的话，在去国会大街吃晚餐之前，他将有足够的时间午睡一下（这是一件奢侈的事，他很少有机会午睡）。明天，他会一大早到达波特兰会议中心，挂上名牌，和其他四百名代表一起参加名为《火灾、风暴和洪水：二十一世纪的灾难保险》的会议。经过82英里路标时，道格正在逐渐接近他个人的灾难，但这并不是波特兰会议涵盖的议题。

道格的公文包和手提箱放在后座上，副驾驶的座位上放着一本《圣经》（詹姆斯国王版；道格不会有其他版本）。道格是圣救赎者教会的四名牧师之一，当轮到他布道时，他喜欢将这本《圣经》称为“终极保险手册”。

从十几岁到二十几岁长达十年的时间，道格一直在酗酒。这场长达十年的狂欢以一辆失事的汽车和在佩诺布斯科特郡监狱度过了三十天而宣告结束。其后，他就将耶稣基督视为个人救世主。在监狱里的第一个晚上，他跪在那个臭气熏天、棺材般大小的牢房里祷告，从那以后，他每晚都跪着祷告。

“请帮助我变得更好。”那是他第一次祷告的内容，从那以后每一次都如此这般祈祷。这是一个简单的祷告，先是希望自己变得双倍的好，然后是十倍，再以后是百倍。他想，再过几年，他就会变得比现在好上一千倍。那么，最好是什么呢？天堂等待着这一切的结束。

他经常翻阅这本《圣经》，因为每天必读。他喜欢里面所有的故事，但他最喜欢的——也是他最常思考的故事——是关于好撒玛利亚人的寓言。他曾多次在《路加福音》中对这段经文进行宣讲，而救赎主的会众此后总是慷慨地赞美他们，愿上帝保佑他们。

道格有这样的想法是因为这个故事对他来说太具私人性了。有一位牧师经过躺在路边被抢劫和殴打的旅行者，有一个利未人也从那里走过，但两者都对受害人不闻不问。后来是谁来帮忙的呢？是一个脏兮兮的、厌恶犹太人的撒玛利亚人。但不管是不是讨厌犹太人，来帮忙的就是撒玛利亚人。他清洗了伤者的伤口和擦伤，帮伤者包扎好伤口，将其扶上自己的驴子，并在最近的旅馆为他安排了一个房间。

“那么，你认为这三个人中哪一个是落在强盗手中那个人的邻居呢？”耶稣问自命不凡的年轻律师，这位律师正在问他关于永生的要求。而那个能人，并不傻，回答道：“是那个发慈悲的人。”

如果说道格·克莱顿对什么事情感到恐惧，就是成为故事里的利未人，在别人需要时拒绝提供帮助，绕道经过受害者身边。所以，当看到停在废弃的休息区入口坡道上的那辆泥泞的旅行车——前面倒着橙色屏障桶，车门半开着——时，他只是犹豫了一下，就打开了转弯指示灯，把车开了进去。

他把车停在旅行车后面，打开了双闪，然后下车。尽管有太多的烂泥很难确定，但他注意到旅行车的后面似乎没有牌照。道格把手机从普锐斯的中央控制台取出来，确保它开着。做一个善良的撒马利亚人是一回事，毫无戒备之心地接近一辆没有牌照的汽车简直是愚蠢至极。

他走向旅行车，左手随意地拿着手机。是的，没有车牌，他没有看错。他试图透过后窗看看车内的情况，但什么也看不见，上面的泥浆太多了。他走向驾驶座的车门，然后停了下来，皱着眉头看着整辆车。是福特车还是雪佛兰车呢？假如连他都不知道，那就太奇怪了，因为在他的职业生涯中，他已经为数以千计的旅行车投过保险。

*难道是定制的吗？*他问自己。嗯，也许吧……但谁会费心去定制一辆旅行车，却连牌照都没有呢？

"嗨，你好！一切都好吗？"

他向车门口走去，无意识地把手机捏紧了一些。他发现自己想起了小时候被吓得魂飞魄散的某部电影，电影讲述的是鬼屋之类的东西。一群少年走近一座废弃的老房子，其中一个看到房门半开着，就低声对同伴们说："看，门是开着的！"他想告诉他们不要进去，可是他们已然进去了。

那样做太蠢了。如果车里有人，他可能会受伤。

当然，司机可能去了餐馆，可能是去找公用电话，可是，假如司机*真的*受了伤呢？

"喂？"

道格伸手去拉门把手，然后仔细想了一下，还是弯下腰从门缝往里看。他看到的景象令人沮丧。座位上全是着泥浆，仪表盘和方向盘也是如此。深褐色的果胶从老式的收音机旋钮上滴落下来，车轮上的指纹看上去不像是手留下的。一方面，掌纹非常大，而另一方面，手指印却像铅笔一样细。

"有人在里面吗？"他把手机换到右手边，用左手抓住车门，想要把车门开大一点，这样就能看到后座，"有人受……"

突然，他闻到了难以忍受的恶臭，左手突然感到一阵剧痛，那剧痛似乎贯穿了整个身体，道格没有尖叫，也无法尖叫，因为他的喉咙因为突然的恐惧哽住了。他低头一看，发现门把手已经刺穿了手掌。

他的手指几乎没有了。他只看到了手背最后一个关节下面的存根，其余的都被门吞没了。道格看着的时候，他的食指断了，结婚戒指掉了下来，落在了人行道上。

他能感觉到有一些东西，哦，亲爱的上帝，亲爱的耶稣，像牙齿一样的东西正在咀嚼，汽车正在吞噬他的手。

道格奋力后退。鲜血飞溅，有些溅到泥泞的门上，有些溅到他的裤子上。溅到门上的血滴伴随着微弱的吞噬声立刻消失了。有那么一瞬间，他差点就能逃脱了。他看到被吸光了肉的那根闪闪发亮的手指骨，脑海里短暂地出现了噩梦般的画面：嚼吃上校鸡翅。他妈妈常说，要把肉全吃完，离骨头最近的肉，最甜。

接着他再次被猛地拉向前去。司机的车门打开了，在欢迎他：你好，道格，一直在等你，进来吧。他的头与车门的顶部相连，他感觉到额头上有一股寒意，当旅行车的车顶弧线划破他的皮肤时，寒气变热了。

他又一次试图逃走，扔下手机，撑着后窗向后退。窗子没有撑住，反而掉了下去，把他的手包住了。他转动了一下眼睛，看到原来像是玻璃窗的东西正如同微风中的池塘一样在荡漾。为什么会起涟漪？因为它正在咀嚼东西，因为它正在狼吞虎咽。

这就是我成为一个好撒玛利亚人得到的下场……

然后，司机的车门顶部锯开了他的颅骨，平稳地滑进了后面的大脑。道格·克莱顿听到"砰"的一声巨响，就像松子在炽热的火焰中爆炸一样。接着，黑暗降临了。

一个南下的货运司机向外扫了一眼，看到一辆绿色的小汽车，双闪开着，停在一辆沾满泥土的旅行车后面。有个男人——大概是那辆绿色小车的主人——似乎正斜靠在旅行车的车门上和司机说话。出故障了，货运司机想了想，把注意力转回到路上，他可不是什么好心的撒玛利亚人。

道格·克莱顿被猛地拉了进去，好像被一双手——一双有着大手掌和铅笔一样纤细的手指——抓住了衬衫，把他拉了进去。旅行车开始变形，向内皱起，像一张吃到了特别酸的东西或是特别甜的东西的嘴。里面传出了一阵阵嘎吱嘎吱的声音，如同有人用沉重的靴子踩压着树枝。有十秒钟左右，旅行车一直皱着，它看上去更像是一个紧握的拳头而不是一辆车。然后，随着一声像网球被球拍巧妙地击中的声响，车子弹了回来，复原回旅行车的形状。

太阳从云层中短暂地露了出来，反射到落在地的手机上，在道格的结婚戒指上形成了一个短暂的热光圈，然后又缩回云层里了。

旅行车后面，普锐斯车的双闪一直闪烁着，发出类似钟表的低沉声音：滴答……滴答……滴答。

有几辆车开过，但为数不多。复活节前后的两周工作时间是全国高速公路每年最慢的时间，而下午则是一天中倒数第二慢的时段，仅慢于午夜到凌晨五点之间的那段时间。

滴答……滴答……滴答。

在废弃的餐馆里，皮特·西蒙斯还在沉沉昏睡。

3. 朱莉·弗农（2005年的道奇公羊皮卡）

朱莉·弗农不需要詹姆士一世教她如何成为一个好撒玛利亚人。她在缅因州的雷德菲尔德小镇长大（人口2 400人），在那里，邻居是一种生活方式，陌生人也是邻居。没有人用过多语言告知她这些，她是从母亲、父亲和哥哥那里学到了这一点。对这些事他们说得很少，但以身作则的教学总是最有力的。如果你看到有人躺在路边，不管他是撒马利亚人还是火星人，你都要停下来帮忙。

朱莉也从来不担心被那些假装需要帮助的人抢劫、强奸或谋杀。她上小学五年级的时候，学校护士询问她的体重，她自豪地回答说：“我爸爸说我可能有一百七十磅，要是脱了衣服，会再轻一些。”现在她三十五岁，穿上衣服差不多有二百八十磅，她不想成为任何男人的好妻子。她非常快乐，并为此感到自豪。在她公羊皮卡车的后面有两个保险杠贴纸。一个上面写着**支持性别平等**，另一个是亮粉色的，上面写着**同性恋是一个快乐的词**！

现在看不到这些贴纸，因为她正在拖着她称之为“马-拖车”的东西。她在克林顿镇买了一匹两岁的西班牙珍妮特马，现在正在驱车回雷德菲尔德的路上，她和伴侣住在雷德菲尔德的一个农场里，离她父母家只有两英里路程。

像往常一样，她在回想和女子摔跤队“光芒队”的那五年巡回演出。那些年过得既糟糕又美好。糟糕的是，“光芒队”通常被认为是怪异的娱乐节目（她自己认为有那么点相似）；美好的是，她得以去了世界的很多地方。这是真的，虽然大多数地方主要还是在美国，但她曾经在英格兰、法国和德国待了三个月，在那里她得到了一种近乎可怕的友善和尊敬。事实上，就像对待年轻的女士那样的方式。

她的护照还在，去年还更新过，虽然她猜想可能再也不会出国了。大多数时间，不再出国也没有问题。大多数时间，她和阿米莉亚以及他们的狗、猫和牲畜在农场里过得很开心，但她有时也会怀念那些巡回演出的日子——一夜情、灯光下的比赛、和其他女孩之间粗野的友谊。有时，她甚至怀念和观众之间的挤挤攘攘。

“*抓住她的阴部，她是个同性恋，她喜欢那样！*”有一天晚上，如果她记得没错的话，在图尔沙，一个傻里傻气的乡巴佬大喊了一声。

她和梅丽莎，那个和她正在泥塘里搏斗的女孩，互相望着对方，点了点头，然后站起来面对着发出叫喊声的那个观众。她们站在那里，除了湿透的比基尼式三角裤，其他什么也没穿，泥浆从头发和乳房上滴下来，俩人同时对着叫喊者竖起中指，观众掌声雷动……接着，先是朱莉，然后是梅丽莎，转过身，弯下腰，脱下裤子，朝那混蛋露出屁眼，观众的掌声变成了经久不息的口哨声。

她已经长大了，知道要关心那个摔倒了不能站起来的人。她也长大了，知道不能吃屎——不是关于你的马、你的身材、你的工作、或者你的性取向。一旦你开始吃屎，它就会成为你日常饮食的一种。

她正在听的CD结束了，正要点开弹出按钮，这时看到前面有一辆车，停在通往废弃的“81英里路标”加油站的斜坡上。车灯一直闪着，在它前面还有一辆车，一辆泥泞的破旧旅行车。可能是福特车或是雪佛兰车，很难分辨出是哪一款。

朱莉没有做出决定，因为没有什么决定要做。她打开了闪光警戒灯，发现如果拉着拖车，斜坡上就没有停车的地方，尽可能地在故障车道上开过去，开到足够远的地方，而没有把车轮陷进柔软的路面上。她最不想做的就是把刚花了一万八千美元买的马给弄翻。

也许没什么事，但是去检查一下也没什么坏处。你永远不会知道什么时候有的女人会突然决定在州际公路上生孩子，或是停下车帮忙的小伙子太过兴奋而晕倒了。朱莉打开了双闪，但看不到太多，因为被载着马的拖车挡住了。

她下了车，朝那两辆车看去，一个人影都没有。也许是有人把司机接走了，但更有可能是他们去了餐馆。朱莉怀疑他们是否能在餐馆里找到吃的；因为自从去年九月起，餐馆就关闭了。以前，朱莉自己就经常在“81 英里路标”处停下来吃一个 TCBY 甜筒，而如今她只有到奥古斯塔北部二十英里处的达蒙的店里吃东西了。

她走到拖车前，她新买来的马——名字叫迪迪——伸出了鼻子。朱莉抚摸了它一下：“哦，宝贝，乖，我一会儿就回来。”

她打开了门，这样就可以够到拖车左边的储物柜了。迪迪认为这是下车的好时机，想要乘机逃脱，但朱莉用结实的肩膀把它给挡住了，一边喃喃地说：“乖，宝贝，乖。”

朱莉打开了储物柜，在工具的顶部有几个道路信号弹和两个荧光粉色的迷你交通锥子。朱莉把手指伸进圆锥体的中空顶部（下午天慢慢开始变亮，不需要照明弹）。她关上储物柜，把它给锁上，不想让迪迪踩进去而受伤，然后关上了后门。迪迪又一次把头伸了出来。朱莉并不真的相信马会看起来很焦虑，但迪迪看上去的确如此。

“很快的。”她说，然后把交通锥子放在拖车后面，朝两辆车走去。

普锐斯车里空无一人，但没有上锁。朱莉并不特别在意这个，因为后座上有一个手提箱和一个看上去相当昂贵的公文包。旧旅行车的一边车门敞开着。朱莉向它走去，然后停了下来，皱了皱眉头。在敞开的车门旁的人行道上，有一部手机，还有一枚结婚戒指。电话的外壳上有一道弯弯曲曲的裂缝，好像被摔过一样。数字键盘上的……那是一滴血吗？

也许不是，也许只是泥巴——旅行车上到处都是泥，朱莉越来越觉得不对劲儿了。她先前在装车前骑着迪迪好好地遛了一会儿，在回家的路上，她还没有换下她那毫无意义的分叉的裙子。她从右边口袋里拿出手机，犹豫着要不要拨打911。

不，她决定了，还是不要报警了。但是，假如那辆沾满泥浆的旅行车和那辆绿色的小车一样空空如也，或者说假如掉到地上的手机上面硬币大小的斑点真的是血迹，那她就会打电话报警，她会在这里等着州警察的巡逻车，而不是走进那栋废弃的大楼。她很勇敢，也很善良，但并不愚蠢。

她弯下腰检查戒指和掉落的电话。骑马裙轻微的闪光拂过了旅行车泥泞的侧翼，似乎融化了。朱莉被使劲地拽向了右边，她硕大的屁股撞到了旅行车的侧面。车子表面裂开了，裹住了两层布和下面的肉。巨大的痛苦使她尖叫起来，手机掉了下来，她试图把自己推开，就好像汽车是她以前摔跤的老对手一样。她的右手和前臂从看起来像窗户的柔韧的薄膜中消失了。在另一边，透过泥巴的缝隙隐约可见，那不是一个高大健硕的女摔跤手有力的臂膀，而是一块血肉模糊的饥饿的骨头。

旅行车开始皱了起来。

一辆汽车向南驶去，接着又是一辆。由于拖车的缘故，司机们没有看到那个女人，她现在身体的一半已经在变形的旅行车里，另一半在旅行车外面，就像布尔兔卡在柏油娃娃里。没有人听到她的尖叫声。一名司机正在听托比·凯斯[①]的音乐，另一位司机则在听齐柏林飞艇乐队[②]的演唱，这两位司机都在大声地播放自己独特的流行音乐。餐馆里，皮特·西蒙斯听到了朱莉的叫喊，但是声音从很远的地方传来，就像越来越弱的回声。他的眼皮动了一下，接着，尖叫声停

---

① 托比·凯斯（Toby Keith，1961—　），美国乡村歌手兼词曲作者。

② 齐柏林飞艇乐队（Led Zeppelin），是一支英国的摇滚乐队，在硬摇滚和重金属音乐发展史上占据鼻祖地位。

住了。

皮特在肮脏的床垫上翻了个身，又继续睡了。

那辆看起来像汽车的东西吞噬了朱莉·弗农，她的衣服、靴子，以及一切。只是留下了她的电话，此时，她的电话就在道格·克莱顿的电话旁边。接着，那个东西又以同样的撞球声恢复回了旅行车的形状。

在马–拖车里，迪迪嘶叫着，不耐烦地跺着脚。它饿了。

4. 卢西尔一家（2011 年的福特征服者）

六岁的蕾切尔·卢西尔喊道："快看，妈妈！看，爸爸！是那个马妇！看到她的拖车了吗？看到了吗？"

卡拉并不奇怪蕾切尔第一个发现了拖车，尽管她坐在后座上。在所有家人中，蕾切尔的眼睛是最锐利的，其他人都比不上。她爸爸有时说，她具有 X 射线般的视力。这是个不太好笑的笑话。

约翰尼、卡拉和四岁的布莱克都戴眼镜；他们两边的家族成员个个都戴眼镜，就连家里的狗宾戈可能也需要眼镜。因为宾戈想外出的时候，总是会撞到屏风上。只有蕾切尔逃脱了近视的诅咒。上次去验光师那里，她读完了完整的视力表，一直读到底。斯特拉顿医生非常吃惊。"她有资格参加喷气式战斗机的训练。"他告诉约翰尼和卡拉。

约翰尼说："也许有一天会的。每次提到她的小弟弟时，她确实有一种杀手的本能。"

卡拉捅了一下约翰尼的手肘，但他说的是真的。卡拉听说过，如果兄弟姐妹是不同的性别，他们之间的竞争就不会那么激烈。假如这是一条规律，那么显然蕾切尔和布莱克就是例外。卡拉有时会想，这些天来她最常听到的两个字就是"开始"，只是说话人的性别有所不同而已。

在此次旅行的头一百英里，他们两个表现得都很不错，部分原因是拜访约翰尼的父母总是让两个孩子心情愉快，而最主要的原因是卡拉仔仔细细地在蕾切尔的座椅和布莱克的儿童座椅之间塞满了玩具和彩色书。但是，自从他们在奥古斯塔吃了东西、方便完之后，两个孩子又开始争吵了，可能是为了冰淇淋甜筒。在长途汽车旅行中给孩子们糖果就像往篝火上喷油，卡拉知道这一点，但你不能拒绝他们的所有要求。

在绝望之余，卡拉发动起玩一个“塑料神奇”的游戏，扮演法官奖励能指出草坪侏儒、希望井、圣母马利亚雕像等的孩子。问题是在高速公路两边有很多树，很少出现粗俗的东西。蕾切尔看到那辆载着马的拖车停在“81 英里路标”休息站时，目光敏锐的六岁女孩和口齿伶俐的四岁小男孩重新又开始怨恨起对方来。

“我想再摸摸那匹马！”布莱克喊道。他开始在自己的座椅上拼命摇晃，简直就像世界上最小的霹雳舞选手。他的腿现在已经可以踢到驾驶座的后面了，这让约翰尼烦恼不已。

谁再来告诉我一下为什么我以前想要孩子，他想，*谁提醒我一下刚才所想，我知道，当时想要孩子是有道理的。*

“布莱克，别踢爸爸的座位。”约翰尼说。

“我想要摸摸*那匹马*！”布莱克大叫道，使劲地踢了司机的后座一脚。

“你真是个小婴儿。”蕾切尔说，她的后座处于非军事区，弟弟踢不到她。她用放纵的大女孩的语气说话，这种语气总是会激怒布莱克。

“我不是小婴儿！”

“布莱克，”约翰尼说，“如果你不停地踢爸爸的座位，爸爸就得拿可靠的切肉刀把布莱克的小脚踝截掉了。”

“她的车子坏了，”卡拉说，“看到交通锥标了吗？靠边停车。”

“哦，那是故障车道，这可不是个好主意。”

“你没必要停在故障车道，开过两辆车子，把车停在旁边就行了，就在坡道上，还有地方，你不会挡道，因为休息区已经关闭了。”

“如果你不介意的话，我想先回法尔茅斯……”

“靠边停车。”卡拉听到自己用不容拒绝的报警系统的语气说出了这句话，尽管她知道这是在树立一个坏榜样；最近她多次听到蕾切尔用同样的语气对布莱克说话，并把那个小家伙弄哭了。

卡拉改变了不容置疑的语气，轻柔地说道：“那个女人对孩子们很友好。”

先前，他们把车停在达蒙的店的马拖车旁，停下来吃冰淇淋。那位马妇（她几乎和马一样硕大）正靠在拖车上吃着蛋筒，给一匹非常漂亮的小马驹喂东西。对卡拉来说，那东西像是一根卡什格兰诺拉巧克力棒。

约翰尼分别牵着两个孩子，想从马妇身边走过去，但布莱克没有动，“我可以抚摸一下你的马吗？”他问。

“二十五美分，”穿着棕色马裙的大块头女士说，然后对垂头丧气的布莱克笑了笑，“不收钱，我只是开玩笑。过来，拿着这个。”她把滴淌着的冰淇淋蛋筒递给布莱克，布莱克太吃惊了，只有接过来。然后，大块头女士把布莱克抱起来，好让他摸到马的鼻子。迪迪平静地看着眼睛睁得大大的孩子，嗅了嗅马妇那滴滴淌淌的蛋筒，断定不想吃这个东西后，就任由布莱克抚摸它的鼻子。

“哇，好软！”布莱克说，卡拉从来没有听过他如此敬畏地说话。*为什么我们从来没有带孩子们去动物园呢？*她想了想，立刻把这个主意放进大脑清单里。

“我也要摸，我也要摸，我也要摸！”蕾切尔不耐烦地蹦来蹦去。

大块头女士把布莱克放下来，对他说：“我把你姐姐抱起来的时候，你就吃冰淇淋吧，但别弄得到处都是，好吗？”

卡拉本想告诉布莱克，不要吃别人吃过的东西，特别是陌生人的。但是她看到丈夫约翰尼茫然的傻笑，心想，管他呢。你把孩子送到学校，差不多算是送进了细菌工厂，你在高速公路上行驶了几百英里，任何酗酒的疯子或正在发短信的青少年司机都可能会越过中线把他们干掉。又何必禁止他们舔一舔别人吃过的冰淇淋呢？也许，也许这不过是汽车座椅和自行车头盔的心理有点太远了。

马妇把蕾切尔举起来让她摸马鼻子。“哇！真棒！”蕾切尔说，“她叫什么名字？”

“迪迪。”

“好棒的名字！我爱你，迪迪！”

“我也爱你，迪迪。”马妇说道，把一大张旧巴巴的一美元钱币放在迪迪的鼻子上，大家都笑了。

“妈妈，我们能买一匹马吗？”

“可以啊！”克拉热情地说，“等你到二十六岁的时候！”

听了这话，蕾切尔做起了鬼脸（皱着眉，鼓起双颊，嘴唇向下一撇），可是马妇笑了起来，蕾切尔放弃了做鬼脸，也笑了起来。

那个高大的女人弯下腰去看布莱克，双手放在马裙盖住的膝盖上。“我能拿回冰淇淋蛋筒吗，年轻人？”

布莱克把蛋筒递给马妇，马妇接过蛋筒后，布莱克就开始舔手指头，上面是在融化的开心果。

“谢谢你，”卡拉对马妇说，“你真是太好了。”接着卡拉又对布莱克说：“我们到里面去把你清理一下。之后，你就可以吃冰淇淋了。”

“我想要她在吃的冰淇淋。”布莱克说，马妇又大笑了起来。

约翰尼坚持在店里吃蛋筒冰淇淋，因为他不想把征服者车上弄得到处都是开心果冰淇淋。他们吃完走出商店时，马妇已经走了。

那只是你在这条路上遇到的那些人中的一个——偶尔是讨厌的人，常见的是很好的人，有时甚至是很棒的人——然后就再也不看不见了。

她现在就在这里，或者至少她的卡车停在故障车道上，她的拖车后面整齐地摆放着交通锥标。卡拉说得对，马妇对孩子们很好。正是念及此事，约翰尼·卢西尔才做出了人生中最糟糕的，也是最后的决定。

约翰尼像卡拉建议的那样，打开了闪光灯，把车停在斜坡上，就停在道格·克莱顿的普锐斯前面，那辆车仍在闪着双闪，就在泥泞的旅行车旁边。约翰尼把档位换成空挡，但让发动机继续运转着。

布莱克说："我想去摸摸那匹马。"

"我也想抚摸那匹马。"蕾切尔用她不知道从哪儿学来的、傲慢的庄园夫人般的口气说。这语气快把卡拉逼疯了，但她什么也没说。如果她说了，蕾切尔就会更常用这种语气说话。

"没有得到那位女士的允许，不能这样。"约翰尼说，"你们就好好地待在车里。你也是，卡拉。"

"好的，主人。"卡拉用僵尸般的声音回答道，这种声音总是会让孩子们发笑。

"太有趣了，复活节兔子。"

"她卡车的驾驶室是空的，"卡拉说，"所有的车看上去都是空的，你觉得发生车祸了吗？"

"我不知道，但是看不出有什么问题。等一下。"

约翰尼·卢西尔下了车，绕到他永远还不清费用的征服者后面，走到道奇公羊车旁。卡拉没有看到马妇，但约翰尼想要确定马妇会不会是躺在座位上，也许心脏病发作。（作为一个终身慢跑者，约翰尼暗自认为，对于那些体重比医疗网规定的标准高出五磅的人来说，最晚在四十五岁时就会心脏病发作。）

马妇没有躺在座位上（当然没有，一个体型如此庞大的女人，如果躺在座位上，卡拉早就看到了），也不在拖车里。拖车里只有那匹马，它把头伸出来嗅了嗅约翰尼的脸。

"你好……"有那么一会儿，约翰尼没有想起马的名字，然后想起了，"迪迪，旧的饲料袋怎么样？"

他拍了拍迪迪的鼻子，然后回到斜坡上去检查另外两辆车。他看到发生了类似车祸的事故，虽然很微小，旅行车撞倒了堵在坡道的几只橙色大桶。

卡拉摇下车窗，这是坐在后排的孩子们做不了的，因为有关闭功能。"看到她了吗？"

"没有。"

"其他人呢？"

"卡尔，给我……"忽然，他看到了半开着门的旅行车旁边的手机和结婚戒指。

“什么？”卡拉伸长脖子想看看。

“等一下，”他想到要让卡拉把车门锁上，但打消了这个念头。看在上帝的分上，他们可是在大白天的I-95号公路上。每过二十或三十秒就有一辆汽车经过，有时甚至两三辆排成一列。

他弯下腰拿起电话，一手拿一部，然后转向卡拉，没有看到车门就像嘴一样开得更大了。

“卡拉，我想这上面有血迹。”他拿起道格·克莱顿摔坏了的电话说。

“妈妈？”蕾切尔问道，“谁在那辆脏兮兮的车子里？门正在打开呢。”

“回来。”卡拉说。她的嘴突然变得干涩，她想大叫，但胸口好像有块石头压着。虽然看不见，但是块巨石。“有人在那辆车里！”

约翰尼没有回来，而是转过身，弯下腰往车子里面看。这时，门猛地砸到他的头上，发出可怕的砰声。卡拉胸上的石头突然消失了，她吸了口气，尖叫着丈夫的名字。

“爸爸怎么了？”蕾切尔哭了，声音很高，尖细得像一根芦苇，“爸爸怎么了？”

“爸爸！”布莱克大叫，他刚才一直在清点他最新的变形金刚，现在，他也在疯狂地四处张望，想看看爸爸可能在哪里。

卡拉没有思考，她丈夫的身体在那里，但他的头在脏兮兮的旅行车里。然而，他还活着；他的胳膊和腿还在扭动。卡拉不知道自己是怎么打开了车门，离开了征服者。她的身体似乎在独自行动，昏沉沉的大脑只是随之行进。

“妈妈，不要！”蕾切尔尖叫到。

“**妈妈，不要！**”布莱克不知道发生了什么事，但他知道事情很糟糕。他开始哭起来，在车座的安全带里挣扎着。

卡拉抓住约翰尼的腰，凭靠疯狂的肾上腺素拉着他。旅行车的车门半开着，血流如注。在一个可怕的时刻，卡拉看到了丈夫的头，就在旅行车泥泞的座位上，疯狂地歪向一边。即使丈夫仍然在她的臂弯里发抖，她也明白（在一场强烈的恐慌中，即使是在一场风暴中，也会有闪电般的灵光），当受害者被砍倒时，就是这样子，因为他们的脖子断了。在那短暂、炽热的瞬间——那短暂的一瞥——她觉得丈夫看起来愚蠢、吃惊而丑陋，所有的基本要素都从他身上显现出来。她知道丈夫已经死了，无论他是否在发抖。那就像是一个孩子潜水时撞到岩石后的样子，或是一个被方向盘刺穿的女人看到车子撞上桥墩的样子。这就是丑陋的死神趾高气扬地走向你，张开双臂欢迎你时你看起来的样子。

车门狠狠地关上了。卡拉的胳膊仍然绕在丈夫的腰上，她被猛然往前拉时，脑海里闪过一道亮光。

是车子，你们得离车子远点！

她放开约翰尼的腹部放得太晚了，她的一束头发落在门上被吸了进去。她还没来得及挣脱出来，前额就撞到了汽车上。突然，她的头顶烧着了，那东西把她的头皮吃了。

快跑！她试图对经常惹麻烦但不可否认十分聪明伶俐的女儿大叫，*快跑，带上布莱克！*

可是，她还没来得及说出这句话，她的嘴就已经不见了。

只有蕾切尔看到旅行车砰的一声砸到爸爸的头上，就像捕到虫子的捕蝇草一样，但是两个孩子都看到母亲不知怎么的从泥泞的门缝里钻了出来，就像一块窗帘。他们看到她的一只莫卡辛鞋掉了，看到了她粉红色的脚指甲，然后她就不见了。过了一会儿，那辆白色的汽车变了形状，像拳头一样紧握着。透过母亲刚才摇下的车窗，他们听到嘎吱嘎吱的声音。

“*那是什么啊？*”布莱克尖叫着，泪流满面，下唇上沾满了鼻涕，“*那是什么啊，蕾切尔，那是什么？*”

他们的骨头，蕾切尔想。她当时只有六岁，不允许去看十三岁以下不能看的电影（PG-13）或在电视上看 PG-13 的电影（更不用说 R 级的；她妈妈说 R 代表淫秽的意思），但她知道这是父母骨头断裂的声音。

这辆车不是一辆车，它是某种怪物。

“爸爸妈妈在哪里？”布莱克问，他的大眼睛——现在由于泪水而变得更大了——转向她问道，“爸爸妈妈在哪里，蕾切尔？”

蕾切尔想，*他听起来好像又只有两岁了*。也许是生平第一次，她对这个小弟弟没有感到生气（有时，当被他的行为极端折磨时，她会对他恨之入骨），而是产生了某种别的情感。她认为这种新产生的情感不仅仅是爱，而是更博大的东西。她妈妈最后什么也说不出来，但如果妈妈还有时间，蕾切尔知道妈妈会说什么：*照顾好布莱克*。

布莱克在座位上扭动，他知道如何解开皮带，但在恐慌中忘记了如何解开。

蕾切尔解开安全带，从她的升压座椅上滑下来，试图为布莱克解开皮带。布莱克的一只手抓住她的脸，给了她一记响亮的耳光。在通常情况下，布莱克的肩膀会因此挨上蕾切尔的一拳（在她的房间里休息一下，她会坐在房间里怒不可遏地盯着墙），但现在，她只是抓住布莱克的手，把它按住了。

“停下！我来帮你！我可以把你弄出来，但如果你那样做的话，我就不帮你了！”布莱克停止了打闹，但一直哭个不停，“爸爸在哪儿？妈妈在哪儿？我要妈妈！”

我也要妈妈，混蛋，蕾切尔想，然后解开安全带。“我们现在要出去，我们要……”什么？他们要去哪儿呢？去餐厅吗？它早就关闭了，所以才会有那些橙色大桶。这就是为什么加油站前面的泵不见了，空荡荡的停车场上杂草丛生。

“我们要离开这里。”她说。

她下了车，绕了一圈走到布莱克身边，为布莱克打开车门，但布莱克只是看着她，眼睛里满是泪水，“我出不去，蕾切尔，我会摔倒的。”

别像个胆小鬼，她几乎要脱口而出，但是没有说出来。现在不是说这话的时候，他已经够难过了。蕾切尔张开双臂说：“滑下来，我会抓住你的。”

布莱克疑惑地看着她，然后滑了下来。蕾切尔的确抓住了他，但是他比看上去要重得多，两个人都摔倒了。蕾切尔最惨，因为她在下面，但是布莱克撞到了头，并且擦破了一只手，他大声地哭了起来，这一次的哭泣是出于痛苦而非恐惧。

“别哭了，”蕾切尔说着，从他身下扭了出来，“穿上你的裤子，布莱基[①]。”

“什么？”

她没有回答，她正看着那辆可怕的旅行车旁边的两个手机，有一个看上去坏了，而另一个——蕾切尔慢慢地朝手机爬去，眼睛一刻也没有离开过爸爸妈妈突然消失在里面的那辆车。她正拿起那部好的手机时，布莱基从她身边走过，向旅行车走去，伸出擦伤的手。

“妈妈？妈妈？出来！我受伤了。你必须出来吻一下，它肯定……”

“停下，别动，布莱克·卢西尔。”

卡拉应该会感到自豪的，因为蕾切尔正在用她那种必须服从的声音说这句话。这种语调果然有效，在离旅行车四英尺远的地方，布莱克停住了。

“但是我要妈妈，我要妈妈，蕾切尔！”

蕾切尔抓住布莱克的手，把他从车子旁边拉回来。“现在不行，来帮我做件事。”她知道怎么打电话，但她得想办法分散布莱克的注意力。

“给我，我会打电话！给我，蕾切尔！”

她把手机递给布莱克，在布莱克检查按键时，她站起来，抓起他的狼獾T恤，把他往后拉了三步。布莱克几乎没有觉察到，他在朱莉·弗农的手机上找到了电源按钮，然后按了一下，电话响了。蕾切尔从他手里拿过手机，在他那迟钝的小生命中，他第一次没有抗议。

“犯罪狗”麦格拉夫来学校和孩子们谈话时，蕾切尔听得很仔细（尽管她很清楚那是一个穿着麦格拉夫西装的家伙），于是现在她毫不犹豫就拨打了911，然后把电话放在耳朵上。电话才响了一次，就有

---

① 布莱克的昵称。

人接听了。

“喂！我叫蕾切尔·安·卢西尔……”

“这个电话正在录音，”一个男人的声音打断了她，“如果你想报告紧急情况，请按1；如果你想报告不良的路况信息，请按2；如果你想报告一个被困的司机……”

“蕾切尔？蕾切尔？妈妈在哪儿？爸爸在哪里……”

“嘘！”蕾切尔严厉地说，然后按下了1，虽然很难做到，因为她的手一直在颤抖，眼睛也模糊了，她意识到自己正在哭，她什么时候开始哭的？她都不记得了。

“喂，这里是911。”手机另一端传来一个女人的声音。

“你是真的，还是另外一个录音？”蕾切尔问。

“我是真的，”那女人说，声音听起来有点好笑，“你有急事吗？”

“是的。一辆坏车把我们的父母吃光了，是在……”

“你先停一下，”911女士建议道，声音听起来比刚才更有趣了，“你多大了，孩子？”

“我六岁，差不多要七岁了。我叫蕾切尔·安·卢西尔，有一辆车，一辆坏车……”

“听着，蕾切尔·安，不管你是谁，我都可以追踪到这通电话。你知道吗？我敢打赌你没有发生事故。现在，你只要挂了电话，我就不用派警察去你家把你的……”

“他们死了，你这个愚蠢的电话接线员！”蕾切尔对着电话尖叫，听到“死”字，布莱克又哭了起来。

911接线员一时没有说话。然后，她用不再戏谑的声音说道：“你在哪儿，蕾切尔·安？”

“在空荡荡的餐馆！那个有橙色大桶的餐馆！”

布莱克坐下来，把脸放在两腿之间，两臂交叉放在头上。这一举动伤害了蕾切尔，她以前从未感受过这样的伤害，它深深地伤害了她的心。

“你说的信息还不够，”911女士说，“你能说得再具体一点吗，蕾切尔·安？”

蕾切尔不知道具体是什么意思，但她知道她看到了什么：离他们最近的旅行车的后轮胎正在融化，一根看起来像液体橡胶的触须慢慢地穿过人行道向布莱克伸过来。

“我得走了，”蕾切尔说，“我们得离开那辆坏车。”她盯着正在融化的轮胎，抓住布莱克的脚把他往回拽了一点。橡胶的触须开始回到原位（*她想，那是因为它知道够不到了*），轮胎又开始看起来像个轮胎，但对蕾切尔来说还不够安全。她一直把布莱克拖下斜坡，朝高速公路走去。

“我们去哪儿，蕾切尔？”

我不知道。“离那辆车远点。”

“我要我的变形金刚！”

“现在不行，晚点再说。”她紧紧抓住布莱克，一直往后退，一直向高速公路走去，身边偶尔会有时速达到七八十英里的汽车飞驰而过。

没有什么比孩子的尖叫声更具穿透力了，这是大自然更有效的生存机制之一。皮特·西蒙斯的睡眠已经变成打瞌睡而已。当蕾切尔对着 911 女士尖叫时，他听到了，终于醒了过来。

他坐起来，皱起眉头，把一只手放在头上。头很疼，他知道那种疼痛是什么：可怕的**宿醉**。他感觉舌头毛茸茸的，胃在灼烧。并非灼烧到要呕吐，但一样灼热难耐。

*谢天谢地，我没再多喝酒，*他想，然后站起来了。他走到一扇布满网格的窗户前，想看看是谁在叫，他并不喜欢眼前的场景。一些堵住通往休息区入口坡道上的橙色大桶被撞倒了，下面有车，还不少。

然后他看到了两个孩子——一个穿粉色裤子的小女孩与一个穿短裤和 T 恤的小男孩。他只瞥了他们一眼，就看出他们正在后退——好像有什么东西吓着他们了，然后他们就消失在看起来像一辆马车拖车的后面。

出事了，准是发生了车祸或什么事了，虽然下面没有什么东西看起来像发生了车祸。他的第一个冲动是赶紧离开这里，免得他被发生的事给缠住了。他抓起挎包，向厨房和卸货月台走去。然而他又停下来了，外面有两个孩子，小孩子，他们太小了，不能靠近像I-95号这样的高速公路。他没有看见一个大人。

一定有大人的，难道你没看到那些车吗？

是的，他看到了汽车，还看到一辆卡车与一辆马车拖车相连，但没有看到大人。

我得出去。即使惹了麻烦，我也要确保那两个愚蠢的孩子不会在高速公路上被过往的车辆压扁。

皮特急忙跑到汉堡王的前门，发现门是锁着的，他问自己，诺米·特瑞奥特会问什么问题：嘿，你妈妈还有活着的孩子吗？

皮特转身冲向装卸月台，奔跑使他的头痛加剧，但他没有理会。他把挎包放在混凝土平台的边缘，弯下身，然后跳了下来。他笨手笨脚地摔到地上，撞伤了尾骨，也没有理会。他站起身来，充满渴望地朝树林瞥了一眼。他可以消失，这样做可以救他，免去很多麻烦，这个想法非常诱人。这不像电影，电影里好人总是不假思索地做出正确的决定。因为，万一有人闻到他身上伏特加酒的味道……

“上帝啊，”他说，“哦，我的天啊。”

他自己为什么来这里呢？竟然还说那些愚蠢的孩子！

蕾切尔紧紧地握着布莱克的手，牵着他走到斜坡的尽头，就在这时，一辆双层的半挂车以时速七十五英里的速度呼啸而过。风吹起了他们的头发，卷起了他们的衣服，差点把布莱克吹倒在地。

“蕾切尔，我害怕！我们不应该走到公路上来！”

告诉我一些我不懂的事吧，蕾切尔想。

在家的时候，他们最多只能走到车道的尽头，而且法尔茅斯的新风路上几乎没有什么车。高速公路的车流量并不恒定，但只要出现的车辆，都是在超速行驶。再说了，他们还能去哪里呢？他们或许可以在故障车道上行走，但是风险太大了。这里没有出口，只有树林。他们可以回到餐馆，但必须得经过那辆坏车。

一辆红色的跑车疾驰而过，开车的那家伙不停地在按着喇叭滴滴滴滴滴滴滴响，弄得她直想捂住耳朵。

布莱克拽着蕾切尔，蕾切尔任由他拉着。坡道的一侧是护栏，布莱基坐在他们之间一根粗粗的电缆上，用胖乎乎的手捂住了眼睛。蕾切尔坐在他旁边，已经没有了主意。

5. 吉米·戈尔丁（2011年的皇冠维多利亚）

孩子的尖叫也许是大自然母亲更有效的生存机制之一，但是说到高速公路上的旅行，没有什么比停着的州警察巡逻车更具威慑力了，尤其是当雷达探测器的黑脸正朝向迎面而来的车辆的时候。司机会立刻将时速从七十降到六十五；一边连续踩下八十次刹车，一边在脑海中计算，如果被蓝灯尾随，驾照上会扣掉多少分。（这是一种有益的效果，但很快就会失效，因为只要沿着公路继续往前开上十到十五英里，司机又会开始加速。）

停着的警察巡逻车的妙处在于，至少在缅因州骑警吉米·戈尔丁看来，你根本不需要做任何事情，只需把警车停在路边，让大自然（在这种情况下，这是人类的本性）承担责任。在四月这个阴云密布的下午，他的西蒙斯速度检测雷达枪根本没开，I-95号公路上南行车辆经过的巡逻车只是一架背景无人机而已。他的注意力都集中在方向盘下方弧线上的平板电脑上。

他玩的是一款类似于拼字类的游戏，名为《与朋友拼词》，他的网络是由威瑞森电信公司提供的。他的对手是一个酒吧里的旧相识，名叫尼克·埃弗里，现在在俄克拉荷马州当巡警。吉米无法想象为什么有人会用缅因州交换俄克拉荷马州，这对他来说似乎是一个糟糕的决定。但毫无疑问，尼克在“与朋友拼词”游戏中是一个出色的玩家，十场比赛他会赢吉米九场，目前他们正在玩的这一场比赛，他也领先。不过，尼克目前的领先优势比较微弱，所有的字母都不在电子提包里。如果吉米能够拼出剩下的四个字母，他将赢得一场来之不易的赛事。目前他专注于FIX这个词，他剩下的四个字母是A、E、S，还有一个F，如果拼成的词可以修饰FIX，他不仅会赢，还会踢他老朋友的屁股，但是看起来并不乐观。

他正在检查板面上的其余部分，前景似乎更加渺茫。突然，他的收音机发出两个高音，这是从威斯布鲁克的911发出的全单位警报。吉米把平板电脑扔到一边，把音量调高。

“所有单位注意，谁在‘81英里路标’休息区的附近？有人吗？”吉米拉出了麦克风回答道：“911调度，我是17号。我现在位于‘85英里路标’处，就在利伯曼-沙巴图斯出口的南边。”

被蕾切尔·卢西尔当作911女士的女人没有费心再问是否还有人离得更近；因为驾驶一辆新的福特维多利亚皇冠巡逻车，吉米只需要三分钟的路程，或许用更短的时间就能到达那里。

“17号，三分钟前我接到一个小女孩的电话，她说她的父母已经死了。自那以后，我接到过很多人打来的电话，说有两个无人陪伴的小孩就在那个休息区的边上。”吉米没有去问为什么有那么多人打电话报警，却没有人停下来去帮忙。他以前见过类似的情况。有时是因为人们对法律纠葛的恐惧，更多时候，这只是一个严重的“不要惹上麻烦”的例子。有很多这样的事情发生，但是——他们可是孩子，上帝啊，你得想——“911，我去处理，17号车出动。”

吉米点亮了蓝灯，检查了后视镜以确保可以通行，然后从沙砾中间钻了出来，路标上写着**不能掉头　只限公务车辆**。福特维多利亚皇冠的V-8指数飙升；数字测速仪模糊地显示已经到了九十二，之后一直挂在那里。道路两边的树木令人头晕目眩地一晃而过，他赶上了一辆笨拙的老别克车，老别克顽固地不肯靠边，跟他一路并行疾驰。当开回到行车道时，吉米看到了休息区，以及其他的东西。有两个小孩——一个穿短裤的男孩，一个穿粉红色裤子的女孩——正坐在入口坡道旁的护栏电缆上。他们看起来像世界上最小的流浪汉，吉米的心紧缩在一起，感觉生疼。他自己也有孩子。

孩子们一看到闪烁的灯光就站了起来，有那么可怕的一秒钟，吉米以为小男孩就要站到巡逻车前面来了。上帝保佑那个小女孩，她及时地抓住了小男孩的手臂，把他拉了回去。

吉米强制减速，引文书、日志和平板电脑都从座位上掉了下来。皇冠的前端有点晃动，但他还是把车刹住，停在了坡道上。那里已经停着几辆车，到底发生了什么事？

这时，太阳出来了，一个与当前情况完全无关的词闪过了巡警吉米·戈尔丁的脑海：AFFIXES（词缀），我可以把字母组合成AFFIXES这个词，这样就行了。

小女孩正朝着巡逻车驾驶员的一侧跑来，拖着她正在哭哭啼啼、跌跌撞撞的弟弟。她的脸又苍白又惊恐，看上去比实际年龄要大好几岁，小男孩的短裤湿透了一大片。

吉米下了车，小心翼翼地不让车门撞到孩子。他单膝跪地，以和他们一样高，他们冲进他的怀里，差点把他给撞倒。“喔，喔，放轻松，你们都……”“坏车把爸爸妈妈吃了，”小男孩说，并用手指着车，“坏车在那儿，它把他们都吃了，就像大灰狼吃掉小红帽一样，你得把他们弄回来！”

很难分辨那胖乎乎的手指到底指的是哪辆车。吉米看到了四辆车：一辆旅行车，看上去就像艰难跋涉了九英里的树林公路；一辆崭新的普瑞斯；一辆道奇公羊拖着一辆马拖车；还有一辆福特征服者。

“小姑娘，你叫什么名字？我是巡警吉米。”

“蕾切尔·安·卢西尔，”小女孩回答，“他是布莱克，我的弟弟。我们住在缅因州法尔茅斯新风路十九号，04105。别靠近那辆车，吉米。它看上去像辆车，但其实不是，它会吃人。”

“我们谈论的是哪辆车，蕾切尔？”

“前面的那辆，在我爸爸车子的旁边，泥泞的那辆。”

“泥泞的汽车吃了爸爸和妈妈！”小男孩——布莱克——宣称，“你能把他们找回来，你是警察，你有枪！”吉米仍然单膝跪地抱着孩子们，看着泥泞的旅行车。太阳又出来了；他们的影子消失了。高速公路上，车辆飞驰而过，但现在车速慢下来了，因为司机们注意到了闪烁的蓝光。

征服者、普锐斯、卡车里都没有人。吉米猜想马拖车里也不会有人，除非他们都蹲在地上，如果是那样，那匹马可能会显得很紧张。他唯一看不到车内情况的就是孩子们声称吃了他们父母的那辆旅行车。吉米不喜欢它那所有窗户上都糊着泥巴的样子，不知为何，看起来就像是有人故意抹上泥巴似的。他也不喜欢司机车门旁边的破手机，还有手机旁边的戒指，戒指简直让人毛骨悚然。

事实上，其他的也同样如此。

司机的车门突然嘎嘎作响地打开了，令人毛骨悚然的商数至少提高了百分之三十。吉米紧张地把手放在格洛克枪柄上，但没有人出来。门就挂在那里，半开着。

“这就是它想让你进去的方法，”小女孩对吉米耳语道，“这是一辆怪兽车。”

吉米·戈尔丁小时候看过电影《克里斯汀》，自打那以后，他就不相信这世上有怪物车。但他相信，有时候怪物会潜伏在汽车里。现在的情况就是这样，否则门是怎么打开的呢？可能是孩子们的父亲或者母亲，受伤了，但又叫不出声来。也可能有一个人正躺在座位上，因此他透过被泥浆覆盖的后窗往里看，但看不到人；或许有可能是一个带着枪的人。

“谁在旅行车里？”吉米叫道，“我是一名州警，我要求你说出身份。”

没有人说话。

“出来，先把手伸出来，手上不能有东西。”

只有太阳出来了，它把门的影子印在人行道上一两秒钟，然后又躲回云层里，剩下一扇开着的门。

“跟我来，孩子们。”吉米说着把他们带到巡逻车上。他打开了后门，后座上堆放着文件，吉米的羊毛夹克（他今天不需要穿），有一杆猎枪夹着锁在后座上，尤其是这个东西令人印象深刻。

“爸爸妈妈说永远不要上陌生人的车，”那个叫布莱克的小男孩说，“学校里也是这么教的。”

“他是开着警车的警察，”蕾切尔说，“没关系的，上车，如果你碰那杆枪，我就打你。”

吉米说：“对枪的建议很好，但枪是安全的，扳机锁上了。”

布莱克上车，从座位上看到前面：“嘿，你有个平板电脑！”

“闭嘴，”蕾切尔说，她上了车，用疲惫、惊恐的眼神看着吉米，

“不要碰它，它黏糊糊的。”吉米差点笑了起来。他有一个女儿，只比这个小女孩小一岁左右。她可能也会说同样的话。吉米认为小女孩天生分为两种，一种是假小子型的，另一种是讨厌脏东西型的。和他的女儿爱伦一样，这个小女孩也讨厌脏东西。

正是对蕾切尔·卢西尔所说的“黏糊糊”的致命误解，吉米才把他们关在第 17 号警车的车后座上。他斜靠在巡逻车的前窗，拿起了麦克风。他目不转睛地盯着那辆旅行车的前门，所以没有看见有个小男孩就站在休息区的旁边，胸前挂着一个人造皮革的包，像个蓝色的小婴儿。过了一会儿，太阳又出来了，皮特·西蒙斯被餐厅的影子遮住了。

吉米呼叫格雷警局。

“17 号，回话。”

“我在老的‘81 英里路标’休息区。这里有四辆被遗弃的车、一匹被遗弃的马和两个被遗弃的孩子，其中一辆是旅行车，孩子们说……”他停顿了一下，然后想了想，“孩子们说旅行车吃了他们的父母。”

“回话？

“我想他们的意思是车子里面有人抓了他们的父母，我希望能派出所有在岗小组都来这里，收到了吗？”

“已呼叫所有在岗小组，但第一个小组要十分钟后才能到达，那是十二号巡逻车，他在沃特维尔，编号是 73。”

奥尔·安德鲁斯，此时正在鲍勃的汉堡店吃着东西，谈论着政治，回答道：“收到。”

“告诉我一下旅行车的车牌、制作和车型，17 号，我来查一下。”

“三个都没有。没有车牌，至于制作和车型，这辆车被太多泥浆覆盖，我说不清。不过，这车是美国产的。”我想是的，“可能是福特或雪佛兰。孩子们在我的巡逻车里，一个叫蕾切尔·卢西尔，一个叫布莱克·卢西尔，家住法尔茅斯的清风路，我忘了街道号了。”

“十九号！”蕾切尔和布莱克一起喊道。

“他们说……”

“我听见了，17 号。他们是坐哪辆车来的？”

“爸爸的征服者！”布莱克叫道，很高兴能帮上忙。

“福特征服者，”吉米说，“车牌号是 3772IY，我要去看一下那辆旅行车。”

“收到。小心点，吉米。”

“收到。哦，你能不能告诉 911 调度员，告诉她孩子们都没事？”

“是你在说话，还是彼得·汤森？”

非常有趣。“17 号巡逻车，我的编号是 62 号。”

他把麦克风取下来，递给了蕾切尔，“如果发生了什么事——任何不好的事——你就按边上的按钮，大喊‘30’，意思是‘警官需要帮助！’记住了吗？”

“记住了，但是你不要去靠近那辆车，吉米。它会咬人，会吃人，而且黏糊糊的。”

布莱克对于坐在一辆真正的警车上感到惊奇，一时忘记了父母的遭遇。这时他又想起了这件事，又哭了起来：“我要妈妈，我要爸爸！”

尽管眼前的情况很奇怪，也有潜在的危险，但蕾切尔·卢西尔转动着眼睛，意思是告诉弟弟看我怎么收拾你，她的表情几乎让吉米笑了起来。他在五岁的女儿爱伦·戈尔丁脸上看到过多少次同样的表情？

“听着，蕾切尔，”吉米说，“我知道你很害怕，但你们在这里很安全，我必须去工作。如果你们的父母在那辆车里，我们不希望他们受伤，对吧？”

“去把我妈妈和爸爸带回来，巡警吉米！”布莱克大声喊着，“我们不希望他们受伤！”

吉米看到了女孩眼中的希望火花，但没有他想象的那么多。就像《X 档案》里的探员穆德一样，她想要相信……但是，就像穆德的搭档，史高丽探员做不到这一点。孩子们到底看到了什么？

“小心，巡警吉米。”她举起一根手指，这是学校老师的姿态，微微颤抖，显得更加可爱，“别碰它。”

当吉米走近旅行车时，他开启了“格洛克”自动服务系统，但没有打开保险。暂时还不需要。他站在悬挂的车门稍微向南的地方，再次要求车子里面的人下车，首先张开空手，但是没有人出来。他伸手去开门，想起小女孩分手时的告诫，犹豫了一下。他用枪柄把门打开，可是门没打开，手枪的枪筒却卡住了，那东西是个胶锅。

他被猛地拉向前去，就好像一只有力的手抓住了格洛克的枪管猛拉着它。有那么一秒钟，他本可以放手的，但他的脑海里从来没有出现过这样的想法。在武器问题上，学院教给他们的第一课就是，永远不要离开你的武器。永远不要。

于是他一直握着手枪，已经吞噬了他的手枪的那辆车现在在吃他的手以及手臂。太阳又出来了，把他逐渐消失的影子投射到人行道上。在远处，孩子们一直在尖叫。

他想，旅行车把自己黏贴（AFFIXES）到了巡警身上。现在，我明白她说的“黏糊糊”是什么意思了——

接着，痛苦剧增，所有的思想都停止了。只听到了一声尖叫，只有一声。

6. 孩子们（2010年的里奇福斯）

皮特站在七十码远的地方，看到了发生的这一切。他看到州警伸出枪筒，打开旅行车车门；看到枪筒消失在车门上，好像整辆车只是一种视觉上的幻觉；看到警察向前猛冲，大大的灰色帽子从头上掉下来。然后，警察被猛拉进门，只剩下帽子，躺在某个人的手机旁边。停顿了一下，然后车子自己被拉了进去，就像手指握成一个拳头，接着传来了网球拍打球的声音——砰——泥泞紧握的拳头又变成了一辆汽车。

小男孩开始号啕大哭；小女孩不知什么原因，反复尖叫着30，好像她认为J. K. 罗琳不知为何在她的哈利·波特丛书里漏掉了一个神奇的词似的。

警车的后门打开了，孩子们下了车，两个都在号啕大哭，皮特没有责怪他们。假如不是被刚才的所见震惊到了，他可能也会哭出声来。他的脑海里冒出了一个疯狂的想法：再喝一两口伏特加可能会有助于改善眼前的状况，会让他不那么害怕。如果他不那么害怕，他也许就知道该怎么做了。

与此同时，孩子们又往后退了。皮特想到他们可能会惊慌失措，随时会飞奔逃跑。他不能让他们那样做：他们可能会直接跑到马路上，被来往的车辆撞倒。

“喂！”他喊道，“嘿，孩子们！”

他们转过身来看着他——苍白的脸上，大大的、疑惑的眼睛——他向他们挥了挥手，朝他们走去。这时，太阳又出来了，这一次，很耀眼。

小男孩向前走，女孩子把他拉了回去。起初，皮特以为小女孩是怕他，后来才意识到她害怕的是那辆车。

他做了个盘旋的手势：“绕过去！绕过去，到这边来！”

他们滑过斜坡左侧的护栏，尽可能远离旅行车，然后抄近路穿过停车场。他们来到皮特身边时，小女孩放开了弟弟，坐了下来，把脸埋在手里。她扎着辫子，是她妈妈给她编好的。看着他们，知道小女孩的妈妈再也不能为她编辫子了，皮特感觉糟透了。

小男孩抬起头来严肃地说：“它吃了爸爸妈妈，还吃了马妇和巡警吉米。我猜它会吃掉所有人，它会吃掉整个世界。”

如果皮特·西蒙斯已经二十岁，他可能会问一些无关紧要的废话。可是他只有十岁，而且能够接受刚才看到的一切，于是，他只问了一些更简单、更关键的问题：“嘿，小女孩，有更多警察要来了吗？那就是你大喊‘30’的原因吗？”

小女孩垂下手，抬头看着他，眼睛红通通的：“是的，但布莱克说得对，它也会吃掉他们。我告诉了巡警吉米，但他不相信我。”

皮特相信她，因为他看到了刚才发生的一切。但小女孩说得对，警察不会相信他们，尽管他们最终会相信，因为不得不相信。可是在这之前，怪物车会吃掉更多的警察。

“我想它是从太空来的，”皮特说，“就像《神秘博士》[①] 那样。”

“爸爸和妈妈不让我们看那个，”小男孩告诉他，“说是非常吓人，可是，这个更可怕。”

“它是活生生的。”与其说皮特是对他们说这话，不如说是在对自己说。

“咄。”蕾切尔发出了又长又痛苦的声音。

太阳短暂地闪躲到一团散开的云层后面，当它再次出现时，一个想法随之而来。皮特一直希望能让诺米·特瑞奥特和其他“突袭者”队员看到一些让他们吃惊的东西，好让自己能成为他们小队的一分子。然而乔治已经像老大哥那样实话实说了：他们都见过你那个小伎俩一千次了。

也许是这样，但也许那怪物车没见过一千次，甚至连一次也没有见过。也许它来自的地方没有放大镜，或者没有太阳。他想起《神秘博士》有一集讲述过一个星球，那里一直都是黑暗无光的。

他能听到远处的警笛声，来了一个警察，一个不会相信小孩子们说的话的警察，因为对于成年人来说，他们认为小孩子说的都是狗屎。

“你们留在这儿吧，我要去试一试。”

“不要去！”小女孩用爪子似的手指抓住了皮特的手腕，“它也会吃了你的！”

“我想它不能四处移动。”皮特告诉她，把手挣脱出来。小女孩留下了几处流血的抓痕，但他没有生气，也没有责怪她。如果是他的父母被车吃了，他可能也会这么做。“我想它就只能卡在一个地方。”

“它会伸展，”小女孩说，“它的轮胎可以伸出来，融化后就会伸出来。”

“我会当心的，”皮特说，“但我得试试这个，因为你是对的，等那些警察来后，它也会吃了他们。你们就待在这里别动。”

皮特朝旅行车走去。他靠近（但不是太近）旅行车时，解开了挎

---

① 《神秘博士》(*Doctor Who*)，是由英国广播公司出品的系列科幻电视剧。

包。我得试试这个，他跟孩子们说过，但事实更明显：他想试试这个，就像做科学实验一样。如果他这样告诉别人，可能听起来很奇怪，但他不需要说出来。他只要那么去做就行了，非常……非常……小心地去做。

他在冒汗。太阳出来，天气转暖了，但这不是唯一的原因，他深知这一点。他抬起头，眯着眼看着太阳的亮光，使宿醉感疼痛加重，但又怎么样呢？不要回到云层后面，你敢回去！我需要你。他对着太阳说。

他从挎包里拿出放大镜，弯下腰把挎包放在人行道上。他的膝盖关节裂开了，旅行车的车门猛地打开了几英寸。

它知道我在这里，我不知道它是否能看见我，但它刚才听到我了，或许是闻到我了。

皮特又向前走了一步，现在他已经离车很近，可以摸到车子一侧了。如果他蠢到要那样做的话，是可以摸到的。

“小心！”小女孩叫起来。她和弟弟现在都站着，双臂搂着对方，“当心！”

小心翼翼地——就像一个孩子正走向关着狮子的笼子——皮特打开了放大镜。旅行车的侧面出现了一圈亮光，但那太大，太柔和了，于是他把放大镜移近了些。

“轮胎！”小男孩尖叫起来，“当心！”

皮特低头一看，发现其中一个轮胎正在融化。一条灰色的触须正穿过人行道向他的运动鞋伸过来。不放弃实验就不能后退，所以他抬起了一只脚，像鹳一样站着。灰色的触须立刻改变了方向，向另一只脚伸过来。

时间不多了。

他把放大镜又移近了些，光圈缩成一个明亮的白色圆点。有一会儿，什么事都没发生。接着，烟的卷须开始飘浮起来。斑点下面泥泞的白色表面变成了黑色。

旅行车里传来了一种非人类的吼叫声。皮特必须与他大脑和身体中的每一种本能作斗争，才不会被吓跑。他的嘴唇张开，露出了牙齿，在绝望的咆哮中紧紧咬在一起。他稳稳地抓住放大镜，脑袋里一边数着秒钟。他数到七秒时，怪物车的咆哮声变成了玻璃般的尖叫声，能把人的头给劈开。在他身后，蕾切尔和布莱克放开了对方，用双手捂住了耳朵。

在休息区入口坡道的脚下，奥尔·安德鲁斯将12号巡警车停在滑动停止缓冲区。他走了出来，在那可怕的尖叫声中皱起了眉头。他后来说，*那叫声就像空袭警报通过重金属乐队的放大器播放出来似的*。他看到一个小孩手里拿着东西，几乎碰到了一辆泥泞的旧福特或雪佛兰旅行车的表面，男孩在痛苦、决心或两者兼有之中颤抖着。

旅行车侧面冒烟的黑点开始蔓延。白烟袅袅上升，变成灰色，然后变成黑色。接下来的事发生得很快。皮特看到黑斑周围突然出现了小小的蓝色火焰，火焰散开，似乎在汽车表面上方跳舞，就像是在家里的后院烧烤，父亲在烤肉架上浇上打火机液体后，再点燃一根火柴时，木炭球看起来的样子。

那条黏糊糊的灰色触须，差点就伸到了人行道上皮特穿着运动鞋的脚上，突然又折了回来。车子自己又猛拉了一下，但这一次，周围蔓延开来的蓝色火焰像电晕一样清晰可见。它越拉越紧，变成了一个火球。然后，在皮特和卢西尔的孩子们和巡警安德鲁斯的注视下，它冲向了春天的蓝色天空。它在空中停了一会儿，像煤渣一样闪闪发光，然后就消失得无影无踪了。皮特发现自己想到了地球大气层以外寒冷的黑暗——那些没有尽头的地方，很可能有东西生存和潜伏着。

我没有杀死它，只是把它赶走了。它必须走，这样才能挣脱出来，就像水桶里燃烧的棍子。

巡警安德鲁斯凝视着天空，目瞪口呆。他的大脑在思考，他该如何将刚才所见写成报告。

此时，更多的警笛声越来越近。

皮特一只手拿着挎包，另一只手拿着里奇福思放大镜，走回到两个孩子身边。他有点希望乔治和诺米都在这里，但他们不在又怎么样呢？没有那些家伙，他自己也已经过了一个充实的下午，他也不在乎是否被禁足了。相比下午发生的事情，从自行车上跳进愚蠢的沙坑边简直像《芝麻街》[①] 一样小儿科。

你们知道吗？我他妈的真厉害。

如果不是那两个小孩在看着他，他可能会笑出声来。他们刚刚看到父母被某种外星生物吃掉了——被活生生地吃掉了，他要是表现出开心的样子，那就大错特错了。

小男孩伸出胖胳膊，皮特把他抱起来。孩子亲吻皮特的脸颊时，他没有大笑，只是微笑了一下。“谢谢，”布莱克说，“你是个好孩子。”

皮特把他放下来。小女孩也亲吻了他，很不错，如果她是个婴儿的话感觉会更好。

警察正朝他们跑来，皮特突然想起了一件事。他向小女孩弯下腰，对着她的脸吹了口气：“你闻到什么了吗？”

蕾切尔·卢西尔看了他一会儿，她的表情比实际年龄要显得聪明得多。“你会没事的，”她说，实际上还笑了一下，不是大笑，但的确微笑了，“只要别对着他呼吸。你回家之前，也许可以买些薄荷糖之类的东西。”

“我想买点茶莓口香糖。”皮特说。

“不错，”蕾切尔说，“会有效果的。”

献给奈·威尔顿和道格·艾伦，他们买下了我的第一个故事。

---

① 《芝麻街》(*Sesame Street*)，是美国公共广播协会制作播出的学前儿童教育节目。

应对每个场合，我母亲都会有警言妙句。（“而且史蒂夫全都记得。”我仿佛听到妻子塔比莎说道，一边说一边翻着白眼。）

母亲最喜欢说的一句是“冰箱里的牛奶总会沾上旁边食物的味道。”我不知道牛奶是否真的如此，但就年轻作家的风格形成过程而言，情况的确如此。年轻的时候，我读洛夫克拉夫特的作品，写作风格就变得像霍华德·菲利普·洛夫克拉夫特；而读侦探卢·阿切尔的冒险经历，我的写作风格就变得像罗斯·麦克唐纳。

风格上的模仿最终会减弱。渐渐地，作家会形成自己的个人风格，这种个人风格就像指纹一样独一无二。人们在成长过程中所读过的作家的痕迹会一直存在，但每个作家的思想节奏——我认为是他或她的脑电波的一种表达——最终会占据主导地位。最后，除了伦纳德，没有人的作品会像是埃尔摩·伦纳德所写；除了吐温，没有人的作品会像是马克·吐温所写。然而，当作家遇到新奇精彩的表达模式向他展示一种新的观察和表达方式时，风格上的模仿就会不时重现。例如我写的《撒冷镇》就受到了詹姆斯·迪基所著诗歌的影响，假如说《玫瑰疯狂者》在某些地方像是科马克·麦卡锡的作品，那是因为在我写该书的时候，正在阅读手头能找到的麦卡锡的所有作品。

2009年，《纽约时报书评》的一名编辑问我是否愿意对卡萝尔·斯克莱尼卡所著的《雷蒙德·卡佛：一位作家的一生》和由美国图书馆出版的《卡佛短篇小说集》两本书进行评论，我同意了，主要原因就是为了能够探索新的领域。虽然我是一个杂食性的读者，不知何故，曾经却错过了卡佛。你也许会说，对于和卡佛处于差不多同一文学时代的作家来说，他可是一个很大的盲点，或许你是对的。我唯一能为自己辩护的就是“libros，quam breve tempus”——书本太多，时间太少（的确如此，我有件T恤上就印着这几个词）。

不管怎么说，卡弗的写作风格清晰明朗，散文线条优美、富有张力，的确让我震惊不已。一切都呈现在表面，但表面如此清晰可见，读者可以看到其下活生生的世界。我喜欢卡佛写的故事，我喜欢他所采用的笔触和用柔情描写的美国失败者。是的，这个家伙是个酒鬼，但他触觉敏锐，拥有一颗伟大的心灵。

在阅读了二十多篇卡佛所著的故事后不久，我就写了《优质和谐》。因此，该书会让读者产生类似在读卡佛的感觉，这也不足为奇。如果说我是在二十多岁时写下这个故事，那么可以将该故事看成对一个比我更优秀的作家的拙劣模仿。而这个故事却是我在六十二岁时才创作出来的，不管是好是坏，我自己的风格已然贯穿其中。和许多伟大的美国作家（此刻立即浮现在我脑海里的是菲利普·罗斯和乔纳森·弗兰岑）一样，卡佛似乎没有太多幽默感。而我呢，从另一方面来说，却几乎能从每件事中看到幽默。尽管这里提及的幽默指的是黑色幽默，但在我看来，这往往是最好的幽默。因为——如果深思下去——当死亡来临的时候，除了笑对，我们还能做什么呢？

优质和谐

他们已经结婚十年。有很长一段时间，一切都还不错，算得上很好——但现在，他们开始吵架了，常常争吵，为同样的问题争吵不休，循环反复。是啊，雷有时会想，这就好比一条狗的足迹。每当他们吵架的时候，就如同在追逐机械兔子的猎犬。一次又一次经过同样的地方，但它已经看不见风景，眼里只有兔子。

他想，如果他们有孩子，情况可能会有所不同，但女方不能生育。他们去做过检查，医生就是这样说的，是女方的问题，她的身体出了点毛病。大约一年后，他给妻子玛丽买了一条杰克拉塞尔短腿狗，玛丽给它起名叫比兹尼兹[①]。要是有人问起怎么拼写狗的名字，玛丽定会欣然相告。她想让别人都能明白这个笑话。她很喜欢那条狗，不过，现在他们还是吵架了。

他们现在要去沃尔玛超市买些草籽。他们已经决定把房子卖掉——因为已经负担不起房子的维持费，不过玛丽说，只有重新修缮管道，把草坪弄得漂亮，才能卖个好价钱。玛丽说，那些光秃秃的草坪看起来就像破烂的爱尔兰。这个夏天非常炎热，根本没有雨水。雷告诉玛丽，不管草籽的品种有多好，假如没有雨水的滋润，草籽也不会生长。雷说，应该再等等看。

“如果等下去，一年过后，我们还会在这里。”玛丽说，“我们可不能再等上一年了，雷，我们会破产的。”

玛丽说话时，狗狗比兹就从后座位上盯着她看。有时雷说话，比兹也会盯着看，但并不总是如此。大多数时候，比兹会看着玛丽。

“难道你认为只要下雨，我们就不用担心会破产了吗？”雷问道。

“别忘了，我们可是一条绳上的蚂蚱。”玛丽说。此时他们正驾车

---

① Biznezz，与 business（商业）一词谐音。

穿过城堡岩，四周一片寂静。雷所说的“经济”已经从缅因州的这个地区消失了。沃尔玛超市在小镇的另一边，在一所高中附近，雷是那所高中的门卫。沃尔玛超市有自己的红绿灯，人们为此总是开玩笑。

“小事聪明，大事糊涂。”雷说，“你听过吗？”

“已经从你那儿听过一百万次了。”

雷咕哝了一声。他从后视镜里看到比兹正目不转睛地盯着玛丽。有时候，他很讨厌比兹的这种行为。他突然想到，也许他们夫妻俩都不知道自己到底在说什么，想到这点让人沮丧不已。

“你把车开到快客-匹客超市，”玛丽说，“我要去那里给泰莉买个踢球玩具当生日礼物。”泰莉是玛丽哥哥的女儿。雷把泰莉看成亲侄女，他不知道这样对不对，毕竟泰莉是玛丽那边的亲戚。

“沃尔玛超市也有球卖，”雷说，“而且那里所有的东西都更便宜。”

“快客-匹客超市有紫色的踢球玩具，泰莉最喜欢紫色。我不知道沃尔玛是否会有紫色的踢球。”

“如果沃尔玛没有，我们回来的路上在快客-匹客停一下就好。”雷觉得头上沉甸甸的，仿佛压着重物。玛丽最终还是会一意孤行，她总是这样。婚姻就像一场足球比赛，雷是劣势球队的队员。他必须挑选好位置，才能进行短传。

“回来的路上不顺道。”玛丽说，仿佛他们身处大城市交通的洪流之中，而不是在一个几乎被遗弃的小镇上，这个小镇上的大部分商店都在出售。“我会快速跑进去，买到球就冲出来。”

你都已经二百磅重了，雷想，你能冲进去的日子早就结束了，亲爱的。

“买个球只花九十九美分，”玛丽说，“别那么小气。”

雷想，别太傻了。然而他脱口而出的却是：“你进去的时候给我买一包烟，我就不进去了。”

“要是你把烟戒掉，我们一周就能省下四十美元。”

雷以前会把钱存起来，让在南卡罗莱纳的朋友帮忙买上十二箱香烟。因为那里出售的每一箱烟要便宜二十美元。即使时至今日，那也是一大笔钱。他并非不想节约，他以前就告诉过她这一点，而且还会再次如此相告。可是，这又有什么意义呢？一只耳朵进，另一只耳朵出。他说的话玛丽可什么都听不进去。

“我以前每天要抽两包烟，”雷说，“现在只抽不到半包。”实际上，大多数时候，他抽烟的数量比以前更多。玛丽知道，而雷也知晓玛丽是知道的。结婚时间长了就会变成这样。雷感觉头上的重量更沉了，而且，他发现比兹还一直盯着玛丽看。是他在喂养这该死的东西，是他赚钱给比兹买食物，而比兹却在盯着玛丽看。杰克拉塞尔短腿狗本该是很聪明的犬类啊。

他把车开进了快客-皮客。

“你一定要买烟的话，也应该去印度岛上买。”玛丽说。

雷回答道：“那里已经十年都没有销售免税烟了，我告诉过你的，可你就是没听见。”他经过加油站把车停在商店旁。一点阴凉处都没有，太阳火辣辣地直射头顶。车里面空调的作用微乎其微。他们俩都在冒汗，比兹在后座上不停地喘着粗气，看上去像是在咧嘴微笑。

“哦，那你应该戒烟。”玛丽说。

“你也应该戒掉那些小点心。”雷说。他本不打算提这事，他知道玛丽对自己的体重有多敏感，但还是脱口而出了。覆水难收，真是令人费解。

“我已经有一年没吃小点心了。”玛丽说。

“玛丽，点心盒就在架子的最上面，总共有二十四包，就在面粉后面。”

“你在窥探我吗？”玛丽叫起来。双颊涨得绯红，雷看着她，她美丽依然。无论怎样，她都很漂亮。每个人都说她漂亮，雷的母亲也这么说，尽管她不喜欢玛丽。

“我在找开瓶器的时候看到的，”雷说，“我有一瓶奶油苏打，老式的有盖子的那种。”

“去那该死的橱柜顶上的架子上找一个开瓶器！”

“进去买球吧，”雷说，“给我买包烟来，动作快点。”

“你就不能等到我们回家后再抽烟吗？难道就等不了那么久吗？”

“你可以给我买点便宜的烟，”雷说，“没有注册商标，被称为‘优质和谐’的那种烟。”那些烟的味道就像陈腐的牛粪，不过没关系，只要玛丽能闭上嘴。天气太热了，不能再争论下去。

“那你打算在哪里抽烟呢？看来是要在车里抽，我又得吸二手烟了。”

“我会开窗的，我一直这样做的啊。”

“我进去买了球就出来，如果你想要花四块五去毒害你的肺，那你就自己进去买，我和宝贝坐在车里等你。”

雷讨厌玛丽把比兹称作宝贝。比兹就是一条狗，也许像玛丽喜欢夸耀的那般聪明，但它仍然会在外面拉屎，舔自己的屁股。

“你进去的时候买几盒夹心蛋糕，”雷告诉她，“也许 Ho Hos① 正在打折。”

“你真小气。”她说。她下了车，砰的一声关上了车门。雷把车停得太靠近旁边的建筑物，玛丽得侧着身子才能经过后备厢。雷知道玛丽知道他在看着她，看着她硕大的身躯只能侧身而行，知道玛丽会认为雷是故意把车停近旁边的建筑物，就是想让她侧身才能通过。也许雷的本意的确如此。

他很想抽上一支烟。

“好了，比兹，老伙计，现在只有你和我了。”

比兹在后座上躺下，闭上了眼睛。假如玛丽打开唱片，叫它跳舞，它可能会后爪着地站起来，转悠上几秒钟。如果玛丽（用愉快的声音）告诉它，它是个坏孩子，它可能会走到角落里面壁坐下，但它仍然会在外面拉屎。

过了很久，玛丽还没有出来。雷打开了工具箱，在杂乱无章的纸堆里翻找可能遗留下的香烟，但是没有找到。他在箱子里发现了一个夹心蛋糕，包装还没有拆开。他捅了一下蛋糕，那蛋糕就像尸体一样僵硬。准是有一千年的历史了，可能还要更久，可能是来自遥远的诺亚方舟。

---

① 一种巧克力夹心蛋糕的品牌。

“每个人都有自己的毒药，”雷自言自语道。他把蛋糕的包装扯掉，把蛋糕扔进后座。“想要这个吗，比兹？玩儿吧，把自己打倒吧。”

比兹两口就咬掉了蛋糕，然后开始舔舐座位上的椰子碎片。玛丽看到会很高兴，但玛丽不在这里。

雷看了看汽油表，刻度已经下降了一半。他可以把车熄火，打开窗户，但他真的会被热浪烤到。坐在阳光下，等着她用九十九美分买一个紫色塑料球，他知道在沃尔玛只要花七十九美分就能买到。不过球可能是黄色或红色的，但对泰莉来说还不够好，只有紫色配得上公主。

他一直坐在车里，玛丽还没有回来。“到底怎么回事！”他说，脸上掠过一丝冷气。他又考虑关掉引擎，节省一些汽油，然后又想，去他妈的，反正玛丽也不会给他买烟。甚至连廉价的非品牌香烟也不会给他买，他深知这一点。等玛丽回来，他准得再说说那些小点心。

他在后视镜里看到一个年轻的女人正朝他停车的方向跑来，她甚至比玛丽还要胖，硕大的乳房在蓝色的罩衫下来回摆动。比兹看到她来，就叫了起来。

雷摇下了窗户。

“那个金发女人是你的妻子吗？”她气喘吁吁地问，“穿着运动鞋的金发女人？”脸上满是汗水。

“是的，她去给我们的侄女买球。”

“嗯，她出事了。她摔倒了，失去了知觉。高希先生认为她可能心脏病发作了。他已经拨打了911，你最好来一下。”

雷把车锁上，跟着她进了商店。从车里出来进入商店感觉有点冷。玛丽躺在地板上，双腿张开，两臂放在身体两侧。她身边是一个装满球的金属丝圆筒，圆筒上写着**夏天的热辣乐趣**字样的标签。玛丽双目紧闭，就像在油毡地板上睡着了。她旁边站着三个人，一个穿着卡其布裤子和白色衬衫的黑皮肤男人，衬衫口袋上别着牌子，上面写着**经理高希先生**。还有另外两个顾客，一个是头发稀疏的消瘦老人，至少七十多岁了；另一个是个胖女人，比玛丽胖，甚至比那个穿蓝色工作服的女孩还要胖。雷觉得躺在地板上的应该是她才对。

“先生，您是这位女士的丈夫吗?”高希先生问道。

“是的，”雷回答，似乎还不够，“我就是。”

“很抱歉，但我想她可能已经死了。”高希说，“我给她做了人工呼吸，嘴对嘴，但是……”他耸了耸肩。

雷想象这个黑皮肤的男人，把嘴贴在玛丽的嘴上，对着她亲嘴，他的呼气传入玛丽的喉咙，就在装满塑料球的金属丝圆筒旁边。然后，雷跪到了地板上。

“玛丽。”他叫道。

“玛丽!”他又叫道，如同经历了一个艰难的夜晚后试图唤醒她一样。

玛丽看起来已经没有了呼吸，但不能妄下结论。雷把耳朵贴在玛丽的嘴上，已经没有声息。但雷感觉到有气息在皮肤上滑过，那可能只是空调的气流。

“这位先生已经拨打了911。”那个胖女人说，她手里拎着一袋羊角面包。

“玛丽!”雷叫道。这次，他的声音大了一些，但他不能大声喊叫，不能跪在众人面前喊叫，特别是周围还有一个黑皮肤的人。他抬起头来，抱歉地说:“她从来不生病，一直非常健康。”

“你永远也不会知道了。”老人说，摇了摇头。

“她只是摔倒了，”身穿蓝色工作服的年轻女子说，“没说一句话。”

“她抓胸部了吗?”那个拎着羊角面包的胖女人问道。

“我不知道，”年轻女子说，“我猜应该没有，我没有看到她抓胸部，她只是摔倒了。”

在放着球的附近挂着一排纪念T恤，上面印着**我父母在城堡岩被当成皇室对待，而我得到的只是这件讨厌的T恤**。高希先生取下了一件，说:“先生，要我遮住她的脸吗?”

“上帝啊，不要!”雷吃惊地叫道，“她可能只是昏迷不醒，我们又不是医生。”越过高希先生的肩膀，他看到三个十几岁的孩子正朝窗户里看，其中一个正在用手机拍照。

高希先生朝着雷注视的方向看了看，然后急忙向门口跑去，一边跑一边拍着手道：“你们这些孩子，给我出去！给我出去！”

孩子们笑着，慢腾腾地向后退，然后转过身去，跑过加油站，跳到人行道上去了。在他们身后，几乎已经废弃的城镇闪烁着微光，一辆正播放着说唱歌曲的汽车疾驰而过。在雷听来，车里传出来的低音就像玛丽被偷走的心跳声。

“救护车呢？”老人说，“怎么还没来？”

雷跪在妻子身旁，时间一分一秒过去。他的脊背很痛，膝盖也很痛，但他不能站起来，否则他看起就像个旁观者了。

救护车来了，是一辆被涂成白色带有橙色条纹的雪佛兰越野车，红色的车顶灯一直在闪烁。**城堡县救援**被印在前面偏后一点的地方，这样在后视镜里就可以读到这些字。雷觉得这样做很聪明。

进来的两个人都穿着白色的衣服，看起来像是服务生。其中一个把氧气罐推到手推车上。那是一个绿色的氧气罐，上面贴着美国国旗。

“抱歉，”推车的人说，“我们刚刚在牛津清理了一场车祸。”另一个人看到躺在地板上两腿张着手放在身体两侧的玛丽，不禁说道，“哦，哎呀。”雷简直不敢相信他会这样说。

“她还活着吗？”雷问道，“或者只是暂时失去了意识？如果是这样的话，你们最好赶紧给她输氧，否则会损伤到她的大脑。”

高希先生摇了摇头，身穿蓝色工作服的年轻女子开始哭泣。雷想要问她为何要哭，但是很快就明白过来。女孩从雷刚才说的话中自己编造了一整个关于他的故事。也就是说，如果一周后雷回到这里，只要表现得当，她可能就会对他大发慈悲。并不是说他会这样做，但他认为也许可以，如果他想做的话。

玛丽的眼睛对手电筒没有反应，一名急诊医生听了听她已经没有的心跳，另一位则测了一下她已不存在的血压，这些动作持续了一会儿。刚才的那几个少年带着一些朋友回来了，还来了一些其他人。雷猜测，这些人是被急诊医院救护车顶部的闪灯吸引来的，就像虫子被门廊的灯吸引一样。高希先生朝他们跑过去，拍打着手臂。人群往后退了一点。然而，当高希先生回到玛丽和雷身边时，人群又回来了，继续往里看。

其中一个急救员问雷："她是你的妻子吗?"

"是的。"

"先生，很抱歉，她已经死了。"

"哦，"雷站起来，他的膝盖快要裂开了，"他们告诉我她死了，但我不确定。"

"圣母马利亚保佑她。"拎着羊角面包的胖女人说，在胸前画着十字。

高希先生递给急救队的一名成员一件T恤，让他遮住玛丽的脸，急救队员却摇摇头，走了出去。他告诉人群没什么可看的，仿佛有人会相信一个在快客-皮客死去的女人没有什么好看的一样。

急救员从救援车的后面拉出来一张轮床，他用手腕快速地转动了一下，轮床的腿就自己落了下来。头发稀疏的老人撑开了商店的门，急救员把滚动着的临终轮床拉了进去。

"喔，好热。"急救员擦着额头说。

"先生，你也许不想看到这一部分。"另一个人说，但雷还是看着他们把玛丽抬到轮床上。在轮床的尽头，一张床单被整齐地折叠起来。他们把床单一直拉到玛丽的脸上。此时，玛丽像电影中的尸体一样，急救员把玛丽的尸体推到热浪滚滚的室外。这一次，那个拎着羊角面包的胖女人为他们开了门。人群退到人行道上，在八月灼热的阳光下，那里至少站着三四十个人。

玛丽被存放好后，急救员回来了。其中一个拿着一个夹纸记录板，他问了雷大约二十五个问题，雷很快回答了所有的问题，除了玛丽的年龄。他想起玛丽比他小三岁，就告诉他们玛丽有三十四岁。

"我们要送她去圣·史提维家，"拿着夹纸纪录的急救员说，"如果你不知道在哪里，可以跟着我们。"

"我知道，"雷说，"可是为什么呢？你们要做尸检吗？要把她切开吗?"

穿蓝色罩衫的女孩喘了一口气，高希先生用胳膊搂住她，她把脸贴在他的白衬衫上。雷在想高希先生是否和她上过床。他希望不会，并非是因为高希先生的黑色皮肤，雷并不在乎这个，而是因为高希的年龄是女孩的两倍。年长者能占到便宜，尤其是当老板的。

“嗯，这不是我们的决定，”急诊医生说，“但可能也不会尸检，她死时身边并非没有人……”

“我会作证的。”拎着羊角面包的女人插了一句。

“而且很明显是心脏病。你很可能马上就把她送到停尸房去。”

停尸房？一小时前他们还在车里争吵。

“我没有停尸房，”雷说，“没有停尸房，没有墓地，什么都没有。该死的，我为什么要有这些东西？她才三十四岁。”

两个急救员互相交换了一下眼神。“伯克特先生，在圣·史提维家会有人帮你的。别担心。”

“不用担心？这是什么鬼话！”

急救车开出去的时候车顶灯还在闪烁，但警报器已经关了。人行道上的人群渐渐散去。柜台小姐、老人、胖女人和高希先生注视着雷，好像他是个很特别的人，是个名人。

“她想给我们的侄女买一个紫色的踢球，”雷说，“她要过生日了，就满八岁了。她的名字叫泰莉，是以一个女演员的名字起的名。”

高希先生从钢丝架上拿出一个紫色的踢球，双手把球递给雷。“放在屋里吧。”他说。

“谢谢你，先生。”雷说。

拎着羊角面包的女人哭了起来。“圣母马利亚。”她说道。

他们站着说了会儿话。高希先生从冷藏箱里拿出了苏打水，这些也在房子里。他们喝着苏打水，雷告诉了他们一些有关玛丽的事情，完全不提他们之前的争执。他告诉他们，玛丽做了一床被子，在城堡县集市上获得过三等奖。那是 2002 年的事，或许是 2003 年。

“太令人伤心了。”拎着羊角面包的女人说。她已经打开了羊角面包，给每个人都分了一点。他们吃着羊角面包，喝着苏打水。

“我妻子是在睡梦中死去的，”头发稀疏的老人说，“她躺在沙发上就再也没有醒来，我们结婚有三十七年了，我一直以为我会先走，但上帝没有这样安排。我到现在还能看到她躺在沙发上的样子，”他摇了摇头，“我依然不敢相信。”

最后，雷已经没有什么可以告诉他们的了，他们也没有什么可以告诉雷的了。此时又来了一些顾客。高希先生为其中一些顾客服务，那个穿蓝色罩衫的女人为另一些顾客服务。然后，那个胖女人说她真的得走了。走前，她吻了一下雷的脸颊。

“你得去管管你的事了，伯克特先生。”她对雷说，语气既像是谴责又像是调情。雷想，也许她可能成为另一个怀有怜悯之心的性伙伴。

雷看了看柜台上摆放着的钟表，就是上面有啤酒广告的那种。从玛丽在汽车和快客-皮客超市的煤渣砖之间侧身而行到现在，已经过去了将近两个小时，雷这时才想到了比兹。

雷打开了商店的大门，热浪扑面袭来。他刚把手放到方向盘上，就叫着缩了回去，准是有一百三十度。比兹已经死在座位上，眼睛变成了乳白色，舌头从嘴的一边掉了出来。雷看见比兹的牙齿上面有些闪烁的东西，是它胡须上沾着的椰子碎片。这时候不应该感觉有趣，但确实很好笑。虽然不是有趣到要笑出声来的地步，但的确比较好笑，只是雷一时想不起恰当的词来形容。

“比兹，老伙计，”雷说，“很抱歉，我把你全给忘了。”

他看着已经被烤死的杰克拉塞尔犬，巨大的悲伤和欢乐掠过全身，如此悲伤的事却又如此让人忍俊不禁，真是一种耻辱啊。

“好吧，你现在和她在一起了，对吧？”他说，这种想法是如此悲伤，然而又如此甜蜜，他不禁开始哭泣，哭得很猛烈。哭的时候，他突然想到，现在可以随心所欲地抽烟了，可以在家里的任何地方抽烟，甚至可以就在玛丽的餐桌上抽烟。

“你现在和她在一起，比兹，老伙计。”他泪流满面，声音哽咽，刚好适合眼前的境况，算得上是一种解脱，“可怜的老玛丽，可怜的老比兹，该死的！”

他还在哭，胳膊下还夹着那个紫色的踢球，他又回到了快客-皮客，他告诉高希先生他忘了买烟。他以为高希先生也许还会送给他一包“优质和谐”放在家里，但是高希先生还没有慷慨到那个程度。在去医院的路上，雷一直抽着烟，车窗紧闭，比兹在后座上，冷气开得很足。

纪念雷蒙德·卡佛

有时，一个故事完结了——就完成了一件事。然而，通常来说，故事是分两个部分来找到我的：首先是杯子，然后是把手。把手可能在几个星期、几个月、甚至几年内都不会出现，所以我的脑海里会先有一个小盒子，里面装满了空的杯子，每一个杯子都被保护在我们称之为记忆的独特思想的包装盒里。不管杯子有多漂亮，你也不能去找把手，你得等待它自己出现。我知道这种比喻很糟糕，但是，当你谈论我们称之为创造性写作的过程时，大多数情况就是如此。我一生都在写小说，但对写作过程如何运作仍然知之甚少。当然，我也不了解我的肝脏是如何运作的，但只要它继续工作，我的身体就会很好。

大约六年前，我在萨拉索塔一个繁忙的十字路口看到了一场险些发生的意外事故。一名牛仔司机试图把他的大脚卡车——就是那种有着巨大轮胎的卡车——挤进已经被另一辆大卡车占据的左转车道上。被侵占的家伙按响了喇叭，于是听到了可以预见的刹车声，两个耗油量很大的庞然大物最后相距只有几英寸。转弯车道上的家伙摇下车窗，举起一根手指，向佛罗里达的蓝色天空致敬，就像美国人向棒球致意一样。那个差点撞到他的家伙回敬了一句问候，同时用泰山捶胸的方式向他挑衅："你想尝尝我的滋味吗?"然后，绿灯亮了，其他司机开始鸣喇叭，他们只有继续前进，没有发生身体对抗。

这起事故让我想到，假如两名司机从车里出来，在塔米阿米大路上大声叫嚷，接下来可能会发生什么？这并非是不合理的想象；因为路怒经常发生。不幸的是，"经常发生"并不是一个好故事的配方。然而，那次险些发生的事故一直困扰着我，它是一个没有把手的杯子。

大约一年后，我和妻子在"苹果蜜"餐厅吃午餐，我看到一个五十多岁的男人在给一位长者切割西班牙牛排。他小心翼翼地切着，而那位年长的绅士只是茫然地越过对方的头顶注视着前方。有那么一会儿，老人似乎稍微回过神来，试图抓住餐具，大概是想要自己吃饭。稍微年轻一点的男子微笑着摇了摇头。老人松开了手，继续凝视着远处。我认定他们是父子，而这也正是：我有关路怒故事杯子的把手。

蝙蝠侠和罗宾遇到麻烦

桑德森每周去看望父亲两次。周三晚上，他关闭了父母很久以前就开始经营的珠宝店后，驱车三英里到“能人庄园”看望父亲波普，他们通常和父亲在公共休息室会面；如果波普心情不好，就在他的“套间”里见面。而大多数周日，桑德森会带父亲出去吃午饭。波普将在这里度过最后晚年生活的地方，实际上是“收获山特别护理院”。但对桑德森来说，将其称为“能人庄园”似乎更为贴切。

他们在一起的时间其实不算很糟。不仅是因为桑德森不需要在老爸尿床的时候换床单，他也不需要半夜起床，因为波普会在半夜起来在屋里走来走去，叫他老婆给他炒上几个鸡蛋，或是告诉桑德森，那几个该死的弗雷德里克斯男孩就在后院里饮酒作乐，大喊大叫（事实上，桑德森的母亲多莉·桑德森已经去世了十五年，而那三个弗雷德里克斯男孩也早已不是小男孩，况且他们在很久以前就搬走了）。有一个关于老年痴呆症的老笑话：好消息就是，你每天都能遇到全新的人。桑德森发现了一个真正的好消息是，剧本很少改变，这也就意味着你几乎从不需要即兴发挥。

就像在“苹果蜜”连锁餐厅一样。尽管在过去的三年里，他们父子一直在同一家餐厅吃午饭，但波普几乎每一次都要说同样的话：“这里不算太糟，我们应该再来一次。”他总是点上一份切好的牛排，三分熟。每当侍者端来面包布丁的时候，他就告诉桑德森，他妻子的面包布丁要做得更好吃。

去年，面包布丁已经从位于商业大道上的这家“苹果蜜”连锁店的菜单上取消了，所以波普在让桑德森给他读了四遍菜单后，又想了整整两分钟，然后才点了苹果馅饼。苹果馅饼上来的时候，波普说，多莉会给馅饼抹上厚厚的奶油。然后，他就呆呆地坐着，凝视着窗外的高速公路。下一次，他也做出了同样的评论；但是，他把苹果馅饼吃了个底朝天。

波普通常能记住桑德森的名字与和他的关系，但他有时会把桑德森叫成雷吉——那是桑德森哥哥的名字，而雷吉在四十年前就死了。每当星期三桑德森准备离开“套房”——或者，周日，他带着父亲回到“能人庄园”的时候——父亲无一例外地会对他表示感谢，并保证下一次会玩得更开心。

桑德森的父亲年轻的时候——在他遇到多莉·莱文之前，多莉教会他变得文明——是得克萨斯油田的一个粗野之人，现在有时他还会变回从前的样子。当时，他做梦都没有想到，有朝一日自己会成为圣安东尼奥的珠宝商人。每当他回到年轻时的状态，波普就只能待在自己的“套房”里。有一次，波普把床翻了个底朝天，为此付出的代价就是手腕骨折了。值班的勤杂工——乔斯，波普的最爱——问他为什么这么做，波普说，是因为那个该死的冈顿不肯关掉收音机。当然，没有冈顿这个人，现在没有。冈顿可能在过去的某个地方出现过，也许吧！

最近，波普表现出一种盗窃癖。护理员、护士和医生在他的房间里发现了各种各样的东西：花瓶、饭厅的塑料器皿、公共休息室的电视遥控器。有一次，乔斯在波普的床下发现了一个雪茄盒子，里面装满了各种拼图玩具和八九十种各式各样的扑克牌。波普无法告诉任何人，包括他的儿子，为什么他要拿走这些东西。通常他都会否认拿了这些东西。有一次，他告诉桑德森，冈德森正试图给他带来麻烦。

“你是说冈顿吗，波普？”桑德森问道。

波普挥舞着一只瘦骨嶙峋的手：“那家伙只想要女人，他生来就是追逐女人的猎犬。”

不过，好在波普做盗贼的阶段似乎已经过去了——反正乔斯就是这样说的，而这个星期天，他的父亲已经够冷静了。算不上非常清醒，但也不是很糟糕。这样的表现已经可以去“苹果蜜”餐馆吃饭了。如果父亲没有尿裤子，一切就很好了。父亲穿着尿失禁的裤子，当然还是会有些气味。考虑到这个原因，桑德森总是会选择角落里的桌子。这不成问题，因为他们两点吃饭的时候，从教堂回来的人们已经回家，他们可以看电视上的棒球或足球比赛。

“你是谁?”坐在车里的时候，波普问道。天气晴朗，但有点凉意。他戴着超大的太阳镜，穿着羊毛大衣，看起来非常像朱尼尔叔叔，那个来自索普拉诺家族的老流氓。

“我是道奇，”桑德森说，“你的儿子。”

“我记得道奇，”波普说，“可他已经死了。”

“不，波普，嗯。雷吉死了，他……”桑德森的声音渐渐低了下来，等着看波普是否会结束谈话，但波普没有停。“是个意外。”

“他喝醉了，是吗?”波普问。这么多年了，提起此事，桑德森还是很痛心。这就有关他父亲的坏消息——他有随机的残忍手段，虽然不是故意而为，但仍然可以像地狱一样刺痛桑德森。

“不是，”桑德森说，“喝醉的是那个打他的孩子，那个孩子打了他之后就走了，身上只有几道抓痕。”

那个孩子现在应该有五十多岁了，头发可能已经花白了。桑德森希望那个杀死他哥哥的孩子长大后患有脊柱疾病，希望这家伙的妻子死于卵巢癌，希望他得了腮腺炎，然后既失明又不育。可是，他也许还好端端地活着，在某个地方经营着一家杂货店。也许，他受到上帝的眷顾，甚至经营着一家“苹果蜜”连锁店。为什么不会呢?他当时只有十六岁。一切都无法挽回，年少轻狂，这些记录都会被尘封。而雷吉呢?也被尘封了，封存在传教山的墓碑下，变成了裹在西装里面的一堆骨头。有时，桑德森甚至都不记得他长什么样了。

“道奇和我曾经扮演过蝙蝠侠和罗宾，”波普说，“这是他最喜欢的游戏。”

此时，他们正停在商业大道和航空大道交叉路口等着绿灯，而麻烦很快就找上门了。桑德森看着父亲，微笑着说：“是的，波普，很好!甚至有一年的万圣节，我们就打扮成那样出去了，你还记得吗?我说服了你。披斗篷的十字军战士和奇迹男孩。”

父亲从桑德森的斯巴鲁车的挡风玻璃望出去，什么也没说。他在想什么呢?或者他的思绪只是一个载波?桑德森有时会想象那一条平坦的线路发出的声音：姆姆姆姆姆姆姆姆，就像在有线电视和卫星电视出现之前，那种老旧的电视上出现的测试模式。

桑德森把手放在父亲瘦骨嶙峋的手臂上，友好地挤压了一下：“你当时烂醉如泥，妈妈很生气，但我玩得很开心，那是我过得最开心的万圣节。”

“我从不会在妻子身边喝酒。”波普说。

不，当灯变绿的时候，桑德森想，她还没有把你给训练出来。

“需要给你读菜单吗，波普？”

“我看得懂。”父亲说。其实他再也读不懂菜单了，不过，他们所坐的角落很明亮，他可以看清菜单上的图片，即使戴着朱尼尔叔叔那样一副黑帮墨镜。此外，桑德森知道他会点什么。

侍者端来冰茶时，波普说他要切好的牛排，三分熟的。“我想要粉色的牛排，不是红色的，”他说，“如果端上来是红色的，我就把它退回去。”

侍者点了点头：“跟您往常一样。”

波普怀疑地看着他。

“要绿豆，还是凉拌卷心菜？”

波普气呼呼地说：“你开玩笑吧？所有的豆子都死了。那一年你连服装首饰都卖不出去，更别说真正的东西了。”

“他要沙拉，”桑德森说，“我要……”

“*那些豆子都死了！*”波普强调说，并专横地看了侍者一眼，意思是，你胆敢挑战我吗？

这位侍者以前曾为他们服务过多次，因此，他只是点点头说：“他们都已经死了。”然后转向桑德森，“先生，您呢？”

他们开始吃饭。波普拒绝脱下大衣，所以桑德森要了一个塑料围兜，把它绑在父亲的脖子上。波普对这一点没有异议，可能他根本就没有意识到。最终有一些沙拉沾在裤子上，但是围兜里大部分都是蘑菇肉汁。吃完后，波普对着几乎是空的房间说，他着急想要去小便，否则他就要尿出来了。

桑德森陪着父亲来到男厕，父亲允许桑德森为他解开拉链，但当桑德森试图拉下松紧裤的前面部分时，波普把他的手一把拍开了。“永远不要去碰其他男人的肉，小子，”他生气地说，“你难道不知道这一点吗？”

此情此景突然让桑德森想起了遥远的往事。道奇・桑德森站在马桶前，短裤在脚边晃悠，父亲跪在他旁边，给他做指导。那时他多大了？三岁？还是只有两岁？是的，也许只有两岁，但他不怀疑这种记忆。这就像在路边看到的一块明亮的玻璃上的斑点，位置如此完美，而且留下了后像。父亲说：“不要磨磨蹭蹭，站好位置，准备好就开火。”

波普怀疑地看了桑德森一眼，然后咧嘴一笑，伤了桑德森的心。“我以前训练儿子们养成卫生习惯时，常常告诉他们该这么做，”他说，“多莉说这是我的工作，我做到了，感谢上帝。”

波普喷射出了一股洪流，大部分都进入了小便池，气味又酸又甜，是因为糖尿病的缘故。但这又有什么关系呢？有时，桑德森认为老人走得越早越好。

他们回到桌旁，波普仍然戴着围嘴，他做出了裁决：“这个地方还不错，我们应该再来一次。”

“来点甜点怎么样，波普？”

波普考虑着这一提议，凝视着窗外，嘴巴张着。或者这又会仅仅是载波而已吗？不，这一次不是，“为什么不呢？我的肚子还有空间。”

他们俩都点了苹果馅饼。波普看着馅饼顶端的一勺香草，眉毛皱了起来：“我妻子以前常常在上面涂抹很多奶油。她的名字叫多莉，多琳的缩写。就像《米老鼠俱乐部》[①]里那样欢乐。嗨，来吧；呼，来吧；嘿，来吧，你总是会受到欢迎。”

“我知道，波普。把东西吃光吧。”

“你是道奇吗？”

---

① 《米老鼠俱乐部》（*The Mickey Mouse Club*），是美国从1955年开始播放的系列动画片。

“是的。”

“真的，没有骗我吗？”

“没骗你，波普，我是道奇。”

他父亲举起一勺正欲滴淌的冰淇淋和苹果馅：“我们做到了，不是吗？”

“做到什么了？”

“打扮成蝙蝠侠和罗宾出去玩‘不给糖就捣蛋’的游戏。”

桑德森大笑起来，很是惊讶。“我们的确是做到了！妈妈说我生来就有点傻，但是你没有借口。雷吉不会靠近我们，他对整个事情都感到厌恶。”

“我喝醉了。”波普说，然后开始吃甜点。吃完后，他打了一个嗝，指着窗外说：“看那些鸟，那是什么鸟啊？”

桑德森往外看去，是有些鸟聚集在停车场的一个垃圾箱上，有几只在垃圾箱后面的围栏上。“那些是乌鸦，波普。”“天哪，我知道，”波普说，“那时，乌鸦从不打扰我们。我们有一把霰弹枪，现在，你听。”他倾身向前，全神贯注，“我们以前来过这里吗？”

桑德森简要地思考了这个问题内在的形而上学的可能性，然后说：“是的，我们大多数星期天都来这里。”

“好吧，这地方不错。但我想我们该回去了，我累了，我现在想做另外那件事。”

“小睡一下。”

“那件事。”波普说，专横地看了他一眼。桑德森做了个要结账手势，在收银台付款的时候，波普双手深插在大衣口袋里，埋头往前走。桑德森匆忙抓起找回的零钱，在波普跑到停车场，甚至进入繁忙的商业大道的四车道上之前，他得赶紧跑去守着门。

“那是一个美好的夜晚，”当桑德森给波普扣好安全带时，波普说，“什么夜晚啊？”

“万圣节，你这个笨蛋。你那时八岁，所以应该是在 1959 年，你是 1951 年出生的。”

桑德森看着他的父亲，惊讶不已，但老人一直盯着前方的车流。桑德森关上了副驾驶门，绕过引擎盖，进入驾驶室。驶过了两三个街区，他们都没有说话，桑德森以为父亲已经忘记了整件事，但他没有。

“我们到达山脚下的森林之家，你还记得那座山吗？”

“教堂街山，当然记得。”

“正确！诺玛·佛瑞斯特打开了门，你还没来得及开口，她就说：‘不给糖就捣蛋吗？’然后她看着我说‘不给酒就捣蛋吗？’”波普发出生锈的铰链般的笑声，桑德森已经一年或是更久都没有听到过这样的笑声了。他甚至拍打着大腿，“不给酒就捣蛋！真是个机灵鬼！你还记得，对吗？”

桑德森努力想了一下，却一无所获。他只记得，尽管父亲的蝙蝠侠服装是匆忙拼凑在一起的，十分差劲，但他和父亲在一起是那么幸福。蝙蝠侠的衣服就是在灰色的睡衣前面用魔笔画了一枚蝙蝠徽章，披风是从一张旧床单上剪下来的，腰带是一条皮带，父亲在皮带上插上了各种各样的螺丝刀和凿子——甚至还有一个可调节的扳手，都是从车库的工具箱里取出来的。面具是一顶被虫蛀过的巴拉克拉法帽，父亲把它卷到鼻子上，把嘴露了出来。出门前，父亲站在走廊的镜子前，把面具的顶部从两边拉了起来，想要把它们拉起来当作耳朵，但它们不愿留下。

“她递给了我一瓶闪亮牌啤酒。”波普说。现在，他们已经沿着商业大道行驶了九个街区，接近航空大道的交叉路口。

“你接了吗？”波普一直在说。桑德森希望他能一直说到“能人庄园”。

“当然了。”波普沉默下来。随着商业大道接近十字路口，两车道变成了三车道。最左边的是转弯车道。直行车道的交通灯显示红色，但是左转车道上的交通灯显示出绿色的箭头。“那个女孩的乳头像枕头一样，她是我一生中最爱的人。”

是的，他们伤害了你。桑德森不仅从自己的经历中了解到这一点，而且还从与“能人庄园”里有亲戚的人们交谈中了解到这一点。

大多数情况下，他们不是故意的，但他们确实这么做了。他们剩下的记忆乱七八糟——就像乔斯在波普的床底下发现的那个雪茄盒里的那些偷来的拼图碎片一样，记忆不受掌控，无法将那些可以谈论的东西和那些不能谈论的东西分隔开来。桑德森从来没有理由认为父亲在四十多年的婚姻中都对妻子忠贞不渝，但是，如果父母的婚姻是安详又平等的，那么这难道不是所有成年子女都会做出的假设吗?

他把目光从马路上移开，去看父亲，也因此而发生了事故，不是像商业大道那样繁忙的道路上一直都会险些发生的事故。尽管如此，这并不是一个非常严重的问题，桑德森知道他的注意力在路上徘徊了一两秒钟，但也知道这并不是他的错。

一辆有着超大轮胎和车顶灯组合的皮卡车突然转向桑德森的车道，想在绿色箭头熄灭前及时左转。就在斯巴鲁的左前方与挤进来的皮卡相撞时，桑德森注意到皮卡车的尾灯没有闪烁。他和父亲在锁着的安全带里都被震了一下，他的斯巴鲁前面平滑的引擎盖中间突然隆起了一块，但是安全气囊没有打开，只听到玻璃发出的沙沙声。

“混蛋!”桑德森叫道，“上帝啊!”然后他犯了一个错误，他按下开窗按钮，伸出胳膊，用中指对着卡车。后来，他认为当时之所以会这么做，是因为波普和他一起在车里，而且波普一直表现不错。

波普·桑德森转向父亲问道:“你还好吗?”

“出什么事了?”波普问，“为什么我们要停下?”

他很困惑，但其他方面没问题。幸好他系着安全带，虽然上帝知道这些天是很难忘记系安全带的，因为，如果你不系上安全带，汽车就不会让你走。不系上安全带，只要开车五十英尺，车子就会义愤填膺地叫个不停。桑德森靠在爸爸的膝盖上，用拇指拨开了手套箱，拿出了注册证和保险卡。他直起身来，发现皮卡车的门开着，司机正向他走来，完全没有顾及后面的车辆发出的喇叭声想要转弯绕过刚刚发生的车祸。今天的车辆没有平时工作日那么多，可桑德森认为这并非好事，看着越来越近的司机时，他想到，我在这里遇到麻烦了。

他知道这种家伙，并不是他认识的人，只是因为这种人算是南得州的特产。他穿着牛仔裤和T恤。T恤袖子从肩膀上扯了下来，不是被割破的，而是被扯破的，破破烂烂的布条在他被晒得黝黑的上臂肌肉上晃来晃去。牛仔裤挂在髋骨上，可以看到内裤品牌的名字。一条链子从牛仔裤的一个无框环延伸到后兜，那里无疑会装有一个很大的皮夹子，上面可能还印着一个重金属乐队的标志。他的手臂和手上都有很多文身，甚至一直爬到脖子上。平时，只要桑德森通过闭路电视看到这种人出现在他的珠宝店外面的人行道上，都会按下锁门按钮。现在，他也想按下锁门按钮，但他当然不能这么做了。他不应该对着这个家伙竖起中指，他甚至有时间重新考虑他的选择，因为他必须摇下车窗才能做到对他竖中指。但现在已经太晚了。

桑德森打开门，下了车，准备安抚一下对方，为他不需要道歉的事表示歉意——看在上帝的分上，是那个家伙要抄近路的。但这里还有别的东西，使桑德森的前臂和颈后的皮肤刺痛得令人沮丧的东西，现在他已经不在空调车里了，脖子一直在冒汗。那家伙的文身很粗糙，很凌乱：二头肌上纹的是锁链，前臂上纹的是荆棘，一只手腕上纹的是匕首，刀尖上还挂着一滴血。不是在美容店纹的，而是在监狱里纹的。文身男的靴子至少是六二码，体重至少有二百磅，或许是二百二十磅。桑德森的鞋子只有五九码，体重是一百六十磅。

“听着，我很抱歉对你竖中指，”桑德森说，“天气太热了，但是你改变车道时没有……”

“看看你对我的卡车做了什么！”文身男说，“我才买了三个月！”

“我们需要交换一下保险信息。”他们还需要一个警察。桑德森四处张望，只看到了一些围观的车辆，正放慢车速来评估车祸的损坏程度，然后又加速疾驰而过。

“我几乎付不起他妈的车钱，你以为我会买保险吗？”

你必须要有保险，桑德森想，这是法律。只有像他这样的家伙才会认为他没有必要有这些东西，在他牌照下挂着的橡胶睾丸就是最好的证明。

“你他妈的为什么不让我的车插进来呢，混蛋？”

桑德森说：“你的车挤进来的时候没有闪灯……”

“我闪灯了。”

“那为什么灯没有亮呢？”桑德森指着皮卡车说。

“因为你把我的尾灯给砸坏了，笨蛋！我该怎么向我女朋友交代呢？她付了他妈的首付！把那该死的东西从我面前拿开。”

他打掉了桑德森拿在手里的保险卡和行车证。桑德森看着它们，呆住了，他的证件都躺在了路上。

“我要走了，”文身男说，“我去修我的车，你去修你的。就这样处理。”

事故对斯巴鲁造成的损坏程度远远大于对荒谬的超大皮卡的损害，可能会有一千五百或两千美元以上的损失，但这并不是桑德森开口说话的原因，也并不是担心这家伙会逃之夭夭——桑德森应该做的就是把挂着橡胶睾丸上面的牌照号码写下来。也不是因为热，而此时的确非常炎热。而是因为桑德森想到了坐在副驾驶座位上的父亲，父亲不知道发生了什么事，他需要午睡。他们现在本应该已经回到“能人庄园”的半路上了，但是没有。没有。都是因为这个快乐的混蛋阻碍了交通，想在绿色的箭头熄灭之前溜过去，否则世界就会变黑，审判的风也会吹来。

“这不是解决问题的方法，”桑德森说，“这是你的错，是你没有打信号灯就插队到我前面，害我没来得及停车。我想看看你的行车证，还有驾照。”

“去你妈的，”大块头男人说完，对着桑德森的肚子打了一拳。桑德森弯下腰，大声地咳出了肺里的空气。他应该知道招惹皮卡车司机的后果，他的确知道。只要看看那些业余的文身，任何人都会了解得很清楚，但他仍然勇往直前，因为他不相信这种事会发生在光天化日之下，会发生在商业大道和航空大道的交汇点。他是杰西家族的人，从三年级开始就没有被打过，当时男孩们争论的可不仅仅是棒球卡。

“这就是我的行车证，”文身男说，豆大的汗珠在他的脸旁两侧流淌，“我希望你喜欢，至于驾照，我没有，满意了吧？他妈的我没有。我会有很多麻烦，都是你他妈的错，因为你不去看要去的地方，而是在手淫！”

然后，文身男完全失去了理智。也许是因为这场事故，也许是因为炎热，也许是桑德森坚持要看他根本没有的文件，甚至有可能是因为听到自己的声音。桑德森已经听过“手淫”这个短语很多次了，但是他意识到直到现在他还没有完全理解它的意思。文身男是他的老师，他是一个好老师。他把两只手握在一起，做成了双拳。桑德森被大拳击中脸部一侧的时候，有足够的时间看到文身男的手指关节上有蓝色的眼睛，桑德森被撞到刚受伤的车子右侧。他靠着车子滑了下去，感觉有一股金属撕裂了他的衬衫和下面的皮肤。血液从一侧流了出来，热得有点发烫。然后他的膝盖弯曲倒在路上。他盯着手，不相信那是自己的手。他的右脸颊很烫，就像在发面的面团，他的右眼在流泪。

紧接着在他受伤的一侧，就在腰围的上方又挨了文身男的一脚。桑德森的头撞上了斯巴鲁的右前边，弹了回来。他想要从文身男的阴影下爬出来，文身男正对着他大吼大叫，但桑德森一句话也说不出来；只是发出哇波-哇波-哇波的声音，如同动画片《花生漫画》中大人对孩子说话时发出的声音。他想告诉文身男，好了，好了，你说什么就是什么，我们让事情就这样了结了吧。他想说没有伤害，没有犯规（尽管他觉得自己受到了严重的侵犯），你走你的阳光道，我走我的独木桥，祝你旅途愉快，明天见，火枪手。可是他喘不过气来，他想他会心脏病发作，可能心脏病已经发作了。他想要抬起头来——如果他要死了，他想看一些比商业大道上面以及他受伤的汽车前部更有趣的东西——但他似乎做不到，他的脖子软得像面条。

文身男又踢了他一脚，这次踢到了左大腿上端的肉里。突然，文身男发出呜咽之声，红色的血滴落在道路上。起初，桑德森以为是自己的鼻子——也许是嘴唇，文身男双拳击到他的脸上造成的——但之后，更多温暖的血滴溅到他的脖子后面，就像热带雨林的阵雨。桑德森爬远了一些，绕过汽车引擎盖，然后设法翻身坐下。他抬起头，眯起眼睛，看着天空的耀眼光芒，看到波普站在文身男的身边。文身男像得了严重胃痉挛似的弯下了腰，他也在脖子上摸索着，此时，他的脖子上长出了一块木头。

起初，桑德森不知道发生了什么，但很快就明白了。这片木头是一把刀柄，他以前见过，他几乎每周都能看到。你不需要一把牛排刀，用来切波普在周日午餐时都要点的切好的牛排，只要用叉子就足够了，但是侍者还是会给他们送上来一把刀，这是“苹果蜜”连锁店服务的一部分。波普可能不再记得儿子来拜访过他，不记得他的妻子已经死了，甚至可能不再记得自己的中间名，但似乎他并没有失去所有机智的冷酷，正是这种特性，使他从一个没有上过大学的油田年轻汉子变成了圣安东尼奥开珠宝店的中上阶层商人。

他让我去看鸟，桑德森想，垃圾箱上的那些乌鸦，他就是那个时候拿的刀。

文身男对坐在马路上的男人失去了兴趣，也没有再看站在他身边的老人一眼。文身男开始咳嗽，每咳一次，都会从嘴里喷出一些漂亮的红色喷雾。他的一只手放在插在脖子上的刀上，想要把它拔出来。血从他的T恤上涌出流下，溅到牛仔裤上。他开始走向商业大道和航空大道的交叉路口（所有的交通都停止了），仍然弯着腰咳着。另一只自由的手欢快地轻轻摇晃：嗨，妈！

桑德森站了起来，腿还在发抖，但他站住了。他听到警笛声越来越近。自然，现在警察来了。现在，一切都结束了。

桑德森用胳膊搂住父亲的肩膀：“你还好吗，波普？”

“那个人在打你，”波普实事求是地说，“他是谁？”

“我不知道。”热泪从桑德森的脸上倾泻而下，他抹去了眼泪。

文身男跪倒在地，他已经不再咳嗽。此时，他正发出低沉的咆哮声。大多数人都踌躇不前，但有几个勇敢的人走上前来想要帮忙。桑德森想，文身男或许已经不需要帮忙了，但有更多的人前来帮忙。

“我们吃过饭了吗，雷吉？”

“是啊，波普，我们吃过了。还有，我是道奇。”

“雷吉死了，你没有告诉我吗？”

“是的，波普。”

“那个人在打你，”他父亲的脸扭曲成一个非常疲惫、需要上床睡觉的孩子脸，“我头疼，我们离开这个鬼地方吧，我想要躺下。”

“我们得等警察来。”

“为什么？什么警察？那个家伙是谁？”

桑德森闻到了大便的气味，他父亲刚刚拉了好多在裤子里。

“我们上车吧，波普。”

父亲任由桑德森带他绕着斯巴鲁车皱巴巴的鼻子走到副驾驶座位旁，波普说：“那是万圣节，不是吗？”

“是的，波普，是万圣节。”桑德森帮助这位八十三岁穿斗篷的战士上了车，关上了门，以便使车里保持凉爽。第一辆城市警车开过来了，警察想要看一下证件。这名六十一岁的神奇男孩，双手紧紧压住疼痛的一侧，蹒跚地走回司机座位旁边，从地上捡了证件。

献给约翰·欧文

正如我在《蝙蝠侠与罗宾遇到麻烦》的说明中提及，有时候——偶尔——你会得到一个已经有把手的杯子。上帝啊，我太喜欢那样了。你只要去做自己的事情，无需刻意去想别的，然后，“咔嘭”一声，故事就抵达特快专递，完美无缺地送到你的手里，你唯一需要做的就是把它转录下来。

我当时在佛罗里达的海滩上遛狗。因为是一月份，天气十分寒冷，只有我独自一人在溜达。前方看上去像是有东西在沙子上写字，走近后发现，那不过是阳光和阴影的把戏罢了。然而，作家的头脑里堆满了奇奇怪怪的信息，这一场景让我想起了一句某处的古老格言（原来是奥马尔·海亚姆所言）：“指动字成，继续前行。”反过来，这又让我想到了一个神奇的地方，在那里，有个看不见的移动手指会在沙滩上写下可怕的东西，于是，我就想出了这个故事。故事的结局我十分喜欢，也许比不上 **W. F.** 哈维所著的《八月热浪》——那个十分经典，不过，这个也不差。

沙 丘

明亮的晨光下，法官缓慢而吃力地爬进皮划艇，这一过程几乎花了他五分钟时间。他想，老人的身体一无所长，只是一副装着疼痛和不雅的皮囊。八十年前，他十岁，跳进独木舟，划离岸边，没有笨重的救生背心，没有忧愁、烦恼，当然更不会有尿液漏到内衣上。那座无名小岛离海湾二百码远，形状像艘浮出水面一半的潜水艇，每次去那里，他都心神不宁，激动万分。现在剩下的只有心神不宁了。他腹部的疼痛好像扩散到了身体各处，但他仍然决定上路。在这晦暗的晚年岁月，很多东西——大多数东西——都失去了吸引力，小岛远端的那座沙丘却没有。沙丘永远不会失去魅力。

小岛探险的早些年间，每次大风暴过后，他都以为沙丘会消失。特别是 1944 年，维罗海滩外的 USS 沃灵顿号驱逐舰被飓风刮沉，他以为沙丘肯定会消失。但天放晴后，小岛安然无恙，沙丘也是，尽管时速每小时一百英里的飓风理应将所有沙子都吹走，只留下光秃秃的岩石和珊瑚。多年来，他时常琢磨，魔力到底是在他身上还是在岛上。也许两者都有，但最主要的无疑还是在沙丘上。

自 1932 年以来，他数千次渡过这段浅滩。通常，他只会看到岩石、灌木和沙子；但偶尔，也会有别的东西。

他终于在皮划艇里安顿好，慢慢地离开海滩，划向小岛，风吹动着他近乎全秃的头顶上仅剩的几缕白发。上方盘旋着几只兀鹫，发出难听的叫声。他曾经是佛罗里达湾首富的儿子，长大后成了律师，当了皮内拉斯县巡回法庭的法官，后来又到了州最高法庭。里根执政期间，有传闻说他将得到国家最高法庭的任命，但此事从未真正发生过。那个白痴克林顿上台一个礼拜后，哈维·比彻法官——对他在萨拉索塔、奥斯普里、诺科米斯和威尼斯[1]的很多熟人（他没有真正的

① 此处的威尼斯指美国佛罗里达州的一个城市。

朋友）来说，只是“法官”——退休了。去他的，反正他从来也没喜欢过塔拉哈西[①]，那破地方太冷了。

而且，那里离小岛太远了，离小岛上的沙丘太远了。一次次清晨划着皮划艇渡过那一小段平静的水域，他乐于承认自己对沙丘上瘾了。但又有谁不会被这样的东西迷住呢？

在布满礁石的东岸，一丛多节弯曲的灌木从落满海鸟粪的岩石中伸出来，这里就是他泊舟之处。他把缆绳小心地系好，万一困在这里可就麻烦了。他父亲的产业（尽管老比彻已经过世四十年了，他仍然这样看待那些财产）面向海湾，绵延近两英里，主楼深入内陆，在萨拉索塔湾一侧，即使他喊叫，也不会有人听见。管家汤米·柯蒂斯或许会注意到他不见了，出来寻他，但更有可能的是，他会认为法官又把自己锁在了书房里，终日忙着写他的回忆录。

从前，他若不从书房里出来吃午饭，莱利太太便会担心，但现如今，他已经很少吃午饭（莱利太太背地里说他是根塞了馅的麻秆）。除了莱利太太和柯蒂斯，家里没有其他人，而这两位老员工都知道法官被打扰时会大发雷霆。事实上，真也没什么可以被打扰的，这两年来，法官基本上没往他的回忆录上加一个字，而且他心里知道，这本回忆录他是永远写不完的。一位佛罗里达法官的未竟生平记录？听上去也没什么遗憾的，对不对？他唯一能写的故事偏偏是他绝对不会去写的。

他从皮划艇里爬出来时比爬进去时动作更慢，还摔趴在沙地上一次，被地上的小水流弄湿了衬衫和裤子。对这样的狼狈，比彻却并不在意。这不是他第一次摔倒，而且旁边又没人看他笑话。他知道，在这样的高龄还不停地往这里跑简直是疯了，哪怕小岛离内陆并不算远。只是，停下是不可能的。上瘾就是上瘾。

比彻挣扎着站起来，抓住腹部，直到最后一丝疼痛消失。他拍掉裤子上的沙子和小贝壳，又检查了一遍系皮划艇的绳子，一抬头，看到一只兀鹰停在岛上最大的一块礁石上，正低头瞅着自己。

---

① 佛罗里达州首府。

“去！”他喊道。他讨厌自己如今的声音，沙哑而颤抖，只属于穿黑衣的干瘪老头儿。“去去，讨厌鬼！干你自己的事去！”

兀鹰仅拍打了几下褴褛的翅膀，仍在礁石上端坐不动。它那小圆珠似的眼睛仿佛在说，*法官大人，今天你才是我要忙的事*。

比彻弯下腰，捡起一只大贝壳，朝那鸟扔过去。这次，鸟倒是飞走了，忽闪翅膀的声音像是抖动布匹。它飞过那段浅滩，停在他的码头上。法官想，*不管怎样，这是个坏兆头*。他记得佛罗里达巡回法庭的吉米·加斯洛说过，兀鹰不仅知道哪里有腐肉，还知道腐肉将会出现在哪里。

“我说不清有多少次，”加斯洛说，“看到那些浑球鸟儿绕着塔迈阿密的某个点飞，过个一两天，那里就会发生要命的船难。我知道，这听上去很疯狂，但是佛罗里达的任何一名公路警察也会告诉你同样的话。”

在这座无名小岛上，总有兀鹰的身影。比彻法官认为，这座岛在兀鹰的鼻子里肯定就是死亡的味道。为什么不呢？

他踏上多年来一直走的那条小路。他要去看看小岛另一边的沙丘，那里的沙细腻柔软，而非满是砂砾和贝壳。看完后，他就回来，在他的皮划艇上喝上一小壶冰茶。或许，他会在早晨的阳光中打个盹儿（他这些日子经常瞌睡，或许九十多岁的人都是如此吧），醒过来后（*如果他还能醒过来的话*），他就回家。他告诉自己，今天的沙丘也不过是光秃秃的一堆沙子，就像大多数日子一样，但他知道，或许不止如此。

那些该死的兀鹰也知道。

他在沙丘前站了很久，苍老的双手在身后交握成拳。他的背疼，他的肩膀疼，他的屁股疼，他的膝盖疼，他的肚子尤其疼。但他对这些疼痛毫不在意。或许稍后会去管，不过不是现在。

他看着沙丘，看着上面写着的东西。

晚上七点整，安东尼·韦兰如约来到法官位于鹈鹕岬的住处。法官总是很欣赏准时的人——不管是在法庭内还是法庭外，而这小子很准时。比彻法官提醒自己，别当着人家的面叫人家小子（不过，这是南方，叫孩子是可以的）。韦兰不会明白，人到了九十岁的时候，看任何六十岁以下的人都觉得是小子。

“谢谢你过来。”法官说着，将韦兰领进书房。只有他们两个人，柯蒂斯和莱利太太早就回他们诺科米斯村的家中了。“你把必要的文件带来了吗？”

“带了，法官。”韦兰打开他那律师专用的公文包，拿出一大沓用厚夹子夹好的文件。如今的法律文书不像往日那样写在羊皮纸上，但纸张同样厚重、豪华。第一页上用令人生畏的粗黑字体（法官总觉得这种字体像墓志铭上用的）打印着如下字样：**哈维·比彻法官的最终遗嘱**。

“要知道，我有点吃惊，您竟然没有自己起草这份文件。关于佛罗里达州的遗嘱法条，您忘记的恐怕都比我记得的要多。”

“此话不假，”法官干巴巴地说，“在我这个年纪，人是会忘记很多事的。”

韦兰的脸一下子红到了耳根：“我不是这个意思……”

“我知道你是什么意思，孩子，”法官说，“我没有不高兴。不过，既然你提出了这个问题……你听说过那句老话吗？给自己当律师的人一定会有个傻瓜客户。”

韦兰咧嘴笑了：“听过，也用过很多次。每次我戴上公辩律师的帽子，某个打老婆的浑球或肇事逃逸的孬种告诉我他准备来个法庭自我辩护时，我都会对他们这么说。”

“我相信你说过。不过，未删减版本是这样的：给自己当律师的律师一定会有个*超级大蠢蛋*客户，不管他的业务领域是刑法、民法，还是遗嘱法。现在，我们还是言归正传吧。时间不多了。”他最后这句话说得别有深意。

他们回归正题。莱利太太准备好的低因咖啡，韦兰不愿喝，要了一杯可口可乐。法官用他昔日在法庭里的庄严口吻说出一条条改动，修订旧条款，增加新内容，韦兰在一旁迅速记下大量记录。新增条款中最重要的一条，是将四百万美金捐给萨拉索塔县海岸和野生动物保护协会，条件是，该协会必须向州立法机构成功申请，将鹈鹕岬海岸外的某个小岛永远置于自然保护状态。

“他们做成那件事不会有任何问题，”法官说，“你可以亲自替他们处理法律程序。我个人建议无偿服务，不过决定权当然还是在你。跑一趟塔拉哈西就行了。只是个芝麻大点儿的小地方，上面除了几丛灌木，什么也没有。斯科特州长和他的茶党幕僚一定乐见其成。”

“何以见得，法官？”

“因为下次协会再去找州里要钱的时候，他们就能说：‘比彻法官不是刚给了你们四百万美元吗？从这儿滚出去，别被门打了屁股。’”

韦兰也觉得情况可能确实如此。俩人开始逐一比对其余条款。

“我修订完，重新打印之后，需要找两位见证人和一位公证员。”口述修改完成后，韦兰说。

“为保险起见，就用这份文件来走程序，”法官说，“若是在等待最终版本期间我发生任何意外，它就会生效。没有人会对这份遗嘱提出异议，因为跟它有关的人里面，只有我还活着。”

“您的谨慎是明智的，法官，今晚处理完毕也不错。不过您的管家和护理……”

“他们明天早上八点才会来，”比彻说，“我会优先处理这件事。住在瓦莫路上的哈利·斯坦尼斯是位公证员，他很乐意在上班之前到这里来一趟。他欠我一个人情，也可能是六个。把文件给我吧，孩子，我把它锁在保险箱里。”

“我至少应该……”韦兰看着法官向他伸出弯曲的手指，把剩下的半句话咽回了肚子里。当州最高法院的法官（哪怕已经退休）伸出手时，是容不得不同意见的。见鬼，管他呢，这只不过是一份加了注释的草稿，很快就会被正式的版本取代。于是，他把这份未签字的文件递过去，看着比彻痛苦地站起身，移开墙上一幅佛罗里达大沼泽地的画，输入密码，没有做出任何遮挡按键数字的动作。法官把文件放进保险箱，下面似乎好像是一大堆随意放置的现钞。哦，老天。

“好了，”比彻说，“完工！只剩签字！要不要喝杯酒庆祝一下？我有很棒的单一纯麦威士忌。”

“嗯……我想喝一杯应该无妨。”

“从前我也是能喝的，如今不行了，所以请原谅我不能跟你一起举杯了。现在，低因咖啡和一点点甜茶是我最烈的饮料了，肚子问题。要冰吗？”

韦兰竖起两根手指，于是比彻带着老年人迟缓的仪式感，往他的酒杯里加了两块冰。韦兰小啜了一口，脸颊立刻蹿红。在比彻法官看来，这是爱酒之人的红晕。韦兰放下杯子，说：“您介意我问一下为什么要这么着急吗？我看您一切都好，除了腹部疼痛之外。”

法官对于韦兰是否真这么看表示怀疑，他又不瞎。

“我身上的毛病热闹得像乡村集市一样。”他说着，用手在空中来回比画了几下，然后闷哼一声，皱着眉头坐下来。沉吟片刻后，他开口道：“你真的想知道我为什么着急吗？”

韦兰又考虑了一下这个问题，比彻欣赏他的谨慎。然后，他点点头。

“我的着急跟我们刚刚谈论的小岛有关。你很可能从未注意过它，对不对？”

“是的。”

“大多数人都不会注意到它。它甚至都没有露出水面多少，连海龟都不稀罕去。不过，它是很特殊的。你知道我祖父参加过美西战争吗？”

“不知道，先生，我不知道。”韦兰说话的语气带着刻意着重的尊敬，比彻知道，那小子肯定认为他的思路在乱逛。小子错了。比彻的脑子从来没有像现在这么清醒过，而一旦开了口，他就想好歹要把这个故事讲一遍，在“那个”发生之前。

是的，在“那个”之前。

“他参见过。有张照片拍了他站在圣胡安山顶上。那张照片就放在这儿不知什么地方。爷爷还说他也参加了南北战争，但我的研究——我为写回忆录做了些研究——证明那根本不可能。就算他那时候出生了，也不过刚会走路。不过，他是位想象力丰富的绅士，总有办法让我相信最不可思议的故事。我又怎么会不相信呢？毕竟，我那时只是个孩子，不久前还相信圣诞老人和牙仙呢。”

“他和您与令尊一样是律师吗？”

“不，孩子，他是个贼。金手指哈利的原型，能偷走所有没被钉子钉牢的东西。只不过，就像大多数没被抓住的贼一样——我们现任州长大人也是一例——他称自己为商人。他的主要生意和主要赃物就是土地。他在佛罗里达低价买入大片充满臭虫和鳄鱼的土地，再高价卖给那些像年幼的我一样好骗的人。巴尔扎克曾说，‘每一笔巨大的财富背后都隐藏着罪恶。’对于比彻家族来说，这句话是真理。请记住，你是我的律师，我对你说的每一句话都要求保密。”

“请放心，法官。”韦兰又喝了一口酒。这是他品尝过的最棒的威士忌。

“把小岛指给我看的是比彻爷爷，当时我十岁。那天，他负责带我，我觉得他大概是想寻个清静吧。或者说他想过得热闹点儿。家里有个漂亮的女佣，他或许想到她的衬裙下探索一番。不管怎么着，反正他告诉我，据说爱德华·提奇——人称黑胡子——在那座岛上埋了许多财宝。他说，‘哈维，没有任何人找到过那些财宝，但你说不定会成功，找到那些珠宝和金达布隆。’我想，你能猜到我接下来做了什么。”

“我猜，您接下来去了岛上，留下您的祖父对女佣一亲芳泽。”

法官笑着点点头：“我跳上那条拴在码头的小独木舟，急得像是头发着了火、背上生了翅膀。用了不过五分钟就到了那里，如今要花三倍的时间，还得是风平浪静的时候。靠近内陆的这一边都是岩石和灌木，但海湾那一侧有座细沙堆成的沙丘。它从未消失。自我第一次去那里的八十年来，它看上去甚至从未改变过。”

“我猜您没找到任何宝藏。”

“事实上，从某个角度来说，我找到了，只不过不是珠宝和金币罢了。我找到的是一个名字，写在沙丘上的一个名字。像是用细木棍写上去的，只是我没找到任何木棍。字母划得很深，阳光在上面投下阴影，使它们变得醒目，像是漂浮在沙子上一样。”

“是谁的名字，法官？”

“我想，你得看它写下来才能明白。”

法官从书桌最上面一个抽屉里拿出一张纸，仔细写下一串字母，再把纸拿给韦兰看。上面写着：**罗比·拉多许**。

“哦……”韦兰小心地说。

“换作任何一天，我一定是和这个男孩一起去寻宝的，因为他是我最好的朋友。你也知道最好的朋友是怎么样的。”

“好得穿一条裤子。”韦兰笑着说，也许他想起了自己小时候的好朋友。

“嗯，像钥匙和锁一样成双成对，”法官表示同意，“但在那个夏天，他和父母一起去弗吉尼亚还是马里兰了，要么就是北边什么地方，去看望他母亲那边的亲戚。所以，我只有一个人。不过，听好了，那个男孩真正的名字是罗伯特·拉多赛特。”

韦兰又一次说道：“哦……”法官觉得老这么听他这样拖长了声音一定很心烦，但他估计也不会有机会一直听，所以也就不去计较了。

“他是我最好的朋友，我也是他最好的朋友，不过常跟我俩混在一起的还有一个男孩，所有人都喊他罗比·拉多许。你还跟得上吗？”

“我想是吧。”韦兰说，但法官能看出他并没听明白。这可以理解，毕竟，他自己是花了好多时间来思考这些事情，大多是在无眠的夜晚。

“要记住，我当时只有十岁，要是有人让我拼出朋友的外号，我肯定也就拼成这样。”他用手指敲敲纸上的**罗比·拉多许**。仿佛是在自言自语，他又说道：“所以说，有一部分魔力应该是来源于我。一定是来源于我。问题是，那一部分有多少？”

“您是说那名字不是您自己写在沙丘上的？”

“当然不是。我还以为我说得足够清楚了。”

“那就是您的某个朋友写的？”

“他们都住在诺科米斯村，压根就不知道有那么一个岛。我们从来不会划船去那个看上去就很无聊的小地方。罗比也住在鹈鹕岬，他知道有那么个岛，但他在北边几百英里开外。”

“哦……”

“我的朋友罗比再也没有回来。大约一个礼拜后，我们得到消息，他骑马的时候从马背上掉了下来，摔断了脖子，当场死亡。他的父母悲痛欲绝，我也是。”

俩人陷入了沉默，韦兰琢磨着这件事，比彻也同样思考着。远处海湾上方，不知何处传来了直升飞机螺旋桨的转动声。法官想，是缉毒局在追捕毒贩。他每晚都能听到这种声音。这是现代社会，在某些方面——在许多方面——他都很高兴不必跟它打交道。

最后，韦兰说：“您的意思是我认为的那样吗？”

“我可不知道，”法官说，“你认为我是什么意思？”

但是安东尼·韦兰是位律师，拒绝被诱导是他根深蒂固的习惯。“您告诉过您的祖父吗？”

“关于罗比的那封电报来的时候，他不在家，我也没法告诉他。他从不在一个地方待太久，直到六个月多月后我们才又看到他。不，我没告诉他。这件事我谁也没告诉。就像马利亚生下上帝独子后的表现一样，我也把这件事放在心里暗自琢磨。”

“最后您得到了什么结论？”

“我开始不停地去那座岛上看沙丘。这应该就回答了你的问题。上面没有东西……没有东西……还是没有东西。我本来要完全忘记这件事了，直到一天下午放学后，我看到沙上写了另一个名字。若是用法庭上的严谨用词，应该是印在上面，因为到处都看不到写字用的木棍，不过我想，也有可能是被扔到水里去了。这次，沙丘上的名字是彼得·阿尔德森。几天之后，我才明白这个名字意味着什么。我要帮家里做的事是去路的尽头取报纸，沿着车道走回家的路上，我总习惯扫一眼头版。你自己也开车，所以会知道，车道大概有四分之一英里长。夏天，我也会看一下华盛顿参议院队的战绩，因为那时，我们也只能勉强把那支队伍看成自己人。

“那天，头版新闻页的最下面的标题吸引了我的注意力：**擦窗工坠楼身亡**。那可怜的人正在擦萨拉索塔公共图书馆三楼的窗户，结果脚手架塌了。他的名字正是彼得·阿尔德森。”

法官从韦兰的表情可以看出，小子认为他要么是在开玩笑，要么就是异想天开。他还可以看出，韦兰的酒正喝到兴头上，法官走过去给他满上时，他并没有拒绝。事实上，这年轻人信与不信都没关系，对法官来说，能够说出来就很奢侈了。

“也许你能看出我为什么要来回思量魔力的源头，”比彻说，“你看，我认识罗比，沙丘上对他名字的误拼正是我的误拼。可是我不认识亚当市的那位擦窗工。不管怎样，沙丘是从那时对我产生吸引力的。我开始每天去那里，这个习惯一直保持到我上了年纪。我尊重那个地方，我害怕那个地方，但最重要的是，我迷恋那个地方。

“多年来，沙丘上出现了许多个名字，那些名字的主人都死了。有时是一周内，有时是两周，但从不超过一个月。有些是我认识的人，如果我是叫他们的昵称的，沙丘上就会出现昵称。1940 年的一天，我划船到那里，看到沙上有**比彻爷爷**。三天后，他心脏病发作，死在基韦斯特。”

韦兰以面对一位没什么危险性的精神失常之人的态度耐心问道：“那么您有没有试着干预这个……这个过程？比如说给您的祖父打电话，嘱咐他去看医生？”

比彻摇摇头：“我事先并不知道是心脏病，是门罗县的法医告诉我们的。有可能是事故，甚至也有可能是谋杀。毕竟，他的生意并非桩桩地道，绝对给一些人恨他的理由。”

“就算这样……”

“而且，我很害怕。我当时觉得……现在我仍然这么觉得，在那个岛上，有一扇门打开了。这一边，是我们乐于称之为‘真实世界’的地方；另一边，却是全速运转的宇宙机器。只有傻瓜才会伸出手，试图停下那样的机器。”

“比彻法官，如果您需要让这份文件走遗嘱认证的程序，我会为您今天说的这番话保密。您或许认为没有人对您的遗嘱条款提出反驳，但当涉及巨额财产时，各种八竿子打不着的亲戚就有可能像魔法师帽子里的兔子一样冒出来。而且，您也知道长期奉行的有效标准：

神志清醒。”

“这个秘密在我心里藏了八十年，”比彻说，韦兰在他的声音中听出了反对无效的意味，“从未吐露过一个字，直到现在。而且——尽管不应该，但我或许需要再次指出——不管我对你说什么，你都应该为我保密。”

“好的，”韦兰说，“是这样。”

“名字出现在沙丘上时，我总是很激动——我知道，是种心理不健康的激动——但只有一次因这现象而恐慌。那一次，我恐慌至极，坐在我的独木舟上飞也似的逃回鹈鹕岬，就像魔鬼在身后追赶我一样。要我告诉你吗？”

“请说。”韦兰举起酒杯，喝了一口。何乐而不为呢？按时计费就是按时计费。

“那是 1959 年，我还住在鹈鹕岬。我一直住在这里，除了在塔拉哈西的那些年，那些日子不提也罢。不过，现在想起来，我对那闭塞、守旧之地的厌恶，部分——甚至几乎全部，只是用来掩盖我对那座小岛和那个沙丘的渴望。我总忍不住去想，我到底错过了什么，错过了谁。能够预知死亡，会让一个人感觉自己拥有了超凡的力量。也许你会觉得这种心理并不可爱，但事实就是如此。

“言归正传。1959 年，哈维·比彻在萨拉索塔做律师，住在鹈鹕岬。除非下瓢泼大雨，否则我下班回家后总是换上旧衣服，赶在晚饭前划船去岛上看一眼。那天，我在办公室加班，等我到了岛上，拴好小船，走到沙丘时，太阳已经开始下落。落日又大又红，正是海湾常见的景致。我看到的东西让我震惊。事实上，我被惊得无法挪动脚步。

“那晚，沙丘上的名字不是一个，而是好多个。在落日的余晖中，那些名字看上去就像用血写成的。它们挤在一起，相互交织。上面、下面、正面、反面，从左到右，从前到后，整座沙丘被名字盖满，靠近海水的那些已经被抹去了一半。

“我想我尖叫了起来。我记不清了，但是，我想我是叫了。我确实记得的是，最后我挣脱了身体的僵硬，沿着小路冲向我拴独木舟的地方，能跑多快跑多快。好像花了一辈子时间才解开那些绳结……解开后，没等跳进船里，我就把独木舟推入海中。我从头到脚都湿透了，竟然没把独木舟掀翻真是个奇迹，尽管那时候我可以推着独木舟，轻松游到海岸。现在不行了，如果我把皮划艇弄翻，我的名字现在就被她写好了，”他咧嘴笑了，“说到写作，我们总喜欢用阴性来指代。”

“既然这样，我建议您别再出海，至少等您的遗嘱签字、见证、公证之后。”

比彻法官对年轻人冷笑一下。“这个不用你操心，孩子。”他说。他看向窗户和远处的海湾，瘦长的脸上若有所思。“那些名字……我到现在还能看到它们，在血红的沙丘上拥挤成一团。两天之后，一架环球航空公司的飞机在飞往迈阿密的途中坠毁，飞机上的一百十九名乘客和机组人员全部遇难。报纸上登出了乘客名单，我认出了其中一些名字。不，我认出了其中许多名字。”

“也就是说，你看到名单了。你看到了那些名字。”

“是的。那之后的几个月，我都远离那座小岛，我向自己保证再也不去那里了。我想，瘾君子大概也是同样承诺再也不吸毒了，对不对？而且，就像他们一样，我最终还是向自己的软弱让步，又恢复了老习惯。现在，律师先生，你明白我为什么请你来处理我的遗嘱，而且为什么必须是今晚吗？”

对于法官刚才讲的故事，韦兰是一个字也不相信的。不过，就像其他所有幻想一样，这个故事也有它的内在逻辑，很容易听明白。法官已经九十岁了，曾经红润的脸色已变得灰白，曾经稳健的脚步变得摇晃而蹒跚。他瘦得不能再瘦，而且显然在忍受身体上的疼痛。

“我猜，今天您在沙丘上看到了自己的名字。”韦兰说。

比彻法官一时间露出了惊讶的神情，然后他笑了。这是个可怕的笑容，在他消瘦、苍白的脸上，似乎是死神在狞笑。

“哦不，”他说，“不是我的。”

人生总是会遇到一些重大的问题，不是吗？宿命还是命运？天堂还是地狱？相爱还是吸引？理性还是冲动？

披头士乐队还是滚石乐队？

对我来说，永远都会选择滚石乐队——披头士乐队在流行音乐圈成为诸如木星在太阳系中的存在后就变得太过温柔了。（我妻子曾经把保罗·麦卡特尼爵士称为“老狗的眼睛”，此语刚好概括了我的感受。）但是早期的披头士……啊，他们玩的可是货真价实的摇滚乐，我现在仍然会听他们那些古老的歌曲——大部分关于爱情。有时，我甚至会感动得随着音乐翩翩起舞。

我最喜欢的歌曲之一是他们演唱的拉里·威廉姆斯的经典歌曲《坏男孩》，约翰·列侬沙哑而急迫地演唱了这首歌曲。我特别喜欢其中那句劝勉的歌词：“现在，小不点儿，给我规矩点！”于是，到了某个时间，我决定写一个搬到我家附近的坏小孩的故事。他不是魔鬼的后代，也不是像电影《驱魔人》中被某个古老的恶魔附身的孩子。他就只是坏，坏到骨髓里，是所有坏孩子的典范。我看见他穿着短裤，头上戴着一顶螺旋桨帽，我看到他总是惹是生非，从不好好表现。

接下来的故事就源自那个小男孩：他是邪恶版的斯莱戈，有趣的故事书中南希的朋友。法国和德国已经有这个故事的电子版本，在这些国家，《坏男孩》无疑是披头士乐队明星俱乐部的保留曲目。该故事第一次以英文出版。

坏小孩

1

这座监狱离最近的小城市有二十英里，位于一片空旷的大草原上，几乎一年四季都在刮风。二十世纪初，监狱的主体建筑不过是景观上隐约可见的吓人的石头罢了。在过去的四十五年里，两边陆陆续续地建起了混凝土牢房，大部分使用的都是联邦政府的资金，这些资金在尼克松执政期间开始流动，从未停止。

在离监狱主体不远的地方，有一座较小的建筑物，囚犯们将其称为“针头庄园”。它的一边是一条长四十码、宽二十英尺、用沉甸甸的链条包围起来的户外走廊：养鸡场。现在，每个针头庄园的死囚——目前有七个——允许每天在鸡场待上两个小时。他们有的在散步，有的在慢跑。大多数只是背对着铁链坐着，要么抬头仰望天空，要么看着东边四分之一英里远的长满青草的低矮山脊。有时，会有些东西值得一看，但大多数时候都没啥可看，几乎总是在刮风。一年中有三个月，鸡场都很热，其余时间都很冷。到了冬天，天气寒冷刺骨。即便很冷，囚犯们通常还是会选择去鸡场。毕竟，在鸡场可以看到天空，还有鸟儿。有时，还可以看到马鹿在低矮的山脊上觅食，自由自在，想去哪儿就去哪儿。

针头庄园的中间有一个铺着瓷砖的房间，里面有一张 Y 形的桌子和一些简陋的医疗设备。一面墙上有一扇拉上了窗帘的窗户，只要拉开窗帘，就可以看到一个观察室，比郊区住宅的客厅还要小，里面有十几把硬塑料椅子，客人在那里可以看到 Y 形的桌子。墙上写着**保持沉默，中途不要做手势**。

针头庄园里有十几间牢房，后面是一个警卫室，警卫室外面是一个全天候有人监视的监测站，监测站的另一边是一间咨询室，囚犯一侧的桌子用厚厚的有机玻璃与来访者一侧的桌子分隔开来。没有电话，囚犯们只能通过像老式电话的话筒那样的小圆圈与亲人或法定代理人交谈。

莱纳德·布拉德利坐在通讯口的一侧，打开公文包，在桌子上放了一本黄色的法律便签本和一支三菱笔，然后等待着。他的手表上的秒针转了三圈，开始转第四圈的时候，伴随响亮的拉扯螺栓的声响，通往针头庄园里面的门打开了。布拉德利现在已经认识所有的警卫，现在进来的是麦格雷戈，不是个坏人。他挽着乔治·哈拉斯的胳膊，哈拉斯的手是自由的，但脚踝上套着一条钢制的蛇链，在地板上嘎嘎作响。他的橙色囚衣的腰部有一条宽大的皮带，他在玻璃对面坐下的时候，麦格雷戈把腰带钢环上的另一条链子套到椅背上的钢环上，把它锁上，用力拉了一下，然后给布拉德利敬礼。

“下午好，律师。”

“下午好，麦格雷戈先生。”

哈拉斯没有说话。

“你知道的，”麦格雷戈说，“只要你今天愿意，或者只要你至少能让他说出来。”

“我知道。”

一般情况下，律师与委托人之间的协商以一小时为限。在委托人进入带有Y型桌子的房间前一个月，咨询时间增加到了九十分钟，在此期间，律师和他越来越古怪的委托人在这个国家授权的期限中要讨论越来越少的低劣选择。而在最后的一周，没有时间限制，对近亲和律师都是如此。但哈拉斯的妻子在他被定罪后仅仅几个星期就与他离了婚，他们没有子女。除了莱纳德·布拉德利外，哈拉斯在这个世界上孤身一人，他似乎对布拉德利提出的任何上诉——或随后的延期——都不感兴趣。

直到今天，同样如此。

他想要和你谈一谈，一个月前简短的十分钟咨询过后，麦格雷戈告诉布雷德利。当时，哈拉斯的回答大部分都是：*不，不，不*。

当死期接近，他会和你说很多。他们害怕了，看见没有？他们忘

记了自己曾经是如何想要昂首挺胸地走进注射室的。他们开始发现这不是在拍电影，他们真的会死，于是就想要尝试法律允许的每一个诉求。

然而，哈拉斯看起来并不害怕。他看上去和从前一个样：身材矮小、姿态难看、面色苍白、头发稀疏，眼睛看起来就像是画上去的一样死板。他看起来像个会计——他曾经的确是个会计，而这个会计对那些曾经对他来说非常重要的数字完全失去了兴趣。

“孩子们，好好享受你们的谈话。”麦格雷戈说，然后走到墙角的椅子上。他坐在那里，打开苹果播放器，用音乐塞住了耳朵。然而，他依然目不转睛地看着他们。说话的圆孔太小，小得铅笔都伸不进去，但是针头并非没有可能。

有好一会儿，哈拉斯都没有说话。他仔细端详着自己的手，他的手又小又弱——根本不像是凶手的手，你会这么说。然后他抬起头来。

“你是一个非常好的人，布拉德利先生。”

听到此话布拉德利十分惊讶，不知该如何回答。

哈拉斯点了点头，仿佛他的律师试图否认这一点。“是的，你是个好人。即使我讲得很清楚，我希望你停下来，让过程顺其自然，但是你还是继续坚持，没有放弃。很多法院委派的律师都不会像你这样。他们只会说，好吧，那就这样吧，随便你。然后继续开始探访下一个法官分派给他们的失败者。可你没有这样做，你告诉我你要做的事，我告诉你不用做，但你还是继续做了。如果不是你，我一年前就死了。”

“我们不是总能得到我们想要的，乔治。”

哈拉斯微微一笑：“没有人比我更清楚这一点，但这也不全是坏事，我现在可以承认。主要是因为鸡场，我喜欢去那里，我喜欢风拍打在脸上的感觉，即使是刺骨的寒风。我喜欢草原青草的味道，喜欢看到天空的满月，喜欢看那些马鹿，有时它们就在山脊上跳来跳去互相追逐，我喜欢这些，有时会情不自禁大笑起来。”

“生活是美好的，值得为之奋斗。”

“有些人的生活是这样的，我相信，但不是我的生活。不过，我还是很欣赏你为之奋斗的方式，我很感激你的奉献。所以我要告诉你一些我不会在法庭上说的话，告诉你我为什么会拒绝任何常规的上诉……尽管我不能阻止你为我做这些事。”

“没有上诉人参与的上诉，在这个州的法庭上，或是在更高级别的法庭上，是没有多大分量的。”

“你非常好心地来看我，我也很感激。很少有人会对一个被定罪的儿童杀人犯表现出仁慈，而你对我就非常仁慈。”

布拉德利再一次词穷，不知说些什么才好。在这十分钟里，哈拉斯说过的话比他们在过去三四个月里所有见面次数加起来说过的话还要多。

“我不能给你任何报酬，但我可以告诉你为什么我要杀了那个孩子。你不会相信我，但我还是会告诉你的，假如你愿意听的话。”哈拉斯透过有刮痕的树脂玻璃小孔，微笑着。

“你会告诉我的，是吧。因为你被某些事情困扰，起诉方没有，但你有困扰。”

“嗯，是的……的确出现了一些问题。”

“不过，我确实杀了那个孩子。我有一把四五式左轮手枪，我把子弹全射在了那个男孩的身上。有很多证人，你肯定知道，即使我充分参与上诉，上诉程序也只会把不可避免的事情再拖上三年——四年，或是六年。在有预谋的谋杀面前，上诉也是苍白无力的，难道不是吗？”

“我们本来可以进行申辩，就说那是因为你的心智能力下降了，”布拉德利身体前倾，“仍然还有可能性，现在还不算太晚，不是很晚。”

“有事实摆在眼前，以精神错乱为由的辩护很少会成功，布拉德利先生。”

他不会叫我莱，布拉德利想，即使已经过了那么久，他到死都只会称我为布拉德利先生。“很少和永远不会可不一样，乔治。”

“不用了，我现在没有疯，当时也没有疯，我非常正常，从未如此神志清醒。你确定想要听听我不会在法庭上说的证词吗？如果你不想听，也没关系，不过这是我所能给予您的全部报答了。”

“我当然想听，”布拉德利说，他拿起了钢笔，但直到最后都没有写下一个字。乔治·哈拉斯用他柔和的中南部口音诉说缘由时，他只是呆呆地听着，好似被催眠了一般。

2

在我出生六小时后，我的母亲就死于了肺栓塞。那是在1969年——那一定是遗传缺陷，因为当时母亲才二十二岁，而且一直很健康。我父亲比她大八岁，是个好人，是个好父亲。他是一名采矿工程师，在我八岁以前主要在西南部地区工作。

和我们一起四处奔波的还有一个管家，名字叫诺娜·麦卡锡，我叫她诺妮妈妈，她是黑人。我猜我父亲和她睡过了，尽管我溜到她的床上的时候——很多个早晨我都会那么干——她总是一个人。不管怎样，这对我来说无所谓，我不知道是不是黑人和这事有什么关系。她对我很好，给我做午餐，父亲不在家的时候给我读睡前故事，这对我来说才是至关重要的。这有点不同寻常，我意识到了这一点，但当时非常快乐。

1977年，我们搬到离伯明翰不远的阿拉巴马州的塔尔伯特。那是一个陆军城镇，约翰堡，也是煤炭之乡。我父亲受雇重新打开好运矿井——一号、二号、三号——使它们符合环境规范，意味着得在新洞上破土动工，并且要设计一个防止垃圾污染当地河流的处理系统。

我们住在一个漂亮的郊外小区，住在一所由好运公司提供的房子里。诺妮妈妈很喜欢这所房子，因为父亲把车库给她改成了一套两室的公寓。我想，这样一来，流言蜚语会沉寂一些了。周末的时候，我帮忙父亲一起做些翻修的活，给他递些木板之类的东西。那是我们的好时光，我能在同一所学校学习两年，这段时间足以交到朋友，生活也稳定下来。

我在那里交到的一个朋友就是住在隔壁的女孩。如果这样的故事出现在电视节目或杂志上，那么我们最终应该会在树屋中分享初吻，坠入爱河，然后在进入高中时一起参加初中毕业舞会。然而，这种事永远不会发生在我和邻居女孩玛丽·雅各布斯身上。

父亲从来没有误导过我，不会让我误认为我们会一直住在塔尔伯特。他说，鼓励孩子抱有错误的希望是最卑鄙的行为。我可能会在玛丽日间小学读到五年级，甚至可能会读完六年级，但最终好运公司的矿藏会耗尽，我们还得继续奔波。也许会回到得克萨斯或者新墨西哥州；也许会去西弗吉尼亚或肯塔基州。我接受了这样的安排，诺妮妈妈也接受了。父亲是我们的老板，他是个好老板，他爱我们。尽管这只是我的一己之见，但我认为你不一定能比他安排得更好。

第二件事与玛丽本人有关。她……怎么说呢，如果在现在，人们会说她是“智障”。可是在当时，周围的人们只是说她的脑袋很柔软。你也许会认为这样说很恶毒，布拉德利先生，但是回过头来看，我觉得这样说是对的，甚至还很有诗意。她正是以那样的方式来看待世界，很柔软，没有焦点。有时——甚至经常是——那样可能反而会更好。再次声明，这也只是我的一己之见。

我认识玛丽的时候，我们都上三年级，但她已经十一岁了。第二年，我们都升到了四年级，但以她的情况看，这只是为了让她能顺利通过教育系统。当时，在塔尔伯特这样的地方就是这样运作的。但她也不是村里的白痴，她能读一点东西，做一些简单的加法，但是减法她就弄不懂。我试图用我知道的每一种方式来向她解释减法，但她永远也不会明白。

我们从来没有在树屋中接吻——从来就没有接吻过，但我们在早晨上学和下午放学回家时总是手牵手。如今回想起来，我们当时看起来真的很滑稽，因为那时我是个小虾般的小不点，而她已经是个大女孩，至少比我高出四英寸，而且乳房已经发育了。是她想要牵我的手，不是我要牵手的，但我不介意，我也不介意她是个软脑袋，我想有时可能也会介意，但她死的时候，我只有九岁，仍然是处在孩子们会接受摆在面前的所有美好事物的年龄。我认为那是一种幸运，如果每个人的脑袋都很柔软，你觉得我们还会有战争吗？不，我们只会歌舞升平。

假如我们住的地方离学校多远半英里，玛丽和我就坐公共车上学了。因为我们住得离学校很近——只有六个或者八个街区，我们就步行上学。诺妮妈妈会把午餐包递给我，然后把我的头发抚平，告诉我你现在是个好孩子，乔治，然后送我出门。玛丽会在门外等着，穿着裙子或套衫，头发梳成马尾，绑着丝带，手里拿着餐盒。我还记得那个饭盒，上面印着史蒂夫·奥斯丁的头像，那位六百万美元先生。玛丽的妈妈就站在门口，她会说，嘿，乔治；我回答说，嘿，雅各布斯夫人，她说你们都是好孩子，玛丽就说我们都是好孩子，妈妈。然后，玛丽会抓起我的手，我们走上人行道。最初的几个街区只有我们两个，其他的孩子会从鲁道夫·埃克斯拥进来，那里住着许多军人家庭，因为那里很便宜，而且在 78 号公路上，赫伊堡往北只有五英里。

我们看起来一定很滑稽——一个拿着餐盒的小矮个牵着另一个竹竿似的大高个，大个子挂着印有史蒂夫·奥斯丁的餐盒，餐盒拍打着结痂的膝盖——但我不记得有谁开玩笑或取笑过我们。我想他们一定时不时拿我们开玩笑，毕竟孩子就是孩子。但如果是这样，也没有什么大不了的。人行道上都是孩子的时候，大多数情况下，男孩们会说：嘿，乔治，放学后你想玩小卡车吗？女孩们会说：嘿，玛丽，你的发带好漂亮。我不记得有谁对我们不好，直到出现了那个坏孩子。

一天放学后，玛丽一直都没有出来。那肯定是在我九岁生日之后不久的事，因为我手里拿着保罗板球，那是诺妮妈妈送给我的生日礼物，不过没有玩太久——因为我打得太猛，橡胶断了——但那天在等玛丽的时候，我是拿着球的，而且还在前后甩动。没有人告诉我必须等她，只是我就这么做了。

终于，玛丽出来了，她一直在哭。脸红彤彤的，流着鼻涕。我问她怎么了，她说找不到餐盒了。她说，她像往常一样吃了午饭，然后把它放回衣帽间，放在凯西·莫尔斯粉色的芭比餐盒旁边的架子上，就像往常一样。可是放学铃声响了以后，餐盒就不见了。有人把餐盒偷了，她说。

不，不会的，可能有人动了一下，明天就会回到原位的，我说，现在，你别大惊小怪，站着别动，你简直把自己弄得一团糟。

诺妮妈妈总是在我离开家的时候塞给我一块手帕，但是我和其他男孩一样，都是用袖子来擦鼻子，因为用手帕看起来有点娘娘腔。因此，我从后兜里拿出手帕来给玛丽擦鼻涕时，手帕还是干干净净的，折叠得整整齐齐的。玛丽不再哭了，笑着说好痒啊。然后她握住我的手，我们继续朝家走去，一如既往，她说的话我有一半听不懂，但我毫不介意，至少她忘了饭盒的事。

很快，其他的孩子都走了，虽然我们还能听见他们在笑、在回鲁道夫·埃克斯的路上嬉戏打闹。和往常一样，玛丽一路上叽叽喳喳地说着脑袋里想到的任何东西。我任由她尽情地说，偶尔回答嗯、哦、嘿之类的话。大多数时候我在想一旦回到家，就得换掉旧灯芯绒裤子。如果诺妮妈妈不让我做家务，我就要戴上手套，跑到橡树街的操场上，去玩每天都玩的球类运动，一直玩到妈妈们叫唤吃晚饭。

就在此时，我们听到学校街道对面有人在大声叫喊。不过不像是人发出的声音，更像是一头驴在叫：

乔治和玛丽在树上！接吻！

我们停了下来。街道对面有一个小孩，站在黑莓树丛旁。我以前从没见过他，在玛丽日间小学没有见过，在别的地方也没有见过。他身高只有四英尺半，身材结实，下身穿着一条长至膝盖的灰色短裤，上身穿一件带有橙色条纹的绿色毛衣，圆圆的肚子鼓了出来，头上戴着顶上有塑料螺旋桨的那种蠢蠢的无檐小便帽。

他的脸肥嘟嘟的，但又很僵硬，头发是橙色的，就像毛衣上的条纹颜色，没人会喜欢，头发散落在大耳朵上。在我所见过的最亮、最绿的眼睛下面是一坨鼻子。他的唇形就像愠怒的爱神丘比特的嘴，嘴唇红得像是涂抹了他妈妈的口红。从那以后，我见过很多红嘴唇，但没有一个像那个坏孩子的嘴唇那么红。

我们站住看着他，玛丽的喋喋不休戛然而止。她戴着镶有粉色边框的猫眼眼镜，在眼镜后面，眼睛被放得更大了。

那孩子——不可能超过六七岁——噘起红色的嘴唇，发出吻脸的声音，然后把手放在屁股上，对着我们拍打屁股。

乔治和马莉在树上！做爱！

他的声音就像驴子在叫，我们瞪着他，惊奇万分。

你干她的时候，最好带上避孕套，他叫道，噘起红唇傻笑，除非你想要一群像她一样的白痴。

“闭嘴。”我说。

不闭又怎么样？他说。

我让你闭嘴，我说。

我是认真的。如果父亲知道我威胁要打一个年纪比我小、个头比我矮的孩子，他准会生气。但那个孩子说那些话是不对的，虽然他看起来像个小孩，但他说的可不是小孩子的事情。

来舔我的屁股啊，傻蛋，他说，然后就走到黑莓树丛后面去了。

我想走过去，但是玛丽紧紧地抓着我的手，几乎把我弄疼了。

我不喜欢那个男孩，她说。

我说我也不喜欢，别理会他，我们回家吧，我说。

就在我们要迈步回家之前，那个孩子又从树莓丛后面出现了，他手里拿着玛丽的史蒂夫·奥斯丁餐盒，把它举了起来。

丢东西了吧，笨蛋？他说，大笑起来，笑得满脸皱纹，像猪脸一样。他闻了闻盒子，说，我猜它一定是你的，因为它闻起来像阴道，像白痴的阴道。

还给我，那是我的，玛丽叫道。她放开了我的手，我试图要去抓她的手，但它在我们手心的汗水里滑了出去。

过来拿啊，他说，把盒子伸向玛丽。

在我叙述接下来要发生的事情之前，我得先说说佩克汉姆夫人。她是玛丽日间学校一年级的老师，我没有上过她的课，因为我是在新墨西哥读的一年级。但塔尔伯特的大部分孩子，包括玛丽都爱戴她，我也爱她。我只有在操场上，当轮到她当班长的时候，才上她的课。如果男生队对女生队比赛踢球，她永远是女生队的投手。有时她会从背后打人，让每个人都发笑。她是那种四十年后你还会记得的老师，因为她既善良又快乐，即便是那些惹是生非的孩子，也会记得她。

她有一辆大大的天蓝色老式别克跑车，我们常常叫她迟钝的佩克汉姆，因为她驾车的时速从来不会超过三十英里，她总是笔直地坐着，眯着眼睛掌控着方向盘。当然，我们只看过她在校区开车，但我敢打赌她在 78 号公路上开车的方式也差不了多少，即使在州际公路上也会如此。她既小心又谨慎，永远不会伤害孩子。不会故意去伤害孩子，她不会那样做。

玛丽跑到街上想要拿回餐盒，那个坏孩子笑着朝她扔过来，盒子掉到大街上撞开了，里面的热水瓶滚了出来。我看到天蓝色的马路大师来了，大声叫唤让玛丽小心，但我其实并不是很担心，因为那是迟钝的佩克汉姆，而且她离我们还有一个街区，她的车速和以前一样慢。

你放开了她的手，是你的错，那个孩子说。他看着我傻笑，嘴唇向后缩，我能看到他所有的小牙齿。他说，你什么都抓不住，笨蛋。他伸出舌头朝我吐了一颗树莓，然后退回到树丛后面。

佩克汉姆夫人事后说，她的加速器卡住了。我不知道警察是否会相信她的话，我只知道她再也没在玛丽日间学校教一年级了。

玛丽弯下腰，拿起保温瓶摇了摇。我能听见保温瓶发出的嘎嘎声响，她说，里面都碎了，然后就哭了起来。她又弯下腰去拿餐盒，这时佩克汉姆夫人的油门踏板一定卡住了，因为引擎呼啸着，别克车从马路上冲了下来，像狼扑向兔子一般扑向玛丽。玛丽站起来，一只手拿着餐盒贴在胸前，另一只手拿着摔坏的保温瓶，看到疾驰而下的车，她呆呆地一动也没动。

或许只要我把她推开，就能救她一命；或许假如我跑到街上，也会被车撞倒。我不知道，因为我和她一样僵住了。我只是呆呆地站在那里一动不动，甚至在汽车撞到她时，我都没有动，连头都没有动一下。当玛丽被车子撞飞起来的时候，我只是用眼睛尾随着她，看到那可怜的软脑袋撞到地上。随即我就听到了尖叫声，是佩克汉姆夫人在叫。她下了车，跌倒在地，然后又爬起来，膝盖流着血，跌跌撞撞向玛丽躺着的地方跑去。此时，血正从玛丽的头上汩汩地流出来。我也跑开了，跑了一段路后，我转过头来，我已经跑得很远，可以看到树丛后面的情况，但是那里一个人也没有。

3

哈拉斯停了下来，把脸埋在手里，最后，他把手放了下来。

“你没事吧，乔治？”布拉德利问。

“我只是有点渴了，我不习惯说那么多话。在死囚区，几乎没有说话的机会。”

我向麦格雷戈挥了挥手，他取出耳塞，站了起来：“谈完了吗，乔治？”

哈拉斯摇了摇头：“还有很多要说的。”

布拉德利说：“我的委托人想要喝杯水，麦格雷戈先生，可以吗？”

麦格雷戈走到监控站门旁的对讲机边上，简短地说了几句话。布拉德利借此机会问哈拉斯，玛丽日间学校有多大。

哈拉斯耸了耸肩：“是个小镇上的小学校，从一年级到六年级，最多不会超过一百五十个孩子。”

监控室的门打开了，出现了一只手，拿着一个纸杯，麦格雷戈接过纸杯，把它递给哈拉斯。他如饥似渴地喝了下去，然后说了声谢谢。

“别客气。”麦格雷戈说完，回到椅子上，重新戴上了耳塞，又一次沉浸在他正在谛听的音乐世界之中。

“这个孩子——就是那个坏孩子——是红头发吗？真正的红头发？”

“他的头发红得就像霓虹灯。”

“假如他去了你们学校，你肯定能认出他来吧？”

“是的。”

“但是你没有认出他来，他没有去上学。”

“是的，我以前从来没有在学校见过他，后来也没有。”

“那他是怎么拿到女孩雅各布斯的餐盒的？”

“我不知道，但还有一个更奇怪的事。”

“是什么，乔治？”

“他是怎么离开黑莓树丛的？两边都只有草坪，他却无影无踪了。”

“乔治？”

“怎么了？”

“你确定那里真的有个小孩吗？”

“玛丽的饭盒，布拉德利先生，就在街上。”

我不怀疑，布拉德利想，他的三菱笔在便签上敲打着。如果她真的有饭盒的话，那是应该掉在街上的。

或者（这是一个令人讨厌的想法，但当你在听一个儿童杀手的狗屁故事时，产生这种讨厌的想法合情合理）是你拿了她的餐盒，乔治，也许就是你把饭盒从玛丽手里夺过来扔到街上去戏弄她。

布拉德利从本子上抬起头来，从他委托人的表情中看出，他刚才的所思所想仿佛就印在他的前额上似的，一目了然。他感到脸颊热了起来。

“你想听剩余的部分吗？还是你已经决定不听了？”

“完全没有，”布拉德利说，“请继续讲吧。”

哈拉斯喝完了剩下的水，继续讲述他的故事。

4

有五年多的时间，我一直梦见那个红头发戴着帽子的坏孩子，但最终噩梦消失了。到头来，我找到了说服自己的理由，布拉德利先生：那只是一场意外，佩克汉姆夫人的加速器确实卡住了，有时会发生那样的事，而且如果当时有个孩子在那里戏弄她……孩子们有时候会那样的，对吗？

父亲结束了在好运气公司的工作后，我们搬到了肯塔基东部，他在那里做着与在阿拉巴马州一样的工作，只是规模更大。你知道的，那个地区有很多的煤矿。我们住在铁城镇，一直到我读完高中。上高一时，出于好玩，我参加了戏剧社。我猜如果人们知道了，一定会笑话我。一个像我这样的小老鼠，靠为小企业和寡妇报税为生，竟然会在戏剧《没有出口》中扮演角色，谈论着沃尔特·米提。但我做到了，而且演得不错，每个人都这么说。我当时甚至以为将来可能会从事演艺事业，虽然我也知道自己永远成不了主角，但总得有人扮演总统的经济顾问、坏人的副指挥官或者在电影开头第一幕就被杀死的机修工。我知道自己可以扮演类似这样的角色，我想人们可能会因此雇佣我。上大学的时候，我告诉父亲我想主修戏剧。父亲说，好吧，非常好，只要确保你借此可以生存下去。于是，我去了匹兹堡大学，主修戏剧艺术，辅修工商管理。

我第一次参演的喜剧是《屈身求爱》，我就是在剧中遇到了维姬·艾宾顿。我扮演托尼·伦普金，她扮演康士坦茨·奈维尔。她是个美丽的女孩，有着一头拳曲的金发，非常瘦弱，而且极度敏感。对我而言，她太美了，我想。但是，我最终还是鼓起勇气约她出来喝咖啡，故事就这样开始了。我们会在诺迪餐厅待上好几个小时——那是匹兹堡大学工会的一个汉堡店，她向我倾吐了所有的烦恼，主要和她专制独裁的母亲有关，同时向我诉说她的抱负，全都与剧院相关，尤其是纽约的严肃剧院。二十五年前，的确还存在这样的东西。

我知道她从诺登伯格健康中心买药来吃——也许是由于焦虑，也许是由于抑郁，也许二者皆有——但在我看来，那是因为她有抱负，有创造力，也许大多数真正伟大的演员都会服用这些药丸。梅丽尔·斯特里普可能也服用这些药物，或许在她主演《猎鹿》出名之前服用过。你知道吗？维姬非常幽默，这是许多漂亮女人所欠缺的，尤其是当她们感到紧张的时候。维姬会自嘲，而且经常如此，她说那是她能保持理智的唯一原因。

我们在《谁害怕弗吉尼亚·伍尔夫？》中扮演了尼克和甜心，比扮演乔治和玛莎的孩子们得到了更好的评价。在那之后，我们不仅仅是咖啡伙伴，我们成为了一对情侣。有时我们会在咖啡馆黑暗的角落里相互爱抚，尽管经常以她的哭声结束。她说知道自己不够好，她会像母亲说的那样是个失败者。有一个晚上——那是在我们上大三的时候，参加完《死亡陷阱》的演员聚会之后——我们做爱了。那也是唯一的一次做爱，她说很喜欢，很棒，但我觉得不是，反正对她来说不是这样的，因为自那之后她就再也没有和我做过了。

1990年的夏天，我们待在校园里，因为弗里克公园里有一个《音乐达人》的夏季演出。这是一大盛事，因为曼迪·帕廷金是该演出的导演。维姬和我都参加了试镜，我一点也不紧张，因为没抱什么希望。可是，那次试镜已经成为了维姬一生中最为重要的事情。她称这是她成为明星的第一步，然后说这不过是玩笑话，但显然不是真的，她非常在意这次试镜。我们以六个人为一组被召集起来参加试镜，每个人手里都拿着一张卡片，上面写着自己最感兴趣的角色。在排演大厅外面等候的时候，维姬像树叶一样浑身颤抖。我搂着她，她稍微平静了下来，但是脸色极其苍白，妆容白得像个面具。

我走进去，递上了写着要扮演希恩市长的卡片，那是剧中的一个小角色，如果不能主演哈罗德·希尔——那个迷人的骗子——我也不会就此没有角色可演。维姬试演的角色是上钢琴课的图书管理员玛丽安·帕鲁，剧中的女主角。维姬台词部分说得还行，但我觉得——不是太好，没有发挥出最好的水平，但也还过得去。接着，就是唱歌的部分。

这是女主角玛丽安的重头戏，她要唱一首非常甜美、朗朗上口的歌曲：《晚安，我的爱人》。维姬曾经给我唱过六遍，非常完美。甜蜜、悲伤、充满希望。但那天在彩排大厅里，维姬唱砸了。她唱得糟糕之极，让你恨不得紧握拳头，闭上眼睛。她完全找不到调子，不得不重新再唱，不是一次，而是两次。我看到帕廷金导演变得很不耐烦，因为还有其他六个女孩等着朗读和唱歌。伴奏者直翻白眼，我真想径自走过去在她马脸上揍上一拳。

维姬唱完了，她浑身发抖。帕廷金先生感谢了她，她也非常礼貌地回谢，然后就跑了出去。她跑出大楼之前，我追上了她。我说她表现得很棒，她微笑着向我道谢，说我们俩都应该更清楚是怎么回事。我说，如果帕廷金先生真的如同大家所说的那么优秀，他会忽略你的紧张，看出你是一名伟大的演员。维姬拥抱了我，说我是她最好的朋友。此外，她说，还会有其他的演出机会，下次在试演前我会先吃上一粒安定，我只是担心药物会改变我的声线，我听说有些药会产生这样的作用。然后，她大笑起来说，可是，会比今天还要表现得更糟糕吗？我说我会在诺迪餐厅给她买一个冰淇淋，她说听起来不错，于是我们就走了。

我们走在人行道上，手拉着手，此情此景让我想起与玛丽·雅各布斯手牵着手往返于玛丽日间小学的所有时光。我不能肯定是我的那些想法把那个坏孩子给召唤来了，但我也不能说那些想法没有把他给唤来。我不知道，我只知道有些夜晚我躺在牢房里，会一直思考这个问题。

我猜想维姬感觉好多了，因为我们一边走，她一边谈论我会成功扮演伟大的希尔教授。突然，有人在街对面冲我们大喊大叫，那不是人的叫喊，而是一头驴的叫声。

乔治和维姬在树上！做爱！

是他，那个坏孩子。同样的短裤，同样的毛衣，同样的橙色头发从帽子下面露出来，帽子顶部有塑料螺旋桨。十多年过去了，他一点也没有变老。时光仿佛穿越到了过去，只是现在站在我身边的是维姬·艾宾顿，不是玛丽·雅各布斯，我们是在匹兹堡的雷诺兹大街上，不是在阿拉巴马州的托尔伯特的学校大街上。

到底怎么回事，维姬说，你认识那个男孩吗，乔治？

可是我该怎么说呢？我什么都没说，我太惊讶了，甚至都说不出话来。

你表演得像狗屎，唱得更糟！坏孩子喊道，**乌鸦**唱得都要比你好听！你就是个**丑八怪**！**丑八怪维姬**就是你！

维姬双手捂着嘴，我记得她的眼睛睁得有非常大，而且眼泪满眶。

为什么不给他口交？他喊道，像你这样又丑又没有才华的贱人，只有这样才能得到角色！我开始向他走去，感觉很不真实，仿佛这一切都像是在做梦。当时是傍晚时分，雷诺兹大街上车来车往，但我完全没有顾及到这一点。可是维姬注意到了车流，她抓住我的胳膊把我拉了回去。我想我欠她一条命，因为就在一两秒钟后，一辆大巴车就从我身边呼啸而过。

别这样，维姬说，他不值得你这样做，不管他是谁。

大巴士后面紧跟着一辆卡车，等两辆车都经过后，我们看到那孩子在街对面奔跑，大屁股上下抖动。他跑到拐角处打算转过去，不过在这之前，他把短裤的后背脱了下来，弯下腰，向我们露出光腚。

维姬坐在长凳上，我坐在她旁边。她又问我那个小男孩是谁，我说我不知道。

那么，他又怎么会知道我们的名字呢？维姬问。

我不知道，我重复了一遍。

维姬说，他有一件事说对了，如果想在《音乐达人》中扮演角色，我应该回去给曼迪·帕廷金导演口交。然后，她就笑了起来，真正的大笑，发自肺腑的笑，笑得前仰后合。你看到那个丑陋的小屁股了吗？她说，就像两个准备要烘烤的松饼！！

我也笑了起来。我们搂着对方，头挨着头，脸贴着脸，开心地狂笑。我以为我们没事，但事实是——你从来没见过这样的场景，对吧？——我们当时已经歇斯底里了。我，是因为他就是多年前的那个坏孩子；而维姬，是因为相信了他所说的话：她不够好，即使她有才华，她也永远无法克服紧张将自己的才华展现出来。

我陪她回到了法吉楼，那是一栋很大的旧公寓，专门租给年轻的女人——我们当时还称她们为女生——维姬拥抱了我，她再次告诉我，我会成功扮演伟大的哈罗德·希尔。她说话的方式让我很担心，我问她是否还好，她说当然没事，傻瓜。然后就跑上了楼，那是她生前我最后一次见到她。

葬礼结束后，我带着卡拉·温斯顿去喝咖啡，因为她是维姬在法吉楼唯一亲近的女孩。我把她的咖啡倒进玻璃瓶里，因为她的手抖得很厉害，我怕她会烫伤自己。卡拉不只是伤心，她还为发生的事情自责，就像我相信佩克汉姆夫人会为发生在玛丽身上的事情自责一样。

那天下午，卡拉在楼下的休息室里见到维姬，维姬一直盯着电视屏幕看，不过电视机并没有打开。她说维姬显得很疏远，说的话支离破碎。她曾经见过维姬出现类似的状况，如果维姬数不清药片，吃了太多，或者吃错了药片就会那样。她问维姬是否想去健康中心看看，维姬说不用，她很好，只是这一天过得很艰难，但她很快就会好的。

维姬告诉卡拉，有个讨厌的小孩，因为我搞砸了试镜，那个孩子就欺负我。

太糟糕了，卡拉说。

维姬说，乔治认识那个小孩，乔治说他不认识，但我知道他是认识的。你想知道我的想法吗？

卡拉说当然。当时，她确信维姬是吃了药把自己给弄糊涂了，或许是由于吸食了一些毒品，或者两者兼有。

我想是乔治唆使他那么干的，维姬说，为了戏弄我，不过，当乔治看到我非常沮丧，他感到抱歉，想要阻止那个小孩，只是那孩子不肯停下来。

卡拉说，这不合理，维克，乔治绝不会因为角色的事戏弄你，他喜欢你。

维姬说，可是那个孩子说得对，我还是放弃吧。

当卡拉说到这里的时候，我告诉她，那个孩子和我没有任何关系。卡拉说，我根本不用告诉她，她知道我是个好人，而且知道我有多么在乎维姬。然后，她就哭了起来。

这是我的错，不是你的错，她说，我看得出维姬当时一团糟，但我什么也没做，你也知道后来发生的事。都是我的错，因为维姬并不是真的想要自杀，我肯定当时她不是真想那么做的。

卡拉离开了维姬后就上楼学习去了。几个小时后，她去维姬的房间找她。

卡拉说，我想维姬可能是出去吃东西了，或者，如果药效已过，维姬也许出去喝酒了，她没有在房间。我又去休息室查看了一下，她也不在那里。有几个女孩正在看电视，其中一个女孩说刚才看见维姬下楼去了，可能是去洗东西了。

因为她拿着一些床单，那个女孩说。

听到这话让卡拉很担心，尽管她不让自己去想到底为什么要担忧。她跑下楼去，但是洗衣房里没人，洗衣机也没开。隔壁房间是储藏间，是女孩们堆放行李的地方。她听到那儿有动静就走了进去，看见维姬背对着她站在一堆手提箱上。维姬把两张床单绑在一起做了一根吊绳，一头绑在脖子上，另一头绑在头顶的水管上。

然而，事实上，卡拉告诉我，当时只有三个箱子，床单做的吊绳并没有绑紧。如果维姬真想自杀，就会只用一张床单，然后把某一个女孩的行李箱竖起来即可。她当时的行为只是剧院里的人通常所说的“彩排”而已。

你不能那么确定，我说，你不知道她吃了多少药，也不知道她有多困惑。

我相信我眼前所见，卡拉说，维姬本可以直接从那些箱子上走到地板上，不会把绳套拉紧。但我当时没有想到，因为我太震惊了，立刻就大声呼喊她的名字。

我的叫喊声把维姬吓了一跳，她没有走下手提箱，反而一惊，猛地向前倒去，手提箱在地板上滑动起来。卡拉说，维姬的肚子可能会撞到水泥地板，但她的绳子没有那么松。如果绑在一起的两张床单松开，她也许还能活下来，但情况并非如此，她下降的重量拉紧了套索，把她的头猛地向上拉了一下。

我听到了她的脖子断裂的声音，卡拉说，声音很响，都是我的错。

说完，卡拉就哭了，一直哭，哭个不停。

我把她从咖啡店带到街角的公共汽车站，反复地告诉她这不是她的错，她终于停止了哭泣，甚至笑了一下。

她说，乔治，你的话很有说服力。

我没有告诉她的是——因为她不会相信——我的说服力来自我对此事的绝对肯定。

5

“那个坏孩子总是在尾随我在意的人。”哈拉斯说。

布拉德利点点头。很明显，哈拉斯对此深信不疑。如果在审判时说出这个故事，可能会使眼前这个男人获得终身监禁，而不是在“针管庄园”被注射死亡。陪审团成员很可能不会全都买账，但至少可以给他们一个取消哈拉斯死刑的理由。然而现在可能已经太晚了，以哈拉斯关于坏小孩的故事为依据提出要求延期的书面申请，太像是在抓救命稻草。只有站在哈拉斯面前，看到他脸上对此绝对肯定的表情，从他的口中听到此事才会发挥点作用。

此时，那个被判有罪的人正透过略显模糊的树脂玻璃望着他，脸上挂着一丝微笑，“那个孩子不仅坏，还很贪婪。他总想要一举两得。死了一个，留下的另一个就得品尝温暖的负罪感。”

“你一定说服了卡拉，”布拉德利说，“毕竟她后来嫁给了你。”

“我从来没有完全说服过她，她也从来没有相信那个坏孩子的存在。如果她相信的话，她会来参加审判，而我们也不会离婚。”他透过树脂玻璃死死地盯着布拉德利，“如果她相信的话，我杀了那个坏孩子她会很高兴的。”

角落里的警卫——麦格雷戈——看了看手表，摘下耳机，站了起来说：“我不想催促你，律师，但现在已经十一点半了，你的委托人很快就得回牢房参加午间点名了。”

“为什么不能在这里点名呢，毕竟是你负责看管他。”布拉德利说，口气很温和，不会激起警卫凶狠的一面，虽然麦格雷戈是较好的警卫之一，但他肯定也有凶狠的一面，这是对负责监管重刑犯人的狱警的要求。

“规定就是规定，”麦格雷戈说，然后举起手，好像要制止布拉德利无声的抗议，“我知道你有权尽可能多地与他接触，所以假如你愿意在这里等，我清点完人数就把他带回来。不过，他会错过吃午餐，也许你也要错过了。”

他们看着麦格雷戈回到座位上，再一次插上耳塞。当哈拉斯转过身面对树脂玻璃时，他的嘴唇泛起笑容，“见鬼，你可能已经猜到剩下的部分了。”

尽管布拉德利确定自己已经猜到了，但他还是把手放在空白本子上，说：“为什么不由你来告诉我呢？”

6

我拒绝了扮演哈罗德·希尔的角色，退出了戏剧社，我对演戏已经失去了兴趣。在匹兹堡大学的最后一年里，我专注于商业课程，特别是会计学，以及卡拉·温斯顿。我毕业的那年，我们结婚了，我父亲是伴郎，三年后他去世了。

当时我父亲负责路易莎镇的一个矿场，那是艾恩维尔南部的一个小地方，他仍然和诺娜·麦卡锡——诺妮妈妈——一起住在那里，诺妮妈妈依然作为他的“管家”。这个矿井被称为“深坑”。有一天，深坑的第二区里掉进了一块落石，大约有二百英尺高。不是很严重，人们都安全地出来了。我的父亲和其他几个公司的人员一起从前厅走下去查看损坏情况，想弄清楚需要多长时间才能恢复正常运行。可是他再也没有出来，另外几个也没有出来。

那个男孩一直打电话来，诺妮妈妈事后告诉我。她曾经是个漂亮的女人，但是父亲去世后一年，她的脸上就布满了皱纹和赘肉，步履变得蹒跚。只要有人走进房间，她就弓起肩膀，如同惊弓之鸟。这不是我父亲的死造成的，而是那个坏孩子干的。

他总是打电话来，他叫我黑鬼婊子，但我不介意，还有人叫过更糟糕的，我根本不放在心上。我介意的是那个孩子说，你父亲之所以遭遇不幸，都是怪我送给他的礼物——那双靴子。这不可能是真的，对吧，乔治？一定是其他原因。你父亲肯定会在靴子外面罩上毛毡，经历过一次矿难事故后，尽管那次事故并不严重，他永远都不会忘记罩上毛毡的。

我同意诺妮妈妈的说法，但我能看出她的疑虑像迷幻药一样侵蚀着她。

父亲的那双靴子是漫步者特制，是深井爆炸发生前两个月，诺妮送给我父亲的生日礼物。她至少花了三百美元买这双靴子，但的确物有所值。靴子的膝盖很高，皮革柔软如丝，但又非常坚韧。是那种能穿上一辈子，然后又能传承给儿子的靴子。是那种带有平头钉的靴子，你懂的，鞋钉可以在地面上擦出火花，就像燧石一样。

我父亲永远不会穿着钉子靴进入可能有甲烷或沼气的矿井，也不要对我说他可能是忘记了，尤其当时他和另外两个人都还挎着呼吸器，背着氧气瓶。即使他穿着钉子靴，诺妮妈妈说得对——他也会在上面罩上毡子。这一点不需要我告诉诺妮，她知道我父亲有多么小心谨慎。可是，人在孤独悲伤的时候，即使是最疯狂的想法也会在脑海中出现，加之还有人一直在耳旁喋喋不休，那么疯狂的想法就会像血虫一样蠕动、产卵，很快，你的整个大脑就会被蠕动的蛆虫所占据。

我让诺妮换掉电话号码，她也这样做了。但那孩子知道了她的新号码，一直不停地打电话来，对她说我父亲忘了脚上穿着什么，而其中的一颗钉子击中了火花，于是就发生了悲剧。

如果你没有送给他那双靴子，就不会发生这种事，你这个愚蠢的黑婊子。这就是那个男孩说的话，也许还有更糟糕的，但是诺妮不会告诉我。

最后，诺妮把电话撤掉了。我告诉她，一个人独自生活，必须装电话，但她不听。

她说，有时那个孩子会在半夜里打电话来，乔治，你不知道是怎么回事，你清醒地躺着，听到电话铃声，知道是那个孩子打来的。他到底有什么样的父母，怎么会让他做这样的事情，我无法想象。

到晚上你就把电话线拔了吧，我对诺妮说。

她说，我是这样做的，但有时电话铃还是会响。

我告诉诺妮，那只是她的想象。我试着去相信的确如此，但是从来没有成功过，布拉德利先生，诺妮回答说。既然那个坏孩子能抓住玛丽的史蒂夫·奥斯丁餐盒，知道维姬把试演搞砸了，还知道有关于漫步者特制靴子——如果他过了一年又一年，却依然保持年轻，那么，即使已经拔了电话线，他依然可以制造出电话铃声来。《圣经》里说，魔鬼会自由自在地在地面游荡，上帝的手阻止不了他。我不知道那个坏小子是否就是魔鬼，但我知道他的确和魔鬼一样坏。

我不知道急救电话是否能挽救诺妮妈妈的性命。我只知道她心脏病发作时打不了电话，因为没有电话。她孤独地死在厨房里，第二天，一位住在隔壁的女士才发现她已经死了。

我和卡拉去参加了葬礼。安葬了诺妮之后，我们就在诺妮妈妈和我父亲生活过的房子里过夜。天亮之前，我从噩梦中醒来，再也睡不着了。我听到报纸拍打在门廊上的扑通声，于是就起身去拿报纸，看到邮筒上插着一面旗子。我穿着睡袍和拖鞋走到街上，打开了邮筒。里面有个小便帽，上面有一个塑料螺旋桨。我把它取出来，它很烫，就像刚刚把帽子脱下来的那个人在发烧一样。碰到帽子让我感觉像是受到了污染，但我还是把它翻了过来，看了看里面。帽子里有一些油腻腻的发油，那种老式的东西几乎没有人用了，上面沾着几根橘黄色的头发，还有一张纸条，应该是孩子写的字——字母都歪歪扭扭地向下倾斜。纸条上写着：**留着吧，我还有一顶**。

我把那该死的东西拿进房间——用拇指和食指夹着，我只想用这种方式拿那东西——把它丢进厨房的柴炉里。我点燃了一根火柴，火哗啦一下就燃了起来，发出绿色的火焰。半小时后，卡拉走了下来，她嗅了嗅问道，那是什么可怕的味道啊？简直就像退潮时候的臭味！

我告诉她很可能是后面的化粪池满了，需要抽了。但我非常清楚，那是一股甲烷的臭味，可能也是我父亲最后闻到的气味，然后有东西点着了，把他和另外两个人吹进了天国。

那时，我在一家会计公司工作——是米德韦斯特最大的独立公司之一，我很快就得到了提拔。我发现，只要你早来，晚走，全神贯注于工作上，就会得到提升。卡拉和我想要孩子，我们养得起，但一直没能要到孩子；她每个月都来月事，像钟表一样有规律。我们去托皮卡看了生殖科医生，他为我们做了所有的常规检测，说我们身体都很好，现在讨论采用生育治疗还为时过早。他让我们回家，放轻松，好好享受性生活。

我们也是这样做的，过了十一个月，我妻子的月事停了。她是天主教徒，但上大学后就没有去过教堂。不过，她确信怀孕后，又开始去教堂，把我也拖上。我们去的是圣安德鲁教堂，我并不介意。即使她想把肚子里的孩子归功于上帝，我也不介意。

孩子六个月大的时候，卡拉流产了。那不是真正的意外，孩子活了几个小时，然后就死了，是个女孩。孩子需要有个名字，我们给她起名叫海伦，以卡拉祖母的名字命名。

那场事故发生在去教堂之后。做完弥撒，我们打算去市中心享用丰盛的午餐，然后回家。回家后，我可以观看足球比赛，卡拉则会抬起脚休息，尽情享受怀孕的乐趣。她确实很享受，布拉德利先生，甚至在怀孕早期，她每天早晨都感到恶心，她也十分享受。

我们一走出教堂，我就看到了那个坏孩子，同样的小圆头和小肚皮，身着同样宽松的短裤、同样的毛衣。我在邮筒里发现的小便帽是蓝色的，我们从教堂出来我看到他戴着的帽子是绿色的，但它们顶部都有塑料螺旋桨。我已经从小男孩变成了头发灰白的男人，但那个坏小孩看上去还是只有六岁，最多七岁。

他站得有点靠后，前面还有一个孩子。一个普通的孩子，就是那种会长大的孩子。那个普通的孩子手里拿着东西，看上去既惊愕又害怕。他手里的东西就像几年前诺妮妈妈送给我的保罗板球。

去吧，那个坏小孩说，否则我就要收回给你的五美元。

我不想去，那个普通的孩子说，我改变主意了。

卡拉没有看到这些，她当时正站在台阶的顶部跟帕特里克神父说着话，她告诉神父她很喜欢他的说教，他的说教让她有了很多思考。那些台阶是花岗岩的，十分陡峭。

我想，我应该去拉了卡拉的胳膊，但也许没有。也许，我只是僵住了，就像当年我和维姬在她参加《音乐达人》糟糕的试镜之后看到那个孩子时一样。我还没来得及反应过来，或者没来得及开口说话，那个坏小子就走上前来，把手伸进短裤口袋掏出一个打火机。他一点着火机，我就看到了火花，我开始明白那天在深井里发生了什么，与我父亲靴子上的钉头没有任何关系。那个普通的孩子手里拿着的红球开始嘶嘶作响。为了摆脱燃烧的红球，小孩把球一下子扔了出去，于是那个坏小孩就笑了，发出低沉的令人厌恶的窃笑——咯咯，咯咯，就像那样。

红球击中了台阶的侧面，落到了铁栏杆下面，又反弹了回来，然后发出震耳欲聋的响声，同时发出一闪一闪的黄光。那不是爆竹，也不是樱桃炸弹，而是一枚 M-80 烟花。卡拉震惊的程度就和那天在法吉楼储藏室里的维姬一样。我伸手去抓她，但她双手拉着帕特里克神父的手，我只碰到了她的胳膊肘。他们俩一起从台阶上摔了下去，神父摔断了右臂和左腿，卡拉摔断了脚踝，得了脑震荡，失去了孩子，失去了海伦。

那个把 M-80 烟花扔出去的孩子，第二天和妈妈一起走进了警察局，承认了他所做的事。当然，他很伤心，他被吓坏了，说了些孩子常说的话，而且大多是在出事之后说的话：这是一场意外，他无意伤害任何人。他说他本来是不会扔掉 M-80 烟花的，只是因为另外那个男孩点燃了保险丝，他害怕会伤到自己的手指才会那么做的。不，他说，他以前从没见过另外那个孩子。不，他不知道那个男孩的名字。然后，他把那个坏孩子给他的五美元交给了警察。

在那之后，卡拉不再和我上床，也不再去教堂了。但我还是坚持了下来，并加入了征服者队。你知道那是什么，布拉德利先生，不是因为你是天主教徒，而是因为这是你来的地方就是如此。我不用操心宗教的部分，因为有神父帕特里克。但我很高兴去那里当棒球教练，还有机会接触足球队。我一直参加征服队组织的野餐和野营。因为我拿到了 D 驾照，可以带孩子们去游泳，去游乐园玩耍，在教堂的大巴士上休息。而且我总是带着点四五式左轮手枪，那是我在“明智典当行”上购买的，你见过的，那也是起诉的证据。我带着那把枪五年了，把它要么放在汽车的置物箱里，要么放在征服队大巴车的工具箱里。而在训练的时候，我就把它放在健身包里。

卡拉不喜欢我在征服队的工作，因为那占用了我太多的空闲时间。帕特里克神父需要志愿者时，我总是第一个举手报名，我得说卡拉是因为嫉妒了。她说：“你周末几乎从不在家，我开始怀疑你是不是对那些男孩另有所图。”

也许我确实有点奇怪，因为我养成了一种习惯，会挑选出一些特别的男孩，并给予他们额外的关注。我和他们交朋友，帮助他们渡过难关。做到这一点并不困难，因为他们中的很多来自低收入家庭。在这些家庭中，通常只有单亲母亲，她得从事一份最低报酬的工作，甚至得做上两三份工作才能勉强养家糊口。这些母亲总是会需要搭便车的，所以我很乐意去接挑选出的特别男孩去参加周四晚上征服队的会议，然后再把他送回家。如果我没有时间，我会给孩子们公共汽车卡。然而，我从来没有给过他们钱——因为我早就发现，给那些孩子金钱可不是个好主意。

我在这方面取得了一些成功。有这样一个孩子——我猜刚认识他的时候，他可能只有两条裤子和三件衬衫——他是一个数学天才。我帮助他在一所私立学校拿到了奖学金，现在他是堪萨斯州州立大学的大一新生，前途无量。其他有几个在吸食毒品，但我至少从中培养出一个优秀的来，我想。

然而，你永远无法预知未来。另一个男孩在和妈妈吵架后逃跑了。一个月后，他从奥马哈打电话给我，当时他妈妈认定他要么死了，要么永远离家出走了。我去找到了他。

和那些征服队的男孩一起工作，给我提供了一个比在特拉华提交纳税申报表和成立避税公司更好的机会去做别的事。但那不是我要参与征服队的原因，那些只是附带的好处罢了。有时候，布拉德利先生，我会带一个特别的孩子去迪克森溪，或者去城市大桥的下游。我也钓鱼，但我要钓的不是鳟鱼或鲤鱼。有很长一段时间，我都没有感觉到鱼线有一丝一毫的动静。就在这时，罗纳德·吉布森出现了。

罗尼十五岁，但看上去年龄要更小。他的一只眼睛瞎了，所以不能打棒球，也不能踢足球，但他是下棋的高手，精通国际象棋以及下雨天其他孩子们都在玩的棋盘游戏。没人会欺负他，他是这个团体的吉祥物。在他九岁左右的时候，父亲就离家出走了，因此他很渴望得到男性的关注。很快他就带着所有的问题来找我。当然，最主要的是因为那只坏眼睛。这是一种先天性缺陷，叫作角膜畸形——一种畸形的角膜。一位医生告诉他的母亲，可以通过角膜移植修复视力，但是费用昂贵。他的母亲可支付不起任何这样的费用。

我去找了帕特里克神父，我们两个促成六个募捐者成立了一个叫“罗尼的新视野”的基金会。我们甚至上了电视——出现在第4频道的本地新闻里。其中有一张我和罗尼在巴纳姆公园散步时的照片，我的手臂搭在他瘦削的肩膀上。卡拉看了之后嗤之以鼻，她说，如果你对他们没有心怀不轨，人们看到照片也会那样说的。

我不在乎别人说什么，因为就在那篇新闻报道之后不久，我的鱼线上就有猎物上钩了。与我预料的一样，那个坏孩子出现了。我终于引起了他的注意，我能感觉到他。

罗尼做了手术，他的那只坏眼睛没有恢复全部视力，但恢复了大部分。手术后的第一年，他每天都得戴上防太阳光的特制眼镜，但他并不介意，他说戴上眼镜显得很酷。

手术后不久的一天下午，他和母亲到圣安德鲁教堂地下室小小的征服队的办公室里来找我。他母亲说，如果我们有可以报答您的地方，哈拉斯先生，请您尽管开口。

我告诉他们没必要，说这是我的荣幸。然后，我假装想到了一件事。

或许是有那么一件事，我说，就是一桩小事。

什么事，先生？罗尼问道。

我说，上个月有一天，我把车停在教堂后面，然后走了一半楼梯才突然想起没有锁车。我返回去的时候看到有个小孩在我的车子里翻东西，我冲他大叫，他像子弹一样跑开了，拿着我放在手套箱里交过路费的零钱盒。我追了他一会儿，但没抓到他，他跑得太快了。

我告诉罗尼和他的妈妈，我只想找到他，和他谈谈，告诉他我曾对所有男孩子都说过的话——偷窃是人生错误的开始。

罗尼问我那个孩子长什么样。

矮矮胖胖的，我说，亮橙色的头发，就像真正的胡萝卜一样。当时我看到他穿着灰色的短裤和绿色的毛衣，毛衣上面的条纹和他的头发一个颜色。

吉布森夫人说，天啊，他是不是戴着一顶带螺旋桨的小帽子？

哦，是的，我说，尽量保持声音友好而平稳，既然你提到了，我相信应该是他。

我在街对面见过他，吉布森夫人说，我以为他搬到那里去了。

你见过他吗，罗尼？我问。

没有，他说，我从来没有见过他。

好吧，如果见到了，别跟他说什么，赶快过来找我，你能做到吗？

罗尼说他会的，我很满意。因为我知道那个坏孩子回来了，我知道他采取行动时我会在周围，他就希望我在周围，因为那才是关键之处。我才是他想要伤害的人，其他所有人——玛丽、维姬、我父亲和诺妮妈妈——都只是附带的伤害。

一个星期过去了，两个星期过去了。我开始觉得那个坏孩子也许已经觉察到我在筹划的事了。接着，那一天到来了——那一天，布拉德利先生——一个男孩跑到教堂后面的操场，我正在那里帮一群孩子设置排球网。

“有个小孩把罗尼绊倒在地，偷走了他的眼镜！”跑进来的男孩大声叫道，“那个男孩跑进了公园！罗尼在后面追着他！”

没有片刻迟疑，我抓起了健身包——在我和那些特别的孩子在一起的那些年里，我一直随身携带着它——穿过大门跑进巴纳姆公园。我知道偷了罗尼眼镜的不是那个坏小子本人，那不是他的风格。偷眼镜的孩子与投掷 M-80 烟花的那个男孩一样，是普通男孩。并且，在那坏小孩的计划得逞后，这个普通的男孩会感到抱歉，假如我抓住他的话。

罗尼不是一个健壮的男孩，他跑不快。那个偷眼镜的男孩准是发现了这一点，因为他在公园的另一边停了下来，一边高举起手挥舞着眼镜，一边喊着：“过来拿啊，雷·查尔斯！快来拿啊，史提夫·汪达！”

我能听到巴纳姆大道上的拥挤车流，并且明白那个坏男孩在计划干什么。他以为曾经奏效的计划会继续发挥作用。这次拿走的是一副特殊的防光眼镜，不是印着史蒂夫·奥斯丁头像的餐盒，但基本套路是一样的。事后，那个拿了罗尼眼镜的孩子会哭着说他不知道会发生什么，他认为只是一个玩笑，或者只是想戏弄一下罗尼，又或者只是对罗尼进行报复，因为罗尼把那个胖乎乎的红头发小孩推到了人行道上。

我很容易就能赶上罗尼，但一开始我并没有这样做。罗尼是我的诱饵，你知道，我最不希望的就是太快把他卷进这一事件之中。当罗尼跑近时，那个帮坏孩子做着肮脏勾当的男孩子在公园和巴纳姆大道之间的石拱里穿行，手高举过头挥舞着罗尼的眼镜。罗尼跟着他跑，我排在第三位。我一边慢跑，一边拉开健身包的拉链，我一拿到了左轮手枪，就扔下健身包，开始超速飞跑。

“退后！”我跑过罗尼身边，冲着他大叫，“别再往前跑了！”

罗尼照我说的做了，谢天谢地。如果他出了什么事，我就不会在这儿等着针头注射了，布拉德利先生，我早就会杀了自己的。

穿过拱门，我看到那个坏小孩正在人行道上等着。和以前一样，那个大孩子把罗尼的眼镜递给坏孩子，坏小孩递给了他一张钞票。当坏孩子看到我跑过来，他那奇怪的红嘴唇上的傻笑第一次消失不见了。因为这不是他的计划，他的计划是首先要对付罗尼，然后才是我。罗尼本应该追那个坏小孩到街上，然后自己被卡车或公共汽车撞倒。我应该最后一个赶到现场，正好看到罗尼被车撞倒的场景。

红头发小孩跑进了巴纳姆大道。你知道公园外面是什么样子——控方在审判中播放了三次录像之后，你至少应该知道公园外面的样子。每个方向都有三条车道，两条用于直行，一条用于转弯，中间有一个混凝土分隔带。那个坏孩子跑到分道口回头看了看，当时他不只是大吃一惊，他脸上的表情简直是惊恐万分。看到坏孩子的那个表情，是自从卡拉从教堂的台阶上跌下来后，我第一次由衷地感到高兴。

我只看到那种表情一眼，因为坏孩子立刻冲进了南行的车道，甚至都不看会发生什么事。我以同样的方式跑进了朝北的车道。我知道自己可能会被车撞倒，但我不毫不在乎。至少这一次会是一场真正的事故，没有神秘的加速器。你可以称之为自杀，但事实并非如此。我就是不能让坏孩子溜之大吉。我可能会有二十年再也见不到他，到那时，我就已经是个垂暮老人了。

我不知道自己是否会被车子碾压，但我听到了很多刺耳的刹车声和吱吱的轮胎摩擦地面的声音。为了避开那个小孩，一辆汽车突然转向，撞上了一辆平板卡车。有人叫嚷，说我是个疯狂的混蛋。有人大声叫骂，你他妈的到底在干什么？不过，那些都只是背景噪音。我所有的注意力都集中在那个坏孩子身上——眼睛只能盯着奖品，对吧？

他跑得尽可能快，但无论他内心是什么样的怪物，从外表上来看，他被短腿和肥屁股给困住了，他再也没有机会了。他唯一能指望的就是会有车辆撞到我，但没有。

他跑到对面，在路边绊了一跤。我听见有个女人——一个头发染成了金黄色、胖乎乎的女人——在尖叫，那个男人有枪！那是简·赫尔利太太，她在审判中出来作证了。

那个孩子想要爬起来，我从他后面开了一枪。“这是为玛丽，”我说，“你这个狗娘养的。”那是第一枪。

他用手和膝盖继续往前爬行，血滴在人行道上。“这是为维姬的。”我说，在他背上又开了一枪，那是第二枪。我接着说，“这是为我父亲和诺妮妈妈的。”然后把子弹射入他的膝盖后面，就在那宽松的灰色短裤齐膝的地方，那是第三枪和第四枪。

当时有很多人在尖叫。有人大叫说：“把枪拿开，抓住他！”但没人这样做。

那个坏小孩翻过身来看着我。我看到他的脸时，差点就停了下来。他看起来不像是七岁或八岁，他满脸困惑，又痛苦不堪，看上去他不超过五岁。他的小便帽掉了下来，躺在他身边。两个塑料螺旋桨中有一个已经弯曲。我的上帝，我想，我枪杀了一个无辜的孩子，他就躺在我的脚下，受了致命伤。

是的，他差点就把我给骗了，他表演得非常棒，布莱德利先生，算得上是真正的奥斯卡奖之类的表演。但是，面具滑落了。虽然他的脸大部分都受了伤，但眼睛没有受伤，那东西还在他的眼睛里。你阻止不了我，他的眼睛在说，你阻止不了我，除非我和你一起完蛋，而我和你还没有完。

“来人啊，把枪从他手上拿走！”一个女人喊道，“在他杀死那个孩子之前！”

一个大块头朝我跑来——我相信，他也出庭作证了——但我用手枪指着他，他举起双手迅速后退了。

我转身对着那个坏小孩，朝他的胸口开了一枪，说：“这是为了孩子海伦。”那是第五枪。此时，血从他的嘴里涌了出来，流到了下巴上。我的点四五式左轮手枪是老式的六发子弹，所以枪里只剩下最后一颗子弹了。我在坏孩子的血泊中单膝跪下，血是红色的，但它应该是黑色的，应该像你踩在有毒昆虫身上时流出来的黏液。我把枪口对准了他的两眼之间。

“这一枪是为了我，”我说，“现在，不管你从哪里来，都滚回去吧。”我扣动了扳机，那是第六枪。但在我扣动扳机之前，他那双绿色的眼睛直视着我。

他的眼睛在说，我和你没完，除非你停止呼吸，否则我不会善罢甘休，也许不需要等那么久，也许我会在另一边等着你。

他的头垂了下来，一只脚抽动了一下，然后他就一动不动了。我把枪放在他的身边，举起双手，准备站起来。我还没来得及站起来，就有几个男人抓住了我。其中有人揍了我的肚子，有人打了我的脸，还有几个人加入进来，其中一个就是赫尔利太太，她至少给了我两下。她在审判中没有提及，对吗？

我并不怪她，律师，我不怪他们中的任何一个人。他们那天看到躺在人行道上的只是一个被子弹毁容的小男孩，面目全非，就连他的亲生母亲也根本认不出他来。

如果说他真的是一个小孩的话。

7

麦格雷戈把布拉德利的委托人带回“针头庄园”去参加午间点名，并承诺过后会把他带回来。

“如果你需要的话，我给你带些汤和三明治，”麦格雷戈对布拉德利说，“你一定饿了。”

布拉德利不饿，尤其听完这个故事之后。他坐在树脂玻璃隔板的一侧，双手交叉放在空白的法律便签本上，他在思索生命的毁灭。就目前考虑的两种情形来看，解除哈拉斯的死刑要更容易接受，因为他显然是疯了。如果哈拉斯在审判时讲述这个故事——用同样合理的、无容置疑的口气讲述以上故事的话——布拉德利确信哈拉斯现在应该会在该州两个最安全的精神病院中的一个里面，而不是在排队等待注射硫喷妥钠、泮库溴铵和氯化钾，这种被“针头庄园”的死囚们称为“晚安，妈妈”的致命鸡尾酒。

可是哈拉斯，很可能是由于失去了自己的孩子而彻底丧失了理智，他至少失去了一半的生命。显然，这是一个不快乐的人，被偏执的幻想和被迫害妄想所困扰的家伙，但是——根据一个古老的格言——好死不如赖活着。那个小男孩是让人感到更为悲伤的例子，根据国家验尸官的说法，那个在错误的时间里碰巧出现在巴纳姆大道上的孩子不超过九岁，可能更接近于七岁。还没有开始真正生活，只是打开了生活的序幕。

麦格雷戈领着哈拉斯回来了，把他绑在椅子上，问他们还要谈多久，“他不想吃午饭，但我还是要吃的。”

“不会太久。”布拉德利说。事实上，他只有一个问题。哈拉斯再次坐下时，他问道：“为什么是你呢？”

哈拉斯挑起眉毛：“请再说一遍？”

“这个恶魔——我猜你就是这么认为的——他为什么要选你呢？”

哈拉斯笑了，不过只是嘴唇抽动了一下，没有笑出声来。“这是相当幼稚的问题，律师。你可能会问，为什么有的婴儿出生时就有一个畸形的角膜，就像罗尼·吉布森一样，而在同一家医院里出生的五十个婴儿都很健康。或者，为什么一个过着体面生活的好人却在三十岁时被脑瘤夺去生命，而一个帮助监管达豪毒气室的怪物却可以活到一百岁。如果你问为什么好人会倒霉，那你就问错对象了。”

你向一个逃跑的孩子开了六枪，布拉德利想，最后的第三、第四枪都是近距离射击。以上帝的名义，你怎么会是一个好人呢？

“你走之前，”哈拉斯说，“我再问你一件事。”

布拉德利等待着。

“警察确定他的身份了吗?”

哈拉斯用懒洋洋的腔调问道，就如同一个正在谈话的囚犯，为了故意拖长在牢房外面的时间。不过，这是漫长的访谈以来，哈拉斯的眼睛里第一次闪烁出真实的光芒和兴趣。

“我想没有。”布拉德利小心翼翼地回答。

事实上，他知道警察没有确定孩子的身份。他在检察官办公室里有一个线人，如果确定了孩子的身份，他会在报纸获得消息并公布这名儿童的姓名和背景之前，就告诉他。媒体当然急于这样做；身份不明的男孩受害者是一个全国范围内的人类利益故事。在过去的四个月里，它的热度已经逐渐消失，但是哈拉斯被处决之后，它肯定会再次引起热议。

“我应该告诉你要想到这一点，”哈拉斯说，“但我不需要这样做，不是吗?你一直在想这件事，虽然并没有为此熬夜，但是，是的，你一直在思索这件事。”

布拉德利没有回答。

这一次，哈拉斯的笑容发自内心:“我知道我跟你说的，你一个字也不相信，嘿，怎么能怪你呢?但是，你只需花一分钟的时间思考一下就会明白，死去的可是一个白人孩子——在一个仍然把白人男性孩子看得比其他所有人都重要的社会里，这种孩子最容易被人怀念，也最受人追捧。孩子们在上学的时候就会被采集指纹，一旦他们迷路、被谋杀或遭到绑架，指纹有助于识别他们的身份。我相信在这个州，这甚至是一条法律。难道是我错了吗?”

“你没错，”布拉德利勉强说道，“但是，乔治，如果把这一点看得太重那就错了。这个孩子碰巧漏掉了，没有被采集指纹，就是这样。有时会发生这样的事情，该系统是不可靠的。”

哈拉斯的微笑变成了一副成熟的笑容:“就一直这样说服自己吧，布拉德利先生，你就一直这样告诉自己吧。”他转过身，向麦格雷戈挥手，麦格雷戈摘下耳塞，站了起来。

“都说完了?”

“是的。”哈拉斯说。麦格雷戈弯腰帮他解锁链时，他转身对着布拉德利，他的笑容——布拉德利见过的唯一的一次笑容——不见了，就仿佛他从来没有笑过。“你能来吗？到那时候？”

“我会来的。”布拉德利说。

8

布拉德利的确来了。六天后，上午十一点五十二分，观察室的窗帘拉开了，死亡室呈现了出来。里面有白色的瓷砖和Y形的桌子，只有两个见证者，一个是圣安德鲁教堂的帕特里克神父。布拉德利和神父一起坐在后排，地方检查官在前面，一直双臂交叉放在胸前，眼睛没有移开过房间另一头的窗户。

执行方（如果有的话，是一个古怪的说法，布拉德利认为）已经就位。总共有五个人：监狱长托米、麦格雷戈和另外一名警卫，还有两名身穿白大褂的医疗人士。表演的明星躺在桌子上，他张开的双臂被维可牢的背带固定住了。当窗帘打开时，布拉德利的眼睛首先被监狱长吸引住了，监狱长穿着一件开领蓝色衬衫，显得很古怪，这样的装束出现在高尔夫球场上要更为合适。

乔治·哈拉斯腰上系着安全带，肩膀上系着一个三脚架，他看起来更像是要进入太空舱里去遨游，而不是即将死于针头注射。根据他的要求，没有牧师在场。当他看到布拉德利和帕特里克神父时，在手腕上绑着的皮带允许的范围之内，他高高举起一只手，示意认出了他们。

帕特里克神父举起手来，然后转向布拉德利，他的脸色苍白：“你参加过这样的死亡注射吗？”

布拉德利摇了摇头。他的嘴唇很干涩，不相信自己说话的声音会是正常的。

“我也是，我希望我没事。他……”帕特里克神父咽了口唾沫，“他对所有的孩子都很好，他们爱他，我简直不敢相信……即使是现在，我也不敢相信。”

布拉德利也不能相信。然而，他所做的就是不得不去相信。

检察官转向他们，皱着眉头，像摩西一样交叉着双臂："先生们，闭嘴。"

哈拉斯环视着他最后所处的房间。他似乎有点不知所措，好像不太清楚自己在什么地方，不知道发生了什么事。麦格雷戈用一种安慰的姿态把手放在他的胸前。此时是十一点五十八分。

其中一个身穿白大褂的在哈拉斯的右前臂上系了一根橡皮管，针头扎进去，然后用胶带把它粘住。这是一种静脉注射技术，布拉德利猜。针头被固定在静脉输液管上，输液管通向墙上的控制台，三个红色的灯在三个开关上面闪烁着。第二个身穿白大褂的来到控制台，双手紧握在面前。此刻，死亡室里唯一的动静来自乔治·哈拉斯，他迅速地眨巴着眼睛。

"他们正在做吗？"帕特里克神父低声问，"我看不出来。"

"我也不知道，"布拉德利小声说，"也许，但是……"

突然传来扩音器放大的咔嗒声，把他们都吓得跳了起来（而该州的法定代表人仍然像雕像一样一动不动）。监狱长说："你们能听到我的声音吗？"

地方检察官竖起大拇指，然后继续双臂交叉。

监狱长转向哈拉斯："乔治·皮特·哈拉斯，你已经被陪审团判处死刑，这个判决得到了本州最高法院和美利坚合众国最高法院的确认。"

说得好像他们真的关心过这个案子似的，布拉德利想。

"在执行之前，你还有什么要说的吗？"

哈拉斯开始摇了摇头，然后似乎改变了主意，他透过玻璃凝视着观察室。

"你好，布拉德利先生，我很高兴你来了。听着，好吗？如果我是你，我会小心的。记住，*它会以孩子的形式出现。*"

"是吗？"监狱长几乎是快活地问道。

哈拉斯看着监狱长："我还想问一件事，你那件衬衫是在耶稣那里买来的吗？"

监狱长托米眨了眨眼睛，就像有人突然在他脸上泼了冷水，然后转向医生："准备好了吗？"

站在控制台旁边的白衣人点了点头，接着监狱长背诵了一堆冗长的废话，然后检查了一下时钟，皱了皱眉头。已经是十二点过一分，他们已经延迟了一分钟。他指着那个白大褂，就像一个舞台导演在给演员暗示一样，白大褂立刻拨动了开关，三个红灯变绿了。

对讲机仍然开着，布拉德利听到哈拉斯在向帕特里克解释："是在行刑了吧？"

没有人回答，这并不重要，哈拉斯闭上眼睛，发出了鼾声。一分钟过去了，他发出了另一个长长的支离破碎的鼾声。两分钟过去了，然后四分钟过去了。没有了鼾声，也没有了其他动静。布拉德利环顾四周，帕特里克神父已经走了。

9

布拉德利离开"针头庄园"时，一阵寒冷的草原之风迎面吹来。他把外套拉链拉上，站着做了个深呼吸，尽可能地呼吸一些新鲜空气，尽快地吸气。不是因为处决本身出了问题，除了监狱长古怪的蓝色衬衫外，处决过程看起来就像接种破伤风疫苗或带状疱疹疫苗一样平淡无奇，这才是真正的恐怖之处。

布拉德利的余光注意到鸡场里有什么东西动了动，那是死刑犯们锻炼的地方。这时那里不应该有人，在执行死亡注射期间，犯人们的锻炼取消了，麦格雷戈已经告诉过他。果然，当他转过头时，他发现鸡场里空荡荡的。

布拉德利想，它会以孩子的样子出现。

他笑了起来，他把自己逗笑了。这只是一个理所当然的奇想，仅此而已。仿佛要证明给自己看，他打了个寒颤。

神父帕特里克的那辆旧的沃尔沃已经离开了。除了布拉德利的车外，没有车停在毗邻"针头庄园"小型的游客停车场里。布拉德利朝停车场走了几步，然后突然向鸡场跑去，大衣的下摆拍打着膝盖。那里没有人，当然不会有，耶稣基督。乔治·哈拉斯疯了，即使他所说的坏小孩是真的，但坏孩子现在已经死了。从点四五式左轮手枪中射出了六发子弹到他身上，他必死无疑。

布拉德利继续往前走，当绕过汽车引擎盖时，他又一次停下来了。一道丑陋的划痕从他的福特车的前保险杠一直延伸到后左尾灯，有人给他的车加了一把钥匙。在一个戒备森严的监狱里，必须通过三堵墙和类似数量的检查后才能进来的地方，竟然有人给他的车画上了一道锁。

布拉德利第一个想到的是地方检察官，他坐在那里，双臂交叉在胸前，一副塔尔穆迪奇自以为是的样子。可是这个想法不符合逻辑，地方检察官毕竟得到了想要的东西，亲眼看着乔治·哈拉斯死去。

布拉德利打开车门，他并没有把车锁上——毕竟，他是在一所监狱里——他一动不动地站了几秒钟。然后，他的手好像被某种力量控制住了，慢慢地伸到嘴边捂住了嘴。驾驶座上放着一顶有螺旋桨的小便帽，两个塑料螺旋桨中有一个弯曲了。

布拉德利弯下腰，用两根手指夹着帽子，把它扯了出来，就像哈拉斯曾经做过的那样。他打开帽子，里面塞着一张纸条，字母歪歪扭扭拼凑在一起，向下倾斜。是孩子的字体：

留着吧，我还有一顶。

他听到一个孩子的笑声，高亢而嘹亮。他朝鸡场看去，那里依然空空如也。

他把便条翻过来，看到了一条更为简短的讯息：

再见。

献给拉斯·多尔

《哈罗德·洛克斯的头发》或许是关于写作的最佳小说，在这本书里，托马斯·威廉姆斯使用了一个惊人的隐喻，甚至称得上一则寓言，来描述故事是怎样诞生的。他想象了一片黑暗的平原，上面燃着一个小火堆。人们一个接一个地从黑暗中走出来，到火边取暖。每个人都带来一小块燃料，最终，小火堆变成了熊熊燃烧的烈火，角色绕火而立，他们的脸被火光照亮，每张脸都各有其美感。

某夜，就在我昏昏欲睡之时，我也看到了一星火焰——事实上，是一盏煤油灯——旁边有个男人正试图借着火光看报。又有其他人提着灯笼陆续前来，更多的光照在这荒凉乏味的土地上，而这里，正是达科他领地[①]。

尽管我并不想承认，但我脑海中经常会出现此类画面。通常，我不会讲述伴随这些画面而来的故事；有时候火焰会熄灭。但我必须写下这个故事，因为我十分确定该使用何种语言：干燥、凝练，跟我惯有的风格全然不同。我并不知道故事会如何发展，却胸有成竹，因为我深信语言自会带我到达终点。事实也的确如此。

① 达科他领地（the Dakota Territory），美国1861年建立的领地。1889年，达科他领地变成了南达科他州和北达科他州。

一场死亡

吉姆·特拉斯戴尔的棚屋坐落在他父亲那个衰落的大农场的西边，巴克雷警长带着六个镇上的男人在那里找到他时，他身上穿着一件肮脏的谷仓外套，坐在没生火的炉子旁边，正借着灯笼的光读一张过期的《黑山先驱者报》。不管怎样，他至少是盯着那张报纸的。

巴克雷警长站在门口，差不多堵住了整扇门。他举着自己的灯笼："出来，吉姆，双手举起来。我没有掏枪，也不想掏枪。"

特拉斯戴尔出来了。他双手举起，其中一只手上还拿着报纸。他站在那里，灰色的眼睛不动声色地看着警长。警长回视他的目光。其他人也盯着他，包括四个骑在马背上的，还有两个坐在平板马车座位上的，马车一侧的**海恩斯殡葬社**的黄色字样已经褪了色。

"我发现你没有问我们为什么来这里。"巴克雷警长说。

"你们为什么来这里，警长？"

"你的帽子在哪里，吉姆？"

特拉斯戴尔抬起空着的那只手摸摸头顶，他平常戴的那顶棕色圆顶宽檐帽并不在头上。

"在你屋里吗？"警长问。冷风吹来，拂动马鬃毛，碾过草叶，掀起向南的波浪。

"没有，"特拉斯戴尔说，"我想应该不在。"

"那在哪里了？"

"可能是丢了。"

"上马车后面。"警长说。

"我可不能坐拉死人的车，"特拉斯戴尔说，"会倒霉的。"

"你已经倒霉了，"其中一个男人说，"浑身涂满霉运。上来。"

特拉斯戴尔来到马车后面，爬了上去。风又起，吹得更加猛烈，他竖起了外套领子。

原本坐着的两个男人从座位上下来，站到马车两侧，一个拔出枪，另一个没有。特拉斯戴尔觉得他俩面熟，却叫不上名字，只知道他们都是镇上的人。警长和另外四个男人进了特拉斯戴尔的棚屋，其中一个是海恩斯，殡葬承办人。那几个人在棚屋里待了一会儿，他们甚至打开了炉膛，在炉灰里翻找。尽管天气很冷，炉子却没生。最后，他们出来了。

"没有帽子，"巴克雷警长说，"要是有的话肯定就看到了，那么大一顶该死的帽子。你有什么可说的？"

"丢了太可惜了。那是我爸给我的，那时候他的脑子还清楚。"

"帽子在哪里？"

"告诉你了，可能是丢了。要么是被人偷了，那也是有可能的。我正打算睡觉呢。"

"别再想着睡觉了。你下午去镇上了？"

"他当然去了，"其中一个男人说，他翻身上马，"我亲眼看到的。就戴着那顶帽子。"

"闭嘴，戴夫，"巴克雷警长说，"你去镇上了吗，吉姆？"

"是的，长官，我去了。"特拉斯戴尔说。

"去了'好运查克'？"

"是的，长官。我从这儿走过去，喝了两杯，然后走回来。我猜就是在'好运查克'丢了帽子。"

"就是这样？"

特拉斯戴尔抬头看着漆黑的十一月的天空："就这样。"

"看着我，孩子。"

特拉斯戴尔看着他。

"就是这样？"

"告诉你了，就这样。"特拉斯戴尔看着他说。

巴克雷警长说："好，那我们去镇上吧。"

"为啥？"

"因为你被捕了。"

"丁点儿脑子都没有，"其中一个人说，"他爹跟他比起来都算聪明的。”

他们回了镇上，一共四英里路程。特拉斯戴尔坐在殡葬社的马车后面，竖着外套领子。驾车的人头也不回地问：“除了偷她的那一美元，你是不是还强奸了她，你这浑蛋？”

“我不知道你在说什么。”特拉斯戴尔回答。

之后一路无话，只剩风响。到了镇上，街两边站满了人。起初，人群很安静，后来一个裹着棕色披肩的老妇深一脚浅一脚地跟在殡葬社的马车后面，冲特拉斯戴尔吐了口痰。痰没命中，却在人群中引起稀稀落落的掌声。

到了监狱门口，巴克雷警长帮着特拉斯戴尔从马车上下来。风愈疾，闻上去似有雪味。风滚草被风卷着，沿着主街朝水塔跑去，在那里的木栏杆处堆作一处，噼啪作响。

“绞死这杀孩子的畜生！”一个男人喊道，另一个扔了块石头。石头从特拉斯戴尔的脑袋和右肩膀之间飞过，“砰”地砸到木板步道上。

巴克雷警长转过身，举起手中的灯笼，看着眼前聚集的人群。“别这样，”他说，“别干蠢事。我来处理。”

警长抓着特拉斯戴尔的上臂，带他穿过自己的办公室，来到牢房。牢房有两间，警长带特拉斯戴尔进了左边那间。里面有一张板床、一只凳子和一个便桶。特拉斯戴尔刚想在凳子上坐下，就听到警长说：“在那儿站着。”

警长四下看看，发现义警们都挤在牢房门口，便说：“你们都离开这儿。”

“奥迪斯，”叫戴夫的男人说，“要是他攻击你怎么办？”

“那我就制服他。我感谢你们履行义警的责任，但现在你们该走了。”

他们散去之后，巴克雷说：“脱掉你的外套，把它给我。”

特拉斯戴尔脱下谷仓外套，立刻便发起抖来。他里面只穿了一件背心和一条绒布裤。裤子看上去年数不少，条纹都磨光了，一边膝盖上还破了一个洞。巴克雷警长翻遍了外套的所有口袋，找到了卷在一张 J.W. 西尔斯邮购目录里的一些烟草，一张许诺以比索兑现的旧彩票，还有一块黑色的鹅卵石。

“这是我的幸运石，”特拉斯戴尔说，“我还是小男孩的时候就带着它了。”

“把你的裤子口袋翻出来。”

特拉斯戴尔听话地照办了。裤袋里有一个一分硬币、三个五分硬币和一张折起来的报纸，看起来跟那张墨西哥彩票一样老，上面报道的是内华达州的银矿热。

“靴子。”

特拉斯戴尔脱下靴子，巴克雷拿起来，将手伸进去。有只靴子的靴底有个一角硬币大小的洞。

“袜子。”

巴克雷把袜子翻过来，扔到一边。

“裤子。”

“我不想脱。”

“我也不想看。别废话。”

特拉斯戴尔让裤子掉到脚下，他里面没有穿内裤。

“转过身，屁股分开。”

特拉斯戴尔转过身，抓住自己的两瓣屁股，拽开来。巴克雷警长皱着眉头，叹了口气，将一只手指伸了进去。特拉斯戴尔呻吟了一声。巴克雷抽出手指，对着手上软糊糊的东西又皱了皱眉，在特拉斯戴尔的背心上擦了擦手指。

“在哪儿，吉姆？”

“我的帽子吗？”

“你觉得我是在你的屁眼里找帽子？在你家的炉灰里翻帽子？你在逗我吗？”

特拉斯戴尔提上裤子，扣好扣子，光脚站着，瑟瑟发抖。就在不久之前，他还在自己的家里看报纸，想着要不要生炉子，但那好像离现在很远了。

“你的帽子在我办公室里。”

“那你还问什么？”

“看你怎么回答。帽子已经找到了。我真正想知道的是你把那小姑娘的一美元藏哪儿了。不在你家里，不在你口袋里，不在你屁眼里。你是觉得有愧所以把它丢了吗？”

“我不知道什么一美元。能把帽子还给我吗？”

“不行，那是证物。吉姆·特拉斯戴尔，我以谋杀瑞贝卡·克莱恩的罪名逮捕你。你有什么想说的吗？”

“有，长官。我根本不认识什么瑞贝卡·克莱恩。”

警长离开牢房，关上门，从墙上取下一把钥匙，把门锁上。锁芯转动时发出吱嘎声。这里的牢房大多时候是用来关醉鬼的，基本从来不锁。他看着里面的特拉斯戴尔，说：“我为你感到难过，吉姆。干那种事的人下地狱都不够。”

“什么事？”

警长一言不发，拖着沉重的步子离开了。

特拉斯戴尔在牢房里待了一个礼拜，吃从“老妈拿手菜”餐馆里送来的饭，睡在板床上，在桶里拉屎撒尿，桶每两天倒一次。他父亲没来看他，因为老头子八十多岁时就糊涂了，现如今九十多了，全靠两个土著女人照顾。那两个女人一个苏族，一个拉科塔族，有时她俩会站在那荒破的木板房的门廊上，齐声哼唱着不知什么调子。他的兄弟在内华达州采银矿。

有时孩子们会过来，站在他牢房外的走道上，唱着“吊死鬼，吊死鬼，绳子一拉就蹬腿”。有时男人们会站在那里，威胁要割掉他的卵蛋。有一次瑞贝卡·克莱恩的妈妈来了，说要亲手绞死他，如果她被许可的话。“你怎么能杀我的孩子呢？”她透过装着铁栏杆的窗户问，“她才十岁，那天是她的生日。”

“女士，”特拉斯戴尔站到了板床上，以便能看着窗外女人仰起的、苍白的脸，“我没杀你的孩子，也没杀任何人。”

“黑心肠的骗子。”她说完就走开了。

几乎镇上的每个人都来参加那孩子的葬礼了。土著人来了。就连在“好运查克”招揽生意的两个妓女都来了。特拉斯戴尔在他的牢房里听到了人们的歌声，那时他正蹲在放在角落的桶上。

巴克雷警长给皮尔堡发了电报，终于请来了巡骑法官。这位法官刚上任，是个年轻的俊小伙儿，像狂野比尔一样金发披肩。法官名叫罗杰·米泽尔，他戴着一副精巧的圆眼镜，在“好运查克”和“老妈拿手菜”都证实了自己有看女人的好眼光，尽管他手上戴着婚戒。

镇上没有律师能为特拉斯戴尔辩护，米泽尔就去找了乔治·安德鲁斯，后者是贸易行、酒馆和“好眠旅店”的老板。安德鲁斯在奥马哈上了两年商业学校，算是受过高等教育，他说只有克莱恩夫妇同意，他才当特拉斯戴尔的律师。

“那就去找他们，”米泽尔说，他倚在椅子上，理发师傅正给他刮胡子，“别磨蹭到脚底下的草都长出来。”

“是这样，”安德鲁斯道明来意后，克莱恩先生说，“我有个疑问。如果没有人替他辩护，就不能绞死他了吗？”

“美国法律不是这样的，”乔治·安德鲁斯说，“尽管我们现在还没有加入联邦，但很快就会加入的。”

“他能逃脱吗？”克莱恩太太问。

“不，女士，”安德鲁斯回答，“我觉得没可能。”

审判在十一月的某天早上开始，一直进行到下午，地点是在镇公所。那天有细小的雪片飘落，轻薄如婚纱上的花边。空中翻滚着石板灰的浓云，预示着更大的暴风雪。罗杰·米泽尔早已熟悉了案情，此时既担当公诉律师，又兼任庭审法官一职。

“就像个银行家贷了自己的款，又付给自己利息。”“老妈拿手菜餐馆”的午餐时间，有人听到其中一位陪审团成员如此说。尽管没有人对这个比喻表示异议，但也没人觉得人家身兼两职不行。毕竟从某个角度来说，这么做是经济的。

公诉律师米泽尔传唤了几位证人，而法官米泽尔从不质疑前者的问询。最先作证的是克莱恩先生，接下来是治安官巴克雷。事情经过很简单。瑞贝卡·克莱恩在她遇害那天的中午，举办了一场生日聚会，有蛋糕，也有冰淇淋。瑞贝卡的几个小伙伴参加了聚会。大约两点钟，就在小丫头们一起玩“贴驴子尾巴”和“抢椅子”游戏时，吉姆·特拉斯戴尔走进“好运查克”，要了一杯威士忌。他戴着他那顶圆顶宽檐礼帽，慢慢喝着酒，喝完了，又要了第二杯。

喝酒的时候他摘下过帽子吗？也可能将它挂在门边的某根钩子上了？没人记得。

“可是，我从来没有见过他不戴帽子的样子，”侍者戴尔·杰拉尔德说，“帽子就像长在他身上一样。就算他摘下来过，也很可能就放在旁边的吧台上。他喝了第二杯，然后就离开了。”

“他离开的时候，帽子在吧台上吗？”米泽尔问。

“不在，先生。”

“你夜里打烊的时候，帽子在挂衣服的钩子上吗？”

“不在，先生。”

那天下午大约三点，瑞贝卡·克莱恩离开她位于镇子最南端的家，到主街的药店去。她妈妈说，她可以用生日得的一美元买些糖果，但是不能吃，因为她当天已经吃了太多甜食了。五点钟到了，瑞贝卡还没有回家，她的爸爸叫上几个人一起去找她。他们在巴克巷找到了她，就在“驿站基地”和“好眠旅店”的中间。她被人勒死了。她的银元不见了。直到那伤心欲绝的父亲抱起她时，人们才看到特拉斯戴尔的宽檐皮帽。帽子就藏在小女孩生日礼服的裙子下。

陪审团午休进餐时，可以听到从驿站基地传来的锤子敲打声，距案发现场不到九十步。这是在搭绞刑架，由镇上最好的木匠监工，那人的名字倒是很符合他的职业，刚好叫约翰·豪斯，人称“大屋约翰”。大雪将至，到皮尔堡的路很快就不能通行，路或许会封上一个礼拜，或许是整个冬天。没人想把特拉斯戴尔在本地监狱里留到明年春天，这纯粹是浪费。

“搭绞刑架没什么难的，”豪斯告诉来看热闹的乡亲们，“小孩儿都能干。”

他告诉人们怎么在活板门下架根横梁，然后要在轴上涂好油，免得在最后关头卡住。“要是必须干这事儿，就得一次干成。”大屋说。

下午，乔治·安德鲁斯带特拉斯戴尔出庭，这在观众席上引起一片嘘声，米泽尔法官不得不敲槌让大家安静，否则就把他们都赶出去。

“案发当天你去过‘好运查克’吗?”法庭秩序恢复后，安德鲁斯问。

“我想是的，”特拉斯戴尔说，“要不然我就不会在这儿了。”

此话引起几声哄笑，米泽尔同样落槌制止，但他自己也忍俊不禁，象征性地维持了一下秩序，没有再出声威慑。

“你要了两杯酒?”

“是的，先生，是的。我只有两杯的钱。”

“但你很快就又弄到了一美元，不是吗，你这畜生?”阿贝尔·海恩斯喊道。

米泽尔先是用手中的小木槌指了指海恩斯，又指向坐在前排的巴克雷警长。“警长，有劳您把那个人押出去，治他藐视法庭罪。”

巴克雷把海恩斯带了出去，但并没有治他藐视法庭罪，倒是问了他到底发什么疯。

“对不起，奥迪斯，”海恩斯说，“我看到他那张耷拉着的呆脸就来气。”

“你到驿站基地去，看看大屋需不需要帮忙，”巴克雷说，“这里结束之前别回来。”

“他那边人手够了，而且现在雪下得正紧。”

“你不会被雪卷走的。去吧。”

与此同时，特拉斯戴尔正在继续他的呈堂证供。不，他没有戴着他的帽子离开，不过直到回到家，他才意识到帽子丢了。不过，他接着说，那时他累了，不想再走回镇上找帽子，而且天也黑了。

米泽尔插话:“你是想让陪审团相信，你走了四英里都没意识到那顶该死的帽子不在头上?”

“我想，因为我一直戴着那顶帽子，才会以为它肯定在我头顶上。”特拉斯戴尔说，这话又引起一阵笑声。

巴克雷回到法庭，重新在戴夫·费舍尔身边坐下，问他:“他们在笑什么?”

“那个蠢蛋不需要别人来绞死他，他正自己把绳子往脖子上绕呢。

我知道不该觉得这事好笑，可它确实滑稽。”

“你是在巴克巷遇到瑞贝卡·克莱恩的吗？”乔治·安德鲁斯大声问。随着所有人的目光集中到他身上，他发现了以前从未察觉的引人瞩目的天赋。“你遇到了她，抢了她的一美元，对吗？”

“不是，先生。”特拉斯戴尔说。

“你杀了她？”

“没有，先生。我连她是谁都不知道。”

克莱恩先生从椅子上站起来，大声喊道：“你这个不说实话的狗娘养的！”

“我没说谎。”特拉斯戴尔说，巴克雷警长就是在这时开始相信他的。

“我没有别的问题了。”乔治·安德鲁斯说完，回到了自己的座位上。

特拉斯戴尔想起身，但米泽尔让他继续坐着，再回答几个问题。

“特拉斯戴尔先生，你仍然坚持，是有人趁你在‘好运查克’喝酒时偷了你的帽子，自己戴上，溜到巴克巷子，杀了瑞贝卡·克莱恩，把帽子留在那里，从而将嫌疑指向你吗？”

特拉斯戴尔不吭声。

“回答问题，特拉斯戴尔先生。”

“先生，我不明白你最后一句话什么意思。”

“你想让我们相信是有人存心陷害你吗？”

特拉斯戴尔绞着手想了一会儿，终于开口道：“也许是有人拿错了，然后把我的帽子丢了。”

米泽尔看向观众席：“这里有人错拿了特拉斯戴尔先生的帽子吗？”

众人一言不发，法庭内只闻风声。空中飘落的不再是轻巧的雪绒。冬天的第一场大风雪终于来临。那个冬天后来被镇民们称为狼冬，就是在那个冬天，成群的狼从黑山上下来找吃的。

“我没有其他问题了，”米泽尔说，“因为天气原因，我们将提前休庭。陪审团将商议判决。诸位有三个选择，绅士们——无罪、误杀和一级谋杀。”

“更像是奸杀。”有人评价道。

巴克雷警长和戴夫·费舍尔一起回到“好运查克”。阿贝尔·海恩斯拍掉大衣肩膀上的雪，也加入了他们。戴尔·杰拉尔德请他们喝了啤酒。

“米泽尔或许没有其他问题了，”巴克雷说，“但我有。别管帽子了，我的问题是：如果特拉斯戴尔杀了她，我们为什么一直没找到那一美元？”

“因为他害怕了，把钱丢了。”海恩斯说。

“我不这么认为。他蠢到骨子里了，如果他有那一美元，恐怕会直接回‘好运查克’把它喝光。”

“你这话是什么意思？”戴夫说，“你认为他是清白的？”

“我的意思是，我希望我们能找到关键的证据。”

“说不定他的衣服口袋破了个洞。”

“他的口袋上没有洞，”巴克雷说，“靴子上倒是有一个，但那没有大到能让一美元漏出去。”他喝了几口啤酒。风呼啸着，风滚草沿着主街滚动，在雪中看上去就像魔鬼的脑子。

陪审团花了一个半小时来商量。“我们经过一轮投票，决定绞死他，”凯尔顿·费舍尔说，“但我们想有个体面的行刑。”

宣判之前，米泽尔问特拉斯戴尔有什么要说的。

“我想不出有什么要说的，”特拉斯戴尔说，“除了我没杀那个女孩。”

暴风雪持续了三天。豪斯问巴克雷觉得特拉斯戴尔有多重，巴克雷回答他估计有一百四十磅。大屋用麻袋做了个假人，把它放在酒吧的秤上，往里装石头，直到秤的指针指到一百四十磅。然后，他用假人模拟了一次行刑，半个镇子的人都冒着雪来看。这次演习进行得很顺利。

行刑的前一晚，天放晴了。巴克雷警长告诉特拉斯戴尔，晚饭想吃什么都可以。特拉斯戴尔要了牛排和蛋，配上加肉汁的炸土豆。巴克雷自掏腰包给他买来，坐在外间自己的桌子旁边，修着指甲，听着特拉斯戴尔的刀叉在瓷盘上叮当作响。声音停止后，巴克雷走了进去。特拉斯戴尔坐在床上。盘子十分干净，估计特拉斯戴尔像狗一样把最后一滴肉汁都舔干净了。他在哭。

“我突然想到一件事。”特拉斯戴尔说。

“什么事，吉姆？”

“如果他们明天早上绞死我，我死的时候牛排和蛋还在肚子里，它们没有机会下去。”

一时间，巴克雷说不出话来。他感到恐惧不适，不是因为特拉斯戴尔描绘的这个画面，而是因为这人临死前想的竟然是这件事。然后他说：“擦擦你的鼻子。”

特拉斯戴尔擦了擦鼻子。

“现在听我说，吉姆，因为这是你最后的机会了。那天下午你去了酒吧，里面没有很多人，对不对？”

“我想是的。”

“那么是谁拿了你的帽子？闭上眼睛，好好回想。看到那里。”

特拉斯戴尔闭上眼睛。巴克雷等着。最后，特拉斯戴尔睁开刚才哭红的眼睛。“我都记不起来到底戴帽子了没有。”

巴克雷叹了口气：“把盘子给我，当心那把刀。”

特拉斯戴尔把刀叉放在盘子上，通过栏杆缝隙递出去，又说他想喝杯啤酒。巴克雷考虑了一下，然后穿上大衣，戴好帽子，走到“好运查克”，从戴尔·杰拉尔德手上买了一小杯啤酒。殡葬社的海恩斯刚喝完一杯葡萄酒，他跟着巴克雷走到外面的寒风中。

“明天是个大日子，”巴克雷说，“镇上十年没有绞死人了，要是运气好的话，接下来的十年也不会有。反正我到时已经不当警长了。我希望我现在就不是。”

海恩斯盯着他：“你真心认为那女孩不是他杀的。”

“如果不是他杀的，”巴克雷说，“真正的凶手就还在镇上到处晃悠。”

第二天上午九点行刑。风很大，天气十分寒冷，但大部分镇民还是出来了。雷伊·罗尔斯神父和豪斯并肩站在绞刑架旁，尽管俩人穿着大衣、戴着围巾，仍然冷得发抖。罗尔斯神父的《圣经》在风中翻动。塞在豪斯腰带间，同样在风中飞舞的是一块染成黑色的手织布。

巴克雷领着双手铐在身后的特拉斯戴尔走到绞架边。特拉斯戴尔一直很安静，直到来到台阶前。他挣扎起来，号啕大哭。

“别这样！”他说，“求求你们别伤害我，求求你们别杀我！”

尽管个头不大，他却十分强壮，巴克雷不得不示意戴夫·费舍尔上前帮忙。他们一起制服了不断扭动、推扯的特拉斯戴尔，押着他走上那十二级木头台阶。有一次，特拉斯戴尔挣扎得太厉害，他们三个差点儿一起摔下去，下面的镇民纷纷伸出手准备接住他们。

“有点儿骨气，像个男人那样去死吧！”有人喊道。

到达上面的平台后，特拉斯戴尔安静了一会儿，但当罗尔斯神父开始念《诗篇》第五十一篇时，他尖叫起来。“就像个被拧住奶头的娘儿们一样。”事后，有人在“好运查克”说。

“神啊，求你按你的慈爱怜恤我，”罗尔斯神父提高嗓门，以盖住那罪人的叫声，“按你丰盛的慈悲涂抹我的过犯。”

当特拉斯戴尔看到豪斯从腰间取下黑布头套时，他开始像狗一样大喘粗气。他摇晃着脑袋，想要躲开头套，头发被风吹乱。豪斯举着头套，好脾气地跟着他的晃动，像是要给一匹发脾气的马上辔头。

“让我再看看山！”特拉斯戴尔叫道，鼻涕从他的鼻孔里流出来。“再让我看一次山，我就乖乖听话。”

不过，豪斯对此置之不理。他终于把黑布套在特拉斯戴尔头上，往下拽到后者不住抖动的肩膀上。罗尔斯神父还在吟诵。特拉斯戴尔想从活板门上逃开，被巴克雷和戴夫·费舍尔推了回去。下面有人喊道：“上马吧，牛仔！”

“说阿门，”巴克雷对罗尔斯神父说，“看在上帝的分上，说阿门。”

“阿门。”罗尔斯神父啪的一声合上《圣经》，退到后面。

巴克雷朝豪斯点点头。豪斯拉下杠杆。涂上油脂的梁木松开，活板门掉了下去。特拉斯戴尔也掉了下去。他的脖子折断时发出“咔”的一声。他的腿几乎提到了下巴处，紧接着又瘫软地垂下。黄色的液体弄脏了他脚下的雪地。

“你这畜生，”瑞贝卡·克莱恩的父亲喊道，“死得像条在消防栓上尿尿的狗！欢迎下地狱！”有几个人鼓起掌来。

镇民们一直待到特拉斯戴尔蒙着头套的尸体被搬上载他来镇上的那辆马车。然后，他们才散去。

巴克雷回到监狱，走到关特拉斯戴尔的那间牢房，在那里坐了十分钟。很冷，冷得可以看见他呼出的白气。他知道自己在等什么，也终于等到了。他拿起小桶呕吐起来，桶里曾装过特拉斯戴尔喝过的最后一杯啤酒。吐完之后，他走进办公室，点着了炉子。

八小时以后，他还坐在那里，试着读一本书。阿贝尔·海恩斯来了，对他说：“到殡葬社来，奥迪斯，我有样东西想让你看看。”

“什么？”

“先不告诉你。你一定想亲眼看见。”

他们走到海恩斯殡葬社。在后面的房间里，他们看到特拉斯戴尔赤裸的尸体平放在停尸板上。房间里散发出化学药品和屎尿的味道。

“被绞死的人总会拉到裤子里，”海恩斯说，“就算是骨头最硬、到死都不低头的男人也免不了。括约肌放松了，这是没法控制的。”

“你想说什么？”

“到这边来，反正干你这行的人肯定见过比拉满屎的内裤更糟的东西。”

那条内裤几乎翻了过来，里朝外，扔在地上。有什么东西在污物之中闪闪发亮。巴克雷弯腰靠近些，终于看清那是一枚银色的一美元硬币。他伸出手，把那枚硬币从屎尿中捡起来。

“我不明白，”海恩斯说，“那婊子养的在牢里关了将近一个月。”

角落里有把椅子。巴克雷呻吟一声，在椅子上重重坐下。“他一定是最开始看到我们灯笼的时候就把硬币吞下肚了。每次拉出来，他都会清理干净，再次吞下去。”

两个男人瞪着彼此。

“你还相信他是无辜的。”终于，海恩斯开口说道。

“我是傻瓜。”

“或许这件事更说明了你的品格，而不是他的。”

“直到最后，他都在说他是清白的。哪怕站到上帝的宝座前，他很可能也会这么说。”

“是的。”海恩斯同意。

“我不明白。他都要被绞死了。不管他说什么，他都会被绞死的。你明白吗？”

“我还不明白太阳为什么升起呢。你打算把这个证据怎么办？把它还给那女孩的父母吗？我觉得不给更好，因为……”他耸耸肩。

因为克莱恩夫妇从一开始就知道真相。镇上的所有人都知道。他是唯一一个不知道的人。他是个傻瓜。

“我也不知道怎么处理这东西。”巴克雷说。

风继续吹，带来了歌声。是从教堂里传来的。那是一首赞美诗。

想到了埃尔默·莱昂纳德

从我十二岁第一次坠入爱河（七年级）起，就开始写诗。自那以后，我写了数百首诗，通常是在废纸上或用了一半的笔记本上乱涂乱画，发表的诗还不到六首。大部分都藏在了各种不同的抽屉里，上帝知道在哪儿——反正我不知道。这是有原因的，因为我不是个好诗人。这不是在自谦，而是实话实说。如果我的确写出了喜欢的诗，多半是出于偶然。

把这首诗收录进来的理由是，它（就像本集中的另一首诗一样）是叙事性的，而不是抒情性的。第一稿——和《81英里路标》的初稿一样，早就丢了——是在大学里写的，很大程度上是受到罗伯特·勃朗宁戏剧性的独白的影响，最著名的是《我的最后一任公爵夫人》。（另一首勃朗宁的诗，《罗兰公子到黑暗之塔来了》成为了我的许多忠实读者所熟知的一系列小说的基础。）如果你读过勃朗宁的作品，你可能会听到他的声音而不是我的。如果没有，那很好，这基本上是一个故事，就像其他任何故事一样，意味着它是用来欣赏的，而不是用来解构的。

在1968年或1969年的一个周二下午，我的朋友吉米·史密斯在缅因大学诗歌节上朗读了那篇丢失的初稿，反响很好。为什么呢？因为他使出了浑身解数，把它说得天花乱坠。人们被好故事迷住了，无论是在诗句里还是段落里。这是一个相当不错的作品，尤其是考虑到它的格式，让我可以去掉所有乏味的论述。在2008年的秋天，我开始思考吉米的朗诵，既然有空当，我决定尝试重新创作这首诗。以下呈现的就是终稿。它和原版有多少相似之处，我真的说不出来。

吉米，我希望你能在某个地方读到这首诗。多年前的那一天，你曾震撼了一屋子的人。

骷髅教堂

如果你想听，再给我上一杯酒。
（啊，这些都是狗屎，但没关系，又有什么不是狗屎呢？）
我们有三十二个人走进了那片荒野，
在草地里跋涉了三十天，有三个人逃离了那里。
只有三个从草地走出来，爬到了山顶，
曼宁、瑞沃思和我。那本书怎么说来着？
就是那本有名的书？《只剩下我来告诉你》
我会醉死在床上，就像很多婊子醉鬼那样。

我哀悼曼宁了吗？胡说八道！正是他花钱
把我们送到那里，他的欲望驱赶着我们，一个接一个死去。
他死在床上了吗？才不是！我看到了！
他永远躺在那个骷髅教堂做礼拜了。生活真是伟大！
（这是什么狗屎？不过——再给我来上一杯。来两杯吧！
给我威士忌，我就说下去；想要我
闭嘴，就给我来香槟。
说话很便宜，沉默却是金，亲爱的，
我刚才说什么来着？）

在行进中死了二十九个人，还有一个是女人。
她的奶子很漂亮，屁股像英国马鞍！
有天早上我们发现她脸朝下，
跌倒在火里，悄无声息
脸颊和喉咙冒着轻烟，

人倒是不会烧焦。她倒下去的时候，火堆已熄灭了很久。
她一路上说个不停，却一声不吭地死了；
有什么比做人更好吗？你这么说吗？
你没有说吗？去你的，去你妈的；
如果你妈也有一对蛋子，那她准会是一个该死的国王。

人类学家，嗯，她是这样说的。
我们把她从灰烬里拉出来的时候，她可不像是个人类学家。
她的脸颊和眼里都是炭灰，
身上没有其他痕迹。
多伦斯说可能是中风。
他算是我们唯一拥有的医生，
那个毫无价值的混蛋。看在上帝的分上，快拿威士忌来，
没有了它，生活就是艰难的跋涉！

荒原让他们逐渐消失。卡森死于靴子上的一根棍子。
他的脚肿了起来。我们割掉他的皮靴，他的脚趾是黑色的。
就像驱使着曼宁的心脏那利欲熏天的墨汁。
莱斯顿和波戈伊，他们被蜘蛛给蜇死了，那些家伙有你拳头大小。
阿克曼被一条蛇给咬了，
蛇从树上挂下来，就像女人的毛皮披肩，
挂在树枝上。蛇把毒液射进阿克曼的鼻子里。
你问我有多痛？试试这个：
他把自己的鼻子整个扯掉了！是的！就像撕掉
从树枝上掉下来的烂桃子
死于自己的脸！该死的生活，我说，
如果你笑不出来，你还是笑吧。
这是我的态度，我就是这样坚持下来的；
这不是一个悲伤的世界，除非你是理智的。

我说到哪儿了？

哈维尔从木板桥上摔下去，我们
把他拖出来，他已经无法呼吸。
多伦斯对他做人工呼吸，想唤醒他，却从他喉咙里吸出了一条水蛭。
硕大如温室里的番茄。水蛭像软木塞从瓶子中蹦了出来，
两边都喷出了我们赖以生活的红酒（我们都是酗酒者，你看看我的身材就明白）。
当这个西班牙人死去的时候，曼宁说
水蛭已经进入他的大脑。至于我，我对此没有意见。
我只知道，哈维尔的眼睛在他死了一个小时之后
都没有闭上，而是一直向前突着，
有东西饿了，是的，啊，的确是有东西饿了！
一路上金刚鹦鹉对着猴子尖叫，猴子对着金刚鹦鹉尖叫，它们都朝着看不见的蓝天尖叫，因为蓝天被掩埋在了那该死的荒原里。
玻璃杯里到底是威士忌还是排泄物？
法朗奇的裤子里就有那些东西——我告诉过你吗？
你知道那家伙吃了什么吗？

下一个就轮到了多伦斯，我们
当时还在草地上前行。他摔进了
峡谷，我们听到了噼啪声。他的脖子摔断了，二十六岁，订了婚，人生就这样了结了。
啊，人生不是很美好吗？生命就像喉咙里的吸管，
生命是我们所有人都会掉进去的峡谷，是汤，
而我们最后都变成了蔬菜。我是不是很有哲理？
算了吧，现在来计算死人已经太晚了，

而且我也喝高了。最后我们到了那里，
就这么说吧。

埋葬了罗斯托伊、蒂蒙斯，
还有一个德克萨斯人——我忘了他的名字——以及多伦斯，
还有一些其他人之后，
我们从嘶嘶作响的荒原中爬上了一条路。
最后，大多数人都由于发烧倒下了。
发烧使他们的皮肤灼热、变绿。
最后只剩下了曼宁、瑞沃斯和我。

我们也染上了热病，但在它要了我们的命之前我们就把它给消灭了。

只是我从来没有真正康复。现在，威士忌
就是我的奎宁，我把它当作奶昔来喝，所以
在我忘记礼貌、
割下你的喉咙之前，
再给我来一杯。我可以喝掉
你给我的任何东西，所以明智点，小子，
动作快点，该死的。
我们爬到了一条路上，就连曼宁也认同。

这算得上是一条路，而且如果象牙猎人没有在天然气还是五分钱的时候把丛林和平原清理干净的话，这条路对大象来说都足够宽了。

它挺过来了，那条路，我们也靠它挺了过来，倾斜的石板在一百万年地球母亲的怀抱里震动，我们像太阳下的青蛙一样跳跃着。瑞沃斯还在发热，而我——哦，比较轻微！

就像微风中的乳草纱，你懂的。
我看到这一切。我的头脑十分清楚，如同干净的水一样清澈，
因为那时我还年轻，而现在变得可怕——是的，我知道
你是怎么看我的，但你也无需皱眉，因为
你看到桌子另一边坐着的就是你未来的样子。

我们爬到了悬崖峭壁上面，其尽头
是如舌头一般的石头直插云霄。

曼宁突然跑了起来，我们紧跟其后，瑞沃斯
跑得也很快，尽管他在生病。
（但他没有病太久——嘻嘻！）
我们往下看，看到了一切。
下面的情景让曼宁的眼睛变得通红，为什么不呢？
贪婪也是一种狂热。
他抓住我身上的破布，那曾是我的衬衫，
问我这是否只是一个梦。我说
我看到了他所看到的一切，他转向了瑞沃斯。
瑞沃斯还没有来得及回答“是”或“不是”，
我们就听到了身后荒原顶上隆隆的雷声，
就像天翻地覆的风暴。或者说
就像整个地球都染上了缠上我们的热病，
它的五脏六腑都病了。我问曼宁听到了什么，
曼宁什么也没说。他被那裂缝催眠了，
俯视着千尺下面古老的空气
吹进教堂：一百万年的骨头和象牙，
一个永恒的坟墓，一个巨大的石坑
如同地狱烧干了它的炉渣。

你以为会看到尸体被钉在
阳光灿烂的古墓上面。然而不是，
只不过雷声是从地上翻滚而来，而不是从天而降。石头
在我们的脚下摇晃，冲出了吞噬了我们多人的绿色荒原。
用嘴当竖琴的罗斯托，
在伴唱的多伦斯，屁股像英国马鞍的人类学家，
还有其他二十六个人。

他们过来了，那些憔悴的幽灵，他们的脚下荒原在摇晃，令人发抖的大浪来了：大象从时光摇篮里蜂拥而来。

其中鹤立鸡群的（相信你想看到的）

是还没有人类出现时代的猛犸象，他们的象牙插在螺丝上，眼睛悲伤得通红；

他们皱巴巴的腿上缠绕着丛林的藤蔓。

来了一头——是的——在他胸部的折叠处插有一朵花，就像一枚胸花！

瑞沃斯尖叫着用手捂住眼睛。

曼宁说："我什么也没看到。"（听起来就像是在向一个该死的交警解释。）

我把他们拉到一边，我们仨人跌跌撞撞地走到靠近边缘的一个阴沟里，

从那里我们看到他们滚滚前行：眼见这样的洪流，让你渴望失明又渴望光明。

他们从我们身边走过，毫不减速，

背后的人驱赶着前面的人，

鼓噪着他们的自杀之路，

在下面尘土飞扬的一英里处，撞上了他们的遗骨。

就这样持续了几个小时，那无休止的死亡的惯例；

下面一路号角长鸣，铜管乐队的声音逐渐减弱。

灰尘和他们粪便的气味几乎让我们窒息。

最后，瑞沃斯发疯了。

他站了起来，我不知道他是想要逃离还是要加入他们，

但他加入他们中间了，一头栽了下去，靴子在空中，钉头闪闪发光。

一只胳膊挥了挥手。而另一只……被一只巨大的扁平足从身体上撕扯掉了，

手指头在

挥舞着："再见！""再见！""再见，孩子们！"

哈！

我俯身看着他离去，这是值得回忆的景象，

他离开后，喷射出在空中飘浮着的火焰，逐渐变成粉红色，在一股腐烂的康乃馨的气味中飘走了。

他的骨头现在已经和其他人的在一起了，我的酒呢？听着，你这个白痴！

唯一的新骨头就是他的。你听明白了吗？再听我说一遍，该死的：是他的，不是其他人的。

在最后一个巨人走过之后，下面什么也没有，除了骷髅教堂，上面有着红色的污点，那就是瑞沃斯。

那是蜂拥而至的鬼魂或是记忆，谁能说他们不一样呢？

曼宁抖抖索索地站起来，说我们发财了（好像他还没有发财一样）。

"对你刚才所见有何感想？"我问他，

"你会愿意带人来参观这样一个圣地吗？

你知道，接下来就连教皇本人

都会把他的圣水泼到一边！"但是曼宁

只是摇摇头，咧嘴傻笑，举起双手，

上面没有一丝灰尘——虽然就在一分钟前，我们被大量的灰尘噎住了，

从头到脚布满灰尘。

他说那是幻觉。

我们所看到的，是因为发烧和臭水。

接着他又说，我们发财了，然后大笑起来。

那个混蛋，那笑声就是他的毁灭。

我看到他疯了——或者是我疯，我们中的一个必须得死。你知道是谁，因为，我就坐在你面前，醉醺醺的，曾经是黑色的头发在眼前

晃动。

他说："你难道看不出来吗，你这个傻瓜——"
没有更多的话，只剩下一声尖叫。
去他妈的！
去你的笑脸！

我不记得我是怎么回来的；这是一个
绿色的梦，里面有着一张棕色的脸，
然后是一个蓝色的梦，里面有白色的脸，
现在，我在这个城市里夜半醒来，
这里十个人中没有一个
生活在他们的梦想之中，
因为他们用来做梦的眼睛，
像曼宁的一样，都已经"闭"上了，
直到最后，地狱里的或者瑞士的银行账户（他们可能都一样）
都无法拯救他。
我醒来时，肝脏在咆哮，在黑暗中，
我听到那些巨大的幽灵从荒原上空升起，隆隆作响，
就像一场使地球变得荒芜的风暴。
我闻到了灰尘和粪便的味道，看到他们自由进入毁灭的天空。
看到如扇子般的古老的耳朵，如钩子般的象牙；
我看到死去的人们的眼睛、大象的眼睛。
生活不仅仅如此，在你自己的乾坤里另有乾坤。

它还在那里，骷髅教堂，我很想
回去再找一次，这样我就可以
结束这场悲惨的喜剧。现在，把你的羊脸转过去
否则我要就把它扭过去了。
啊，现实是一个没有宗教信仰的肮脏地方！

再给我来一杯酒，你这个混蛋！
我们要为从不存在的大象干杯。

献给吉米·史密斯

道德是个微妙的话题。小时候我并不懂这一点，直到上大学后才明白。我靠着微薄的奖学金、助学贷款和暑期兼职攒下的钱进了大学。学期中，我在西食堂打工，报酬并不够维持生活。我那单身的母亲在一家名为松林康复中心的精神病院做房务主管，每周寄给我十二美元，这笔钱也能帮我一些忙。母亲去世后，我从一个姨妈那里得知，她每月不再去理发店，也缩减了日用品采购，才省下了每周寄给我的钱。而且，她每个周二、周四都不吃午饭。

搬离校园，也因此结束西食堂的工作后，我有时靠从当地超市里顺块牛排或汉堡来补充给养。这种偷鸡摸狗的事情只能周五干，那一天店里会特别忙。我有一次试着拿只鸡，但它实在太大了，塞不进我的大衣里。

后来，我的名声渐渐传开，大家都知道我可以帮有困难的学生写论文。我采用的是阶梯收费制。要是论文得了A，我收费二十美元；B，我收十美元；C，不收钱；要是D或F，我承诺倒贴二十块钱。我努力避免倒贴钱，因为我付不起。而且，我很狡猾（用这个词挺不好意思的，但我是在实话实说）。我接活的前提是对方要能提供他或她本人写的至少一篇论文，这样我才能模仿他们的风格。感谢上帝，我并不经常干这个，但若是形势所迫——我身无分文，却非常非常想吃纪念会堂里“熊窝”餐厅的汉堡薯条——我会去干的。

再后来，大学三年级时，我发现自己的血型很特殊——A型RH阴性血，只占人口的6%。班戈市有家诊所，以每品脱二十五美元收A型RH阴性血。在我看来，这是笔划算的买卖。差不多每两个月，我就开上我那辆破破烂烂的小旅行车（要是它坏了，就只能走路，而这种事儿经常发生），沿着2号公路，从奥罗诺到班戈，然后撸起自己的袖子。当年大家还没有谈艾滋色变，要填的文件也少得多。抽好血之后，你就可以在一小杯橙子或一小杯威士忌之间做出选择。我当时就已经表现出了酒鬼的潜质，因为我总是选威士忌。

有一次抽完血回学校的路上，我突然想到，如果卖身的含义就是出卖自己、换取金钱，那么我不就是在卖身么？为别人写文学或社会学的论文同样也是卖身。我从小受的是正统的卫理公会教育，对是非对错有着明确的判断，但我仍然走到了这一步：我出卖自己，只不过卖的是自己的鲜血和写作技能，而非直接出售肉体。

这一认识让我对“道德”一事产生了疑问，这些疑问至今尚未解决。道德，是个像橡胶一样的概念，对不对？它具有特殊的韧性。但若你把所有东西都拽得太厉害，它仍然会绷断的。如今，我无偿献血，而不是卖血，但当时产生的想法我至今也认为是事实：在足够的诱因下，任何人都有可能出卖任何事。

然后，用余生来后悔。

道　德

1

一进门，恰德就知道有什么事不对了。诺拉已经到家了。她的工作时间是上午十一点到下午五点，一周工作六天。通常，他四点从学校回家，准备好晚饭，等她大约六点钟到家后一起吃。

她坐在消防通道上，手里拿着不知什么文件。消防通道是他平常抽烟的地方。他看向冰箱，发现磁铁下挂了近四个月的那份打印出来的电子邮件不见了。

“嗨，”她说，“到这里来。”顿了一下，又说：“如果愿意的话，拿上你的烟。”

恰德如今一个礼拜才抽一包烟，但就算这样，也没能让诺拉接受他的这个习惯。健康问题是部分原因，但主要还是因为钱。每支香烟都意味着把四十美分烧成灰。

他并不想在她身边抽烟，哪怕是在室外，但他还是从沥水架下方的抽屉里拿出已经开封的那包烟。她严肃的表情似乎预示着他会需要抽一支。

他从窗户爬出去，在她身边坐下。她已经换上了牛仔裤和一件旧衬衫，这就意味着她已经到家一段时间了。事情越来越奇怪了。

他们一言不发地看着前方属于他们的那一小块城市。他吻了她一下，她回以漫不经心的一个微笑。她拿着经纪人的邮件，还有那个文件夹，上面用大写字母写着：**红与黑**。这是他想出的一个小玩笑，事实上却并不好笑。文件夹里装着他们家的财务资料——银行和信用卡账户信息、公用事业费账单、保险费单据，余额是红字，而不是黑字。他想，现如今的美国梦就是这么回事儿。简单说来，钱不够用。两年前，他们还商量着要个孩子，现在提也不提这个话题。他们现在说的是怎么摆脱困境，更理想的是，能够身后没有债主追着地离开这座城市。往北，搬到新英格兰，但目前还不行。至少，他们在这里还有工作。

“学校怎么样？”她说。

“还行。”

事实上，学校的工作很好。但等安妮塔·彼得曼休完产假回来后，谁又说得准呢？很可能 PS 321[①] 整所学校里都没有另一份工作了。他在代课老师名单中很靠前，但若所有正式教员都在岗，这份名单就毫无意义。

“你今天回来得早，”他说，“别告诉我维尼死了。”

听到这话，她吃了一惊，随即又笑了。不过，他们认识十年，结婚六年，恰德知道她这个笑容背后藏着烦恼。

“诺拉？”

“他让我早回家的。去思考。我有很多要思考的。我……”她摇摇头。

他握住她的肩膀，让她转过头看着他。“你怎么了？和维尼之间还好吧？”

“这是个好问题。来吧，点上一支烟，吸烟灯已经亮起。”

“告诉我发生了什么事。”

两年前的“重组”中，她丢了在国会纪念医院的工作。幸运的是，恰德-诺拉这对组合并未因诺拉的失业而受到冲击。诺拉找到一份家庭护理的活儿，只有一个病人，以前是神父，如今正在中风康复期，一周工作三十六小时，报酬可观。她挣得比恰德多，还不是多一点。俩人的收入加起来，勉强可以维持家庭，至少在安妮塔·彼得曼回来上班之前没问题。

“首先，我们先来谈谈这个，”她举起经纪人的邮件，“你有多大把握？”

---

① PS 321 是位于纽约布鲁克林公园坡的一所学校，PS 是公园坡（Park Slope）的缩写。

“是说我能不能完成？把握挺大的，几乎可以说没有问题。我是说，如果我有时间的话。至于其他的……”他耸耸肩膀，“都白纸黑字写着呢，没有任何保障。”

由于这座城市的学校近期都没有新增的教师岗位，恰德也就只能当代课老师。系统内的每份名单上都有他的名字，但在可预见的将来，他几乎没有可能成为四年级或五年级的全职教师。就算成为全职，收入也不会好很多，只不过是更稳定罢了，而作为代课老师，他有时好几周要坐冷板凳。

两年前有段时间，恰德一连三个月都没有活干，他们差点连这套公寓都没保住。也是在那时候，信用卡的麻烦也开始了。

绝望之下，同时也是为了打发时间，诺拉出去照顾温斯顿神父之后，恰德便开始写作。他准备写一本书，名为《与动物共生：一位代课老师在四所公立学校里的经历》。他不是那种思如泉涌的天才，有时候根本一个字也挤不出来，但当他被叫到圣救主小学给二年级代课时（卡戴利老师在车祸中断了一条腿），他已经写完了三章。诺拉忧心忡忡地接过了他写好的文字，毕竟，没有一个女人愿意告诉她的男人，他是在浪费时间。

不过，他并没有浪费时间。他笔下的代课老师的故事可爱、有趣，感人之处也颇多。他写的东西比吃饭或睡觉前他讲给她听的那些事有趣得多。

他的投稿信大多没有回音，顶多会从一些比较客气的经纪人那里收到个“对不起，我现在无暇代理新作者”的消息。最终，他好不容易找到一位经纪人，愿意拨冗看看他从那台破戴尔电脑上敲出的八十页纸。

那位经纪人的名字带点儿马戏团的气质：爱德华·林林[①]。他给恰德的回复不吝赞美，却信心匮乏之。“在现有手稿和写作大纲的基础上，我或许能跟你签一份出版合同，”林林写道，“但预付和版税都不

① 林林兄弟马戏团（The Ringling Brothers Circus），成立于19世纪末，是美国历史最悠久的马戏团。

会高，比你做老师的收入还要少很多，你会发现自己的财务状况不如从前。我知道，这很疯狂，可如今的市场就是这么畸形。

“所以，我建议你写完剩下的七八章，甚至完成全书。到那时，我或许可以发起竞价，把你的书卖出好得多的价格。”

恰德觉得，这话有道理，前提是你坐在曼哈顿某间舒服的办公室里俯瞰整个文学世界。而如果你是个窘迫的代课老师，在这所学校里待一个礼拜，在那所学校里干个三天，才能勉强吃上饭，你就肯定不会这样想。林林的信是五月份来的，现在已经九月了。尽管恰德教暑期班的收益很不错（*上帝保佑笨孩子*，他有时想），写作上却毫无进展。并非因为他懒，而是因为教学，哪怕只是代课，就像在你脑袋的关键部位连了两根跳线。诚然，孩子们可以通过跳线从你的脑中汲取营养，你自己却不剩什么好东西了。许多个晚上，他能做的最有创造性的东西，也不过是读几章林伍德·巴克雷[①]最新的小说。

要是能再有两三个月全职写作，情况或许会不一样……但只靠妻子一个人的收入，这个家是撑不下去的。而且，焦虑的情绪对于文学创作也没有任何帮助。

“你多长时间能完成？”诺拉问，“我是说，如果你全职写作的话？”

他掏出香烟，点了一支。他有强烈的冲动想要给她一个过分乐观的答案，但克制住了自己。他不知道妻子到底遇到了什么事，但她应该听到实话。

“至少八个月，很可能要一年。”

“要是林林先生发起竞价，而且真的有人买的话，你觉得你能得到多少钱？”

林林没有提到过具体数字，但恰德自己调查过。“我猜预付金大概会在十万左右。”

十万美金，意味着他们可以在佛蒙特重新开始。这是他们的计划，也是他们入睡前最喜欢谈的。去一个小镇生活，或许到东北部去

---

① 林伍德·巴克雷（Linwood Barclay，1955— ），加拿大作家，以侦探小说闻名，代表作有《无暇道别》《处处危机》等。

找一个。她在当地医院找份工作，或者继续当私人护理；他可以谋一份正式的教职，或者再写一本书。

“诺拉，到底怎么了？”

“我不敢告诉你，”她说，“但我还是会说的。不管这听上去是不是疯了，但我还是会说的，因为维尼提到的数字比十万大。只有一点事先说好：我不会辞职的。维尼说，不管我们的决定是什么，我都不用辞职。我们需要那份工作。”

恰德伸手拿过他放在窗台下的铝制烟灰缸，把香烟摁灭在里面。然后，他握住她的一只手：“告诉我。”

他越听越惊讶，却没有不相信。他倒希望自己不信，但这由不得他。

若是在那天之前问她，诺拉会说自己对乔治·维斯顿神父几乎一无所知，反之亦然。但他提出那个建议之后，她才意识到不知不觉间已经对他说了很多，其中一点就是他俩的财务负担。另一点是恰德的书或许会给他们翻身的机会。

而对于维尼，她又知道什么呢？她知道他单身了一辈子，从公园坡第二长老会教堂（他至今还是那里的荣誉退休牧师）卸任的第三年，他不幸中风，导致右半边身体瘫痪。她就是在那时进入他的生活的。

他现在能借助一副塑料支架，让右膝盖不打弯，走到厕所去（状态好的时候，还能走到前廊的摇椅处）。也能重新说出让人听得懂的话了，尽管有时候舌头不听使唤，诺拉管那叫“舌头睡着了”。诺拉以前有照顾中风患者的经验（正是这点让她得到了这份工作），因此对于他短期内取得的进展颇为欣慰。

直到他提出那令人愤怒的建议之前，她从未想过维尼可能很有钱……但他住的房子应该也透露了些许线索。她顶多猜房子是教会的馈赠，同样也是教会支付了她的工资。

二十世纪，她的工作被称为“实践护理”。除了给药、量血压这样的常规护理以外，她还承担了生理复健师的工作。同时，她还是语言锻炼师、按摩师，偶尔——当他有信要写的时候——也是秘书。她替他跑腿，有时为他读书。格兰杰太太不在的时候，她也会做些轻松的家务活，比如给他做三明治或煎蛋卷。后来她想，或许正是在共进午餐的时候，他了解了她个人生活的诸多细节，而且他必定是小心翼翼又漫不经心，诺拉才会丝毫没有意识到被套了多少话。

"有一点我记得告诉过他，"诺拉对恰德说，"很可能是因为他今天提到了这点。我说，我们并没到穷困潦倒的地步，甚至也没有过得拮据……只是对破产的恐惧才让我不堪重负。"

恰德对她笑笑："我俩都是。"

那天早上，维尼拒绝了海绵浴和按摩。相反，他让诺拉帮他戴上支架，扶他走进书房。那对他来说是段不短的路，比前廊上的摇椅要远得多。他成功抵达，但当他坐进书桌后的椅子上时，已经满脸通红，气喘吁吁。她慢慢地去给他倒了一杯橙汁，好让他趁机休息一下。他接过橙汁后，一口气喝掉了半杯。

"谢谢你，诺拉。现在，我想跟你谈谈。非常严肃地谈谈。"

他一定是看出了她的担心，因为他马上就笑了，并摆了摆手。"跟你的工作无关。不管你怎么答复，你都会保有这份工作。当然，是在你愿意的前提下。如果你不愿意继续待在这里，我也可以给你写一份没人能拒绝的推荐信。"

这个说法很慷慨，但并不是所有工作都像这份一样理想。

"你让我有点紧张，维尼。"她说。

"诺拉，你想赚二十万美元吗？"

她目瞪口呆地看着他。左右两边，高高的书架上那些看上去很艰深的书本仿佛在皱着眉头俯瞰她。外面街道上的声音听不清楚。他们仿佛是在另一个国度，比布鲁克林安静的国度。

"如果你猜想这是关于性的，那么我可以向你保证，并非如此。至少，我不这么认为，但要是透过表象看本质，读过弗洛伊德的人恐怕会认为任何越轨行为都是建立在性的基础上的。我自己对此并不确信。我从神学院读书时就不看弗洛伊德了，而就算在那时，我读书也是十分潦草。弗洛伊德的学说让我感到受了冒犯。他似乎认为，任何显示人性深度的表现都是幻觉。他似乎在说，你认为是自流井的东西其实是个水坑。恕我不能赞同。人性是深不见底的。它就像上帝的思想一样深沉而神秘。”

诺拉站起身来：“我无意冒犯您，但我并不相信上帝，而且我觉得我恐怕不想听您的提议。”

“但你要是不听，你就不会知道，然后你就会一直琢磨。”

她站在那里，看着他，不知道该说什么或该做什么。她想的是，他面前的那张书桌一定值个成千上万美金。这是她第一次真正把他和钱联系在一起想。

“我要给你的是二十万现金，足够付清你所有的账单，足够让你的丈夫完成那本书——或许足够让你们开始新生活，在哪里来着……佛蒙特？”

“是的。”她想，如果你连这点都记得，那你可比我听得认真多了。

“没有必要让税务局知道。”他的脸很长，白发拳曲，今天之前，她一直觉得他长得像羊。“从避税的角度来说，现金是很方便的，只要慢慢存入账户，就不会有任何问题。而且，一旦你丈夫的书卖出去，你们在新英格兰地区安家，我们就再也没必要见面了。”他停了停。“话虽如此，要是你决定不在我这里工作了，我真担心下一位护士连你的一半都比不上。坐下吧，仰头看你让我脖子都僵了。”

她照做了。是二十万现金让她留在这个房间里的。她发现自己简直能看到那些钱：一沓沓钞票，把棕色信封塞得鼓鼓的。也许需要两个信封才能装得下那么多钱。

装下装不下还是取决于钞票的面值，她想。

“让我说一会儿吧，”他说，“我并没说多少话，对不对？大多数时候我都在听，现在轮到你了，诺拉。你会听我说吗？”

“我想我会的。”她很好奇。她觉得在此情况下，任何人都会感到好奇。“你想让我杀谁？”

这当然是开玩笑的，但话一出口，她就开始担心万一这是事实怎么办，因为这话听上去根本就不像笑话。同样的，他羊一般的长脸上的那双眼睛也不再像是羊的眼睛。

让她松了一口气的是，维尼笑了。然后，他说："不用杀人，亲爱的。我们不用走到那一步。"

就这样，他开始说了。他从未对她说过这么多话，很可能也没有对任何人这样说过。

"我在长岛一个富裕的家庭长大——我父亲在股市上发了财。我们家同样也虔诚信教，所以当我告诉父母，我想担任神职之时，他们并没有用家族事业来束缚我。恰恰相反，他们都很高兴，特别是我母亲。我想，当儿子选择的职业以大写的字母 V 开头时，大多数母亲都会高兴。

"我去了纽约州北部的神学院读书，之后被指派到爱达荷州的一座教堂任助理牧师。我什么都不缺。长老会教徒并不发誓守贫，而我的父母也确保我不用为生计操心。母亲去世后五年，父亲也过世了，给我留下丰厚的遗产，大多是以债券和优质股票的形式。那之后的多年间，我一点点地把少部分遗产变成了现金。并不是筑巢彩蛋，因为我根本不需要。我更愿视之为心愿彩蛋。它们放在曼哈顿一家银行的保险箱里，我要给你的正是那些钱，诺拉。事实上，那笔钱的金额可能接近二十四万，但我们约定，别在细枝末节上斤斤计较，好不好？

"我在内陆晃荡了几年，后来还是回到布鲁克林，进入第二长老会教堂。我在那里当了五年助理牧师，后来成了高级牧师，毫无污点地一直供职到 2006 年。我的一生就是无功无过地侍奉上帝的一生——我说这话，既不骄傲，也不惭愧。我带领我的教堂帮助穷人，既有远方国家的，也有本社区的。本地匿名戒酒会收留中心是我的主意，它帮助了数百名受苦的酗酒者和瘾君子。我抚慰病患，埋葬死者。更光明的一面是，我也主持了超过一千场婚礼，并建立了一笔奖学金，帮助了许多无力负担学费的孩子走进大学，其中还有个女孩在 1999 年获得了国家图书奖。

"我唯一的遗憾是：我穷尽一生劝诫教友远离罪孽，而这么多年来，我一桩罪过也没有犯过。我不是个欲望强烈的人，而且因为我从未结婚，所以不会有机会犯通奸罪。我天生就不贪食。尽管喜欢漂亮的东西，却从不贪心。父亲给我留下了一千五百万美金的遗产，我有什么必要贪心呢？我克勤克俭，温和待人，从不妒忌——或许只除了对特蕾莎修女，对名利都很淡漠。

“我不是在说我是毫无罪孽的人。绝对不是。那些可以说（我觉得会有一些人）他们从未在言语或行为上犯罪的人，也无法说他们从未在思想上犯罪，对不对？教堂堵住了所有漏洞……我们呈现天堂，然后让人们相信，没有我们的帮助，他们绝不可能到达天堂……因为没有人是没有罪的，而死亡正是赎罪的代价。

“我知道，这番话会让我显得像个异教徒，但我是在那样的环境下长大的，不信上帝对我来说就跟让我平地悬浮一样是绝无可能的。然而，我也理解其中的玄机，信徒们使用那些心理花招来保证信仰的繁盛。教皇庄严的帽子并不是上帝赐予的，而是男男女女在付神学勒索的赎金。

“我看出你已经坐不住了，所以我就切入主题吧。我想在死之前犯一桩大罪。不是思想上或言语上的，而是行动上的罪。中风之前，这个念头就一直在我脑子里，但我以为是一时的异想天开，不用理会。如今，我看出它是不会消失了，因为在过去的三年里，它反而愈发强烈。但一个困在轮椅上的老人怎么才能犯下大罪呢？我问自己。显然不会是什么规格可观的罪过，至少是在保证不被逮住的前提下。而我可不愿被逮住，罪孽和原谅这类重大事物应只停留在人和上帝之间。

“听你说到你丈夫的书和你们家的财务状况，我突然想到，我可以代理犯罪。事实上，通过把你变成我的同谋，我的罪孽也加重了。”

她嗓子干涩，挤出一句话：“我相信人人犯错，维尼，却不相信人人有罪。”

他笑了。这是个慈祥的笑容，却令人不快：羊的嘴唇，狼的牙齿。“没关系，罪孽相信你无处可逃。”

“我能理解你这么想……但那又怎么样？这太扭曲了！”

他笑得更灿烂了：“是的！这就是原因！我想知道做一件完全违背我天性的事是什么感觉。那种要为某个行动求得原谅的需求，而且不只是行动。你知道什么让罪孽翻倍吗，诺拉？”

“不知道，我从不去教堂。”

“让罪孽翻倍的是对自己说，*我会这么做，是因为我知道事后我可以祈求原谅*。对自己说，你可以为所欲为。我想知道在罪孽里沉浸是什么滋味。我想要的不是在浅水嬉戏，而是扎入深塘，让水没过头顶。”

“同时拖我下水！”听到这里，诺拉真的生气了。

“啊，但你不相信人人有罪，诺拉，刚刚你就是这么说的。从你的角度看，我要求的只不过是你把自己的手弄脏一点而已。而且，恐怕还有可能被捕，尽管风险十分小。为了这些，我会支付你二十万美金。*超过*二十万美金。”

她的脸和双手都感觉僵硬，像是在冷风中走了很久一样。她当然不会跟他做交易。她要做的是离开这栋房子，呼吸一下新鲜空气。她不会辞职，至少不会马上辞职，因为她需要这份工作，但她会离开的。若是因为离岗而被炒鱿鱼，那就随他便吧。不过，离开之前，她想听他把话说完。她不会承认自己受了诱惑，但是好奇？是的，起码她愿意承认自己好奇。

“你想让我做什么？”

恰德又点了一支烟。她动了动手指：“让我抽一口。”

“诺莉，你五年都没抽过……”

“我说，让我抽一口。”

恰德把烟递给她。她用力吸了一大口，咳嗽着吐出来，然后告诉了他。

当晚，她一直辗转反侧，直到凌晨还没睡着。她相信他睡着了。为什么不呢？已经做出了决定：她要拒绝维尼，从此不再提此事。做出决定，可以安眠。

尽管如此，当恰德转过身来，对她说“我一直在想这件事”的时候，她也并不惊讶。

诺拉也一直在想。她说："你知道，我可以去做的，为了我们俩。如果……"

他们面对面，中间只有几英寸，近得可以尝到对方的呼吸。现在是凌晨两点钟。

若有个时间专为密谋而生，应该就是此刻了，她想。

"如果？"

"如果我认为那件事不会让我们的人生染上污点，去不掉的污点。"

"考虑这个是没有意义的，诺。我们已经决定了，你去扮演萨拉·佩林[①]，告诉他，谢谢，不，谢谢了，我们的沟通不会有任何进展。我会找到别的办法，不靠他那份古怪的'助学金'也能写完我的书。"

"什么时候？下一次无薪休假吗？我认为行不通。"

"决定就是决定了。他是个疯老头。讨论结束。"说完，他翻过身，不再看她。

沉默随之而来。楼上，瑞思顿太太——她的头像想必应该放在字典中"失眠"这一条目的旁边——正来回踱着步。不知何处，大概在戈瓦纳斯[②]的最深最暗处，一串警笛呼啸而过。

十五分钟后，恰德对着床头柜开了口，上面的电子钟显示时间为两点十七分。"而且，我们还必须相信他会给钱，而一个以犯罪为余生宏愿的人显然是不可信的。"

"但我*真的*相信他，"诺拉说，"我不相信的是我自己。睡吧，恰德，这事到此为止。"

"对，"他说，"好的。"

钟面显示两点二十六分时，她说："这事是能办成的，我有把握。我可以把头发变个颜色，再戴顶帽子。当然，还要戴墨镜，也就是说必须选个有太阳的日子。还要设计好逃跑的路线。"

"你是认真在……"

---

① 萨拉·佩林（Sarah Palin，1964— ），美国记者、政治人物，从 2006 年至 2009 年任阿拉斯加州州长。

② 戈瓦纳斯（Gowanus），是位于纽约市布鲁克林区的一个社区。

“我不知道！二十万美金！我差不多工作三年才能赚到那么多钱，而且政府和银行拿走他们那一份后，基本上剩不下任何东西。我们都知道现实是怎么回事。”

她不再说话，只是盯着天花板，听瑞思顿太太在上面走着她的漫漫征途。

“还有保险！”她再次爆发，“你知道我们有多少保险吗？什么都没有！”

“我们有保险。”

“算了吧，跟没有差不多。万一你被车撞了怎么办？万一我查出来卵巢囊肿怎么办？”

“我们的保险够的。”

“每个人都那么说，但事到临头，大家就明白你完蛋了！有了这笔钱，我们就安心了。我一直在想这个。我们……可以……安心生活了！”

“比起二十万美金，我从卖书中能得到的钱简直不值一提，难道不是吗？何必还要去写书，何必为了我的书去做这件事？”

“因为这件事仅此一次。你的书会是干净的。”

“干净？你认为这会让我的书干净？”他转过身来，面对着她。他身体的一部分硬了起来。所以，也许这件事确实有一部分是跟性有关的，至少在他们这一方是的。

“你认为我还能再找到一份维尼家这样的工作吗？”她气愤难捺，尽管她说不清这怒气到底是冲着丈夫还是她自己的。她都不在乎。“今年十二月我就三十六岁了。你会带我去吃生日餐，一周后，我会收到真正的生日礼物：车贷的过期催缴单。”

“你是在怪我……”

“不。我甚至没有在怪这让我们和所有人活得如此艰难的制度。责怪是毫无建设性的。我对维尼实话实说：我不相信罪孽。但我也不想坐牢。”她感到泪水涌上了眼眶，“我也不想伤害任何人，特别是……”

“你不会伤害任何人。”

说完，他准备转过身去，但她抓住了他的肩膀。

“如果我们做了——如果我做了——我们以后要对它绝口不提。一次也不提。”

“是的。”

她伸手抱住他。在婚姻里，约定的完成仪式不只是握手，这一点，他俩都知道。

座钟显示两点五十八分，他昏昏然即将入睡，这时，她说：“你知道谁有摄像机吗？因为他想……”

“嗯，”他说，“查理·格林有一台。”

之后，他们不再说话，房间能听到的声音只有瑞思顿太太在头顶上走来走去。诺拉脑子里有个画面——或许是半梦半醒间看到的，瑞思顿太太在睡裤的腰带上挂了个计步器，耐心地走完她与黎明之间的距离。

诺拉睡着了。

第二天，在维尼的书房。

“怎么样？”他问。

她母亲从来不去教堂，但她自己每个夏天都去儿童暑期《圣经》学校并乐在其中。那里有游戏、歌谣和绒布贴画故事板。她发现自己突然想起了那时听过的一个故事，而这么多年来，她还是第一次想起。

“我不用真的去伤害……嗯，那个人……才能得到钱，对不对？”她说，“我只想确定这一点。”

“不用，但我希望见血。我也跟你确定*那一点*。我希望你用上拳头，不过，一张划破的嘴唇或一个流血的鼻子就足够了。”

在《圣经》学校的一个故事场景中，老师在故事板上贴了一座山，然后是耶稣和头上长角的一个人。老师说，魔鬼把耶稣带到一座山的山顶，给他看世界上所有的城市。*你可以得到那些城市里所有的东西*，魔鬼说，*所有的珍宝，只要你屈身，膜拜我*。但耶稣是个正直的人。他说，*到我的身后来，撒旦*。

“怎么样?”他再次问道。

“罪孽,”她思考着,“这是你脑中想的东西。”

“为罪孽而罪孽。仔细筹谋和实施。你不觉得这个想法令人激动吗?”

“不。”她抬起头,看着那些“蹙眉”的书架。

维尼给她时间犹豫。然后,他第三次发问:“怎么样?”

“要是我被抓住了,还能得到那些钱吗?”

“只要你履行协议约定的义务——当然,不要把我牵扯进来——就肯定能得到你该得的钱。就算你被抓住了,最坏的结果也不过是缓刑。”

“再加上法庭要求进行的精神鉴定,”她说,“我估计我是需要精神鉴定了,竟然真的在跟你讨论这件事。”

维尼说:“亲爱的,如果你再继续目前的生活,早晚会需要进行婚姻咨询,这还是最起码的。我做牧师的时候,为许多夫妻做过咨询。尽管不能说财务困难是所有婚姻危机的根源,但在大多数案例中是的。事实就是如此。”

“谢谢你分享经验,维尼。”

他对此没作回应。

“你疯了,你知道吗?”

他仍然不置可否。

她又看向书架上的书,大多数书籍是关于宗教的。最后,她终于盯住他的眼睛:“要是我做了,而你食言,我会让你后悔的。”

她的措辞没有让他感到任何不安。“我会信守承诺,这点你大可放心。”

“你现在说话完全正常,甚至连咬舌音都没有,除非你累了。”

他耸耸肩:“跟我在一起让你的耳朵变灵敏了。我猜,这就像学习理解一门新的语言一样。”

她把目光转回那些书。有本书叫作《善恶之辩》。另一本叫作《道德基础》,很厚。客厅里,那台老座钟正平稳地走着。终于,他又问了一遍:“怎么样?”

“向我提出这笔交易本身不就是犯罪吗？还不能让你满足吗？你是在诱惑你我二人，而我们俩都在犹豫要不要屈从于诱惑。这还不够吗？”

“这只是思想和言语上的罪，满足不了我的好奇心。”

老座钟滴答作响。她避开他的目光，只是说：“如果你再问一遍怎么样，我就离开这儿。”

他没有问怎么样，也没有说任何话。她低着头，盯着自己的双手，它们拧绞着放在她的腿上。让她觉得最糟糕的是：一部分的她仍然好奇。不是好奇他想要什么，这点已经不是秘密了，而是她想要什么。

最后，她抬起头，给出了她的答案。

“好极了。”他说。

下定决心之后，俩人便不想再拖，因为这件事带给他们的心理负担实在太重了。他们最后选定了皇后区的森林公园。恰德找查理·格林借了录像机并学会了怎么使用。他们事先去了两次公园（都是在下雨天，公园里几乎没人），恰德把选定的地点拍了下来。那段时间，他们频繁做爱——紧张的、忙乱的，就像小年轻在后车座上做的那种，但通常感觉还不错，起码是充满激情的。除此一项之外，诺拉发现自己其他的欲望都在缩减。从答应维尼的那天起，到真正实施的那个早上，她的体重减轻了九磅。恰德说她的体形看上去又像个大学生了。

十月初一个晴朗的日子，恰德把他们那辆旧福特车停在了珠宝大道上。诺拉坐在他旁边，她的头发染成了红色，披在肩头，穿一条长裙和一件丑陋的棕色长袖罩衫，看上去与平日的诺拉判若两人。她戴着墨镜和一顶大都会棒球帽。她看上去很冷静，但当恰德伸手碰她时，她躲开了。

“诺拉，别……”

“你交停车费了吗？”

“交了。”

“准备好放录像机的包了吗？”

“当然，准备好了。”

“好，把车钥匙给我。回家见。”

“你确定能开车吗？要知道，做这样的事之后……”

“我没事。把钥匙给我。在这里等十五分钟。如果有什么事不对劲……哪怕只是感觉不对劲……我就会回来。如果我十五分钟后没有回来，你就到我们选好的地点去。你记得在哪里吗？”

“我当然记得！”

她笑了——最起码露出了牙齿和酒窝。“要的就是这股劲头。”

这是漫长得令人痛苦的十五分钟，但恰德耐着性子挨过了每一分钟。戴蛤壳安全帽的孩子骑着自行车疾驰而过。女人们三两成群地踱步经过，多半拎着购物袋。他看到一个老太太吃力地过街，他一时恍惚，还以为那是瑞思顿太太，但当她从他身边走过时，他终于看清那并不是。这老太太要比瑞思顿太太老得多。

十五分钟快过完的时候，他突然想到——理智地、理性地想到，他可以结束这一切。只要开车离开就行了。公园里，诺拉看到他没来，就会叫出租车回布鲁克林的。到家之后，她会感激他。她会说：谢谢你救了我。

那之后呢？休息一个月，不再代课。他会投入所有精力来完成那本书。拼了，伙计！

但也只是想想而已。十五分钟后，他手里拿着查理·格林的录像机，走进了公园。事后用来装录像机的纸袋塞在他防风外衣的口袋里。他检查了三次，确保录像机的开关绿灯亮着。费这么大力气才下定决心去做，要是忘了开录像机，或是没打开镜头盖，可就太糟糕了。

他又检查了一遍镜头盖。

诺拉坐在公园的长椅上，看到他后，她把头发从左侧脸捋到后面。这是他们约定的信号。开始了。

她身后是游乐场，有秋千、转椅、跷跷板和弹簧马等各式玩具。在这个时间，只有几个孩子在玩。妈妈们都站在远处，聊天说笑，对这边并没有十分关注。

诺拉从长椅上站起身。

二十万美元，恰德想，然后把录像机举到眼前。正式开始了，他反而冷静下来。

他像个职业摄影师那样专业。

2

回到住处，恰德大步冲上楼梯。他心里几乎可以肯定妻子不在家里。虽然他看到她全速跑开，那些妈妈几乎没人多看她一眼——她们都围在她选定的那个还不到四岁的孩子旁边，但他仍然觉得她不会在家里。相反，他会接到电话，通知他，他的妻子已经被带到了警察局。在警察局，她肯定会精神崩溃，招供一切，不仅说出他是共犯，更糟糕的是，还会把维尼也供出来。这样一来，他们就什么也得不到了。

他的手抖得厉害，一时间竟然没法把钥匙插进锁孔。它在钥匙环上叮叮当当地晃动着，却怎么也接近不了房门。他正想把装录像机的皱巴巴的纸袋放在地上，好用左手稳住右手，就在这时，门开了。

诺拉穿着牛仔短裤和无袖 T 恤，是她事先在长裙和罩衫下穿好的那套。原计划就是她在车里脱下外面的衣服，再开车离开。她说她的动作可以快如闪电，看来她没说错。

他伸出双臂抱住她，那么用力，都能听到她的身体是重重地撞上他的。这个拥抱毫无浪漫温情可言。

诺拉忍受了这个拥抱片刻，然后说："进来吧，别堵在门口。"连接外面世界的那扇门关上后，她说："你拍好了吗？告诉我你拍下来了。我已经在这里等了半小时了，像半夜睡不着觉的瑞思顿太太一样走来走去……我是说，是加快脚步的瑞思顿太太……不管怎样，我在想……"

"我也很紧张。"他一把抹开前额的碎发，发现自己的额头滚烫，"诺拉，我快吓死了。"

诺拉抓过他手上的纸袋，朝里看了看，然后抬头瞪着他。她已经摘掉了墨镜，蓝色的眼睛目光灼灼。“告诉我，你拍下来了。”

“是的。我是说，我认为我拍下来了。我肯定拍下来了，但我还没看。”

诺拉眼中的怒火更甚。恰德想，当心点，诺拉，你再这样看我的话，眼珠会着火的。

“你最好拍了。你最好拍了。我没走来走去的时候，就在蹲厕所，肚子一直疼。”她走到窗边，往外看了看。他也跟了过去，生怕她看到了什么他不知道的事情，但路上的行人来来往往，没有任何反常。

她再次转身看着他，这次抓紧了他的胳膊。她的手心冷得像冰。“他没事吧？那个孩子？你看到他没事吗？”

“他没事。”恰德说。

“你是在说谎吗？”她对他吼道，“你最好不要说谎！他还好吗？”

“他没事。妈妈们还没走到他身边，他就自己站起来了，哭得震天响。但我像他那么大的时候比他还惨，我被秋千打中了后脑勺，不得不去急诊室缝了五……”

“我没想那么用力的。我太慌了，还害怕如果我留了力气……如果维尼看到我留了力气……他就不会付钱……还有肾上腺素的作用……我没把那可怜的孩子的头打掉都是奇迹！我为什么要这么做？”但是，她并没有哭泣，看上去也并无悔意。她只是看上去很愤怒。“你为什么让我这么做？”

“我没有——”

“你确定他没事吗？你真的看到他站起来了？因为我没想这么用力的……”她急转身，从他身边走开，走到墙边，用头撞了一下墙，又走了回来。“我走到游乐场打了一个四岁的孩子一拳！就打在他的嘴上！还是为了钱！”

恰德灵光一闪：“录像上应该有。我是说，那孩子站起来了，你可以亲眼看一看。”

她冲到屋子另一边：“把录像放到电视上！我要看！”

恰德把查理给他的数据线连好，摸索了一小会儿后，他成功地把录像在电视上放了出来。他确实拍下了那孩了站起来的镜头，就在他关掉录像机，匆忙离开公园之前。从画面上看，孩子完全懵了，而且毫不意外地在大哭，不过除此之外，他看上去没有大问题。他的嘴唇流了很多血，但鼻子出血很少。恰德觉得他可能是在摔倒的时候把鼻子磕破的。

并不比寻常的游乐场小事故更严重，恰德想，这种事故每天都要发生上千起。

“看到了吗？”他问她，“他没……”

“再放一遍。”

于是他又放了一遍。她又叫他放第三遍、第四遍、第五遍，他也照做了。直到某一刻，他意识到她不再关注那孩子是怎么站起来的。他也一样。他们看的是孩子怎么倒下的。还有击向孩子的那一拳，戴墨镜的红发疯女人打向他的那一拳。那女人从天而降，打了孩子一拳之后又扬长而去。

她说：“我想，我把他的一颗牙打掉了。”

他耸耸肩：“牙仙会很高兴。”

看了五遍之后，她说：“我想把头上的红色洗掉。我讨厌红发。”

“好——”

“但在那之前，带我去卧室。只做，别说话。”

她不停地让他用力，同时向上翘起臀部，动作剧烈得像是要把他从身上掀下去，但就是无法达到高潮。

“打我。”她说。

他照做了。他已经失去了理智。

“用力些，该死的，打我！”

他狠狠地打了她一巴掌。她的下嘴唇破了。她的手指摸到了自己的血。就在那一刻，她高潮了。

※

“给我看。”维尼说。这是第二天，他们在他的书房里。

“给我看钱。”这是句著名的台词，诺拉记不得自己是从哪里看到的了。

“我要先看录像带。”

录像机还装在那个皱巴巴的纸袋里。诺拉把它和数据线一起拿了出来。维尼的书房里有台小电视，她把数据线连在电视上。她按下“播放”键，然后他们一起看着那个头戴棒球帽、坐在公园长椅上的女人。那个女人的身后，几个孩子正在玩耍。孩子们再往后，妈妈们正在说着妈咪废话：敷裹减肥法、他们看过或将要去看的戏剧、新车、下一次度假。碎碎念，碎碎念。

戴棒球帽的女人从长椅上站了起来。镜头突然拉近，画面晃动了几下，然后稳住了。

诺拉在此处按下了“暂停”键。这是恰德的主意，她同意了。她相信维尼，但也只能相信这么多。

“我要看到钱。”

维尼从他穿的羊毛开衫的口袋里掏出一把钥匙，用它打开书桌中间的抽屉。因为右手部分麻痹，不灵活，他不得不把钥匙换到左手来开锁。

他拿出来的东西根本不是信封，而是联邦快递的一只中号纸箱。她往里看了看，看见里面是一捆捆百元钞，每一捆都用橡皮筋扎紧。

他说：“都在这儿，还多一点。”

“好。欣赏你购买的东西吧，只用按下‘播放’键就行。我去厨房了。”

“你不想跟我一起看吗？”

“不。”

“诺拉？你看上去出了点小状况。”他用手指点点自己的嘴角，那里还有点往下塌陷。

她以前怎么会以为他长着一张羊脸呢？她是多么蠢，多么没有洞见力啊。那也不是一张狼的脸，并不是。更像是两者之间。或许是狗的脸。那种咬人一口就跑开的狗。

“我撞到门上了。”她说。

“哦。”

“好吧，我跟你一起看。”她说着，坐了下来，按下了“播放”键。

他们沉默不语地看了两遍。录像的长度是三十秒左右，也就是说每秒大概价值六千六百美元。和恰德一起看录像时，诺拉就算过了。

第二遍看完之后，维尼按下“停止”键。诺拉教他怎么把录像带拿出来。“这是你的了，但机器是我丈夫借的，要还回去的。”

“我明白。”他的眼里有光，似乎真的认为自己这笔钱花得值，买到了他想要的东西。真是令人难以置信。“我会让格兰杰太太给我买一台录像机，以后看起来就方便了。或者你愿意帮我做这件事吗？”

“不，我不再帮你做事了。”

“好，”他看上去并不吃惊，“没关系。不过……如果你愿意听的话……我建议你再找一份工作，这样就不会有人怀疑为什么你的账单付得比以前快了。亲爱的，我这是为你着想。”

“我相信。”她拔下数据线，把它和录像机一起放回袋子里。

“要是我的话，就不会立刻动身去佛蒙特。”

“我不需要你的建议。我觉得脏，都是因为你。”

“也许你是对的，不过，你不会被抓住，也没有人会知道。”他的右边嘴角耷拉着，左边上扬，像是在试图微笑，结果却只在鼻子下方摆出了一个扭动的S形。他那天口齿十分清楚，她记得这一点，这让她思量良久。被他称为罪孽的东西似乎对他有疗愈效果。“还有，诺拉……觉得脏一直都是糟糕的事情吗？”

她不知道怎么回答这个问题。在她看来，这个问题本身就无答案。

“我这么问，”维尼说，“是因为第二遍播放时，我没有看录像，而是看着你。”

她一把抓起装着查理·格林的录像机的纸袋，朝门口走去。“祝你生活愉快，维尼。下次除了护士以外，再找位理疗师吧，反正你父亲留下的钱足够你负担这些了。保管好录像带。为了我们俩。”

“录像里根本看不出来是你，亲爱的。退一万步来说，就算能看得出来，又有谁在乎呢？”他耸耸肩，“毕竟上面既不是强奸，也不是谋杀。”

诺拉站在门边，想要转身离开，却又心中好奇。仍然好奇。

“维尼，你怎么跟你的上帝交代？要花多长时间祈祷才能让上帝原谅你的罪？”

他嘿嘿一笑，“就连西蒙·彼得这种天怒人怨的罪人都还能找到天主教堂，我觉得我没有问题。”

“这话不假，可西蒙·彼得会留着录像带在寒冷的冬夜观看吗？”

最后这句话让他闭了嘴。在他想出怎么回答之前，诺拉就离开了。这只是个小小的胜利，她迫不及待地抓住了。

一周以后，维尼往诺拉的公寓里打了电话，请她回来工作，至少在她和恰德去佛蒙特之前。他没有雇用别人，如果她有任何可能改变主意，继续为他工作，他就不会找别人。

“我想念你，诺拉。”

对此她保持沉默。

他压低声音：“我们可以再一起看那盘录像带。你难道不想吗？你不想再看一次吗，只看一次？”

“不。”她回答，然后挂断了电话。她拔脚向厨房走去，想沏一杯茶喝，但一阵眩晕突然袭击了她。她在起居室的角落里坐下，低下头，放在抬起的膝盖上。她等待眩晕过去。它最终还是过去了。

她找了份照顾瑞思顿太太的新工作，一周只用工作二十个小时，报酬更是跟维斯顿神父给的没法比。不过，钱不再是她考虑的东西，况且上班也很方便，只用上一层楼而已。最好的一点是，身患糖尿病和轻微心脏病的瑞思顿太太性格随和，也没什么脑子。尽管如此，有时候——特别是她喋喋不休地讲述她前夫的时候，诺拉还是想扬手给她一巴掌。

恰德仍然把自己的名字留在代课老师备选名单上，但减少了六个课时。他把这新得来的每周末六小时都投入《与动物共生》的写作中，书稿开始逐渐厚实起来。

他自问过一两次，如今这些周末写出的文字是否像录像机事件发生之前的那些一样好，一样有生命力，然后告诉自己，这种疑问不过是盘亘在脑中的古老而虚假的“报应”一说在作怪罢了。就像两颗后槽牙中的一粒爆米花。

公园那天之后又过了十二天，有人敲响了公寓的门。诺拉打开门，发现门口站着一名警察。

“您好，警官，什么事？”她问。

“你是诺拉·卡拉汉吗？”

她冷静地想：我会招认一切。等警察处理完之后，我就去找那孩子的妈妈，把脸伸给人家，说，“用尽全力打我吧，妈咪，你这是在帮咱俩的忙。”

“是的，我是卡拉汉太太。”

“女士，我是受布鲁克林公共图书馆沃尔特·惠特曼分馆的委托前来的。您借阅的四本书已经过期两个月，其中一本十分珍贵。我记得那是一本艺术书，对吗？那本书的借阅是受限的。”

她目瞪口呆地看着来人，突然大笑起来：“这么说你是图书馆警察？”

对方试图保持严肃，但转瞬也笑了：“我想，今天你可以这么说。那些书在你这里吗？”

“在的，我把它们全忘光了。您介意陪一位女士去图书馆吗？”她看了一眼他的名牌，“阿布拉莫维茨警官？”

“我很乐意。请带上您的支票簿。”

“或许他们也接受维萨卡。”她说。

他笑了：“有可能。”

当天晚上，在床上。

“打我！”说这话时，她脑子里想的并不是做爱，而是某个噩梦般的纸牌游戏。

“不。”

她在上位，这个姿势让她很容易就伸出手去，打了他一巴掌。她的手掌拍在他脸颊一侧的声音听上去就像气枪的子弹出膛。

“我说打我！打我——”

恰德想也不想，挥手打了回去。她开始哭了，但他在她身体下方硬了。很好。

“现在来吧。”

他照做了。外边，不知谁的车响起了警报声。

一月份，他们去了佛蒙特，是坐火车去的。那里美得像风景明信片一样。蒙彼利埃郊外二十英里处，他们同时看上了一栋房子，这只是他们看的第三栋。

房产经纪人的名字是乔迪·安德斯。她是个讨人喜欢的姑娘，但总忍不住盯着诺拉的右眼看。最后，诺拉只能尴尬地笑笑，说：“我上出租车时被地上的冰滑了一跤。要是你在上个礼拜看到我，准会认为我遭到家暴了。”

“几乎看不出来。”乔迪·安德斯说，然后又不好意思地补充了一句，“你很漂亮。”

恰德伸出胳膊，搂住诺拉的肩膀：“我也这么认为。”

“您是做什么的，卡拉汉先生？”

“我是作家。”恰德回答。

他们付了房子的首付。贷款合同上，诺拉选了“业主筹资”，在“细节”一栏填上：*储蓄*。

二月，他们已经开始打包准备搬家。一天，恰德去了曼哈顿，在安吉莉卡影院看了电影，又约了他的经纪人一起吃饭。阿布拉莫维茨警官给了诺拉他的名片。她给他打了电话，俩人在几乎搬空的卧室里做爱。很棒，但要是她能说服他打她就更好了。她提出了要求，却被拒绝了。

“你是什么样的一位疯女士啊！”阿布拉莫维茨警官说，人们往往用他此时的语气表示：*我在开玩笑，但不完全是开玩笑*。

“我不知道，”诺拉回答，“我还在认识自我。”

他们计划在二月二十九日搬到佛蒙特。搬家的前一天——若是在正常的年份，那天就是二月份的最后一天，电话铃响了。来电者是格兰杰太太，荣誉退休牧师维斯顿神父的管家。诺拉一听出那女人低沉的声音，就明白了她打电话来的用意。诺拉的第一个念头是：*你是怎么处理那盘录像带的，混蛋？*

“讣告上会说死因是肾衰竭，”格兰杰太太继续用她那沉重的报丧者的声音说，“但我去了他的浴室。所有的药瓶都拿出来了，有太多药片不见了。我猜他是自杀。”

“可能并非如此。”诺拉说，她换上她最冷静、最笃定、最职业化的语气，“最有可能的情况是，他脑子糊涂了，不知道自己吃了多少药。他甚至有可能又中风了一次。一次小的。”

“你真这么认为？”

“哦，是的。”诺拉说。她不得不压下冲动，没有问格兰杰太太有没有在房子里看到一台新录像机，很有可能就连在维尼的电视上。问这样一个问题简直是疯了，但她差点儿就问出口了。

“听你这么说，我就放心了。”格兰杰太太说。

“嗯。”诺拉说。

当天晚上，在床上。他们在布鲁克林的最后一晚。

“你不要再担心了，”恰德说，“就算有人找到那盘录像带，也很可能根本不会打开看。哪怕看了，把它跟你联系在一起的可能性也是微乎其微。更何况，那孩子很可能已经忘记那件事了，他妈妈也忘了。”

“孩子的妈妈就在现场，一个疯女人冲过来攻击了她的儿子，然后撒腿逃跑了，”诺拉说，“相信我，她不会忘的。”

“好吧。”恰德那副不愠不火的口气让诺拉想用膝盖顶他的卵蛋。

“或许我应该去帮格兰杰太太打扫一下那地方。”

恰德看她的眼神就像看疯子。

“或许我想要自己被怀疑。”她说完，淡淡地冲恰德一笑，一个她自认为诱惑的笑容。

他看看她，然后背过身去。

“别这样，”她说，“来啊，恰德。”

“不。”他说。

“你什么意思，不？为什么？”

“因为我知道我们做的时候你在想什么。”

她打了他一巴掌，狠狠地打在他的后脖颈上。“你他妈的什么都不知道。”

他转过身来，举起拳头：“住手，诺拉。”

“打啊，”她把脸凑过去，“你知道你想这么做。”

他差点儿就这么做了，她能看到他的脸在抽动，但他终于还是放下手，松开拳头。“再也不了。”

她对此不做评论，心里却想：*你想得美。*

诺拉深夜无眠，盯着床头的电子钟。钟显示一点四十一分时，她想：*我的婚姻有麻烦了。*当一点四十一分变成一点四十二分时，她想：*不，不对，我的婚姻玩完了。*

她想的也不对，事实上，离这段婚姻结束还有七个月。

诺拉从来没有期待她与过世的乔治·维斯顿神父之间的联结有真正结束的一天。不过，当她慢慢地将新居整理成家的模样时，有些日子，她完全没有想起维尼。她在院中辟出了两处园子，一处种花，一处种菜。床上的殴打也停止了。或者说基本停止了。

接下来，四月的一天，她收到了他寄的一张明信片。明信片是装在美国邮政的信封里寄来的，因为卡片上已经放不下邮寄信息了。这张明信片到过很多地方，包括布鲁克林、缅因、蒙彼利埃、爱达荷和印第安纳。她不明白为什么在她和恰德离开纽约之前没有收到，而且，考虑到这张明信片的旅程如此辗转波折，能最终到达她手上简直就是奇迹。寄出的日期是维尼死亡的前一天，她特意用谷歌查了讣告来确认这一点。

或许还是跟弗洛伊德有关，上面写道，你还好吗？

好，诺拉想，我很好。

厨房里有座柴火炉。她把明信片揉成一团，扔进炉子，用火柴点着。再见。

七月的时候，恰德完成了《与动物共生》的写作，最后五十页用了九天一气呵成。他把书稿发给了经纪人。邮件和电话随之而至。恰德说林林很有热情。诺拉想，如果恰德说的是真的，那么林林的热情一定大部分倾注到电话里了，反正她看到的两封邮件至多表现出了谨慎的乐观。

八月，在林林的要求下，恰德做了部分重写。对此，他讳莫如深，说明进展并非十分顺利。但他没有放弃。诺拉几乎没有在意。她的全部注意力都放在花园上。

九月，恰德执意去了纽约，在林林的办公室里来回踱步，看着那位经纪人致电收到书稿的七家出版社，询问对方是否有兴趣约见作者。诺拉考虑要不要去蒙彼利埃的酒吧里寻个乐子，看能不能找到中意的人——他们可以去汽车旅馆开房，但最终还是放弃了。这事儿看起来得不偿失。她决定还是继续忙她的花园。

这样也好。恰德没有按原计划在纽约过夜，而是当晚就飞了回来。他喝醉了，而且声称心情很好。据说，他们跟一家很好的出版社达成了口头意向。他说了出版社的名字，可她从来没有听说过。

“多少钱？”她问。

“钱不是重点，宝贝。”“不是”听上去像“不许”，而他只有在喝醉的时候才叫她“宝贝”。“他们真的爱这本书，这才是关键。”锅键。她意识到，恰德喝醉后，说起话来就像维尼刚中风的那几个月。

“多少钱？”她问。

“四万美金。”莫金。

她笑了：“我从长椅走到游乐场都能挣这么多。我早就知道了，在我们第一次……”

她没有看到他出拳，也没真正感觉到那一击，只有脑袋很响地

“啪”了一声。等她反应过来，已经躺在了厨房的地板上，张着嘴大喘气。她只能通过嘴呼吸，因为他打断了她的鼻子。

“贱人！”他哭了起来。

诺拉坐起身来。厨房在她身边打着旋，直到她终于稳住自己。血滴在油毡地毯上。她惊奇、痛苦、兴奋，充满羞耻和狂喜。

这我倒是没预料到，她想。

“对，怪我！”她说，她声音含混，像猫头鹰在叫，“怪我，然后哭瞎你那双愚蠢的小眼！”

他歪着头，像是没听见她刚刚说了什么——或者是不相信自己听到了什么，然后握紧拳头，胳膊回缩。

她仰起脸，弯曲的鼻子首当其冲。她的下巴上有一道血痕。“动手啊，”她说，“这是你唯一勉强能做好的事情。”

“那天之后你睡了多少男人？告诉我！”

“没跟任何人睡过，只跟十几个上了床。”事实上，这是一个谎言。跟她上床的只有那个警察和恰德进城时来家里的那个电工。“动手吧，麦克德夫[①]。”

他没有动手，反而松开拳头，胳膊垂到身侧。“要不是你，那本书会很好的，”他摇摇头，像是要把话说得更清楚，“这么说不准确，但你知道我是什么意思。”

“你醉了。”

“我要离开你，再写一本书。一本更好的书。”

“猪都能上树。”

“等着瞧。”他说，眼泪汪汪，就像一个在学校跟人打架输了的小男孩，“你等着瞧。”

“你醉了，睡觉去吧。”

“你这个有毒的贱人。”

说完这句话，他拖着脚，低着头，慢慢往卧室走去。他现在连走路都像中风后的维尼了。

---

① 麦克德夫（Macduff）是莎士比亚戏剧《麦克白》中的人物。

诺拉本想去急诊看鼻子，但她太累了，编不出有说服力的故事。在她心里——在她作为职业护理人员的心里——她知道那样的故事根本不存在。不管她编得有多好，他们都能看穿她。一旦涉及这样的事，急诊医生总是明察秋毫。

她把棉球塞到鼻孔里，又服用了可待因加两片泰诺。然后，她走到外面，给花园除草，直到天黑得看不清东西。回到屋里后，她看到恰德已经在床上打鼾了。他脱掉了衬衫，却仍穿着长裤。她觉得他看上去就像个傻子。这让她想哭，却终究没有哭出来。

他离开了她，重返纽约。有时他会给她写电子邮件，有时她会回邮件。他没有开口索要剩下的钱中属于他的那一半，这很好，反正她也不会给他。那钱是她挣来的，她还在慢慢地花：一点一点地喂给银行，为她的房子赎身。他在邮件里说，他又开始代课了，也在周末继续写作。诺拉相信他代课的那部分，却不信他还在写作。他邮件的字里行间有种苍白的无力感，暗示了他不剩多少写作的灵气。不管怎样，她一直认为他是那种只能写出一本书的人。

她自己办妥了离婚。她在网络上找到了她需要的所有东西。有些文件要他签字，他签了。那些文件回来时，除了签名，没有他的只言片语。

下一个夏天——一个美好的夏天；她在当地医院找了份全职工作，她的花园也生长繁茂——某天，她在一家二手书店闲逛，无意间看到一本曾在维尼的书房里见过的书：《道德基础》。书很旧，她花了两美元就把它带回家了。含税价。

夏天剩下的时间和大半个秋天，她把那本书从头到尾读了一遍。最后，她觉得很失望，因为书里很少，或者说没有什么东西是她如今不知道的。

献给吉姆·斯普劳斯

我想，大多数人上了年纪之后，往往会更多地思考那之后是什么，既然我已经快七十岁了，想来也具备了思考的资格。我在几部短篇和至少一部长篇小说（《重生》）中“接近”了这个问题。我无法说“处理”了这个问题，因为那个说法意味着某种结论，可事实上，我们中没有任何人能有结论，不是吗？没有人从死亡之地发来过手机视频。当然，会有信仰（还有关于“天堂真实存在”的海量书籍），可是信仰，从它本身的定义而言，就代表没有证据的相信。

归根结底，其实只有两个答案。要么有什么，要么什么都没有。如果是第二种情况，好，结案，不用再讨论了。如果是第一种，就会有无数种可能。天堂、地狱、炼狱、轮回，这是死后世界热度榜上最受欢迎的几名。也许，你求仁得仁，相信什么便会遇到什么。也许，大脑配备了深植其中的退出系统，其他所有系统开始关闭时，这个退出系统就会启动，我们也就做好准备去赶那最后一趟火车。在我看来，关于人濒死状态的那些报道似乎支持了这种说法。

我想要的是——我认为——能有机会重温我的整个人生，就像一场沉浸式电影，让我可以回味那些美好时光，那些幸运时刻。比如，和我太太结婚；再比如，我们决定生下第三个孩子。当然，这样的话，我也不得不为那些糟糕的事情（这样的事情也是有的）而悔恨，但不管怎样，谁不愿意重新经历那甜蜜的初吻，或是有机会放松下来，真正享受上一次因紧张过头而晕头转向的婚礼？

这个故事写的并不是重回过去——不完全是，但正是关于这一可能性的思考促使我写了一个人死后的经历。幻想小说之所以一直是个重要且必要的类型，就是因为它能以现实主义小说做不到的方式，让我们讨论这样的话题。

往 生

威廉·安德鲁斯，高盛集团的投行专家，死于2012年9月23日下午。他的死亡并非突然，妻子和已成年的孩子们都守在床边。那天傍晚，当她终于能够暂时独处时，琳恩·安德鲁斯打电话给她自小的朋友，仍住在密尔沃基[①]的萨丽·弗里曼。是萨丽把她介绍给比尔[②]的，如果有任何人应该知道她长达三十年的婚姻最后六十秒的模样，那个人就是萨丽。

“过去的一个礼拜，他一直是昏迷的——是因为那些药物，最后却清醒过来。他睁开眼，看见了我。他露出了微笑。我拿起他的一只手，他轻轻捏了捏。我弯下腰，吻了他的脸颊。当我直起身时，他已经走了。”她等了几个小时，就为了说出这几句话。话一出口，她便放声大哭起来。

她认为那个笑容是因为她，这是很自然的想法，却并不正确。当他仰面看着自己的妻子和三个成年子女——他们看上去高得不可思议，像天使般健康，占据了这个他即将离开的世界——比尔感到，过去十八个月以来如影随形、一直折磨他的病痛离开了他的身体，像用桶泼出污水一般。所以，他笑了。

痛苦消失后就不剩什么了。他的身体感觉像乳草颤动般轻盈。妻子拿起他的一只手，从她那高高在上、无病无恙的世界中俯下身来。他鼓起之前保留的一点气力，捏了捏她的手指。她弯下腰。她要吻他了。

没等她的嘴唇触到他的皮肤，一个洞突然出现在他视野中央。洞

---

① 密尔沃基（Milwaukee），美国威斯康星州的一座城市，位于密歇根湖沿岸。

② 比尔是威廉的昵称。

不是黑色的，而是白色的。它逐渐扩散，抹掉了他自 1956 年以来唯一认识的那个世界；那一年，他出生在内布拉斯加州赫明福德县的一家小医院。去年，比尔阅读了许多关于由生到死的资料（在他的电脑上读的，而且他总是很小心地删去网页浏览记录，免得琳恩不安，她一直保持着不切实际的乐观心态）。大多数信息，他都认为是狗屎，但那所谓的白光现象似乎有些道理。首先，所有文化都提到了这种现象。其次，从科学角度来讲，它也有那么一点点可信度。他曾经读过的一个理论说，白光是涌向大脑的血流突然停止的结果。另一个听上去更高端的理论则认为大脑是在进行最后一次全球扫描，试图找到与死亡类似的体验。

或许，只是人生最后一次烟火炸开了吧。

不管原因为何，比尔·安德鲁斯正经历着这一切。白光湮没了他的家人和这间通风良好的病房。很快，太平间的护工就会过来，挪走他蒙着床单、呼吸停止的身体。在他的调查中，他熟悉了一个缩略词，NDE，也就是“濒死体验”[①]。在许多案例中，白光变成了通道，通道的尽头向你打招呼的，是已经死去的家人，或朋友，或天使，或耶稣，或其他仁慈的神明。

比尔却不指望有人组团欢迎他。他以为，那最终的烟火散去后，会是无意识的黑暗，可是他错了。亮光变暗后，他既不在天堂，也不在地狱。他在一个走廊里。他想，要么这里是炼狱？墙面漆成工业绿，地上铺着磨损、肮脏的瓷砖，这个地方难说够格当炼狱，除非它永无尽头。不过，眼前的这条走廊二十英尺后就在一扇门前结束了，门上挂了块牌子，写着**经理伊萨克·哈里斯**。

比尔在原地站了一小会儿，整理一下思路。他还穿着死去时（至少他认为自己是死了）穿的睡衣，光着脚，但身上毫无癌症的痕迹。在过去一段时日，病魔先是对他的身体浅尝辄止，继而狼吞虎咽，把他啃噬得只剩皮骨，可现在，他看上去大概一百九十磅，也就是恢复了癌症前的最佳体重（得承认，有点小肚腩）。他摸摸自己的臀部和

① NDE，即 Near Death Experiences（濒死体验）。

后腰，久卧病榻的褥疮也不见了，真棒。他深吸一口气，再呼气，并没有咳嗽，这就更棒了。

他沿着走廊走了几步。左边是一台灭火器，上方有一行奇怪的涂鸦：亡羊补牢，为时未晚。右边是一个公告栏，上面钉着许多照片，都是老式毛边的。照片上悬挂着一个手印横幅，写着**一九五六年度公司野餐！欢度好时光！**

比尔看了看那些照片。上面有主管们、秘书们、办公室文员们，还有一群嘻嘻哈哈的孩子们，脸上抹满冰淇淋。有几个人在准备烤肉（按规矩，其中一个戴着搞笑的无檐帽），有男男女女在扔马蹄铁，男男女女在打排球，男男女女在湖里游泳。男人们穿的泳裤又短又紧，以他这二十一世纪的眼光来看，几乎有些不雅，但他们很少有人有肚腩。他们拥有二十世纪五十年代的体形，比尔想。女人们穿着埃丝特·威廉姆斯[①]式的老式平角泳衣，这种泳衣让她们看起来没有屁股，只有大腿上方的一堆平坦无沟的突起。人们吃热狗，喝啤酒，每个人看起来都乐在其中。

在其中一张照片上，他看到里奇·布兰克莫的父亲递给安妮玛丽·温克勒一块烤棉花糖。这太荒谬了，因为里奇的老爸是个卡车司机，一辈子也没参加过什么公司野餐。安妮玛丽是他大学时约会过的一个女孩。在另一张照片里，他看见了鲍比·蒂斯戴尔，他二十世纪七十年代早期的大学同班同学。鲍比，自称伶俐鬼蒂斯，三十多岁时便死于心脏病。1956年的时候，他很可能在人间，但也应该才上幼儿园或小学一年级，绝不该在不知哪个湖边喝啤酒。这张照片上的伶俐鬼蒂斯看上去二十岁左右，正是比尔认识他时的年龄。第三张照片里，埃迪·斯卡伯尼的妈妈正贴地救起一只排球。全家从内布拉斯加搬到帕拉默斯时，埃迪是比尔最好的朋友，而吉娜·斯卡伯尼——有次被看到在自家院子里晒日光浴，除了薄如蝉翼的白色内裤外什么都没穿——是比尔尚处自慰学徒阶段时最爱的性幻想对象之一。

---

① 埃丝特·威廉姆斯（Esther Williams，1921—2013），美国运动员、演员。早年为专业游泳运动员，后被星探发现，成为电影明星，以游泳形象闻名。

戴搞笑无檐帽的人是罗纳德·里根。

比尔凑近了看，鼻子几乎贴在了黑白照片上。毫无疑问，美利坚合众国第四十任总统正在某家公司的野餐会上翻汉堡呢。

到底是什么公司？

还有，比尔现在究竟在哪儿？

痛苦消失、重获健康的兴奋感渐渐消失，取而代之的是迷失和不安的感觉。在照片上看到这些熟人根本说不通，而他不认识照片上的大部分人这个事实顶多也只让他好过一点点。他扭头看看身后，发现后面有台阶通往另一扇门，门上用红色的粗体大字写着**关闭**。也就是说，他的选择只剩伊萨克·哈里斯先生的办公室了。他向那边走去，犹豫了一下，然后敲了敲门。

"门没锁。"

比尔走了进去。堆满东西的办公桌边站着一个男人，身穿肥大的高腰吊带裤，一头棕发梳得油光水滑，紧贴着头皮，戴一副无框眼镜。墙上贴满发票和过时的美腿丽人照，这让比尔想起里奇·布兰克莫的老爸工作的货运公司。他曾和里奇一起去过几次，那里的调度室就是这个样子。

墙上的日历指示，现在是 1911 年 3 月，这个时间和 1956 年一样令他困惑。进屋后，比尔的右手边是一扇门，左手边是另一扇。屋里没有窗户，却从天花板上伸出一根玻璃管，垂到一个丹丹鸭洗衣篮上方。篮子里是一堆黄色单据，看上去似乎是更多发票，也可能是备忘便签。办公桌前的椅子上，文件摞了足有两英尺高。

"比尔·安德森，对不对？"那人走到办公桌后，坐下来。他没有伸出手让比尔握。

"安德鲁斯。"

"好。我是哈里斯。又见到你了，安德鲁斯。"

关于死亡，比尔做了那么多研究，所以眼下这句寒暄他是明白的。而且，他松了一口气。至少，他不是作为一只屎壳郎回归的。"也就是说，这是转世？是这样吗？"

伊萨克·哈里斯叹了口气："你总是问同样的问题，而我总是给出相同的答案：并不算是转世。”

“我是死了，对吗？”

“你觉得自己死了吗？”

“不，但我看到白光了。”

“哦，是的，那著名的白光。你曾在那里，你到了这里。稍等片刻。”

哈里斯在他桌上的纸张中迅速翻找，没找到想要的东西，又开始拉抽屉。他从一个抽屉里拿出几个文件夹，挑出其中一个。他把文件夹打开，翻了一两页，点了点头：“让我复习一下。投行业者，对不对？”

“是的。”

“有妻子和三个孩子？两个儿子、一个女儿？”

“正确。”

“对不起。我要接待两百名旅人，很难完全记清楚。我老是想着把这些文件夹按顺序排列，但那其实是秘书的工作，而既然他们从来没有派给我一个秘书……”

“他们是谁？”

“我也不知道。所有的联系都是通过这根管道。”他拍拍玻璃管，后者晃了晃，又稳住了，“靠压缩空气运转。时新玩意儿。”

比尔拿起访客座上的文件夹，看看办公桌后的男人，询问地扬起眉毛。

“把它们放在地上就行，”哈里斯说，“暂时就这么着吧。总有一天，我要动手整理的。如果真的有一天的话。很可能有——还有夜，但谁能说得准呢？你肯定也注意到了，这里没有窗，也没有钟。”

比尔坐下来：“如果不是转世的话，为什么称我为旅人？”

哈里斯身体后仰，靠在椅背上，双手放在颈后。他抬头看着那根很可能是某个时代最新发明的气动管。或许是 1911 年，尽管比尔觉得那种东西在 1956 年也在用。

哈里斯摇摇头，咯咯笑了起来，但显然并不真的觉得有趣：“要是你明白你们这些人有多么累人就好了。根据文件记录，你这是第十五次来访了。”

“我这辈子从没来过这儿。”比尔说完，又考虑了一下，“不过，这并不是我这辈子，对不对？这是我死后的生活。”

“事实上，是我死后的生活。你是旅人，而我不是。你和其他家伙们在这里进进出出。你会穿过两扇门中的一扇离开，我会留下。这里没有厕所，因为我没有如厕的需要了。这里也没有卧室，因为我不再需要睡觉。我所做的只是坐在这里，接待你们这些旅行的笨蛋。你们进来，问同样的问题，我给出同样的答案。这就是我的死后生活，怎么样，听上去激动人心吗？”

比尔在他最终的调研项目中已经从理论上理解了这些“进出”的概念，此时得出结论：自己在走廊里的判断是正确的。他说：“你说的是炼狱。”

“对，毫无疑问。我唯一的疑问是我要在这里待多久。我倒是想告诉你，要是没法离开这个地方我肯定会发疯的，可恐怕我如今连发疯都做不到，就像我再也不会拉屎或睡觉一样。我知道你想不起来我的名字，但我们之前已经讨论过这个问题——虽然不是你来的每一次都谈，但确实谈了好几次了。”他用力地挥舞了一下手臂，带得钉在墙上的一些单据飞了起来，“这就是——或说曾经是，我不知道哪种说法更正确——我在世时的办公室。”

“在1911年？”

“没错。我可以问你什么是束腰衫，比尔，但既然我知道你不知道，所以就干脆直接告诉你：那是一种女式衬衫。上个世纪之交，我和我的搭档，马克斯·布兰克，开了一家名为三角束腰衫的工厂。利润丰厚，但干活的女工没一个让人省心的。她们总是偷溜出去抽烟，还偷东西，这就更糟了。她们会把偷来的东西放在拎包里，或塞在裙子底下。所以，开工的时候我们把门锁上，不让她们出来，离开工厂的时候会搜身。长话短说，有一天，那该死的地方着了火。我和马克斯爬上屋顶，从太平梯上跑下来，捡了一条命。很多女人就没这么幸运了。但是，让我们坦诚点吧，这也不是单个人的错误。在工厂里吸烟是明令禁止的，可还是有许多人不听话，大火就是一支香烟引起的。这是消防员说的。我和马克斯被控过失杀人，但最终法院宣判我们无罪。”

比尔想起了走廊里的灭火器，以及上面的涂鸦：亡羊补牢，为时未晚。他想：你在复审的时候被判有罪了，哈里斯先生，否则你就不会待在这儿了。他问：“死了多少女工？”

“一百四十六个，”哈里斯回答，“我为她们每个人感到难过，安德森先生。”

比尔懒得再去纠正他。二十分钟前，他还在病床上奄奄一息，此刻却入迷地听着这个从未听过的老故事。反正，他是记不得这个故事了。

“我和马克斯从太平梯下来不久，女工们就蜂拥而至。那见鬼的梯子哪里承受得了那么多人，一下子断了，把二十几个女工从一百英尺的高处摔到了下方的鹅卵石路面上。她们都死了。还有四十个从九楼和十楼的窗户里跳下来，有些身上被烧着了。她们也都死了。救火队撑起了救生网，但女工们坠破了救生网，在地上炸开，像一个个装满血的布袋。那情景真可怕，安德森先生，真可怕。有些人从电梯井跳下去了，可大多数人……大多数人被活活烧死了。”

“就像9·11，只是伤亡人数少点。”

“你总是这样说。”

“而你在这里听着。”

“完全正确。有时我会想，到底有多少男人正坐在这样的办公室里。还有女人。我肯定会有女人。我是个具有前瞻性眼光的人，看不到有任何理由阻止女性担当底层管理职位，而且能做得很好。我们所有人都回答着同样的问题，送同一批旅人上路。你会觉得，每次你们中的一个人选择右边的门而不是左边的，”他指指左边，“我的担子就会轻一些。可是不。不。一个新罐子会从管道里掉出来——嗖，我得到一个新的傻瓜来顶替原来的那个。有时候是两个。”他向前探过身来，加强了语气，“这是份狗屎工作，安德森先生！”

“我姓安德鲁斯。”比尔说，“听着，我很抱歉你感觉这么糟，不过伙计，对你的行为负点责任吧！一百四十六个女工！确实是你锁上了门！”

哈里斯一拳砸在桌子上：“她们背着我们偷东西！”他拿起文件夹，朝比尔晃晃，“你说得倒正义凛然！哈！乌鸦别嫌猪黑！高盛！证券欺诈！数十亿利润，只交数百万税，还是刚跨过百万门槛的！房产泡沫这个词听上去是不是有些耳熟？你们辜负了多少客户的信任？有多少人因为你们的贪婪和短视而赔上了一辈子的积蓄？”

比尔明白哈里斯在说什么，但所有那些所谓欺诈（好吧，姑且说大多数）都远在他的职权层级之上。当屎砸到冷却装置上时，他和其他任何人一样吃惊。他本想说破产和活活被烧死还是有很大区别的，但何必在别人伤口上撒盐呢？何况，那样说实在太像为自己辩护了。

“言归正传吧。”他说，“如果你有什么我需要的信息，干吗不现在就告诉我呢。听完我该听的话以后，我就不在这里惹你烦了。”

“我不是那个抽烟的人，”哈里斯思虑重重地低声说道，“我不是那个丢下火柴的人。”

“哈里斯先生？”比尔觉得这里越来越压抑。*如果我必须永远待在这儿，还不如一枪崩了自己*，他想。但如果哈里斯先生说的是真的，那么他不会想死的，就像他不想去上厕所一样。

“哦，好。”哈里斯咂了一下嘴，样子可并不动人，“安排是这样的。从左边门离开，你会把上辈子重新来一遍，从头到脚，从首到尾。从右边门离开，你就彻底结束了，像风吹熄蜡烛一样。”

起初，比尔一言不发。他不敢相信自己的耳朵，也根本说不出话来。简直太棒了！令人难以置信。他第一个想到的是他的弟弟迈克和迈克八岁时发生的事故。其次是比尔十七岁时那次愚蠢的顺手牵羊。只是个玩笑，但要不是他父亲及时介入，找了帮得上忙的人，他的大学计划估计就要泡汤。还有，安妮玛丽在男生宿舍遇到的事情……尽管已经过去了这么多年，那件事仍然是他的心头梦魇。当然了，还有，那件最重要的……

哈里斯笑了，他的笑容一点都不让人愉快。“我知道你在想什么，因为我以前就都听你说过了。小时候你和弟弟一起玩手电筒抓人的游戏，为了躲开他，你猛地关上卧室门，结果把他的小指尖儿夹断了。

还有一时冲动在店里偷了那块手表，你爸找了人摆平……”

“是的，没有留下案底，除了在他那儿。他永远也不让我忘记那件事。”

“再就是男生宿舍的那个女孩，”哈里斯在文件夹里翻翻，“她的名字应该就在这里。我尽可能更新文件——在我能找到它们的时候，但还是由你来告诉我吧。”

“安妮玛丽·温克勒。”比尔觉得自己的脸在发烧，“你别想错了，不是约会时硬要占她便宜。我趴在她身上时，她用两条腿盘住我，如果那都不算默许，我就不知道什么才算。”

“她也把腿盘在后来的那两个小伙子身上了吗？”

没有，比尔想说，但至少我们没在她身上放火。

可是。

在高尔夫球场上推杆，在木工作坊里干活，或和女儿讨论她的论文时（她现在已经是个大学生了），他会想安妮玛丽在哪里，她在做什么，她是否还记得那晚的事。

哈里斯脸上的微笑变成了掩饰不住的嗤笑。他这份工作也许烂得像狗屎，但显然还是有让他觉得有趣的地方。“我知道，有些问题你不想回答，所以我们还是继续吧。你在想，下次坐上那巨型传送带时，要改正所有的错误。你不会把门砸在你弟弟的手指头上，也不会在帕拉默斯购物中心偷那块表……”

“是新泽西购物中心。你文件里肯定有记载。”

哈里斯像赶苍蝇一样挥了一下比尔的文件夹：“下一次，在男生宿舍地下室的沙发上，你不会上你那半昏迷的女伴。还有——最重要的！——你会去做结肠镜，而不是一拖再拖，因为你已经明白——我没说错吧？——在屁股里塞个镜头总比死于结肠癌稍微好一点。”

比尔说：“我有好几次差点把男生宿舍的事告诉琳恩，但每次都没有勇气。”

“要是给你机会，你会修正那个错误。”

“当然——要是给你机会，你难道不会打开工厂的门吗？”

“我的确会，可很抱歉让你失望了，不会有第二次机会。”

哈里斯看上去一点也不抱歉，只是很累，又无聊。哈里斯甚至看上去有些幸灾乐祸。他指着比尔左边的门。

“走进那扇门——你前面每次都选那一扇——你会从头开始，先是一个七磅重的婴儿，从母亲的子宫滑到医生们的手上。然后你被包起来，带回位于内布拉斯加中部的一个农场，那里是你的家。1964年，你的父亲卖掉农场，你们全家搬到新泽西。你在那里玩手电筒抓人时夹断了弟弟的小指尖儿。你会去同一所高中，选同样的课，得同样的分数。你会去波士顿大学念书，在同一座男生宿舍楼的地下室里强暴半推半就的安妮玛丽·温克勒，再看着那同样两个人和她发生关系。尽管你觉得应该喊停，却终究没有勇气。三年以后，你会遇到琳恩·德萨尔沃，再过两年跟她结婚。你会有同样的职业道路，交往同一批朋友，对公司的某些商业行为深感不安……但仍然保持沉默。五十岁时，同一位医生会催你去做结肠镜，你向他保证——你总是保证——你会处理好这件小事。可你压根不会。最终，你死于同一种癌症。”

哈里斯把文件夹放回凌乱的桌上，笑得那么开心，嘴都要咧到耳朵上了。

“然后你会回到这里，我们再来一段相同的对话。我的建议是干脆选另一扇门，一了百了吧，但选择权还是在你手上。”

这番话让比尔越听越沮丧，他问：“我什么都不记得吗？所有事？”

“也不是什么都不记得，”哈里斯说，“你可能注意到墙上的照片了。”

“对，公司野餐那些照片。”

“是的。每个来拜访我的客户都会看到他或她出生那年的一些照片，并在陌生的人群中认出几张熟悉的面孔。等你重过一生时，安德斯先生——我们假设你要再来一遍——会对某些初次相见的人产生似曾相识的感觉，好像你以前曾经活过一次。当然，你的确活过。一种感觉转瞬即逝，你几乎可以肯定，还有更多……我们这样表达吧，生命的深度，或普遍意义上的存在，都比你之前相信的要多。不过，这种感觉很快就会过去。”

“既然一切都不变，毫无改进的可能，我们为什么要在这里呢？”

哈里斯握起拳头，把洗衣篮上方的气动管打得晃动起来：“客户想要知道我们为什么在这里！想知道终极意义！”

他等着。什么都没发生。他把手交叠放在桌面上。

“约伯想知道答案时，安德斯先生，上帝问约伯，他创造宇宙的时候约伯在不在。我觉得你可能连这个答案都得不到。所以，这个问题就这么结束吧。你想怎么办？选一扇门吧。”

比尔此刻想的是癌症。癌症的疼痛，所有的所有，再来一遍……但他不会记得自己已经经历过那些，如果伊萨克·哈里斯说的是真的。

“没有任何记忆？没有任何改变？你确定吗？你怎么能够确定？”

“因为我们的对话总是相同的，安德森先生。每次，和每一个你，都是一样。”

“*我姓安德鲁斯！*”比尔吼道，把两个人都吓了一跳。他换上轻一些的声音，“如果我努力，非常努力，一定能够记住什么。哪怕只是迈克的手指。只要有一点改变，一点就够……我不知道……”

带安妮玛丽去看电影，而不是参加那该死的聚会，怎么样？

哈里斯说：“有个民间传说，说是人类的灵魂都知道关于生命、死亡和宇宙的全部秘密。但就在出生前，会有一个天使弯下腰，把他的手指放在宝宝的嘴唇上，轻声说‘嘘’。”哈里斯摸摸自己的人中，“根据那个传说，这就是天使的手指留下的印记，每个人都有。”

“你见过天使吗，哈里斯先生？”

“没有，但我在布朗克斯动物园见过骆驼。选门。”

考虑的时候，比尔想起了初中时看的一个故事：《美女与猛虎》。他如今的选择可比那个容易多了。

*我一定要记住一样东西，*他打开通往重生的门时想，*一样就行。*

归来的白光笼罩了他。

医生——这个秋天，他瞒着妻子，放弃共和党，转投阿德雷·史蒂文森——像侍者上菜般弯下腰去，然后拎着婴儿的脚直起身体。他在那光溜溜的小身体上利落一拍，孩子大声哭了起来。

“恭喜您生了个健康的男婴，安德鲁斯太太，”医生说，“看上去七磅左右。”

安德鲁斯太太接过孩子，亲亲他湿漉漉的小脸和额头。他们会按照她祖父的名字，给这个孩子起名为威廉。二十一世纪到来时，他才四十多岁，这个想法真令人激动。她的臂弯里抱着的不仅是个新生儿，还是无尽的可能性。她想，没有什么比这更神奇了。

想到了苏伦德拉·帕泰尔

拉尔夫·维奇南扎是我的亲密朋友，他在许多外国出售我的著作版权。他总是能在适当的时候——也就是在我有空挡的时候——带着有趣的想法来找我。我从来不跟别人过多谈论正在做的工作，所以，他准是拥有某种特殊的雷达，可以觉察到我有空当。正是他提议让我写一部连环小说，像查尔斯·狄更斯那样，他的提议终于开花结果，我写成了《绿里》。

在我完成了《莉茜的故事》初稿后不久，拉尔夫就给我打电话，当时我正等着那本书的出版（翻译过来就是：什么都不做）。拉尔夫说，亚马逊正在推出第二代 Kindle，公司希望一些热卖的畅销书作家能帮公关部门写故事，用 Kindle 作为情节元素。（这类长篇小说和非小说类作品后来被称为“Kindle 单品”。）我谢了拉尔夫，但告诉他我对此没有兴趣，原因有二。第一，我从不会根据需要写故事。第二，自从我为美国运通公司拍了广告之后，我就再也没有把名字卖给任何企业。上帝啊，那个场景有多么奇怪。我穿着燕尾服，在一个通风良好的城堡里摆起姿势，手臂上挎着一只乌鸦标本。有个朋友告诉我，我看上去就像一个对鸟类情有独钟的玩二十一点的经销商。

“拉尔夫，”我说，“我喜欢我的 Kindle，但我绝对没有兴趣为亚马逊服务。”然而这个想法一直萦绕在心，主要是因为我一直对新技术着迷，特别是那些与阅读和写作有关的技术。就在拉尔夫给我打电话后不久的一天，我早晨散步的时候，脑海里出现了有关故事的想法。故事太酷了，一定得把它写出来。我没有告诉拉尔夫，不过小说一写完，我就寄给了他，并对他说：如果亚马逊公司喜欢的话，欢迎 Kindle 把小说用于发布目的。后来，我甚至出现在一些相关活动中，现场朗读了其中的一些章节。

我因而得到一些文学界人士的批评，他们认为我这是为了商业利益。可是，用约翰·李·胡克的话来说，“那并不能威胁到我。”对我而言，亚马逊只是另一个市场，是为数不多的能出版这样长度的小说的市场之一。没有预付款，但是每一次阅读——而且一直如此——都有版权费（如果你愿意的话，也可以下载）。我很高兴把这些支票存入银行。有句老话说，工人配得上他的工钱，我认为这是一句真话。我出于热爱而写作，但热爱不能支付账单。

而且，还有一个特别的好处：一款独一无二的粉色 Kindle。拉尔夫从中得到很大乐趣，我为此很是高兴。这是我们俩最后一次很酷的交易，因为我的朋友五年前在睡梦中突然去世了。伙计，我真想念他。

这一版本的故事已经有了相当大的改动，但你还是会注意到它根植于这样一个时代：当时，电子阅读设备仍然是一种全新的阅读方式。这似乎是很久以前的事了，对吗？对于从中看出参考了《黑暗塔》中吉利厄德的罗兰的粉丝们，我要给你们一些积分奖励。

粉色Kindle

1. 正在试验新技术

韦斯利·史密斯的同事们问他——有的正带着讽刺的眼光，他用那个小玩意干什么（他们都称它为“小玩意”），他回答说他正在试验新技术。可那不是真的，他买了这台 Kindle，纯粹是出于恶意。

我很想知道亚马逊的市场分析师是否在产品调查雷达上设置了这种特殊的动机，他猜没有。这才稍微让他感到有些满足，然而远远不如他希望艾伦·西尔弗曼看到他新买的产品后表示出惊讶表情时的那种满足感。虽然这事还没有发生，但迟早会发生的。毕竟，这是一个很小的校园，而且他沉迷于新玩具（他把它叫称为新玩具，至少刚开始是这样的）也才一个星期。

韦斯利是肯塔基州摩尔的摩尔学院英语系的一名讲师。像所有的英语老师一样，他认为头脑里装着一本小说，总有一天会写出来。摩尔学院被人们称为“一所相当不错的学校”。韦斯利在英语系唯一的朋友唐·奥尔曼解释了这是什么意思。

“一所相当不错的学校，”唐说，“是指三十英里以外从来没有人听说过的学校。人们把它称为很好的学校，是因为他们没有相反的证据，而且大多数人都是乐观主义者，尽管他们可能声称自己不是。自称为现实主义者的人往往是最乐观的人。”

“这让你成为一个现实主义者了吗？”韦斯利曾经问过他。

“我认为世界上大多数人都是蠢蛋，”唐·奥尔曼回应道，“你要把他们排除出去。”

摩尔不是一所好学校，但也不是一所坏学校。就卓越的学术水平而言，它只能算得上在平庸水平之下。该校三千名学生中大多数都付了学费，其中许多人毕业后就找到了工作，尽管很少有人继续学习获得（甚至是争取到）研究生学位。有相当多的学生都喝酒，当然也有聚会，就聚会的规模而言，摩尔学院的地位要在平庸之上。摩尔学院造就过政治家，但也是平庸之辈，甚至在贪污和诈骗方面都是如此。1978 年，一名摩尔学院的毕业生被选入美国众议院，但仅仅工作四个月后，他就死于了心脏病，他的继任者是贝勒大学的毕业生。

这所学校唯一的例外是第三区的足球队和第三区的女子篮球队。足球队（摩尔猫鼬），是美国最糟糕的球队之一。在过去的十年里，球队只赢了七场比赛。人们常说要解散它。现任教练是一个瘾君子，他喜欢告诉人们他已经看过电影《摔跤手》十二次，每一次剧中人物米基·洛克告诉他疏远的女儿他只是一块破碎的肉时，都忍不住会哭。

然而，女子篮球队却表现得十分出色，尤其考虑到大多数球员身高都不超过五英尺七英寸，而且正在准备成为市场经理、批发采购员或（如果幸运的话）成为有权利的男人的个人助理。在过去的十年里，猫鼬女士篮球队赢得了八次冠军。现任教练是韦斯利的前女友，一个月前的女友艾伦·西尔弗曼，她就是促使韦斯利去买 Kindle 的怨恨之源。嗯……是艾伦和亨德森家的孩子，那孩子在上韦斯利教授的《现代美国小说导论课》。

唐·奥尔曼同时还声称摩尔的教师水平平庸，一点都不厉害，就像足球队——至少还有点趣味，但是绝对平庸。

“那你和我呢?”韦斯利问道，他们此时正在共同的办公室里。如果有学生前来研讨，无关的老师就会离开。在秋季和春季学期的大部分时间，这都不成问题，因为学生们要到期末考试前才会来办公室。即使到那时，也只有那些老学究——从小学开始就追着老师问问题的学生——会出现。唐·奥尔曼说，他有时幻想会有一个穿着 T 恤、鲜嫩性感的女生出现在办公室，对他说，我要你给我打个 A（我要和你做爱）。但这样的事可从来没有发生过。

“我们怎么样?”唐回答，“耶稣基督，看看我们吧，兄弟。”

“说你自己吧，”韦斯利说，“我是要写一部小说的。”尽管说出了这话，他还是感到很沮丧。自从艾伦和他分手后，几乎所有的事情都使他沮丧。他不沮丧的时候，就会充满恶意。

“是啊！奥巴马总统会把我选为新的桂冠诗人！”奥尔曼说。然后指着韦斯利凌乱的桌子上的Kindle，Kindle当前屏幕上正显示出《美国梦》，那是韦斯利在《美国文学导读课》上使用的教材。“那个小混蛋帮到你了吗？”

“不错。”韦斯利说。

“它会取代书本吗？”

“永远不会。”韦斯利说，但他已经开始怀疑了。

“我一直以为Kindle是白色的。”唐·奥尔曼说。

韦斯利看着唐，就像在部门会议上他的Kindle公开亮相时那么傲慢，“没有什么东西只有白色。”韦斯利说，“这是在美国。”

唐·奥尔曼沉思了一下，然后说：“我听说你和艾伦分手了。”

韦斯利叹了口气。

直到四周前，艾伦还是他的一个朋友，一个有好处的朋友。当然，她不在英语系，但是想到他会和英语系的任何人上床，甚至长得不太像样的苏珊娜·蒙塔纳罗上床，这个想法让韦斯利不寒而栗。艾伦身高五英尺二英寸（蓝眼睛！），身材苗条，一头蓬松的黑色鬈发让她看起来像个精灵。她的身材火辣，接吻时像个苦行僧。（韦斯利从来没有亲吻过苦行僧，但是可以想象。）他们上床时，她永远精力旺盛。

有一次完事后，他气喘吁吁地说：“我永远不配做你的情人。”

“如果你一直这样贬低自己，不会成为我的情人太久。你很不错，韦斯。”

但他猜想他不是。他想他只能算是……平庸。然而，终结他们的关系的不是因为他的性能力；不是因为作为素食主义者的艾伦在感恩节吃了火鸡；也不是她有时会在做爱后躺在床上说些挡拆战术、传切上篮以及肖娜·戴森无法理解的艾伦称为“古老的花园门”之类的东西。

事实上，这些独白有时会让韦斯利进入最深沉、最甜蜜、最清新的睡眠状态。他认为这要归因于她说这些话时平静的语调，与她做爱时发出不敬的鼓励尖叫声截然不同。她做爱时尖叫声和她在比赛中说的话相似极了，比赛时，她像兔子一样在场边跑来跑去，力劝姑娘们“传球！”和“切入内线！”韦斯利甚至听到了她在边线上尖叫，“去找洞吧”。她在卧室里时不时也是这样叫唤。

他们很般配，至少在短期内如此。她是直接从铁炉里铸造出来的铁人，而他——房间里堆满了书籍——是能够使她冷静下来的水。

而书本也恰恰是问题所在。事实上，当时韦斯利因为吓坏了，骂艾伦是个不识字的婊子。他以前从来没这样说过一个女人，但艾伦却把他身上自己从来没有怀疑过的愤怒引了出来。他可能是一个平庸的老师，正如唐·奥尔曼所说的那样，他脑海中的小说可能会一直存于体内（就像一颗永远不会长出来的智齿，至少避免了腐烂、感染和昂贵的医疗费用——更不用说痛苦的治疗过程），但他热爱书籍，书是他的软肋。

艾伦当时是带着怒气来的，这很正常，而且从根本上来说还心烦意乱——但他没有发现这一点，因为他以前从未见过这种情况。当时，他正在重读詹姆斯·迪基的《解脱》，再次陶醉于迪基是如何将诗意的感受力（至少有一次）运用到叙述上来，他刚刚读到了最后几段，不幸的乐善派试图掩盖他们所做的和别人对他们所做的事。他不知道艾伦刚刚被迫把肖娜·戴森赶出了球队，也不知道她们俩在体育馆当着球队吵了一架——还有男子篮球队，他们正等待轮到他们练习平庸的运球——也不知道肖娜·戴森走到外面把一大块岩石扔到艾伦的沃尔沃车的挡风玻璃上，做出这一肯定会被停职的举动。他不知道艾伦是在责怪自己，而且十分痛苦，因为“她应该是那个成年人”。

他听到了那部分——“我应该是那个成年人”——然后第五次或是第六次说了嗯哼，对艾伦·西尔弗曼来说，这样说一次都嫌多了，更何况韦斯利还说了那么多次。于是她一把夺过韦斯利手中的《解脱》，把它扔到房间另一头，说出了下面的话，此话在接下来孤单的一个月里不停地困扰着韦斯利：

“为什么你就不能像我们其他人一样，在电脑上看书呢?”

“她真的说了这句话?”唐·奥尔曼问道，把韦斯利从恍惚状态中唤醒过来。韦斯利这才意识到刚刚他把整个故事都告诉了他的同事。他本不想这样做的，但他已经说出去了，覆水难收。

“是的，然后我就说：‘那是我父亲送给我的第一版，你这个不识字的婊子。’”

唐·奥尔曼惊得目瞪口呆，说不出话来。

“她走了出去，”韦斯利痛苦地说，“从那以后，我就再也没见过她，也没跟她说过话。”

“你还没打电话道歉吗?”

韦斯利曾经给艾伦打过电话，不过只听到她的语音留言。他也曾考虑去她在大学里租的房子找她，但想到她可能会把叉子戳到他的脸上……或者他身体的其他部分，只好作罢。而且，他认为发生的事情并非全是他一个人的错，艾伦甚至都没有给过他解释的机会。此外……她的确是文盲，或者说几乎是文盲。曾经有一次在床上艾伦跟他说过，自从来到摩尔之后，她出于兴趣读过的唯一的书是由田纳西州女子排球教练帕特·萨米特所著的《直达顶峰：无论你做什么都能成功的明确的十几个系统》。她只看电视（大部分是体育节目），如果想深入了解新闻，就会去看“德拉吉报道”。她当然不是电脑文盲，她称赞了摩尔学院的 Wi-Fi 网络（这方面非常出众而绝非平庸），并且随时随地都把笔记本电脑挂在肩上。她的电脑桌面是塔米卡·凯金斯的一张血从裂开的眉毛流下来的照片，以及她的名句，**我像女孩一样打球**。

唐·奥尔曼默默地坐了一会儿，用手指轻拍着窄窄的胸膛。窗外，十一月的树叶被风吹过摩尔校园，发出沙沙的声响。唐说：“艾伦离开你和那玩意儿有关系吗?”他朝着韦斯利的新电子设备点点头。“有一定关系，对吗? 你决定在电脑上看书，就像我们其他人一样。为了……什么呢? 吸引她回来吗?”

“不是，”韦斯利说，因为他不想说真话，在某种程度上，他还不清楚，他到底是为了让她回来才买的 Kindle，还是为了取笑她才买的，或者是别的什么原因。“完全不是，我只是在试验新技术。”

“好吧，”唐·奥尔曼说，“那我就是罗伯特·弗罗斯特[①]，在一个他妈的下雪的晚上，在树林里稍作停留。”

韦斯利的车停在停车场A区，但他选择步行两英里走回公寓，想要思考的时候，他经常这样做。他沿着摩尔大道走了一段路，先是穿过了兄弟会的房子，穿过从每扇窗户中都传出摇滚和说唱的学生公寓，然后穿过酒吧和美国每一所小型学院学生们赖以维持生命的外卖餐馆，以及一家专门经营二手书的书店，去年的畅销书正在半价出售，看上去尘土堆积，无精打采，而且里面总是空无一人。

韦斯利认为，这都是因为人们在家里用电脑看书的原因所致。

棕色的叶子在他脚边飘来飘去，公文包拍打着膝盖，里面放着他的课本，还有他为了消遣正在读的书（罗伯特·波拉诺所著的《2666》），还有一本带着漂亮大理石板面的笔记本，是艾伦送给他的生日礼物。

“记下你写小说的构思。”她曾经说过。

那时是七月份，他们之间的关系还很好，当时的校园也十分漂亮。那本空白笔记本有二百多页，只有第一页上有他又大又潦草的字迹。

在页面的顶部（印刷体）是：**小说的构思！**

下面写着：一个小男孩发现他的父母都有外遇。

以及

一个小男孩，一出生眼睛就看不见，被他疯狂的祖父绑架了。

还有

一个少年爱上了他最好的朋友的母亲。

在这下面是他最后的想法，是艾伦在房间里扔了他的《解脱》，然后大步走出他的生活之后不久写下的。

---

① 罗伯特·弗罗斯特，20世纪最受欢迎的美国诗人之一。他曾当过新英格兰的鞋匠、教师和农场主，曾赢得四次普利策奖和许多其他的奖励及荣誉，被称为“美国文学中的桂冠诗人”。

一个腼腆但专注的小型学院的大学教师和他几乎是文盲的运动员女朋友在经历了争吵之后。

可能最好的构思是，写你所知的东西。所有专家都认同这一点，但他就是不能写这个。跟唐说这事已经很艰难了，即使在那时，他也没有对唐实话实说，比如，他就没有告诉唐自己是多么希望艾伦能回来。

当走近被他称为“家”的三室公寓时——唐·奥尔曼有时称其为“摇摆的单身汉公寓”——韦斯利的思绪转向了亨德森家的孩子。他是叫理查德，还是罗伯特？韦斯利对此有点障碍，这与他想要充实小说中那些零碎的细节描述时遇到的障碍不一样，但也许它们有些相关。他认为，所有障碍在本质上都是歇斯底里的，就好像大脑检测到（或者认为它发现了）一些肮脏的内部野兽，并把它锁在一个装有铁门的牢房里。你可以听到它在里面砰砰乱跳的声音，就像一头疯狂的浣熊，如果靠近它，它就会咬人，但你看不见它。

亨德森家的孩子就在足球队里——他是一名后卫或控球后卫，或者类似的角色——虽然他在球场上的表现和其他人一样糟糕，但他是一个好孩子，是个相当不错的学生，韦斯利很喜欢他。可是，当韦斯利在课堂上发现那个孩子在用掌上电脑或新式手机的时候，韦斯利直想要把孩子的头给扯下来，那是艾伦刚离开不久后发生的事。在分手的最初几天，韦斯利经常凌晨三点起床，从书架上取下一些文学慰藉品：通常是他的老朋友杰克·奥布里和史蒂芬·马图林，由帕特里克·奥布赖恩来讲述他们的冒险故事。即便如此，他也不断地想起艾伦离开时甩上门的声音，可能永远都忘不了。

因此，当他走近亨德森时，心情很不好，而且已经做好反击的准备：“把它收起来，这是文学课，不是网络聊天室。”

亨德森家的孩子抬起头来，报以甜蜜的微笑，虽然没有消除韦斯利的恶劣情绪，但确实化解了他的愤怒，主要是因为他天生不是一个易怒的人。他猜想自己天生抑郁，甚至可能患有抑郁症。难道他不是一直在怀疑自己配不上艾伦·西尔弗曼吗？难道他自己不知道，在他的内心深处，从当初在无聊的教工晚会上和艾伦聊天开始，他就一直在等着艾伦的甩门声吗？艾伦表现得像个女孩，而他却像个懦夫。他甚至都无法对一个在课堂上摆弄袖珍电脑（或任天堂，或是别的什么）的学生发火。

"这是作业，史密斯先生，"亨德森家的孩子说，他的前额上有一大块紫色的瘀伤，是他最近一次在猫鼬队外出比赛时留下的。"这是《保罗的案子》，你看。"

孩子转过了手中的小玩意给韦斯利看，那是一块白色的平板，长方形，不到半英寸厚。顶部是亚马逊 Kindle 的商标和微笑标志，韦斯利对此非常熟悉。他并非对电脑一无所知，他曾多次从亚马逊订购过书籍（尽管他通常都是先去镇上的书店买书，部分出于同情，因为，甚至连在橱窗里打瞌睡的猫也显得营养不良）。

那小玩意儿有趣的不是顶部的标志，也不是底部的小键盘，而是屏幕。屏幕上显示的不是青年男女筋疲力尽地在纽约的废墟上杀死僵尸的电子游戏，而是一页威拉·凯瑟的故事，讲述带有毁灭性幻想的可怜男孩的故事。

韦斯利伸手去拿，但是停了下来："我可以看看吗？"

"看吧，"亨德森家的孩子——理查德或罗伯特——对他说，"非常清晰。你可以从网上下载书籍，可以变换成你想要的字体大小。而且，上面的书也更便宜，因为没有纸张或装订费用。"

这话让韦斯利感到一丝寒意。他感觉到在上《美国文学导论课》的大部分学生都在注视着他。韦斯利想，他们很难判断像他这样一个三十五岁的老师，到底是个老学究（像古代的文斯博士那样，穿着三件套的西装像鳄鱼一样），还是新学究，像苏珊·蒙塔纳罗那样，喜欢在现代戏剧的导读课上表演艾薇儿·拉维尼的"女朋友"。韦斯利认为，他对亨德森的 Kindle 的反应会有助于学生们认清他归属哪一类。

"亨德森先生，"韦斯利说，"书总是会有的，就是说总是会有纸张和装订。书是*真东西*，书是*朋友*。"

"是的，可是！"亨德森回答说，他那甜美的微笑现在变得有点狡黠了。

“可是什么?”

“它们也是思想和情感，你在给我们上第一节课时说过。”

“是的，”韦斯利说，“你让我回想起来了。可是，书不只有想法，例如，书还有味道。一种随着岁月流逝而变得更好——更怀旧的味道。你的这个小玩意有味道吗?”

“没有，”亨德森回答，“没有。但是你翻页的时候……这里，用这个按钮……就像在翻一本真正的书，它们会飘动起来，你可以去看想看的任何一页，停下来的时候，它会显示出著名作家的照片，它有一种感染力，而且……”

“这就是一台电脑，”韦斯利说，“你正在电脑上阅读。”

亨德森家的孩子把 Kindle 转了回去：“可它呈现的仍然是《保罗的案子》。”

“你从来没听说过 Kindle 吗，史密斯先生?”乔西·奎因问道，她的语气像极了一个善良的人类学家在问一个来自巴布亚新几内亚的孔拜部落的成员，是否听说过电炉和增高鞋。

“没有听说过。”他说，这不是真的——他在网上从亚马逊买书时曾看到过一家 Kindle 商店，他之所以这样说，总的说来，是因为他认为自己更愿意被学生们视为是一个老学究，新学究有点……平庸。

“你应该买一个。”亨德森家的孩子说。韦斯利想都没想就回答说：“也许我会的。”全班同学自发地鼓起掌来。这是爱伦离开后，韦斯利首次感到轻微的快乐。因为学生们让他买一个阅读书籍的小玩意儿，而且他们的掌声表明他们确实把他看成了老学究，一个可教的老学究。

过了几周后，他才认真地考虑要买 Kindle（如果他是老学究，绝对应该是买书来看）。有一天在下班回家的路上，他想象着艾伦看到他拿着 Kindle 在校园里漫步，用手指轻按着“下一页”小按钮的情景。

你到底在做什么啊？她会问，终于和他说话了。

他会回答，我正在电脑上看书，就像你们一样。

多么恶毒！

可是，正如亨德森家的孩子可能会说的那样，这是件坏事吗？他突然想到，对恋人来说，怨恨是一种美沙酮（镇痛剂），比立即放弃要好得多。

于是一回到家，他就打开了台式电脑（他没有笔记本电脑，并以此为自豪），进入亚马逊网站。他原以为那个小玩意要卖四百美元左右，如果有凯迪拉克模型的话，可能还会更贵，但他惊讶地发现要便宜很多。接着他进入了 Kindle 商店（他一直成功地忽略了该店），发现亨德森家的孩子说得对：书的价格低得离谱。精装小说（不管什么封面，哈哈）的价格都低于他最近购买的大部分平装书。考虑到他在书本上的花费，Kindle 可能会为自己买单。至于同事们的反应——那些惊奇的上扬的眉头——韦斯利发现他很喜欢这个场景，可以成为对人性，或者至少是对学者人性的有趣洞察：一个喜欢被自己的学生看作老学究，而被同伴看作新学究的人。

我正在试验新技术，他想象自己在说。

他喜欢自己说这话时的声音，这是新学究的做派。

他当然很喜欢想到艾伦的反应。他不再给她在电话上留言，他开始避开一些可能会碰到她的地方——比如比特站、哈利的披萨店，但情况可能会改变。当然，*我正在用电脑看书，就像你们一样*，这是绝对不能浪费掉的一句好话。

噢，这玩意儿太小了，他坐在电脑前，看着 Kindle 的照片，责备着自己。*怨恨太小，可能都毒害不了一只新生的小猫。*

是真的！可是，如果怨恨是他唯一的能耐，为什么不放纵一下呢？

于是他点击购买了 Kindle，一天后，这个小玩意就送到了，盒子上印着微笑的标志以及写着“一天送达”的字样。韦斯利并没有选择“一天送达”的快递方式，假如这笔快递费用出现在他的万事达卡的账单上，他会提出抗议。不过，他带着真正的喜悦打开了新买的东西——与他打开一盒书时的愉悦感类似，甚至更甚。他猜想，这是因为有一种进入未知领域的感觉。并非是他希望 Kindle 会取代书本，或者真的会比一个新奇的东西更有趣，这玩意儿只可能吸引他几个星期或是几个月，最终还是会被遗弃在起居室的小摆设架上，放在鲁比克方块旁边，积满灰尘的。

他并不觉得这玩意儿有特别之处，为什么亨德森家孩子的 Kindle 是白色的，而他的是粉红色的。

最初他的确没有为此困惑。

2. Ur 功能

韦斯利向奥尔曼吐露实情后回到了公寓，答录机上的留言灯在闪烁。有两条留言，他按下回放按钮，以为会听到母亲抱怨她的关节炎，并对有的儿子实际上每月打两次以上的电话回家做出犀利的评论。之后，会有一个来自《摩尔回声报》的自动电话，第十二次提醒他订阅已经失效。可是答录机里传出的既不是母亲的声音，也不是提示订阅报纸的声音，而是艾伦的声音。他当时正准备去拿啤酒，立刻停了下来，弯着腰听着，一只手伸在冰箱冰冷的灯光下。

“嗨，维斯。”艾伦说，语气中充满了异常的不自信。停顿了很长时间，韦斯利都开始怀疑是否就只有这一句话。在背景中，他听到空洞的喊叫声和跳跃的球声。她现在是在体育馆，或者是在体育馆里留的言。“我一直在想我们的事，我想也许我们应该再试一次，我想你。”然后，就好像她看见韦斯利要冲出房间一样，“但我还没有想清楚，我需要再想想……你所说的话。”她停顿了一下，“我不该扔你的书，但当时我很生气。”她又停顿了一下，几乎和她开头说“嗨，维斯”之后停顿的时间那么长，“本周末在列克星敦有一场季前赛的比赛。你知道，他们称之为蓝草杯，是一场大赛。也许等我回来，我们应该谈谈。在那之前，请不要给我打电话，因为我必须集中精力在女孩们身上。防守很糟糕，我只有 个女孩能从外线投篮，而且……我不知道，也许这是一个严重的错误。”

“不是的，”他对答录机说，心脏狂跳。他仍然倚靠在打开的冰箱上，感觉到冰冷的空气在脸上飘来飘去，似乎太热了，“相信我，不是的。”

“前几天我和苏珊娜·蒙塔纳罗共进午餐，她说你随身携带着电子阅读设备。在我看来……我不知道，就像一个信号，我们应该再试一次。”她笑了，然后尖叫起来，把韦斯利吓了一跳。“去追那个球！你要么跑，要么坐！”然后说，“对不起，我得走了，不要给我打电话。在蓝草杯比赛结束以后，不管怎样，我会给你打电话的。对不起，我一直没接你的电话，但是……你伤害了我的感情，维斯。教练也是有感情的，你知道，我……”

哔哔的声音终结了艾伦的声音，分配信息的时间已经用完了。韦斯利说出了诺曼·梅勒的出版商拒绝让其在小说《裸者与死者》中使用的脏字。

紧接着，第二条录音消息开始了，艾伦的声音又响起了：“我猜英语老师也有感情。苏珊娜说我们不适合彼此，她说我们的兴趣差别太大，但是……也许有中间地带。我……我需要考虑一下。不要打电话给我，我还没有完全准备好，再见。”

韦斯利拿了啤酒，笑容满面，过去一个月以来压在心里的怨恨一下子消失了。他走近墙上的日历前，在周六和周日上写下了**季前赛**。停顿了一下，他又在下一周的工作日上画了一条线，在线上写下了**艾伦???** 。

写完，他坐在最喜欢的椅子上，喝着啤酒，读了一下《2666》。这是一本疯狂的书，但有点意思。

他在想是否可以从Kindle商店买到这本书。

那天晚上，第三次重放艾伦的留言后，韦斯利打开了戴尔笔记本，进入了体育系的网站，查看蓝草杯季前邀请赛的相关细节。他知道这样做是错的，他本无意这么做，但他的确想知道与猫鼬队比赛的是哪个队，艾伦什么时候能回来。

总共有八支球队参赛，七支来自第二区，只有一支来自第三区：那就是摩尔学院的猫鼬女士队。韦斯利看到这一信息，为艾伦感到骄傲，并再次对自己曾经怀有的怨恨感到羞愧……艾伦（很幸运！）对此一无所知。实际上，艾伦似乎认为他买Kindle是为了给她传递这一信息：*也许你是对的，也许我可以改变。也许我们都可以改变。*他想，如果事情进展顺利，他迟早会说服自己，事实确实如此。

他在网站上看到球队将于本周五中午乘大巴前往列克星敦。当天晚上，他们将在罗普竞技场进行训练，星期六早上将与印第安纳，杜鲁门州的斗牛犬进行第一场比赛。因为比赛是双淘汰赛，他们要到周日晚上才能回来。这就意味着他最早要到下周一才会收到艾伦的答复。

这将是漫长的一周。

“而且，”他对着电脑说（一个好的听众！），“她很有可能决定不再尝试，我必须做好准备。”

好吧，他可以试一试。他也可以给苏珊娜·蒙塔纳罗那婊子打电话，直言不讳地告诉她停止反对他的游说。她到底为什么要这么做呢？看在上帝的分上，她可是他的同事啊！

可是如果他真这么干了，苏珊娜可能会直接把这事告诉她朋友（*朋友*？谁知道呢？有谁怀疑过？）艾伦。最好还是别管这事了，怨恨似乎还没有完全从他内心消失，而此刻，怨恨的矛头直指蒙塔纳罗女士。

“没关系，”他对着电脑说，“乔治·赫伯特说错了，活得好并不是最好的报复；爱得深才是。”

他准备关掉电脑，然后想起了唐·奥尔曼对于他的Kindle说过的话，*我以为Kindle都是白色的*。当然，亨德森家孩子用的就是白色，可是，这句话是什么意思呢？一燕不成夏。在几次错误的尝试之后，谷歌（充满了信息，但本质上是一个愚蠢的帖子）引导他进入了Kindle粉丝网站。他发现了一个叫Kindle Kandle的界面。最上面是一张奇怪的照片，照片上是一名贵格会的妇女在烛光下阅读她的Kindle（或者Kindle light）。他还读了几篇帖子——大多数是投诉，主要是关于Kindle只使用一种颜色的问题，有一个博主称其为“简单的、老式的、友好的白色”。下面有一条回复，建议投诉者，如果他坚持用脏手指进行阅读，他应该为他的Kindle买一个定制的套筒，“可以是任何你喜欢的颜色”，她又补充道，“成熟点，有点创造力吧！”

韦斯利关掉电脑，走进厨房，又喝了一瓶啤酒，然后从公文包里拿出了 Kindle，他的粉红色的 Kindle。除了颜色，它和 Kindle Kandle 网站上呈现的完全一样。

“Kindle-Kandle，双面语，”他说，“这只是塑料的一些缺陷。”也许吧，但为什么在他没有特别说明的情况下，仅用一天时间，快递就送到货了呢？是因为 Kindle 工厂想尽快除掉这个粉色的变种吗？太荒谬了。他们只需把它扔掉就行了，又是一个质量控制的受害者。

能用 Kindle 上网吗？他不知道，他想起另一件怪事：没有说明书。他想回到 Kindle Kandler 界面去查看一下上网的问题，但打消了这个念头。毕竟，他只是玩玩而已，消磨一下从现在到下周一之间的时光，在此期间，他可能又会收到艾伦的消息。

“我想念你，宝贝。”他说，惊讶地发现自己的声音在颤抖。他的确很想她，直到听到艾伦的声音，他才意识到自己有多么想念她。他太沉溺于自己受伤的自尊心，更不用说那令人汗颜的怨恨了。

屏幕上显示韦斯利的 Kindle 启动了，列出了迄今为止他所购买的书——理查德·耶茨写的《革命之路》、海明威写的《老人与海》。这个小玩意预装了《新牛津美语词典》。你只要输入单词，Kindle 就会为你找到它。他想，对于书虫来说，这就是 TiVo[①]。

但是能用它上网吗？

他按下了菜单按钮，呈现出了许多选择。第一个选项（当然）是邀请他到 **Kindle 购物商店**。但在底部有一个叫作**实验性的选项**，看起来很有趣。他把光标移到上面，点击打开，然后在屏幕上方读到：*我们正在研究这些实验原型，你觉得它们有用吗？*

“嗯，我不知道，”韦斯利说，“是什么呢？”

第一个原型是**基本网络**。所以，是可以上网的。显然，Kindle 的电脑功能要比它乍一眼看上去强大得多。韦利斯瞥了一眼其他的实验

---

① TiVo，是一种数字录像设备，开发者是迈克·拉姆齐等，它能帮助人们非常方便地录下和筛选电视上播放过的节目。

选择：音乐下载（太好了）以及文本转换到语音（如果他是盲人，这也许能派上用场）。他点击了“下一页”按钮，看看是否还有其他的实验原型。出现了一个：**Ur 功能**。

这到底是什么东西呢？据他目前所知，Ur 只有两层含义：一是指《旧约》中的一个城市，另外一个含义是意思为“原始的”或“简单的”的前缀。屏幕上对此没有说明，虽然对其他的实验功能有解释，但对 Ur 没有做出任何解释。当然，有一种方法可以找到答案，他点亮了 Ur 功能。

出现了一个新菜单，有三个项目：**Ur 的书**、**Ur 新闻档案**和 **Ur 本地（在建）**。

“哼，”韦斯利说，“到底是什么呀？”

他点亮了 Ur 的书，手指按到选择按钮，犹豫了一下。突然，他感觉皮肤冰冷，就像伸手到冰箱里拿啤酒时听到艾伦的电话留言后被冻住了一样。他后来回想起来，*这是他自己的 Ur。内心深处简单而原始的东西在告诉他不要去按那个按钮。*

难道他不是一个现代人吗？不是正在电脑上阅读吗？

他是的，是这样的。于是，他点击了按钮。

屏幕空白了一下，然后顶部出现了**欢迎来到 UR 的书！**几个字……是红色的！看起来，Kindle 的制造者们是技术曲线的幕后推手；Kindle 上面有颜色。欢迎的消息下面是一幅画——不是查尔斯·狄更斯或尤多拉·韦尔蒂的画像，而是一座巨大的黑塔。这事有些不祥的预兆。在巨塔下面，同样是红色的字体，是邀请*选择作者（您的选择可能不可用）*，下面是一个闪烁着的光标。

“什么鬼东西，”韦斯利对着空房间说，舔了舔突然变得干涩的嘴唇，然后敲出了海明威的名字。

屏幕变干净了。这个功能，不管它应该是什么，似乎都不起作用。大约十秒钟后，韦斯利伸手准备关掉 Kindle。就在他准备滑动开关之前，屏幕终于出现了一条新信息：

10 438 721 次 URS 搜查

查出 17 894 件欧内斯特·海明威的作品

如果你不知道书名，请选择 UR
或返回 UR 功能菜单
你当前的 UR 选择将不会
被显示

“上帝啊，这到底是什么?”韦斯利在空荡荡的房间问道。信息下面，光标在闪烁。上面有很小的字体（黑色，不是红色），是进一步的指示：**只能输入数字。不能有逗号或破折号。你目前的 UR：117 586。**

韦斯利感到强烈冲动（ur 的冲动!），想要关掉粉色的 Kindle，把它放入银器抽屉里。或者把它和冰淇淋以及斯蒂弗的冷冻食品一起放在冰箱里，那样可能会更好。可是，他反而用小键盘输入了自己的出生日期。他想，7 191 974 和任何数字一样。他再次犹豫了一下，然后用食指尖点击了选择按钮。这一次当屏幕一片空白时，他强忍着冲动才没有从座位上站起来远离桌子。他的脑海里出现了一种疯狂的确定性：会有一只手——也许是一只爪子——从 Kindle 的灰色屏幕里伸出来，抓住他的脖子，把他拉进去。他将永远储存在电脑的灰色之后，漂浮在微芯片和许多 Ur 的世界之间。

然而，屏幕上出现了字体，平淡无奇的老样子，迷信的恐惧消失了。他急切地扫视着 Kindle 屏幕（一小本平装书的大小），尽管他不知道自己急切盼望看到什么。

最上面出现的是作者的全名——欧内斯特・米勒・海明威——以及他的日期。接下来是一长串他的已经出版的作品……可是，信息是错误的。里面有《太阳照常升起》……《丧钟为谁而鸣?》……一些短篇小说……当然还有《老人与海》……但是，有三四个标题名韦斯利根本不认识。除了一些小杂文没读过之外，他自认为读过海明威的所有作品。而且……

他又检查了一下日期，发现上面出现的海明威的死亡日期是错误的。海明威于 1961 年 7 月 2 日死于自己造成的枪伤。而屏幕上显示，海明威是于 1964 年 8 月 19 日去了天上的图书馆。

“出生日期也错了，”韦斯利咕哝道，用另一只空着的手拨弄着头发，把它扯成奇异的新形状，“我几乎可以肯定，他的出生日期应该是 1899 年，而不是 1897 年。”

他把光标移到一个他不认识的标题：《科特兰的狗》。这是某个疯狂的电脑程序员想出的笑话，肯定是这样。但是，至少《科特兰的狗》听起来像是海明威取的名字，韦斯利选中了它。

屏幕一片空白，然后出现了一本书的封面。封面是——一张黑白照片——狗狗们围绕着稻草人狂吠。在背景中，有一个肩膀低垂、摆出疲惫或失败的姿势（或者两者兼有）的带枪猎人，可能名字就叫科特兰。

在上密歇根的森林里，詹姆斯·科特兰要面对妻子的不忠和自己的死亡。当三个危险的罪犯出现在破旧的科特兰农场时，“海明威的”最著名的英雄面临着一个可怕的选择。该书含有丰富的事件和象征意义，海明威的最后这部小说在他去世前不久获得了普利策奖。7.50 美元。

在缩略图下方，Kindle 提示：“**买这本书？是？否？**”。

“简直是胡扯。”韦斯利低声说，点亮了“是”，按下了选择按钮。

屏幕上又一片空白，然后闪现出一条新信息：Ur 小说可能不会像所有适用的悖论法则那样得以传播。你同意吗？**同意**还是**不同意**。

微笑着——就如同他已经懂得了这个笑话，并且不管怎样都将其进行下去——韦斯利选择了**同意**。屏幕空白了一下，然后显示出新信息：

谢谢你，韦斯利！

你的 Ur 小说已被订购

你的账户将被扣除 7.50 美元

记住，Ur 小说下载需要更长的时间

允许 2—4 分钟

韦斯利返回到韦斯利的 Kindle 主页。还是那些同样的东西：《革命之路》《老人与海》《新牛津美语词典》，他确信这不会改变。海明威没有写《科特兰的狗》这样的小说，在这个世界上或其他任何地方都没有。尽管如此，他还是起身去打了个电话。电话才响了一声就有人接了。

“唐·奥尔曼，”他的同事说，“是的，我的确生来就是个浪荡子。”这次背景不是空洞的体育馆的声音；而是唐的三个儿子野蛮的叫喊声，听起来就像他们有可能要一块一块地拆掉奥尔曼的住宅。

“唐，我是韦斯利。”

“啊，韦斯利！我已经有……哎呀，一定是三个小时都没见到你了！”从更深处传来了类似死亡的尖叫，让韦斯利感觉唐和家人可能是住在疯人院里。唐·奥尔曼并没有感到不安，“杰森，不要把那个扔给你弟弟。做一只小巨魔，去看《海绵宝宝》吧。”然后对韦斯利说：“韦斯，我能为你做些什么？是关于你的爱情生活的建议？或者是改善你的性表现和耐力的秘诀？还是你正在写的小说的题目？”

“我没有在写小说，你知道的，”韦斯利厉声说，“但我要谈的正是小说。你知道海明威的全部作品，对吗？”

“我喜欢你说脏话。”

“你知不知道？”

“当然知道，但是知道的可能不会有你多。毕竟，你是二十世纪的美国文学人士。而我坚持的是那些作家戴假发的日子，吸鼻烟，谈论一些诗情画意的东西。你想问什么？”

“据你所知，海明威有没有写过关于狗的小说？”

此时另一个小孩发出了尖叫，唐若有所思地说：“韦斯，你还好吗？你听起来有点——”

“只要回答这个问题。他写过还是没有写过？”点亮**有**还是**没有**，韦斯利想。

“好吧，”唐说，“我还没有咨询我可靠的电脑，我能说的是，他没写过。我记得海明威曾经说过，巴蒂斯塔的游击队员把他的宠物狗打死了——但也许只是八卦。你知道，那时他在古巴。他认为这是一个信号，预示他和玛丽应该回到佛罗里达，他们的确这样做了——非常迅速。”

“你不会碰巧记得那条狗的名字吧？”

“我想我的确记得。尽管我应该在网上再查一下，但我想我记得狗的名字叫奈格丽塔，差不多就是这个名字，在我听起来感觉得有点种族歧视，但我能知道什么呢？”

“谢谢你，唐，”韦斯利的嘴唇麻木了，“明天见。”

“韦斯，你确定你——弗兰基，把它放下！别——”然后是撞碎的声音，“妈的，我想是代尔夫特。我得挂了，韦斯，明天见。”

“好的。”

韦斯利回到餐桌前，看到他的Kindle界面上出现了一个全新的选择。一部名为《科特兰的狗》的小说（或类似的东西）已经被下载……

到底是在哪里呢？是另一个被称为Ur（或者可能是UR）7 191 974的现实世界吗？

韦斯利再也没有力气将它说成是荒谬可笑的，并且将它推向一边。然而，他确实有足够的力气去冰箱拿了啤酒，他此时很需要啤酒。他打开啤酒，只用五大口就喝了一半，打了一个嗝，然后坐了下来，感觉好些了。他点亮了新购买（他认为，7.50美元对于一个未被发现的海明威来说是简直太便宜了），出现了一个标题页，下一页是一条赠言：怀着爱，献给西和玛丽。然后就开始了正文内容：

第一章

科特兰相信，一个人的一生有五条狗的寿命那么长。第一条是教给你东西的狗。第二条是你教会它东西的狗。第三和第四是和你一起干活的狗。最后一条是比你长寿的狗，那是冬天狗。科特兰的冬天狗名叫奈格丽塔，但他认为它只是条稻草人狗……

韦斯利喉咙里冒出了液体。他跑向水槽，弯下腰，挣扎着把啤酒吐了出来，喉咙干净了，他没有打开水去冲洗下水道里的呕吐物，而是把双手放在水流下面，让水溅到他在冒汗的皮肤上，这下好多了。然后，他又回到了Kindle边上，低头盯着它看。

科特兰相信，一个人的一生只有五条狗的寿命那么长。

在某个地方——在某个比肯塔基州的摩尔学院更雄心勃勃某所大

学——有一台电脑，其程序可以阅读书籍，并根据文章的写作风格和文体来识别作者，风格和文体被认为是独一无二的，就像指纹或雪花一样。韦斯利依稀记得这个计算机程序曾经被用于识别《三原色》匿名小说的作者，在几小时或几天之内，该程序搜索了成千上万的作家，然后筛选出一个名叫乔·克莱恩的新闻杂志的专栏作家，他后来承认了这一项文学的亲子鉴定。

韦斯利想，如果他把《科特兰的狗》输入那台电脑，它会吐出欧内斯特·海明威的名字。事实上，他认为他并不需要一台电脑。

韦斯利双手颤抖着捧起了 Kindle，问道："你到底是何方神圣？"

3. 韦斯利拒绝发疯

灵魂的真正黑夜，司各特·菲茨杰拉德曾说过，总是在凌晨三点钟，日复一日。

在那个周二的凌晨三点，韦斯利清醒地躺在床上，觉得有点发烧，不知道他是否会精神崩溃。一小时前，他强迫自己关掉了粉色 Kindle，把它放回公文包里，但 Kindle 对他的控制仍然和午夜时分一样强烈，当时他还深陷在 Ur 书的菜单里。

他在 Kindle 近一千零五十万的 Urs 中搜索了海明威，并找到了至少二十本他从未听说过的小说。在其中的一个 Urs 中（碰巧是 6 201 949，他母亲的出生日期），海明威似乎是一个犯罪作家。韦斯利下载了一本名为《是血，亲爱的！》的小说，并发现了最基本的廉价小说……可是，这本书是用断断续续、简洁有力的句子写成的，他在任何地方都能认出来。

是海明威的句子。

甚至作为一名犯罪小说的作家，海明威已经离开了帮派战争和招摇撞骗，快乐地写下了《永别了，武器》。他似乎总在写《告别了，武器》；其他的标题换来换去，但《永别了，武器》总是在那里，《老人与海》也是。

他试着搜索了福克纳。

但是根本没有福克纳，在任何 Urs 上都没有。

他检查了常规菜单，发现了很多福克纳，但似乎只有在现实中才存在。

是这个现实吗?

这种想法摇摆不定。

他搜索了《2666》的作者罗贝托·波拉尼奥，虽然《2666》并没有出现在普通的 Kindle 菜单中，却被列在了几本 Ur 书的子菜单中。波拉诺的其他小说也一样，包括（在 Ur 101 中）一本有着丰富多彩的标题《玛丽莲打了菲德尔》的书。他差点就下载了那本书，但随即改变了主意。有那么多作者，那么多的 Urs，而时间却那么少。

他脑海中的一部分——遥远而真实的恐惧——继续坚持认为这都是一个精心策划的笑话，是由一些疯狂的计算机程序员想象出来的。然而，在那个漫长的夜晚，他继续收集到的证据却表明情况并非如此。

例如，詹姆斯·凯恩。在韦斯利对 Ur 的一次搜索中显示，他死时非常年轻，只创作了两本书:《暮光之城》(新的）和《幻世浮生》(旧的)。韦斯利可以打赌,《邮差总按两次铃》是凯恩被普遍熟知的作品——但是他的 Ur 小说，这样来说吧——却没有。虽然他为凯恩查阅了十几个 Ur，但只找到了一次《邮差总按两次铃》。另一方面，《幻世浮生》——韦斯利认为并不是凯恩最好的作品——却总是出现在 Ur 书上，就像《永别了，武器》一样。

他搜索了自己的名字，发现了令他恐惧的事：尽管 Urs 很讨厌韦斯利·史密斯（一个好像是西部片的作家，另一个人是像写《皮茨堡内裤派对》那样的色情小说作家），但似乎没有一个是他。当然，要百分之百的肯定很困难，但他似乎无意中发现了一千万零四千个不同的现实，而在所有的这些现实中，他都是一个未发表过作品的失败者。

在床上醒着，听着远处孤独的狗叫声，韦斯利开始颤抖。此时此刻，他的文学抱负对他来说似乎无足轻重。更为重要的似乎——赫然耸立在他的生命和心智之上的——是那隐藏在薄薄的粉色塑料面板里的财富。他想起了所有他悼念过的已逝作家，从诺曼·梅勒和索尔·贝娄到唐纳德·韦斯特莱克和埃文·亨特；一个接一个，塔纳托斯（希腊神话中的死神）平息了他们的魔力之声，他们不再说话。

但现在他们又可以开口了。

他们可以跟他说话。

他扔掉了被子。Kindle 在呼唤他，但不是用人类的声音。那听起来像是一颗跳动的心，是爱伦·坡那颗泄露秘密的心，不是从地板下面而是从他的公文包里传来的心跳声，而且……

爱伦·坡！

上帝啊，他还没有搜索过爱伦·坡！

他先前把公文包放在了最喜欢的椅子旁边的习惯位置。他赶紧跑过去，打开公文包，抓起了 Kindle，插上了电（他不能冒着把电池耗尽的危险）。匆匆忙忙找到 Ur 的书，输入了爱伦·坡的名字，第一次搜索就找到了一个 Ur—2 555 676—里面显示爱伦·坡一直活到 1875 年，而不是活到四十岁，死于 1849 年——Ur 显示爱伦·坡写过的小说！六本！韦斯利的目光掠过标题，内心充满了贪婪。

有一本被称为《耻辱之屋》，或者说是《堕落的代价》。韦斯利将其下载了下来——收费只是 4.95 美元——并且一直读到天亮。然后，他关掉了粉色的 Kindle，把头枕在胳膊上，在厨房的桌子上睡了两个小时。

韦斯利做梦了，梦里没有图像，只有单词。标题！无穷无尽的标题，许多是未被发现的杰作，多如天空中的繁星。

韦斯利熬过了周二和周三——但在周四的《美国文学导论课》上，睡眠不足和过度兴奋让他有点精疲力竭，更不用说他对现实的把握已经越来越弱了。中途讲到密西西比这一章时（他通常带着高度的说服力），讲述到马克·吐温是如何成为海明威，以及几乎所有二十世纪美国小说的源泉时，他意识到他正在告诉全班同学，海明威从来没有写过关于狗的伟大故事，但如果他还活着，他肯定会写的。

“是比《马利和我》更有营养的东西。”他说，带着令人不安的兴奋大笑起来。

他从黑板上转过身来，发现二十二双眼睛正以不同程度的关切、困惑和愉悦注视着他。他听到了一声低沉的耳语，清晰得如同爱伦·坡的疯狂叙述者的耳边老人的心跳声："史密斯要失去心跳了。"

目前还没有，但毫无疑问，他有失去心跳的危险。

我拒绝，他想，拒绝，我拒绝。令他惊恐的是，他意识到实际上他正在低声这样说。

坐在第一排的亨德森家的孩子听到了。"史密斯先生？"他犹犹豫豫地问道，"先生？你还好吧？"

"是的，"他说，"没事，也许是碰到了虫子。"碰到了爱伦·坡的金甲虫，他想，然后勉强克制住自己，不让自己发出狂笑。"下课了，你们走吧，离开这里。"

学生们冲向门口时，他的头脑还足够清醒，于是又补充道："下星期要讲雷蒙德·卡佛！别忘了读《我打电话的地方！》"

然后他又想：雷蒙德·卡弗在Ur的世界里会有什么作品？是不是会有一本——或者一打，或者一千本——在Ur的世界里，他戒烟了，活到七十岁，然后又写了另外半打的书呢？

他在课桌前坐下，伸手去拿装有粉色Kindle的公文包，然后把手缩了回来。又伸出手去，再次停了下来，呻吟起来。Kindle就像毒品，也像性困扰。想到这点，他想到了艾伦·西尔弗曼，自从他发现了Kindles隐藏的菜单后，他就再也没有想过她。自艾伦走出家门以后，韦斯利第一次完全忘记了她。

很讽刺，不是吗？现在我正在用电脑阅读，艾伦，而且我停不下来了。

"我拒绝花剩下的时间去研究那件事，"他说，"我拒绝发疯；我拒绝去看；我拒绝发疯；拒绝去看或发疯，两者我都拒绝。我……"

可是，粉色的Kindle已经到了他手上！他已经把它拿出来了，就在他一直否认Kindle对他的掌控的时候！他是何时拿出来的？他真的打算坐在这空荡荡的教室里，对着Kindle发愣吗？

"史密斯先生？"

声音吓了他一跳，手里的 Kindle 一下子掉到了桌子上。他赶紧把 Kindle 抓起来检查，担心它摔坏了。但没有坏，感谢上帝。

“我不是故意吓你的，”说话的是亨德森家的孩子，他站在门口，看起来很担心。韦斯利并不感到惊讶，心想：*如果我看到自己现在的样子，我可能也会担心。*

“哦，你没有吓到我。”韦斯利说，这个明显的谎言让他觉得好笑，他差点咯咯地笑起来，他赶紧用手捂住嘴止住笑。

“怎么了？”亨德森家的孩子走了进来，“我觉得你不仅仅是惹上病毒生病了。先生，你看起来很糟糕。你听到什么坏消息了吗？还是有其他什么事？”

韦斯利几乎脱口而出让他管好自己的事，不要多管闲事，出去。可是，一直蜷缩在大脑最远角落里那被吓坏了的部分，坚持认为粉色的 Kindle 是一个恶作剧，或者是某种精心策划的骗局的开始。他决定不再躲藏，开始应对。

*如果你真的不想发疯，你最好做点什么，*它说，*可是，该怎么做呢？*

“你叫什么名字，亨德森先生？我完全忘记了。”

孩子笑了，愉快的微笑，但眼睛里仍然充满了忧虑。“我叫罗伯特，先生，叫我罗比吧。”

“好的，罗比，我是韦斯，我想给你看些东西，也许你什么也看不到——那么久意味着我被骗了，很有可能是精神崩溃——也许你会看到一些让你彻底崩溃的东西。去我办公室，好吗？”

他们穿过摩尔平庸的校园时，亨德森试图问了一些问题，韦斯利避而不答，但他很高兴，罗比·亨德森和他一起来。让他宽慰的是，头脑中惊恐的那部分已经采取了主动，说出了自己的想法。自从发现了隐藏菜单之后，他对 Kindle 的感觉比任何时候都更好——*更安心*。在一个故事里，罗比·亨德森会什么也看不见，主角会觉得自己就要疯了，或者已经疯了，韦斯利几乎希望如此，因为……

因为我希望这是一种错觉。如果是这样，如果在这个年轻人的帮助下，我能认识到这一点，我相信我就不会发疯，而且，我拒绝发疯。

“你在喃喃自语，史密斯先生。”罗比说，“韦斯，我是说……”

“对不起。”

“你吓了我一跳。”

“我也吓了自己一跳。”

唐·奥尔曼在办公室里，正戴着耳机批改论文，唱着牛蛙耶利米的歌，他的声音完全不在调上，像是进入了一个令人厌恶的尚未开发的国度。他看到韦斯利就关掉了 iPod。

“我以为你有课。”

“取消了。这是罗伯特·亨德森，我的美国文学课的学生。”

“罗比。”亨德森伸出手自我介绍说。

“你好，罗比，我是唐·奥尔曼，一个不太为人所知的奥尔曼兄弟之一，我演奏的大号不怎么出名。”

罗比很有礼貌地笑了笑，和唐·奥尔曼握手。直到现在，韦斯利还在打算要让唐离开，认为见证他精神崩溃的只要有一个目击者就够了。不过，也许这是一种罕见的情况，越多人见证可能会越让人快乐。

“需要我回避吗？”唐问道。

“不需要，”韦斯利说，“留下来吧，我想给你们看一些东西。如果你们什么也看不见，而我却看到了，那么我会很高兴去中央精神病院做检查。”随即打开了公文包。

“哇！”罗比喊道，“粉色的 Kindle！好甜蜜啊！我以前从来没见过！”

“现在我要给你们看一些以前从未见过的东西，”韦斯利说，“至少，我以前是没有见过。”

他插上了 Kindle 的电源，打开了 Kindle。

使唐·奥尔曼信服的是从 Ur17000 中搜索到的《威廉·莎士比亚的作品选集》。在唐的要求之下将其下载后——因为在这个特殊的 Ur 中，莎士比亚是死于 1620 年而不是 1616 年——三个人发现了莎士比亚的两个新剧本。其中一部喜剧是《汉普郡的两位女士》，似乎是在《裘力斯·恺撒》之后不久写的。另一部悲剧名叫《一个黑人小伙在伦敦》，写于 1619 年。韦斯利点击打开了该书，然后（有些不情愿）把 Kindle 递给了唐。

唐·奥尔曼平常都面带微笑、面色红润，可是当他点击翻阅了悲剧《一个黑人小伙在伦敦》中的第一场和第二场后，他脸上失去了笑容，变得非常苍白。二十分钟后，他把 Kindle 推回给韦斯利，在此期间，韦斯利和罗比一直静静地坐在那里看着他。唐用指尖推动 Kindle，好像根本不想触碰到它似的。

“怎么样？”韦斯利问道，“你的判决是什么？”

“这可能是模仿，”唐说，“因为一直有学者声称莎士比亚的戏剧不是莎士比亚本人所写，支持者有克里斯托弗·马洛……弗朗西斯·培根……甚至达比伯爵……”

“是的，是詹姆斯·弗雷写了《麦克白》，”韦斯利说，“你怎么想的？”

“我认为这部可能是真正的莎士比亚的作品，”唐说，声音听上去像是快要哭出来了，或者是要笑出来，或者两者兼有，“我觉得这部喜剧写得非常精美，不可能是个玩笑。如果这是一个骗局，我不知道它是如何运作的。”他的一只手指伸到 Kindle 上，轻轻地碰了一下，然后又缩了回来。“我必须得仔细地研究一下这两部戏剧，利用手头的参考资料，以便更为确定，但是……这部剧体现了莎士比亚轻快的风格。”

而事实上，罗比·亨德森几乎读完了约翰·麦克唐纳写的所有悬疑小说。在 Ur 的 2 171 753 中，他发现有十七部小说被称为“戴夫·希金斯系列”，所有的标题都有颜色。

“那部分是对的，”罗比说，“但标题全错了。另外，约翰·麦克唐纳所写系列的主角叫特拉维斯·麦吉，不是戴夫·希金斯。”韦斯利下载了一本名为《蓝色的感伤》的书，用信用卡付了另外的 4.50 美元，这本书一下载到了韦斯利 Kindle 上数目不断增加的图书馆中，他就把 Kindle 递给了罗比。罗比从头开始阅读，然后跳着读。而唐则去了主办公室，带回了三杯咖啡。唐在坐回办公桌后面之前，在门上挂了一个很少使用的牌子**正在开会，请勿打扰**。

罗比抬起头来，脸色几乎和唐刚才一样苍白，刚才，唐阅读了莎士比亚从来未曾写过的戏剧，讲述一位非洲王子被用铁链锁着带到伦敦的故事。

罗比说："这很像小说《负疚的浅灰色面容》中的特拉维斯·麦吉，不过，特拉维斯·麦吉住在劳德代尔堡，而这家伙希金斯则住在萨拉索塔。麦吉有个朋友叫迈耶，是个小伙子；而希金斯有个朋友叫莎拉……"他弯下腰去看了一会儿 Kindle，"莎拉·迈耶，"他看着韦斯利，他的眼睛虹膜周围露出了太多的白色，"耶稣基督，这里有一千万这样的……这样的其他世界吗？"

"根据 Ur 书的菜单，有一千万零四十万本，还要多一些，"韦斯利说，"我想，即使只是想完整地搜索完一个作家，花去你一生中余下的时间都不够，罗比。"

"我今天可能就会死，"罗比·亨德森低声说，"那东西可能会让我心脏病发作。"他突然抓起泡沫咖啡杯，狼吞虎咽地喝了下去，完全不顾咖啡还在冒着热气。

而另一方面，韦斯利感觉自己又像回到自己了。然而，随着消除了会变疯的恐惧，他的脑海里涌现出许多问题，而只有一个似乎是完全相关的："我现在该怎么办？"

"有一件事，"唐说，"我们三个必须保守这个秘密。"他转向罗比，"你能保守秘密吗？如果不能，我就得杀了你。"

"我可以保守秘密。可是那些寄给你这玩意儿的人呢？他们能保守秘密吗？他们会吗？"

"我都不知道他们是谁，怎么知道他们能否保守秘密呢？"

"你订购粉色 Kindle 时用了什么信用卡？"

"万事达卡，我这几天唯一在用的信用卡。"

罗比指着韦斯利和唐共享的英语系计算机终端说："上网看看，为什么不查看一下你的账户呢？如果那些……那些 Ur 书……来自亚马逊，我会万分惊讶的。"

"还能从哪里来？"韦斯利问道，"这是他们出售的小玩意儿，他们就是用它来卖书的。而且，送来的时候它就装在亚马逊的盒子里，盒子上面有微笑图案。”

“他们会卖闪闪发光的粉色 Kindle 吗？”罗比问道。

“嗯，不会。”

“伙计，查一下你的信用卡账户吧。”

当办公室里那台已经过时的计算机在搜索时，韦斯利用手指敲打着唐的万能鼠标垫，然后坐直了身子，开始阅读。

“怎么样？”唐问，“分享一下。”

“根据显示，”韦斯利说，“我最近用万事达卡购买的是一件男士西装外套，就在一周前。没有下载书籍的记录。”

“连你按正常方式购买的那些书都没有吗？《老人与海》与《革命之路》？”

“没有。”

罗比问道：“上面有购买 Kindle 的记录吗？”

韦斯利的手指继续滚动，“没有……什么都没有……没——等等，在这儿——”他向前倾，鼻子几乎碰到了屏幕，“哈，我真该死。”

“怎么了？”唐和罗比同时问道。

“根据显示，我的购买被拒绝了。上面写着‘错误的信用卡号码’。”韦斯利想了一下，“是的，我总是会颠倒其中的两个数字，有时甚至信用卡就在键盘旁边也会输错，我有点阅读困难。”

“可是，不管怎样，订购还是通过了。”唐若有所思地说。

“也许……有一个人，在某处。Kindle 显示我们在 Ur 的什么地方？刷新一下。”

韦斯利回到相关的页面上，读了一下数字，117 586。“只是作为一个选择进入，省略逗号。”

唐说：“我打赌这就是 Kindle 来源的 Ur。在那个 Ur 上，你输入的万事达卡号码对存在于那里的韦斯利 · 史密斯来说是正确的。”

“发生这种事情的几率有多大？”罗比问道。

“我不知道，”唐说，“但可能比一千四百万分之一还要小。”

韦斯利张开嘴想说些什么，却被一阵敲门声打断了。他们都吓得跳了起来，唐·奥尔曼吓得发出了尖叫。

“是谁？”韦斯利问道，抓住 Kindle，把它护在胸前。

“门卫，”门外的声音说，“你们要回家了吗？快七点了，我要锁门了。”

4. 新闻档案

他们还没有完成探索，也不可能完成，远远完不了。韦斯利尤其急于继续探索，虽然他已经连续好几天没有睡足三个小时了，但他觉得异常清醒，精力充沛。他和罗比走回他的公寓，而唐则回家协助妻子哄孩子们睡觉。等孩子们入睡后，他会到韦斯利的住处参加他们的首脑决策扩展会议。韦斯利说他会叫点外卖。

“好的，”唐说，“但是要小心。Ur- 中国菜的味道不一样，你知道 Ur 上面是怎么说德国华人的，一个小时后你就会渴望权力了。”

令人惊奇的是，韦斯利发现自己居然还能笑出声来。

“这就是英语教师的公寓啊，”罗比说，环顾着四周，“伙计，所有的书我都喜欢。”

“很好，”韦斯利说，“我借些书给你，但我只借给会还书的人，记住了。”

“我会还的。你知道，我父母不是好读书之人，我家里只有一些杂志，一些减肥书籍，一两本自助手册……就那么多。如果不是因为你，我可能也会这样。你知道的，我只在足球场上用点脑子，除了在贾尔斯郡教体育之外，没有什么前途，就在田纳西州，呀呼。”

韦斯利被这话感动了，也许是因为他最近经历了太多情绪波动：“谢谢，但是记住，大声叫唤呀呼没什么不好，这也是你的一部分，两个部分同样有效。”

韦利斯想起了艾伦，从他的手里抢过《拯救》，把它扔到了房间的另一头。为什么？是因为艾伦讨厌书吗？不，是因为艾伦在向他倾诉时他没有专心聆听。伟大的幻想家和科幻小说作家弗里茨·雷伯，难道不是把书称为“学者的情人”吗？当艾伦需要他的时候，难道他不是在另一个情人的怀里，在那个对他没有要求（除了词汇量），而且总是收留他的情人的怀里吗？

“韦斯，Ur 功能菜单上的那些是什么？”一开始，韦斯利不知道孩子在说什么。然后，他想起还有一些其他的选项。他一直在只关注 Ur 书的子菜单，忘记了另外两个。

“哦，让我看看，”他说，然后打开了 Kindle。每次这么做的时候，他都期待实验菜单或者 UR 功能菜单会消失——在《暮光之城》中会发生这样的事情——但它们仍然在那里。

“Ur 新闻档案和 Ur 当地，”罗比说，“嗯，Ur 当地正在建设中，最好小心，交通罚款加倍。”

“什么？”

“别介意，只是有些疯了。试试新闻档案吧。”

韦斯利点击了新闻档案，屏幕变成了空白，过了一会儿，出现了一条信息：

欢迎来到新闻档案！

目前只有《纽约时报》可以使用。

你的价格是 1 美元下载 4 次

10 美元下载 50 次

100 美元下载 800 次

用光标进行选择，您的账户将被计费。

韦斯利看着罗比，罗比耸耸肩说：“我不能告诉你该怎么做，但如果不需要用我的信用卡付费——无论如何，在这个世界里——我会选择花 100 美元。”

韦斯利觉得罗比说得有道理，尽管他在想另一个韦斯利（如果有的话）在下一次使用万事达卡时会怎么想。他点亮了 100 美元下载 800 次的选项，并点击了选择按钮。这一次，悖论法则没有出现。取而代之的是一条新信息，请他**选择日期和 Ur。使用适当的字段**。

“你来选吧。”他说，把 Kindle 推到桌子对面罗比面前。这事越来越容易办了，他很高兴。痴迷于把 Kindle 放在自己手里的是件他不需要的复杂事，尽管可以理解。

罗比想了一会儿，然后输入 2009 年 1 月 21 日，在 Ur 字段中他选择了 1 000 000。“Ur 一百万，”他说，“为什么不呢？”然后按下按钮。

屏幕空白了一下，然后出现了一条信息：享受您的选择！过了一会儿，《纽约时报》的头版出现了。他们俯身在屏幕上，默默地读着，一直到有人敲门。

“是唐，”韦斯利说，“我去给他开门。”

罗比·亨德森没有回复，他依然呆若木鸡。

“外面变冷了，”唐一边进门一边说，“风把所有的叶子都刮掉了——”他研究着韦斯利的脸，“怎么了？或者我应该说，现在怎么样了？”

“进来看吧。”韦斯利说。

唐走进韦斯利摆满书籍的起居室书房，罗比一直俯身在 Kindle 上。孩子抬起头，把屏幕转过来，这样唐就能看到了。照片消失的地方有些空白的补丁，每个上面都写着“无法获取图片”，但是标题是大大的黑色：**现在轮到她了**。下面是副标题：**希拉里·克林顿宣誓就职，担任第 44 任总统**。

“看起来她最终还是成功了，”韦斯利说，“至少在 Ur 1 000 000 中。”

“看看她取代了谁。”罗比说，并指着一个名字，是艾伯特·阿诺德·戈尔。

一个小时后，门铃响了，他们没有吓得跳起来，而是像梦中惊醒的人一样茫然四顾。韦斯利下楼付钱给送来了“哈里家的比萨”和六瓶装的百事可乐的快递员。他们在厨房的餐桌上边吃东西，边弯腰看着 Kindle。韦斯利自己拿了三片披萨，这是他的最爱，不过此时他已经食之无味。

他们没有用完先前购买的800次下载——远不及此，但在接下来的四个小时里，他们从不同的Urs那里获取了太多的故事足以让他们感到头疼。韦斯利仿佛觉得心在痛。他从另外两个的脸上看到了几乎一样的表情——苍白的脸颊，贪婪的眼眶，狂乱的头发——他觉得自己并不孤单。研究一个替代的现实已经足具挑战性了，这里竟然超过了一千多万个，虽然大多数是相似的，但没有一个完全相同。

美国第44任总统的就职只是其中的一个例子，却是一个强有力的例子。他们检查了二十四个不同Urs，感到筋疲力尽，但依然继续搜索。在2009年1月21日的报纸上，有十七个头版新闻宣布希拉里·克林顿为新任总统。在其中的十四个头版中，宣布新墨西哥州的比尔·理查森为她的副总统。在两个头版中，乔·拜登是副总统。在一个头版中，一个他们都没有听说过的参议员——新泽西的林伍德·思佩克是副总统。

“当别人赢得总统宝座时，他总是对副总统说不。”唐说。

“谁总是说不？”罗比问道，“奥巴马吗？”

“是的。总是有人问他，而他总是说‘不’”。

“性格使然，”韦斯利，“事情会发生变化，而性格似乎永远不会变。”

“你不能那么肯定，”唐说，“和……这个，整件事，整个Ur的世界相比，我们简直微不足道。”他无力地笑了。

巴拉克·奥巴马曾在六个Urs中当选。米特·罗姆尼在一个Ur中当选为总统，约翰·麦凯恩是他的竞选搭档。在那个Ur中，罗姆尼与奥巴马进行竞争。希拉里在竞选后期死于直升机失事，其后，奥巴马被暗杀了。

他们没见报纸提到萨拉·佩林。韦斯利并没有感到惊奇。他认为，如果他们偶然发现了她，更多的是运气，而不是概率，不仅仅是因为米特·罗姆尼比约翰·麦凯恩更经常地出现在共和党候选人的位置上。佩林一直是一个局外人，一个长镜头中的人，一个无人期待的人。

罗比想要查一下棒球队“红袜队”。韦斯利觉得这是在浪费时间，但唐站在了孩子一边，韦斯利只好同意。他们查阅了十月份十个不同的 Urs 体育版，查找年份从 1918 年到 2009 年。

“太令人沮丧了。”经过第十次尝试之后，罗比说。奥尔曼表示同意。

“为什么？”韦斯利问道，“他们赢了很多次啊。”

“这意味着没有诅咒，”唐说，“这有点无聊。”

“什么诅咒？”韦斯利很迷惑。

唐张开嘴要解释，但只是叹了口气。“没什么，”他说，“解释清楚需要很长时间，无论如何，你也不会明白。”

“往好的方面看，”罗比说，“轰炸机队总是在那里，所以也不都是运气。”

“是的，”唐闷闷不乐地说，“他妈的扬基队，体育界的军工联合体。”

“打断一下，有人想要吃最后一片吗？”

唐和韦斯摇了摇头，罗比拿起最后一片披萨说：“再查一个，查一下 Ur 4 121 989——那是我的生日，一定会很幸运。”

然而事实恰恰相反。当韦斯利选择了 Ur，输入了日期——1973 年 1 月 20 日——不是完全随机的，屏幕上出现的不是**享受你的选择**，而是**这个 Ur 没有 1962 年 11 月 19 日之后的时间**。

韦斯利用手捂住了嘴：“哦，我亲爱的甜蜜的上帝啊。”

“什么？”罗比问道，“什么意思啊？”

“我想我知道。”唐说，他试图拿起粉色的 Kindle。

韦斯利猜想自己已经脸色发白了（但可能没有他内心的感觉那么苍白），把手压在唐的手上：“不要，我想我承受不了。”

“承受不了什么？”罗比几乎大叫起来。

“你难道没有在二十世纪美国历史上学过古巴的导弹危机吗？”唐问，“难道还没学到那里吗？”

“什么导弹危机？这和卡斯特罗有什么关系吗？”

唐在看着韦斯利。“我也真的不想看，”他说，“但如果不确定这件事，我今晚肯定睡不着。”

“好吧，”韦斯利说，想到——并非第一次——不是愤怒，而是好奇心才是人类精神的真正祸害，“不过，你得自己去查，我的手抖得太厉害了。”

唐输入了 1962 年 11 月 19 日，Kindle 屏幕显示让他享受他的选择，但他无法享受。没有人会享受。出现了鲜明而巨大的头条新闻：

纽约市的通行费超过 600 万
曼哈顿被辐射摧毁
俄罗斯表示将被消灭
欧洲和亚洲的损失不可估算
中国发射了 40 枚洲际弹道导弹

“把它关掉，”罗比小声而虚弱地说，“就像那首歌唱的——我不想再看下去了。”

唐说：“你们两个往好的方面想吧。在大多数的 Urs 中我们似乎都躲过了子弹，包括这一次。”但他的声音也不太稳定。

“罗比说得对，”韦斯利说。他发现，在 Ur 4 121 989 上《纽约时报》的最后一期篇幅只有三页，每一篇都关于死亡。“把它关掉，我真希望我一开始就没看到这该死的 Kindle。”

“现在太晚了。”罗比说，他是多么正确。

他们一起下楼，站在韦斯利公寓前的人行道上。主大街上几乎空无一人，往上刮的风在建筑物周围发出呜呜之声，人行道上十一月下旬的树叶沙沙作响。三个喝醉了的学生跌跌撞撞地回到兄弟会公寓，一边唱着“天堂之城”。“我不能告诉你该做什么——这是你的小玩意儿——但如果是我的，我就会把它扔掉，”唐说，“它会吸住你的。”

韦斯利想告诉他，他已经被吸住了，但没有说出口。“我们明天再谈论此事吧。”

“不了，”唐说，“我要开车带妻子和孩子去法兰克福，在我岳父家度过一个美妙的二天周末，苏兹·蒙塔纳罗会代我上课。经过今晚的研讨会，我很高兴能够有机会离开。罗比呢？要我载你回家吗？”

“谢谢，不过不需要。我和其他几个人合租了一套公寓，离这里只有两个街区。就在‘苏珊和南之屋’的上面。”

“那里是不是有点吵？”韦斯利问，“苏珊和南之屋”是本地的咖啡馆，天天早上六点就开门营业。

“大多数时候我都睡得很熟，”罗比咧嘴一笑，“而且，租金便宜。”

“好交易。晚安，伙计们，”唐启动了丰田雄鹰，然后转身说道，“我打算上床之前亲吻孩子们，也许会有助于我入睡。那个最后的故事……”他摇了摇头，“如果没有那个故事，我本可以高枕无忧的。无意冒犯，罗比，但是把你的生日延期吧。”

他们看着他逐渐消失的尾灯，罗比若有所思地说：“没人告诉过我要把生日延期，这是第一次。”

“我肯定他不希望你把这件事放在心上。你知道，他对 Kindle 的看法也许是正确的。Kindle 很迷人——太迷人了，但没有任何实际意义。”

罗比瞪大眼睛盯着他：“你认为这种能够接触到那些大师未被发现的成千上万的小说是毫无用处吗？天啊，你是什么样的英语老师啊？”

韦斯利没有反驳，尤其他也知道，不管晚不晚，他也很可能会在睡前再多读一些《科特兰的狗》。

“此外，”罗比说，“它并非完全无用。你可以把其中的一本书打印出来寄给出版商，你有想过吗？就是说，署上你的名字，成为下一个大人物。他们会称你是冯内古特、罗斯或任何人的继承者。”

这个提议十分吸引人，尤其当韦斯利想到他公文包里那些没用的潦草字迹时。但他摇了摇头，说：“这很可能违反了悖论法则……不管它们是什么。更重要的是，它会像酸一样由内而外吞噬我。”他犹豫了一下，不想让自己听起来显得很粗鲁，但想要清晰地表达出不做这事的真正原因，“我会为此感到羞愧。”

孩子笑了。“你是个好人，维斯。”此时，他们正朝罗比的公寓方向走去，树叶在脚下沙沙作响，弯弯的月亮从头顶的风中飘过。“你是这么想的吗？”

“是的，西尔弗曼教练也是好人。”

韦斯利惊讶地停了下来：“你对我和西尔弗曼教练之间的事了解多少？”

“私事吗？不是什么私事。你要知道乔西就在篮球队，你班上的学生乔西·奎因？”

“我当然认识乔西。”在课堂上讨论 Kindle 时，说话口吻像个和善的人类学家的那个女生。是的，他知道乔西是猫鼬女士球队的队员，虽然是个只有在球队必胜的情况下才能上场的替补队员。

“乔西说：自从你和教练分手后，教练一直很伤心，而且牢骚满腹。她总是让队员们不停地跑步，还把一个女孩踢出了球队。”

“在我们分手之前，她就把迪森家的女孩踢走了。”想想看，在某种程度上，这正是我们分手的原因。“那么……整个球队都知道我们的事吗？”

罗比·亨德森看着他，好像他疯了似的，“如果乔西知道，她们就都知道啊。”

“怎么会呢？”艾伦不会告诉她们的，向球队成员倾诉自己的爱情生活可不是教练会干的事。

“女人们是怎么知道各种消息的呢？”罗比问道，“反正她们就是知道了。”

“你和乔西·奎恩在交往吗，罗比？”

“我们正朝着正确的方向前进。晚安，韦斯。我明天要睡觉——周五没有课——但是如果你来‘苏珊和南之屋’吃午饭，就来敲我的门吧。”

“我也许会那样做的，”韦斯利说，“晚安，罗比。谢谢你成为三个臭皮匠中的一员。”

“我应该说这是我的荣幸，不过，我得好好想想这件事。”

回到家后，韦斯利并没有去读 Ur 上海明威的书，而是把 Kindle

塞进公文包里。然后他拿出那本几乎是空白的笔记本，把手放在漂亮的封面上。艾伦曾经说过，用它写下你的小说构思，这绝对是一件昂贵的礼物。糟糕的是，它要被浪费了。

我还是能够写出一本书的，他想，不能因为我没有出现在任何其他的 Urs 中，就意味着我写不出书来。

这是真的。他可能是美国文学的莎拉·佩林，因为有时候远射也会进球。

不管是好是坏。

他脱下衣服，刷了牙，然后给英语系办公室打电话，给秘书留言取消第二天上午的课："谢谢你，玛丽莲，很抱歉给你添麻烦，但我得了流感。"他令人信服地咳嗽了一声，然后挂了电话。

他以为会躺在床上几个小时睡不着觉，想着那些其他的世界，但是在黑暗中，他们似乎就像你在电影屏幕上看到的演员一样虚幻，演员在屏幕上显得很大——通常也很漂亮，但他们仍然只是光线投射的影子，也许 Ur- 世界也是如此。

午夜过后，似乎真实存在的只有风声。风用美妙的声音，诉说着今天傍晚时分田纳西州的故事。韦斯利受到催眠，睡着了，睡得很沉，睡了很久，一夜无梦。他醒来时，阳光已经洒满了卧室。这是他大学毕业以来第一次睡到上午十一点。

5. Ur 本地（在建）

韦斯利洗了很长时间的热水澡，刮了胡子，穿好衣服，决定下楼去"苏珊和南之屋"吃点晚早餐或早午餐，就看菜单上什么更好吃。至于罗比，韦斯利决定让孩子睡觉。因为下午罗比还得和其他倒霉的足球队员一起练习，他当然应该多睡一下。韦斯利突然想到，假如坐在窗户旁的桌子边，女孩们出发前往八十英里之外参加蓝草邀请赛时，他就可以看到体育系的大巴车经过。他还可以朝她们挥手。艾伦有可能看不到他，但他还是会这么做。

他想都没想就带上了公文包。

他点了苏珊家的性感炒锅（洋葱、辣椒、马苏里拉奶酪），配上培根，还有咖啡和果汁。年轻的女服务员端来食物时，他已经拿出了Kindle，正在读《科特兰的狗》。那是海明威写的，好吧，是一个很棒的故事。

“Kindle，对吗？”女服务员问道，“我圣诞节时收到一个Kindle，我很喜欢。我正在读约迪·皮考尔特写的所有书。”

“哦，可能不是她所有的书。”韦斯利说。

“啥？”

“我的意思是说，她可能已经写出了另一本书。”

“詹姆斯·帕特森可能今天早上起床后也写了一本。”女服务员说，咯咯地笑着走了。

刚才在说话的时候，韦斯利按下了主菜单按钮，想要隐藏Ur上海明威的小说。是因为他对正在读的东西感到内疚吗？还是因为女服务员有可能会看上一眼，然后尖叫说那不是真正的海明威的作品？太荒谬了。可是，仅仅是由于Kindle是粉色的，就足以让他感觉自己有点像骗子。毕竟，这不是他的设备，下载的东西也不是他的，因为他不是那个付钱的人。

也许没有任何人，他想，但又对此表示怀疑。他认为人生的一个普遍真理是，迟早总会有人要付出代价。

他的炒锅中没有什么特别性感的，但味道还不错。他没有读科特兰和他的冬天狗，而是访问了UR菜单。他还没有窥探的另一个功能是正在建设中的Ur本地。对此昨晚罗比说了什么？*最好小心，交通罚款加倍*。这个孩子很机智，如果他不把心思用到踢毫无意义的第三区的足球上，他可能会变得更机智。韦斯利微笑着，点亮了UR本地，并按下了选择按钮。出现了以下信息：

进入当前UR本地资源？是？否？

韦斯利选择了**是**。Kindle思考了一会后，屏幕上出现了一则新信息：

当前 UR 的本地资源是《摩尔回声报》
访问　是？否？

韦斯利一边吃着培根一边思忖这个问题。《回声报》是一家专门从事庭院销售、地区体育和城市政治的报纸。他想，居民们会看这些东西，但大多数人买该报纸是为了看讣告和《警察出动》。每个人都想知道邻居中谁死了或者谁被关进了监狱。搜索 Urs 上一千万零四千肯塔基州的摩尔，听起来很无聊，但为什么不呢？难道他不是消磨时间，吃点早餐，然后就可以看到球员们乘坐的巴士经过吗？

“可悲，却是事实，”他说，然后点击了**是**按钮。屏幕上出现了与他之前看过的相类似的信息：Ur 本地受到所有适用悖论法则的保护。你同意吗？**是？否？**

这太奇怪了。《纽约时报》档案没有受到这些悖论法则的保护，不管它们是什么，但小小的本地报纸却受到保护？这毫无意义，但似乎也没有害处。韦斯利耸耸肩，选择了**是**。

欢迎来到《回声报》预存档！
收费价格是 40 美元下载 4 次
350 美元下载 10 次
2500 美元下载 100 次

韦斯利把叉子放回盘子上，皱着眉头看着屏幕。本地报纸不仅受到悖论法则的保护，而且价格也贵得多。为什么呢？到底什么是预存档？对韦斯利来说，这本身听起来就像是一个悖论，或是一种矛盾。

“嗯，正在建设之中，”他说，“交通罚款加倍，下载费用也要加倍，只能这样解释。况且，又不是由我付费。”

是的，不需要他付费，但是想到总有一天（或许很快）他就得付费了，所以他还是选择了中间选项。出现的屏幕类似于时代档案，但不完全相同：它只是让韦斯利选择一个日期。在韦斯利看来，这只是一个普通的报纸档案，就是可以在当地图书馆的缩微胶片上找到的那种档案。可是，如果是这样的话，为什么要花大价钱购买呢？

他耸了耸肩，输入了2008年7月5日，然后按下了选择键。Kindle立即出现了以下信息：

只有未来的日期

今天是2009年11月20日

韦斯利一时没有明白过来，后来他明白了，整个世界突然变得异常明亮，仿佛有什么超自然的东西扭曲了控制着白天的变阻器。咖啡馆里的吵闹声——叉子的碰撞声、盘子的嘎嘎声、喋喋不休的说话声——似乎都太响了。

“上帝啊，”他低语道，“难怪收费那么高。”

信息量太大，实在太多了。他把Kindle关掉，听到外面的欢呼声和叫喊声，抬头一看一辆黄色的巴士正在经过，车子一侧印着**摩尔学院体育部**的字样。啦啦队员和队员们从敞开的窗户探出身子，挥舞着手，大声笑着，喊着“加油，猫鼬！”以及“我们是第一名！”。其中一个年轻的女子正摇着一大根第一名的泡沫。街上的行人报以微笑，挥手致意。

韦斯利举起了手，无力地挥了挥手。汽车司机按响了喇叭，汽车的后面拍打着一幅猫鼬队会震撼鲁普的喷绘。韦斯利意识到咖啡馆里的人们都在鼓掌，这一切似乎都发生在另一个世界，另一个Ur之中。

汽车走后，韦斯利又低头看了看粉色的Kindle。毕竟，他决定，不管怎样，至少要利用十次下载量中的一次。整体说来，学生团体对当地人来说没有太多用处——只是标准的市政和大学之间的关系，但他们热爱“猫鼬女士”，因为人人都喜欢胜利者。无论是否季前赛，比赛的结果都将是周一的头条新闻。如果她们赢了，他可以给艾伦买一份庆祝胜利的礼物，如果他们输了，他可以给她买一份安慰的礼物。

“无论如何我都是赢家，”他说，并输入了周一的日期：2009 年 11 月 23 日。

Kindle 思考了很长时间，然后出现了报纸的头版。

日期是星期一。

标题是巨大的黑色字体。

韦斯利打翻了咖啡，就在微温的咖啡浸湿了胯部前，赶紧把 Kindle 从危险中拽了出来。

十五分钟后，他在罗比·汉德森公寓的客厅里踱来踱去，而罗比——韦斯利来敲门时他已经起床了，但仍然穿着睡觉时的 T 恤和篮球短裤——正紧紧盯着 Kindle 的屏幕。

韦斯利说：“我们必须得打电话。”他把拳头打在张开的手掌上，太过使劲皮肤都打红了。“我们必须报警。不，等等！竞技场！打电话给鲁普竞技场，给她留言让她尽快给我打电话！不，不对！太慢了！我现在就给她打电话。这就是……”

“放松点，史密斯先生。韦斯，我是说……”

“我怎么能放松呢？你没看见那东西吗？你瞎了吗？”

“没瞎，但是你必须放松一下。请原谅我的表达方式，不过你现在已经失去理智，失去理智的人是不能进行有效思考的。”

“可是……”

“深呼吸，不要忘了，根据 Ur 的显示，我们还有六十个小时的时间。”

“你说得倒轻巧，你的女朋友又不在那辆车上，当它开始……”说着他停了下来，事实并非如此，乔西·奎恩是球队的一员，罗比说过，他正在和乔西交往。

“对不起，”他说，“我看到标题吓坏了，我甚至连早餐的钱都没付就跑到这儿来了。我知道我看起来像是吓得尿湿了裤子，我真的差点就尿裤子了。谢天谢地，你的室友都不在。”

“我也吓坏了，”罗比承认，有那么一会儿，他们默默地研究着屏幕。韦斯利的 Kindle 显示，周一版的《回声报》的头版会有一个黑色的边框，其顶部是一个黑色的标题：

教练和 7 名学生惨死
汽车相撞；9 人重伤

这根本就不是一个故事，只是一项声明。即使处于痛苦之中，韦斯利也知道原因。发生了车祸——不，就要发生车祸——就在周日晚上将近九点的时候。来不及报告任何细节，如果他们打开罗比的电脑然后上网……

他到底在想什么？互联网不能预测未来，只有粉色的 Kindle 能做到这一点。

他的双手抖得厉害，无法输入 11 月 24 日。他把 Kindle 推给了罗比，说："你来输吧。"

罗比成功地输入了日期，尽管也尝试了两次。《回声报》周二的报道更完整，但标题更糟：

死亡人数上升到 10 个
城镇和大学哀悼

"乔西她是否——"韦斯利问。

"死了，"罗比说，"在车祸中幸存下来，但是在周一死了，上帝啊。"

"猫鼬队"的拉拉队队员安东尼娅·"托尼"·伯瑞尔在周日晚上可怕的车祸中幸存下来，只有擦伤和淤青。根据她的口述，车祸发生时，庆祝活动正在进行，队员们相互传递着蓝草奖杯。她在大多数幸存者都被送往的鲍林格林医院说："我们当时正在第二十来次唱《我们是冠军》，教练转过身来，冲我们喊把奖杯放下，这时事故发生了。"

据州警察队长摩西·阿登称，这辆巴士当时正在普林斯顿路139号公路上行驶，距加迪兹西大约两英里，一辆由蒙哥马利的凯蒂斯·瑞默驾驶的SUV撞上了巴士。“瑞默女士当时正沿着80号高速公路向西高速行驶。”

阿登上尉说：“在岔路口撞上了大巴士。”

五十八岁的摩尔学院的司机赫伯特·艾利森，很明显在最后一刻才看到了瑞默女士的车，并试图转向。突然转向，再加上两车相撞，就把巴士开进了沟里，车子在沟里翻了并发生了爆炸。

还有更多细节，但他们都不想再读下去了。

“好吧，”罗比说，“我们来想一下，首先，能确定这是真的吗？”

“也许不是，”韦斯利说，“可是罗比……我们能冒这个险吗？”

“不能，”罗比说，“不能，我想我们不能，当然不能。可是维斯，如果我们报警，警察是不会相信我们的，你知道。”

“我们给他们看Kindle！我们会给他们看这个故事！”可是，就连韦斯利也觉得泄气。“好吧，要不这样，我会告诉艾伦。即使她不相信我，她也会同意把车子拖住十五分钟左右，或者改变司机艾利森计划要走的线路。”

罗比想了想说：“可以，值得一试。”

韦斯利从公文包里拿出手机。罗比返回查看屏幕上的消息，点击**下一页**查阅剩下的部分。

手机铃声响了一下……两下……三下……四下。

韦斯利正准备把信息转入语音信箱，艾伦接听了电话：“韦斯利，我现在不能跟你谈话，我以为你已经明白了……”

“艾伦，你听我说……”

“但是，假如你收到了我的信息，你知道我们以后会的。”在手机的背景声中，他能听到姑娘们喧闹而兴奋的声音——乔西也在其中——还有喧嚣的音乐声。

“是的，我是收到了消息，但我们得谈谈……”

“不！”艾伦说，“我们现在还不要谈。这个周末我不接听你的电话，也不听你的留言。”她的声音变柔和了一些，“并且——离开任何一个人都不容易，我是指对我们俩来说。”

“艾伦，你不明白……”

“再见，维斯，我下周再和你谈，你希望我们队有好运吗？”

“艾伦，求你了！”

“我就认为你希望我们会有好运吧，”艾伦说，“你知道吗？我想我还是很在乎你，即使你是一个木头人。”

说完她就挂了电话。

韦斯利的手指放在重拨键上，但忍住没有去按，因为这样做没用。艾伦是说一不二的人。这简直是疯了，但事实就是如此。

“除非按照她的日程安排，否则她是不会和我说话的。她没有意识到，周日晚之后，她可能再也没有日程表了，你得打电话给奎恩小姐。”在韦斯利目前的状态下，他完全忘记了女孩的名字。

“乔西会以为我是在捉弄她，”罗比说，“像这样的故事，任何女孩都会以为我在开玩笑。”他还在研究 Kindle 的屏幕，“你想知道吗？造成事故的那个女人——就是将要引起事故的那个女人——几乎没有受伤。我用下个学期的学费跟你打赌，她肯定喝得烂醉如泥。”

韦斯利几乎没有听见罗比的话，他还在说：“告诉乔西，艾伦必须接我的电话。让她告诉艾伦不是有关我们俩的私事，告诉她这是一个紧急……”

“老兄，”罗比说，“慢一点，听我说。你在听吗？”

韦斯利点点头，但他听得最清楚的是自己怦怦的心跳声。

“第一，乔西仍然会认为我是在捉弄她。第二，她可能认为我们俩都在捉弄她。第三点，鉴于西尔弗曼教练最近的情绪，我认为她是不会去找西尔弗曼教练的……乔西说，在去比赛的旅途中，教练的脾气变得更糟。”罗比叹了口气，接着说，“你得理解乔西，她很可爱，很聪明，很性感，但也胆小如鼠，这正是我喜欢她的地方。”

“那可能说明你性格很好，罗比，但请原谅我现在对此毫无兴趣。我提出的建议你说不管用，那么你能告诉我什么管用吗？”

“这就是我要说的第四点。如果运气好的话，我们不需要告诉任何人这件事。这样很好，因为告诉了别人也不会信。”

“说明一下。”

“嗯？”

“告诉我你想到什么方法。”

“首先，我们需要使用另一个您的《回声报》的下载。”

罗比输入了 2009 年 11 月 25 日——另一个女孩，在爆炸中被严重烧伤的拉拉队队长，已经死亡，致使死亡人数上升到 11 人。虽然《回声报》并没有直接说明，但在本周之前，有更多的人可能会死去。

罗比只是快速浏览了一下这篇报道。他要寻找的是一篇在第一页下半段方框里的故事：

凯蒂斯·瑞默以多重罪名被起诉

故事的中间有一个灰色的正方形——应该是她的照片，韦斯利猜测，只是粉色 Kindle 似乎不能显示新闻照片。但这无关紧要，因为现在他明白了，他们要去阻止的不是那辆大巴车，而是那个要撞上大巴车的女司机。

凯蒂斯·瑞默就是第四点。

6. 凯蒂斯·瑞默

在一个阴沉沉的周日下午五点钟——就在“猫鼬女士”篮球队在本州一个不太遥远的地方投篮的时候——韦斯利·史密斯和罗比·亨德森正坐在韦斯利朴素的雪佛兰·马利布车上，注视着位于卡迪兹以北二十英里埃迪维尔的一家路边食馆的门。停车场里全是油污，而且大部分都空着。几乎可以肯定，这家“破碎的风车”食店里有一台电视机。但韦斯利猜测，有点鉴别能力的酒鬼宁愿在家里喝酒观看美国国家橄榄球联盟的比赛也不愿来这里，不需要进入就知道这是个坑。凯蒂斯·瑞默的第一个停靠站很糟糕，而第二站更糟糕。

一辆脏兮兮的破旧的福特探险者歪歪斜斜地停在停车场（似乎挡住了安全出口），车后有两个保险杠贴纸。一张上面印着：**我的孩子是州惩教所的优等生**；另一个则更能说明问题：**我为杰克·丹尼**[①]**刹车**。

“也许我们应该在这里解决，”罗比说，“就在她在食馆里面喝酒看泰坦队比赛的时候解决掉。”

这主意很诱人，但韦斯利摇了摇头：“我们再等等，她还有一站要停。在霍普森，记得吗？”

“离这里有好几英里。”

“没错，”韦斯利说，“但我们还有时间可以消磨，我们要消磨时间。”

“为什么？”

“因为我们要做的就是改变未来，或者说，至少试图去改变未来。我们不知道有多难，等待的时间越久，我们成功的机会就越大。”

“韦斯利，那是个喝醉了的小妞。她从中央城市的第一个酒吧出来时，就已经喝醉了，等她从那边的棚屋出来，会醉得更厉害。我看不出她能及时把车开到离这里四十英里外的地方，撞上篮球队的大巴。此外，假如在跟随她到最后一站时我们的车子坏了怎么办？”

韦斯利没有考虑到这一点，而现在他也想到了：“我的直觉告诉我应该再等等，但如果你有强烈的感觉我们现在就应该动手，那就去吧。”

罗比坐直了身子说：“太迟了，美国小姐出来了。”

凯蒂斯·瑞默摇摇晃晃地从“破碎的风车”食馆中走出来。她的钱包掉到地上，她弯腰去捡，差点就摔倒了。她诅咒着捡起了钱包，笑着往征服者停靠的地方走去。她一边走一边掏钥匙。她的脸胖乎乎的，但并没有遮盖曾经的美貌。她的头发末梢是金色的，根部是黑色的，油腻的鬈发散落在脸颊上。她的肚皮从松紧牛仔裤里鼓了出来，

---

① 杰克·丹尼威士忌（JACK DANIELS），世界十大名酒之一。杰克·丹尼酒厂1866年诞生于美国田纳西州林芝堡，是美国第一间注册的蒸馏酒厂。

就在凯马特长罩衫的褶边下面。

她上了那辆破旧的SUV，把发动机踢起火来（这听起来非常需要调整），然后朝安全出口开去，发出嘎吱的声响。接着，她的后尾灯亮了，她倒转得很快，以至于有那么一个令人恶心的时刻，韦斯利以为她要撞上他的马利布并把它踩在脚下，然后开往萨马拉约会。还好她及时停了下来，接着，没有顾及高速公路上的车流就转上了高速路。过了一会儿，韦斯利尾随她往东向霍普森驶去。四个小时之后，“猫鼬女士”球队乘坐的大巴车会抵达那里的交叉路口。

尽管她会去做一件可怕的事情，韦斯利还是禁不住为她感到难过，他知道罗比也有同感。他们在《回声报》中读到关于她的后续报道，讲述了一个既熟悉又肮脏的故事。

凯蒂斯·瑞默，四十一岁，离异，她的三个孩子和前夫一起生活。在她生命的最后十几年里，她四次进出监狱，大约每三年一次。据一位熟人（她似乎没有朋友）说，她尝试过同性恋，但认为那不适合她，因为生活起伏太多。她因酒后驾车被捕六次，在最后两起酒驾之后，她的驾照被吊销了，但是每一次都拿回了驾照，第二次通过特别请愿后拿回了驾照。她告诉瓦伦贝法官，她需要驾照才能去班布里奇的化肥厂工作。她没有告诉法官，她其实在六个月前就丢掉了这份工作……没有人会去核实。凯蒂斯·瑞默是一颗等待爆炸的炸弹，现在离爆炸已经非常接近了。

故事没有提到她在蒙哥马利的家庭住址，但这也不需要。韦斯利认为这是一篇相当精彩的调查报道（特别是对《回声报》来说），记者追溯了凯蒂斯最后的放纵，从中心城市的金壶酒吧到埃迪维尔的“破碎的风车”，再到霍普森的贝蒂的酒吧。贝蒂的酒吧里的一个酒保想要拿走她的钥匙，但是没有成功。凯蒂对他竖起中指，然后离开了，边走边回头叫嚷：“我受够了这个廉价酒吧！”那时是七点。记者从理论上推测，凯蒂斯一定是在某个地方停了下来，可能是在124号公路上小睡了片刻，然后穿过80号公路。80号公路再往下一点，就是她的最后一站了，着火的那一站。

一旦罗比想到他们的车可能会在路上熄火，韦斯利就一直盼望着他那永远可靠的雪佛兰会熄火，然后在双车道的黑顶边上停下来，成为坏电池或者是悖论法则的牺牲品。凯蒂斯·瑞默的尾灯将会消失在视线之外，而在接下来的几个小时里，他们会疯狂而无用地打电话（总是假设他们的手机在中南部地区依然可用），并咒骂自己在埃迪维尔的时候没有拦住她的车，而当时他们仍然还有机会。

然而马利布像往常一样毫不费力地行进着，没有发出任何的咯咯声或出现小故障，在凯蒂斯的探险者后面保持着大约四分之一英里的距离。

“伙计，她在公路上乱窜，”罗比说，“也许在她去下一个酒吧前就会把这该死的东西撞坏了，这样就省得我们去砍她的轮胎。”

“根据《回声报》的报道，这是不可能的。”

“是的，但我们知道未来并非一成不变，对吗？也许这是另一个Ur，或者别的什么。”

韦斯利确信这与Ur本地不符合，但他闭口不言，不管怎样，现在已经太晚了。

凯蒂斯·瑞默把车开到了“贝蒂的酒吧”，没有把车开进沟里，也没有撞上任何来往的车辆，尽管她很有可能这样做，上帝知道她差点那样干了。当时有一辆车突然转向，经过韦斯利的马利布，罗比说：“车上是一家人。妈妈，爸爸，三个小孩在后面玩。”

就在那时候，韦斯利不再为瑞默感到难过，而是开始对她生气。这是一种纯粹而炽热的情感，他对艾伦的愤怒与之相比，简直微不足道。

“那个婊子，”他说，方向盘上的指头关节太过用力而变白了，“那个谁都不在乎的醉醺醺的婊子。如果要杀了她才能阻止她，我会杀了她。”

“我会帮你的。”罗比说，然后紧闭着嘴，嘴唇几乎消失了。

他们不必杀了她，悖论法则也阻止了他们，就像禁止酒后驾车的法律阻止了凯蒂斯·瑞默在肯塔基州南部继续更加令人绝望的酒吧之旅一样。

贝蒂的酒吧的停车场是铺好的，但变形的混凝土看上去就像以色列轰炸加沙时遗留下来的东西。贝蒂的酒吧的房顶上，一只嘶嘶作响的霓虹灯公鸡断断续续一闪一闪发出亮光，有一只脚上钩着一个月光壶，上面印着 XXX。

瑞默的探险者几乎直接就停到了这只好看的小鸟下方。借着忽明忽暗的橙红色灯光，韦斯利用他们专门带来的切肉刀将陈旧的 SUV 的前轮胎切开。巨大的气流冲击着他，他感到如释重负，起初站都站不起来，像个在祈祷的人一样跪在地上。他只希望当时在“破碎的风车”食馆就这样做了。

“轮到我了，”罗比说，刺穿了后轮胎，过了一会儿，探险者就瘪了下来。接着传来另一个嘶嘶声，他在备胎上也戳了一个洞。此时，韦斯利已经站起来了。

“我们把车停到边上去，”罗比说，“我想我们最好还是看着她。”

“我要做的远不止这些。”韦斯利说。

“放松点，大个子，你打算做什么？”

“我没有打算，别无其他。”但他全身上下的怒火表明他有了不同的想法。

据《回声报》的报道，瑞默临走时曾称贝蒂的酒吧是廉价酒吧，很明显这已经是出于家庭消费（为了报纸能供全家人阅读）而被处理过的话语。她实际上回头说的是：“我受够了这堆狗屎！”当时，她已经喝得酩酊大醉，粗俗的话语滑溜溜地冲口而出。

罗比着迷于看到新闻故事在他眼前上演，因此，韦斯利大步朝凯蒂斯·瑞默走去时，他并没有用力地抓住他，只是叫了声“等等！”可是韦斯利并没有理会。他走上去抓住那个女人，使劲摇晃她。

凯蒂斯·瑞默嘴巴张得大大的，她一直握着的钥匙掉在了裂开的混凝土路面上。

“放开我，混蛋！”

韦斯利没有放开她，反而狠狠地打了她一巴掌，把她的下唇打裂了，然后又从另一边扇了她一耳光。“清醒点！”他对着瑞默惊恐的脸尖叫，“清醒点，你这个没用的婊子！好好生活，别再搞砸别人的生活了！你会害死人的！你明白吗？你他妈的会害死人的！”

他扇了她第三个耳光，声音像手枪一样清脆。瑞默摇摇晃晃地靠到房子的一侧，边哭边举起双手护着脸，血从她的下巴流了下来。他们的影子被霓虹灯公鸡变成了细长的门架，一闪一闪的。

他举起手来，准备扇她第四次——最好打得她哭不出来，这是他真正想做的——但罗比从后面抓住他，把他扭走了。“住手！他妈的住手，伙计！已经够了！”

酒保和几个看上去傻乎乎的顾客站在门口，呆呆地看着他们。凯蒂斯·瑞默已经瘫倒在地，歇斯底里地哭着，双手压着肿胀的脸庞。“为什么大家都讨厌我？”她抽泣着，“为什么每个人都该死的那么刻薄？”

韦斯利呆呆地望着她，愤怒消失了，取而代之的是一种绝望。你会说，一个酒后驾车会造成至少十一人死亡的司机一定是个魔鬼，可是这里并没有魔鬼，只有一个哭哭啼啼的酒鬼坐在乡村公路停车场破烂不堪、杂草丛生的水泥地上。只有一个女人，如果说照在她屁股上的霓虹灯没有撒谎，那么她的裤子已经尿湿了。

韦斯利说：“你可以接近那个人，但你不能去接近魔鬼。”他的声音似乎从别处传来。“魔鬼总是会存活下来，它像大鸟一样飞走，落在别人身上。那就是地狱，你说呢？完全是地狱？”

“是的，我确定，很有哲理。不过，在别人看到你或你的车牌之前，我们还是快走吧。”

罗比领着韦斯利回到马利布车上，韦斯利乖巧得像一个孩子，他一直在颤抖：“魔鬼总会存活下来，罗比，在所有的Urs中，记住这一点。”

“你说得对，完全正确。给我钥匙，我来开车。”

“嘿！”他们身后有人喊道，“你到底为什么要打那个女人？她对你什么也没做！回来！”罗比把韦斯利推进车里，绕过引擎盖，跑进驾驶室，飞快地把车开走了。他一直踩着油门，直到一闪一闪的公鸡看不见了才放慢了速度。“现在怎么办？”韦斯利用手捂住眼睛。“我很抱歉这么做，”他说，“但我不那样做不行，你明白吗？”

“明白，”罗比说，“你当然是对的，是为了西尔弗曼教练，还有乔西，”他笑了，“我的小老鼠。”

韦斯利也笑了。

“我们去哪儿呢？回家？”

“还不行。”韦斯利说。

他们把车停在距加迪兹以西两英里的139号公路和80号公路交叉口附近的一块玉米地边上。他们来得很早，韦斯利用这段时间打开了粉色Kindle。他试图访问Ur本地时，屏幕上出现了一条不出所料的信息：**该服务不再可用**。

“这可能是最好的。”他说。

罗比转向他：“你说什么？”

“没什么，这不重要。”他把Kindle放在公文包里。

“韦斯？”

“怎么了。罗比？”

“我们打破了悖论法则吗？”

“毫无疑问。”韦斯说。

九点差五分时，他们听到了喇叭声，看到了灯光。他们下了车，站在车子前面等着。韦斯利注意到罗比拳头紧握，他很庆幸自己不是唯一一个还在担心凯蒂斯·瑞默会出现的人。

前灯照亮了最近的山丘，是那辆大巴士，后面跟着十几辆车，坐满了“猫鼬女士”篮球队的支持者，他们兴高采烈地按着喇叭，不停地闪动着高高的光束。当大巴士经过时，韦斯利听到了甜美的女声在唱“我们是冠军”，他感到一阵寒意袭上背部，撩起了脖子上的头发。

他举起手挥舞着。

在他旁边，罗比也做了同样的动作。罗比转向韦斯利，微笑着说：“你看怎么样，教授？要参加游行队伍吗？”

韦斯利拍了拍他的肩膀："听起来真是个好主意。"

当最后一辆车通过时，罗比加入到了队伍中。和其他人一样，他不停地按着喇叭，把马利布的车灯一直亮到摩尔。

韦斯利一点儿也不介意。

7. 悖论警察

当罗比在"苏珊和南之屋"（窗户上已经喷上了**猫鼬女士赢了**的字样）前面下车时，韦斯利说："等一下。"

他走到车前，拥抱了孩子："你做得很好。"

罗比咧嘴一笑："那是不是意味着我这学期的成绩可以得A了？"

"不是，我只是想给你一些建议。离开足球队吧，你永远不会成为一个职业选手，你的头脑应该得到更好的职业。"

"适当注意，"罗比说，他们俩都知道，这并不是协议，"课堂上见？"

"周二见。"韦斯利说。然而十五分钟之后，他有理由怀疑是否还会有人见到他，是否能够再次见到他。

在韦斯利经常停马利布的地方已经停着一辆车，在没把车停在学校停车场A区的时候，他常常把车停在这个地方。韦斯利本来可以把车停在那辆车的后面，却选择停在了街道的对面。那辆车让他有点心神不定。那是一辆凯迪拉克，在它停着的弧钠的辉光下，它显得太亮了。红色的油漆似乎像是在叫嚷着：*我在这里！你喜欢我吗？*

韦斯利不喜欢。他也不喜欢那些深色的窗户，也不喜欢带有金色凯迪拉克标志的超大匪帮轮盖，看起来就像是毒贩的车。如果真是那样的话，那个毒贩碰巧也是个杀人狂。

我现在为什么会想到这些呢？

"今天压力太大了，仅此而已。"他一边说一边穿过无人的街道，公文包拍打着腿。他弯下腰看了看，车里没人，至少他认为没人。在深色的窗户后面，很难完全确定车里是否有人。

悖论的警察。他们来找我了。

这种想法往好里说是荒谬的，往坏里说是偏执的幻想，但感觉两者都不是。鉴于已经发生的一切，也许它根本就不是偏执的幻想。

韦斯利伸出一只手来摸了摸车门，然后往外拉。门摸起来像金属，但很暖和。它似乎在搏动，好像不管是金属与否，汽车都是活的。

跑。

这个想法如此强烈，韦斯利甚至感觉到嘴唇说出了这个字眼，但他知道跑不是上策。如果他试图逃跑，那辆讨厌的红车的主人也会找到他。这是一个如此简单的事实，它违背了逻辑，它绕过了逻辑。所以，他没有跑，而是用钥匙打开了街门，上楼走回自己的公寓。他的行动十分缓慢，因为他的心狂跳不已，他的腿在不停地威胁着要逃跑。

2B 公寓的门开着，光线正洒在楼梯的平台上，形成了一个长方形。

“啊，你来了。”一个不太像人类的声音说，“进来吧，肯塔基州的韦斯利。”

房间里有两个人。一个年轻的，还有一个老一点的。年长者坐在沙发上，韦斯利和艾伦·西尔弗曼曾经坐在上面相互诱惑，愉悦彼此（不，应该是心醉神迷）。年轻人坐在韦斯利最喜欢的椅子上，韦斯利总是坐在那里直到深夜，吃剩下的美味奶酪蛋糕，看看有趣的书，落地灯的光线刚好适中。眼前的两位都穿着长长的芥末色的外套，那种被称为“抹布”的衣服。韦斯利明白了，尽管不知道自己是怎么明白的，他们穿的外套也是活的。此外他还知道，穿着外套的两位根本不是人类，他们的脸不停地在变化，皮肤下面隐藏的是某种爬行动物，或是某种鸟类，也许两者兼备。

在他们的外套翻领上，就是西部电影里警官佩戴徽章的地方，都戴着红眼纽扣。韦斯利觉得纽扣也是活的，因为眼睛一直在盯着他。

“你们怎么知道是我？”

“闻到你的味道了。”那个年长的说，可怕的是，听起来不像是个笑话。

“你们想要干什么？”

“你知道我们为什么来这里。”那个年轻一点的说，年长者在拜访结束之前没有再开口。听其中一个说话已经够糟的了，就像是听一个语音信箱里塞满了蟋蟀的男子的声音。

“我想是的，”韦斯利说，至少到目前为止，他的声音还算平稳，“我打破了悖论法则。”他祈祷他们不知道罗比，觉得他们可能还不知道。毕竟，Kindle 的注册用户是韦斯利·史密斯。

“你根本不知道你做了什么，”穿黄色外套的沉思地说，“塔在颤抖；世界在其轨道上颤栗；玫瑰感觉寒冷，恍如冬日。”

很有诗意，但不是很有启发性。“什么塔？什么玫瑰？”韦斯利能感觉到脸上大汗淋漓，尽管他总是喜欢让公寓保持凉爽。他想，*这是因为他们的缘故，这些家伙让人发热。*

“没关系，”年轻的那个说，“你解释一下吧，肯塔基州的韦斯利。如果你还想再见到阳光，就好好解释清楚。”

有那么一会儿，韦斯利张口结舌，脑袋里只有一个念头：*我在这里受审*。然后他把这个念头抛到一边，他的愤怒又回来了——对凯蒂斯·瑞默感到的那种愤怒的苍白模仿，但足够真实——在此刻发挥了作用。

“有人快要死了，差不多有十二个，也许还要更多，这对你们这样的家伙可能没什么意义，但对我来说意义重大，因为其中一个恰巧是我爱的女人。这一切都是因凯蒂斯·瑞默那个不会解决自己问题的醉鬼。而且……”他差点就说了“*我们*”，但及时进行了修正，“我甚至没有伤害她，只是扇了她几下耳光，但我无法控制自己。”

“你们这些男孩*永远*帮不到自己，”坐在他最喜欢的椅子上的那家伙嗡嗡地——以后这把椅子再也不会是韦斯利的最爱了——回答道，“缺乏控制冲动的能力占了你自身问题的百分之九十。你是否曾想过，肯塔基州的韦斯利，这个悖论法则的存在是有原因的吗？”

“我没有……”

那东西提高了嗓门：“你当然没有，我们知道你没有想过，正是因为你没有想过我们才来这里。你不会想到巴士上有一个人可能会成为连环杀手，可能会杀死数十人，包括一个本来会长大成人治愈癌症或老年痴呆症的孩子。你没有想过，其中一个年轻的女人可能会生出下一个希特勒或斯大林，一个可以在塔的层次上杀死数百万人类同胞的人类怪物。你并没有想到，你是在干涉那些远远超出你所能理解的事情！”

是的，韦斯利根本没有考虑过这些事情。他只想到艾伦，罗比只想到乔西·奎恩。他们也考虑了其他人。孩子们尖叫着，她们的皮肤变成了油脂，从骨头上滴下来，也许死于上帝对他受苦受难的子民造成的最严重的死亡当中。

“会发生吗？”他低声问。

“我们不知道会发生什么，”穿黄色外套的东西说道，“这正是关键所在，你愚蠢地访问的实验程序可以清晰地看到未来六个月里，在一个狭窄的地理区域内发生的事。六个月后发生的事，预测能力会变暗淡，而一年以后发生的事预测不到。所以你看，我们不知道你和你那年轻的朋友可能做了什么。因为我们不知道，所以如果有所损坏，也没有机会进行修复。”

你那年轻的朋友。终究他们还是知道了罗比·亨德森，韦斯利的心沉了下去。

“有某种力量控制着这一切吗？是有的，对吗？当我第一次访问Ur 的书时，我看到了一座塔。”

“所有的东西都在为塔服务。”那个身穿黄色外套的东西用一种崇敬的口吻说，摸着那个丑陋的扣子。

“那么你们怎么知道我不是也在为它服务呢？”

他们什么也没说，只是用黑色的、掠食者的鸟眼盯着他。

“你们知道，我从来没有订购过这个东西。我的意思是……我是订购了 Kindle，这是真的，但我从来没有订购过这东西，是它自己来的。”

一阵长时间的沉默。韦斯利明白，他的生命危在旦夕，至少是他所知道的生命。如果这两个生物把他拉进那辆令人讨厌的红车里，他可能会继续存活下去。可是，那将是一种黑暗的存在，很可能是一个被监禁的存在，他猜想他不可能保持理智太久。

“我们认为这是运送的错误，”那个年轻的终于说道，“但是你不能肯定，是吗？因为你不知道它是从哪里来的，也不知道是谁寄来的。”

沉默了更长时间后，年长的生物又重复了一遍：“所有的东西都为塔服务。”他站了起来，伸出手来。手发出微光，变成了一只爪子。再次闪烁，又变成一只手。“把它给我，肯塔基州的韦斯利。”

肯塔基州的韦斯利不需要被问两次，他的手抖得很厉害，以至于他摸到公文包的扣子感觉像过了几个小时。最后，公文包的顶部突然弹开，他把粉红色的Kindle拿出来递给年长者。这只生物如饥似渴地盯着它，吓得韦斯利想要大声尖叫。

“我觉得它不再管用了，毕竟……？”

那个生物一把将Kindle抓了过去。有一秒钟，韦斯利触摸到了它的皮肤，明白了它的肉体有自己的想法，在他们自己不可知的线路中运行着的咆哮的思想。这一次他确实尖叫了，或者说试图尖叫。而实际上他发出来的只是一声低沉、哽咽的呻吟。

他们走到门口，外套的下摆发出令人作呕的液体般的咯咯声。年长者出去了，爪子一样的手里拿着粉色的Kindle。另一个停顿了一下，回头看着韦斯利：“我们放过你，你知道你有多幸运吗？”

“我知道。”韦斯利低声说。

“那么你应该说谢谢你们。”

“谢谢你们。”

随即，它也一言不发地走了。

韦斯利无法坐到沙发上，或者是那把椅子上——当然是指在艾伦离开之前，那把椅子曾经是他在这个世界上最好的朋友。他躺在床上，双臂交叉放在胸前，努力不让自己颤抖。他把灯开着，因为关灯毫无意义。他确信他会有几个星期都睡不着觉，也许永远也睡不着了。他恍惚起来，看到那些贪婪的黑眼睛，听到那个声音在说：你知道你有多幸运吗？

他不能让自己坐在沙发或者椅子上——在艾伦之前——似乎是他在世界上最好的朋友。他躺在床上，两臂交叉放在胸前，努力不让自己全身颤抖。他没有关灯，因为关掉灯毫无意义。也许从来没有。他开始昏睡过去，然后看到那双贪婪的黑眼睛，听到那个声音说：*你知道你有多幸运吗？*

是的，入睡是绝对不可能了。

这样想着，意识停止了。

8. 未来可期

韦斯利一直睡到第二天早上九点钟，被音乐盒里帕切贝尔的《D大调卡农》那叮叮咚咚的音乐吵醒。如果说做过梦的话（粉红色的Kindle，路边停车场喝醉酒的女人，身穿黄外套的矮个男人），他都不记得了。他只知道有人在打他的手机，可能是他急不可耐地想与之谈话的那个人。

他跑进客厅，可当把手机从公文包里拿出来，铃声停了。他打开手机，看到手机显示**你有一条新消息**，他点击打开信息。

“嘿，伙计，”是唐·奥尔曼的声音，“你最好看一下晨报。”

仅此而已。

他已经不再订阅《回声报》了，但他楼下的邻居里德帕思老夫人订了。他一次跳两级楼梯跑到楼下，《回声报》就从里德帕思夫人的邮箱里伸出来。他伸手去拿，然后迟疑了一下。如果他的深度睡眠不是自然的呢？如果他在某种程度上被麻醉了，那么他就可以被引导到另一个不同的Ur中，那里最终还是发生了车祸吗？如果唐打电话来是要让他有所准备怎么办？假设他打开报纸，看到了报纸界的葬礼绉纱——黑色的边框，那该怎么办？

“求你了，”他低声说，不知道是在祈求上帝还是那座神秘的黑塔，“请让它还依然是我的Ur吧。”

他用麻木的手拿起报纸，打开来看。是有边框，整个头版都用边框框了起来，不过是蓝色的边框而不是黑色的边框。

猫鼬的蓝色。

上面有一张他在《回声报》上见过的最大的照片——占据了头版的一半，底下是标题：**猫鼬女士赢得了蓝草杯，未来可期**！整个篮球队聚集在鲁普竞技场的硬木上。三个队员举着闪闪发光的银质奖杯。另一个——是乔西——站在梯子上，头上绕着一张网。

艾伦·西尔弗曼站在队伍前面，穿着在比赛时总穿的蓝色长裤和蓝色运动衣。她面带微笑，手里拿着一块手工制作的牌子，上面写着：**我爱你，韦斯利**。

韦斯利一下子把手放到头上，其中一只手里还拿着报纸，大叫一声，引得街道对面的几个孩子四处张望。

“怎么了？”其中一个叫道。

“球迷！”韦斯利回应着跑上楼去，他得要打个电话。

纪念拉尔夫·维奇南扎

2009年7月26日，一位名叫黛安·舒勒的女子，驾着她那辆2003年的福特风之星，离开了纽约州帕克斯维尔的猎人湖露营地。车上除了她之外还有五个人：她五岁大的儿子，两岁大的女儿，外加她的三个侄女。她看上去一切正常——露营地最后看到她的人发誓说，她很清醒，呼吸中没有一点酒气。一小时后，当她带着孩子们在一家米奇D快餐店吃东西时，也一切正常。不过，没过多久，有人便看到她在路旁呕吐。她给哥哥打电话，说她感到不舒服。接着，她将车拐进塔科尼克风景区干道，逆行了近两英里。周围的车辆纷纷避闪，有人按喇叭，有人挥手，有人打着车闪灯，但她全然不顾，最终迎面撞上了一辆SUV，造成她本人、车上四个孩子以及SUV车上的三个男人死亡，只有她儿子幸免于难。

毒理学报告显示，车祸发生的时候，舒勒的身体正在处理相当于十杯酒的毒素，外加大量大麻。她丈夫声称自己妻子不喝酒，但毒理学报告不会说谎。黛安·舒勒就像前一篇小说中的坎迪·莱默尔，体内的毒素已经达到了峰值。结婚至少五年，之前还有一段时间的求爱过程，难道在这么长的时间里丹尼尔·舒勒真的不知道自己妻子在偷偷酗酒？这事实上是可能的。酗酒的人在隐瞒真相方面可谓绞尽脑汁，因而常常得以将真相隐瞒很长时间。他们这样做既是迫不得已，也是万般无奈。

那辆车内究竟发生了什么？她怎么会这么快就醉了，而且她什么时候抽的大麻？她驱车逆行时，其他驾车人都在提醒她，但她充耳不闻。她当时喝的究竟是什么？那究竟是一起酒驾加毒驾造成的车祸，还是一起自杀案，还是两者兼而有之的怪事？只有虚构才能接近这些问题的答案。只有借助虚构，我们才能想象不可思议的事，或许才能得出某种结论。笔者尝试用这篇小说来达到这一目的。

顺便说一句，这个短篇小说的一个版本在《大西洋月刊》上发表后，赫尔曼·沃克看后给我写了封信，美言了几句，还邀请我去他家做客。我一直是他的粉丝，因此对他的邀请欣喜若狂。他快一百岁了，我今年六十七岁。如果我也能活到高寿，或许会接受他的邀请。

赫尔曼·沃克尚在人世

摘自2010年9月19日缅因州波特兰市《新闻先驱报》：

95号州际公路车祸惨不忍睹，9人死亡

人们自发在现场表达哀思

雷·杜根报道

菲尔菲尔德小镇发生一起单车车祸，夺走了两名成人和七名十岁以下儿童的生命。车祸发生不到六小时，人们已经开始自发悼念。一束束野花装在锡罐或一次性保温咖啡杯中，在焦土周围摆成了一圈；附近109英里服务点的野餐区，有人放了九个十字架。在两名最年幼儿童尸体被发现的地方，不知是谁竖了一块牌子，还在上面蒙了一块床单，写着**天使聚集于此**几个字。

1. 布伦达买三数字彩票后中了2700美元，抑制住第一次冲动

布伦达没有出去买一瓶“橙色驱动”来庆祝一下，而是还了万事达信用卡上的欠款，因为信用卡一如既往地透支到了极限。她给赫兹租车公司打了个电话，问了一个问题。然后，她打电话给朋友贾丝明（她住在北伯威克），告诉她三数字彩票中彩事。贾丝明尖叫了起来：“姐们，你发财了！”

要是发财就好了。布伦达解释说，她付清了信用卡上的透支，这样的话，只要她愿意，就可以租一辆雪佛兰商务车。赫兹租车公司的姑娘告诉她，这种厢式商务车可以坐九个人。“我们可以让所有孩子坐进车里，然后开车去马斯希尔，看看你我的父母，让他们看看自己的外孙们，再从老爸老妈那里要几个钱。你觉得怎么样？”

贾丝明半信半疑。她父母家那破房子虽然也美曰其名地称为家，

却连个单独房间都没有，即便有单独房间，她也不想与他们住在一起。她恨自己的父母。布伦达知道贾丝明有充足的理由恨父母，在她十五岁生日一周后，糟蹋她的正是她父亲。她母亲心知肚明，却没有任何作为。贾丝明哭哭啼啼地去找母亲，她母亲却说："你没什么好担心的，他的蛋蛋已经切掉了。"

为了远离父母，贾丝明嫁给了米奇·罗比楚。现在，前后三个男人，四个孩子，八年过去了，她又成了单身，靠福利救济生活。不过，她每周会在溜冰场上十六个小时的班，给大家发放溜冰鞋，并且在电子游戏室给大家换币，因为游戏机只接受专用代币。店里允许她将两个最小的孩子带过去，"快乐"就睡在办公室里，三岁大的"真理"拉扯着尿布，在游戏室里蹒跚走动。他倒是没有给贾丝明带来太多麻烦，只是去年头上长了虱子，布伦达和贾丝明只好把他的头发剃光。他当时一顿嚎哭！

"还完信用卡之后还剩下六百块，"布伦达说，"要是你减掉租车费，还剩下四百块。只是我不会减掉租车费，因为我会用信用卡租车。我们可以住在红屋顶宾馆，观看家庭影院。那是免费的。我们可以叫外卖，孩子们可以在游泳池里游泳。你觉得呢？"

她身后传来了叫喊声。布伦达抬高嗓门吼道："弗雷迪，不要欺负妹妹，把那还给她！"哦，天哪，他们的吵闹声惊醒了宝宝，要不就是"自由"尿湿了尿片，自己醒了。自由总是把尿片尿湿。布伦达觉得自由这辈子要干的就是制造粪便，这一点像极了她老爸。

"我觉得……"贾丝明吞吞吐吐，把"觉得"一词拖拉成了四个音节，也许五个音节。

"好啦，姐们！自驾游！立刻行动！我们坐巴士去机场，然后租车。三百英里，四个小时就到了。租车公司的女孩说孩子们可以看DVD，有《小美人鱼》，还有其他好片子。"

"也许，我可以趁着政府给的那点钱还没有用完，从老妈那里弄到一点。"贾丝明若有所思地说。

她弟弟一年前死在了阿富汗，是简易爆炸装置夺去了他的生命。她父母为此得到了八万美元抚恤金。她老妈答应给她一些，但也是在那老家伙听不到她们母女在电话里聊些什么的时候才承诺的。当然，这笔钱有可能早已花完了，很有可能。她知道那个“少女强奸犯”用其中一些钱买了一辆雅马哈莱斯火箭摩托车，只是贾丝明实在想不通，他那么大把年纪的人想要那样的摩托车干什么。她知道像政府抚恤金这样的钱大多只是镜中花、水中月。这一点他们两个都很清楚。每次只要听到风就是雨，而风总是会刮走的。

“去吧。”布伦达说。她早已迫不及待地要让商务车里坐满孩子，还有她高中时期最好的（也是唯一的）朋友——她沦落到了就住在隔壁镇子的地步。两个人现在都是单身，加在一起有七个孩子，而且以前都有过太多不靠谱的男人，但这并不妨碍她们有时候也会找点乐子。

她听到了砰的一声，弗雷迪开始尖叫。“荣耀”用玩具人打中了他的眼睛。

“荣耀住手，不然的话，我会给你好看！”布伦达尖叫道。

“他不把飞天小女警给我！”荣耀尖叫道，哭了起来。这时，弗雷迪、荣耀和自由全都哭了起来，布伦达一时感到视线模糊。她最近常常会这样视线模糊。母子四人眼下住在三楼的一个公寓中，总共有三个房间，没有男人（她生活中最后一个男人蒂姆六个月前走了），每天基本上以面条、百事可乐和沃尔玛出售的那种廉价冰淇淋为食，没有空调，没有有线电视。她原先在“快闪”商店有份工作，但由于公司破产，这家商店如今仍在营业中，经理雇用了一个墨西哥佬来接管她的工作，因为墨西哥佬每天可以工作十二到十四个小时。这个墨西哥佬头上戴着一顶海盗帽，上嘴唇上留着脏兮兮的小胡子，而且永远不会怀孩子。墨西哥佬要干的是让姑娘们怀上孩子。她们会爱上那小胡子，然后呜的一声，药铺里那台小测试仪上的线条就会变成蓝色，然后又来了一个姑娘，结果一模一样。

布伦达自己已经有过“又来了一个”的经历。她告诉别人，说她知道弗雷迪的父亲是谁，但她其实并不知道，她在那里喝醉过几晚，那时他们个个看上去都不错。再说，得了，她怎么能去找工作呢？她有这些孩子呢。她能怎么办呢？让弗雷迪照顾荣耀，自己带着自由去面试？当然，她可以这样做，可除了在米奇D或者汉堡王免下车服务窗口当服务员外，还能有什么工作呢？波特兰倒是有几家脱衣舞夜总会，可像她这种肥胖体型的人想都别想。

她提醒自己中了彩票。她提醒自己今晚可以在红屋顶宾馆住进两个带空调的房间——甚至三间！为什么不呢？时来运转了！

“布伦达？”贾丝明满腹狐疑，“你这次当真？”

“那当然，”布伦达说，“好了，姐们。我已经通过了审核。赫兹租车公司的小妞说那辆商务车是红色的。”她压低嗓子又补充了一句，“正是你的吉祥颜色。”

“你是在网上还清信用卡的吗？怎么做到的？”弗雷迪和荣耀上个月有一次打闹，把布伦达的笔记本电脑从床上磕到地上，电脑便摔坏了。

“我用了图书馆的电脑。”她说“图书馆”一词时仍然像她小时候在马斯希尔那样，将它说成“图数关”，“我等了一会儿才轮到我，但还是值得的，因为那里上网免费。你觉得怎么样？”

“我们也许可以喝一瓶艾伦牌酒。”贾丝明说。只要能买到，她总喜欢那种艾伦牌咖啡味白兰地。说实话，只要能得到手，贾丝明什么都喜欢。

“没问题，”布伦达说，“我要一瓶橙色动力。可是贾丝明，我开车时不能喝。我现在只剩下驾照，可不想把它给吊销了。”

“你真觉得能从老爸老妈那里弄到钱吗？”

布伦达安慰着自己：他们只要见到孩子——条件是她能够采用胡萝卜加大棒的办法让他们好好表现——她可以得到钱。“但千万别提中彩票的事。”她说。

“绝对不会的，”贾丝明说，“我虽然是晚上出生的，但不是昨天晚上。”

她们大笑起来，这是她们小时候的口头禅，美好的口头禅。

“那你觉得怎么样？”

“我得把艾迪和罗斯·艾伦从学校接出来……”

“去你的，”布伦达说，“你究竟怎么想？”

贾丝明沉默了很久。“自驾游！”

“自驾游！”布伦达开心地大叫道。

两个人接着哼唱了起来。布伦达位于桑福德的公寓里的三个孩子、贾丝明位于北伯威克公寓里的至少一个（或许两个）孩子在大声哭闹。这两个胖女人走在街上谁也不会多看一眼，待在酒吧里哪个男人也不想挑逗，除非天色已晚、醉眼惺忪而且周围恰好没有更好的女人。布伦达和贾丝明都很清楚，男人们喝醉酒后只有一个念头：肥臀总比没有臀要强。尤其在酒吧打烊时。她们在马斯希尔时是同学，如今都住在州的南部，力所能及地相互帮助。她们属于谁也不想看到的胖妞，还有一堆孩子，现在却像啦啦队里那些蠢货一样哼唱着“自驾游，自驾游”。

九月的某个早晨，气温早已高达二十八度以上，事情就这样发生了。没有什么不同。

2. 两位曾经在巴黎是恋人的老诗人在卫生间附近野餐

菲尔·亨赖德今年七十八岁，宝琳娜·恩斯林七十五岁。两个人都瘦骨嶙峋，还都戴着眼镜，稀疏的白发在微风中飘动。他们在菲尔菲尔德附近的95号州际公路服务区停了下来，这里位于奥古斯塔以北约二十英里处。服务区主建筑用旧木板搭建而成，旁边的卫生间却是砖结构，很漂亮，甚至可以说很现代化，而且没有气味。菲尔住在缅因州，对这个服务区了如指掌，否则绝对不会两个月前建议在这里搞一个野餐。夏季，州际公路上到处都是去其他州度假的人，高速公路管理局引入了一排塑料隔离墙，结果在除夕那天将这美好的草地变得像地狱一样臭气熏天。但是现在这些隔离墙被收藏到了什么地方，服务区因而显得非常怡人。

一棵老橡树投下了树荫，树荫下有一张野餐桌，上面有天然木头结疤。宝琳娜在桌子上铺了块格子布，用柳条野餐篮压住桌布，免得微风将它吹走。她从柳条篮里取出三明治、土豆沙拉、蜜瓜块以及两片椰奶馅饼。她还带了一大瓶红茶，冰块在玻璃瓶内快活地叮当作响。

“如果是在巴黎，我们会喝葡萄酒。”菲尔说。

“如果是在巴黎，我们绝不需要在高速公路上再开八十英里，”她说，“这个冰红茶很新鲜，你就将就一下吧。”

“我不是吹毛求疵。”他说，把手放在她的手上。他的手因关节炎而发肿，她的手也一样，只是略微没有他的手肿胀得厉害。“亲爱的，这简直就是一场盛宴。”

两个人互相凝视着对方那张饱经风霜的脸。菲尔结过三次婚，有五个孩子分散在各地，宝琳娜结过两次婚，没有孩子，却有几十个不同性别的恋人。尽管如此，他们之间仍然有许多温情，不只是一点火花。菲尔既感到意外，又觉得在意料之中。到了他这个年纪，晚是晚了一点，但他还没有到行将就木的地步；他依然可以来者不拒，并为此感到快乐。他们要赶往缅因大学欧罗诺校区，参加那里举办的一个诗歌节，他们两个人联袂出席的报酬虽然不高，却也足够了。由于可以报销，菲尔便炫耀了一把，在波特兰机场的赫兹公司租了一辆凯迪拉克，并且在机场接上了宝琳娜。宝琳娜看到凯迪拉克后嘲笑他，说她早就知道他是个爱面子的嬉皮士，但她说这番话时很温柔。他当然不是嬉皮士，他反对偶像崇拜，而且独树一帜。这一点她很清楚，正如他知道她那骨质疏松的骨头喜欢这趟行程一样。

现在是野餐。晚上还有盒饭，可那盒饭是食堂供应的，不会太热，上面浇了一层汤汁，天知道里面是什么东西。而且地点只会是某间大学休息室。或许是鸡肉，或许是鱼肉，总是难以预测。宝琳娜将它称作“米色饭菜”。招待来访诗人的饭菜总是米黄色的，而且要到八点钟才能吃上。外加一些廉价的淡黄色葡萄酒，看似专门为折磨他们这种半退休老酒鬼的肠胃而酿制的。这顿野餐要可口得多，冰茶也不错。菲尔甚至突发奇想，准备吃完之后牵着她的手，去卫生间后面的高处，就像范·莫里森①那首老歌里所唱的那样，然后——

可是不行。诗人们一旦上了年纪，性欲就会永远停留在一档，就

① 范·莫里森（Van Morrtison，1945—　），英国创作型歌手，风格多样。

不应该再冒可能遭遇尴尬的风险。尤其是阅历丰富、见多识广的诗人，因为他们现在深知每一次都有可能难以令人心满意足，每一次都有可能变成最后一次。再说了，菲尔心想，我的心脏病都已经发作过两次了，谁知道和她会出现什么情况？

宝琳娜在想，不要在吃完三明治和土豆沙拉之后，更不用说在吃完椰奶馅饼之后。或许今晚吧。也不是完全不可能。她朝他微微一笑，拿出柳条篮里的最后一样东西。那是一份《纽约时报》，是在奥古斯塔的同一家便利店买的，她还在那家店里买了野餐所需的其他东西，包括格子布和冰茶瓶。像从前一样，他们猜硬币看谁先阅读报纸的《艺术与休闲》栏目。像从前一样，菲尔——他在 1970 年因《燃烧的大象》获得了国家图书奖——总是选硬币的反面，获胜的次数远远高于概率。他今天选了硬币的正面……结果再次获胜。

“哦，你这混蛋！”她大声说道，把那部分报纸递给了他。

他们吃着东西，各自看着自己手中的报纸。有一次，她用叉子叉起土豆沙拉，望着他说：“我还爱着你，你这老骗子。”

菲尔笑了笑。微风吹散了他的白发，宛如化作种子的蒲公英绒毛，下面隐约露出亮晶晶的头皮。他已经不再是那个曾经一路喧闹着走出布鲁克林的醉汉，也不再像码头装卸工那样虎背熊腰、满嘴脏话，但宝琳娜仍然可以看出他以前的影子，充满了怒气、绝望和欢闹。

“哦，我也爱你，宝琳娜。”他说。

“我们都已风烛残年，”她笑着说。她有一次几乎同时与一位国王和一位电影明星在阳台上做爱，留声机播放着《玛琪可以》[①]。罗德·斯图亚特唱的是法语。这位曾经被《纽约时报》称作美国在世的最伟大女诗人的女人，如今住在纽约皇后区的一套无电梯公寓中。“为那些不值一提的报酬，在不起眼的小镇朗读诗歌，在户外休息区吃东西。”

① 《玛琪可以》是著名创作型歌手罗德·斯图亚特第三张个人专辑《每一幅画都讲述一个故事》（1971）中的首支单曲，也是他的成名作。

“我们并不老，”他说，“我们还年轻，宝贝。”

“你究竟在说什么？”

“你听我说，”他说着把“艺术”副刊的头版递给她。她接过来，看到上面有一张照片。那是一个干瘪男人的照片，头上戴着一顶草帽，脸上带着微笑。

☆九十多岁的沃克即将出版新书☆☆

元子・里奇

到了九十五的高龄，大多数作家（如果他们仍然健在）早已退休后颐养天年，但赫尔曼・沃克是个例外。这位作家曾经创作过名噪一时的小说《凯恩舰哗变》(1951）和《痴风啼痕》(1955)。许多人还记得根据他详尽的“二战”小说《战争风云》(1971）和《战争与回忆》(1978）改编的电视剧，这些人如今大多早已在领取养老金，而沃克早在1980年就能依法领取退休金。

然而，沃克仍在笔耕不断。令人惊喜的人，他在九十岁生日前一年出版了一部颇受好评的小说《得州地洞》，今年晚些时候又将出版鸿篇巨著《上帝所说的语言》。这将是他最后的文字吗？

“我尚未准备好以任何方式来谈论这个话题，”沃克笑着说，“构思不会仅仅因为人变老就停止。身躯会衰老，但文字永远不会。”当问及（下转第19页）

照片上的沃克俏皮地歪戴着一顶草帽，宝琳娜望着草帽下那张布满皱纹的老脸，突然感到鼻子一酸。“身躯会衰老，但文字永远不会，”她说，“说得太好了。”

“你看过他的作品吗？”菲尔问。

“年轻时看过《痴风啼痕》，那是献给女性贞洁的赞歌，令人讨厌，但我还是情不自禁地被它感动了。你呢？”

“我试着读《双凤恋》，但看不下去。不过……他还在笔耕不辍。说起来令人难以相信，他这把年纪都可以当我们的父亲了。”菲尔折起报纸，放进野餐篮中。他们下面的高速公路上车辆不多，九月的天空显得那么高，上面布满了云团，预示着天气非常好。“我们上路之前，要不要切磋一下？就像从前那样？”

她想了想，然后点点头。她已经多年没有听别人朗读她的诗作了，那种体验总是有点令人灰心——就像灵魂出窍的感觉，可为什么不呢？休息区只有他们两个人。“为了仍然笔耕不辍的赫尔曼・沃克。我的创作文件夹就在手提袋的正面口袋里。”

“你放心我翻找你的东西吗？”

她斜着眼冲他一笑，然后闭上眼睛，走进阳光中，尽情享受着热浪。用不了多久，天气就会转凉，但此刻热浪滚滚。“菲利普，你要是愿意，也可以翻看我的东西。”她睁开一只眼，回头向他抛了一个媚眼，非常性感，“把我研究透，直到你心满意足。”

“我会记住这一点的。”他朝专门租来的那辆卡迪拉克走去。

*诗人在凯迪拉克车内，她想，这正是“荒诞”的定义。*她看了一会儿公路上穿梭来往的汽车，然后拿起报纸，再次凝视着老作家那张清瘦、带着微笑的脸庞。仍然健在。或许此刻正抬头望着九月的蓝天，笔记本摊开放在天井的桌子上，手边还有一杯毕雷矿泉水（或者葡萄酒，如果他的胃仍然受得了的话）。

*只要还有上帝，*宝琳娜・恩斯林心想，*她偶尔可以慷慨一次。*

她等着菲尔拿着她的创作文件夹回来，当然他还会拿上他写诗时最喜欢用的速记本。他们会玩交换朗读的游戏。他们今晚还会玩别的游戏。她再次提醒自己，并非不可能。

3. 布伦达坐在雪佛兰商务车的方向盘后，感觉就像坐在喷气式战斗机的座舱里一样

一切都是数控的。车内有卫星无线电和 GPS 显示屏。她倒车时，GPS 显示屏立刻变成了监视器，让你能够看到车后方有什么。仪表板上的一切光洁铮亮，车内充斥着新车的气味，为什么不呢？这辆车才跑了七百五十英里。她这辈子还从来没有开过里程数这么少的汽

车。只需按一下按键，就能知道平均时速、每加仑跑多少英里、还剩下多少加仑汽油。发动机几乎没有任何噪音。前排两个戽斗式座椅，装有软垫，骨白色的面料看上去像真皮。

后排有一个下拉式电视屏，还有一台DVD播放器。《小美人鱼》放不了，因为贾丝明三个月大的真理不知什么时候把花生酱抹在了碟片上，不过有《怪物史莱克》就行了，尽管他们都不知看过多少遍了。他们真正感到兴奋的却是可以一边坐在汽车里一边看这部动画片！自由坐在弗雷迪和荣耀之间；贾丝明家六个月大的“快乐”在贾丝明的大腿上睡着了，但另外五个孩子挤在后面两排座位上，聚精会神地看着片子。他们张着嘴，贾丝明家的艾迪在抠鼻子，他姐姐罗斯·艾伦口水流到了尖尖的小下巴上，但他们起码比较安静，一次也没有相互打闹。他们已经着迷了。

布伦达应该感到高兴。孩子们很安静，道路像机场跑道一样在她面前伸向远方，她正开着一辆崭新的商务车，过了波特兰之后，路上的车会少很多。数字速度计显示七十英里，然而这宝贝车连汗都没有出。不过，阴霾再次袭上她的心头。

这辆商务车毕竟不是她自己的，她得还回去。这钱花得真是愚蠢，这趟旅程尽头等待她的会是什么呢？马斯希尔。该死的马斯希尔。还得从“牧场竞技”快餐店叫外卖，她高中时一直在那里当服务员，落下了今天这样的身材。塑料包装膜蒙着的汉堡和炸薯条。孩子们饭前饭后在游泳池里玩水。他们当中至少有一个会受伤哀嚎。可能不止一个。荣耀会抱怨水太凉，哪怕水一点也不冷。荣耀总是喜欢抱怨。她会一辈子抱怨下去的。布伦达最讨厌那种牢骚，喜欢告诉荣耀那是她父亲的遗传……但其实这是来自父母双方的遗传。可怜的孩子。真的，所有孩子都很可怜。前途漫漫，需要永远顶着烈日行军在人生之路上。

她朝右边看了一眼，希望贾丝明能开个玩笑，让她心情好一点，却惊慌地看到贾丝明在哭泣。眼泪悄无声息地盈满她的双眼，顺着她的脸颊流下来，亮闪闪的。在她的大腿上，小快乐还在睡觉，嘴里含着一根手指。只要有那根手指，她就会保持安静；现在，指头的内侧已经起了水泡。贾丝明有一次看到她将手指伸进嘴里时，狠狠地打了她一下，可是打一个半岁大的孩子有什么用呢？还不如给房门一巴掌呢。有时候你就是会忍不住。有时候你就是不想忍。布伦达对此有切身体会。

“怎么啦？”布伦达问。

“没什么。别管我，好好开车就行了。”

在她们身后，贫嘴驴对史莱克说了句好笑的话，几个孩子大笑起来，但是不包括荣耀，她已经打起了瞌睡。

“好了，贾丝明，告诉我。我是你朋友。”

“我说了，没什么。”

贾丝明俯身望着睡梦中的婴儿。快乐的婴儿座放在地板上，里面有一堆尿片，顶上放着一瓶艾伦牌咖啡味白兰地，是她们驶入高速公路前在南波特兰买的。贾丝明之前只是小抿了两口，这次却猛喝了两大口，然后才将盖子盖上。眼泪还在顺着她的脸颊往下淌。

“没什么，什么都有，不管用哪种说法，事情都一样。我就是这么看的。”

“是为了汤米？为了你弟弟？”

贾丝明愤怒地大笑起来。“我在骗谁呀？那笔钱他们一个子也不会给我。老妈会把责任推给老爸，因为这样比较容易打发我，但她的想法与老爸一样。反正那笔钱也所剩无几了。你呢？你老爸老妈真的会给你一点钱吗？”

“那当然，我想会的。”

是啊。或许吧。比如给上四十美元。一袋半吃的东西。如果她使用《亨利叔叔物品买卖与交换指南》上的优惠券，那就会有两袋吃的东西。那种免费的小杂志被奉为穷人的《圣经》，可一想到翻动那些页码会让她的手指粘上油墨，她心头的阴霾便又凝重了一分。多么美丽的下午啊，虽然是九月，却更像夏季。然而，一个你不得不依靠《亨利叔叔物品买卖与交换指南》来过日子的世界是一个灰色的世界。

布伦达心想，我们怎么会落到身边有一群孩子的地步？昨天我不是还在金属加工厂背后让那个叫迈克·希金斯的家伙对我有了感觉吗？

“太妙了，”贾丝明说，然后擦掉眼泪，“我的老爸老妈，他们的院子里摆放着三样烧汽油的高级玩具，却还要装穷。你知道我老爸会怎么说我的孩子吗？‘别让他们碰任何东西，’他只会说这些。”

“也许他这次会有所不同，”布伦达说，“也许会比以前好一些。”

“他从来不会改变，而且永远不会比以前好。”贾丝明说。

罗斯·艾伦打起了瞌睡。她试着把头靠在弟弟艾迪的肩膀上，他却在她肩膀上猛地捶了一下。她摸着那地方，开始啜泣，但不一会儿又重新看起了《怪物史莱克》。她的下巴上仍然挂着口水。布伦达觉得她那样子像个傻瓜，而她也确实是。

“我不知道该说什么，”布伦达说，“反正我们可以找点乐子。红屋顶宾馆，姐们！游泳池！”

“是啊，还会有某个家伙凌晨一点敲我们家墙壁，要我让孩子们闭嘴，就好像我想要艾迪半夜醒来似的。他那些该死的牙齿正同时长出来。”

她又喝了一大口咖啡味白兰地，然后将酒瓶递给布伦达。布伦达当然知道自己不该接过酒瓶，不该去冒被吊销驾照的风险，可周围没有一个警察，就算失去驾照，她还会失去什么呢？车子是蒂姆的，他离她而去的时候开走了，再说那原本就是一辆半报废的汽车，一辆拼装车。那不算什么大损失。再说，还有那层阴霾。她接过酒瓶，倾倒过来。只抿一小口，可那白兰地温温的，口感非常好，可谓一束阳光，于是她又喝了一口。

“他们这个月底会关闭溜冰场。”贾丝明说着接过了酒瓶。

“不会吧！”

“是真的。”她凝视着前方平坦的公路，“杰克最终还是破产了。告示去年就贴在了墙上。所以每周九十块钱就这样没了。”她喝了口酒。她大腿上的快乐动了一下，接着睡觉，手指仍然插在嘴里。布伦达心想，像迈克·希金斯那样的汉子用不了几年也会想把他们的老二插进那里。她大概会愿意让他那样做的。我让他那样干了。贾丝明也让他那样干了。事情就是这样发展的。

在她们身后，菲奥娜公主说了什么俏皮话，但孩子们谁也没有笑。他们开始变得呆滞，就连艾迪和弗雷迪也一样——他们的名字像某部情景电视剧里的笑话一样可笑。

“这个世界是灰色的，”布伦达说。她本不想说这句话，但话脱口而出。

贾丝明望着她，非常惊讶。“那倒是，”她说，“你现在终于跟上潮流了。”

布伦达说：“把瓶子递给我。”

贾丝明把酒瓶递给了她。布伦达又喝了几口，然后还给贾丝明。“好了，这酒喝够了。”

贾丝明像从前那样冲她咧嘴一笑，布伦达记得她从前星期五下午在自修室就是这样笑的。可现在贾丝明脸上挂着泪痕，两眼红肿，这笑容显得很怪异。“你肯定？”

布伦达没有吭声，只是用脚将加速器又往下踩了一点。数字速度计现在显示八十英里。

4.“你先来。”宝琳娜说。

她突然感到害羞，害怕听到自己的文字从菲尔的嘴里念出来，那肯定听上去很震撼。但是也很虚假，就像干燥的雷声。他在公开场合演讲与他当着一两个朋友的面（而且没有喝酒）说话声音完全不同，但是她已经忘记了那种差别。他在公开场合说话时慷慨激昂、粗野陈腐，就像电影中某位律师面向陪审团做总结发言。在小范围中，他的声音要柔和、亲切得多，她也很高兴听到自己的诗作由他念出来。不，远不止高兴。她的心中充满了感激之情。诗歌从他的口中出来比诗作本身更优美。

用黑色唇膏的亲吻
给道路留下阴影。
农田中消融的白雪
宛如丢弃的婚纱。

腾起的雾霭化作金色尘埃。
云朵翻腾，变成散落的秀发，
它喷薄而出！
五秒钟内，那一刻变成了夏天
我变成了十七岁花季少女
折叠在我衣服的围裙中。

他放下那页纸。她凝视着他，脸上带着一丝微笑，但也很急切。他点点头。“很好，亲爱的，”他说，“很好。现在轮到你了。”

她打开他的速记本，找到看似他最近创作的一首诗，翻看着四五个字迹潦草的草稿。她知道他的写作习惯，便继续翻阅下去，直到找到不再是难以辨认的草体而是工整的小字体的版本。她给他看了眼。菲尔点点头，然后转身望着高速公路。所有这一切非常美好，但他们很快就得上路。他们不想迟到。

他看到一辆鲜红色商务车驶了过来，速度很快。

她开始朗读。

5. 布伦达看见大量腐烂的水果

是啊，她想，这就对了，为蠢货们准备的感恩节。

弗雷迪可以参军，去异国他乡参战，就像贾丝明的弟弟汤米那样。贾丝明的儿子艾迪和真理也可以参军。他们如果能活着回国的话，会有自己的大功率汽车，假如二十年后还能买到汽油的话。女孩子们呢？她们可以交男朋友，可以在电视上播放娱乐节目的过程中献出自己的贞操。男孩们会说他们会及时抽出来，而她们会深信不疑。他们会有孩子，会用平底锅煎肉，会增加体重，就像她和贾丝明一样。她们会抽一点大麻，时刻离不开冰淇淋，而且是沃尔玛出售的那种廉价冰淇淋。也许罗斯·艾伦不会。罗斯有点不对劲。即便将来上八年级，她的尖下巴上仍然会像现在这样挂着口水。这七个孩子会有十七个后代，他们的十七个后代又会有七十个孩子，而这七十个孩子又会有二百个后代。她可以看到衣衫褴褛的傻子游行队伍一路迈入未来，有些会穿着露出内裤的破牛仔裤，有的会穿着重金属T恤衫，有的会穿着沾满肉汁的女服务员制服，还有的会穿着在凯马特购买的弹力裤，臀部接缝处还缝着**巴拉圭制造**的小标签。她可以看到他们拥有的费雪牌玩具堆积如山，然后在庭院旧货出售中卖出去（这些玩具最初也是在别人家庭院旧货出售时买下的）。他们会购买在电视上看到的产品，会透支信用卡，像她这样负债……而且会反复欠账，因为这次三位数彩票中奖只是交了狗屎运，她心里很清楚。恐怕还不如狗屎运，真的：是一次戏弄。生活就是一个锈迹斑斑的轮毂罩，躺在路旁的壕沟里，而生活还在继续。她永远不会再有坐在喷气式战斗机机舱里的感觉。这种感觉一定到顶了。这个世界不会专门给人准备好一切，也不会用摄像机记录下她的生活。这是现实，不是真人秀。

《怪物史莱克》放完了，除了艾迪，其他孩子都进入了梦乡。罗斯·艾伦的脑袋再次枕在艾迪的肩膀上。她像个老太太一样打着呼噜。两个胳膊上都有红斑，因为她有时候会身不由己地抓挠自己。

贾丝明盖上白兰地酒瓶的盖子，将酒瓶放回到脚坑里的婴儿座上。她低声说道：“我五岁的时候相信世界上有独角兽。”

“我也一样，”布伦达说，“我想知道这辆车能跑多快。”

贾丝明望着前方的道路。她们经过了一块蓝色路标，上面写着“1英里处有服务区”。她看到路上没有往北去的车辆，两条车道完全属于她们。“我们试试看。”贾丝明说。

速度计上的数字从80升到了85，然后是87。油门踏板与地板之间仍然有一点空间。孩子们都睡着了。

前方就是服务区，正快速逼近。布伦达看到停车场中只有一辆车，而且是一辆豪车，大概是林肯或者卡迪拉克。*我本可以租一辆那样的车*，她心想。*钱倒是够了，但孩子太多，坐不下*。这其实就是她的人生故事。

她将目光转向别处。她望着自己高中时代的老朋友，如今就住在隔壁镇子。贾丝明也正转头望着她。商务车现在的时速接近一百英里，车子开始打漂。

贾丝明微微点点头，抱起艾迪，将她搂在怀里，紧贴着她丰硕的乳房。艾迪的嘴里仍然含着那根手指。

布伦达朝贾丝明点点头，然后更加用劲地踩油门，想找到商务车铺有地毯的地板。地板就在那里，她轻轻地将油门踏板向地板方向踩去。

6.“停下来，宝琳娜，停下来！”

他伸出一只瘦骨嶙峋的手，抓住她的肩膀，把她吓了一跳。她正低头阅读他的诗作（比她的诗作略长，但她已经读到了最后十行左右）。她抬起头，看到他正死死盯着高速公路。他张着嘴，眼镜后面的眼珠向外凸出，几乎要碰到眼镜镜片。她顺着他的目光望去，刚好看到一辆红色商务车平稳地从行车道驶入应急停车道，再从应急停车道驶入服务区入口匝道。它没有进去，车速太快，没有能驶进去。商务车越过匝道，车速至少在九十英里，冲上了他们下面的小坡，在那里撞上了一棵树。他听到了砰的一声巨响，以及玻璃破碎的响声。前挡风玻璃碎了，玻璃屑一瞬间在阳光下闪耀，她心想——大为不敬——*那真漂亮*。

那棵树将商务车切割成了两大块废铜烂铁。有什么东西——菲尔·亨赖德不忍心相信那是个孩子——被高高地抛到了空中，然后落到了草地上。接着，商务车的油箱开始燃烧，宝琳娜尖叫起来。

他站起身，向坡下冲去，并且像他年轻时那样一跃跳跃了木板条栅栏。他最近时刻不忘自己心脏不好，可当他奔向火焰中的商务车时，他甚至都没有想到自己有心脏病。

浓烟如云朵般越过田野，给干草和猫尾草投下了阴影。野花在摇曳。

菲尔在离燃烧的商务车二十码的地方站住脚，热浪炙烤着他的脸。他看到了自己已经料到会看到的场面：无人幸免；但是他绝对没有想到会有那么多遇难者。他看到猫尾草和三叶草上面都是血。他看到一片尾灯玻璃像一小块草莓田。他看到灌木丛中有一只断了的胳膊。他看到火焰中有一个正在融化的婴儿座。他看到了鞋子。

宝琳娜来到了他的身旁。她气喘吁吁。比她的眼神更凌乱的只有她的头发。

“别看。”他说。

“那是什么气味？菲尔，那是什么气味？”

“燃烧的汽油和橡胶，”他说，尽管她说的可能不是这种气味，“别看。回到车上去……你带手机了吗？”

“当然带了，我……”

“回去拨打 911。不要看。这不是你想看到的一幕。”

他也不想看，却无法将目光转向别处。多少个人？他可以辨认出至少三个孩子和一个成人的尸体——大概是个女人，但是他不敢确定。可是有那么多鞋子……他可以看到一个 DVD 碟片盒，上面有卡通人物形象……

“万一打不通怎么办？”她问。

他指着浓烟，然后又指了指三四辆已经停在一旁的汽车。“打不通没关系，”他说，“但是你要拨打。”

她挪动了脚步，但又转过身来。她在哭泣：“菲尔……多少人？”

“我不知道。许多。大概有五六个。去吧，宝琳娜。可能还有人活着。”

“你心知肚明，”她抽泣着说，“那该死的车子大大超速了。”

她迈着沉重的步子朝山坡上的停车场走去，走到一半时（现在已经有更多车辆停了下来），她的心头闪过一个可怕的念头。她回头望去，肯定自己会看到老朋友兼恋人躺在草地上。可能失去知觉，可能遭受最后一次严重的心脏打击死了。可是他还站在那里，小心翼翼地围着商务车的残骸转圈。正当她望着他时，他脱下肘部带补丁的时髦运动衫，跪到地上，将它盖在了什么上面，那要么是个孩子，要么是个成人身躯的一部分。然后，他继续围着汽车残骸转圈。

她爬上山坡后心想，他们毕生都在用文字创造美，可这一切努力只是一个幻觉。如果不是幻觉，就是给那些自私自利、不愿意长大的孩子开的一个玩笑。不错，可能就是这样。需要给那些愚蠢、自私的

孩子们开个玩笑，她想，

她走到停车场时已经是上气不接下气。她看到《纽约时报》“艺术与休闲”副刊落在草地上，微风吹动着报纸一页页地翻过。她想，管它呢。赫尔曼·沃克仍然健在，正在写一本关于上帝语言的书。赫尔曼·沃克相信身躯会衰老，但文字永远不会。所以这没有关系，对吗?

一男一女跑了上来。女人举起手机，拍了张照片。宝琳娜·恩斯林看着这一幕，没有感到丝毫惊讶。她猜想这个女人以后会给朋友们看。然后，他们会喝酒吃饭，谈论上帝的恩典，以及万事发生都有一个理由。上帝的恩典是个很酷的概念。只要没有落到你的身上，上帝的恩典依然完好无缺，仍然有可能落在你的身上。

“出什么事了?”男子冲着她大声问道，“究竟出了什么事?”

山坡下，一位皮包骨头的老诗人变得很时尚。他脱下了衬衣，准备将它盖在另一具尸体上。白皙的皮肤映衬出他叠加在一起的肋骨。他跪下来，将衬衣盖好。他将双臂伸向天空，然后又放下来，抱住自己的脑袋。

宝琳娜也是个诗人。作为诗人，她感到自己能够用上帝的语言回答刚才那个男人的问题。

“那究竟什么样子?”她说。

献给欧文·金和赫尔曼·沃克

“你从哪里得到这些点子的”与“这些点子源自何处”是不同的问题。前者没有答案，于是我会拿它开玩笑，说我是从尤蒂卡市的一家小“旧点子商店”得到的。后者有时候有答案，但在许多情况中，其实没有答案，因为故事就像梦境。进程仍在继续时，一切都很清楚，可故事讲完后，只剩下几条淡去的痕迹。我有时候认为一部短篇小说集其实就是某种释梦日记，一种赶在潜意识图像尚未消退之前将其捕获的方法。下面便是这样一个例子。我也不记得如何得到“省体欠佳”的灵感的，也不记得前后写了多久，甚至不记得在什么地方写的。

我只是确切记得，这是我写的少数几篇结尾已经明确的短篇小说，也就是说我必须精心构思这个短篇才能得到那样的结尾。我知道有些作家更喜欢在创作时心中有明确的结尾（约翰·欧文有一次告诉我，他会从写最后一行文字开始创作一部长篇小说），但我不喜欢那样。我习惯于让作品的结尾自然形成，因为我觉得如果我不知道作品的结尾，读者也不会知道。幸好，下面这个短篇却是少有的几篇，可以让读者比叙说者早一步知道结尾。

省体欠佳

一个星期以来，我一直都做着这个噩梦，但肯定是个比较清醒的梦，因为我总能在它变成一个噩梦之前退出来。只是这次它似乎总也挥之不去，因为除了我和爱伦，还有别的。床底下还有什么东西。我可以听到它的咀嚼声。

大家知道真正的害怕是什么样的感觉吗？当然知道。我是说，几乎每个人都知道。你的心脏似乎停止了跳动，嘴里发干，皮肤发冷，全身起鸡皮疙瘩。脑子里的齿轮不是啮合在一起，而是在空转。我几乎要尖叫，真的。我想，那是我不想看的东西。那是应该待在靠窗座位上的东西。

然后，我看到了头顶上的电扇，叶片在以最低速度转动。我看到拉上的窗帘中央透进来一缕晨曦。我看到床另一边爱伦的灰白头发，宛如乳草上面的绒毛。我住在纽约曼哈顿上东区，五楼，一切都没有问题。那个梦只是一个梦而已。至于床底下……

我掀掉毯子，溜下床，跪到地上，就像某个人准备祈祷一样。但是我没有祈祷，我只是提起床单镶边，朝床下望去。我起初只能看到一个黑影，接着那黑影的脑袋转了过来，两只眼睛望着我，反射着亮光。那是莱迪。它不该待在床底下呀，我估计它知道这一点（很难说清楚狗狗究竟知道什么，不知道什么），但肯定是我上床睡觉时忘记把房门关上了。要么就是房门没有锁死，它用鼻子将门捅开了。它肯定从过道的篮子里取来了它的一个玩具，至少不是那块蓝色的骨头或者那个红色的老鼠。那两个玩具装有哨子，肯定会把爱伦吵醒，而爱伦现在需要休息。她一直省体欠佳。

“莱迪，”我小声叫它，“从那儿出来。”

它只是望着我。它上了年纪，身体已大不如从前，但它并不笨。它躲在爱伦那边的床下，我够不着它。如果我提高嗓门，它将不得不过来，但它知道（我可以肯定它知道）我不会提高嗓门，因为那样肯定会吵醒爱伦。

仿佛要证明这一点，莱迪把脑袋转了过去，我又听到了咀嚼声。

好吧，这一点难不倒我。我已经和莱迪一起生活了十三年，差不多占了我婚后生活的一半时间。有三样东西保准能让它站起来。第一是它狗绳的咔哒声，以及一声高喊“电梯!”，第二是它的食盆重重放在地上的响声。第三……

我起身，顺着不长的过道来到厨房。我从橱柜里取出一袋狗粮，刻意让袋子发出咔哒咔哒的响声。根本不需要等多久，我就听到了可卡犬爪子轻轻的哒哒声。五秒钟后，它就到了，甚至都懒得把玩具叼过来。

我递给它一块小胡萝卜形状的狗粮，然后将这块狗粮扔进起居室。这样做或许有点不厚道，但对那老胖妞是个不错的锻炼。它赶紧去追对它的奖赏。我在厨房里待了一会儿，打开咖啡机，然后回到卧室。我这次很仔细，把门一直关死。

爱伦还在睡觉，赶在她之前醒过来有一个好处：不必再用闹钟。我关上闹钟。让她多睡一会儿。她得了支气管炎，我当时还担心了一阵子，但她现在在好转。

我走进卫生间，刷牙，正式开启这一天（我记得在什么地方看到过，从灭菌的角度来说，人的口腔在早晨最卫生，可我们从小养成的习惯很难打破）。我打开淋浴头，将热水调到合适温度，然后走了进去。

我最喜欢在淋浴室里想问题，而今天早晨的问题便是那个梦。一连五个晚上，我一直在做着这个梦。(可是有谁会认真计数呢，对吗?)梦里并没有发生什么真正可怕的事，但从某个角度来说这恰恰是最可怕的地方。因为我知道——绝对知道，肯定知道——将会发生很糟糕的事。如果听之任之的话。

我坐在飞机上，是商务舱。我坐在过道座位中，这也是我更喜欢的座位，上卫生间的时候不必从别人面前挤过去。我的小餐桌已经放了下来，上面放着一包花生，还有一杯橙汁，看上去很像我在现实生活中从未点过的“日出”伏特加。飞机飞得很稳。天空中如果有云朵的话，那也在我们身下。阳光洒满了整个机舱。靠窗的座位上坐着一个人，我知道如果我转过脸去看他（或者她，甚至可能是它），我肯定会看到什么东西，将这个可怕的梦变成噩梦。要是我紧盯着旁边座位上那个人的脸，我可能会发疯的。那张脸会像鸡蛋一样裂开，血淋淋的黑东西有可能如潮水般涌出来。

头发上都是肥皂，我快速将它冲洗干净后出了淋浴间，把头发弄干。我的衣服叠放在卧室的一张椅子上。我把衣服和鞋子拿进厨房，闻到厨房里弥漫着咖啡的芳香。真香。莱迪蜷起身子躺在炉子旁，抬头望着我，眼睛里满是怨气。

“别朝我翻白眼，”我对它说，然后冲着紧闭的卧室门一点头，“你知道规矩。”

它趴在那里，鼻子搁在两只前爪之间，假装睡觉，但我知道它还在望着我。

趁着咖啡还没有煮好，我选定了蔓越莓果酱。冰箱里还有我早晨常喝的橙汁，但我今天不想喝，大概是太像梦中的那个饮料了。我走进起居室，边喝咖啡边看 CNN 节目，但是我将电视机调成了静音模式，只看上面的滚动字幕。人们其实只需要了解这些。我关掉电视，吃了一碗“全麦维”麦片。八点差一刻。我打定主意，如果遛狗时天气晴朗，我今天就不打车，改为步行去上班。

好吧，天气晴朗，晚春初夏季节，万物沐浴在阳光之中。门卫卡罗站在遮阳棚下，用手机打着电话。“是，”他说，“是，我终于联系上她了。她说随便处理，只要我在就没问题。她不相信任何人，这我也不能怪她。她那里有许多好东西。你什么时候过来？三点？不能早一点到？”他的手上戴着白手套，我牵着莱迪朝屋角走去时，他朝我挥了一下手。

我和莱迪已经精确到了科学实验的地步。它每天几乎总在同一个地方方便，我准备粪便袋的速度也很快。我回来时，卡罗弯腰轻轻拍了拍莱迪。莱迪亲昵地来回摇着尾巴，但是卡罗不会给它吃的。他知道它在减肥，或者说应该是在减肥。

“我终于联系上华沙夫斯基太太了，”卡罗告诉我。华沙夫斯基太太住在5C，但只是名义上住在那里，她已经两个月没在家了。“她在维也纳。”

“维也纳，是吗？”我说。

“她说我可以尽管请灭鼠队。我把情况告诉她时，她吓坏了。四楼、五楼、六楼，只有你没有抱怨。其他人……”他摇摇头，“咳”了一声。

“我在康乃狄克州的矿区长大，那地方差不多完全毁了我的嗅觉。我可以闻到咖啡，如果爱莉香水喷多了，我也能闻出来，仅此而已。”

“这说不定还真是件好事。你太太怎么样了？还是不太舒服吗？”

“还要过几天才能回去上班，但已经好多了。当时可真把我吓坏了。”

“我也吓坏了。她有一天外出时冒着大雨，那自然……”

“爱莉就是那样，”我说，“什么也拦不住她。要是她觉得想去什么地方，她肯定会去。”

“我当时暗想，‘咳成那样，简直会要人命。’”他举起一只手，做了个“停止”的手势。“我不是真的以为……”

“我明白，”我说，“她当时咳成那样，确实差一点要住院。可我最终还是说服她去看了医生，现在……在一天天好起来。”

“好，好。”接着，他又将话题拉回到了他心中真正想说的事情上，“我告诉华沙夫斯基太太的时候，她感到恶心透了。我说我们可能最终只会在某个冰箱里找到腐烂变质的食品，但我知道情况比这严重。那几层楼中鼻子没有问题的人也都知道这一点。”他脸色严峻，微微点点头，“你记住我的话，他们会在那里找到一只死老鼠。吃的东西虽然也会发臭，但不是那种臭味。只有什么东西死了才会发出那样的臭味。好吧，一只老鼠，也许两只。华沙夫斯基太太也许用过老鼠药，只是不想承认罢了。”他弯下腰，又轻轻拍了一下莱迪，“你也闻到了，是不是，姑娘？你肯定闻到了。”

咖啡机周围到处都是紫色的便条，都来自同一本便条簿。我将这个紫色便条簿拿到厨房餐桌上，重新写一张便条。

爱伦：我已经遛过狗，咖啡也煮好了。要是你感觉还好，想去公园转转，那就去吧。只是不要去太远。你终于在慢慢好起来，所以我不希望你过于疲劳。卡罗再次告诉我，说他“闻到了一只耗子”。我估计 5C 周围的每个人都闻到了。我们两个算是比较幸运，你鼻子塞了，我“嗅觉不灵”。哈哈！要是你听到过道里有人，那是灭鼠队。卡罗会陪着他们，所以别担心。我准备步行上班，需要再想想最新推出的男性神奇药。希望他们把那名字打在上面之前能听取我们的意见。记住，**不要过于疲劳**。爱你—爱你。

我匆匆写了六个 × 来强调这一点，签名的 B 字外面还画了一个心。然后，我把便条放在咖啡机周围的其他便条上，出门之前还给莱迪喝水的盆子里加满了水。

要走大约二十个街区，我也不想思考最新推出的男性神奇药。我在想灭鼠队的事，他们下午三点钟来，如果可能的话，或许还要早一点。

我猜想，准是那些梦打乱了我的睡眠周期，因为上午在会议室开会时我差一点睡着。不过，当皮特·温德尔展示为新的“非凡的彼得罗夫”广告宣传准备的海报样本时，我还是猛地醒了。我已经看到过了。那还是上星期他在电脑上修改时，我在他办公室的电脑上看到的，现在再次看到它，我立刻知道梦中至少有个元素来自何处。

“非凡的彼得罗夫伏特加，”奥拉·麦克利恩说，她那丰腴的乳房随着这声夸张的叹息上下颤动，“如果说这个名称是俄罗斯新资本主义的例证，那么它到来时就已经寿终正寝了。”几位年纪较轻的男士开怀大笑，他们巴不得看到奥拉的金色长发铺满他们身旁的枕头。“我没有冒犯你的意思，皮特。撇开‘非凡的彼得罗夫’不说，这确实是个不错的创意。”

“丝毫没有冒犯，”皮特说，脸上挂着逢场作戏般的笑容，“我们尽力而为。”

海报上有一对夫妇，正在阳台上相互举杯，远处夕阳西下，海港到处都是豪华游艇。下面的文字说明为：**日落，享用伏特加日出的完美时刻。**

大家就彼得罗夫瓶子应该放在何处——右边？左边？中间？下面？——展开了讨论，弗兰克·伯恩斯坦建议，添加产品配方有可能会延长浏览时间，尤其是网络广告，或者像《花花公子》和《时尚先生》这样的杂志。我开始走神，琢磨着梦中飞机上放在小桌板上的那杯饮料，直到我意识到乔治·斯莱特里在叫我。我能够记得他的问题，这不啻为一件好事。你可不能请乔治重复一遍。

“我的看法其实和皮特一样，”我说，“客户自己选定了名字，我只是尽力而为。”

有人发出了善意的笑声。大家已经拿沃内尔药厂最新的药品开过许多玩笑了。

“也许星期一我可以拿出一些东西给大家看，”我说话时没有看乔治，但他明白我的意思，“下星期三肯定没问题。我想给比利一个机会，看看他有什么创意。”比利·埃德尔是我们最新的雇员，实习期间当我的助手。他还没有收到邀请来参加早晨的例会，但我喜欢他。安德鲁斯–斯莱特里广告公司的每个人都喜欢他。他聪明好学，我敢说一两年内他就能成熟。

乔治在思考这一点。“我原本希望今天能看到一个创意，甚至能看到一个草图。”

一片寂静。每个人都在盯着自己的指甲。这相当于乔治在公开训斥大家，也许我是罪有应得。我这个星期确实状况很糟，将责任推给一个孩子说不过去，内心的感觉也不好。

“好吧。”乔治终于松了口，你可以感觉到会议室顿时轻松了许多。那就像一丝清凉的和风，稍纵即逝。谁也不想目睹有人在阳光灿烂的星期五上午在会议室挨训，而我肯定不想挨训。心中的事太多。

我想，乔治闻到了死老鼠的气味。

“爱伦怎么样了？”他问。

“好一点，”我说，“谢谢你问起。”

上午还有几个展示，然后会议结束。感谢上帝。

二十分钟后，比利走进我办公室时，我差一点在打瞌睡。想想看，我在打瞌睡。我赶紧坐直身子，希望那孩子以为我是在沉思。他大概太兴奋，根本没有注意到。他的一只手拿着一块海报板。我觉得他在伯顿可高中会显得更合适，他可以在那里举着一块大告示牌，宣传周五晚上的舞会。

“会开得怎么样？”他问。

“还好。”

“提到我们了吗？”

“你知道他们肯定会的。你给我带来了什么，比利？”

他深吸一口气，将海报板转过来，让我看到。左边有一瓶处方药“伟哥”，瓶子大小与实际相仿。右边——广告界每个人都会告诉你，右边是广告的重中之重——是一瓶我们的产品，瓶子要大得多。下面的文字说明：**劲头——十足，比“伟哥”强了十倍**！

我盯着这幅海报，比利望着我，满怀希望的笑容开始淡去。“你不喜欢这个。”

“这不是喜欢不喜欢的问题。在我们这一行，从来没有喜欢不喜欢可言。问题在于什么成功，什么失败。这个成功不了。”

他顿时显得郁郁不乐。如果乔治·斯莱特里看到他这副表情，一定会和他聊聊，以减轻他的紧张情绪。但是我不会，而且不会在乎他会有什么样的感觉，因为我的工作就是要教会他。尽管我满脑子都在想别的事，我还是会尽量教给他一点东西，因为我爱这一行。虽说这一行无法赢得人们太多尊重，但我还是热爱着它。而且，我可以听到爱伦在说：宝贝，不要放弃。一旦选定了某个行业，那就干到底。那样的决心让人多少有些心生恐惧。

“坐下，比利。”

他坐了下来。

“别噘着嘴，你这愁眉苦脸的样子看上去像刚刚把奶嘴掉进马桶里的孩子了。”

他竭尽全力。这也正是我喜欢这孩子的原因。孩子们什么都得试一试，如果他打算在安德鲁斯-斯莱特里公司干下去，那他最好什么都试一试。当然，他还得什么都干一干。

“好消息是我不打算从你那里全部接过来，主要是因为沃内尔制药公司起了这么一个像多维片一样的名字，给我们增加了难度，而这不是你的过错。但是我们要把这猪耳朵做成丝线包。在广告业，百分之七十的时候都是这样，也许高达百分之八十。所以你给我听好了。”

他微微咧嘴一笑：“我要做笔记吗？”

“别自作聪明。首先，为某种药品做广告时，绝对不能把处方药品放在上面。商标可以，有时候甚至连药片也可以，这要看具体情况。你知道辉瑞公司为什么要让人看到‘伟哥’的药片吗？因为它是蓝色的。消费者喜欢蓝色。药片的形状也起到了作用。消费者对‘伟哥’药片的形状反应积极。但是人们绝对不愿意看到装药片的处方药瓶，因为那会让他们想到疾病。明白了吗？”

“也许可以用小一号的‘伟哥’，再用大一号的‘劲头十足’药片？用这些替代药瓶？”他举起双手，在空中勾画着文字说明，“‘劲头十足，大十倍，好十倍。’明白了？”

“是的，比利，我明白了。食药局也会明白的，而且他们不会喜欢。事实上，他们可以命令我们停止使用带文字说明的广告，我们会因此亏一大笔钱，更不用说还会失去一个非常好的客户。”

“为什么？”这简直是在哀鸣。

“因为它没有十倍大，也没有十倍好。伟哥、西力士、艾力达、劲头十足，它们壮阳的效果差不多。好好研究一下，孩子。稍稍补习一下广告法对你也没有坏处。你想说‘吹牛牌’全麦松饼比‘大嘴牌’全麦松饼好吃十倍？那你得尝一尝，口味是一种主观判断。什么东西能让你的阴茎硬起来，能够挺多久……”

“好吧。”他低声说。

“还有一点。从阳痿的角度来说，任何东西需要‘强十倍’都非常软弱。这种广告早已过时，就像‘厨房里两个女人’那种广告模式一样。”

他一脸茫然。

“广告界的术语，指二十世纪五十年代肥皂剧中插播的电视广告，两个女人在厨房里讨论并推荐某个产品。”

“你在开玩笑！”

“没有。这是我一直在玩的东西。”我开始在便签上匆匆书写，但一时间我又想起了温馨的5-B旧公寓咖啡机周围散落的那些便条——它们怎么还在那里？

“你不能讲给我听吗？”比利的声音仿佛在千里之外。

“不行，因为广告不是口头媒介。永远不要相信大声宣传的广告。一定要写下来给别人看。给你的铁哥儿们看，或者你的……怎么说呢，你的妻子。”

“你没事吧，布拉德？”

“没事。怎么啦？”

“我不知道，你刚才的样子很古怪。”

“只要我周一做介绍的时候样子不古怪就行了。现在——你觉得这个怎么样？”我把写字板转过来，给他看我在上面写的东西：**劲头十足……献给那些想来硬的的男人。**

“这像黄色段子！”他反对道。

“你说对了，但我现在用的是大写正体字体。你可以想象一下用柔软的斜体字会有什么效果。或者用小字号，加括号。就像一个秘密。”我加上括号，只是括号加在正体字上效果不明显。但括号肯定会有效果。我知道这一点，因为我可以看到它。“好了，现在轮到你出场了。想象一张照片，上面有一个魁梧的男子，身穿低腰牛仔裤，露出内裤顶部。上身穿件运动衫，衣袖已经剪掉，枪上面还有一点油脂和尘土。”

“枪？”

“他的二头肌。还有，他的旁边有一辆大功率汽车，引擎盖撑起。你现在还觉得这是一个黄色段子吗？”

“我……我不知道。”

“我也不知道，有点说不准，但我的直觉告诉我这肯定会成功。

只是现在还没有。文字说明仍然分量不够，你这一点说对了。文字说明必须有分量，因为它是电视广告和网络广告的基础。你去琢磨琢磨。让它成功。记住关键词……”

突然，就那么一下，我知道那该死的梦的其他内容来自何处了。一切都对上了。

“布拉德？”

“关键词是‘硬’，”我说，“因为一个男人……一旦遇到有什么不正常——他的阴茎、他的计划、他的生活——他就会来硬的。他不想放弃。他记得从前的样子，希望一切重新回到老样子上。”

是的，我认为是的。他当然这样认为。

比利在傻笑：“这我倒是不知道。”

我挤出一丝笑容，但怎么那么艰难，仿佛我的嘴角挂着秤砣。突然间，我似乎又回到了那个可怕的梦中，因为我的身边有我不想看到的东西。只是这不是一个清醒的梦，我可以退出。

这是清醒的现实。

比利出去后，我起身去了卫生间。现在是上午十点，事务所大多数家伙已经排空了早晨所喝的咖啡，此刻正在小小的休息室再往肚子里灌咖啡，因此卫生间里只有我一个人。我褪下裤子，免得有人进来后碰巧从门下面看到，然后觉得我举止怪异。但我来这里其实只是为了思考。

加入安德鲁斯-斯莱特里广告事务所四年后，阿司匹林止痛片的广告业务落到了我的身上。我这辈子做过几笔特殊业务，有一些很成功，这是其中的第一笔。一切发生得很快。我打开样品盒，取出药片，广告宣传活动的基础——广告人有时所称的“芯材”——立刻涌上了我的心头。当然，我装模作样地忙了一会儿——你不想让人觉得它太容易，然后出了几张设计图。爱伦给我帮了忙。我们那时刚刚得知她无法怀孕，与她儿时得风湿热时服用的药物有关。她心情非常不好。让她帮我准备阿司匹林广告设计图转移了她的注意力，而她也真的全身心投入了进去。

艾尔·彼得森当时还在管事，于是我带着设计图去找他。我记得我坐在他办公桌前的透气椅子上，看着他慢慢翻阅我们所准备的设计图，我的心跳到了嗓子眼。等他终于放下设计图，抬起他那头发凌乱的脑袋望着我时，我觉得他沉默了至少一个小时。然后，他说："这些很不错，布莱德利。不是不错，是很棒。我们明天下午见客户。你来做介绍。"

我做了介绍。杜根制药公司的副总裁看到那张照片后，顿时兴奋不已。照片上有一个女工，挽起的衣袖上插着一瓶阿司匹林。这场广告宣传一下子将阿司匹林带到了与其他巨头——拜耳、安乃近、百服宁——平起平坐的地步，到那年年底，我们接过了杜根制药厂的所有广告业务。价格？七位数，还不是一个小七位数。

我用奖金带爱伦去拿骚玩了十天。我们从肯尼迪机场出发。那天早晨大雨如注，我仍然记得，飞机冲破云层，机舱内洒满阳光，她开怀大笑，高声喊着"吻我，亲爱的"。我真的亲吻了她，过道另一边的夫妇——我们当时坐了商务舱——为我们拍手鼓掌。

那是最美好的时刻。半小时后我们遇到了最糟糕的时刻。我转身望着她，一时觉得她好像死了。主要是她睡觉的样子，脑袋耷拉在肩膀上，嘴巴张着，头发差不多粘在窗户上。她很年轻，我们当时都很年轻，但爱伦时刻都有突然暴毙身亡的可能性，令人恐怖。

"弗兰克林太太，大家以前把你这种病称作'不孕不育'，"医生将坏消息告诉我们时说道，"不过对于你来说，无法怀孕反而有可能是因祸得福。怀孕会给你的心脏带来压力，而这都是因为你小时候得病没有正确治疗造成的，但你的心脏仍然很强壮。如果不慎怀孕，孕期最后四个月你得卧床，而且即便如此，结果依然难以确定。"

我们那次出发度假时，她并没有怀孕，最后一次体检的结果也很好，但飞机升至飞行高度的过程相当颠簸……她那样子好像停止了呼吸。

这时，她突然睁开了双眼。我坐回到过道边的座位上，颤抖着长舒了一口气。

她满腹狐疑地望着我："怎么啦？"

“没什么：只是你睡觉的样子，仅此而已。”

她擦了擦下吧。“哦，上帝，我流口水了吗？”

“没有。”我笑着说，“可是有那么一刻，你看上去……像死了一样。”

她也大笑起来：“要是我真死了，我估计你会把我的遗体运回纽约，然后跟巴哈马的某个妈咪鬼混。”

“不，”我说，“我会一直带着你。”

“什么？”

“因为我无法接受，永远无法接受。”

“过了几天你肯定得接受。我会腐烂发臭。”

她的脸上挂着笑容。她以为那只是一场游戏，因为她并没有真正理解医生那天对她说的话。像老话所说的那样，她并没有往心里去，而且她并不知道自己的样子——阳光照在她那冬日般惨白的脸上，也照在弄脏的眼睑以及松垂的嘴巴上。可是我看到了，我往心里去了。她就是我的心，我守护着它，谁也别想把它从我这里夺走。

“你不会的，”我说，“我会让你活着。”

“真的？怎么做？靠招魂术？”

“靠的是永不放弃，靠的是广告人最宝贵的资产。”

“那是什么，阿司匹林先生？”

“想象力。我们现在可以聊一些开心的事了吗？”

我一直在等电话，三点半终于接到了。电话那头不是卡罗，而是公寓大楼的主管伯克·奥斯特洛夫。他问我几点钟回家，因为人人都闻到的那只老鼠不在5C，而是在我家。奥斯特洛夫说灭鼠队四点钟走，因为他们还有活，但这还不是要点。重要的是把出问题的地方纠正过来，顺便说一句，卡罗说大家已经有一个多星期没有看到你太太了，只看到你和狗。

我解释说我嗅觉不好，爱伦有支气管炎。我说，就她目前的病情而言，除非烟雾报警器响起来，否则窗帘着火了她都不知道。我相信莱迪闻到了，可是对于一条狗来说，一只腐烂的老鼠发出的臭味大概像第 5 频道的气味一样。

“我都听明白了，弗兰克林先生，但是我仍然需要进去查看一下。还得将灭鼠队再请回来。我认为你有可能要付钱给他们，而且恐怕还不便宜。我倒是可以用总钥匙开门进你家，但我更愿意看到你能……”

“是的，我也会更舒服，更不用说我太太了。”

“我试着给她打过电话，但是她没有接。”我现在可以听出他的语气中透着一丝怀疑。我已经把一切都解释过了，这也是广告人所擅长的，但广告的说服力只能维持大约六十秒。所以，你会一遍遍地听到同一则广告或者口号：轻轻一抹就搞定。省时省钱。百事可乐，专为那些思想永远保持年轻的人设计。我爱这东西。冠军早餐。那就像钉钉子，直接钉到木芯。

“电话可能静音了，而且吃了医生给她开的药之后，她睡得很沉。”

“弗兰克林先生，你什么时候到家？我可以等到七点钟，然后就只有阿尔弗雷德一个人。”听他声音中那种蔑视的语气，我觉得还不如与街头疯子打交道。

绝不，我想，我绝不回家。事实上，我从一开始就从来没有回过家。我和爱伦在巴哈马群岛玩得非常尽兴，于是我们搬到了凯布尔海滩，我在拿骚的一家小公司找了份工作。我的宣传对象包括游轮特价票（“登船就是目的地！”）、立体音响促销（“不仅要听得更好，还要听得更便宜！”）、超市开业（“在棕榈树下省钱！”）。纽约所有这一切只是一场清醒的梦，我随时可以从里面逃出来。

“弗兰克林先生，你还在听吗？”

“当然。我只是在想事。我还有一个会议，必须参加，我们能不能六点左右在我家碰头？”

“在楼下大厅怎么样，弗兰克林先生？我们可以一起上楼。”换句话说，我不会让你先行一步，你这位天才广告先生有可能杀死了自己的妻子。

我想问他怎么会相信我能比他先一步到家，并且处理掉爱伦的尸体 因为他心中正是这样想的。也许谋杀的想法在他的心中并非排第一，但恐怕也不会排最后。丈夫谋杀妻子可是生活频道中的大新闻。也许他认为我会使用货运电梯，将她的尸体藏在储藏室；也许将尸体扔进垃圾焚烧炉？自助式火化。

“楼下大厅完全没有问题，”我说，“六点钟。如果我能赶得及的话，可能五点三刻。”

我挂上电话，朝电梯走去。我得经过休息室才能走到电梯口。比利·埃德尔正靠在门口，喝着诺奇。这是一种令人非常讨厌的汽水，但我们这里只出售这一种。这家公司是我们的客户。

“你去哪儿？”

“回家。爱伦给我来了个电话，她不舒服。”

“你不带公文包？”

“不带了。”恐怕得有一阵子用不上公文包了。实际上，我可能永远不再需要它了。

“我正在设计新的‘劲头十足’文字说明，我想肯定会大获成功的。”

“我相信。”我说，而且我也确实相信。比利·埃德尔很快会得到提升，这对他是好事。“我得赶紧走了。”

“那是的，我明白。”他才二十四岁，什么都不明白，“代我向她问好。”

安德鲁斯-斯莱特里广告事务所每年都会接受六个实习生；比利·埃德尔就是这样开始的。大多数实习生表现出色，弗雷德·威利茨起初也显得非常出色。我把他招到我的麾下，结果发现他偷东西上瘾，把我们的库房当成了他自己的私人狩猎区。我只好承担“解雇”他的责任——我估计你可以这么说，尽管实习生从一开始就没有正式“聘用”。坞莉业·艾灵顿有大下午当场抓住他把一叠叠纸装进自己的公文包，只有上帝知道在那之前他偷走了多少东西。后来发现他精神还不太正常。当我告诉他被开除时，他顿时暴跳如雷。趁他在大厅冲着我吼叫，皮特·温德尔叫来保安，把他强行带走了。

弗雷德显然有更多的话要说，因为他开始在我的住处周围晃悠，在我回家时冲着我慷慨陈词。不过，他和我保持着一段距离，警察声称他只是在行使言论自由的权利。但我害怕的不是他那张嘴。我一直在想，除了打印机墨盒和大约五十包打印纸外，他还可能偷走了一把开箱刀或者一把美工刀。于是我请卡罗给了我一把员工入口的钥匙，上下班时开始从那里进出。那都是秋天的事，九月或者十月。天气转凉后，那位年轻的威利茨先生只好偃旗息鼓，另寻去处，但卡罗一直没有把钥匙要回去，我也一直没有还回去。我估计我们两个人都忘记了。

于是，我没有告诉出租车司机要去哪里，而是要他在下个街区让我下车。我付了车费，还给了他一大笔小费——嗨，只不过是钱嘛——然后走进了员工通道。我一时有种不祥的感觉，以为那钥匙不管用，可当我捣鼓了一下后，钥匙转动了。员工电梯内的四壁有棕色的保护衬垫，我想，肯定是让我预先感受一下他们将要关押我的那种软壁囚室，当然那只是情景剧中的情节。我可能得从事务所请假，我所干的事肯定违反了聘用协议，可是……

我究竟干了什么？

我过去这个星期一直在干什么？

“让她活着，”我说，电梯停在了五楼，“因为我不忍心让她死去。”

她没有死，我安慰自己。她只是身体欠佳。这个托词像广告中的文字说明一样糟透了，却在过去一周让我心安理得，而在广告行业中，最重要的就是短期效果。

我进了屋。屋里的空气静止不动，暖暖的，但我什么也没有闻到。我安慰自己，反正在广告行业中，想象力也同样重要。

“亲爱的，我回来了。”我大声说，“你醒了吗？感觉好一点没有？”

我估计今天早晨忘记关上卧室房门了，因为莱迪鬼鬼祟祟地从卧室走了出来。它舔着自己的下颌，看了我一眼，眼睛里都是歉疚。然后，它摇摇晃晃地走进了起居室，尾巴拳曲着，压得很低。它没有回头看我。

“亲爱的？爱伦？”

我走进卧室，依然只看到她那乳草绒毛般的白发，以及被子下面她的身体形状。被子有一点凌乱，所以我知道她起来过——哪怕只是喝点咖啡，然后又上床睡觉了。我还是上星期五回家后发现她没有呼吸的，打那以后，她一直在睡觉。

我绕到她这一边，看到她的手垂在那里。那只手现在只剩下了骨头和几条肉。我凝视着它，想到其实有两种方法来看待这只手。从一种方法来看，我得给我的狗安乐死——其实那是爱伦的狗，莱迪总是最喜欢爱伦。从另一种方法来看，你可以看出莱迪很担心，正试图唤醒她。来吧，爱莉，我想去公园。来吧，爱莉，我们一起玩我的玩具。

我把那只消瘦的手塞到被子下，这样它就不会感觉到冷。然后，我挥手赶走几只苍蝇。我都不记得家里什么时候见到过苍蝇了，大概是嗅到了卡罗所说的那只死老鼠。

“你知道比利·埃德尔吗？”我说，“我在那个该死的‘劲头十足’业务上指点了他一下，我认为他会做好的。”

爱伦没有吭声。

“你不会真的死了吧，”我说，“我无法接受。”

爱伦没有动静。

“你想喝咖啡吗？”我瞥了一眼手表，“想吃点什么吗？家里有鸡汤，就是那种袋装的，热了以后味道还不错。”热了以后味道不错，那该是多么糟糕的广告语啊。“你说什么，爱伦？”

她什么也没有说。

“好吧，”我说，“没关系。宝贝，还记得我们去巴哈马度假的事吗？我们去潜水，结果你在哭泣，我们只好放弃。我问你为什么哭，你说‘因为这一切太美了’。”

现在哭泣的是我。

“你真的不想起来走一走？我要打开窗户，换点新鲜空气。”

爱伦没有动静。

我叹了口气。我抚摸着她那蓬松的头发。“好吧，”我说，“你干吗不再睡几个小时呢？我就坐在你身旁。”

我真的就这样做了。

献给乔·希尔

是啊，是关于棒球，但给它一个机会，行吗？你不一定非得是水手才会喜欢帕特里克·奥布莱恩[1]的小说，而且你也不一定非得是赛马骑手——甚至是下赌注高手——才会喜欢迪克·弗朗西斯[2]的悬疑小说。短篇小说常常会因为人物和情节而真实生动，所以我也希望大家能在这个短篇中发现类似的生动情节。这个短篇的灵感来自观看一场季后赛，裁判的一次误判差一点在亚特兰大市的透纳球场引起一场骚乱。球迷们将杯子、帽子、标志牌、手中挥舞的小旗和啤酒瓶雨点般地扔向球场。一只装有一品特威士忌的酒瓶（此时当然已经空了）击中了一名裁判的脑袋，两支球队暂时离场，直到秩序恢复。电视评论员哀叹说缺乏体育精神，仿佛这种厌恶与怒火的发泄一百多年来从未在美国的球场上发生过一样。

我终生热爱棒球，一直想写一写棒球赛，尤其是从前的棒球赛。那时，各种激烈火爆的争议被视为球赛合法的一部分，而且还伴有“杀了裁判！”和“给他买一只导盲犬！”这样的喊声。那时，棒球几乎与橄榄球一样充满了暴力，球员滑垒[3]上二垒时，鞋子上的鞋钉朝上，人们不是严禁球员在本垒板上相撞，反而期待他们相撞。那时，如果依据电视回放来改判裁判的判决，球场上的结果会非常恐怖，因为裁判的话就是金科玉律。我想用从前那些球员的话来总结二十世纪中叶美国体育的质地与色彩。我想看看我能否创作一篇既带着一份神秘，又有一点滑稽的东西（当然是以恐怖的方式）。

---

① 帕特里克·奥布莱恩（Patrick O’Brain，1914—2000），英国小说家、传记作家，重要作品包括以拿破仑战争期间的海战为背景创作的二十余部长篇小说，以及传记《毕加索传》。

② 迪克·弗朗西斯（Dick Francis，1920—2010），英国犯罪小说家，常以赛马为主要情节。

③ 滑垒：棒球术语，指跑垒员身体贴地滑动的占垒动作。

我还有机会让自己置身于作品当中，而我非常喜欢这样做。（毕竟我作为作家赚到的第一笔钱就是为里斯本《企业》报担任体育记者。）我儿子把那称作“元虚构作品”。我只是觉得比较好玩，而且我希望这个短篇小说也比较好玩：老式的乐趣，最后一行抄自一部了不起的电影，名叫《日落黄沙》。

粉丝读者们，小心刀锋，这毕竟是斯蒂芬·金写的短篇小说。

封杀王比利

威廉·布莱克利?

哦，我的上帝，你是说封杀王比利?已经多年没有人向我问起过他了。当然，在这里也没有人问我太多的事情，除了有人问我是否想报名参加城里议会厅K厅举办的什么波尔卡之夜，或者报名参加什么虚拟保龄球赛。那就在这里的公共活动室里举行。金先生，尽管你没有提出来，我还是想给你一个忠告，那就是不要变老，就算是变老了，也不要让你的家人把你送进这样的僵尸酒店。

变老真是件可笑的事。年轻的时候，人人都想听你的故事，尤其是如果你干的是职业棒球这一行。可你年轻的时候没有时间讲给他们听。我现在倒有的是时间，但好像对于从前的事谁都不感兴趣。不过，我仍然喜欢想那些事。我当然会给你讲比利·布莱克利的事。这个故事当然令人毛骨悚然，但可怕的故事最经久不衰。

那时候的棒球与现在不同。别忘了，“封杀王比利”为大力神球队效力时，杰克·罗宾逊刚刚打破肤色界限十年，如今大力神球队早已不见了踪影。我估计新泽西州永远不会再有一支大联盟棒球队了，尤其是在河对面的纽约州有两支强大的球队的情况下。不过大力神当时是支强队——我们很强——而且我们简直是在另一个世界比赛。

比赛规则与现在一样。这些不会改变。一些小仪式也基本相同。哦，谁也不许歪戴球帽，或者把帽檐弄弯，头发必须又短又整齐（我的上帝，就像现在那些傻帽的发型一样）。但有些球员上场之前仍然在胸前画十字，或者在入场击球之前会用球棒头朝自己身前扒拉一点尘土，或者在各就各位时跳过垒线。谁也不想踩中垒线，那将是最倒霉的事。

球赛都是地区性的，明白吗?电视转播刚刚开始，但只是在周末。我们的市场很好，因为比赛都在WNJ电视台转播，纽约的每个人都可以看到。有些转播很富有喜剧色彩。与今天的比赛相比，完全像南方各州的业余球赛。电台直播要好得多，也更专业，不过那也仅限于地方台。没有卫星转播，因为当时还没有卫星！那年在扬基队对勇士队世界职业棒球大赛期间，俄国人把第一颗卫星送上了天。我记得，那天恰好没有比赛，但我也有可能记错了。我记得大力神队那一年早早就被淘汰了。我们拼搏了一阵子，这在一定程度上多亏了封杀王比利。不过你知道后来发生的事，所以你才来这里，对吗？

下面才是我要说的：由于棒球当时在全国影响力还比较小，所以球员们还算不上大牌。我不是说没有球星，当时确实有阿伦、博德特、威廉斯、卡莱恩，当然还有米克，但大多数球员不像阿里克斯·罗德里格斯和巴里·邦兹这样家喻户晓。如果你问我，我得说这都是一群天天吞药的二流球员。至于大多数其他球员嘛，我可以用两个字形容他们：行尸。当时的平均工资只有一万五，还赶不上现在高中老师第一年的收入。

行尸走肉，明白吗？就像乔治·威尔在他那本书里所说的那样。只是他在书中的口吻像是在说那是好事。我说不准，如果你是个游击手，已经三十岁，家里有老婆和三个孩子，职业生涯也许只剩下七年。如果运气好而且不受伤，可能还有十年职业生涯。你知道吗？卡尔·富里罗最后在世贸中心安装电梯，晚上还兼职当保安。你知道？你觉得威尔那家伙知道吗，或者只是忘记提及这一点了？

重点在于，如果你有技术，哪怕是酒后头晕还能打好比赛，那么你就上场。如果做不到，你就会被淘汰。就这么简单。就这么残酷。所以我就要说一说那年春季我们的接球状况了。

我们大力神队的训练营在萨拉索塔，我们当时状态不错。我们的首发接球手是约翰尼·古德凯恩得。也许你不记得他了。如果你还记得他，那大概是因为他最终的结局。他有四年战绩辉煌，击球率超过0.300，几乎每场比赛都上场。他知道如何对付接球手，而且不需要别人帮他。其他队员都不敢怠慢他。他那年春季的击球率他妈的接近0.350，还有大概十多个本垒打，其中一次击出的球又深又远，我在艾德·史密斯球场还从未看到过，因为在那个球场球打不远。那个球造成了某位记者的雪佛莱的挡风玻璃出局了——哈哈！

但他也嗜酒如命，球队本该北上打第一个主场，他却在出发前两天在菠萝街开车撞了一个女人，将她当场碾死，就像碾死一只睡鼠，或者碾压了一颗大头门钉。随你怎么说。然后，这该死的蠢货想逃逸，可是奥兰芝街角就停了一辆县警察的巡逻车，车里的几个警察目睹了这一切，而且对约翰尼当时的状态也确定无疑。他们把他从车里拽出来时，他身上的气味就像一家酒厂，而且站不稳。有个警察弯腰给他戴上手铐，约翰尼居然呕吐在了那家伙的后脑勺上。吐在警察身上的东西还没有干，约翰尼·古德凯恩得的棒球生涯就结束了。就算是贝贝[①]开车压死一位早晨外出买东西的家庭主妇，他也无法再继续棒球生涯。我估计他最后落到了为雷福德监狱球队征集队徽的地步，如果监狱里有球队的话。

他的替补队员是弗兰克·法拉迪。站在本垒板后面的表现还不错，但充其量只是一个击球手。击球率大约只有0.160。块头也不大，所以常常遇到风险。金先生，那时候的球赛很粗野，球场上充斥着骂人的脏话。

但我们只有法拉迪。我记得蒂普诺说他坚持不了多久，可就连杰西·乔也没有料到他的运动生涯会那么短暂。

那年最后一场表演赛开始时，法拉迪站在本垒板后面。对手是红队。当时采用的是冒险抢分战术。唐·霍阿克在本垒板上。某个大块头——我想应该是泰德·克鲁谢夫斯基——在三垒。霍阿克将球击打给杰里·拉格，因为拉格那天是我们的投手。身材高大的克鲁冲向本垒板，二百七十多磅的波兰后裔血肉之躯。而法拉迪站在那里，一只脚踩着本垒，像风味吸管一样皮包骨头。爱莫能助，只能等待糟糕结局。拉格把球扔给法拉迪，法拉迪转身去触杀对方。我都不忍心看下去。

这小家伙出局了，我可以原谅他，但那是春训出局，对于球队大方案来说，就像有人在强风中放了个屁一样恶心。弗兰克·法拉迪的

---

① 此处指贝贝·鲁斯（Babe Ruth，1895—1948），美国职业棒球球星。

棒球生涯就此终结。断了一只胳膊，断了一条腿，外加脑震荡——这就是代价。我不知道他最终怎么样了，只知道他后来在图克姆卡里的一家埃索公司加油站给人擦洗挡风玻璃，挣点小费。

就这样，我们在短短四十八小时内失去了两名接球手，去北方比赛时只能让甘齐·伯吉斯站在本垒板后接球，他原先也是接球手，朝鲜战争结束后不久改打投手。甘齐那个赛季已经三十九岁，只适合当个中继投手，而且只会投出不旋转球。他在这一点上像魔鬼撒旦一样娴熟，所以乔·蒂普诺无论如何也不愿意拿他那把老骨头在本垒板后面冒险。他说他宁愿先把我派上场。我知道他在开玩笑，但他的这个想法仍然让我不寒而栗，因为我只是一个三垒教练，腹股沟那一块很吸引异性，蛋蛋几乎垂到了膝盖那里。

乔给位于纽瓦克的总部打了电话，说："我需要一个家伙，既能够接住汉克大师的快球，也能够接住丹尼·杜的曲线球，而且还不会一屁股坐到地上。我不在乎他是不是特里蒙睾丸轮胎队的队员，只是一定要确保他在国歌奏响时戴着接球手套，站在沼泽球场。然后再想方设法给我找一个真正的接球手。如果你们这个赛季想有任何建树，就必须这么干。"然后他挂了电话，点燃了那天的第十八支香烟。

啊，这就是总教练的生活，对吗？一个接球手必须面对杀人般的投球；另一个接球手躺在医院里，浑身缠着绷带，那样子很像《木乃伊》中的鲍里斯·卡洛夫；投手要么乳臭未干，要么马上退休领取养老金；天知道有谁能够在揭幕赛那天戴上接球手套、站在本垒板后面。

我们那年北上时没有坐火车，而是改乘了飞机，但那种感觉仍然像遭遇了火车事故。在这期间，大力神队的总教练凯文·麦卡斯林打了几个电话，给我们找到了一名接球手，开启那个赛季。他叫威廉·布莱克利，不久将被人们熟知为"封杀王比利"。我不记得他是来自一个双 A 球队还是 3A 球队，不过你可以在电脑上查一下，因为我知道他以前球队的名字：达文波特玉米收割人队。我在大力神队当教练的七年中，有几个球员就来自那支球队，主力球员们总会问为"肛交队"效力情况如何。他们有时还将"玉米收割人"队员称作

“口交混蛋”。棒球界的幽默配不上你所称的文雅。

我们那年的揭幕赛对手是“红袜子队”。四月中旬。棒球赛季当时开始得较晚，赛程安排也比较合理。我早早到了停车场，那时天才刚刚亮。球员停车场有一辆福特车，保险杠上坐着一个小伙子。一块爱荷华州的车牌用细铁丝悬挂在后保险杠上。门卫尼克放他进来的，因为这孩子给他看了总部办公室给他的信，以及他的驾照。

“你大概是比尔·布莱克利吧，”我握着他的手说，“很高兴认识你。”

“我也很高兴认识你，”他说，“我把装备带来了，但有一点旧。”

“哦，这一点我们包了，伙计，”我松开了他的手。他的中指上裹着一个创可贴，就在中间关节下面。“刮胡子的时候弄伤的？”我指着他的手指说。

“是啊，刮胡子的时候弄伤的。”他说。我不清楚他那样说是为了表明他听懂了我的玩笑，还是因为担心把事情弄砸了，至少一开始必须迎合别人说的一切。我后来意识到，这两点都不对，他只是习惯于重复别人对他说的话。我慢慢习惯了，甚至有点喜欢他这样。

“你是主教练，”他问，“蒂普诺先生？”

“不是，”我说，“我叫乔治·格兰瑟姆。队员们都叫我格兰尼。我是三垒教练，还负责设备。”这是实话，我身兼双职。我说过，棒球在当时规模较小。“别担心，我会给你安排好的，全是新装备。”

“全是新装备，”他说，“除了手套。我得用比利的旧手套。我和小比利一直很亲近。”

“我觉得没问题。”然后，我们走进了体育记者当时所称的“老沼泽”球场中。

我有些犹豫，不知道是不是应该把19号球衣给他，因为那是可怜的老法拉迪的球衣，可那球衣穿在他身上非常合身，没有给人宽大睡衣的感觉，于是我把19号球衣给了他。在他换衣服的时候，我说：“你不累吗？你肯定一刻不停地开车过来的。他们没有给你一点现钱，让你坐飞机吗？”

“我不累，”他说，“他们可能给我寄了一点钞票坐飞机，可我没有看到。我们可以去看看球场吗？”

我说可以，于是便领着他走过跑道，穿过球员休息棚。他穿着法拉迪的队服，朝边线外面的本垒板走去，蓝色的19号码在晨曦中隐约闪现（才早晨八点，场地管理员刚刚开始一整天的工作）。

金先生，我真希望我能够告诉你我看着他那样走过去时的感觉，可我不像你那样擅长文字表述。我只知道他从背后看更像法拉迪，当然，他比法拉迪小十岁……但是从背后是看不出年龄的，除了有时看一个人的走路姿势。再加上他像法拉迪一样苗条。你希望游击手和二垒手身材苗条，却不希望接球手也身材修长。接球手应该像消防栓一样结实，就像约翰尼·古德凯恩得那样。这家伙看上去就像随时会断几根肋骨，会破几个地方。

不过，他比弗兰克·法拉迪结实，臀肥腿壮，只是上半身没有肉。从屁股后面看，我记得当时在想，他的外形与他的身份比较相符：一个来风光秀丽的纽瓦克度假的爱荷华州的农家子弟。

他走到本垒板前，转过身去望着正中央。他长着一头金色头发，正是农家子弟应该有的头发颜色。一缕头发耷拉在他的额前。他将头发捋到一边，只是站在那里，望着这一切——看台静悄悄、空荡荡的，但是那天下午会有五万多观众。栏杆上挂着彩旗，正在晨风中飘曳。界杆统一漆成了新泽西的天蓝色，场地管理员刚刚开始浇水。我一直在想，当时那一幕令人心生敬畏。我可以想象那孩子心中在想什么。他一周前或许还在家里给牛挤奶，等待着“肛交队”五月中旬开始比赛。

我当时想，这可怜的孩子终于明白了。等他回头望着我这边时，我会看到他的眼睛里充满恐惧。我可能要把他绑在更衣室里，才免得他跳上那辆旧车，一路朝他的乡下绝尘而去。

可是当他回头望着我时，他的眼睛里没有恐惧，甚至都没有一丝紧张。我得说，每个球员在揭幕赛那天都会感到紧张。可是他站在本垒板后面，身穿利维斯牛仔裤、绵绸夹克衫，显得非常冷静。

“好，”他说，就像要证实他从一开始就坚信不疑的某件事一样，“比利可以在这里击球。”

“好。”我告诉他。我想不起来还应该说什么。

“好，”他回应了我一声。然后——我可以发誓——他说，“你觉得那些浇水的家伙需要帮忙吗？”

我放声大笑。他身上有什么东西很怪异，不太对头，让人感到不安……但这也正是人们喜欢他的地方。有点讨人喜欢。就是那种尽管你觉得他有点不对劲却仍然喜欢他的东西。乔·蒂普诺一眼就看出他头脑简单。有几个球员也看出来了，但这并不妨碍他们喜欢他。我不知道，那就像你与他说话，听到的却是你自己的声音。就像山洞中的回声。

“比利。”我说，“球场维护不是你的活。你要干的是今天下午穿上行头，抓住丹尼·杜森的球。”

“丹尼·杜。”他说。

“说得对。去年的击球率达到 0.206，本该获得赛扬奖，却没有。因为记者们不喜欢他。他对此仍然耿耿于怀。记住一点：如果他摇头表示[①]，那你千万不要也学他的样子，除非你想在比赛结束后鸡巴和屁眼掉个个。丹尼·杜离二百场胜绩还差四场比赛，他会使出一切卑劣手段实现目标的。”

“实现目标。”他点点头。

“没错。”

“要是他摇头表示，不要学他的样子。”

“对。”

“他有变速球吗？”

“你说狗会在消防栓上撒尿吗？那个杜已经赢了一百九十六场比赛，没有变速球怎么能够做到？”

“没有变速球怎么能够做到？”他说，“好吧。”

“在场上别受伤。在总部签下某个球员之前，我们就剩下你了。”

“就剩下我了，”他说，“明白了。”

“希望你明白。”

---

① 摇头表示：棒球术语，指投手不同意接球手发出的投球信号。

其他队员这时开始陆续到来，我手头的事情实在太多。我后来看到那孩子在杰西·乔的办公室，在什么需要签字的文件上签字。凯文·麦卡斯林像秃鹫张开翅膀笼罩路上被车压死的动物尸体那样笼罩着他，指着文件上所有需要他签字的地方。可怜的孩子，过去六十个小时里大概只睡了六个小时，这会儿却在那里签字出卖自己五年的生命。我后来看到他和杜森在一起，研究波士顿队的出场阵容。杜一个人在说，那孩子只是听着。就我所见，他甚至都没有问一个问题。这当然是件好事。如果那孩子灵光乍现，丹尼大概会将他的脑袋咬下来。

比赛开始前大约一小时，我走进乔的办公室，看看出场阵容。他让那孩子第八个出场击球，这种安排很正常。我们头顶上方已经隐约传来了观众的说话声，你还可以听到脚踩在木板上的响声。每逢揭幕赛，观众总会早早到场。我听到这些动静时开始翻胃，而且总是这样，我可以看到杰西的感觉相同。他的烟灰缸早已满了。

“他不像我想象的那么壮实，”他用手指轻轻点了点出场阵容中布莱克利的名字，“愿上帝保佑我们，别让他被封杀出局。”

“麦卡斯林还没有找到别人吗？”

“也许还没有。他给哈比·拉特纳的妻子打了个电话，但哈比去威斯康辛州什么鬼地方钓鱼去了，下星期才能联系上。”

“哈比·拉特纳都快四十三岁了。”

“我当然知道。这不是饥不择食嘛。你给我说实话，你认为那孩子能在场上顶多久？”

“哦，大约一杯咖啡的时间吧，”我说，“不过他有法拉迪所不具备的东西。”

“那会是什么？”

“不知道。如果你看到他站在本垒板后面望着球场中央的神情，你或许对他的感觉会好一些。那就像他在想，‘并不像我想象的那么了不起嘛。’”

“等到艾克·德洛克对准他的鼻子投出第一个球，他就知道有多么了不起了。”乔说着点了一支香烟。他猛吸了一口，开始干咳。“我不能再抽这鬼‘幸运牌’香烟了，抽了满满一车的烟，居然没有让我咳嗽一次，混蛋。我跟你赌二十块钱，那孩子会漏掉丹尼·杜的第一个曲线球，然后丹尼会心烦意乱。你也知道，只要有人坏了他的好事，他就会乱来，而波士顿队就会一赢到底。”

“你不是最乐观的加油狂吗？”我说。

他伸出一只手。“二十块钱。赌了。”

我知道他只是想去掉魔咒，于是便与他握手成交。我就那样赢了二十块钱，因为“封杀王比利”的传奇正是从那一天开始的。

倒不是说他把那场球称作传奇，因为他没有那么说。是杜那么说的。第一投——投向弗兰克·马尔宗——是个曲线球，那孩子接住了。他的表现远不止这些，令人完全刮目相看。我从未见过有哪位接球手能那么快后撤，就连尤吉[1]也做不到。裁判判定为第一击，现在轮到我们起步了，至少在威廉斯在第五局击出阳春本垒打[2]之前是这样。我们在第六局又扳了回来，因为本·文森特将对方封杀出局。然后便是第七局，我们在二垒上有一个跑垒员，我记得是巴巴里诺，两人出局，新来的孩子站在本垒上。这是他第三次击球。他第一击只是傻看着，第二击打空了。德洛克骗过了他，让他显得很蠢，那孩子听到了他身穿大力神队服期间唯一的一次嘘声。

他走进击球区，我看了乔一眼，见他正坐在远处的饮水机旁，低头望着鞋子，不停地摇头。就算那孩子取得一个胜投，下一个将会是杜，而杜就算手握网球拍也击不中一个慢速投来的垒球。他的击球技术糟透了。

我不会故弄玄虚；这也不是什么儿童体育漫画。有人说生活有时候在模仿艺术，我不管是谁说的，但他的话没有错，那一天就应验了。倒计时 3、2。德洛克投出了一记下坠球，前面一记下坠球曾经骗过了那孩子，所以那孩子这次要是不上当才见鬼了。只是这次上当的却是艾克·德洛克。那孩子像挥舞高尔夫球杆那样，从脚面上方将

---

① 全名尤吉·贝拉（Yogi Berra，1925—2015），美国棒球明星。

② 阳春本垒打：棒球术语，指垒上无人时击出本垒打。

球打进了缺口，就像艾利·霍华德当初那样。我挥手示意跑垒手赶紧奔跑，我们再次领先：2:1。

球员休息区里面的每个人都站了起来，几乎要把自己的嗓子喊破，但那孩子却似乎根本没有听到。他只是站在二垒上，掸掉裤子屁股上的灰尘。他在二垒上没有待太久，因为杜三次击球均打空，然后像每次出局那样扔掉了球棒。

也许这说到底确实还是体育漫画，就是那种你读初中时在自修室里藏在历史书背后阅读的那种漫画书。在第九局开始阶段，杜望着出场阵容的最上方。马尔宗出局，四分之一的观众站了起来。克劳斯出局，一半观众站了起来。随后出场的是威廉斯——球场老手泰迪。杜让他处于不利地位，哦，两击，然后气馁，保他上了垒。那孩子向投球区土墩走去，杜挥手示意，要他后退一点——只需蹲在那里接球，孩子。于是，那孩子蹲下来接球。他还能干什么别的呢？站在土墩上的那个家伙可是棒球史上最优秀的投手，而本垒板后面的家伙可能那年春天还只是在马厩背后玩弄不知道什么地方捡来的球，为的是在挤了一天的奶之后能保持体形。

第一投，混蛋！威廉斯奔向二垒。球掉在尘土中，很难处理，但那孩子仍然将球扔了出去。差一点击中泰迪，可是你也知道，差一点就是差一点。这时，每个人都站了起来，拼命尖叫。杜冲着那孩子吼了几句——好像那是那孩子的过错，而不是自己糟糕的投球。就在杜说那孩子是个没用的东西时，威廉斯却要求暂停。他在滑触上垒过程中伤了膝盖，这本身是很正常的事；他击球的时候可以像进入无人境界，但他在跑垒时却像腿上灌了铅。他那天为什么要盗垒只能由大家去猜测。肯定不会是击跑配合战术，至少在已经有俩人出局而且到了关键比分的情况下不会。

于是，比利·安德森替补泰迪跑垒，迪克·格内特进入击球区，他的强打率接近 0.425。观众们勃然大怒，旗帜在空中乱舞，法兰克福香肠的包装纸也到处飞舞，女人们在哭喊，男人们在呼唤杰西·乔把杜换下场，让斯图·兰金上场。人们今天会将兰金称作救援投手，不过在那个时候大家只是将他称作应急专家。

但是乔只是交叉着手指，祈求好运，坚决不换杜森下场。

倒计数开始，3——2，对吗？安德森见球投出后就会跑垒，对吗？他跑垒的速度像一阵风，而本垒板后面的家伙只是一个首场比赛的新手。格内特体壮如牛，击打的只是一个曲线球。他不是击出腾空球，而是打出一个滚地球，球正好落在投手土墩的背后，杜正好够不着。不过，他仍然敏捷得像一只猫。安德森已经快跑到三垒了，杜跪在地上，将球投回本垒板。那球他妈的快得像一颗子弹。

金先生，我知道你在想什么，但是你完全想错了。我从未想过我们那位新接球手会像法拉迪那样不堪一击，以一场球赛结束自己的职业棒球生涯。第一，比利·安德森的块头没有大个子克鲁那么大；他的身材更像一个芭蕾舞者。第二……呃……那孩子比法拉迪强。我认为我见到他的第一眼就感觉到了这一点。他当时坐在那辆破旧不堪的卡车的前保险杠上，破旧的装备放在车后。

杜森投出的球很低，但恰到好处。那孩子从两腿之间接住球，然后转过身，我看到他只伸出了棒球手套。我当时正在想，那是新手犯下的多么糟糕的错误，他忘记了那句老话“新手得用两只手”，安德森肯定会把球撞飞，我们只能在第九局后半截想方设法去赢球了。可就在这时，那孩子像橄榄球前锋一样低下左肩。我一直没有注意他空着的那只手，因为我正全神贯注地盯着他伸出的棒球手套，就像那天“老沼泽”球场每个人一样。

我所看到的是：在安德森离本垒还有整整三步远的时候，那孩子用手套击打了安德森的胸口，安德森随即击中了那孩子低下的肩膀。安德森一个倒栽葱，落在了左手击球区之后。裁判举起拳头，做出“出局”的手势。这时，安德森开始喊叫，并且紧紧抓住自己的脚踝。我在三垒教练区都能听到他的叫喊声，所以那叫喊声肯定很响，因为揭幕赛的球迷们正像十级强风那样呐喊。我可以看到安德森的左裤脚在变红，鲜血正从他的指缝中流出来。

我能喝点水吗？请你从那个塑料壶给我倒一点行吗？他们现在只给房间配塑料壶，这僵尸饭店里不允许使用玻璃壶。

啊，这样好多了。我已经很久没有说这么多话了，所以意犹未尽。你厌烦了吗？没有？那就好。我也没有厌烦。不管这是不是可怕的故事，我正讲得很开心。

比利·安德森直到1958年才复出，而那是他的最后一年——赛季刚刚过半，波士顿队就让他无条件离队，而其他球队没有一个要他。因为他的速度没有了，而他的卖点就在他的速度。医生说他会完全恢复，他的跟腱只是划了道口子，没有完全断裂，但是也被拉长了。我估计这就是他结束运动生涯的原因。要知道，棒球其实是一项温柔的球类运动，人们只是没有意识到。在本垒板附近因相撞而受伤的不只有接球手。

赛后，丹尼·杜在淋浴间一把抓住那孩子，大声说道："小骗子，我今晚请你喝一杯！不，我要请你喝十杯！"然后，他给出了最高的评价："你在那里干掉了那混蛋。"

"十杯，因为我在那里干掉了那混蛋。"那孩子说，杜哈哈大笑，拍了拍他的后背，仿佛他这辈子从未听过这么好笑的话。

可就在这时，平基·希金斯怒气冲冲地闯了进来。他那年是红袜子队的教练，是个吃力不讨好的活；随着1957年的夏季一天天逼近，平基和红袜子队的情况愈加糟糕。他气疯了，嘴里嚼着一团烟草，又快又用力，烟草汁从嘴角两边不停地流出来，滴在了他的队服上。他说那孩子在本垒板与安德森相撞时故意割伤了后者的脚踝。他说布莱克利肯定是用指甲干的，而那孩子应该为此被驱逐出棒球界。他的座右铭是"鞋钉朝上，让他们去死"，所以这番话从他的嘴里出来确实荒唐可笑。

我当时正好坐在乔的办公室里喝啤酒，于是我和蒂普诺一起听平基咆哮。我觉得那家伙是个疯子，而且我可以从乔的脸上看出，并非只有我一个人持这种看法。

乔一直等平基发泄完了之后才说："我当时没有注意安德森的脚。我只是在看布莱克利是否触杀成功，是否一直握着球。他做到了。"

"把他叫过来，"平基怒火难平，"我要当面对他说。"

“你应该讲点道理，平基，”乔说，“如果受伤的是布莱克利，我会在你的办公室这样发脾气吗？”

“这次不是鞋钉！”平基大声嚷嚷道，“鞋钉是棒球赛的一部分！把别人划伤，就像……儿童足球游戏中的女孩……这不是棒球的作为！安德森打棒球赛已经七年了！他得养家！”

“那么你想说什么？我的接球手在触杀你的替补跑垒手时把他的脚踝划开了——而且别忘了，还把他从肩膀上摔了出去——并且是用指甲划的？”

“安德森是这么说的，”平基说，“安德森说他感觉到了。”

“大概布莱克利还用指甲拉长了安德森的脚。是这样吗？”

“不是，”平基承认道，此时他面红耳赤，不只是发火的结果，他知道自己的话缺乏底气，“他说是在他摔倒时发生的。”

“请再说一遍，”我说，“刚才不是说指甲吗？真是胡说八道。”

“我要看那孩子的手，”平基说，“要么你们让我看，要么我申诉。”

我原以为乔会让平基滚蛋，但是他没有。他转身对我说：“让那孩子来这里。让他把指甲给希金斯先生看，就像在《效忠誓言》之后他给一年级老师看那样。”

我找到那孩子，他没有半句怨言就来了。虽然身上只披了一条毛巾，他还是大大方方地让大家看他的指甲。他的指甲很短，很干净，没有破裂，甚至都没有弯曲。也没有血泡，如果你真的把指甲扎进别人身上，并且用指甲去刮别人，那肯定会有血泡。不过我的确注意到了一件小事，只是我当时没有多想。他中指上的创可贴不见了，而且原来贴着创可贴的地方也没有任何伤口愈合的痕迹，只有干干净净的皮肤，冲完澡后呈现为粉红色。

“满意了？”乔问平基，“你是不是还想检查一下他的耳朵，看看有没有耳屎？”

“你混蛋。”平基说。他站起身，跺着脚走到门旁，“啵”的一声，将嘴里咀嚼的东西吐进垃圾篓，然后转过身来，“我的队员说你的队员划伤了他，说他感觉到了。我的队员不会说谎。”

"你的队员在关键时候想当英雄，而不是停在三垒，给皮尔萨尔一个机会。他只要能为自己开脱，会告诉你他内裤上的屎粑粑是巧克力酱。你知道当时的情形，我也知道。安德森摔了一个倒栽葱时，与自己脚上的鞋钉搅在了一起，然后自己受的伤。现在你给我出去。"

"蒂普诺，这笔账是要还的。"

"是吗？那好，明天比赛时间相同。要趁着爆米花还是热的、啤酒还是冰的早点赶到这里。"

平基走了，而且已经又扯开了一包口嚼烟。乔的手指敲击着烟灰缸旁边的桌面，然后问那孩子："现在这里只有我们自己，你有没有对安德森干什么事？给我说实话。"

"没有。"没有丝毫迟疑，"我没有对安德森做任何事。这是实话。"

"好吧，"乔说着站了起来，"比赛结束后吹牛总是件快乐的事，但我想我要回家在沙发上 × 我老婆。每次揭幕赛获胜，我的鸡巴就会硬起来。"他拍了拍我们新接球手的肩膀，"孩子，你那打的才叫真正的棒球。好样的。"

他走了。那孩子把毛巾系在腰间，向更衣室走去。我说："我看到你那刮胡子时的伤口好多了。"

他在门口猛地站住脚。虽然他背对着我，我知道他在球场上还是干了点事。真相就在他站在那里的方式。我不知道怎样才能解释得更好，但是……我知道。

"什么？"就像他没有听懂我的话一样。

"你刮胡子时在手指上留下的伤口。"

"哦，那个伤口，好多了。"

他快步走了出去……虽然他是个乡巴佬，他大概根本不知道自己应该何去何从。

好吧，那个赛季的第二场球赛。站在投球区土墩上的是波士顿队的丹迪·戴夫·希斯勒，我们的新接球手还没有完全在击打区准备好，希斯勒就把球朝他的脑袋扔去。如果击中的话，肯定会把他的眼珠子碰出来，但是他猛地把头往后一仰——没有低头躲闪，然后重新举起球棒，望着希斯勒，仿佛在说，来吧，小子，如果想的话就再来一次。

观众像疯了一样尖叫，并且一遍遍地喊着“罚他下场，罚他下场，罚他下场！”。裁判没有罚他下场，但是给了他一个警告，观众欢呼雷动。我朝远处望去，看到平基在波士顿队的球员休息处，来回踱步，双臂紧紧抱在胸前，仿佛在竭力克制着不发作。

希斯勒围着土墩走了两圈，尽情享受着球迷对他的爱——哦哦，他们想看到他身子后仰呈直角的姿势——然后他走到松脂粉袋前，做了一两个姿势。怎么说呢，他不急不忙，要让大家都意识到他想干什么。那孩子一直站在那里，手持球棒，与你奶奶蹲在客厅沙发上一样不舒服。于是，丹迪·戴夫投出了一个终结一切的快球，直接奔向那孩子的面门。那孩子把球直接打进了左看台，由于泰丁斯已经在垒上，我们2∶0领先。我敢打赌，那孩子击出本垒打的时候，纽约人都听到了“沼泽”球场传来的噪音。

我以为他从三垒跑过来时会咧嘴大笑，可他脸上的表情却像法官一样严肃。他上气不接下气地低声说，“成功了，比利，让那二流球手看看，成功了。”

在球员休息处，杜第一个抓住他，迈着轻快的脚步陪着他来到球棒架前，帮他挑选球棒。这可一点也不像丹尼·杜森，因为他通常总认为不屑干这种事。

赢了波士顿两次，又惹怒了平基·希金斯，我们之后去华盛顿，连着赢了三场球。那孩子在所有三场比赛中发挥稳定，包括打出了第二个本垒打，但格里菲斯体育场真让人感到压抑，兄弟；你可以用机枪对着本垒板后面包厢座位中一直狂奔的老鼠一顿狂扫，还不用担心会击中任何球迷。该死的参议员队那一年赢了四十场球。耶稣他妈的都在哭泣。

那孩子站在本垒板后面，等待着杜在那里的第二场出赛。他身穿大联盟球队队服，在他的第五场比赛中差一点陷入无安达的局面。皮特·朗内尔斯在第九局毁掉了一切——他击出一记二垒安打，一人出局。在这之后，那孩子走向投球土墩，丹尼这次没有挥手示意他往后站。他们讨论了片刻，然后杜故意让下一位击球手娄·勃贝雷特通过（瞧我现在全回忆起来了）。随后上场的是鲍勃·厄舍，他打出了一记双杀，完全如你所愿。这就是球赛。

那天晚上，杜和那孩子一起出去庆祝杜森的第一百九十八场胜利。我第二天见到我们这位新手时，他的酒劲还没有过去，但是他像忍受戴夫·希斯勒朝他脑袋扔球一样平静地忍受着。我开始认为我们手头有了一位真正的大联盟球手，根本不再需要哈比·拉特纳，或者其他球员。

"我看你和丹尼现在混得很铁啊。"我说。

"很铁，"他揉着太阳穴，回应着我，"我和杜很铁。他说比利是他的幸运符。"

"是吗？现在？"

"嗯。他说只要我们在一起，他就能赢二十五场球，就算记者们不喜欢他的脾气，他们也不得不把赛扬奖颁给他。"

"他这么说的？"

"是的，他这么说的。格兰尼。"

"什么？"

他一片茫然地凝视着我：那种能看到一切却几乎什么都不理解的正常视力。我这时已经知道他几乎不识字，唯一看过的电影是《小鹿斑比》。他说他和额特秀或者奥特秀的其他孩子一起去的，管它是什么地方呢，我估计那是他就读过的学校。在这一点上，我可谓既对又错，但这真不是重点。重点在于他知道怎样打棒球，我得说是本能地知道，但在其他方面他完全是一块空白黑板。

"你再告诉我一遍赛扬奖是什么。"

你瞧，他就是这样的人。

我们去巴尔的摩打三场比赛，然后回家。那座城市既不太靠北，也不太靠南，所以遇到的是春季典型的棒球赛；第一天冷得要命，几乎要把你的蛋蛋冻掉；第二天又热死人；第三天则碰上冰冷的毛毛细雨，简直像冰水。这一切根本难不倒那孩子，三场比赛他都上了场，总共连续打了八场球。他在本垒又封杀了一位跑垒手。我们虽然输了那场球，但那次封杀真是绝了。我记得，这次倒霉的是古斯·特利安多斯。他一头撞到那孩子的膝盖上，像被打昏了一样躺在那里，离本垒只有三英尺。那孩子在他脖子后面轻碰他一下，将他触杀出局，轻得就像老妈给宝宝晒伤的地方蘸上油膏一样。

纽瓦克《晚间新闻报》刊登了一张那次出局的照片，标题是《封杀王比利·布莱克利又一次挽救了本垒打》。这个绰号起得好，立刻深受球迷们的喜爱。球迷们当时没有现在这样张扬——谁也不会在1957年戴着一顶主厨的帽子来扬基队球场支持加里·谢菲尔德，我想不会——可是当我们回到老“沼泽”球场打第一场球时，一些球迷扛着一块橙色路牌来看球，上面写着“绕行”和“道路关闭”。

要不是我们第一个主场有两名“印第安人队”的球员在本垒被封杀出局的话，那些牌子或许只会用一天。那场球的投手恰好是丹尼·杜森。对方两名球员出局完全是出色的投球带来的结果，而不是出色的防守，但我们的新手还是得到了称赞，他从某种意义上来说也值得称赞。看到了吗？其他队员已经开始信任他了。而且，他们也想看到他表演触杀绝技。棒球运动员们自己也是球迷，如果有人超常发挥，那么就连最铁石心肠的人也会竭力帮忙。

杜森那天赢下了他的第一百九十九场比赛。哦，那孩子四次上场，三次上垒，包括一次本垒打，所以第二场球对克利夫兰时，更多观众带着牌子来看比赛就不足为奇了。

到第三场球时，某个有商业头脑的家伙居然在大力神大道上出售这类东西，橙色的菱形马粪纸大牌子，上面写着黑色大字：**奉封杀王比利之命封闭道路**。有些球迷只要看到比利上场击球，就会将牌子举起来；而每当对方球队有一名跑垒手上了三垒，所有球迷都会将牌子举起来。等“扬基队”来到我们城市时——而且比赛一直要持续到四月底——只要他们有跑垒手在三垒（他们在那个系列赛中经常有人上三垒），整个球场就会变成一片橙色海洋。

由于“扬基队”打得我们没有脾气，他们暂时领先。那孩子没有过错；他每场球都上场，甚至在本垒和三垒之间将比尔·斯考隆夹杀出局。斯考隆这头驼鹿壮实得像大块头克鲁，他试图将那孩子压扁，但倒在地上的是斯考隆，那孩子骑在他身上，两个膝盖一边一个夹着他。报纸上登出的那一幕的照片给人的印象是烈性摔跤比赛完蛋了，美男子托尼·巴巴这一次击败了帅哥乔治，而不是反过来。观众们如痴如醉，到处都在挥舞那些“道路封闭”的牌子。大力神队输了球并不重要；球迷们回家时兴高采烈，因为他们看到我们皮包骨头的接球手将驼鹿斯考隆撞倒在地。

我后来看到了那孩子，赤身裸体地坐在淋浴室外面的长凳上，胸前一侧有一大块淤青，但他似乎根本不在乎。他可不爱哭鼻子。有些人后来说：他太愚笨，感觉不到疼痛，而且太愚笨，太疯狂。我这辈子见过的笨球员也不算少，但是再笨的球员也不会不知道叫疼。

“孩子，外面那些牌子怎么样？”我问他，心想如果他需要鼓励的话，我应该鼓励他振作起来。

“什么牌子？”他说。我从他脸上茫然的神情中可以看出，他并不是在开玩笑。这就是你想知道的“封杀王比利”。如果有家伙开着一辆半拖车驶向三垒线、想从他那里得分，他会站在那辆车前，但在其他方面他完全是个白痴。

再次上路之前，我们与底特律队打了两场，结果两场都输了。第二场球投球的是丹尼·杜，比赛的进程他也不能怪那孩子；第三局还没有结束，杜就已经完了。他坐在球员休息区，不停地抱怨天气太冷（其实那天不冷），抱怨哈灵顿没有接住右边的腾空球（哈灵顿需要踩高跷才能够得着），抱怨本垒板后面那混蛋裁判温德斯判罚不公。这最后一点他说得有一定道理。哈尔·温德斯像那些体育记者一样不喜欢杜，从来就没有喜欢过，前一年在两场球赛中将他罚下了场。但是我那天没有看到他有错误判罚，而且所站的地方离他不到三十米。

那孩子在两场比赛中表现稳定，一记本垒打和一个三杀。杜森也没有像往常那样吹捧他；他这个人希望别的队员都明白，大力神球队只有一位明星，而这位明星不是他们。但是他喜欢那孩子；似乎真的认为那孩子就是他的幸运符。那孩子也喜欢他。他们会在比赛结束后从一家酒吧喝到另一家酒吧，灌进肚大约一千杯酒，然后去妓院庆祝杜在这个赛季第一次输球，第二天再脸色苍白、走路摇摇晃晃地出发去堪萨斯城。

我们坐球队的大巴去机场时，杜悄悄告诉我："那孩子昨晚和人上床了。我觉得那是他的第一次。这是好消息。坏消息是我觉得他似乎根本不记得这件事。"

飞机一路颠簸；那时候大多数飞机都很落后。那种该死的螺旋桨驱动式桶状飞机，我们没有像巴迪·霍利①和该死的大波普②那样送命就算奇迹了。那孩子大部分时间都在飞机后面的卫生间里呕吐，而卫生间门外坐着几个家伙，一面玩着十五子骰子游戏，一面像往常一样拿他开玩笑：*弄在身上了？要不要给你一把刀叉，把那切开来一点？*第二天，那孩子在都市体育场五次上场，五次上垒，包括两个本垒打。

这次又上演了"封杀王比利"的绝技；到这时他完全可以为此申请专利。这次的倒霉蛋是克雷图斯·博伊尔。这次又是"封杀王比利"低下左肩，博伊尔先生飞到了空中，仰面朝天地落在左击球手区。不过这次有些不同。那孩子触杀时用了双手，而且没有流血的脚，也没有扭伤的跟腱。博伊尔只是站起身，走向球员休息区，一面拍掉屁股上的尘土，一面摇头，仿佛还没有完全弄清楚自己在哪里。哦，尽管那孩子打出了五记好球，我们还是输了那场球。最终的比分是 11∶10，差不多是那样。甘齐·博格斯的不旋转球那天失灵；对手在一点上拿了许多分。

我们赢了下一场球，在闭幕日那天输了一场到手的胜利。那孩子两场球都上场了，加在一起总共连续打了十六场球。在本垒板附近封杀成功九次。十六场球赛就封杀成功了九次！这或许是个记录。反正书中都有记录。

我们去芝加哥打三场赛，那孩子也都上场了，所以他连续打了十九场球。但糟糕的是我们全输了。最后一场比赛结束后，杰西·乔望着我说："我不相信那套幸运符的鬼话。我认为布莱克利带走了

---

① 巴迪·霍利（Buddy Holly，1936—1959），美国乡村摇滚歌星，死于飞机失事。

② 大波普（The Big Bopper，1930—1959），美国音乐人，死于飞机失事。

好运。”

“这样说不公平，你自己心里清楚，”我说，“我们起初一帆风顺，现在有些不走运。情况会慢慢好起来的。”

“也许吧，”他说，“杜森还在教那孩子喝酒吗？”

“是啊，他们和其他几个队员一起去了圆环酒吧。”

“但他们会一起回来，”乔说，“我不明白。杜森现在应该恨那孩子。杜在这里五年了，我了解他的方式。”

我也知道。杜只要输了球，就会把责任推到别人身上，比如那个没用的家伙约翰尼·哈灵顿或者那个二流裁判哈尔·温德斯。这么长时间了，居然还没有轮到那孩子！可丹尼依然拍着他的后背，承诺他会成为年度新人。杜确实不能把那天输球的事怪罪到那孩子身上。在他最新杰作的第五局，丹尼在第五局将球击向了本垒后面的挡网：又高，又宽，又漂亮。那得了一分。他随后开始发怒，失去控制，在下两局打出四个坏球。随后福克斯二垒安打。在那之后，杜恢复过来，但为时已晚；他陷入了怪圈，一蹶不振。

我们在底特律情况略有好转，三场比赛中赢了两场。那孩子三场比赛都上场了，而且再次展现了他的本垒封杀绝技。我们随后乘飞机回家。到这时，来自达文波特玉米收割人球队的那个孩子已经成了美国棒球联盟最炙手可热的球星，甚至有传言说吉利公司准备请他做广告。

“我倒是很想看那样的广告，”巴巴里诺说，“我可是喜剧迷。”

“那你一定喜欢照镜子。”克里特尔·海沃德说。

“你真有趣，”巴巴里诺说，“我是说那孩子连胡子都没有。”

当然，那广告从来没有问世。封杀王比利的棒球生涯就要结束了。

我们与“白袜子队”有三场球，第一场将会因大雨无法举行。杜的老朋友哈尔·温德斯是裁判长，是他亲口告诉我的。我早早就到了“沼泽”球场，因为装有队服的箱子被错送到了爱德怀德，我要确保他们用卡车运了过来。虽然一周后才用得上，但我向来喜欢把一切都安排妥当才放心。

温德斯正好坐在裁判室外面的小凳子上，在看一本平装版小说，封面上印有一个身着贴身内裤的金发美女。

“那是你妻子，哈尔？”我问。

“是我女朋友，”他说，“回家去吧，格兰尼。天气预报说三点钟有暴雨。我在等蒂普诺和洛佩兹暂停比赛。”

“好吧，”我说，“谢谢。”我转身要走，他却叫住了我。

“格兰尼，你那神奇小子脑子正常吗？因为他在本垒后面自言自语。声音不大，但一直说个不停。”

“他当然不是什么神童，可他并没有发疯，如果你是那意思的话。”我说。我这一点说错了，可谁知道呢？“他都说些什么？”

“我站在他后面那一次没有听到太多。那是对波士顿队的第二场比赛，但我知道他在说他自己。你们把那称作什么？第三人称。他说的是什么‘比利，我可以做到’。又一次，他漏掉了一个触击球，那本该是他的第三次击球，他说，‘对不起，比利。’”

“那又怎么样？我五岁前一直有一个想象中的朋友，名叫皮特警长。我和皮特警长一起扫荡了许多矿区小镇。”

“是啊，可是布莱克利早已过了五岁。除非他这地方只有五岁。”温德斯轻轻拍了拍他的厚脑壳。

“用不了多久，他的第一个击打率就会排到前五。”我说，“我只关心这一点。而且，他还是一个封杀高手。你得承认这一点。”

“我承认，”温德斯说，“那头猎犬不知道什么叫害怕。这恰好再次证明他的脑袋缺根弦。”

够了，我可不愿意听一位裁判这样贬低我的队员，于是我换了个话题，半开玩笑半认真地问他，即便他的老朋友杜臭虫投球，他明天当裁判时是不是会公平公正。

“我向来公平公正，”他说，“杜森是头自高自大的蠢猪，在库珀斯顿劣迹斑斑，做错的事数以百计，却一次也没有承担过责任。而且那狗东西嘴巴不饶人，所以最好不要对我叫嚷，因为我不会容忍的。即便如此，我会一如既往地公平公正。我简直不敢相信你会问我。”

我心想，我也不敢相信你会坐在那里，挠着屁股，说我的接球手差不多天生是个白痴，可是你却这样说了。

我那天晚上带妻子外出吃饭，度过了一段快乐时光。我记得我们在莱斯特·兰农乐队的伴奏下跳了舞。后来在出租车里还浪漫了一会儿。晚上睡得很香。我后来一段时间睡眠很差，噩梦连连。

轮到丹尼·杜森投球。那是连场比赛的下午场，但大力神队的好运已经到了头，只是我们还不知道而已。只有乔·蒂普诺心知肚明。夜幕降临时，我们知道我们那个赛季彻底完蛋了，因为我们前面的二十二场球几乎可以肯定会从记录册中删除，同时删除的还有“封杀王比利·布莱克利”的所有官方成绩。

由于堵车，我迟到了，但估计不是什么大问题，因为队服引起的混乱已经解决。大多数队员已经在那里，有的在穿衣服，有的在打牌，还有的只是坐在那里抽烟吹牛。杜森和那孩子在角落里自动售烟机旁，坐在两张折叠椅中。那孩子已经换好了裤子，杜森仍然一丝不挂——很不雅观。我过去买一包温斯顿牌香烟，顺便听听他们在聊什么。基本上只是丹尼一个人在说。

“那该死的混蛋温德斯恨我。”他说。

“他恨你，”那孩子说，然后又补充道，“那该死的混蛋。”

“他确实是混蛋。你以为我赢下第二百个本垒打的时候，他想站在本垒后面吗？”

“不会吗？”那孩子说。

“他当然不想！但是我今天一定要赢，恶心他一下。你得帮我，比尔。对吗？”

“对。肯定会。比尔会帮你的。”

“那狗杂种会让对方强行取分的。”

“他会吗？那狗杂种会让对方强行……”

“我刚说过他会的，所以你动作一定要快。”

“像杰克闪电[①]那样快。”

“你是我的幸运符，比利伙计。”

---

① 杰克闪电，美国同名电影主人公。

那孩子像大人物葬礼上的牧师一样一本正经地说："我是你的幸运符。"

"是啊。你现在听着……"

那场面既可笑又令人毛骨悚然。杜很紧张，向前探过身，说话的时候两眼放光。看到了吧？杜是一个比赛狂。他希望自己能够像鲍勃·吉勃生那样获胜。他也像吉比一样，只要不被人发现，只要能赢球，他会不择手段。而那孩子却在言听计从。

我差一点开口，因为我想打破他们之间的这种关系。我跟你说实话，我想我的潜意识大概早已明白了许多。也许这只是胡说，但我认为不是。

可是我没有打搅他们，只是买了香烟后走了。妈的，就算我开口，杜森也会要我闭嘴的。他不喜欢在他说话的时候被人打断，尽管要是换了任何一天我可能会不管他那一套，可今天轮到他在给他付工资的四万人面前表现一把，我还是随他去了。

我走进乔的办公室去拿阵容名单，但办公室门关着，窗帘也拉了下来，这在比赛日是闻所未闻的事。但是百叶门没有关，于是我朝里面偷偷望去。乔在接电话，一只手捂着眼睛。我敲了敲玻璃，他猛地吃了一惊，差一点从椅子上摔下来。他转身望着我。大家都说棒球界没有眼泪，可他却在掉眼泪。那是我第一次也是唯一一次看到他流泪。他脸色苍白，头发凌乱，我是说他剩下的那几根头发。

他挥手要我走开，然后接着与人在电话里交谈。我穿过更衣室，朝教练办公室走去。说是教练办公室，那其实就是装备室。我走到半道上停住脚。投手与接球手之间的会议已经结束，那孩子正在穿队服，上面印有巨大的蓝色 19 号字样。我看到他右手中指上又贴上了创可贴。

我走过去，将手放在他的肩膀上。他冲我一笑。那孩子笑起来真的很可爱。"你好，格兰尼。"他说。看到我没有给他笑脸，他脸上的笑容开始淡去。

"你准备好上场了？"我问。

"那当然。"

“好。但是在你上场之前，我有话对你说。杜是个了不起的投手，但是作为一个人，他永远不能算优秀。只要能赢球，哪怕要他踩在他奶奶骨折的后背上，他也在所不惜，而他奶奶对他来说要比你远远重要得多。”

“我是他的幸运符！”他愤怒地说道。

“也许吧，”我也来了火，“但我要说的不是这个。有件事叫为比赛打气。打一点气是好事，但气打多了就会爆炸。”

“我不明白。”

“如果你像一个坏轮胎，打了气之后瘪了，杜会另外找一个全新的幸运符。”

“你不应该这么说！我和他是朋友！”

“我也是你朋友。更重要的是，我是这支球队的教练之一。我要为你们的利益负责，我会采取一切我想采取的手段，尤其是对一位新手。你给我听好了。你在听吗？”

“我在听。”

我相信他是在听，但他的眼睛没有望着我；他两眼盯着地面，板着脸，孩子般光滑的脸颊上开始泛起红晕。

“我不知道你那创可贴下面是什么玩意儿，我也不想知道。我只知道我在你为我们打的第一场比赛中见过它，然后便有人受了伤。打那之后我再也没有见过，而且我今天也不想再看到它。因为，一旦你被人发现，那么被抓的会是你，哪怕背后是杜的授意。”

“我只是割破了手。”他说，脸绷得紧紧的。

“是啊，给你的指关节刮胡子的时候割破了手。但是你上场的时候，我不想看到你手指上有那个创可贴。我得为你最大的利益负责。”

如果我没有看见乔心烦意乱地在流泪，我会说这番话吗？我愿意这么想。我愿意认为我也要为这场比赛负责，无论是当时还是现在，我都热爱棒球。相信我，虚拟保龄球根本不能跟棒球相提并论。

他还没有来得及说什么我就先走了。我也没有回头看他。部分原因在于我不想看到那创可贴下面是什么，但主要是因为乔正站在办公室门口，示意我过去。至于他的头发白了多少还是黑了多少，我实在是说不清。

我走进办公室，关上门，脑子里闪过一个可怕的想法。考虑到他脸上的表情，我那想法也有一定道理。“天哪，乔，是你太太？你孩子？有个孩子遇到什么事了？”

他吃了一惊，眨了眨眼睛，就像我在他耳旁拍破了一个纸袋。“杰西和孩子们都很好。但是乔治……哦，上帝。我不敢相信。全乱了。”他用掌跟捂着眼睛，发出了一个声音，但不是抽泣声，而是一声大笑。是我这辈子听到过的最可怕的笑声。

“什么事？谁打来的电话？”

“我得想一想，”他说，却不是说给我听的，他在说给他自己听，“我得决定我要如何……”他把手从眼睛上挪开，稍微平静了一点。“格兰尼，今天你担任主教练。”

“我？我干不了！杜会大发脾气的！他准备再次冲击第二百个本垒打，而且……”

“你不明白吗？那一切都已不重要。现在不再重要。”

“什么……”

“你给我闭嘴，赶紧制定出场阵容卡。至于那个孩子……”他想了想，然后摇摇头，“妈的，让他上场，为什么不呢？让他第五个击球。反正我正准备把他的上场顺序往前提。”

“他当然要上场，”我说，“还有谁接丹尼的球？”

“哦，该死的丹尼·杜森！”他说。

“头……乔伊……告诉我出什么事了。”

“不，”他说，“我得先考虑清楚我该对队员们说什么。还有那些记者！”他拍了一下额头，仿佛突然想起这一部分。“那些养尊处优、薪水过高的混蛋！狗屎！”接着，他再次自言自语道，“但是让队员们打完这场比赛，这是他们该得的。也许那孩子也一样。妈的，也许他会打出一个奇迹来！”他又放声大笑，然后花了很大力气才控制住自己。

“我不明白。”

“你会明白的。去吧，别待在这里。以前的任何阵容都可以用。

还没有从帽子里随便往外抽名字。为什么不呢？已经无关紧要了。只是一定要告诉裁判长，今天比赛由你当主教练。我猜裁判长应该是温德斯。”

我沿着过道走到裁判房间，一路上仿佛在梦游。我告诉温德斯我已经排出了出场阵容，而且我会在三垒区附近担任主教练。他问我乔怎么啦，我说他病了。他确实病了。

这是我第一次担任主教练，我一直要到1963年才担任竞技队的主教练。这次担任主教练的经历很短，你如果做过研究的话，大概知道原因。哈尔·温德斯在第六局把我罚下了场。反正我也不太记得了。我当时脑子想的事太多，感觉自己就像在梦中。但我还是很清醒地做了一件事，那就是在那孩子上场前查看了他的右手。中指上没有创可贴，也没有伤口。我甚至都没有为此松口气。我的眼前总是浮现出乔·蒂普诺那双红红的眼睛，还有他那干瘦的嘴巴。

那是丹尼·杜打出的最后一场好球，而且他永远没有打出第二百记本垒打。他在1958年想复出，但是没有用。他说他眼睛的重影问题已经好了，也许那是事实，可他再也无法将球投过本垒板。库珀斯顿已经没有了丹尼的一席之地。乔说得对：那孩子把运气吸走了，就像伏都教的某个法师。

但是那天下午杜的表现我从未见过那么好，他的快球一路跳跃，他的曲线球像鞭子一样抽出去。在前四局中，他们根本触碰不到他。伙计们，你们只是挥舞球棒，然后就下场休息，谢谢你们来打比赛。他打出六记球，其余的都是场内滚地球。唯一的问题在于金德尔也几乎像他一样出色。第三局后半段，我们出现了击球失误，俩人被哈灵顿双杀出局。

现在第五局开始了，行吗？第一位击球手很快就下场了，随后上来的是沃尔特·德罗波，将球击打进了球场左边的角落里，然后像一阵风似地开始跑垒。观众看到德罗波奔向二垒时，哈利·基恩还在追赶那个球，而且他们知道那会是一个场内解决的球。观众们开始有节奏地喊叫。起初只有几个声音，随后越来越多，越来越响，也越来越浑厚。我的后背从屁股到脖子一片冰凉。

“封杀王！封杀王！封杀王！”

橙色牌子开始竖了起来。观众纷纷站起身，高举着牌子。不像通常那样左右晃动，而是高高举着。我从未见过那样的场面。

“封杀王！封杀王！封杀王！”

我起初以为那不会演变成我们的一个机会，因为德罗波这时已经全速奔向三垒，而且没有人能够阻止他。但是基恩扑到球上，立刻将球完美地扔给巴巴里诺。那孩子在这期间一直站在本垒旁，靠近三垒一侧，戴着手套的手向外伸出，给巴巴里诺提供一个目标，巴巴里诺直接击中了手套的掌面。

观众在有节奏地喊叫。德罗波在滑垒，鞋钉朝上。那孩子不在乎，他一蹲身，从他的身上飞了过去。哈尔·温德斯正好站在他应该站的地方——至少当时是——弯腰盯着一切。一团尘土飞到了空中……尘土散去后，人们看到温德斯举起了拇指。“耶……出局！”

金先生，观众顿时疯了。沃尔特·德罗波也疯了。他站起身，像癫痫发作的孩子一样手舞足蹈，同时又在试着跳赫利加利舞。他不敢相信。

那孩子左前臂擦伤了一半，不严重，只是血水加汗水，但足以让我们的老助理教练邦尼·达迪尔过来在那里贴上一个创可贴。这样一来，那孩子还是贴上了创可贴，只不过这次是合法的。在整个医疗暂停阶段，球迷们一直站着，挥舞着手中的**道路封闭**牌子，有节奏地喊叫着“封杀王！封杀王！”仿佛他们总也看不够似的。

那孩子似乎根本没有注意到。他就像在另一个星球上。他在大力神球队期间一直是这样。他只是重新戴上护面，回到本垒板后面，蹲下身。正常营业。布巴·菲利普斯走了上来，朝拉斯洛普击出平直球被接杀，那是第五局的事。

当那孩了在这一局结束前上场时，他击打出了三记球，观众们起身向他欢呼。他这一次注意到了，回休息区时，他提了一下球帽，向观众致意。这是他唯一的一次。不是因为他傲慢无礼，而是因为他……呃，我已经说过了，他好像来自另一个星球。

好吧，第六局前半截。五十多年了，我每次一想起来仍然历历在目。金德尔首先上场，迂回上了三垒，这也是投手应该做的。然后是路易斯·阿帕里乔，小路易斯。杜正面投球。阿帕里乔打出一个又高又慢的界外球，落在本垒板后面，就在屏挡一侧的三垒上。我刚好站在那一边，看到了一切。那孩子扔掉护面，朝球奔去，头往后仰，手套向前伸出。温德斯紧跟在他身后，但是跟得不太紧。他以为那孩子没有机会。这种裁判水平很烂。

那孩子出了草地，到了跑道上，也就是球场与包厢区之间的矮墙那里。脖子伸出去。向上看。包厢第一和第二排座位中的二十几个人也抬头向上望，大多数人的手在空中挥舞着。关于球迷们的这一点我一直不明白，而且永远不会明白。看在上帝分上，这是该死的棒球！一种当时售价只有七十五美分的商品。可是当球迷们看到自己可以伸手够着球场上的球员，他们他妈的立刻变成贪婪的恶魔，不再关心自己应该后撤，让那个球员去接球，去干他该干的事，而且是他们支持的球员，一场势均力敌的比赛。

我告诉你，我看到了这一切，而且看得非常清楚。那个飞了一英里高的高球就要落到我们这一侧的墙边。那孩子准备去接住它。这时，某一个胳膊比较长的笨蛋，身穿滨海大道出售的那种大力神队服，伸手拍了一下球，结果球在那孩子手套边缘弹了一下，落到了地上。

我原以为温德斯肯定会判阿帕里乔出局，因为这明显是妨碍行为，所以当温德斯示意要那孩子回到本垒板后面，并且示意阿帕里乔重新回到球区时，我起初简直不敢相信。等我明白过来后，我沿着边线跑过去，挥舞着胳膊。观众开始向我欢呼，并且向温德斯发出嘘声，这在出现争议判罚时显然不会为你赢得朋友，也不会左右别人，但我当时气疯了，根本不管那一套。就算是圣雄甘地光着屁股走进球场，要我们讲和，我也不会停住脚。

“那是妨碍！”我大喊道，“一清二楚，明显得像你脸上的鼻子！”

“球飞到了看台上，算谁的都没有错，”温德斯说，“回你的小窝去，继续比赛。”

那孩子毫不关心；他在和他朋友杜交谈。这没什么。我不在乎他毫不关心。我在那一刻只想把哈尔·温德斯撕成碎片。我平常不喜欢与人争论，我当竞技队主教练那么多年，只被罚下场两次，但那一天我会让比利·马丁[①]显得像和平分子。

“你没有看到，哈尔！你慢吞吞地落在后面！你他妈的什么都没有看到！”

“我没有慢吞吞，而且我看到了一切。你现在给我回去，格兰尼。我不是在开玩笑。”

“如果你没有看到那长胳膊的狗娘养的——”第二排的一位女士听到这里时立刻用手捂住她儿子的耳朵，朝我噘起了嘴，脸上一副你这混蛋的表情，“那长胳膊的狗娘养的伸手碰那球，你慢吞吞地落在了后面！耶稣基督啊！”

穿队服的男子开始摇头——谁？我？不是我！——但他脸上也挂着一个尴尬的笑容。温德斯看到了，也知道那是什么意思，却把目光转向了别处。“就这样吧，”他对我说，那通情达理的声音似乎在说你这躲在更衣室里喝酒、自作聪明的混蛋。“你该说的都说了。你要么给我闭嘴，要么在收音机里听剩下的比赛。你自己选择。”

我回到教练席。阿帕里乔站回到原来的地方，脸上挂着让你感到恶心的灿烂笑容。他知道，当然知道，而且将其充分利用。这家伙从来没有打出过太多本垒打，可是当杜投出一记没有变速的变速球时，小路易斯将它又高又深地打到了场地最偏的地方，非常漂亮的一记球。诺西·诺顿当时是中外野手，他甚至都没有回头。

阿帕里乔依次跑过各个垒，像玛丽皇后号驶进码头那样平安无事，观众却在冲着他尖叫，骂他的祖宗八代，并且把仇恨发泄到哈尔·温德斯头上。温德斯充耳不闻，这也是主裁的技能。他只是从外套口袋里掏出一个新球，查看上面有没有凹痕和裂缝。我看到他这样做的时候再也忍不住了。我冲到本垒板前，对着他的脸晃动双拳。

“这就是你的本垒打，你这该死的二流货色！”我尖叫道，“他妈的太懒，居然不去追赶界外球，你现在给自己挣到了一个跑垒得分！

---

① 比利·马丁（Billy Martin，1928—1989），美国职业棒球大联盟球星。

把球塞进你的屁眼吧！也许你会找到自己的眼镜看得更清楚！”

观众听得乐开了花。哈尔·温德斯却笑不出来。他指着我，拇指冲肩膀后面一挥，走开了。观众开始发出嘘声，摇晃手中的“道路封闭”牌子；有些观众把瓶子、杯子和吃了一半的法兰克福香肠扔到球场上。那简直像马戏表演。

“你别走！你这瞎了眼的肥猪，懒透了的狗杂种！”我尖叫道，然后上去追他。我想抓住他，可还没有抓到他，我们球员休息区就有人抓住了我。我完全气疯了。

观众在有节奏地叫喊“杀死裁判！杀死裁判！杀死裁判！”我永远忘不了，因为他们叫喊的方式与“封杀王！封杀王！”一模一样。

“要是你老妈在这里，她保证会脱掉你的蓝裤子，打你的屁股，你这睁眼瞎二流货！”我尖叫道。他们把我拖进了球员休息区。我们的不旋转球投手甘齐·博格斯指挥了这场恐怖球赛的最后三局。他在最后两局也上场投了球。你在棒球记录中或许也能看到这一点。如果那个一败涂地的春季赛有记录的话。

我看到球场上的最后一幕是丹尼·杜森和封杀王比利站在本垒板与土墩之间的草地上。那孩子将护面夹在胳膊下，杜在对他悄声说着什么。那孩子在听——杜说话的时候他总是在听，但是他在望着观众，四万球迷，男女老少，全都站在那里高喊“杀死裁判！杀死裁判！杀死裁判！”。

球员休息区与更衣室之间的过道里有一桶球，他朝它踢了一脚，桶里的球滚得到处都是。要是踩了一个再摔上一跤，那球场上这个完美的下午就真的会完美地结束了。

乔在更衣室里，坐在淋浴间外面的长凳上。这时，五十岁的他看上去像七十岁的人。和他在一起的还有三个人，两个是身穿制服的警察，另一个穿着西装，但你只需看一眼他那张硬邦邦的烤牛肉般的脸，就知道他也是警察。

“比赛提前结束了？”这个人问我。他坐在一张折叠椅上，老警察的大屁股平铺在椅子中，将泡泡纱裤子绷得紧紧的。两名穿制服的警察坐在衣柜前的长凳上。

“是我提前结束了。”我说。我的气还没有消，甚至都没有管有警察在场。我对乔说，“该死的温德斯把我罚下场了。对不起，头，可那明显是一起妨碍，而那狗娘养的……”

“没关系，”乔说，“这场球不会算分，恐怕我们所有的比赛都不会算分。凯文当然会向联盟执行长申诉，但是……”

“你在说什么？”

乔叹了口气，然后望着穿西装的家伙。“隆巴达奇警官，你告诉他，”他说，“我实在不忍心。”

“他需要知道吗？”隆巴达奇问。他看着我，好像我是他以前从未见过的什么臭虫。这天经历了那么多事，我真不需要再看到那种表情，但我没有说话，因为我知道，如果不是严重的事，三个警察，而且其中一个还是警官，不会出现在某支大联盟棒球队的更衣室里。

“如果你们想要他拖住其他队员，让你们把那个布莱克利从这里带走，我想你最好把情况告诉他。”乔说。

我们头顶上方传来了球迷的一声喊叫，然后是一声呻吟，再然后是欢呼声。我们谁也没有去关心上面发生了什么，其实那是丹尼·杜森棒球生涯的结束。那声喊叫是拉里·多比打出的一个平飞球击中了他的额头。呻吟声是他像一名被击中的拳击手那样倒在投手区土墩上发出的。欢呼声是他站起来并且示意自己没事时观众发出的。其实他已经受伤，但他还是坚持在第六局剩余的时间以及第七局继续投球。也没有放弃跑垒。甘齐看到杜无法直走时，在第八局开始前把他换下场。丹尼一直在说他没事，说他左眉毛上方鼓起的大紫包不算什么，还说他经历过比这更糟糕的情况。那孩子也在说着相同的话：那没什么，那没什么。真是个小应声虫。我们在下面更衣室里，对上面发生的事一无所知，正如杜森也不知道自己在棒球生涯中有可能会被触杀得更糟糕一样，但那是他的一部分大脑第一次出现漏缝。

“他不叫布莱克利，”隆巴达奇说，“他叫尤金·卡扎尼斯。”

“卡……什么？那么布莱克利在哪里？”

“威廉·布莱克利已经死了。已经一个月了。他父母也是。”

我目瞪口呆地望着他：“你在说什么？”

于是，他给我讲了整个情况。金先生，我相信你早已知道他说了什么，但我或许可以把你不知道的事告诉你。布莱克利一家住在爱荷华州的克拉伦斯，那片开阔的地方离达文波特只有一小时的车程。这对老爸老妈来说很方便，因为他们可以去看儿子大多数的小联盟棒球赛。布莱克利有个农场，经营得很成功，总共有八百公顷土地。他们雇用的一个帮手其实还是个孩子。他叫尤金·卡扎尼斯，是个孤儿，在奥特秀基督教孤儿院长大。他不会干农活，脑子有点不大灵光，却是一个了不起的棒球手。

卡扎尼斯和布莱克利在两个教堂球队互为对手，同时又都为当地的贝比·鲁斯球队效力。在他们俩人效力的三年中，那支球队一直是州冠军，有一次甚至打进了全国联赛的半决赛。布莱克利上高中后也参加了校队，但卡扎尼斯不是读书的料。他天生就是打扫猪圈、打球的料，只是从来没有人认为他的球技能像比利·布莱克利那么好。谁也没有想过这种事，直到它发生的那一天。

布莱克利的父亲雇用他当然是因为用那孩子很便宜，但更主要的是因为那孩子有天赋，可以让比利球技出众。一星期仅仅二十五块钱，小布莱克利便有了一个守场员兼击球练习接球手，老布莱克利则有了一个挤奶工兼铲粪工。是笔好交易，至少对他们而言是的。

不管你查找到什么资料，肯定都向着布莱克利家，对吗？因为他们家已经在那里生活了四代人，因为他们是有钱的农场主，因为卡扎尼斯只是一个孤儿，在教堂台阶上一个装酒的纸板箱里开始他的人生，而且脑子还有一点不对劲。为什么会是这样？要么是因为他天生就是个白痴，要么是因为他在那孤儿院中每周被毒打三四次，直到他长大能够保护自己？我知道他经常挨打是因为他习惯于自言自语——报纸上后来也说了。

比利进入大力神队的青年集训队后，卡扎尼斯和比利照样刻苦训练——我说的是赛季结束之后，一旦外面积雪太深，他们大概在马厩里练习投球、击球——但当地小镇的球队开除了卡扎尼斯，而且比利在玉米收割人队的第二个赛季期间，他们还不许他去参加球队的训练。卡扎尼斯在那里的第一个赛季，曾经获准参加其中一些训练，如果他们缺一个人的话，他甚至还参加了一些队内分组赛。在那个年代，一切都非常随意、松懈，不像现在，如果某个大联盟球队队员不戴头盔就抓起球棒，保险公司肯定会担心死了。

我觉得事情的经过应该是——如果你更了解情况的话，请随时纠正我——不管卡扎尼斯是否还有什么其他问题，作为棒球球员他继续成长并成熟。布莱克利却没有。你时刻能看出这一点。两个孩子在高中期间长得都像贝比·鲁斯。同样的身高，同样的体重，同样的速度，同样的敏捷反应。但其中一位可以在更高层次上打球……然后再上一个台阶……再上一个台阶……而另一位却开始掉队。我后来听说：比利·布莱克利最初并不是接球手。原来的接球手在接球时摔断了胳膊，他才由中场手改为接球手。这种变更不是个好兆头。这就像教练在传达一个信息："你先凑合着……等有更好的队员出现时再说。"

我认为布莱克利开始嫉妒，我认为他的老爸开始嫉妒，我认为他的老妈也开始嫉妒。可能尤其是老妈，因为热爱体育的母亲们都会变成母狼。我认为他们幕后操纵，不让卡扎尼斯再在当地打球，也不让他参加达文波特玉米收割人队的训练。他们完全可以做到，因为他们在爱荷华州属于富裕世家，而尤金·卡扎尼斯什么也不是，并且在人间地狱般的孤儿院长大。

我认为或许比利冲着那孩子发怒太频繁或者太过头，也有可能是那老爸或者老妈。或许是因为他挤牛奶的方法，或许是因为那一天他没有把动物粪便铲对，但我敢打赌关键是棒球，还有根深蒂固的嫉妒这个红眼病恶魔。就我所知，玉米收割人队的主教练告诉布莱克利，有可能把他送往克利尔沃特只有一个A的球队。二十岁本该再上一个台阶，现在却要下一个台阶，这预示着你的职业棒球生涯会很短暂。

但不管究竟出于什么原因，也不管是谁的责任，这是一个特大的错误。如果你对他好，那孩子会非常可爱，我们都知道这一点，但他脑子不太对劲。他也会变得很危险。早在警察到来之前我就知道这一点，因为那个赛季的第一场球就发生了那样的事：比利·安德森的脚踝。

“县警长在马厩里发现了布莱克利一家三口，”隆巴达奇说，“卡扎尼斯割断了他们的喉咙。警长说像是剃须刀片。”

我看着他，目瞪口呆。

“情况肯定是这样的，”乔说话的声音很沉重，“我们的接球手在佛罗里达受伤后，凯文·麦卡斯林四处打电话，想找一名替补接球手，玉米收割人队的主教练说他有一个年轻队员，可以顶替三四周，条件是我们不需要他冲击击球率。他说，因为那孩子不愿意那样做。”

“可是他做了。”

“因为他不是布莱克利，”隆巴达奇说，“布莱克利和他父母那时肯定已经至少死了几天了。整栋房子只有那个卡扎尼斯，而且他也不是十足的傻瓜。他还是聪明到能够在电话铃响时去接电话。他接到了那位主教练的电话，并且说没问题，比利会很高兴去新泽西。在他以比利的身份动身之前，他给周围邻居以及城里的饲料店打了电话，告诉他们布莱克利一家因为家里出了急事出门了，家里的事由他照料。对于一个傻瓜来说，这算是很聪明了，是不是？”

“他不是傻瓜。”我对他说。

“嗯，那些人收留了他并且给了他一份工作，他却割断了他们的喉咙；他还杀了所有的牛，免得邻居们晚上听到奶牛要挤奶的叫声。随你怎么想都可以。我知道地方检察官会赞同你的看法，因为他想看到卡扎尼斯被绞死。你知道，爱荷华州用的是绞刑。”

我转身问乔：“怎么会发生这样的事情？”

“因为他很出色，”乔说，“因为他想打球。”

那孩子有比利·布莱克利的身份证，而人们当时根本都还没有听说过带照片的身份证。反正这两个孩子相貌特征完全相似：蓝眼睛，深色头发，六英尺高。但最主要的是，是啊——发生这种事是因为那孩子太出色，而且想打球。

“是很出色，居然在职业球队中打了差不多一个月。”隆巴达奇说。我们头顶上传来了欢呼声。“封杀王比利”刚刚完成了他在大联盟棒球赛中的绝唱：[illegible]记本垒打。“前天，煤气公司的人去了布莱克利的农场。之前也有其他人到过那里，但他们看到卡扎尼斯贴在门上的便条后就走了。煤气公司的人没有走。他注满了马厩后面的气罐，而奶牛和布莱克利一家的尸体就在马厩里。天气终于转暖，而他闻到了气味。事情经过基本上就是这样。现在，你们这位主教练希望逮捕他的时候尽可能避免骚乱，也尽可能减少其他队员可能面临的危险。我同意他的要求。你的任务……”

“你的任务是拖住其他队员，让他们待在休息区，”杰西·乔说，“让布莱克利……卡扎尼斯……一个人来这里。等其他队员来到更衣室时，他已经消失了。然后我们再把这见鬼的事情理清楚。”

“我对他们说什么？”

“全队会议。免费冰淇淋。随便你说。你只需拖住他们五分钟。”

我问隆巴达奇：“没有人泄露消息？一个人都没有？你是说没有人听到电台直播，然后打电话告诉布莱克利老爸他儿子多么了不起，居然掀翻了大球队？”

“我估计有一两个人尝试过，”隆巴达奇说，“我听说爱荷华州的人的确时不时地会来大城市，我估计去纽约玩的人当中会有几个人听大力神队的比赛实况，或者看报纸上的报道……”

“我更喜欢扬基队。”有个穿制服的警察插嘴道。

“我如果需要你发表高见，自然会提醒你的，”隆巴达奇说，“在那之前，你给我闭嘴，立刻闭嘴。”

我望着乔，感到很不舒服。第一次担任主教练就遭遇错判，还被罚出场，但这些现在却成了我面对的最微不足道的问题。

“让他单独来这里，”乔说，“我不管怎么让他过来，但绝对不能让其他队员看到。”他想了想，又补充道，“也别让孩子看见他们看到这一幕。不管他干了什么。”

如果还重要的话——我知道这不重要——那场比赛我们1∶2输了。所得3分全是阳春全垒打。米尼·米诺索在第九局开始击碎了甘齐赢球的希望。那孩子最后出场。他在大力神队第一次击球就因三击不中而出局；他最后一次为大力神队击球时再次以三击不中而出局。棒球是一项毫发之间的球类运动，但它也是一项讲究平衡的运动项目。

队员们谁也不关心比赛结果。我赶到那里时，他们全都围在杜的周围。他坐在长凳上，告诉他们他没事，只是有一点头晕。但他脸色不对，而医生给我们的建议一点也不乐观。他要丹尼去纽瓦克总医院拍X光片。

“混蛋，”杜说，“我只需要几分钟。你们听我说，我没事。耶稣啊，伯恩斯，你们饶了我吧。”

我说：“布莱克利，你去一下更衣室。蒂普诺先生想见你。”

“蒂普诺教练想见我？在更衣室？为什么？”

“好像与月度新人奖有关。”我说。我那完全是突发奇想。当时根本没有这个奖项，但那孩子不知道。

那孩子望着丹尼·杜，杜朝他挥挥手。“去吧，别待在这里。你打了一场好球。不是你的错。你依然能给我们带来好运，让那些不相信的人 × 蛋去。”接着，他又说道，“你们都给我走，让我有一点呼吸的空间。”

“大家等一下，”我说，“乔想单独见他，我估计是想单独祝贺他。孩子，别在这里傻等着，快……”我原本想把“快走”两个字说完，但已经没有那个必要了。布莱克利或者卡扎尼斯已经走了。

后来发生的事你已经知道了。

如果那孩子直接顺着过道去裁判室，他肯定会被抓，因为途中必须经过更衣室。相反，他抄近路穿过了我们的储藏室，那里放着行李，还有两张按摩桌和一个涡流浴缸。我们永远不知道他为什么那样做，但我认为那孩子知道有些事不对劲。他肯定知道事情总有败露的一天；如果说他疯狂的话，那他像狐狸一样疯狂。总而言之，他从更衣室的另一边走了出来，走到裁判室，敲了敲门。这时，他大概在奥特秀孤儿院学会制作的那玩意儿已经回到了他的中指上。我认为可能是某个年纪稍大的孩子教会他的。*孩子，要是你想不再老是被打，那就给自己做一个这东西。*

他终究还是没有把那东西放回到柜子里，而是将它塞进了口袋。比赛结束后他也不再去管什么创可贴，因此我觉得他知道自己已经没有什么好隐瞒的了。

他轻轻拍了拍裁判室的房门，说："有哈尔·温德斯先生的加急电报。"像狐狸一样疯狂，看到了吗？我不知道如果是其他裁判开的门会发生什么，但开门的是温德斯本人，我敢打赌，他都没有意识到站在那里的不是西联电报公司送电报的孩子就已经送了命。

那是一个剃须刀片，明白了吗？或者类似的刀片。不用的时候，刀片就藏在一个铁皮环里面，看上去像孩子们戴的假戒指。只有当他握紧右拳，用拇指肚推开铁皮环，小小的刀刃薄片才会滑出来。温德斯打开门，卡扎尼斯用它划过他的脖子，割断了他的喉咙。他被戴上手铐带走后，我看到了那摊血——哦，我的上帝，那么一大摊血。这时，我唯一能想到的只有那四万观众像尖叫着"封杀王"一样尖叫着"杀死裁判"的情景。谁也没有这个打算，但那孩子也不知道。尤其是在杜给他下了那么多毒药、告诉他温德斯会在赛场上对付他们两个人之后。

警察们跑出更衣室时，"封杀王比利"只是站在那里，白色的队服上到处都是鲜血，温德斯则倒在他的脚边。警察抓住他时，他也没有反抗或者袭击他们。没有。他只是站在那里喃喃自语。"杜，我搞定他了。比利搞定他了。他现在不会再错判了。"

金先生，我的故事讲完了，至少我所知道的部分讲完了。至于大力神队嘛，你可以查一下。正如老凯西所说的那样，所有比赛成绩都被取消，我们只能靠双重赛来弥补。最后终于还是让老哈比·拉特纳蹲在了本垒板后面接球，而他的击球率只有0.185——远低于人们现在所称的"大约两成的击球率"。丹尼·杜森被诊断为叫作什么"颅内出血"的问题，只好缺席赛季后面的比赛。他在1958年试图复出——结果令人伤心。上场五次，其中三场无法把球扔过本垒板。在另外两场比赛中……你还记得2004年红袜子队对扬基队的最后一场季后赛吗？凯文·布朗是扬基队的首发，结果红袜子队在前两局就从他身上得到了六个本垒打。1958年丹尼·杜终于成功将球扔过本垒板时，他的投球效果与凯文一模一样。他已一无所有。可尽管如此，我们最终还是领先于参议员队和竞技队。只是杰西·乔·蒂普诺那年世界系列赛期间突发心脏病。有可能是俄国人将伴侣号人造卫星送上天的同一天。大家用担架车把他抬出了县体育场。他又活了五年，但只是以前那个他的影子，当然再也没有当过主教练。

他说那孩子吸走了运气，没想到竟然一语成谶。金先生，那孩子就是吸走好运的黑洞！

对他自己也是一样。我相信你知道他的结局。他被带到埃塞克斯县监狱，关押在那里，等待引渡。他吞了一块肥皂，噎死了。我实在想不出比那更糟糕的死法。那个赛季无疑是个噩梦，可现在说给你听的时候，还是让我想起一些美好的时刻。我觉得大多数记忆都是球迷们举起**奉封杀王比利之命封闭道路**的牌子时“老沼泽”球场的那片橙色海洋。是啊，我敢打赌想出那玩意儿的家伙肯定赚了不少钱。但你也知道，那些买了牌子的人物有所值。当他们站起来将牌子举过头顶时，他们成了某个比他们自身更大的东西的一部分。这有可能是件坏事——你想想当初有那么多人去集会上看希特勒，但这次是好事。棒球是样好东西，过去一直是，将来也一直会是。

封杀，封杀，封杀。

我每次想起来仍然不寒而栗。那喊声仍然在我的脑海里回荡。不管那孩子是不是疯子，不管他是不是灾星，他都是货真价实的天才。

金先生，我觉得已经全部说完了。你的素材够了吗？那好。我很高兴。还想知道什么的话，请随时过来，除了星期三下午，因为他们要玩那该死的“虚拟保龄球”，会把你吵死。星期六来吧，好不好？我们有几个人一直看“每周最佳赛事”。我们可以获准喝几瓶啤酒，而且会发疯似的欢呼。虽然不像从前那样，但也还不错。

献给朋友和高中球队的接球手菲利普·汤普森

某部早期小说中我的替身——我想应该是《塞伦的命运》中的本·米尔斯——说，与别人聊一篇你计划创作的短篇小说肯定不是个好主意。他当时的说法是："那就像把一切暴露在光天化日之下。"不过有时候，尤其是在我来了激情的时候，我发现我很难听从自己的忠告。《秀色可餐先生》就是这种情况。

当我把大致构思说给一位朋友听时，他听得非常认真，然后摇摇头。"斯蒂夫，我认为关于艾滋病，你并没有说出什么新东西。"他停顿了一下，接着说道，"尤其是作为一个直男。"

不。还是不。尤其是：不。

我不喜欢别人因为你没有经历过就认为你不能写某些东西，而不是因为它限制了你的无穷想象力。这还预示着一些身份巨变根本不可能。我拒绝接受这种观点，因为它带来的结论恰好是：真正的改变非我们所能，同情也一样。就种种迹象来看，这种观点站不住脚。改变就像垃圾一样随时发生。如果英国人与爱尔兰人能够言和，那么你得相信，总有一天犹太人和巴勒斯坦人也有可能解决好他们之间的问题。改变常常是艰苦努力的结果，我相信我们大家都会同意这一点，但仅有艰苦努力是不够的。它还需要想象力费劲的飞跃：摇身一变成为另一个家伙或者一个姑娘真的会是什么样子?

还有，嗨，反正我从来没有打算写一个关于艾滋病和成为同性恋者的短篇小说——那些只是虚构的手段。我想写的是人类性驱动的野蛮力量。那种力量在我眼里能够支配来自任何方位的力量，尤其在人年轻时。到了某个时刻——不管那一晚是否恰当，也不管地点是好是坏——欲望腾起，压制不了。不再小心谨慎。理性思想停了。风险不再重要。

这才是我想要写的内容。

秀色可餐先生

1

戴夫·卡尔霍恩在帮奥尔加·格鲁霍夫拼埃菲尔铁塔。他们已经在湖景老年公寓的公共休息室里忙了六个早晨，而且是六个清晨。那里还有别人；上了年纪的人都起得早。远处巨大的平板电视机五点半就开始喋喋不休地播放福克斯新闻频道蛊惑人心的垃圾新闻，有几个住客正目瞪口呆地看着新闻。

“啊，”奥尔加说，“这是我一直在找的。”她将一块印有主梁的拼图块轻轻按进古斯塔夫·埃菲尔杰作的半腰中。按照盒子背面的介绍，埃菲尔铁塔是用废金属造的。

戴夫身后传来拐杖嗒嗒嗒的声响，正在慢慢靠近。他头也不回地与新来的人打招呼。“早上好，奥列。你起得很早。”年轻时候的戴夫不会相信人可以单凭拐杖的响声就能确定来者是谁，但年轻时的他也绝不会想到自己最后的时光会在许多人都用拐杖的地方度过。

“也向你致以早晨的问候，”奥列·弗兰克林说，“还有你，奥尔加。”

她抬了一下头，然后又低头望着拼图——盒子上写着 1 000 块，大多数已经拼到了位。“这些主梁真烦人。我只要一闭上眼睛，就看到它们在我面前飘浮。我得出去抽支烟，让我的肺苏醒过来。”

湖景老年公寓原则上不允许抽烟，但奥尔加和其他几位顽固分子获准穿过厨房去装货码头，那里有一个巨大的烟灰缸。她起身，蹒跚了几步，用俄语或波兰语骂了一句，稳住身子，拖着脚步离去。她突然站住脚，回头望着戴夫，眉头紧皱：“鲍勃，给我留一些。你答应吗？”

他举起手，亮出手掌：“上帝啊，我没动手。”

她满意地慢慢向前走，身上穿着白天穿的那件已经变形的衣服。她伸手去口袋里掏香烟和一次性打火机。

奥列扬起了眉头："你从什么时候成了鲍勃？"

"鲍勃是她丈夫。你记得。和她一起住进这里，两年前去世了。"

"啊，对了。她现在也慢慢不行了。真是太糟糕了。"

戴夫耸耸肩。"她今年秋天九十岁，我是说如果她能活到秋天的话。她完全有资格脑子有时出差错。你看这个。"他指着已经铺满了整张牌桌的拼图，"大多是她自己拼的。我只是她的助手。"

奥列在他所称的真实生活中曾经是一名图像设计师。他望着差不多已经拼全的拼图，心情沉重。"埃菲尔铁塔。在它修建的过程中，曾经有艺术家提出过抗议，这你知道吗？"

"不知道，但我不感到惊讶。法国人嘛。"

"小说家莱昂·布洛瓦将它称作真正悲惨的路灯。"

卡尔霍恩望着拼图，明白了布洛瓦的意思，然后放声大笑。它确实像个路灯。有点像。

"我忘记名字了，但有个画家或是作家说，只有站在埃菲尔铁塔上才能看到巴黎最美的景色，因为只有在这里才能看到没有埃菲尔铁塔的巴黎美景。"奥列凑近一点，一只手紧握手杖，另一只手按住腰背部，仿佛只有这样才能避免后腰散开。他的目光从已经完成的拼图转向剩下的杂乱拼图片，大概总共还剩下一百片，然后再回到拼图上。"休斯顿，你们可能遇到麻烦了。[①]"

戴夫早已开始怀疑这一点："如果你说得对，那会让奥尔加一整天不开心的。"

"她应该料到。这个版本的埃菲尔铁塔拼好了之后又拆开，总共多少次了？上了年纪的人像青少年一样粗心。"他直起腰，"你愿意和我一起到花园里走一走吗？我有东西给你。还有话要告诉你。"

戴夫仔细观察着他。"你没事吧？"

奥列避开了这个问题。"到外面去。这么美好的早晨，已经很暖

① 美国阿波罗 13 号宇宙飞船出现问题时著名的对话。

和了。”

奥列带头向露台走去，拐杖敲击出熟悉的 1—2—3 的节奏，从那群边看电视边喝咖啡的人身旁经过时举起手杖，向其中一人问好。戴夫心甘情愿地跟在他身后，但又有一点摸不着头脑。

2

湖景是栋 U 形建筑，公共休息室正好介于两栋翼楼之间，翼楼里面便是“辅助居住套间”，每个套间有一间起居室、一间卧室以及装有扶手和淋浴椅的那种卫生间。这些套间不便宜。虽然许多住在里面的人不再有正常排便节制力（戴夫刚过八十三岁便开始晚上尿急，只好在床头柜最上面一格放了一盒盒 PM 牌抽纸），这地方却没有尿骚味，也没有来苏水的气味。房间里有卫星电视，每栋翼楼有一个快餐自助餐厅，而且每个月有两次品酒会。戴夫想，整体看来，这里不失为一个养老送终的好地方。

现在是初夏，两栋翼楼之间的花园郁郁葱葱，几乎进入了性高潮阶段。小径弯弯曲曲，中央喷泉水花四溅。鲜花怒放，却是一派高雅、精心修剪的样子。到处都是内线电话，所以如果散步的人突然喘不过气来，或者大腿越来越麻木，他可以电话呼救。再过一会儿，花园里会有许多人散步，那些尚未起床的人以及那些在公共休息室里听完了福克斯频道新闻的人，会趁着气温还没有升高，出来享受一下。但是在这一刻，花园里只有戴夫和奥列。

出了双扇门，下了宽阔石板露台前的台阶（两个人下台阶时都非常小心），奥列站住脚，开始在身上那件肥大的犬牙花纹格子运动外套的口袋里摸索。他掏出一块银质怀表，上面还连着一条很粗的银链。他把表递给戴夫。

“我想把它给你。这是我曾祖父的东西。从表盖里面镌刻的文字来看，要么是他买的，要么是别人给他的，反正都是在 1890 年。”

戴夫盯着那块表，像催眠师的护身符一样从奥列·弗兰克林那微微麻痹的手上垂下来，在银链的下方晃动着。他感到又好笑又恐惧，

“我不能要。”

奥列就像指导一个孩子那样，耐心地说道：“如果是我送你的，你当然可以要。我已经多次看到你羡慕这块表了。”

“那可是你的传家宝！”

“的确是，如果我死的时候它出现在我的遗物里，我弟弟会把它拿走的。我将不久于人世，也许今晚就会走。肯定未来几天里会。”

戴夫不知道自己该说什么。

奥列还是刚才那种耐心的口气：“我弟弟汤姆十恶不赦，就是在得梅因[①]被人强杀了都是浪费子弹。我从来没有对他说过这话，因为那太伤人，但我对你说过很多次了，不是吗？”

“嗯……是的。”

“他三次生意失败，两次婚姻失败，都是我支持他挺过去的。我相信我也对你说过很多次了，不是吗？”

“是的，可是……”

“我干得不错，投资也很好。”奥列说，开始走动，手杖在地上敲出他自己的密码：嗒，嗒—嗒，嗒，嗒—嗒—嗒。“我属于遭到那些自由派年轻人辱骂的无耻的百分之一。钱不太多，我告诉你，但足以让我过去三年舒舒服服地生活在这里，同时还继续充当我弟弟的安全网。感谢上帝，我不必再为他女儿操劳；玛莎好像能自食其力。这减轻了我的负担。我已经立下遗嘱，程序合法正确，而且我在遗嘱中都已安排妥当。这是家族的事。我没有妻子和孩子，也就是说汤姆将继承我的一切。除了这个。这是给你的。你一直把我当作好朋友，所以请收下它。”

戴夫想了想，认为等他朋友的死亡预感过去后自己可以把表再还给他，于是便接过了怀表。他咔的一声打开表盖，欣赏着水晶表面。六点二十二分，非常准时，这一点他能够确定。花体字“6”的上方有个小圆圈，秒针在里面快速地移动着。

“清洗过几次，但是只修过一次。”奥列说，重新开始慢慢走动，

① 美国衣阿华州首府。

“据我祖父说，1923 年，我父亲在赫明福德的旧农场将它掉进水井之后修过一次。你能想象得到吗？一百二十多岁了，只修过一次。这个世界上有多少人可以做到这一点？十来个？也许只有六个？你有两个儿子和一个女儿，对吗？”

“对。”戴夫说。他朋友过去一年越来越虚弱，头发只剩下几缕婴儿般的细丝，散布在布满老年斑的头颅上，但他的脑子比奥尔加的脑子好使。也比我的脑子好使，他暗自承认。

“这块表不在我的遗嘱中，但应该出现在你的遗嘱中。我相信你爱所有子女，而且不偏心，因为你就是那种人。但是喜欢就不同了，对吗？把它留给你最喜欢的那个孩子。”

那应该是彼得，戴夫心想，脸上露出了笑容。

要么是想回以微笑，要么是明白了戴夫那笑容背后的意思，奥列张开嘴巴，露出剩下的几颗牙齿，点点头。“我们坐下吧。我已经累了。现在稍微动一动就很累。”

他们坐到长凳上，戴夫想把表还回去。奥列伸出双手把它推回去，夸张的手势很滑稽，逗得戴夫哈哈大笑。不过，他也意识到这不是开玩笑的事。肯定比拼图游戏少了几块要严肃得多。

花的芳香很浓郁，令人陶醉。戴夫·卡尔霍恩想到了死——反正离现在不会太远，他感到最遗憾的是会失去感官世界，失去这个世界中所有平凡的享受。圆领衫里面一个女人的乳沟。“自得的”科尔[①]在《昏天倒地 2》中伴着鼓点胡说八道的声音。上面有一层蛋白酥皮的柠檬馅饼的滋味。他说不出名称的各种鲜花的芳香——他妻子倒是知道所有鲜花的名字。

“奥列，你也许这个星期会死，但上帝知道，这地方每个人的一只脚都已经踏进了坟墓，另一只脚则踩在香蕉皮上。可是，你根本说不准。我不知道你是不是做了个梦，或者有只黑猫从你面前跑过，或者别的什么，但预感纯粹是胡说八道。”

---

① 即威廉·兰道夫·科尔（William Randolph Cole，1909—1981），美国爵士乐鼓手，以《昏天倒地 1》和《昏天倒地 2》著名。

“我没有什么预感，”奥列说，“我看到了。我看到了秀色可餐先生。我过去两周见到他好几次。总是离得越来越近。要不了多久，他就会来我房间拜访我，那就完了。我不在乎。事实上，我一直盼望着呢。生命是了不起的东西，可一旦你活得太久，生命还没有结束就已经消耗殆尽。”

“秀色可餐先生，”卡尔霍恩说，“究竟谁是秀色可餐先生？”

“其实不是他，”奥列说，仿佛他没有听到戴夫的问题，“我知道。那是他的化身。是时间和地点的总和，如果你愿意这么理解的话。不过，以前确实有过一位真实的秀色可餐先生。我和我朋友们那天晚上在细高个儿酒吧就是这样叫他的。我从来不知道他的真实名字。”

“我听不明白。”

“你听我说，你知道我是同性恋，对吗？”

戴夫笑了：“呵呵，我觉得你在认识我之前就早过了约人的岁月，但我还是很清楚，是的。”

“是因为宽领带？”

是因为你走路的姿势，戴夫心想。甚至拄着拐杖时也一样。还有你用手理顺剩下的几根头发，然后再瞥一眼镜子的方式。你冲着《主妇真人秀》中的女人翻眼睛的样子。甚至还有你房间里的静物画，它们可以算作你衰老的时间表。以前你肯定非常棒，但现在你的双手在颤抖。你说得对——生命还没有结束就已经消耗殆尽。

“还有别的。”戴夫说。

“你有没有听人说过，他们年纪太大，不能参与美国的军事行动？越南？伊拉克？阿富汗？”

“当然听说过，但他们通常说自己年纪还太小。”

“艾滋病就是一场战争。”奥列低头望着自己扭曲变形的双手，他的才华正在离他这双手而去。“我还没有老到不参加这场战争，因为一旦战争在你的故土爆发，谁也不会因为年纪太大而不参战，你不同意吗？”

“我想你说得对。”

“我生于1930年。艾滋病首次在美国发现并在临床上得到描述时，我五十二岁。我当时住在纽约，是自由职业者，为几家广告公司干活。我和朋友们时不时地会去格林威治村的俱乐部玩。不是石墙俱乐部，因为那是黑手党经营的藏污纳垢之处，而是其他一些俱乐部。有天晚上，我正好站在克里斯多夫街彼得·佩珀俱乐部门外，与一个朋友一起抽大麻，几个年轻人走了进去。他们一个个都长得挺帅，穿着紧身喇叭裤，上身穿着当时好像人人都在穿的那种衬衣，就是宽肩窄腰的那种。脚上是绒面叠跟皮靴。”

“几个秀色可餐的男孩。”戴夫插嘴道。

“我估计是，但不是那一个秀色可餐的男孩。我最好的朋友名叫诺亚·弗里蒙特，去年死了，我参加了他的葬礼。他转身对我说，‘他们竟然对我们视而不见，是不是？’我同意他的说法。如果你有足够的钱，他们自然会看见你，可我们太……你可以说我们太清高。为这种事付钱会让人感到掉价，尽管我们有些人偶尔也会给钱。可是在二十世纪五十年代后期我刚到纽约时……”

他耸耸肩，将目光转向远处。

“你刚到纽约的时候？”戴夫提示道。

“我在想怎么说。二十世纪五十年代后期，女人们仍然在为洛克·赫德森[①]和李伯拉斯[②]惋惜，同性恋属于谈虎色变的恋情，不像男女之爱被人天天挂在嘴上。我的性欲当时达到了绝对高潮。在这方面——我相信还有其他人，许多其他人——同性恋和直男没有区别。我在什么地方看到过，男人们和一位美男或美女在一起时，他们每二十秒就会想性爱。但如果一个男人只有十多岁或者二十多岁，不管对方是美男还是美女，他会不停地想性爱。”

“风一吹你就硬了。”戴夫说。

他在想自己的第一份工作，在加油站当工人。他在想他碰巧看到的一个漂亮的红发女郎。那姑娘从她男朋友卡车的副驾驶座下来，裙

---

① 洛克·赫德森（Rock Hudson，1925—1985），美国电影明星，曾连续数年被评为“最具男子汉气概的演员”，但生活中是同性恋。

② 李伯拉斯（Liberace，1919—1987），美国著名艺人和钢琴家，因精湛的演奏技巧和华丽的表演风格著称。

子弄皱了，露出里面白色棉布内裤，仅仅是一秒钟的事，最多两秒钟。可是他每次自慰时那一幕都会在他脑海里反复出现，虽然他那时只有十六岁，那段记忆却仍然清晰难忘。他怀疑如果他五十岁看到那一幕，情况是否也是这样。他到五十岁时已经看到过许多女人的内裤。

“一些保守的专栏作家把艾滋病称作同性恋者的瘟疫，而且带着恶意的满足感。那是一种瘟疫，可是到了 1986 年前后，同性恋群体已经能很好地控制住它了。我们了解两种最基本的预防措施——不能有不安全性行为，不能共用针头。但是年轻人认为自己百病不侵，而且正如我奶奶喝醉酒时所说，鸡巴一硬就没有了理智。如果那鸡巴的主人喝醉了酒，很嗨并且正经历着性诱惑的阵痛，情况更是如此。”

奥列叹口气，耸耸肩。

“冒过险，犯过错。即便是在人们已经非常清楚传播途径之后，还是死了几万名同性恋者。只有在大多数人明白同性恋者并不是选择自己的性取向之后，人们才开始意识到这场悲剧的严重程度。大诗人、大音乐家、大数学家和科学家们——天知道有多少人在他们的才华尚未展露之前就离开了人世。他们有的死在阴沟里，有的死在冰冷的公寓里，有的死在医院里，还有的死在破烂病房里，全都因为他们在音乐震耳欲聋、美酒流溢、毒品滥用的某个夜晚冒险放纵。自己选择的？今天仍然有许多人这么说，但那是一派胡言。那种驱动太过强烈。太过原始。如果晚二十年出生，我也有可能随他们一起去了另一个世界。我朋友诺亚也会。但他在自己的床上死于心脏病，我会死于……管它是什么呢。因为到五十岁的时候，要抵抗的性诱惑越来越少，即便那诱惑非常强烈，大脑有时候还是能够管住下面的东西，至少足以让你快速拿一个套子。我不是说我这个年纪的人没有大量死于艾滋病。的确有——再傻的人也傻不过老傻瓜，对吗？有些是我朋友，但他们的人数少于那些每晚聚集在夜总会里的年轻家伙。我自己那帮人——诺亚、亨利·里德、约翰·鲁宾、弗兰克·戴蒙德——有时候也出去，只是为了看那些年轻家伙跳交欢舞。我们不会垂涎三尺，但我们会观看。有些打高尔夫的中年异性恋狂人每周会去猫头鹰餐厅一次，仅仅是为了观看女服务员弯腰，但我们与他们截然不同。他们那种行为可能让人觉得有点可怜，但并非不正常。你不同意吗？”

戴夫摇摇头。

“有天晚上，我们四五个人偶尔去了一家名叫‘细高个儿’的夜总会。我记得我们正准备回家，这个孩子突然独自进来了。他长得有点像大卫·鲍威[①]，个子很高，穿着白色紧身自行车运动短裤和一件蓝色无袖T恤衫。一头长长的金发，梳成一个高卷式发型，又滑稽又性感。脸色绯红，是自然颜色，不是胭脂，还配有什么闪亮的银饰。双弧形嘴唇宛如丘比特的弓。在场的每个人都转过身去看他。诺亚抓住我的胳膊说，‘那就是他。那就是秀色可餐先生。我愿意出一千块钱带他回家。’

“我哈哈大笑，说一千块钱买不动他。有那样的年龄，有那样的相貌，他只想让人们欣赏，只想勾起人们的欲望。而且尽可能多地尽情享受性生活。二十二岁的时候，性生活是很频繁的事。

“不一会儿，他就加入了一群美男子当中，不过他们也没有他那么好看。他们一起放声大笑，一起喝酒，一起随着当时流行的不管什么音乐跳舞。他们谁也没有看我们四个人一眼，因为我们坐在远离舞池的地方，喝着葡萄酒。几位中年男人，还要过五到十年才会不再追求让自己显得年轻一些。有那么多可爱的年轻人争着要吸引他的注意力，他干吗还要看着我们？

“弗兰克·戴蒙德说，‘他活不过一年，看看那时他还有多帅。’只是他这句话是咬牙切齿说出来的，就像那是某种怪异的……我也不知道……*安慰奖*。”

奥列从同性恋偷偷摸摸的年代活到了同性婚姻在大多数州已经合法的年代。他那消瘦的肩膀再次耸了耸，仿佛在说这全是过去的事了。

“那便是我们的秀色可餐先生，集美丽、性欲和高冷于一身。我

---

① 大卫·鲍威（David Bowie，1947—2016），英国摇滚歌手、演员。

直到两周前才再次看到他。不是在‘细高个儿’，不是在彼得·佩珀或者‘高玻璃门’，不是在我曾经去的任何其他夜总会……尽管随着所谓的里根时代慢慢消逝，我去那些地方的次数越来越少。到二十世纪八十年代后期，去同性恋夜总会太怪异了，就像参加爱伦·坡笔下的红色死亡假面舞会一样。你知道，‘大家都来吧！摆脱困境，再喝一杯香槟，别管那些像苍蝇一样倒下的家伙。’除非你只有二十二岁，而且仍然认为自己百病不侵，否则已经没有了乐趣。”

“那一定很难吧。”

奥列举起那只没有拄着拐杖的手摇了摇，做出一个不好也不坏的姿势。“是难也不难。那就是缓过劲来的酒鬼们所说的‘正常的生活’。”

戴夫想就此打住，但又觉得自己做不到。怀表那份礼物令他感到太惊愕。“听你戴夫叔叔一句话，奥列。*你没有看见那个孩子*。你或许看见了一个人长得有点像他，但如果你的秀色可餐先生当时二十二岁，那么他现在也已经五十多岁了。当然，他还得没有感染艾滋病。那只是你的脑子在戏弄你。”

“我这上了年纪的脑子，”奥列笑了，“我这就要年迈的脑子。”

“我从来没有说过年迈。你也没有年迈。但你的脑子上了年纪。”

“那倒是，可确实是他。是他。我第一次看到他的时候，他在马里兰大道上，就在主干道尽头。几天后，他在大门下面的门廊台阶上晃悠，抽着丁香卷烟。两天前，他坐在入住办公室外面的长凳上，仍然穿着那件无袖T恤衫和那条耀眼的白短裤。他本该造成交通中断，但谁也没有看到他，当然，除了我。”

我不能再顺着他，戴夫心想，*他应该有更好的结果*。

“你出现幻觉了，伙计。”

奥列很平静。“他刚才就在公共休息室，和其他早起的人一起看电视。我朝他挥手，他也朝我挥手。”奥列的脸上露出了笑容，非常年轻的笑容，“他还给我使了一个眼色。”

“白色骑行短裤？无袖T恤衫？二十二岁，长相英俊？我虽说是直男，但我也会注意到那样的人的。”

“他来这里是为了我，所以只有我一个人能够看见他。谨此作答。”他费劲地站起来，“可以回去了吗？我要喝咖啡了。”

他们朝露台走去，会像刚才下台阶时一样小心地上台阶。他们曾经生活在里根时代，现在生活在玻璃臀部时代。

来到公共休息室外面的石板地上后，他们两个人都停下来喘口气。戴夫缓过来后说：“那么同学们，我们今天学了什么？死神不是肩扛长柄大镰刀、骑着白马的骷髅，而是脸颊发亮的热门舞厅男孩。”

“我觉得不同的人会看到不同的化身，”奥列温和地说，“别人都跟我说，绝大多数人临死前都会看到他们的母亲。”

“奥列，绝大多数人不会看到任何人。你也不是在凡尘……”

“可我母亲生下我后不久就死了，所以我认不出她。”

他向双扇门走去，但戴夫抓住了他的胳膊：“那块表我替你保留到万圣节派对，好不好？四个月。我会虔诚地给它上发条。如果到时候你还活着，你就把表拿回去。说定了？”

奥列露出了灿烂的笑容：“说定了。我们去看看奥尔加的埃菲尔铁塔拼得怎么样了，好吗？”

奥尔加已经回到了牌桌旁，眼睛紧盯着拼图。那可不是开心的眼神。“我给你留了最后三块，戴夫。”不管她是不是高兴，她至少重新记得他是谁了，“可还是有四个空白处呢。辛辛苦苦一个星期，这真令人失望。”

“总会有不好的事情发生，奥尔加。”戴夫说着便坐了下来。他将剩下的几块轻轻拼进去，那种满足感要一直追溯到雨天在夏令营的日子。他此刻意识到，那里的公共休息室很像这地方。生活就是带有挡书板的短书架。

“是啊，”她说，一面思索着不见了的四块拼图，“当然是的。但是不好的事情太多了，鲍勃。太多了。”

“奥尔加，我是戴夫。”

她转身朝他皱起了眉头：“我是这么说的。”

争论没有意义，让她相信一千块里面拼出了九百九十六块是个不错的成绩也没有意义。她九十岁了，却仍然认为自己必须做到完美，戴夫心想，有些人的幻觉到了出神入化的地步。

他抬起头，看到奥列从公共休息室隔壁只有壁橱那么大的手工艺中心走了出来。他手中握着一大张绵纸和一支笔。他走到桌子旁，将绵纸罩在拼图上。

“嗨，嗨，你在干什么？”奥尔加问。

“这辈子你就耐心这一次好不好，亲爱的？你会明白的。”

她像噘嘴的孩子一样撇出下嘴唇：“不。我要抽烟去了。如果你想把那该死的东西拆了，悉听尊便。把它装进盒子里，或者捋到地上，随你们的便。反正现在这样子也不好。”

她傲慢地扬长而去，将她的关节炎用到了极致。奥列长舒一口气，坐到她的座位上。“这样好多了，这些天弯腰简直难受死了。”他找到两块碰巧连在一起的遗失的拼图片，然后移开绵纸去寻找另外两块。

戴夫饶有兴趣地看着。“管用吗？”

“当然管用，”奥列说，“收发室里有几个联邦快递的硬纸板箱。我去拿一个过来，稍微再剪一剪，画一画。只是别让奥尔加在我回来之前一时发火把这该死的东西拆了。”

“要是你想要照片——为了能相配——我可以去拿我的苹果手机。”

“不需要。”奥列郑重其事地轻轻拍拍自己的额头，“我的相机在这里，是老布朗尼盒式相机，不是什么智能手机，但它现在仍然功能完好。”

3

奥尔加从装货码头回来时仍然怒火难平，而且的确想把那尚未完成的拼图拆了，但是戴夫在她面前晃了晃克里比奇牌戏计分板，分散了她的注意力。他们玩了三盘，戴夫全输了，而且在最后一盘中惨败。奥尔加并不总是很肯定他是谁，有些天她认为自己回到了阿特兰大，住在姨妈的寄居公寓里，但只要玩起克里比奇牌戏，她从来不会错过一个顺子，也不会错过两张牌相加等于十五点的机会。

她的运气总是那么好，戴夫想，心中多少有一点点怨气。究竟是谁在那该死的配点牌张中以二十点结束的？

十一点十五分左右（福克斯新闻已经让位给了德鲁·凯瑞，他正在《价格猜猜看》节目中介绍奖品），奥列·弗兰克林回来后，走到克里比奇牌戏计分板旁。他刮了胡子，换了件整洁的短袖衬衣，几乎是衣冠楚楚的样子。“嗨，奥尔加，我的女朋友，我有东西给你。”

“我不是你的女朋友，”奥尔加说。她的眼睛里露出一丝不怀好意的笑意，“要是你有女朋友的话，我就在熊粪里淹死。”

“忘恩负义，这就是女人的名字，”奥列打趣地说道，“伸出手来。”她伸出手来后，他把四块刚刚做好的拼图块放进她的手里。

她疑神疑鬼地怒视着它们：“这是什么？”

“遗失的那几片。”

“什么遗失的那几片？”

“你和戴夫在拼图。你还记得那拼图吗？”

破旧的继电器和腐蚀的记忆库恢复了功能，戴夫几乎可以听到她那蓬松的白发之下传出的咔嗒声。“我当然记得，但这些根本配不上。”

“你试试看。”奥列发出了邀请。

戴夫已经从她手中拿了过去。在他看来，那几块拼图很完美。其中一块是中梁的网眼；另外两块连在一起，是天空粉色云朵的一部分；第四块是一个很小的花花公子的额头和他头上歪戴着的时髦贝雷帽，他可能正在凡顿广场上漫步。他想，这简直令人称奇。奥列八十五岁了，却依然宝刀不老。戴夫把它们还给奥尔加，奥尔加将它们一一拼好。每一块都恰好吻合。

“瞧，”戴夫握着奥列的手，“全拼好了。太棒了。”

奥尔加弯下腰去仔细查看，鼻子都碰到了拼图。“这个新的主梁拼图块与周围的不大相配。”

戴夫说：“你这有点不知感恩，奥尔加。”

奥尔加哼了一声。在她的脑袋后方，奥列扬起了眉头。

戴夫也冲他扬起了眉头："午饭和我们坐在一起吧。"

"我可能不吃午饭了，"奥列说，"刚才那么一走动，再加上取得最新的艺术成就，我已经累坏了。"他弯腰看着拼图，叹了口气，"是的，它们不相配，但是很接近。"

"接近根本不管用，"奥尔加说，"*男朋友*。"

奥列慢慢朝通向"常青树"翼楼的门走去，拐杖敲出明确无误的1—2—3的节奏。他没有来吃午饭，当他晚餐也没有露面时，当天的值班护士去他房间查看了一下，看到他躺在床上的床罩上，曾经才华横溢的那双手交叉在一起，放在胸前。他死的过程亦如他活着的经历，平静，低调。

那天傍晚，戴夫拉了拉他已故朋友的房门，发现房门没有上锁。他坐在光秃秃的床上，手掌上放着那块银质怀表。表盖已经打开，他可以注视着秒针在数字"6"上方的小圆圈里转动。他望着奥列的遗物——书架上的书籍、书桌上的速写板、墙上贴着的各种画作——琢磨着谁会把它们拿走。他估计应该会是奥列那不成器的弟弟。他使劲想着他的名字，终于想了起来：汤姆。侄女名叫玛莎。

床的上方有一幅素描，画的是一个帅小伙，头发梳得高高的，脸颊上有亮晶晶的饰片。他那丘比特弓似的嘴唇上挂着笑容。素描不大，却格外醒目。

4

夏季到来时热浪凶猛，然后开始慢慢退热。校车沿着马里兰大道驶去。奥尔加·格鲁霍夫的健康每况愈下；她越来越频繁地将戴夫错当成自己已故的丈夫。虽然她的克里比奇牌戏技巧依然保持，却开始忘记英语。戴夫的大儿子和女儿就住在附近的郊区，但最常来看他的是彼得，从六十英里外赫明福德县的农场一路驱车过来，还常常带父亲出去吃饭。

万圣节终于到来了。员工们用橙色和黑色饰带装饰了公共休息室。湖景老年公寓为庆祝万圣节准备了苹果酒和南瓜馅饼，还为少数几位牙齿仍然能够接受挑战的人准备了爆米花球。许多人穿着戏装度过了那一晚，这让戴夫·卡尔霍恩想起了他朋友在他们最后一次交谈时所说的话——在二十世纪八十年代后期，去同性恋夜总会很像参加爱伦·坡笔下的红色死亡假面舞会。他觉得湖景老年公寓也是一种夜总会，有时很欢乐，但是有一个缺陷：你不能离开，除非有亲属愿意接纳你。如果他提出来的话，彼得和他妻子肯定会愿意，而且还会把他们儿子杰罗姆住过的房间给他，但彼得和艾丽西亚现在年纪也渐渐大了，他不愿意给他们添累。

十一月初某个暖和的日子，他走到石板露台，在一张长凳上坐了下来。阳光下，前面的小径很诱人，但他再也不敢下台阶了。他可能会在下台阶时摔一跤，那将会非常糟糕。如果没有人帮忙，他可能无法再站起来，他会因此丢尽面子。

他看到喷泉旁站着一个年轻姑娘。她穿着如今只能在 TCM 频道播出的黑白电影中看到的那种一直垂到小腿、褶边衣领的外套。她的头发为鲜红色。她冲他一笑，挥挥手。

嗨，瞧瞧你，戴夫心想，*我不是在“二战”结束后不久看到过你吗？你在奥马哈的亨布尔加油站从你男朋友的皮卡车上下来。*

仿佛猜到他在想什么，红发美女朝他眨了一下眼，然后轻轻提起衣摆，露出膝盖。

你好，秀色可餐先生，戴夫心想，然后又想道，*你以前可比这强多了*。一想起往事，他大笑起来。

她也哈哈大笑。他看到了，却听不到，尽管她近在咫尺，而且他的耳朵仍然很灵。她走到喷泉后面……没有再出来。但是戴夫有理由相信她还会回来的。他已经瞥见了那里的生命力，不多不少。美丽和欲望引起的强烈心跳。她下次会离他更近。

5

一周后，彼得来城里看他，父子俩一起去附近一家不错的饭店吃饭。戴夫吃得很好，还喝了两杯葡萄酒。两杯酒下肚后，他一下子来了精神。饭后，他从外套内口袋里掏出奥列的那块银质怀表，将粗链子盘在表周围，在桌布上把它推到儿子面前。

“这是什么？”彼得问。

“一位朋友给我的礼物，”戴夫说，“是他去世前不久送给我的。我想把它给你。”

彼得想把它推回去：“爸，我不能要它。它太漂亮了。”

“其实你是在给我帮忙。因为关节炎的问题，我很难给它上发条，而且用不了多久恐怕根本拧不动它了。这东西至少有一百二十年了，能坚持这么久的表应该让它一直走下去。求你了，拿着吧。”

“既然你这么说……”彼得拿起表，装进自己的口袋里，“谢谢你，爸。这么漂亮的东西。”

隔壁桌子旁坐着那个红发美女，挨得那么近，戴夫几乎可以伸手触摸到她。她的面前没有饭菜，但似乎谁也没有注意到。离得这么近，戴夫看到她不只是漂亮，而是美艳动人。绝对比很久以前那个姑娘更漂亮，就是那个从她男朋友皮卡车上下来、裙子一时在膝盖处打皱的那个姑娘，可那又怎么样呢？这种改变就像生与死，是事物的正常轨迹。记忆的任务不仅是唤醒过往，而且要将它擦亮。

红发女郎这次把她的裙子又往上拉了一点，又长又白的大腿露出了一秒钟。也许甚至是两秒钟。然后朝他眨眼。

戴夫也眨眼回应她。

彼得扭头望去，只看到一张四人餐桌，桌旁无人，桌上有“已预定”牌子。当他回头看着他父亲时，他扬起了眉头。

戴夫笑了。“只是我眼睛里进了东西，现在已经好了。你叫他们过来埋单。我有点累，准备回去了。”

思念迈克尔·麦克道威尔

有人说，“如果你能记得二十世纪六十年代，那么六十年代没有你。”纯粹胡说八道，下面这个例子便能说明问题。他不叫汤米，死了的也不是他，但除此之外，故事就是这样传下来的，在我们都认为自己会长生不老、会改变世界的年代。

汤　米

汤米死于 1969 年。
一个患有白血病的嬉皮士。
游手好闲，老兄。

葬礼过后便是纽曼中心的招待会。
那是他家人的叫法：招待会。
我朋友菲尔说："不是婚礼之后才有招待会吗？"

嬉皮士们都去了招待会。
达瑞尔披着斗篷。
吃的东西有三明治，喝的东西有纸杯装的葡萄饮料。
我朋友菲尔说："这葡萄饮料是什么鬼东西？"
我说那是 Za-Rex。我说我从 MYF 认出了它。
"那是什么鬼东西？"菲尔问。
"卫理公会青年联谊，"我说，
"我去了十年，还做过诺亚和方舟的法兰绒示教板。"
"× 你的方舟，"菲尔说，
"× 那些坐在方舟里的动物。"
菲尔：很有主见的年轻人。

招待会之后，汤米的父母回家。
我想象着他们会流泪哭泣。
嬉皮士们去了北大街 110 号。

我们把音箱的音量调大。我找到了几张"感恩而死乐队"的唱片。

我讨厌这个乐队，每次这样评价杰里·加西亚：
“他死了之后我会感恩！”
（结果我没有感恩。）
好吧，汤米喜欢他们。
（还有，亲爱的上帝，肯尼·罗杰斯。）
我们用曲折牌香烟纸抽大麻。
我们抽温斯顿，我们抽长红。
我们喝啤酒，我们吃炒鸡蛋。

我们说唱汤米。
非常好听。
王尔德–斯坦因俱乐部八个人到来时，我们放他们进来
因为汤米是同性恋，有时披着达瑞尔的斗篷。

我们都说他家人对他仁至义尽。
汤米立下了遗嘱，他们满足了大部分。
他躺在窄小的新屋里时，穿上了最好的衣服。
他穿着牛仔布喇叭裤，和他最喜欢的扎染衬衣。
（“希腊大姑娘”梅丽莎做了那件衬衣。
我不知道她后来如何。
她来无影去无踪。
我总是把她与融雪联系在一起。
奥洛诺湿漉漉的大街反射着亮光，刺痛着你的眼睛。
那年冬天柠檬笛手乐队唱了《绿色花鼓》。）
他的头发用了香波，一直垂到双肩。
老兄，那头发很干净！
我敢说是殡仪馆的人洗的。
他戴着发箍
和平符号用白丝线缝在上面。

“他像个花花公子。”菲尔说，他喝醉了。
（菲尔总是喝醉。）
杰里·加尔西正在唱《卡车运输》，很蠢的歌。
“该死的汤米！”菲尔说，“为这混蛋干杯！”
我们为那混蛋干杯。

“他没有用那特别纽扣。”印第安·斯孔特拉斯说。
印第安是王尔德–斯坦因俱乐部的人。
当时的他什么舞都会跳。
如今在布鲁尔卖保险。
“他告诉他母亲，下葬的时候想戴着那纽扣。
这也太假了。”
我说：“他母亲把它挪到了背心下面。我看过了。”

那是一件皮背心，上面有银扣。
汤米在公平集市上买的。
我那天和他在一起。天上有彩虹，
喇叭里传出了罐装燃料乐队[①]的歌声《让我们携手》。
我在这里不舒服，他母亲挪到背心下面的那颗纽扣说。
“她应该把它留在那里。”印第安·斯孔特拉斯说。
“汤米很自豪，为自己是同性恋而自豪。”
印第安·斯孔特拉斯在哭泣。
他现在卖终生保险单，有三个女儿。
结果不算是真正的同志，但是依我看
卖保险也非常古怪。
“她是他母亲，”我说，“小时候亲吻过他擦伤的地方。”

---

① 罐装燃料乐队（Canned Heat），1965年创立于美国洛杉矶，以民间布鲁斯音乐风格见长。

“那跟这有什么关系?”印第安·斯孔特拉斯问。

“该死的汤米!”菲尔说，把手中的啤酒举得更高。
“让我们为这混蛋干杯!”
我们为那混蛋干杯。

那是四十年前的事。
我今晚琢磨着有多少嬉皮士死在了那几年黄金时代。

肯定比较多。只是统计数字而已，老兄。
我不只是在谈论
!! **那场战争**!!
你遇到车祸。
你吸毒过量。
　　外加暴饮
　　　酒吧斗殴
　　　　偶尔自杀
　　　　　还不能把白血病排除在外。
我说的全是常见嫌犯。
有多少人下葬的时候穿着嬉皮士装束?
在夜晚的低语中，我突然想到了这个问题。
肯定还是有不少，
尽管嬉皮士的年代正飞驰而去。
他们的公平市场如今进入了地下
他们在那里仍然穿着喇叭裤，戴着头箍
迷幻衬衣的袖子上有霉斑。

那些狭窄房间里的头发一碰就碎，但是依然很长。
“男人的”理发师已经四十年没有碰它。
没有一丝白发。

那些紧握着**我们不去地狱**的标牌
已经入土的人呢?
那个车祸中丧生、棺盖上贴着麦卡锡不干胶的男孩呢?
还有那个额头上有星星的女孩呢?
(我想那些星星现在肯定从她羊皮纸般的皮肤上掉下来了。)

这些便是从来不卖保险的爱的战士。
这些就是从来不过时的时尚花花公子。
有时候,在夜晚,我会想起那些睡在地下的嬉皮士。
为了汤米。
为那混蛋干杯。

献给 D.F.

1999年，我在家附近散步时，被一个开商务车的家伙撞倒。他当时的速度为四十迈，那一撞本该要了我的命。我估计我肯定在最后一刻采取了某种无意义的躲避行为，只是我不记得了。我只记得后来发生的事。缅因州一条乡村公路旁两三秒内发生的事居然造成了两三年的理疗和缓慢康复。在那漫长的日子里，我的右腿要恢复各种运动功能，还要重新学会走路。因此，我有充足的时间来思考一些哲学家们所称的“疼痛问题”。

这个短篇探讨的就是这个问题，我数年后才将它写出来，而此时最严重的疼痛已经减弱成了一种挥之不去的隐隐的痛感。与本书其他短篇小说一样，《绿色小疼痛神》只是在探索解脱。但是，与本书其他短篇小说一样，它的主要目的是让大家消遣。尽管生活经历是所有情节的基础，我却没有进入忏悔小说领域。

绿色小疼痛神

"我碰到了一起事故。"纽索姆说。

凯瑟琳·麦克唐纳德坐在床边，将四个脉冲波止痛仪中的一个绑到纽索姆骨瘦如柴的大腿上，就在他如今永不离身的篮球短裤下方。她没有抬头，脸上毫无表情，是刻意做出来的。她现在大部分工作时间都在这巨大的卧室里度过，而她只是里面的一件活人家具，她也喜欢这种方式。引起纽索姆先生的注意通常不是个好主意，他所有的雇员都深知这一点。但她的思绪在继续，不受任何影响。

你现在告诉他们其实是你造成的事故，因为你认为承担责任后，你在别人的眼里就是一个英雄。

"其实，"纽索姆说，"事故是我造成的。请不要太紧，凯特。"

她本该像她初来乍到时那样指出来，如果不紧紧绑在应该止痛的神经上，脉冲波止痛仪会失去功效，但她学得很快。她将尼龙带稍稍绑松一点，而她的思绪仍在继续。

飞行员告诉你奥马哈地区有雷暴雨。

"飞行员告诉我那个地区有雷暴雨。"纽索姆继续说下去。两个男人仔细听着。詹森以前当然已经听过，但如果说话的人是全世界第六大富翁，你总是仔细听着。另外五个大富豪中的三个有着深色皮肤，身穿长袍，开着装甲奔驰车在一些沙漠国家里转悠。

但是我告诉他我必须参加那个会议。

"但我告诉他我必须参加那个会议。"

坐在纽索姆私人助手旁边的男子引起了她的兴趣——一种人类学意义上的兴趣。他叫莱德奥特，又高又瘦，年龄大约六十岁，穿着普通的灰色裤子，白衬衣的纽扣一直扣到骨瘦如柴的脖子那里，而他的脖子又因为胡子刮得过于频繁而变得红通通的。凯特以为他在拜见全世界第六大富翁之前会先找个关系密切的人咨询一下。他的椅子底下放着他这次见面唯一带来的东西——一个长长的黑色午餐盒，顶上拱起，可以放进一个保温瓶。一个普通劳工的午餐盒，只是他声称自己是牧师。莱德奥特先生到目前为止尚未开口，但凯特根本不需要耳朵就知道他是干什么的。他身上江湖骗子的气味甚至比须后水的气味还要浓。作为专门护理疼痛患者的护士，她已经有了十五年的经验，什么样的人都见过。至少眼前这一位没有佩戴水晶。

现在把你大彻大悟的经过告诉他们，她边想边把凳子搬到了床的另一边。这张床有脚轮，但纽索姆不喜欢她推床时发出的声响。要是换了别的病人，她可能会告诉他，她的合同里没有搬凳子这一条，可当你每周仅仅护理一个病人就能挣五千块钱时，你只能把尖锐刻薄的话放进肚子里。你也不能告诉病人，说合同里没有倒便盆、洗便盆这一条。只是她默默地逆来顺受的习惯最近在慢慢消失。她能感觉到这种变化，就像被清洗、穿过次数太多的衬衣布料一样。

纽索姆主要是对那个乡下人进城打扮的家伙说话。“当时天下着雨，我躺在飞机跑道上，周围是一架一千四百万美元的飞机残骸，我身上的衣服基本全没了。如果你摔到跑道上，然后又翻滚了五六十英尺时，肯定会发生这样的事。我悟到了一点。”

实际上，是悟到了两点，凯特心想，一面将第二个脉冲波止痛仪绑带绑在他另一条伤疤累累、松软无力、已经废掉的大腿周围。

“实际上，我悟到了两点，”纽索姆说，“其一是活着真好，尽管我明白自己伤势严重。这种疼痛过去两年时刻陪伴着我，并且已经开始让我变得麻木，但甚至在这之前，我就已经悟到了这一点。其二是大多数人，包括以前的我，使用‘必须做的事’一词时都非常随便。人的生存只有两件事必须做。一是生活本身，二是摆脱痛苦。你同意吗，尊敬的莱德奥特牧师？”莱德奥特牧师还没有来得及同意（他肯定只能同意），纽索姆又用他那尖刻、虚张声势、苍老的声音说道：“不要他妈的这么紧，凯特！我究竟要告诉你多少次？”

“对不起。”她低声说，将尼龙带绑松一点。

管家梅丽莎端着咖啡托盘走了进来。她穿着白衬衣、高腰宽松白裤，显得很苗条。詹森接过一杯咖啡，拿了两包人造甜味剂。新来的家伙，也就是那位来自社会底层、所谓的牧师，只是摇摇头。也许他那保温午餐盒里有某种神圣的咖啡。

没有人问凯特。她每次总是和其他雇工一起在厨房喝咖啡。或者在夏日凉亭里……只可惜现在不是夏季。现在是十一月，狂风带来的雨水抽打着窗户。

“纽索姆先生，要我现在给你打开仪器，还是你希望我现在离开？”

她不想离开。整个经过她以前已经听过很多次了——奥马哈的重要会议，飞机坠毁，安德鲁·纽索姆从燃烧的飞机中弹了出去，骨折，脊柱碎裂，髋关节脱臼，随后便是二十四个月无法缓解的痛苦——让她早已听厌了。但莱德奥特饶有兴趣。既然现在所有享有盛誉的止痛资源都已用完，其他江湖骗子肯定会纷至沓来，但莱德奥特是第一位。凯特想看看这个农夫模样的家伙如何动手将安迪·纽索姆与他那一大堆现金区分开来，看看他如何尝试。纽索姆并不是靠傻笨积累的财富，当然他已经不再是从前的他，不管他的疼痛究竟有几分是真的。就这个话题，凯特有自己的看法，可这是她前所未有的好工作。至少从收入的角度来说是的。如果纽索姆想继续忍受疼痛，那不是他自己的选择吗？

“去，宝贝，给我打开。”他朝她扬了扬眉头。这种猥亵式的动作以前肯定是真的（凯特认为梅丽莎肯定知道这方面的情况），但现在只是两道蓬乱的眉毛凭肌肉记忆在起作用。

凯特把连线一一插进控制器中，然后啪的一声打开开关。只要连接正常，脉冲波止痛仪就会向纽索姆的肌肉发出弱电流，这种治疗方法似乎有一些疼痛缓解作用……只是谁也说不清为什么，也说不清这是不是纯粹的心理安慰。不管是何种情况，它们今晚对纽索姆起不到任何作用。尼龙带绑得太松，它们的效果已经削减，仪器也成了昂贵的蜂鸣器。

“要我……”

“留下！”他说，“治疗！”

主人在指挥战斗时受了伤，我只能遵命。

她弯腰从床底下拖出工具箱，里面装满了各种工具，她以前的许多病人都将这些称作折磨工具。詹森和莱德奥特对她视而不见。他们继续望着纽索姆，而且不管他是否大彻大悟，继而改变人生目标和人生观，现在却仍然喜欢让别人听他说。

他告诉他们，他是在一个金属笼子和网格中苏醒过来的。双腿和一条胳膊上装了钢架，他们称作外固定器，目的是固定关节，因为他们用“大约一百根”钢钉来修复他的关节（实际上只有十七根；凯特看过 X 光片）。这些固定器打入了他那些破裂成碎片的股骨、胫骨、腓骨、肱骨、桡骨和尺骨中。他的后背包裹在一种锁子甲中，从臀部一直延伸到颈部。他谈到那些无眠之夜，不是持续数小时，而是持续多年。他谈到头疼时他痛不欲生。他谈到，就连动一动脚趾头都会引起剧痛，而且一直痛到下巴那里；当医生硬要他连腿带固定件一起动一下，免得完全失去功能时，那种疼痛简直要深入骨髓。他给他们说起褥疮，每次护士们让他侧躺，好清洗褥疮时，他使劲忍着不喊叫，不发脾气。

“过去两年又做了二十多次手术。”他带着一丝苦涩的自豪说。

凯特知道，其实只做了五次手术，其中两个是骨骼愈合得差不多时取走外固定器。当然，如果你把断了的手指重新接好这种微不足道的事也算作手术的话，你可以说做了六次手术，但是她认为任何使用局部麻醉进行的外科处理都不该被视为“手术”。否则的话，她本人也可以说已经做过十多个手术了，其中大多数都是坐在牙科医生的椅子中听着背景音乐完成的。

我们下面要说不靠谱的承诺了，她想。她把一块凝胶垫放在纽索姆的右膝弯曲处，双手搂住他右大腿下面悬挂着的、滚烫的肌肉。*那是他接下来要说的。*

“医生们向我承诺，说疼痛会减轻，”纽索姆说，他紧紧盯着莱德奥特，“还说六个星期后，我只需在这位疼痛女王进行理疗前后使用麻醉药，说我到 2010 年夏天就能重新行走。2010 年是去年！”他停顿下来，以达到效果。“尊敬的莱德奥特牧师，那些都是不靠谱的承诺。我的膝盖根本无法弯曲，臀部和后背的疼痛无法用言语描述。医生们——啊！啊！住手，凯特，住手！”

她将他的右腿抬高到了十度，或许还稍微高一点，但还是无法将缓冲垫塞进去。

“放下来！混蛋，放下来！”

凯特慢慢松开手中托着的他的膝盖，他的大腿回到了病床上。十度。或许十二度。好啊。她有时候甚至把他的腿抬高到十五度——左腿的情况稍微好一点，有时抬高到二十度——然后，他才会像胆小的孩子看到校医手中的皮下注射针时那样开始嚎叫。那些因不靠谱的承诺而内疚的医生却没有为不靠谱的广告而内疚；他们告诉他疼痛会到来。他们几次会诊时，凯特都在场，默默地观望着。他们告诉他，他会疼痛难捱，直到那些关键的肌腱——因为事故而变短，而且因为固定器的缘故无法动弹——伸展开来，重新变得柔韧。在膝盖能够重新弯曲到九十度之前，他还会经历大量疼痛，这意味着在他能够坐到轮椅上，或者坐到汽车方向盘前。他的后背和脖子也一样。康复之路必然要经过疼痛之乡，仅此而已。

这些是货真价实的承诺，但安德鲁·纽索姆选择没有听到。尽管他从来没有直截了当地说出来，但他的信念无疑是引导他的吉星。他相信全球第六大富翁无论如何也不应该造访疼痛之乡，只能是完全康复这个阳光海岸。他从此日复一日地责怪医生。当然，他也责怪命运。这样的事情不该发生在他这样的人身上。

梅丽莎端着饼干走了进来。纽索姆不耐烦地朝她挥挥手，他那只手扭曲、布满伤疤。“梅丽莎，谁也没有心情吃焙烤的东西。”

这又是凯特·麦克唐纳德在这些积累了普通人难以想象的财富的黄金美元宝贝身上发现的一件事：他们对自己代表房间里每个人说话充满自信。

梅丽莎露出蒙娜丽莎般的微笑，然后转身（几乎像芭蕾舞演员足尖旋转般地）走出了房间。从房间里飘拂而去。她至少已经有四十五岁，但看上去要年轻得多。她并不性感，身上丝毫没有那种粗俗的地方。相反，她身上有一种冰美人之美，让凯特想起英格丽德·褒曼[①]。不管她是不是冰美人，凯特认为男人会琢磨她那一头栗色秀发去掉发夹、弄乱了之后会是什么样子，她那粉红色的口红弄脏了她的牙齿和一边的脸颊会是什么样子。凯特认为自己又矮又胖，却每天至少告诉自己一次，她不会嫉妒那张冷漠、光滑的脸蛋，也不会嫉妒那紧绷绷、宛如心脏的臀部。

凯特走到病床另一边，准备抬起纽索姆的左腿，直到他再次喊叫，让她停下来。混蛋，她想要他的命吗？*要是换了别的病人，我会把人生真谛告诉你，*她想。*我会告诉你不要寻找捷径，因为这个世界上没有捷径。哪怕是全球第六大富翁也没有。如果你让我帮你，我会帮助你；但只要你继续寻找办法摆脱那病床，那就随你的便。*

她把垫子放到他的膝盖下，然后抓住到这时本该变硬的那堆松松垮垮的肉，开始弯曲他的大腿，同时等待着他喊叫，要她住手。她会住手的，因为每周五千美元，一年下来就是二十五万。他是否知道，他花的钱有一部分用在了要她协助他一直未能康复？他怎么会不知道？

现在告诉他们那些医生的事。日内瓦，伦敦，马德里，墨西哥城。

“我到世界各地看过医生。”他告诉莱德奥特。牧师仍然没有说话。他只是坐在那里，胡子刮得过度的脖子恰似枝条编成的东西，垂在他那件纽扣一直扣到脖子那里的乡村牧师服的上面。他穿着硕大的黄色工装靴，其中一只的后跟几乎碰到他的黑色午餐盒。“考虑到我的状况，远程会诊自然比较容易，可那并不能完全胜任像我这样的病情。于是，尽管疼痛难捱，我还是亲自去了。我们哪里都去了，是不是，凯特？”

“确实是。”她说，非常慢地继续弯曲着他的大腿。如果他不是像孩子那样对待疼痛，他现在完全可以用腿走路了。这样一个被宠坏的幼儿。虽然会拄着拐杖，却能够行走。而且再过一年，他就可以把拐杖扔了。可是再过一年，他仍然会在这里，在这张价值二十万美元、

---

① 英格丽德·褒曼（Ingrid Bergman，1915—1982），好莱坞瑞典籍女明星，三次荣获奥斯卡奖。

最先进的病床上。而且她还会在他身边，仍然拿着他的封口费。多少才够？二百万？她现在告诉自己二百万就够了，但她不久前还认为五十万就够了，她已经提高了自己的目标。钱就是这样肮脏。

“我们去墨西哥城、日内瓦、伦敦、罗马、巴黎看了专家，还有哪里，凯特？”

“维也纳，”她说，“当然还有旧金山。”

纽索姆不屑地哼了一声。“那里的医生说这疼痛是我自己制造出来的。他说是歇斯底里转化，为的是逃避艰苦的康复过程。可他是个巴基斯坦佬，很怪，一个很怪的巴基斯坦佬，这样合起来称呼怎么样？”他哈哈大笑了片刻，然后凝视着莱德奥特。“我没有冒犯你吧，尊敬的牧师？”

莱德奥特摇摇头，脑袋左右摇晃了两下，很慢。

“好，好。停下来，凯特，够了。”

“再来一会儿。”她哄着他说。

“我说停下来。我只能受得了这么多。”

她慢慢放下大腿，开始活动他的左臂。他这次没有反对。他常常告诉别人，说他两条胳膊也断了，但这不是实话。左臂只是扭伤。他还告诉别人，说他很幸运，没有坐轮椅，可这张具有所有花哨功能的病床已经明确表明，轮椅是他短期内根本不想好好利用的运气。这张具备所有花哨功能的病床就是他的轮椅，他已经坐着它走遍了世界。

神经性疼痛。医学界的大难题。也许根本解决不了。药物已经起不到任何作用。

“医生们一致认为我患有神经性疼痛症。”

还有懦弱。

“医学界的大难题。”

还有好借口。

“也许根本解决不了。”

尤其是在你不叫喊的时候。

“药物已经起不到任何作用，医生们也无能为力，所以才把你请到了这里，尊敬的莱德奥特牧师。你在……呃……治愈方面的成就非常了不起。”

莱德奥特站了起来。凯特没有意识到他有那么高。他在墙上投下的身影更高，差不多挨到天花板了。他的眼睛深陷在眼窝里，此刻正严肃地凝视着纽索姆。他很有魅力，这一点毫无疑问。她没有为此感到意外，世界上的江湖骗子如果没有魅力根本混不下去，但是她没有意识到那魅力有多少或者有多强，直到他站起来，高出他们那么多。詹森必须伸长脖子才能看到他的全貌。凯特的眼角察觉到了动静。她抬头后看到梅丽莎正站在门口。除了厨子冬妮娅外，这栋房子里所有的人现在都在这里了。

屋外，狂风凛冽。窗户玻璃嘎嘎作响。

“我不会治病。”莱德奥特说。凯特相信他来自阿肯色州——至少纽索姆最新购买的“湾流 4 号”在那里接的他，但他说话没有口音，声音很平。

“不会?”纽索姆有些失望。急躁。凯特想，或许还有一点害怕。“我派了许多人去调查，他们向我保证，许多病情……”

“我驱逐疾病。”

蓬松的眉头扬了起来。“请再说一遍。”

莱德奥特走到床前，站在那里，长长的手指随意交叉在一起，与裤裆持平。他那双深陷的眼睛阴沉沉地望着床上那个人。“我消灭那些啃食受伤躯体的害虫，就像灭虫人员消灭啃食房屋的白蚁一样。”

凯特在想，我什么都听说过。纽索姆此刻却入了迷。就像一个孩子在街角观看三牌赌一张游戏[①]一样，她想。

“你中邪了，先生。”

“不错，”纽索姆说，“就是那种感觉，尤其是到了夜晚。夜晚……很长。”

“当然，凡是遭受痛苦的人都中邪了，但对于一些运气不好的人——你是其中之一——问题要严重得多。你这种中邪的状况不会消

① 三牌赌一张，是一种纸牌赌博游戏，将明牌三张翻转并打乱位置，赌者将赌注下在其中一张上，看是否赌中。

失，只会伴随你终生，而且会越来越严重。医生们当然不相信，因为他们相信科学。可是你相信，是不是？因为是你在承受痛苦。”

“那可不。”纽索姆低声说。凯特坐在他旁边的凳子上，只能非常用劲地干活才没有翻白眼。

“在这些不幸的人身上，疼痛为一个魔神打开了通道。它很小，却很危险。它以人的某种特殊痛感为食，只有某些特殊的人才会产生这种痛感。”

天才，凯特心想，纽索姆肯定喜欢听。

“一旦这个魔神进入体内，痛感就会变成剧烈疼痛。它会以此为食，直到把你全部耗尽。然后它会将你抛弃，另寻他人。”

凯特自己都感到意外，她竟然开口说道：“那会是什么神？肯定不是你宣扬的那位神，因为那是充满爱心的上帝，我从小到大都是这样相信的。”

詹森朝她皱起眉头，摇摇头。他显然认为老板一定会勃然大怒……但是纽索姆的嘴角却露出了一丝微笑。“尊敬的牧师，你怎么说？”

“我说世上有许多神。我们的主是众神之主，统治着所有神，而且会在审判日那天将它们消灭殆尽。但这并改变不了事实。从古到今，一直有人崇拜这些小神。它们有自己的威力，我们的主有时候允许它们动用那些力量。”

测试呗，凯特想。

“测试我们的力量和信念。”然后，莱德奥特转向纽索姆，说出来的话让她颇感意外，“你有的是力量，却没有什么信念。”

纽索姆虽然不习惯听到批评，却露出了微笑。“我确实没有太多基督教信念，但我相信我自己。我也相信金钱。你要多少？”

莱德奥特回以一笑，露出满嘴的小牙齿，一颗颗恰似腐朽的小墓碑。如果他看过牙医，那也是好多个月之前的事。而且，他咀嚼烟草。凯特的父亲死于口腔癌，生前就有那种黄牙。

“先生，你愿意为彻底摆脱疼痛付多少？”

“一千万美元。”纽索姆不假思索地说。

凯特听到梅丽莎倒吸了一口凉气。

“可我不想变成傻瓜。不管你做什么，也不管你把那叫作驱逐、消灭、驱邪还是什么，只要你做到了，你就拿到钱。如果你不介意在这里过夜的话，你还能拿到现钱。如果你做不到，什么也别想拿到，除了你生平第一次也是唯一一次乘坐私人飞机坐了一个来回。这当然是免费的。毕竟是我主动联系你的。”

“不。”

莱德奥特不温不火地说。他站在病床旁，离凯特很近，她可以闻到樟脑丸的气味。樟脑丸可以保护他身上这条正装长裤（大概是他唯一的正装长裤，除非他布道时还有另外一条长裤可穿）免遭虫蛀。她还可以闻到某种强效肥皂的气味。

“不？”纽索姆明显吃了大惊，“你对我说不？”他的脸上随即再次露出笑容，这次是他打电话做交易时那种神秘兮兮、不愉快的笑容。“我明白了。现在来了弧线球。莱德奥特牧师，我很失望。我真希望你能真实坦诚。”他转向凯特，吓得她往后退了一点。“你当然认为我是疯了。但是我没有把调查员的报告给你看，是不是？”

“是没有。”她说。

“没有什么弧线球，”莱德奥特说，“我已经五年没有驱神了。你的调查员们告诉你这一点没有？”

纽索姆没有作声。他正带着一丝不安抬头望着这个瘦高个儿。

詹森说：“是因为你失去威力了吗？如果是那样，你为什么还来？”

“那是上帝的力量，先生，不是我的，而且我没有失去它。但是驱神会耗费大量能量和力气。五年前，我给一个遭遇车祸的小女孩做了一次之后不久，便心脏病突发严重。我和她都很成功，但我去琼斯伯勒[①]看了一位心脏病专家，他说如果我再给人做一次的话，我会再次心脏病发作，这次会致命。”

纽索姆费劲地抬起一只手，将这只扭曲的手凑到嘴角，像在喜剧

① 美国阿肯色州一城市。

舞台上一样对凯特和梅丽莎高声私语道："我想他要二千万。"

"先生，我想要七十五万。"

纽索姆只是目不转睛地凝视着他，倒是梅丽莎开口问道："为什么？"

"我是泰特斯维尔一座教堂的牧师。教堂名叫神圣信仰教堂。只是那教堂没有了。我们那地方去年夏季干旱，几个露营的醉鬼造成了一场野火。我的教堂如今只剩下一个影子和几根烧焦的横梁。我和教民们一直在琼斯伯勒收费公路旁一家废弃的加油站兼便利店里做礼拜。到了冬天几个月，那里很不舒服，而且地方也太小，容不下所有人。我们人很多，但都没有钱。"

凯特饶有兴趣地听着。就骗子编的谎话而言，这个编造得非常出色，具有所有恰到好处的悲情诱饵。

詹森仍然有着大学运动健将的体魄，与他那哈佛大学工商管理硕士的脑子完全相配。他提出了一个显而易见的问题："保险呢？"

莱德奥特再次摇摇头，而且还是像刚才那样从容：左，右，左，右，回到中央。他仍然高耸在纽索姆那最先进的病床之上，就像某个乡巴佬守护天使。"我们相信上帝。"

"也许相信万事达保险公司会更好。"梅丽莎说。

纽索姆在微笑，身子挺得直直的，凯特可以看出他非常不舒服——他服用止痛片的时间已经过了半小时，但是他全然不顾疼痛，因为他来了兴趣。他可以全然不顾疼痛，这一点她已经知道有一段时间了。如果他愿意，可以掌控疼痛。他能够做到。她原以为自己只是为他这一点感到生气，可是现在，或许是因为阿肯色州这位江湖骗子的到来，她发现自己真的是愤怒到了极点。这纯粹是浪费。

"我已经咨询过当地的建筑师，不是我下属的教民，但名声很好，以前替我干过维修的活。他给了我一个公道的价格，说重建教堂大约需要七十五万美元。"

呃嗬，凯特想。

"我们当然没有这么多钱。可是，我与吉尔南先生谈过之后不到一个星期，就接到了你的来信，还有那张光盘。顺便说一句，我看那张光盘时非常感兴趣。”

我相信你会的，凯特想，尤其是旧金山那位医生的话那部分，他说理疗可以极大地减轻与他的伤势相关的疼痛。严格的理疗。

的确，那张光盘中有十多位医生都声称他们不知所措，但凯特相信只有迪拉瓦尔大夫鼓足勇气实话实说。她感到很惊讶，纽索姆居然会让含有那段内容的光盘流传出去，但坠机事件发生以来，这位全球第六大富翁已经出错过几次了。

“先生，你能付给我足够的钱，让我重建教堂吗？”

纽索姆仔细观察着他，发际线下面出现了一些小汗珠。不管他是否开口索要，凯特很快就会给他止痛片。这次的疼痛货真价实，不是他装出来的，而是……

“你能不能同意不要钱？我说的是君子协定，我们不必签什么东西。”

“可以。”莱德奥特毫不犹豫地说。

“不过，只要你能够让我摆脱疼痛——驱赶走疼痛——我很可能会捐一个数字，一个大数字，也就是你们所说的爱心奉献。”

“那是你的事，先生。我们可以开始吗？”

“现在再好不过。你要谁出去吗？”

莱德奥特又摇了摇头：从左到右，从右到左，再回到中央。“我会需要人协助。”

魔术师们向来需要协助，凯特想，*那是表演的一部分。*

外面狂风呼啸，消停片刻后再次卷土重来。灯光摇曳。屋后的发电机（也是最先进的）喘了几下后开始发电，然后安静了下来。

莱德奥特坐到床边上。“詹森先生，他看上去很强壮，而且反应敏捷。”

“他是的，”纽索姆说，“在大学时打过橄榄球，是跑锋。还从来没有失足过。”

“嗯……也有过几次，”詹森谦虚地说。

莱德奥特向纽索姆侧过身去，那双深陷于眼窝之中的黑眼睛严肃地仔细查看着亿万富翁那张布满伤疤的脸。“问你一个问题，先生。

你的疼痛是什么颜色的？”

“绿色，”纽索姆回答，他也着迷地回望着牧师，“我的疼痛是绿色的。”

莱德奥特点点头：一上，一下，一上，一下，回到中央。时刻保持着眼神交流。凯特相信，即便纽索姆说他的疼痛是蓝色的，或者像传说中的食人族那样是紫色的，他也会带着一模一样的严肃表情点点头。她既感到心慌又感到好笑，心想：我会发脾气，真的会。这会是我一生当中最昂贵的一次发怒，但是——我会的。

“在什么地方？”

“全身都有。”几乎是呻吟。梅丽莎向前迈了一步，关切地看了詹森一眼。凯特看到他微微摇摇头，示意她退回到门口。

“不错，它喜欢给人那种印象，”莱德奥特说，“可它也喜欢说谎。先生，闭上眼睛，集中精力。紧紧盯着那疼痛，透过它表面虚假的喊叫——不要去管它卑鄙的口技——找到它。你能够做到。如果我们要成功，你就必须做到。”

纽索姆闭上眼睛。整整九十秒钟，周围一片寂静，只有风声和宛如一把把细沙一样拍打着窗户的雨点声。凯特用的是那种老式的上发条手表，那是多年前她从护理学校毕业时父亲送给她的礼物。风声减缓时，房间里非常安静，她可以听到手表炫耀自己存在的滴答声。还有别的声音：在这座大房子的远处，年迈的冬妮娅·马斯登一边柔声唱着歌，一边为又过去一天而收拾厨房。“青蛙去求婚，骑着……呜呼。”

纽索姆终于开口说道：“在我的胸部，就在胸口，或者在喉咙底部，气管下方。”

“你能看见它吗？集中精力！”

纽索姆的额头上出现了一条条竖线。坠机事件发生时，他额头上的皮肤擦落了，如今的伤疤在他集中精力形成的凹槽中摆动。“我看见它了。它在随着我的心跳频率而脉动。”他的嘴唇向下一拉，做出一副厌恶的表情，“很龌龊。”

莱德奥特向前凑了凑：“是一个球吗？是一个球，对不对？一个绿色的球。”

“是的，是的！一个小绿球，还在呼吸！”

她想，就像你肯定藏在衣袖里或者藏在那黑色大午餐盒里准备作弊用的网球。

这时，仿佛她在用意念控制着他（而不只是推断这愚蠢的小闹剧接下来如何发展），莱德奥特说：“詹森先生，我刚才坐着的椅子底下有一个午餐盒。把它拿过来，打开它，站在我身旁。你暂时只需做这些。只是……”

凯特·麦克唐纳德打了个响指。她脑子里确实听到了那个响指声，听上去就像罗杰·米勒[①]在《公路之王》过门响起时打出的响指声。

她走到莱德奥特身旁，用肩膀将他撞到一边。这很容易。他个子比她高，但她半辈子都在给病人翻身或者抱起病人，所以她更壮实。“睁开眼，安迪。睁开眼睛。看着我。”

纽索姆吓了一跳，照她说的睁开了眼睛。梅丽莎和詹森（现在手里拿着那个午餐盒）显得有些惊慌。在他们的工作生涯中——还有凯特的工作生涯中，至少直到目前——有一个实际情况便是你不能命令老板。老板命令你。你绝对不能让老板吓一跳。

但她已经受够了。再过二十分钟，她或许就会在这风雨交加的夜晚，沿着车大灯照亮的道路慢慢驶向附近唯一的汽车旅馆，但她无所谓。她只是再也忍不下去了。

“这是一派胡言，安迪，”她说，“你在听我说吗？一派胡言！”

“我认为你最好就此打住，”纽索姆说，脸上开始露出笑容——他有好几种笑容，而这不是什么好笑容，“也就是说，如果你想保住这份工作的话。佛蒙特州有的是擅长理疗的护士。”

她或许会就此住口，莱德奥特却说：“让她说，先生。”正是他温柔的语气逼得她忍无可忍。

她身子前倾，进入他的空间，言辞连珠炮似的冒了出来。

---

① 罗杰·米勒（Roger Miller，1936—1992），美国歌手，以《公路之王》闻名。

“过去十六个月——自从你的呼吸系统有所改善，足以让你接受有意义的理疗以来——我就一直看到你躺在这该死的贵重病床上，侮辱你自己的身体。这让我感到恶心。你知道你活着有多么幸运吗？那架飞机上的其他人都死了！你的脊柱没有断，头颅没有陷进脑子里，身体也没有从头到脚全部烧伤——不，是烤焦，像苹果一样烤焦——这难道不是一个奇迹？你本来只会活四天，也许两个星期，而且剧烈疼痛。相反，你被抛得很远。你不是植物人。你不是四肢瘫痪，尽管选择装成那样。你不愿意努力，想寻找捷径。你想用金钱把你从目前的状况中救出去。如果你死了之后去了地狱，你首先就会向魔鬼撒旦行贿。”

詹森和梅丽莎凝视着她，惊恐万状。纽索姆张开了嘴巴合不拢。如果曾经有人以这种方式数落他的话，那也是很久以前。只有莱德奥特显得很轻松。现在是他在笑，是那种父亲冲着任性的四岁孩子露出的笑容。这把她逼疯了。

“你本该现在就可以行走。上帝知道我一直想让你明白这一点，上帝知道我一遍遍地告诉你，你只要付出什么样的努力才能离开这张床，才能站起来。旧金山的迪拉瓦尔大夫鼓足勇气对你实话实说——只有他一个人这样做——而你对他的报答就是称他为同性恋。”

“他是个同性恋。”纽索姆说，两只伤疤累累的手已经捏成了拳头。

“你很痛，是的，当然很痛，但是可以应对。我见到人们应对疼痛，不是一次，而是多次。但不是一个富豪，因为这个人试图用自己的权利意识去取代康复所必须经历的老一套的痛楚与泪水。你拒绝。我也看到了，而且我知道每次接下来会发生什么。江湖郎中和骗子纷至沓来，就像腿上有伤的人涉水进入一池死水中时，蚂蟥会赶过来一样。有时候，江湖郎中会有什么神奇膏药，有时候他们会有什么神奇药丸。治病的术士们声称自己拥有上帝的力量，就像这位一样。通常他们的噱头就会让人感觉疼痛在减轻，为什么不呢，因为疼痛有一半都在人们的头脑中，是由那些只知道康复过程更痛的懒汉在心中制造出来的。”

她抬高嗓门，变成了一种摇摆不定、孩子般的高音，并且弯腰靠近他："老爸，这疼——疼！但是这种缓解向来难以维持很久，因为肌肉没有正常的弹性，肌腱仍然松弛，骨骼仍然没有长厚，还不足以承重。当你电话联系这个家伙，告诉他疼痛再次出现时——如果你能够联系上他的话——你知道他会说什么吗？他会说你心不诚。你只需像你用脑子管理制造工厂、进行各种投资那样动用脑子，就会知道根本没有什么活生生的小网球坐在你的喉咙根部。你早过了相信有圣诞老人的年纪，安迪。"

冬妮娅已经来到了门口，这会儿站在梅丽莎身旁，瞠目而视，一块擦盘子的毛巾从她的一只手上垂下来。

"你被解雇了。"纽索姆说，语气和蔼可亲。

"是的，"凯特说，"我当然是被解雇了。但我一定要说，在近一年的时间里，我从来没有这样舒坦过。"

"如果你解雇她，"莱德奥特说，"我就向你告辞。"

纽索姆将目光转向牧师。他感到疑惑不解，皱起了眉头，双手开始揉捏臀部和大腿。每次过了服用止痛药的时间，他的双手都会这样。

"她需要培训，赞美上帝的圣名。"莱德奥特朝纽索姆倾过身子，他自己的双手在背后紧握在一起。他让凯特想起了她所看到过的华盛顿·欧文笔下的小学教师伊卡博德·克兰的画像。"她说完了，我可以说了吗？"

纽索姆的汗出得更多，但他再次露出了笑容："对她说。尽管说。我很想听一听。"

凯特面对着他。那双深陷在眼窝里的黑眼睛令人不安，但她勇敢地直视着它们："我也一样想听听。"

双手仍然在身后紧握在一起，绯红的头颅透过稀疏的头发默默地闪亮，一张长脸严肃。莱德奥特仔细观察着她，然后说道："你本人从来没有受过疼痛之苦，对吗？"

凯特感受到了要在那面前退缩的冲动，或者将目光转向别处，或者都想做。她忍住了。"我十一岁那年从树上摔下来，断了胳膊。"

莱德奥特聚拢嘴唇，吹了声口哨：一个毫无旋律可言、几乎是单调的音。“十一岁时断过一只胳膊。是啊，那肯定痛之入骨。”

她脸一红。她感觉到了自己脸红，虽然极不情愿，却也身不由己。“你可以小瞧我。我的话所依据的是多年治疗疼痛病人的经验。这是医学见解。”

他现在要告诉我他一直在驱赶恶魔，或者那些绿色小神，或者管它们是什么呢，因为我还穿着连衣童装。

但是他没有。

“我可以肯定，”他平静了一点，“我可以肯定你的工作干得非常好。我肯定你见过许多骗子和装模作样的人。你知道他们那种人。我也知道你们那种人，小姐，因为我以前见过许多次。他们通常不如你好看，”——终于带了一点口音，“好看”变成了“好肯”——“可他们对待自己从未体验过的疼痛时，那种他们甚至无法想象的疼痛时，居高临下的态度却总是一样的。他们在病房里工作，他们接触到的病人有着不同级别的痛苦，既有轻微的疼痛，也有痛彻骨髓的剧痛。用不了多久，在他们的眼里，一切都开始变得要么假冒过头，要么彻头彻尾的虚假，是不是这样？”

“根本不是这样。”凯特说。她的声音怎么啦？突然变小了。

“不是吗？你给他们弯腿时，他们会在十五度——甚至在十度——就开始尖叫，你起初只是在脑后认为他们是在浪费时间，但这种看法逐渐跑到了你的脑前，难道不是吗？拒绝努力尝试？甚至想博得同情？当你走进病房，他们的脸色突然变得苍白起来，你不是在想，‘哦，我又得处理这个懒鬼了’？你曾经从树上摔下来，断过一只胳膊，为了主的缘故，可是当他们请求你把他们放回到床上并且给他们多打一点吗啡时，你难道没有变得越来越厌恶吗？”

“这不公平。”凯特说……可她的声音现在只略高于耳语。

“曾几何时，当你刚入这一行时，你看到痛苦时知道那是痛苦。”莱德奥特说，“曾几何时，你几分钟就会相信所要看到的东西，因为你心中知道那里有一个邪恶的局外人。我要你留下来，这样就能唤醒你的记忆……唤醒这么多年来已经消失殆尽的同情心。”

“我有些病人喜欢抱怨，”凯特愤怒地望着纽索姆说，“我想这听上去很不近人情，但真相有时候确实很残酷。有些病人喜欢装病。如果你连这个都不知道，那么你要么是睁眼瞎，要么是愚蠢。我认为你既不是睁眼瞎，也不愚蠢。”

他欠了欠身，仿佛她刚刚恭维了他——而从某种意义上说，她认为自己确实恭维了他。

“我当然知道。但是现在，在你的内心深处，你认为他们全都在装病。就像在战场上待了太久的士兵，你已经习惯了。我告诉你，纽索姆先生已经遭到入侵。已经成了寄主。他体内有一个恶魔，而且很厉害，已经变成了一个神。我想要你在它出来的时候看到它。我认为它会极大地改进你的现状，肯定会改变你对疼痛的看法。”

“如果我选择离开呢？”

莱德奥特笑了：“护士小姐，这里谁也不会拦你。就像上帝的所有生灵，你完全可以自由抉择。我不会请其他人约束你的自由意志，我自己也不会约束它。但是我相信你不是懦夫，只是已经变得冷酷无情，外强中干。”

“你是个骗子。”凯特说。她满腔怒火，眼泪都快流出来了。

“不，”莱德奥特说，再次用上了那种温柔的语气，“我们离开这个房间时，不管有没有你，纽索姆先生都将摆脱一直在啃食着他的剧痛。虽然他还会感到疼痛，但是不会再有剧痛，他将能够应对普通疼痛。或许再加上一点你的帮助，小姐，一旦你学会了谦卑。你还想离开吗？”

“我留下，”她说，接着又说道，“把那午餐盒给我。”

“可是……”詹森开口道。

“给她，”莱德奥特说，“一定要让她检查一下。不要再说话。如果我真的打算这样做，那现在就应该开始了。”

詹森把那长长的黑色午餐盒递给她。凯特打开后看到，普通工人的妻子会在里面放上三明治，外加一个装有水果的特百惠小塑料盒，但是这个午餐盒里只有一个空的宽口玻璃瓶。隆起的盖子由铁丝夹扣着，里面原本应该有一个保温杯，结果只有一个喷雾罐。再也没有别的东西了。凯特转身望着莱德奥特，他点点头。她拿出喷雾罐，看了一眼标签，疑惑不解："胡椒喷雾剂？"

"是胡椒喷雾剂，"莱德奥特说，"我不知道这在佛蒙特州是否合法，我估计可能不合法，但是在我所在的州，大多数五金店都可以买到。"他转身问冬妮娅，"你是……？"

"冬妮娅·马斯登。我是纽索姆先生的厨子。"

"很高兴认识你，女士。我还需要一样东西才能开始。你们有没有棍子之类的东西？有没有棒球球棒？"

冬妮娅摇摇头。风再次呼啸而至；灯光再次闪烁，屋后棚子里的发电机也再次喘咳起来。

"有扫帚吗？"

"哦，有的，先生。"

"请把它拿来。"

冬妮娅去了。除了风声之外，一片寂静。凯特想找个话题说点什么，却什么也想不起来。一颗颗清晰的汗珠正顺着纽索姆狭窄的脸颊流下来，而他的脸颊也因坠机事件布满了伤疤。他当时在地上不停地翻滚，"湾流"的残骸就在他身后的大雨中燃烧。

我从来没有说过他不痛。我只是说，他只要动用一半这么多年打造商业帝国过程中展现出来的意志，就能够管理好疼痛。

可万一她错了呢？

就算我错了，也不意味着他体内就有某种活生生的网球，像吸血鬼吸血那样吸吮着他的疼痛。

世上没有吸血鬼，没有疼痛之神……可是当狂风强劲到吹得这么大的房屋颤抖时，这些奇谈怪论显得几乎貌似可信。

冬妮娅拿来了一把扫帚。看样子那扫帚连一堆灰尘都没有扫进过簸箕。蓝色的尼龙鬃毛，油漆过的木柄大约四英尺长。她满腹狐疑地握着它："这就是你想要的？"

"我想可以管用。"莱德奥特说，尽管凯特觉得他听上去没有那么大的把握。她突然想到，这个房间里最近脑子有点不对劲的可能不止纽索姆一个人。"我觉得你最好把它交给我们这位持怀疑态度的护士。

没有冒犯你的意思，马斯登太太，但是年轻人反应会快一点。”

冬妮娅一点也没有感到冒犯的意思，事实上她显得如释重负。她把扫帚递了过来，梅丽莎接过来，交给凯特。

“我用它干什么？”凯特问，“骑上去？”

莱德奥特笑了，露出钉子似的沾满黄斑、腐朽的牙齿。“如果房间里有一只蝙蝠或者浣熊，你自然会知道什么时候出手。记住一点：先用鬃毛，然后再用木柄。”

“我想是要结果它。然后你将它装进标本瓶里。”

“你说对了。”

“然后你就可以把它搁到架子上，与其他被你干掉的神放在一起？”

他没有回答这个问题。“请把胡椒喷雾罐给詹森先生。”

凯特把喷雾罐递给了詹森。梅丽莎问：“我做什么？”

“看着。如果知道怎样祈祷的话，那就祈祷。为我也为纽索姆先生祈祷。祈祷我的心脏足够强大。”

凯特看到即将会发生谎报心脏病发作的事，但是她没有作声。她只是双手紧握扫把，从床边移开。莱德奥特愁眉苦脸地在纽索姆旁边坐下，膝关节发出噗噗声，宛如手枪枪声。

“听我说，詹森先生。”

“怎么呢？”

“你会有时间的，那玩意儿会一时不知所措，但你仍然需要动作快，就像你在橄榄球场上一样快，行吗？”

“你要我猛击它吗？”

莱德奥特再次露出一丝笑容，但凯特觉得他确实一副病容。“不是猛击——这在我们州都是非法的——但差不多那意思，你已经明白了。现在请大家保持安静。”

“等一下。”凯特把扫帚靠床放着，双手上下摸了摸莱德奥特的左臂，然后又是右臂。她只摸到了普通棉布，还有棉布下这个人皮包骨头的肌肤。

“我向你保证，凯特小姐，我的袖子里什么都没有。”

“快点，”纽索姆说，“我很痛，一直很痛，尤其是在这该死的暴风雨天气里。”

“嘘，”莱德奥特说，“大家都别说话，嘘。”

他们都不再说话。莱德奥特闭上眼睛，嘴唇默默地念叨着什么。凯特的手表滴答滴答地走了二十秒，然后是三十秒。她的双手汗水淋漓，她只好一次一只手在运动衫上擦干，然后再握紧扫帚。我们这样子像是聚集在临终床前一样，她想。

莱德奥特睁开眼睛，凑近纽索姆。

“上帝，这个人体内有一个邪恶的外人，正在啃噬他的骨肉。帮我把他赶出来，就像您的儿子将恶魔从加大拉那个中邪的人身上驱赶出来一样。请帮助我用你命令的声音与安德鲁·纽索姆体内的绿色小疼痛神说话。”

他又向前凑了凑，因关节炎而肿大的长手指围住纽索姆喉咙根部，仿佛他准备卡死他。他向前凑得更近，另一只手的食指和中指伸进了亿万富翁的嘴里。他弯曲手指，拉下纽索姆的下巴。

“出来。”他说。他这是在命令，但声音很柔和。丝绸般柔和。几乎是在用甜言蜜语哄骗。凯特感到自己的后背和胳膊的皮肤一阵刺痛。“以耶稣的名义，出来吧。以所有圣徒和殉道者的名义，出来吧。以上帝的名义，出来吧。是上帝允许你进去的，上帝现在命令你离开。出来吧，来到光明之处。别再暴饮暴食，出来吧。”

什么也没有。

“以耶稣的名义，出来吧。以所有圣徒和殉道者的名义，出来吧。”他的手微微收缩了一点，纽索姆的呼吸变得粗重起来，“不，别再朝深处去。你不能躲藏，你这邪恶的小东西。出来吧，来到光明之处。耶稣在命令你。圣徒和殉道者们在命令你。上帝命令你停止啃噬这个人，命令你出来。”

一只冰冷的手抓住了凯特的上臂，她差一点尖叫起来。是梅丽莎。她的眼睛睁得大大的，嘴巴张开。这位管家的耳语在凯特的耳朵里像砂纸一样粗糙：“看。”

纽索姆的喉咙里出现了一个鼓包，有点像甲状腺肿大，就在莱德奥特手握之处的上方。它开始慢慢向嘴巴移动。凯特这辈子从未看到过这样的事。

“这就对了，”莱德奥特几乎是在低声吟唱。他的脸上汗水直流；衬衣衣领已经变软变黑。“出来。出来吧，来到光明之处。你已经吃饱了，你这见不得光明的小东西。”

风势增大，凄凉凛冽。雨水夹杂着冻雨，像弹片一样砸向窗户。灯光闪烁，屋子嘎吱作响。

“上帝允许你进去，现在命令你离开。耶稣命令你离开。所有的圣徒和殉道者……”

他松开纽索姆的嘴巴，把手往后一缩，就像他碰到了什么滚烫的东西一样。但是纽索姆仍然张着嘴。而且：嘴巴越张越大，先是像打呵欠，然后是像在无声地嚎叫。他的眼睛向后翻，双脚开始抖动。他小便失禁，胯部下面的床单像莱德奥特那湿透的衣领一样变成了深颜色。

“住手，”凯特向前冲去，“他已经开始痉挛，你必须停……”

詹森猛地把她往后一拉。她转身望着他，看到他平常总是红通通的脸庞已经变得像亚麻布餐巾一样白。

纽索姆的下巴已经下垂到了胸骨那里，他的下半张脸变成了一个巨大的呵欠。凯特听到他的颞下颌肌腱吱吱作响，就像膝盖肌腱在大强度理疗过程中发出的响声：一种类似沾满灰尘的铰链发出的响声。房间里的灯光时断时续，灭了之后重新亮起。

“出来！”莱德奥特吼道。“出来！”

纽索姆牙齿后面的暗处冒出来一个囊状物，在不停地跳动。

一声撕裂、破碎的巨响，房间另一头的窗户破了。咖啡杯掉到地上，摔成了碎片。突然，他们身旁多了一根树枝。灯灭了。发电机重新启动，这次没有喘息声，只有连续不断的怒吼。灯重新亮起来时，莱德奥特倒在了纽索姆的床上，双臂张开，脸埋在床单上那一块湿的地方。有什么东西正从纽索姆张开的嘴巴中流出来，他的牙齿在那说不出什么形状的东西身上留下了一道道沟槽。那玩意儿身上毛毛糙糙的，布满了又短又硬的绿色尖刺。

不是网球，凯特想，更像孩子们玩的那种橡胶玩具球。

冬妮娅看到了，沿着过道逃了回去，一路上低着头，双手护着颈后部，前臂捂着耳朵。

那绿色的东西滚落到了纽索姆的胸前。

“快喷胡椒剂！”凯特冲着詹森尖叫道，“趁着它没有逃走，赶紧喷！”是的。然后他们就会将它装进标本瓶，盖紧盖子。要紧紧盖住。

詹森的眼睛睁得大大的，呆板无神。他那样子像在梦游。风刮过房间，吹乱了他的头发。墙上一张照片掉了下来。詹森伸出握着胡椒喷雾罐的那只手，按下了塑料按键。“嗞”的一声，然后就见他尖叫着跳了起来。他想跑，大概是想追随冬妮娅而去，却绊了一下，跪在了地上。凯特尽管也目瞪口呆，无法动弹，甚至无法动一下手，她的大脑的一部分肯定还在工作，因为她知道发生了什么。他将胡椒喷雾罐拿反了方向，不仅没有喷到那东西身上，反而喷到了自己。莱德奥特牧师已经昏了过去，那东西此刻正慢慢从他的头发中间爬过去。

“别让它抓住我！”詹森尖叫道，他开始毫无方向地爬离病床，“我看不见，别让它抓住我！”

风刮得更加猛烈。从窗口进来的树枝将叶子撒了一地，落叶在房间里飞舞。那绿色的东西从莱德奥特皱巴巴、晒黑的颈后部落到了地板上。凯特感觉自己像个落水的女人，她用扫帚的鬃毛那一头猛地挥向它，但是没有打中。那东西消失在了床下，不是滚动，而是滑动。

詹森一头爬进了门旁的过道：“我在哪里！我看不见！”

纽索姆坐了起来，满脸的迷茫。“怎么回事？出什么事了？”他把莱德奥特的头从他身上推开，牧师从床上瘫软到地上。

梅丽莎弯腰去看他。

“不要那样！”凯特大喊，但已经来不及了。

她不知道那东西真的是神，还是某种怪异的蚂蟥，但它的速度很快。它从床下蹦出来，顺着莱德奥特的肩膀滚过去，跳到梅丽莎的手上，再爬上她的胳膊。梅丽莎想把它甩掉，但是没有成功。那些短而粗的小尖刺上有黏糊糊的东西——凯特大脑里仍在工作的那部分告诉已经停止工作的那一大部分，就像苍蝇脚上的胶水。

梅丽莎已经看到那东西从哪里出来，因此即便是在恐慌之中，她还是非常明智地用双手捂住了自己的嘴巴。那东西顺着她的脖子爬上她的脸颊，然后停留在了她的左眼上。风在呼啸，梅丽莎跟着一起尖叫。那是一种深陷剧痛之中的女人在喊叫，而这种剧痛医院里的一到十级疼痛级别图标永远无法体现出来。梅丽莎的剧痛远远超过一百级——那是某人被活煮时的喊叫声。她踉踉跄跄后退了几步，用手指去抓眼睛上的那个东西。它现在脉动得更快，凯特可以听到它重新开始啃噬时发出的很低、液体流动的响声。那是融雪的声音。

它不在乎吃谁，凯特想。她意识到自己正走向那个不断尖叫、不断挥动手臂的女人。

“别动！梅丽莎，不要动！”

梅丽莎没有理她，而是继续后退。她碰到刮进房间里的一根粗树枝，伸开四肢摔了下去。凯特单腿跪地，将扫帚柄精准地挥向梅丽莎的脸，击中了正在啃噬梅丽莎眼睛的那玩意儿。

“啪”的一声，那东西突然软绵绵地从管家的脸上滑了下来，留下一道黏液痕迹。它越过落满树叶的地面，打算躲到树枝下，就像刚才躲在床下一样。凯特跳起来踩住了它。她感觉到那东西在她脚上那双结实的纽巴伦步行鞋下面往外四射。绿色的东西向左右两边飞溅，仿佛她踩上了一个装满鼻涕的气球。

凯特再次蹲下身，这次是双膝跪地，然后搂住梅丽莎。梅丽莎起初在不断反抗，凯特感到有拳头擦过他的耳朵。梅丽莎随后平静了下来，穿着粗气问：“它消失了吗？凯特，它消失了吗？”

“我感觉好多了。”纽索姆在她们身后惊讶地说，但他听上去像是在另一个世界。

“是的，消失了。”凯特说。她仔细看着梅丽莎的脸，那东西落在上面的那只眼睛有点充血，但其他好像没有问题。“你能看见吗？”

“能，模糊不清，但是在渐渐清晰起来。凯特……那种疼痛……就像世界末日。”

“我需要有人冲洗我的眼睛！”詹森在喊叫，声音里透着愤怒。

“你自己冲洗吧，”纽索姆开心地说，“你不是有两条好腿吗？等凯特把我的腿恢复功能，我想我也会有两条好腿的。谁来查看一下莱德奥特。我想这可怜的混蛋可能死了。”

梅丽莎凝视着凯特，一只眼睛是蓝色的，另一只眼睛通红，而且在流泪。“那种剧痛……凯特，你根本不明白那种痛的滋味。”

“我懂，”凯特说，“我真的懂，就是现在。”她让梅丽莎坐在那根树枝旁，然后走到莱德奥特身旁。她查看他是否还有脉搏，却什么也没有，就连心脏仍在竭尽全力的迹象都没有。看样子，莱德奥特的痛苦结束了。

发电机坏了。

“混蛋，”纽索姆听上去仍然很开心，“我花七万美元买了那日本的破玩意儿。”

“我需要有人冲洗我的眼睛！”詹森在大声喊叫，“凯特！”

凯特张开嘴要回答，却没有开口。黑暗中，有什么东西爬到了她的手背上。

献给拉斯·多尔

我向来不太喜欢抛头露面。每次站在听众面前，我都觉得自己像个冒名顶替的骗子。这倒不是因为我喜欢孤独，尽管我在一定程度上的确喜欢独处；我可以独自从缅因州一路驱车到佛罗里达州，而且感到心满意足。也不是因为我有舞台恐惧症，尽管我走到两三千人面前时还是能够感觉到舞台恐惧症的存在。那对于大多数作家来说都是不自然的情况。我们更习惯于出现在三四十个铁杆读者面前。那种错误的人出现在错误的地方的感觉主要源自我知道一点：无论观众来看谁或者看什么东西，他们都不会看到。创作短篇小说的那个人只存在于孤身一人之时。出来与大家分享轶事并回答问题的那个我只是短篇小说家的糟糕替身。

2011年11月，有人驱车送我去能够容纳二千八百人的大雷克斯电影院，出席我在巴黎的最后一场见面会。我感到紧张，也感到自己与这里格格不入。我当时坐在一辆黑色大SUV车的后排座位上。街道很狭窄，车辆很多。我的膝盖上有个文件夹，里面装着一小叠文件——几句致辞，一小段要朗读的我的作品。在一个红绿灯前，我们停在了一辆大巴旁，两辆大型汽车并排停靠在一起，挨得非常近，差一点碰到一起。我朝大巴的一个窗户望去，看到里面有一个身着正装的女士，大概是下班回家。我当时真希望自己能坐在她的身旁，也在回家的路上，准备找个地方用餐，然后再在舒适的椅子中坐上两个小时，在明亮灯光中看本书，而不是被人拉着去一个门票已经销售一空的剧院，面对一群我听不懂他们语言的粉丝。

也许那位女士感觉到了我凝视的目光，但更有可能是手中的报纸让她感到无聊。总之，她抬起头，向我这边望过来。我们相距只有一英尺。我们四目相遇。我觉得我在她的眼睛里看到了热切的期盼，她希望能坐在这豪华的SUV中，去某个灯火通明、欢声笑语的地方，不用回到她的公寓，因为公寓里只有简单的饭菜，或许还是从冰箱里取出来后加热的，然后便是晚间新闻和老一套的电视连续剧。如果我们能换一下位置，或许我们两个人都会更快乐。

接着，她重新低头看报，我也重新低头看着文件夹。大巴去了一个方向，SUV 去了另一个方向。但是在那一刻，我们挨得很近，足以窥视对方的世界。我回想着这段经历，从海外回来后，我坐下来，一口气写出了这个短篇。

那辆大巴是另一个世界

威尔逊的母亲并不是这个世界上最有智慧的那种快乐人，却有一句老话："一旦出错，便会事事出错，直到泪水涟涟。"

他时刻把这句话牢记于心，正如他念念不忘儿时学到的所有民间智慧一样（另一句箴言便是"橙子在早晨是金，晚上是铅"。）每当遇到特别重要的事情，威尔逊为保险起见总是仔细安排宽裕的行程（他将这视作缓冲器），成年之后，没有一次出门比他这次去纽约更重要，因为他要在那里向"未来市场"公司的最高层介绍他的组合广告设计图和他的实施计划。

"未来市场"是互联网时代最重要的广告公司之一。威尔逊的"南国概念"公司位于伯明翰，总共只有他一个人。这种机会真是千载难逢，因此预留出足够的时间就显得至关重要。于是，他凌晨四点就赶到了伯明翰沙特尔斯沃斯机场，乘坐上午六点的直达航班，九点二十分抵达纽约的拉瓜迪亚机场。会议其实是一场面试，时间定在下午两点三十分。五个小时的缓冲时间似乎足够保险了。

起初一切都很顺利。登机口的工作人员检查了威尔逊的组合广告设计图，同意他把它放在头等舱的行李架中，尽管威尔逊本人坐的是经济舱。在这种事情上，窍门在于尽早询问，赶在别人没有开始找茬之前。爱找茬的人可不想听你告诉他们这些设计图多么重要，也不想听你说它们有可能就是通往你未来的机票。

他托运了一个箱子，因为如果他能够入围"绿色世纪"广告业务招标活动（这完全有可能，因为他的排名非常好），他可能要在纽约待十天。他不知道整个遴选过程会有多久，也不想花钱动用宾馆的洗衣服务，就如他不打算要宾馆的送餐部把饭菜送到客房一样。所有大城市宾馆的额外服务都很贵，纽约市更是贵得离谱。

飞机正点起飞，抵达纽约后，事情才真正开始出岔子。飞机遇到了空中交通阻塞，在抵达点上方灰白的空中盘旋、摇摆——飞行员们恰如其分地将这里称作“垃圾”机场。机舱内开始出现挖苦性质的玩笑，还有直截了当的抱怨，但是威尔逊仍然很平静。他有行程提前量作保险，而且他的预留时间很充足。

飞机十点三十分落地，略微晚到了一个小时。威尔逊赶到行李传送带处，可他的包没有出现。仍然没有出现。还是没有出现。那里最后只剩下他和一个留着大胡子、戴着一顶黑色贝雷帽的老人，而传送带上无人认领的行李也只剩下一双雪地鞋，以及一株旅途劳顿的大植物，叶子耷拉着。

“这不可能，”威尔逊对那老人说，“这是直达航班。”

老人耸耸肩：“肯定是在伯明顿把标签弄错了。那些行李这会儿有可能正飞往檀香山，我们都知道这一点。我想去遗失行李处问问。想和我一起去吗？”

威尔逊跟着他去了，心中在想着他母亲的老话，而且感谢上帝他的组合广告设计图没有丢失。

遗失行李登记表刚填写到一半，他的身后便传来了一位行李员的声音：“这是你们两位先生的吗？”

威尔逊转过身，看到了自己的格子纹手提箱，好像是湿的。

“从行李车上掉下来了，”行李员边说边将订在威尔逊机票夹上的行李认领牌与手提箱上的牌子进行核对，“有时候会发生这种事情。你应该拿一张索赔表，以免里面有什么东西破了。”

“我的行李在哪儿？”戴贝雷帽的老人问。

“这我无能为力，”行李员说，“不过我们最终总会找到的。”

“是啊，”老人说，“可现在还不是最终。”

等到威尔逊带着手提箱、设计图和手提包离开机场时，已经快到十一点三十分了。这期间又有几个航班已经抵达，排队等出租车的人非常多。

我有预留时间，他安慰自己道。三个小时足够了。而且，我还在雨棚下，没有淋雨。想想好的方面，别紧张。

队伍向前蜗行时，他过了一遍自己的实施计划，脑海里浮现出他的每一张超大的设计图，并且提醒自己要冷静。从走进帕克大道 245 号那一刻起，就要摆出最迷人的攻势，把命运可能发生巨变的想法抛到脑后。

“绿色世纪”是一家跨国石油公司，当它旗下的一口海底油井在卫拉巴马州海湾凹地爆炸时，它那生态友好型的名称反而成为了一个不利因素。这次井喷事件虽然不像“深水地平线”灾难之后那样可怕，却也非常糟糕。哦，我的天哪，还有那名字。一些深夜节目中的喜剧明星一直把这当成笑料。（莱特曼[①]：“什么东西又是绿的又是黑的，还一派胡言？”）“绿色世纪”首席执行官的第一次公开抱怨式的回应——“哪里有石油我们就去哪里，你会认为大家会理解的”——根本无济于事。互联网上有一幅漫画，首席执行官的屁股上冒出来一口油井，下面的文字说明便是他的那句话。结果，这幅漫画立刻变成网红。

“绿色世纪”的公关团队去找他们的长期广告商“未来市场”公司，并且带去了他们眼中的一个好点子。他们想把危机管理活动分包给南方某个小广告社，充分利用好这样一个事实：他们不再使用纽约那些原来的老行家，以便安抚美国人。他们尤其在乎生活在南方的那些美国人的看法，也就是纽约那些行家在高级鸡尾酒会上所称的“笨蛋线”以南的人。

等出租车的队伍一寸一寸地向前移动。威尔逊看了一眼手表。十一点五十五分。

他安慰自己不用着急，但是他已经开始着急了。

中午十二点，他终于爬进了一辆“快活丁格尔”出租车。他不愿意拖着自己那只在飞机跑道上弄湿的手提箱进入曼哈顿一座商务大楼里价格昂贵的办公生套间——那会显得多土啊。他已经开始想自己或许可以先在宾馆停一下，把箱子放在那里。

出租车是一辆鲜黄色的小商务车，司机是个锡克教徒，阴沉着

---

① 莱特曼，美国电视节目主持人，所主持的《大卫莱特曼秀》是哥伦比亚广播公司周一到周五晚上十一点至午夜的聊天节目。

脸，头上裹着巨大的橙色包头布。他妻子和孩子的照片过塑后挂在后视镜上，左右摇晃着。无线电调到了1010WINS频道上，每隔四分钟左右就会用木琴般清脆的声音播报身份识别号。

“今天很堵，”出租车慢慢向机场出口移动时，锡克教司机说，这似乎就是他聊天的极限，“灰常灰常堵[①]。”

他们慢慢驶向曼哈顿时，雨下得越来越大。随着每一次停车以及汽车向前蠕动时造成的身体前倾，威尔逊感到自己预留的时间越来越少。他有半小时宣传自己，只有半小时。如果他迟到的话，他们会为他网开一面吗？他们会说：“伙计们，在我们今天为这个大项目面试的十四个南方小广告公司中诞生了一个明星，只有一家公司拥有与遭遇环境灾难的公司合作过的资质，而这就是南国概念公司。因此，我们不能仅仅因为詹姆士·威尔逊先生迟到了一会儿就把他排除在外。”

他们或许会这么说，但总的来说，威尔逊心想……不会。他们最想要的是尽快制止那些深夜节目中的调侃。这样一来，广告语就变得异常重要，当然每个混蛋都有一个广告语（这是他父亲的至理名言之一）。他必须准时。

一点十五分。一旦出错，事事出错，他想。他不愿意去想它，但他还是情不自禁地去想它。直到泪水涟涟。

快到中城隧道时，他向前探过身，请锡克教司机走电子收费通道。橙色包头布悲哀地左右摇摇。“说不准，先生。路况灰常灰常糟糕。”

“半小时？”

司机半天没有吭声，然后说道：“也许吧。”这深思熟虑后的安慰话足以让威尔逊明白，自己的情况已经从危急转为了可怕。

他想，我可以把这该死的手提箱寄放在“未来市场”公司的接待处，这样我至少不必拉着它走进会议室。

他向前探过身，说：“别管什么宾馆了，直接送我去帕克大道245号。”

---

① 用“灰常”，以示司机说话带口音，下同。

隧道简直是幽闭恐惧症患者的噩梦：启动，停；启动，停。对面车道是穿城而过的 34 街，那里的路况同样糟糕。小面包出租车不高，恰好让威尔逊看到前方每一个令人沮丧的障碍。不过，出租车来到麦迪逊大道后，他稍稍松了口气。应该差不多能赶到，尽管他不喜欢时间这么紧，但没有必要丢人现眼地给对方打电话，说自己会晚到一会儿。不去宾馆是正确之举。

可就在这时，他们遇到了主水管爆裂，路上搭起了锯木架，锡克教司机只好绕道。“比奥巴马上次来还要糟糕。”他说，而 1010 WINS 承诺说，威尔逊只要给他们二十二分钟，他们会给他整个世界。木琴般清脆的声音像松动的牙齿一样喋喋不休地说着。

他想，我不想要整个世界，我只想在两点十五分赶到帕克街 245 号，最迟两点二十分。

出租车最终回到了麦迪逊大道上，一路疾驰，快到第 36 街时却突然停了下来。威尔逊想象着某位橄榄球解说员在告诉观众，只要持球跑动打法好看，得分完全可以忽略不计。挡风玻璃上的雨刮器砰砰作响。一位记者在介绍电子香烟。然后便是安睡牌床垫的广告。

威尔逊想，放心吧。如果必要的话，我可以从这里步行过去。总共只有十一个街区。只是天在下雨，而且他还得拖着那该死的手提箱。

一辆“小飞侠”公司的大巴慢慢靠近出租车，空气制动“噗嗤”一声，大巴停了下来。威尔逊个子比较高，刚好可以透过窗户看到大巴里面的情景。离他最多五六英尺之外，一个漂亮女人正在看杂志，她旁边靠过道的座位上，一位男士身穿黑色雨衣，正在膝盖上放着的手提公文箱翻找着什么。

锡克教司机按了一下喇叭，然后举起双手，掌心朝外，仿佛在说，*瞧瞧这世界都对我做了什么！*

威尔逊注视着那漂亮女人摸了一下两边的嘴角，或许是想测试口红的牢度。她旁边的男士正在公文箱箱盖内侧的口袋里翻找。他取出一块黑围巾，凑到鼻子前，闻了闻。

威尔逊心中在琢磨，他为什么要那样做？那是他妻子的香水味，还是她所用脂粉的芳香?

自从在伯明翰登机以来，他第一次忘掉了“绿色世纪”，忘掉了“未来市场”，忘掉了他的状况会有多么巨大的变化——如果不到半小时后的那场面试能够顺利的话。他第一次着迷，不只是着迷，而且完全被迷住了。迷住他的有那个女人轻轻试探的手指，还有那个把围巾凑到鼻子前的男士。他突然意识到自己在窥视另一个世界。是的。那辆大巴就是另一个世界。那位男士和那位女士都有自己的约会，无疑还都有美好前景。他们要付账单。他们有兄弟姐妹，还有念念不忘的儿时玩具。那位女士或许在读大学时做过人流。那位男士可能戴有阴茎环。他们或许有宠物，如果有，那些宠物还会有名字。

威尔逊的眼前浮现出一个幻觉——含糊不清、没有形状但是巨大，一个发条星系，不同的飞轮和齿轮以神秘的运动方式，也许是某种因果报应，也许根本毫无原因。一边是“快乐丁格尔”出租车的世界，五英尺外是“小飞侠”大巴的世界。两者之间相隔只有五英尺和两层玻璃。这不言自明的事实让威尔逊感到惊讶。

“路况很糟，”锡克教司机说，“我告诉你，比奥巴马还要糟。”

那个男人将黑围巾从鼻子上拿开。他一手握着围巾，另一只手伸进了雨衣口袋。靠窗座位中的女士翻阅着手中的杂志。男人转身望着她，威尔逊看到他的嘴唇在动。女人抬起头，睁大了眼睛，显然大吃一惊。男人弯腰凑过去，好像要告诉她一个秘密。威尔逊没有意识到那男人从雨衣口袋里掏出来的竟然是刀子，直到他用那把刀子割断女人的喉咙。

她睁圆了眼睛，张开嘴唇，一只手抬起来，伸向脖子。穿雨衣的男子用握刀的那只手轻轻地、但是坚定地把她的手推了下去。同时，他用黑围巾压住女人的喉咙，一直不松手。然后，他亲吻她的太阳穴，眼睛穿过她的头发望着窗外。他看到了威尔逊，咧嘴一笑，露出两排又小又整齐的牙齿。他向威尔逊点点头，仿佛在说“你好”或者“我们现在共有一个秘密”。女人一边的窗户上有一滴血，散开后顺着玻璃往下流。穿雨衣的男人仍然用围巾捂着女人的喉咙，将一根手指伸进她松弛的嘴里。他还在冲着威尔逊微笑。

“终于动了！”锡克教司机说，出租车开始移动。

“你看到了吗？”威尔逊问，他的声音单调、平静，“那个男人。大巴上的那个男人。和女人在一起的那个男人。”

“你说什么，先生？”司机问。街角的红绿灯转为了绿色，司机猛地冲了过去，全然不顾变道引发的一片喇叭声。“小飞侠”大巴被抛在了后面。前方的雨幕中出现了纽约中央车站，宛如一座监狱。

出租车重新开动时，威尔逊才想起自己的手机。他从外套口袋里掏出手机，默默地望着它。如果他思维敏捷（按照他们母亲的说法，那向来是他弟弟的特长），他或许可以拍下穿雨衣男人的照片。现在太晚了，但是还来得及拨打 911。当然，他不能匿名拨打这样的电话；电话一接通，他的名字和电话号码便会闪现在某位警官的显示器上。他们会回拨他的号码，以确定他不是什么爱搞恶作剧的人，在纽约市这个大雨如注的下午打发时光。然后，他们会要信息，而他必须去最近的警局提供信息，别无选择。他们会要求他讲述好几遍。他们不想听的是他的广告语。

他的广告语的标题是《给我们三年时间，我们证明给大家看》。威尔逊想象着面试的过程。他会先告诉在场的公关广告员和主管，必须正视漏油事件。这是事实；志愿者们仍在用“黎明牌”清洗剂清洗那些被油污包裹的鸟儿；这件事掩盖不了。但是，他会说，救赎并不一定就是丑陋的，真相有时候可以非常美好。他会说，人们想相信你们。他们毕竟需要你们。他们需要你们从 A 点前进到 B 点，而正是由于这一点，他们不愿意将自己视作环境破坏的从犯。这是，他会打开自己的组合广告设计图，亮出第一张牌：照片中一个男孩和一个女孩站在一片原始海滩上，背对着镜头，眺望着碧蓝到几乎有损视力的海水。下面的文字是：**能源和美丽可以相伴在一起。给我们三年时间，我们证明给大家看。**

拨打 911 很简单，一个孩子都可以做到。事实上，孩子们也的确拨打 911，比如有人闯了进来，比如小妹妹摔到了楼下，比如老爸在欺负老妈。

然后便是他为电视广告设计的剧情脚本，该广告将在墨西哥湾沿岸各州播出，以当地新闻台以及福克斯和 MSNBC 这样的二十四小时有线电视台为主。通过延时拍摄，一片被石油污染的脏海滩重新变得清洁。“我们有责任纠正我们所犯的错误，”播音员会说（而且还要略微带一点南方口音），“这就是我们的经商之道，也是我们对待邻居的方式。给我们三年时间，我们会证明给大家看。”

然后便是纸质广告。电台广告。以及第二阶段行动……

“先生？你说什么？”

我可以打电话，威尔逊心想，但是那家伙大概在警察赶到之前就已经下了大巴，早已消失在了茫茫人海之中。大概？几乎可以肯定。

他扭头望着身后。那辆大巴已经远远地落在了后面。他想，或许那个女人喊叫了。或许其他乘客早已扑到了那家伙身上，就像旅客们察觉鞋子炸弹客的企图时扑到他身上一样。

他随即想起了穿雨衣的男子朝他微笑的样子，还有他将手指伸进那女人张开的嘴里。

威尔逊想，说到恶作剧，或许根本不像我想象的那样。恶作剧有可能只是戏弄别人一下，就像大家随时开玩笑那样，属于闪客们所干的事。

这件事他想得越多，它的可能性就越大。男人们会在小巷以及电视节目中割断女人的喉咙，但不是光天化日下在一辆“小飞侠”大巴中。至于他自己，他已经安排了一个出色的宣传攻势。他是在正确的时间出现在正确地点的正确人物，而且在这个世界上你很少有两次机会。尽管这不是他母亲的老话，却是事实。

“先生？”

“让我在下一个红绿灯处下车，”威尔逊说，“我可以从那里步行过去。”

献给赫什·克斯汀

我小时候看过许多恐怖片（大家可能猜到了），它们很容易吸引住我，而且大多数片子都把我吓得半死。周围漆黑一片，银幕上的形象比你大很多，就算闭上眼睛，震耳欲聋的声音仍然继续吓唬你。电视的恐吓系数要低一些，因为有广告打断剧情的节奏，而且最恐怖的片段有时候会被剪掉，免得给有可能观看的小家伙们带来变态心理（唉，对我来说为时已晚；我早已看过《孽迷宫》中那个已经死的女人从浴缸中复生的情节）。还有最后一招，你随时可以走进厨房，从冰箱里取一盒海瑞斯牌冰淇淋，在厨房里一直待到恐怖的音乐变成本地某个小贩在尖叫，“汽车，汽车，汽车！不需要信用卡！我们卖给任何人！”

不过，我在电视上看过的一部电影做到了这一点，至少这部长达七十七分钟的电影的前一个小时左右做到了。最后的结局毁掉了整部戏，时至今日，我仍然希望有人能够重拍，把令人毛骨悚然的前半截剧情一直延续到结尾。这部电影有着最佳恐怖片片名：《我埋了活人》。

我在写这个短篇时，心中想着的就是这部电影。

讣　告

要条理清楚，平铺直叙。

按照罗得岛大学新闻系主任维恩·希金斯的说法，这是金科玉律。我毕业于那所大学，在那里所学的许多东西都是左耳朵进、右耳朵出，但是这句话终身难忘，因为希金斯教授时刻强调这一点。他说读者需要清晰明了、言简意赅的东西，然后才能开启理解的过程。

他在课堂上说，新闻记者真正的工作是给大家提供事实，让他们自己做出决定后自我发展。因此，不要花里胡哨，不要矫揉造作，也不要夸大其词。从开头开始，中间部分要交代清楚，这样才能保证每个事件的事实合情合理地导致下一个事件，最后在结尾处结束。他强调说，在新闻报道中，这向来总是“目前就是这些”。千万不要沉湎于一些偷懒的废话当中，比如“有些人认为”，或者“人们的一致意见是”。每一个事实都要有来源，这就是法则。然后用通俗易懂的英语把一切写出来，朴素单纯。华丽的辞藻属于特稿专页。

我怀疑是否会有人相信下面的故事，而我在“霓虹灯马戏团”的生涯与出众的文笔几乎没有任何关系，但我还是打算在这里尽我所能：每个事件的事实都会导致下一个事件。开头，中间，结尾。

至少目前就是这些。

好的新闻报道总是从五个问题开始：谁？什么？何时？何地？为什么？——如果你能发现原因的话。就我而言，“为什么”是个难题。

不过，“谁”很容易；是那个还没有到天不怕地不怕地步的讲述人迈克尔·安德森。这些事情发生时，我只有二十七岁。我毕业于罗得岛大学，拥有新闻学学士学位。在毕业之后的两年中，我一直和父母生活在布鲁克林，为一家《天天购》免费赠品公司工作，改写一些来自新闻专线的消息，插在广告和优惠券之间。我不停地发出自己的简历（当时的简历），但是纽约州、康乃迪克州或者新泽西州没有一家报纸看上我。我和我父亲对此并不感到完全意外，不是因为我成绩不好（其实还不错），也不是因为附件中的东西写得不好（主要是为罗得岛大学学生报《5 分钱的雪茄》写的短篇，其中两篇还获过奖），而是因为报社不招人。正好相反。

（如果希金斯教授看到我用这么多括号，他会杀了我。）

我父母开始温柔地、温和地敦促我去寻找某份其他工作。“在相关领域，”我父亲拐弯抹角地说，“也许在广告业。”

“广告不是新闻，”我说，“广告是反新闻。”但我还是明白了他的言外之意：他想象着我到了四十岁时还赖在家里，深更半夜从他们的冰箱里取零食吃。豪华版的懒鬼。

我极不情愿地开始列出一份清单，上面都是有可能聘用有着良好体魄但是缺乏经验的年轻广告文字撰稿人的广告公司。然后，就在我计划将简历发给清单中那些公司之前的那个晚上，我突然灵机一动。有时候——经常——我躺在床上，彻夜难眠，琢磨着如果我当时没有突发奇想，我现在的生活可能会截然不同。

我当时最喜欢浏览的网站之一便是“霓虹灯马戏团”。如果你是讽刺挖苦和幸灾乐祸文章方面的行家，你一定知道它：TMZ[①] 类型的八卦网站，但文笔更好。他们主要报道本地的“名人情况”，偶尔涉猎纽约和新泽西政治中的藏污纳垢之物。如果要我总结它对世界的看法，我可以给大家看一张照片，我在那里入职后，这张照片在网站上挂了六个月。照片上是罗德·彼得森[②] 在巴夏夜总会的外面（“马戏团”网站总是将他称作“他这代人当中的巴瑞·曼尼洛[③]”）。他约会对象弯着腰，冲着阴沟呕吐。他的脸上挂着幸福的笑容，手搁在她的后背上。文字说明为：**罗德·彼得森，他这一代人中的巴瑞·曼尼洛，在探索纽约的下东城。**

---

① 即“三十英里区域”，美国在线旗下的一个娱乐新闻网站，也被戏称为美国第一“狗仔”，因为三十英里正是众星云集的好莱坞的别称。

② 罗德·彼得森，美国编剧、制片人，代表作有电影《鹰冠庄园》《沃尔滕一家》等。

③ 巴瑞·曼尼洛（Barry Marnilow，1943—　），美国歌手、唱片制作人。

“马戏团”基本上就是一个网络杂志，有许多点击友好型部门：“名人羞辱街”“卑劣消费”“真希望我没有看到”“本周最烂电视”“垃圾作者”等。还有更多部分，但你大概已经能猜个八九不离十。那天晚上，我手头有一大叠简历，准备发给那些我其实并不想加盟的公司，于是我游览“霓虹灯马戏团”网站，想寻找一点能让我恢复精力的垃圾食品，结果在主页上发现一位名叫杰克·布里格斯的当红年轻演员死于毒品使用过量。那上面还有他的一张照片，一星期前他踉踉跄跄地走出市中心的一个热点场所。这是“霓虹灯马戏团”典型的低级趣味之作，但是伴随它的新闻报道非常直白，令人惊讶，根本不是“马戏团”的风格。我就在这时突然来了灵感。我在网上搜了一下，为了打发时光，快速写下了一条恶毒的讣告。

杰克·布里格斯，因去年在《上帝之手》中的恐怖表演，以书呆子形象与詹妮弗·劳伦斯相恋，被人发现死于他的宾馆房间内，周围放着他最心爱的粉末美食。他是27俱乐部[①]的一员，其他人还包括罗伯特·约翰逊、吉米·亨德里克斯、詹尼斯·乔普林、科特·柯本以及艾米·瓦恩豪斯这样著名的“白粉专家”。布里格斯于2005年意外闯进了演艺圈，当时……

反正你明白了。青少年，不懂得自重，肮脏不堪。如果我那天晚上认真清醒的话，大概会把这则写完的讣告拖进垃圾桶里，因为它甚至比“霓虹灯马戏团”平常的恶语中伤还要恶毒，变成了十足的残酷。可我当时实在无聊（我后来一直在想，究竟有多少职业生涯是在无聊打发时光时开始的），我把它发给了他们。

两天后——互联网把一切的速度都提高了——我收到了一封邮件，发件人名叫杰罗玛·威特菲尔德。她说他们不仅想登出我写的那则讣告，还想与我商谈，看我是否有可能再多写一些类似的恶毒东西。我是否能去市中心，午餐时商谈一下？

我去的时候打着领带，穿着正装，结果穿得太正式了。“马戏团”的办公室位于第三大道，里面的男男女女更像不到二十岁的少男少

---

① 27俱乐部，专指二十七岁时因吸毒或酗酒等原因离世的流行音乐人的术语。

女，个个穿着摇滚乐队式的T恤衫。有两个女人穿着短裤，我还看见一个家伙穿着连体裤，莫霍克发型中插着一支记号笔。我后来才知道，他是体育部主任，写过一则令人难忘的报道，名为《金特队再次在红灯区受辱》。我其实不应该感到惊讶。这毕竟是互联网时代的新闻业，那天在办公室上班的每个人背后都有五六个在家办公的特约记者。无需赘言，薪水刚够糊口。

我听说从前在那镀金时代，在纽约那神话般的朦胧过往，出版商们会在“四季”“马戏团餐厅”和“俄罗斯茶室”这样的地方享用午餐。也许吧，但我那天的午餐地点是杰罗玛·威特菲尔德凌乱的办公室，熟食三明治和布朗奶油苏打水。按照“马戏团”的标准，四十岁出头的杰罗玛应该算是老古董，我从一开始就不喜欢她咄咄逼人的粗暴态度，但是她想聘用我撰写每周一期的讣告栏目，她因此在我眼里变成了女神。她甚至还为这个新栏目起了一个名称：《说死人坏话》。

我能干吗？能。

报酬很低也愿意干吗？我愿意。至少开始时可以。

这个不久便成了“霓虹灯马戏团”网站访问量最大的栏目，而且我的名字与之密切相连。于是，我要求加薪，一部分原因是我想在城里找个公寓搬进去，另一部分原因是我已经厌倦了仅仅拿着劳工的工资，而我单枪匹马撰写的这个栏目正带来最大的广告收入。

第一次加薪要求商谈时比较成功，大概是因为我以试探性的请求提出了要求，而且所要求的数额小得令人可笑。四个月后，有谣传一家大公司计划出大价钱收购我们。我再次走进杰罗玛的办公室，要求涨工资，但这次丢尽了脸。

“抱歉，迈克，”她说，“用霍尔与奥茨二重唱组合那句著名的歌词来说，我不能同意，不能做到。来一颗愈咳糖吧。”

杰罗玛的办公桌很凌乱，但醒目的地方却放着一个大玻璃碗，里面装满了薄荷味桉叶硬糖，包装纸上印有鼓舞人心的话语。一张包装纸上印着“让我们听到你的战斗口号”；另一张印着（那上面的奇葩语法让我在引用它时不寒而栗）“把能做的事变成已经做成的事”。

“不用，谢谢。先别急着说不，请给我一个机会向你解释一下。”

我开始罗列理由；大家或许可以说，我是想把能做的事变成已经做成的事。底线是我相信自己应该得到与《说死人坏话》产生的收益更加相称的薪水，尤其是如果“霓虹灯马戏团”将被某个大公司收购的话。

等我终于说完后，她撕开一颗愈咳糖，扔进她那紫红色双唇之间，然后说道：“好吧！太好了！既然你已经发泄完了，现在或许想回去为邦普·德沃写讣告了。这家伙值得一写。”

他的确值得一写。邦普是浣熊乐队的主唱，刚刚被他女朋友开枪打死，因为他想从卧室窗户偷偷进入她位于汉普顿的家。他大概是想开个玩笑，而她却把他错当成了小偷。这件事最大的亮点在于她用的那把手枪：那竟然是邦普本人送给她的生日礼物。邦普现在是“27岁俱乐部”最新的成员，或许正与布莱恩·琼斯比较吉他才华呢。

“这么说，你甚至都不准备给我一个答复，”我说，“你对我只有这么一点尊重。”

她向前探过身，微微一笑，刚好露出满口小白牙的齿尖。我可以闻到薄荷味。或者桉叶味。或者二者兼而有之。“我实话实说，好吧？对于一个至今仍然和父母一起住在布鲁克林的家伙来说，你远远高估了自己在整个计划中的重要性。你以为别人都干不了向那些自己找乐子死了的滚蛋坟墓上撒尿的活？你好好想想吧。我手头有十多个特约记者，谁都可以做，交进来的东西或许比你写的东西还要搞笑。”

“那我一走了之，你就知道是不是这样了，行吗？”我来了火。

杰罗玛咧嘴一笑，桉叶糖碰到牙齿时嘎啦作响。“悉听尊便。但你要走的话，《说死人坏话》不能带走。那是我的东西，它就留在这里，留在‘马戏团’。当然，你现在确实已经有了一些资历，这一点我不否认。这就是你的选择，孩子。要么回到你的电脑前，赶紧写邦普的讣告，要么你去《纽约邮报》碰碰运气。他们或许会聘你。你最终只会沦落到为第六版写小文章的地步，而且还不得署名。如果你觉得那样能让你脸上贴金，那就加油吧。”

“我会去写讣告，但是我们还会再谈的，杰莉。”

“只要我还在这里当头，我们不会再谈这件事。而且别叫我杰莉。

你应该很清楚。”

我起身要走。我满面通红，看上去大概与红色交通灯差不多。

“来一颗愈咳糖吧，”她说，“拿两颗吧，它们可以给人安慰。”

我鄙视地看了一眼那个碗，然后走了出去，恨不得像个孩子那样重重地甩门，但还是忍住了。

如果你心目中忙忙碌碌的新闻编辑部就是CNN电视台沃尔夫·布利策[①]身后的样子，或者老电影中伍德沃德和伯恩斯坦揭穿尼克松时的样子，那你得重新考虑一下。我前面说过，“马戏团”大多数撰稿人都在家里上班。我们小小的新闻间（如果你想美化“马戏团”，将它所刊登的东西称作新闻的话）大约只有双倍宽度的拖车那么大。里面摆满了二十张学校里的课桌，对面的墙上有一排静音状态的电视机。桌子上装有破旧的笔记本电脑，每一台上面还有一张滑稽可笑的贴纸，上面写着：**请尊重这些机器**。

办公室那天上午几乎没有人。我坐在靠墙的后排，身后是一张海报，上面画着抽水马桶里的感恩节晚餐。这个讨人喜欢的图像下面便是那句座右铭：**在哪儿吃就请在哪儿拉**。我打开电脑，从公文包里取出打印的资料，都是与邦普·德沃短暂且平凡的生涯相关的资料，边翻看边等待着电脑启动。我打开文档，在上面打上**邦普·德沃的讣告**，然后只是坐在那里，盯着空荡荡的文件发呆。你的工作是拿那些二十多岁的人离开人世的事逗乐，他们生前总是认为死是别人的事，可当你心烦意乱时候，很难把他们的死写成幽默可笑的东西。

“不知道怎么开头吗？”

说话的是凯特·库兰。对于这位高个子苗条的金发美女，我对她有很强的欲望，但几乎可以肯定纯属单相思。她一直对我很好，总是可爱可亲。我说笑话时，她会哈哈大笑，但这些特点很少是在暗示欲望。我感到惊讶吗？一点也不。她很骚，我却很保守。坦率地说，我属于那种青春片中取笑的傻瓜。我在“马戏团”上班到第三个月时，

① 沃尔夫·布利策（Wolf Blitzer，1948— ），美国新闻记者，CNN主播。

我甚至还有傻瓜们最完美的配件：用透明胶带补好的眼镜。

“有一点。”我说。我可以闻到她身上的香水味。某种水果味。或许是鲜梨。反正是什么新鲜水果的香味。

她在隔壁桌子旁坐下来，身穿褪色牛仔裤的长腿美女形象。“我遇到这种情况时，总是把‘敏捷的棕色狐狸跳过了懒狗’打三遍，而且非常快。这就能打开思路闸门。”她张开双臂，让我看看闸门打开的样子，却让我意外地看到了她黑色背心里面紧裹着的令人窒息的乳房。

“恐怕这一次不管用。”我说。

凯特有自己的专栏，虽然不如《说死者坏话》那样受欢迎，却也有广大读者。她在推特上有五十万粉丝。（我为人谦虚，不愿意告诉大家我当时有多少粉丝，但是请随便想个七位数，肯定不会错。）她的栏目叫《与凯特一起狂饮》，宗旨就是与我们尚未奚落过的名人一起外出喝酒——猜猜看，甚至就连一些我们已经奚落过的人也会参与其中——然后趁他们喝得越来越高时采访他们。他们说出的话令人称奇，而这一些都是凯特用她那可爱的粉色小苹果手机完成的。

她本该与他们一起酩酊大醉，但是在他们一杯杯狂饮之时，她总有办法每次只喝四分之一。那些名人很少注意到。他们只注意到她那张美丽的瓜子脸，她那一头淡金色秀发，还有她那双灰色的大眼睛。她那双眼睛似乎总在传递同一个信息：哦，天哪，你真有意思。她比我早十八个月加盟这家网站，自那时起她已经成功终结了五六位名流的事业，但名流们依然排队等着挨宰。她最著名的采访对象是一位家庭喜剧明星，他对迈克尔·杰克逊的评价是：“那个胆小如鼠、还想变成白面包的东西还是死了为好。”

“我猜她肯定没有给你加薪，对吗？”凯特朝杰罗玛的办公室点头示意。

“你怎么知道我会要求加薪？我告诉过你吗？”我有可能被她那两个神秘的圆球弄得神魂颠倒，把一切都告诉过她。

“没有，但是大家都知道你会提的，大家也都知道她肯定会说不。如果她同意了，大家都会要求加薪。向最应该加薪的人说了不之后，她也就直截了当地拒绝了我们。”

最应该加薪的人。这让我有点飘飘然，尤其是这话从凯特的嘴里说出来。

“那么你还打算留下来吗？”

“暂时吧。”我撇着嘴说。鲍吉[①]在老电影里每次这样说话都能起到效果，但是凯特站了起来，将某根并不存在的线头从上衣迷人的中腹部掸掉。

“我有篇东西要写。维克·阿尔比尼。上帝，他可得把这好好收藏起来。”

“那个同性恋行动英雄？”我问。

“简明新闻：不是同性恋。”她冲我神秘一笑后走了，让我自己去想。但我其实不想知道。

我望着空白的邦普·德沃文件，呆呆地坐了十分钟，写了个开头后又把它删掉，然后又坐了十分钟。我可以感觉着杰罗玛在看着我，而且知道她在傻笑，至少她内心很得意。哪怕只是我的想象，但是有这样一双眼睛盯着我，我根本无法工作。我决定回家，在家里写德沃的讣告。也许地铁里会发生什么事，而地铁对我来说向来是进行思考的好地方。我开始关电脑，恰恰在这个时候却又来了灵感，就像我那天晚上看到杰克·布里格斯去天上参加盛大名流自助餐时突然来了灵感一样。我决定辞职，管它有什么后果，但我不能就这样悄悄地一走了事。

我把没有写出一个字的德沃文件扔进垃圾箱后又创建了一个新文件，并且将文件名写成“杰罗玛·威特菲尔德的讣告”。我一口气写了下去，二百多个恶毒的单词从我的指尖流出，出现在显示器上。

杰罗玛·威特菲尔德，密友们都叫她杰莉（据报道，她有两个学前班时的密友），今天去世，时间为……

---

① 好莱坞男星亨弗莱·鲍嘉（Humphrey Bogart，1899—1957）的昵称。

我看了一下钟。

上午十点四十分。据一位在场的同事说，她是被自己的胆汁噎死的。虽然她以优异成绩毕业于纽约的瓦萨尔学院，杰莉过去三年却一直在第三大道卖淫，监督二十多位苦工，而这些人个个都比她有才华。她身后遗有丈夫，即“霓虹灯马戏团”员工们所熟知的“被阉割的蛤蟆”，以及一个孩子——员工们都亲昵地称这丑陋的小混蛋“波尔布特[①]”。同事们一致认为，杰莉虽然文通残锦，却有着盛气凌人、冷酷无情的个性，足以弥补她江郎才尽之本质。她那驴叫般的声音据说会造成脑出血，而她缺乏幽默感更是一个传奇。蛤蟆和波尔布特请求认识她的人不要以鲜花来庆贺她的死讯，要代之以桉叶硬糖，送给非洲那些忍饥挨饿的儿童。“霓虹灯马戏团”办公室里会举行纪念活动，快乐的幸存者们可以交流珍贵的记忆，一起欢唱“叮咚，女巫死了”。

我在写这段恶毒话的时候，原想将它打印十多份，到处都贴上一张，包括卫生间和两部电梯，然后向“霓虹灯马戏团”和“止咳糖女王”说一声“再见，永远不想成为你”。我差一点就这样做了，但我重新看了一遍，发现它并不好笑，甚至与“好笑”都挨不上边。这是一个想发泄的孩子写的东西。我也因此想知道自己所写的那些“讣告”是否同样乏味、愚蠢。

我第一次（大家可能不会相信，但我发誓这是真的）意识到邦普·德沃是一个真实的人，某个地方有人正因为他的离去而哭泣。杰克·布里格斯的情况大概也一样……还有弗兰克·福德（我曾将他形容为“著名的《今晚秀》中抓裤裆的家伙”）……还有特里夫·威尔斯，这位真人秀明星因为被人拍到和他小舅子上床而自杀。“马戏团”兴高采烈地挂到网上去的那些照片只是在他小舅子的生殖器部分

① 波尔布特（Pol Pot，1925—1998），原柬埔寨红色高棉总书记。

打了马赛克（威尔斯的生殖器没有出现在照片中，大家大概能猜到在哪里）。

我还突然意识到，我正把自己一生当中创作精力最旺盛的岁月用在了干坏事上。实际上是可耻的事，但杰罗玛·威特菲尔德无论在什么情况中都不会想到“可耻”一词。

我没有将文件打印出来，只是关闭文档，把它拖进回收站，然后关上了电脑。我想大步重新走进杰罗玛的办公室，告诉她我不会再写这种相当于学步小孩往墙上拉屎的东西，但是我心中比较谨慎的那部分——时刻存在于我们大多数人心中的那个交通警察——在要我等一等，再想一想。不要轻举妄动。

二十四个小时，那位交警命令道，下午去看一场电影，然后思考一夜。如果早晨醒来后仍然感觉一样，那就听从上帝的安排，我的孩子。

“这么早就下班？”凯特从电脑上抬起头来问。从我第一天在这里上班以来，这是我第一次没有被她那双灰色的大眼睛拦住。我只是朝她挥了一下手，然后就走了。

我正在电影论坛剧院看日场的《奇爱博士》，手机却突然振动起来。由于客厅般大小的剧场里只有我、两个呼呼大睡的醉汉以及两个正在后排制造吸尘器般噪音的少年，我冒险看了一下屏幕，看到上面是凯特·库兰发来的短信：**赶紧放下手头的事，立刻给我打电话！**

我走进外面的大厅，心中没有太多遗憾（尽管我一向喜欢看到斯利姆·皮肯斯骑着炸弹掉下去的镜头），给她回了电话。我可以毫不夸张地说，从她嘴里蹦出来的头几个词改变了我的人生。

“杰罗玛死了。”

“什么？”我几乎尖叫起来。

卖爆米花的女孩吓了一跳，从手中的杂志上抬起头来看了我一眼。

“死了，迈克！死了！她时刻不离嘴的那些该死的桉叶糖把她噎死了。”

死于上午十点四十分，我是这样写的，被她自己的胆汁噎死了。

当然只是巧合，可我当时无法不假思索地想出更恶毒的死法。上帝已经把杰罗玛·威特菲尔德从“能做”变成了“做成”。

“迈克？你在听吗？”

“在听。”

“她没有副手。这一点你知道，对吗？”

“嗯嗯。”我在想她要我尝一颗愈咳糖，在想硬糖碰到她牙齿时发出的嘎啦声。

“所以我自告奋勇地召集大家明天上午十点开员工会议。总得有人出面吧。你会来吗？”

“我不知道。也许不会。”我朝通往休斯顿街的大门走去。我还没有走到那里便突然想起来，我把公文包落在了座位旁，于是转身回去取，空着的那只手猛扯自己的头发。卖爆米花的女孩这会儿正用怀疑的目光望着我。“我今天上午已经基本决定辞职不干了。”

“我知道。你走的时候，我从你脸上看出来了。”

如果换了别的时候，一想到凯特会看着我的脸，我肯定会不再说话，但是那一天我没有打住。“发生在办公室里吗？”

“是的，快到两点的时候。大房间里有我们四个人，并没有真的在工作，只是在消极怠工，分享一些故事和谣言。你知道那种情形。”

我当然知道。大房间里流言蜚语满天飞的聊天时刻正是我去办公室上班的原因之一，而不愿意在布鲁克林的家中工作。当然，我还有机会见到凯特的芳容。

“她的门关着，但是窗帘没有拉上。”通常都是这样，除非她正与某位她认为重要的人在里面开会，因为杰罗玛喜欢密切注视自己手下的奴隶。“我只知道平基在说，‘老板怎么啦？一副江南 style 的样子。’”

“于是我朝那里望去，她坐在办公椅上，不停地前后晃动着身子，双手去抓脖子。她随后便从椅子上摔了下来，我只看到她的双脚在空中一伸一缩。罗贝塔问我们该怎么办，我根本都没有时间去管她这个问题。”

他们冲了进去。罗贝塔·希尔和金朴素托着她的腋窝，把她扶了起来。凯特走到她身后，开始对她实施海姆立克式急救。平基站在门口，挥舞着双手。对她隔膜的第一下使劲按压没有反应。凯特大声要平基呼叫 911，然后再次尝试。第二次按压后，一颗桉叶糖从她嘴里直飞到房间另一边。杰罗玛深吸一口气，睁开眼睛，说了最后一句话（恕我直言，这句话从她嘴里出来真是再合适不过）："这他妈的是怎么啦？"然后，她开始全身发抖，停止了呼吸。金朴素一直给她做人工呼吸，等医护人员赶到时，已回天无术。

"她停止呼吸时，我看了一眼她墙上的钟，"凯特说，"你知道，就是那个丑陋的复古式小猎狗形象的玩意儿。我以为……我不知道，我以为有人会像《法律与秩序》中那样问我具体的死亡时间。人真是愚蠢，在那种时刻居然会想这种事。当时是两点五十分，还不到一小时前，却显得漫长得多。"

"那么她有可能是在两点四十分被那颗止咳糖噎着的，"我说。不是十点四十分，而是两点四十分。我知道这只是另一个巧合，就像林肯和肯尼迪英文名字中的字母数完全相同；每天有二十四次四十分。但我仍然不喜欢。

"有可能吧，但我实在看不出会有什么区别。"凯特听上去有点恼怒，"你明天来还是不来？迈克，求你了，来吧。我需要你。"

凯特·库兰居然需要我！啊—呀—呀！

"好吧。但你能帮我做件事吗？"

"应该可以。"

"我忘了清空我用的那台电脑回收站中的垃圾，就是后面感恩节晚餐海报旁的那台电脑。你愿意帮我吗？"我至今都不明白自己当时为什么要向她提出这个请求。我只是想删除掉那篇恶搞讣告。

"你疯了，"她说，"不过，只要你以你母亲的名字发誓明天上午十点钟会来，我肯定会帮你。听着，迈克，这对我们来说是个机会。我们最终或许能在这金矿中分到一杯羹，而不是只在里面打工。"

"我会去的。"

除了那些在康乃迪克州和新泽西州最黑暗森林里与原始人打交道的特约记者外，几乎每个人都到了。就连长满疥疮的小个子欧文·拉姆斯坦也露了面，他负责一个名为《犯了政治错误的小鸡》的笑话专栏（我也不懂，所以大家别问我）。凯特镇定自若地主持了会议，并且说事业也该继续。

“这正是杰罗玛想要看到的。”平基说。

“谁在乎杰罗玛想要看到什么，”乔治娜·布可夫斯基说，“我只想继续拿到工资。还有，哪怕有一线希望，能够分到一杯羹。”

其他几个人跟着一起起哄——一杯羹！一杯羹！分到一杯羹！——到最后，我们办公室听上去就像某部反映监狱生活的老电影中的食堂骚乱场景。凯特让大家发泄完后，才要大家保持安静。

“她怎么会噎死呢？”金朴素问，“那颗水果糖不是出来了吗？”

“那不是水果糖，”罗贝塔说，“是那种她总是不离口的止咳糖，气味很重。什么破叶子糖。”

“管它是什么呢，反正在凯特给她生的拥抱时飞了出去。我们都看见了。”

“我没有看见，”平基说，“我在打电话，而且对方他妈的还让我等着。”

凯特说她问过当时到场的一位急救医生——肯定是将她那双灰色大眼睛排上了用场——对方告诉她，突发性窒息有可能诱发了心脏病发作。尽管我竭力遵循希金斯教授的名言，要将相关事实平铺直叙，我还是要在这里提前告诉大家，我们那位亲爱的领袖的尸检结果表明她确实死于心脏病发作。如果杰罗玛得到她实至名归的“霓虹灯马戏团”标题的话，那大概会是“老板翘辫子”。

会议开了更久，而且很嘈杂。凯特已经展现出自己的才华，证明她天生就该接杰罗玛的班。她让大家充分发泄完了之后（大多都伴有近乎歇斯底里的疯狂大笑），才告诉大家回去干活，因为时间、机会和互联网都不等人，当然也不等女人。她说她会在周末之前与“马戏团”的主要投资方商谈，然后邀请我走进杰罗玛的办公室。

门关上之后，我问：“是在测量窗帘的大小吗？或者就现在的情况来看，百叶窗的大小？”

她望着我，那眼神仿佛她受到了伤害。也许只是惊讶吧。“你以为我想要这个位置？迈克，我和你一样，也是个专栏作家。”

“但是你在这位置上会干得很好。我知道，他们也知道。”我脑袋一摆，暗示外面的大房间，每个人此刻要么是在看着键盘打字，要么是在打电话。“至于我，我只是撰写幽默讣告的作家，或者说曾经是，因为我已经决定荣誉退休了。”

“我想我理解你为什么有那种感觉。”她从牛仔裤后面的口袋里掏出一张纸，将它打开。她还没有递给我，我就知道那上面写着什么。“这个工作让人总有一份好奇心，于是我在清空你的回收站之前瞄了一眼，结果发现了这个。”

我接过那张纸，看也没有看就把它重新折好（我甚至都不想见到打印出来的文字，更不用说将它再看一遍），装进我自己的口袋里。“现在清空了吗？”

“清空了，这是唯一一份打印件。”她把脸上的头发捋到一边，望着我。那张脸虽然还不足以让一千艘船下水，却肯定足以让几十艘船下水，包括一两艘驱逐舰。“我知道你会问。与你共事已经有一年半，我知道偏执是你性格的一部分。”

“谢谢。”

“我没有冒犯的意思。偏执在纽约是一种生存技能，但这不应该成为你辞职的原因，因为这份工作很快就会有非常高的回报。即便是你也肯定知道，我承认这次巧合确实非常怪异，但怪异的巧合就是一个巧合。迈克，我需要你留在团队中。”

不是“我们”，而是“我”。她说她不是在测量窗帘；我想她是。

“你不明白。就算我想继续干下去，恐怕我也干不了。至少不会再写出那么搞笑的东西。一切都会水落石出……”

凯特皱起眉头，她在思考。“也许佩妮可以。”

佩妮·朗斯顿是一名特约记者，背景比较神秘，经凯特推荐后由杰罗玛聘用。我隐约觉得凯特和她早在大学期间就相互认识。如果是那样，她俩肯定非常相似。佩妮很少来办公室，偶尔过来时头上会时刻戴着一顶旧棒球帽，脸上也会时刻挂着一种令人毛骨悚然的微笑。留着莫霍克发型的体育专栏主任弗兰克·杰苏普喜欢说，佩妮看上去总像离因工作压力而行为失常只差两个压力点。

“可她永远不会像你写的东西那样搞笑，”凯特接着说，“如果你不想写讣告，你想做什么？我在假定你留在‘马戏团’中，而且真心希望你留下来。”

“也许写评论吧。我想我也可以写出非常搞笑的评论。”

“恶毒攻击？”她的声音听上去至少多了一点希望。

“嗯……是啊，也许吧。有些文章肯定会是恶毒攻击。”这毕竟是我的拿手好戏，而且我认为在有些方面我大概还比乔·昆南[①]更胜一筹，或许可以秒杀他。那至少会是攻击活人，而活人是会反击的。

她把双手搭在我的肩膀上，踮起脚，在我嘴角轻轻吻了一下。如果我闭上眼睛，今天仍然能感觉到那个亲吻。她用那双灰色大眼睛望着我，那眼睛就像早晨乌云密布下的大海。我相信希金斯教授看到这一幕肯定会翻白眼，但是像我这样的C类家伙很少能得到她那种A类姑娘的亲吻。

“你再考虑一下继续写讣告，行吗？”双手仍然搭在我的肩膀上。她身上淡淡的香味钻进了我的鼻孔。她的乳房离我的胸脯不到一英寸，在她深吸一口气时，更是碰到了我的胸口。我今天也仍然能感觉到。“这不仅仅涉及你或我。接下来的六个星期对于我们网站和员工至关重要。所以你认真思考一下，好吗？哪怕再写一个月的讣告都是在帮大家。这可以让佩妮——或者别人——有机会在你的指导下熟悉业务。嗨，说不定这个月没有什么有意思的人离开人世呢。”

但总是有的，而且我们都心知肚明。

我大概对她说我考虑一下，但我不记得了。我当时其实在想干脆就在杰罗玛的办公室里直接锁定她的嘴唇，诅咒大房间里看到我们的任何人。但是我没有吻她。在浪漫喜剧之外的世界里，像我这样的人很少亲吻女孩。我敷衍了几句，然后肯定就走了，因为没过多久我就

---

① 乔·昆南（Joe Queenan，1950— ），美国记者、评论家和散文家。

来到了街上。我感到不知所措。

但是有一件事我还记得：我看到第三大道和第五十街的街角有一个垃圾桶，我把那张已经不再是玩笑的搞笑讣告撕成碎片，扔进了垃圾桶。

那天晚上，我和父母一起开心地吃了顿晚餐，然后走进我的房间，坐到书桌前。我喜欢的小联盟棒球队输球时，我也总待在这个房间里生闷气，真令人沮丧。我当时觉得，摆脱不安心情最简便的办法就是再给某个活人写一则讣告。从马背上摔下来时，他们不是总要你重新骑到马背上吗？屈体跳水变成腹部先着水后，他们不是也要你立刻重新爬上跳台吗？我需要做的就是证明我早已知道的东西：我们生活在一个理性世界中。把大头针插进巫毒娃娃里并不会真的要了那个人的命。把敌人的名字写在纸上，在倒背主祷文的时候把它烧掉，这也不会要人命。搞笑的讣告当然也不会要人命。

不过，我还是小心翼翼地列了个单子，上面全是恶贯满盈的坏人，比如声称对迈阿密公共汽车爆炸案负责的法希姆·达尔兹，以及在俄克拉荷马州强奸并杀害四人的电工肯尼斯·万德利。在我这份短短的七人名单中，万德利似乎最合适。我正准备草草编写一段东西时，却突然想到了彼得·斯特凡诺，一个一文不值的混蛋。

斯特凡诺是个唱片制作人，他女朋友拒绝录制他写的一首歌时，他竟然掐死了她。他现在本该被关在沙特阿拉伯的某个秘密关押点，饿了吃蟑螂，渴了喝自己的尿，凌晨聆听最大音量播放的炭疽乐队的歌曲（当然只是录音），而不是在一座中等戒备的监狱里服刑。他杀害的女人叫安蒂·麦考伊，恰好是我一直最喜欢的女歌手之一。如果她死的时候我已经开始撰写这种搞笑的讣告，我也绝不会拿她来搞笑；她那优美高亢的歌喉完全可以与年轻时的琼·巴伊兹相媲美，所以尽管五年过去了，一想到那么优美的歌喉居然被那样一个刚愎自用的白痴掐断，我仍然怒火难息。那样的金嗓子，上帝只给了他选中的几个人，结果却毁在了斯特凡诺毒瘾发作后的狂怒中。

我打开笔记本电脑，在标题栏打上**彼得·斯特凡诺的讣告**，然后将光标移到空白文件上。再次文思泉涌，就像破水管中的水倾泻而出一样。

昨日上午，戈万达州立监狱有人发现毫无才华、奴隶监工般的唱片制作人彼得·斯特凡诺死于自己的囚室中，我们为此欢呼雀跃。尽管官方尚未公布他的死因，但监狱渠道说："好像他肛门处的仇恨腺体破裂，将毒素扩散到了全身。用非专业人士的话来说，他对自己那富含毒素的粪便过敏。"

斯特凡诺欺凌过许多组合和独唱艺人，但他尤其以毁掉一些艺人的事业而臭名昭著，比如"掷弹兵"乐队，"幽默的哺乳动物"乐队，乔·迪恩（他在斯特凡诺拒绝重新商谈合同之后自杀身亡），当然还有安蒂·麦考伊。斯特凡诺毁了她的事业之后还不满足，还在用了甲基苯丙胺后癫狂的状态中用电灯线勒死了她。他身后留下了三位可爱的前妻、五位前伴侣，还有两家他成功避免了破产的唱片公司。

我用这种口吻又写了一百多个词，但这显然不是我付出太多努力的一篇。我不在乎，因为它感觉不错，也不只是因为彼得·斯特凡诺是个恶棍。尽管文章写得很烂，而且我内心有一部分知道这样做不好，但作为作家，我感觉那是正确之举。这看上去似乎有点跑题，可我认为（我其实知道）这恰恰是这篇小说的核心。写东西其实很难，好吗？至少对我来说很难。是的，我知道大多数上班族都说自己的工作有多难，根本不管你是屠夫、面包师、制作蜡烛台，还是撰写讣告。只是有时候工作不难。有时候工作很轻松。每当出现这样的时刻，你会感觉自己像是在打保龄球，看着扔出的球滚向菱形排列的球柱，你知道自己打出了一个全中。

在电脑上干掉斯特凡诺感觉就像打出了一个全中。

我那天晚上睡得很香。也许部分原因在于我觉得自己发泄了那可怜姑娘被害后我的愤怒和惊愕——那样愚蠢地浪费了她的才华。但我想写杰罗玛·威特菲尔德的讣告时有着同样的感受，而她只是拒绝给我加薪。最主要的原因在于写作本身。我感觉到了力量，而且这种感觉很爽。

第二天，我在吃早饭时浏览的第一个网站不是“霓虹灯马戏团”，而是《赫芬顿邮报》网络。我当时几乎天天如此。我从来不会向下滚动鼠标去看他们的名人板块，也不会看“侧露胸”的东西（说实话，“马戏团”在这两方面做得更好），但是《赫芬顿邮报》头条新闻总是生动、简洁、最新。第一条新闻是某位茶党州长说了一些《赫芬顿邮报》认为令人愤怒的话，这是预料之中的事。看到第二条新闻时，我手里的咖啡杯停在了空中，我也停止了呼吸。新闻的标题是：**《彼得·斯特凡诺在图书馆争执过程中死于非命》**。

手中的咖啡没有喝一口，我非常非常小心地放下杯子，不洒落一滴，然后开始看那条新闻。斯特凡诺与监狱图书管理员发生了争执，因为图书馆屋顶的喇叭正在播放安蒂·麦考伊的音乐。斯特凡诺要图书管理员别再欺负他，要“关掉那狗屁东西”。图书管理员拒绝了，并且说他没有欺负过任何人，只是随便挑了一张 CD。争执升级。就在这时，有人走到斯特凡诺身后，用某种监狱里用的剃须刀结果了他的生命。

就我所知，他遇害的时间恰好是我写完他的讣告那一刻。我望着咖啡，端起杯子，喝了一小口。咖啡已经凉了。我冲到洗手池旁，开始呕吐。然后，我打电话给凯特，告诉她我无法参加会议，但是想晚一点见她。

“你说你会来的，”她说，“你食言了！”

“我有充分理由。今天下午一起喝咖啡，我把原因告诉你。”

她沉默了片刻，然后说道：“又发生了。”没有问问题。

我承认了，告诉她我准备了一份“这些家伙该死”的名单，然后便想到了斯特凡诺。“于是我写了他的讣告，本来只想证明杰罗玛的死与我无关。我写完的时候恰好就是他在图书馆被人捅死的时刻。如果你想看的话，我可以打印一份给你，而且带时间印章。”

“我不需要看时间印章，我相信你的话。我可以见你，但不是一起喝咖啡。到我的住处来吧。带上那份讣告。”

“要是你准备把它挂到网上……”

“上帝啊，不，你疯了？我只是想亲眼看看。”

“好吧。”远不止“好吧”。她的住处。“可是凯特?”

“什么事?”

“这件事绝对不能告诉任何人。”

“当然不会。你把我当成什么人了?”

我挂上电话的时候在想，我把你当成了一个有着美丽眼睛、长腿、完美乳房的美女。我本该知道自己遇上了麻烦，可我当时没有再正确地思考。我在想嘴角那温暖的亲吻。我还想再得到一个吻，而且不是在嘴角，外加此后发生的任何事。

她的住处位于纽约西城区，三个房间很整洁。她在门口迎接我，身上穿着短裤和薄薄的上衣，绝对是少儿不宜的装束。她用双臂搂着我说：“哦，上帝，迈克，你脸色很不好。我真为你难过。”

我拥抱了她。她也拥抱了我。我像浪漫小说里所写的那样，寻找到她的嘴唇，将它们压在我的嘴唇上。过了五秒左右——看似永恒，其实不够长——她头往后一仰，用那双灰色的大眼睛望着我。“我们要聊的东西太多。”然后，她又笑着说，“但我们可以晚一点再聊。”

接下来的事是我这样的书呆子很少得到的，而且即便是得到，通常也是用尽了心思。这倒不是像我这样的书呆子在那一刻会想这些事。在那一刻，我们就像地球上所有人：大脑外出散步，小脑在家管事。

坐在床上。

喝着葡萄酒，不是咖啡。

“这是我去年或者前年在报纸上看到的东西，”她说，“这家伙住在某个飞跃而过的州，爱荷华、内布拉斯加或者那样的地方，下班后买彩票，就是那种刮刮彩，结果赢了十万美元。一星期后，他买了强力球彩票，结果赢了一亿四千万。”

“你想说什么?”我明白她的意思，但是我不在乎。被单往下一滑，露出了她的乳房，结实、完美，正如我所料。

“两次仍然可能只是巧合。我想要你再试一次。”

“这恐怕不是明智之举。”就连我自己都觉得言不由衷。身旁有一个漂亮姑娘张开的双臂，而我却突然想到了别的事情上。我想到了一个保龄球直接滚向钻石形排列的球柱，人站在一旁注视着，知道两秒钟后球柱会飞四处乱飞，我就是那种感觉。

她侧过身，真诚地看着我。“迈克，如果真有这种事，那可是大事。特大的事。主宰生死的力量。”

“如果你想用这种办法来帮助网站……”

她使劲摇摇头。“谁也不会相信的。就算大家相信有这种事，它能给‘马戏团’带来什么好处？难道要我们做一个民意调查？要大家把那些罪有应得的坏家伙的名字发给我们？”

她错了。人们会很高兴参与“2016 死亡投票”。它会比《美国偶像》更火。

她搂着我的脖子说：“在你想起斯特凡诺之前，你那份打击名单上有谁？”

我吓了一跳。“真希望你没有把它称作打击名单。”

“管它呢，你告诉我吧。”

于是，我开始报名字，可当我报到肯尼斯·万德利时，她阻止了我。她那双灰色的眼睛此刻不只是乌云密布，而是电闪雷鸣。“他！写他的讣告！我在谷歌上查一查他的背景资料，然后你来干那漂亮的活，然后……”

我极不情愿地挣脱了她的胳膊。“干吗这么麻烦，凯特？他反正已经上了死刑犯名单，让政府去管他吧。”

“可政府不会管的！”她跳下床，开始来回踱步。那一幕令人神魂颠倒，我相信不用我说。那两条长腿，啊—呀—呀。“他们不会的！俄克拉荷马州的人自从两年前笨手笨脚地处死过一个人以来，就再也没有处死过任何人！肯尼斯·万德利强奸并杀害了四个女孩——把她们折磨致死，他到了六十五岁时仍然会在监狱里吃着政府提供的烤肉饼！甚至直到他在睡梦中老死为止！”

她回到床上，突然双膝跪下来。“迈克，为了我，求你了！”

“他为什么对你这么重要？”

她脸上顿时没有了活泼生气。她坐在自己的脚后跟上，低下头，头发遮住了她的脸庞。她这种姿势保持了大约十秒钟，等她再次抬头望着我时，她的芳容——芳容还在，但是有了污点。有了污斑。不只是顺着她的脸颊滚滚流下的泪水；而是她下垂的嘴巴。

“因为我知道那是什么滋味。我在大学期间被人强奸过。有一天晚上，兄弟会聚会之后。我本想让你写他的讣告，但是我从来没有看到他。”她浑身战栗，深吸一口气。“他从我身后上来，我一直脸朝下。但是万德利完全可以替代他，完全可以。”

我把被单往后一抛。“打开电脑。”

秃头懦夫、强奸犯肯尼斯·万德利曾经只有把他的猎物捆绑住之后才能勃起，今日凌晨在俄克拉荷马州立监狱死囚室内自杀身亡，给广大纳税人省下了一小笔钱。警卫们发现万德利（在《都市词典》中，他的照片紧挨着“无用的狗屎”）用自己的裤子临时做了一个套索，上吊而亡。监狱长乔治·斯托克特立刻下令明晚在大餐厅举办特别庆祝晚宴，然后是短袜舞会。当问及那条用于自杀的长裤是否会装入镜框，与该监狱的其他奖杯放在一起时，斯托克特监狱长拒绝回答，但还是向匆匆召开的记者会使了个眼色。

万德利是一种伪装成胎生的疾病，1972 年 10 月 27 日来到这个世界，地点是康乃狄格州的丹贝利……

迈克尔·安德森的又一篇垃圾杰作！

《说死者的坏话》最刻薄的讣告要比这更搞笑、更犀利（大家如果不相信，可以自己查一查），但那并不重要。文字再次奔涌而出，而且有着相同的完美平衡力量的感觉。在某一时刻，在我的脑海深处，我意识到那不是在扔保龄球，更像是在投出长矛，而且是带尖刺的长矛。凯特也感觉到了。她就坐在我的身旁，像飞离发梳的静电那样发出噼啪声。

接下来的一段很难写，因为它让我觉得我们每个人的内心都有一个小肯尼斯·万德利，但由于除了说实话外没有别的办法把它说出来，我只好实话实说：我们欲火中烧。刚一写完，我就将书呆子气抛到脑后，一把抓住她，把她抱回到床上。凯特的脚踝紧紧锁住我的腰背部，双手搂着我的颈后部。我觉得第二个回合持续了足足有五十秒钟，但我们都达到了高潮。而且很粗暴。人有时候确实很令人讨厌。

肯尼斯·万德利是个恶魔，好吧？这并不是我一个人的看法；他为了逃避死刑，不仅对一切罪行供认不讳，还形容自己为恶魔，但他还是被判了死刑。我可以用这个为我所做的一切开脱——为我们所做的一切开脱，除了一件事。

撰写他的讣告比后面的做爱过程还要爽。

我甚至想再写一篇。

我次日早晨醒来时，凯特正坐在沙发上，膝盖上放着笔记本电脑。她看了我一眼，神情严肃，然后拍拍她身旁的坐垫。我坐下来，看了一遍显示器上“霓虹灯马戏团”的标题：**又一个恶棍翘辫子，“邪恶的肯”在囚室中自杀。但不是上吊自杀。**他让人偷偷带进去一块肥皂——如何带进去的仍然是个谜，因为在押犯理论上只能接触到液体肥皂——把它塞进了自己的喉咙。

“我的上帝，”我说，“多么可怕的死法。”

“好！”她举起手，握成双拳，在太阳穴旁晃动着，“太好了！”

有些事我没有问她。第一个问题：她与我上床是否完全为了说服我去杀死强奸她的那个人的替身。但是可以反问自己（我反问过了）：问她这个问题有用吗？她可以直截了当地回答我，而我可能仍然不会相信她。在那种情况下，我们之间的关系虽说不会彻底毁了，但肯定会比较别扭。

“我再也不做这种事了。”我说。

“好吧，我理解。”（她不理解。）

“也不要再求我。”

“我不会的。”（她会的。）

“你绝对不能告诉任何人。”

“我已经说过我不会的。”（她已经告诉了别人。）

我认为我内心有一部分已经知道这种沟通纯属无用功，但我还是说了声好吧，然后就换了话题。

“迈克，我不是想赶你出去，可我手头的事实在是太多，而且……”

“别担心，伙计。我这就绝尘而去。”

说实话，我巴不得离开那里。我想漫无目标地行走大约十六英里，思考接下来会是什么。

她在门口拉住我，使劲亲吻了一下。“别气鼓鼓地走。”

“我没有。”我不知道自己该怎么离开。

“不许再想辞职的事。我需要你。我已经决定了，佩妮根本不适合《说死人的坏话》栏目，但我完全理解你需要暂时告别这个栏目一段时间。我在想……也许乔治娜？”

“也许吧。”我说。我认为所有员工中就数乔治娜的文笔最差，但我真的不再在乎。我当时只在乎是永远不要再见到另一则讣告，更不用说去写一则了。

“至于你嘛，就去写你想写的那些恶毒评论吧。反正已经没有杰罗玛对你说不了，我说的对吗？”

“你说得对。”

她摇晃着我。“别那样说话，你这小淘气。表现出一点热情来。‘霓虹灯马戏团’原来那种跳起来去抢的激情。对我说你不会离开。”她压低嗓门，“我们可以自己开会，开小会。”她看到我的目光落到了她睡袍的胸前，开心地放声大笑。然后，她推了我一把。“现在去吧。出去后给我电话。”

一个星期过去了。如果你是为“霓虹灯马戏团”这样的网站工作，那么每一个星期都像三个月。名人喝醉了酒，名人进了戒酒所，名人出了戒酒所后立刻再次酗酒，名人被捕，名人没有穿内裤就下了轿车，名人整夜跳舞，名人结婚，名人离婚，名人“彼此休息一下”。有位名人掉进自家游泳池后淹死了。乔治娜写了一则一点也不搞笑的讣告，随后便收到了数不清的推特和电子邮件，询问“迈克去哪儿了”。这种情况以前曾让我非常得意。

我没有再去凯特的公寓，因为她太忙，没有时间拥抱接吻。其实凯特很少露面，总是在“开会”，纽约两个会议，芝加哥一个会议。她不在的时候，我也临时负责一下。没有人提名我，我也既没有竞选，也没有当选。反正就这样发生了。我安慰自己，凯特回来后，一切肯定会恢复正常。

我不想待在杰罗玛的办公室里（感觉里面在闹鬼），可除了我们男女共用的卫生间外，我也只能在这办公室里才可以在没有干扰的情况下与一些心烦意乱的员工开个会。而员工们时刻心烦意乱。电子出版仍然是出版，而出版界每一名员工的身上都汇聚了老一套的情结和神经官能症。杰罗玛会命令他们滚出去（但是嗨，来一颗愈咳糖）。我做不到。当我开始感觉自己要发疯时，我提醒自己，我很快就会回到我所习惯的靠墙的座位上，撰写讽刺挖苦的评论文章。只是疯人院中的另一个病人。

我记得我在那个星期只做了一个真正的决定，那就是我处理掉了杰罗玛的椅子。我绝对无法坐在她被“死亡止咳糖”噎死时坐在上面的椅子上。我把那张椅子推进大办公室，把我认为“我的”椅子搬了进来，也就是感恩节晚餐海报旁的那张椅子。海报上写着：**在哪里吃就请在哪里拉**。这张椅子虽然远没有杰罗玛那张椅子舒服，但它至少不会让人瘆得慌。再说了，反正我写得也不多。

星期五下午晚些时候，凯特一阵风似地走进了办公室。她穿着耀眼的齐膝套装，与她通常所穿的牛仔裤和背心式上衣正好相反。她头发属于美容店里人为弄乱的那种鬈发。在我眼里，她就像……怎么说呢……有点像漂亮版的杰罗玛。我依稀记得奥威尔的《动物农场》，记得“四条腿好，两条腿坏”的歌词后来被改成了“四条腿好，两条腿更好”。

凯特把大家召集在一起，宣布芝加哥的金字塔传媒公司已经买下了我们，每个人都会涨工资，但涨幅不大。这引发了狂热的掌声。掌声停下来后，她补充说乔治娜将永远接过《说死人的坏话》栏目，迈克·安德森将成为新的文化评论员。“也就是说，”她说，“他将张开双翼，缓缓飞过千山万水，随心所欲地拉屎。”

更加疯狂的掌声。我站起来鞠了一躬，尽量显得又开心又邪恶。在这场较量中，我的击球率高达 0.500。杰罗玛突然死了之后，我一直情绪低落，但我的确感觉像恶魔。

“大家现在回去干活吧！写一些能够流芳百世的东西出来！”闪闪发亮的嘴唇分开，化作了微笑，“迈克，我能单独和你说几句话吗？”

“单独”意味着杰罗玛的办公室（我们仍然都那样想）。凯特看到办公桌后面的椅子时皱起了眉头。“那丑东西在这里干什么？”

“我不喜欢坐杰罗玛的椅子，”我说，“要是你想要，我这就给你搬回来。”

“我想要。但是在那之前……”她向我走近，但看到百叶窗帘没有放下来后，知道外面的人都在密切注视着我们。她最终选择将一只手放在了我的胸前。“你今晚能来我家吗？”

“当然可以。”只是我内心并不像大家想象的那样为什么好事开心。情感退居二线后，我便对凯特的动机越来越怀疑。而且，我得承认，对于她那么急切地要把杰罗玛的椅子搬回到办公室里，我感到一丝不安。

虽然办公室里只有我们两个人，她还是压低嗓门说：“我估计你没有再写……”她那亮闪闪的嘴唇做出了一个无声的“讣告”一词。

“我都没有再想这件事。”

这是一个胆大包天的谎言。我每天早晨想的第一件事就是写讣告，夜晚想的最后一件事依然是写讣告。才思泉涌的状况，还有伴随而来的感受：保龄球直接滚向钻石形排列的球柱，二十英尺外一杆入洞，长矛直接命中你所瞄准的地方。靶心，正当中。

“你还写了什么别的？有评论文章了吗？我知道派拉蒙正在推出杰克·布里格斯的最后一部电影，而且听说比《上帝之手》还要烂。这应该有吸引力。”

“算不上正儿八经地在写什么，”我说，“我一直在代笔，就像所有别人的工作一样。可我天生就不是块当编辑的料。那是你的活，凯特。”

她这次没有反驳。

那天晚些时候，我坐在后排办公桌旁，想为一张CD写评论，但没有成功。我抬头看到她在办公室里，埋头在笔记本电脑上写着什么。她的嘴在动，我起初以为她在同时打电话，却没有看到电话。我明白了——几乎肯定很荒唐，但说来也怪，我却摆脱不掉这个念头——她在最上面的抽屉里找到了放在那里的没有吃完的桉叶糖，正在吃着。

我赶到她的公寓时已经接近七点。我手中拎着几包快乐饭店买的中餐外卖。她今晚没有穿短裤，也没有穿薄上衣；她穿了一件套头衫，还有一条宽松的咔叽布裤子。而且，屋里还有别人。佩妮·朗斯顿坐在沙发的一端（其实是抱着双腿坐在那里）。她没有戴棒球帽，但是那诡异的笑容仍然挂在脸上，引人注目，就是那种“你若胆敢碰我，我就杀了你”的笑容。

凯特亲吻了我的脸颊。“我邀请了佩妮。”

这已不言自明，但我还是说了声：“你好，佩妮。”

“你好，迈克。”老鼠般细小的声音，和我没有眼神交流，但她还是在勇敢地努力尝试着，竭力让脸上的笑容显得自然一些。

我回头看着凯特，扬起了眉头。

“我说过我没有把你能做成的事情告诉任何人，”凯特说，“这……有点不是实话。”

“我也有点料到了。”我把带有油斑的白色外卖盒放到咖啡桌上。我已经不再感到饥饿，也知道在接下来的几分钟里不会再有太多“快乐”。“趁着我还没有指控你打破庄重的承诺、从这里走出去，你是不是想告诉我这一切究竟是怎么回事？”

“别这样。求你了。你听我说。佩妮之所以在‘霓虹灯马戏团’上班，完全是因为我说服杰罗玛聘用了她。我认识她的时候，她就住在这座城市。我们当时在同一个小组，是不是，佩妮？”

“是，”佩妮还是那种小老鼠般的声音。她低头看着手，那双手紧紧地握在一起，放在大腿上，指关节已经变成了白色，“圣母马利亚小组。”

“既然是开诚布公，那就告诉我究竟是什么组织？”其实我并不想知道。有时候，当一切完全对上时，你真的可以听到吻合的咔嗒声。

“是一个强奸受害者心理康复小组，”凯特说，“我没有看到强奸我的人，但是佩妮看到了强奸她的人。是不是，佩妮？”

“是的，看到过很多次。”佩妮现在正视着我，每说出一个词，声音就提高一分。到最后，她几乎是在喊叫，眼泪顺着她的脸颊往下流。“他是我叔叔。我当时只有九岁。我姐姐十一岁。他也强奸了她。凯特说你可以用讣告把人杀死。我要你写他的讣告。”

我无法转述她告诉我的事情经过。她坐在沙发上，旁边坐着凯特，握着她的手，另一只手不停地把纸巾塞到佩妮的另一只手中。除非你生活在这个国家尚未安装多媒体的七个地方之一，佩妮的经历对你来说并不陌生。你只需要知道佩妮的父母死于车祸，她和姐姐被送去与阿莫斯叔叔和克劳迪娅婶婶一起生活。克劳迪娅婶婶根本不听别人说她丈夫的坏话。其余的你自己去想吧。

我想帮她。因为她的经历很可怕，是的。因为像阿莫斯叔叔这样的家伙需要为欺凌最无助、最脆弱的人付出代价，是的。因为凯特要我这样做，绝对是的。可是到了最后，真正打动我的却是佩妮身上那可悲的装束。还有她脚上的鞋子。还有她脸上那一点笨拙涂抹的淡妆。这么多年以来，或许自从阿莫斯叔叔开始在她卧室里给她制造噩梦、并且总是告诉她那是“我们的小秘密”以来，这是她第一次试图在一个男人面前像个人样。我的心都要碎了。凯特是被人强奸过，并且内心有伤疤，但她走出了阴影。一些姑娘和女人可以做到，但是许多人做不到。

她说完后，我问：“你能不能向上帝发誓，你叔叔真的干了这事？”

“是的，一次又一次。我们长大后会怀孕时，他让我们翻过身去，×我们的……”她没有说完。“我敢打赌，他强奸过的人还不止我和杰西两个人。”

“他从来没有被人抓住过？”

她使劲摇着头，湿漉漉的小发卷飞舞起来。

“好吧，”我从公文包里取出平板电脑，“但是你得给我说说他的背景。”

“我可以给你更好的。”她从凯特手中抽回自己的手，一把抓过她的小坤包，那么丑陋的包我只在便利店橱窗中见过。她从包里取出一张皱巴巴的纸，上面沾满了汗水，湿漉漉的，几乎到了半透明的地步。上面的内容是用铅笔写的，歪歪扭扭的字迹很像哪个孩子的涂鸦。标题是：**阿莫斯·库伦·朗福德：他的讣告。**

对于一个只要有机会就会强奸幼女的男人，而且全身软组织患有多种癌症、正缓慢且痛苦死去的男人而言，这次的病故是一个痛苦的解脱。在他生命最后一周，他的眼睛在流脓。他六十三岁，在他生命的最后时刻，他不断请求再给他一点吗啡，那种尖叫声响彻整个屋子……

还有更多内容，很多。她的笔迹像个孩子，但是她的用词棒极了，所写的这则讣告远远超过她为“霓虹灯马戏团”写过的任何东西。

“我不知道你写的这个东西是否管用，”我说，想把它递回去，“我觉得我必须亲自写。”

凯特开口道：“试一试也无妨，对吗？”

我觉得应该没关系。我直视着佩妮说：“我从来没有见过这个人，而你想要我杀了他。”

“是的，”她说，两眼直勾勾地望着我，“这正是我想要的。”

“你肯定？”

她点点头。

我在凯特的家用小办公桌旁坐下来，把佩妮手写的那张恶毒的讣告放在我的平板电脑旁，打开一个空白文件，开始抄写。我立刻知道这次肯定会成功。我感受到的力量超过以往任何时候。那种瞄准目标的感觉。写完第二个句子之后，我就不再去看那张纸，只是敲击着屏幕上的键盘，抓住重点，以下面这句弃世誓言结束：我们提请参加葬礼的人——鉴于朗斯顿先生无法形容的嗜好，谁也不会将他们称作哀悼人——不要送鲜花，但是可以朝棺材上吐痰。

凯特和佩妮瞪大了眼睛望着我。

“会管用吗？”佩妮问，然后回答了自己的问题，“会的，我感觉到了。”

“我想或许已经起作用了。”我将注意力转到凯特身上，“凯特，如果你再让我写这种东西，我会挡不住诱惑，写你的讣告。”

她想挤出一丝笑容，但我可以看出她害怕了。那并不是我的真心话（至少我认为不是），于是我抓住她的手。她吓了一跳，开始把手往回抽，然后让我握着它。手上的皮肤又凉又湿漉漉的。

“我在开玩笑，开过了头，但我说到做到。这件事到此为止。”

“是啊，”她说，使劲咽了口口水，发出类似动画片中吞咽的响声，“绝对是的。”

她们再次同意。我站起身，佩妮猛地扑到我身上，撞得我重新坐回到椅子上，差一点和她一起摔到地上。那不是亲热的拥抱，更像是一个溺水的女人在死抱着救援者。她浑身都是油腻的汗水。

“谢谢你，”她低声说，声音刺耳，“谢谢你，迈克。”

我没有对她说一声不用谢就走了。我巴不得尽早离开那里。我不知道她们是否把我带去的外卖吃了，但我很怀疑。“快乐”，我的狗屁玫瑰梦。

我那天晚上难以入眠，并不是在想阿莫斯·朗福德的事。我还有别的事情要担心。

第一件事是上瘾这个永恒的问题。我离开凯特家时已经下定决心，决不再动用那可怕的力量，可是我以前也向自己保证过，而且是我无法肯定会恪守的一个承诺，因为我每次为活人写讣告时，再写一次这种欲望就会更强烈。那就像海洛因。如果只尝试过一两次，或许你可以戒掉。但是过了一会儿，你就离不开它。我虽然还没有到达那一步，但是也已经到了悬崖边上，而且我自己知道。我对凯特说的那句话绝对是触及底线的真话——必须趁着我还能够收手就终止它。假如还为时未晚的话。

第二件事虽说不如第一件事那么严重，却也很糟糕。我在坐地铁回布鲁克林时想起了本杰明·富兰克林一句特别恰当的名言：两个人要想守住一个秘密，除非其中一人死了。现在已经有三个人在保守这个秘密，既然我不打算借用讣告谋杀凯特和佩妮，那就意味着她们手中掌握着一个真正卑鄙龌龊的秘密。

我相信她们会保守一段时间。如果佩妮早晨接到电话，告诉她他那亲爱的阿莫斯叔叔死了，那她一定会恪守秘密。但时间会慢慢让文身褪色。另外还有一个因素。她们两个不仅写东西，而且在为“霓虹灯马戏团”写东西，也就是说透露秘密是她们的工作。虽说透露秘密不像用讣告杀人那样容易让人上瘾，却也有它独特的强烈诱惑性，这一点我再清楚不过。总有一天会去酒吧，会喝高，然后……

你想听听真正疯狂的事吗？不过你得答应我不告诉任何人。

我想象着自己坐在编辑部那张感恩节海报旁，一门心思忙着写最新一期恶评。弗兰克·杰苏普悄悄走过来，坐到我身边，问我是否想过为叙利亚那小脑袋的独裁者巴沙尔·阿萨德写一则讣告。就我所知，杰苏普或许会要我干掉尼克斯队的新任主教练。

我试着安慰自己，说那样做太可笑，肯定做不到。体育部留着莫霍克发型的这个家伙是尼克斯队的铁杆粉丝。

还有更可怕的可能性（这是我凌晨三点想到的）。万一我这能力传到了错误的政府部门的耳朵里呢？这看似可能性不大，可我不是在什么地方看到过报道，说政府二十世纪五十年代曾经在毫无戒心的人身上用迷幻药和精神控制进行试验？能干那种事的人什么样的事都能干得出来。万一国家安全局的什么人突然出现在“马戏团”编辑部或者我父母在布鲁克林的家中，而我则被一架秘密喷气飞机单程送到某个政府基地，安顿在单独的房间里（豪华，但是门口有警卫），拿到一份基地组织和恐怖组织头目的名单，还有完整的档案，可以让我撰写非常详细的讣告——万一发生这样的事怎么办？我可以让装有导弹的无人机退出历史舞台。

我这是疯了？是的。可是在凌晨四点，一切似乎都有可能。

五点左右，第一缕晨曦慢慢爬进了我的房间，我又在想自己一开始究竟是如何得到这种不受欢迎的才能的。更不用说拥有了多久。没有办法能够说清楚，因为一般来说，人们不会为活着的人写讣告。就连《纽约时报》也不会，他们只是收集必要的信息，一旦某个名人去世，他们立刻有资料可用。我也许一生下来就有这种能力，如果我没有给杰罗玛写那破东西取笑杰罗玛，我可能永远都不会知道。我想起了自己最初是如何开始给“霓虹灯马戏团”写东西的：就是自己主动写了一篇讣告。对象当初已经死了，确实，但讣告就是讣告。才能这种东西只想要一件事，大家不明白吗？它想表现自己。它想穿上燕尾服，在整个舞台上跳踢踏舞。

想到这里，我终于睡着了。

中午十二点差一刻，手机铃声把我吵醒了。电话是凯特打来的，她显得心烦意乱。“你得来办公室，”她说，“现在就过来。”

我在床上坐了起来。“出什么事了？”

“你来了之后我会告诉你的，但我现在只能告诉你一件事。你绝对不能再干了。”

“咄，”我说，“我想我这话告诉过你，而且不止一次。”

就算她听到了我的话，她也没有搭理，只是急匆匆地继续说下去。“这辈子都别再干了。哪怕是希特勒，你也不能。哪怕是你老爸拿着刀顶着你老妈的喉咙，你也不能。”

我还没有来得及问，她就挂了电话。我想知道为什么不要在她家召开这种“红色警戒”会议，那里要比“霓虹灯马戏团”那种破地方更隐私，随即我便有了唯一的答案：凯特不想单独和我在一起。我是个危险的家伙。我只是做了她和她同样遭受过强奸的人想要我做的事，但这无法改变一个事实：

我现在是个危险的家伙。

考虑到周围还有几个员工，她迎接我的时候面带笑容，而且还有一个拥抱。那几个员工用完午餐后正在狂饮红牛饮料，无精打采地在各自的电脑前忙碌着。不过，办公室的百叶窗今天放了下来，而且我们刚走到百叶窗后面，她脸上的笑容便消失了。

“我害怕死了，”她说，“我是说，我昨晚害怕死了，可是当你真的下手……”

“那种感觉还不错。是啊，我知道。”

“但是我现在更加害怕。我总是想起那些锻炼双手和前臂的装有弹簧的握力器。”

“你在说什么？”

她没有告诉我。当时没有。“我从中间开始说吧，就从肯·万德利的孩子说起，前后穿插着说……”

“恶棍肯还有个孩子？”

“是的，一个儿子。你别打断我。我得从中间开始说，因为我首先看到的是关于他儿子的死讯。《纽约时报》今天上午有一则‘死亡讯息’。他们这一次查看了不同网站之前发表的独家消息。《赫芬顿邮报》或《每日野兽》的某个人肯定会嗅出里面有什么猫腻，因为它刚刚才发生。我猜测家人们决定等到葬礼结束之后再发布消息。”

“凯特……”

“你先住嘴，给我听着。”她向前探过身来，“这件事带有间接伤害，而且越来越糟。”

“我不……”

她用手掌堵住我的嘴。“你……给我……住嘴！”

我不再说话。她把手拿走了。

“这一切是从杰罗玛·威特菲尔德开始的。就我在谷歌上查到的情况来看，全世界只有她一个人叫这个名字。我是说，曾经。叫杰罗姆·威特菲尔德的人太多了，所以感谢上帝，她是你写的第一个人，否则它有可能会被吸引到其他叫杰罗玛的人身上。其中一些吧。离得最近的那些吧。”

“它？”

她看我的眼神就像我是白痴一样。“那个力量。你的第二个……”她停顿了一下，我想是因为立刻出现在她脑海的单词是“受害者”。“你的第二个对象是彼得·斯特凡诺，虽说不是世界上最常见的名字，但也不算太古怪。你现在看看这个。”

她从抽屉里取出几页纸，松开把它们夹在一起的回形针，取出第一张纸，递给我。上面有三则讣告，全都来自小报纸——一家在宾夕法尼亚州，一家在俄亥俄州，另一家在纽约州北部。宾夕法尼亚州的彼得·斯特凡诺死于心脏病，俄亥俄州的那位从梯子上摔下来后死了，纽约州沃德斯托克的那位死于中风。这三个人都和与他们同名同姓的那个疯子唱片制作人死于同一天。

我一屁股坐了下来。“这不可能。”

“这是事实。好消息是我查到美国各地还有二十多个人叫彼得·斯特凡诺，他们都没事。我想着是因为他们居住的地方都远离戈万达监狱。那地方就是原爆点，弹片从那里飞向各地。”

我望着她，瞠目结舌。

“接下来是邪恶的肯。感谢上帝，又是一个不常见的名字。威斯康辛州和明尼苏达州倒是有一大把万德利，但我估计那里离得太远。只是……”

她把第二张纸递给我。最上方是《时报》上的新闻：**系列杀人犯之子去世**。他妻子说小肯·万德利在擦枪时意外走火击中了自己，但这则新闻指出，这起“意外”发生在他父亲死后十二个小时内。至于这有没有可能是自杀，只能由读者去推测。

“我认为那不是自杀，”凯特说，她浓妆艳抹之下的脸庞显得毫无血色，“我也不认为那是一个意外。它是根据名字来寻找目标的，迈克。你明白了吗？而且它不会拼写，所以情况更糟。”

邪恶的肯之子下面的一则讣告（我已经开始痛恨这个词）涉及新泽西州帕拉姆斯的一位肯尼斯·万得利。就像宾夕法尼亚州的彼得·斯特凡诺（这个无辜的人除了打发时间外可能没有杀死过任何东西），帕拉姆斯的万得利也死于心脏病发作。

就像杰罗玛。

我开始呼吸急促，浑身冒汗。我的球球向上收缩，最后摸上去大概只有桃核那么大小。我感觉像要昏厥，也像要呕吐，但还是挺了过去。不过，我后来常常呕吐，持续了一周左右，体重减了十磅（我母亲很担心，但我告诉她是得了流感的原因）。

“下面才是高潮。”她说，然后把最后一页递给我。上面有十七个阿莫斯·朗福德，主要集中在纽约州、新泽西州、康乃狄格州一带，但是巴尔的摩死了一个，弗吉尼亚州死了一个，西弗吉尼亚州死了两个，佛罗里达州死了三个。

“不。”我低声说。

“是的，”她说，“上面的第二位，住在阿米蒂维尔的那一位，就是佩妮的坏叔叔。你应该感到欣慰，因为阿莫斯今天也是一个不常见的名字。如果他叫詹姆士或者威廉，这次送命的朗福德可能会数以百计。可能还不会数以千计，因为它还没有到达中西部，但是佛罗里达离这里有九百英里，远远超过任何 AM 电台信号所能到达的范围，至少在白天是。”

那几页纸从我的手中滑下，左右摇摆着飘落到地上。

“你现在明白我刚才所说的练手劲、练臂力的握力器了吧？你起初只能将手把握到一起一两次。但如果你坚持练下去，肌肉就会越来越强壮。你现在遇到的就是这种情况，迈克。我可以肯定，你每次为活人写一篇讣告，这个力量就会更强，覆盖的范围就会越大。”

“当初是你的主意，”我低声说，“是你的混蛋主意。”

但是她不吃这一套。“我可没有叫你去写杰罗玛的讣告。那是你自己的主意。”

“那只是一时兴起，”我反驳道，“一个错误，看在上帝的分上。我当时根本不知道会发生什么事！”

可这恐怕不是事实。我回想起自己的第一次性高潮，那是在浴缸里，一堆象牙牌肥皂造成的泡泡起了辅助作用。我都不知道自己在干什么，却突然伸手抓住自己的……只是我身上的一部分，内心深处那本能的部分知道。还有一句老话，但不是本杰明·富兰克林说的：只要学生准备好，老师自然会出现。有时候那老师就在我们体内。

“万德利可是你的主意，”我指出，“午夜强奸犯阿莫斯也是。到那时，你已经知道会发生什么了。”

她坐在办公桌边缘——现在是她的办公桌——直勾勾地盯着我，她恐怕也不容易做到。“这部分是事实。可是迈克……我不知道它会扩散。”

“我也不知道。”

“而且真的会上瘾。你干的时候我就坐在你身旁，那就像在吸二手烟。”

“我可以甩手不干。”

希望，希望是。

“你肯定？”

“相当肯定。你也必须做到一点。这件事你能守口如瓶吗？比如说，一辈子永远守口如瓶？”

她还是给了我面子，思考了一下，然后点点头。“我必须守口如瓶。我可以在‘马戏团’干一番事业，但在我羽翼丰满之前，我不想把事情弄砸。”

换言之，都是为了她自己，我还能指望什么呢？凯特或许没有吃杰罗玛的桉叶糖，在这一点上我可能错了；但是她仍然坐在杰罗玛的椅子上，坐在她的办公桌后面。还有那种只许看不许碰的新发型。正如奥威尔笔下那些猪可能会说的那样，蓝色牛仔裤很好，蓝色套装更好。

“那么佩妮呢？”

凯特没有吭声。

“因为我对佩妮的印象——其实是每个人对佩妮的印象——她好像有点不太靠谱。”

凯特的眼睛在闪烁。“你感到意外吗？她有过极其痛苦的童年，免得你忘记了。噩梦般的童年。”

“这一点我认同，因为我此刻正生活在自己的噩梦中。所以，你还是收起情感支援组的同情心吧。我只想知道她是否能三缄其口。比方说，永远守口如瓶。她能吗？”

凯特久久没有说话，最后开口道：“既然他现在已经死了，也许她不会再去参加强奸受害者情感支持组的会议了。”

“万一她做不到呢？”

“我猜想她或许……总有一天……会告诉某个情况特别糟糕的人，说她认识一个人，可以帮那个人走出阴影。她这个月内不会，大概今年内都不会，但是……”

她没有把话说完。我们四目相遇。我可以肯定她在我的眼睛里读出了我的心思：有一个办法肯定可以万无一失地让佩妮闭嘴。

“不，”凯特说，“想都别想，不仅仅是因为她应该活下去，而且应该享有前方可能为她准备的一切美好东西。再说，牵涉到的不只有她一个人。”

从她的研究来看，她说得没有错。佩妮·朗斯顿也不是特别常见的名字，但是美国现在有三亿多人，如果我决定打开电脑或者平板电脑，写一则新的讣告，一些名叫佩妮或者佩妮洛普·朗斯顿的人就会交上厄运。而且还有“比较接近”的效果。那神秘的力量不仅接受万德利，还接受万得利。万一它决定接受佩图拉·朗斯顿呢？佩特西·朗福德呢？佩妮·朗列呢？

还有我自己的情况。有可能只需再写一则讣告，迈克尔·安德森就会彻底向那高压电流的嗡嗡声低头认输。仅仅想着这件事，都会驱使我去想做它，因为它可以带走那些恐怖和沮丧，哪怕只是暂时。我想象着自己仅仅为了开心，就写约翰·史密斯或者吉尔·琼斯的讣告，一想到随后发生的大屠杀，我的球球萎缩得更加厉害。

“你准备怎么办？”凯特问。

“我会想出办法来的。”我说。

我的确想出了办法。

那天晚上，我打开《兰德·麦克纳利道路地图册》，翻到美国大地图，闭上眼睛，让手指落下来。于是，我目前便住在了怀俄明州的拉勒米，成了一名房屋油漆工。以当房屋油漆工为主。我其实还有许多份工作，像美国腹地小城市中的许多人一样，也就是住在我以前带着纽约人不经意的鄙视所称的“飞越而过的乡间”。我还在一家景观公司兼职，修剪草坪，扫落叶，栽种灌木。到了冬天，我为大家的车道清雪，在雪岭滑雪场工作，清理滑雪道。我不富有，但过得丰衣足食，甚至比在纽约时略好。你们想怎么取笑“飞越而过的乡间”都可以，但这里的生活成本很低；日子一天天过去，却没有人冲着我竖起中指。

我父母不明白我为什么要放弃一切，我父亲更是毫不掩饰他的失望之情；他有时候提起我的“小飞侠生活方式”，并且说等我到了四十岁、头发开始花白时，我会后悔的。我母亲虽然也感到困惑，却不像我父亲那样一味持反对意见。她从来就不喜欢“霓虹灯马戏团”，认为那完全是在用庸俗低级的方式浪费我“当作家的能力”。她在这两点上大概都是对的，可我现在运用我“作家能力”最多的地方就是匆匆写下去杂货店的购物清单。至于我的头发嘛，我离开纽约之前就看到了第一缕白发，而那时我还没有到三十岁。

不过，我仍然梦见自己在写东西，而且都是一些噩梦。有一次，我在梦中坐在电脑前，尽管我现在再也没有笔记本电脑。我在写讣告，而且欲罢不能。在这个梦里，我都不必去想怎么写，因为威力感从来没有那么强烈过。我一直写到“令人悲伤的消息，全世界所有叫约翰的人昨晚都死了”，然后就醒了过来，有时候在地上，有时候裹着毯子尖叫。有两次，我没有把邻居吵醒还真是奇迹。

我从来没有把心留在旧金山①，但我把笔记本电脑留在了亲爱的老布鲁克林。不过，我实在不忍心丢下平板电脑（你可以说这也是一种上瘾）。我不用它发送电子邮件——如果我急于要联系某个人，我会打电话。如果不是紧急的事，我使用那种老古董机构，就是大家所称的美国邮政局。你会为那么容易就回归到写信和明信片的习惯上而

---

① 《我把心留在了旧金山》原为美国爵士歌手托尼·贝内特 1962 年发行的单曲，曾风靡一时。作者此处暗喻自己并未怀旧。

感到惊讶。

不过我还是很喜欢平板电脑。那上面有许多游戏，外加晚上帮我入眠的风声，以及早晨把我叫醒的闹钟。我在上面储存了大量音乐，几本有声读物，许多电影。如果其他一切都无法让我消磨时光，我就在互联网上冲浪。正如大家所知，互联网上消磨时光的办法数不胜数，而在拉勒米，只要不上班，时间就会过得很慢。尤其是在冬天。

我有时候也会访问“霓虹灯马戏团”网站，只是为了怀旧。凯特作为编辑干得不错——比杰罗玛强多了，因为杰罗玛真的没有太多远见——而且网站在浏览量排名表中位居第五名左右。它有时候比“德拉吉报告”网站高出一两级，但大多数时候都刚好低于“德拉吉报告”。广告非常多，所以他们在这方面做得很好。

杰罗玛的后任仍然在撰写“与凯特一起狂饮”采访录。弗兰克·杰苏普还在负责体育栏目；他写了一篇比较严肃的文章，说他想看一个全类固醇橄榄球联盟，结果吸引了全国的眼球，也让他在娱乐体育节目电视网成了明星，连他的莫霍克发型也沾了光。乔治娜·布可夫斯基写了五六条缺少幽默的“说死者坏话”讣告，然后凯特取消了这个栏目，取而代之的是“名人之死赌局”，读者可以通过预测接下来的十二个月里哪些名人会死而赢得奖品。佩妮·朗斯顿是这个栏目的司仪，每星期都会有她一张全新的笑脸，出现在一个会跳舞的骷髅顶上。这是“马戏团”最受人欢迎的特色，评论部分每星期都会长达无数页。人们喜欢阅读与死亡相关的事，也喜欢撰写与死亡相关的文字。

这一点我最清楚。

好吧，故事讲完了。我并不指望大家相信，而且也不必非要相信；这里毕竟是美国。我已经尽量做到平铺直叙，完全按照我在新闻课上学到的叙事方法来讲述它：不胡编乱造，不故作多情，不添油加醋。我尽量严格按照时间顺序把故事讲清楚。从开头到中间，再从中间到结尾。老一套，明白吗？井井有条。如果大家觉得结尾有一点平庸，那么大家或许还记得希金斯教授对此的看法。他常常说，在写报道时，总是暂时到此结束，而在真实生活中，唯一的句号出现在讣告页上。

献给斯图亚特·奥南

下面这则轶事非常有意思，不能不与大家分享，多年来我在公开亮相时一直在把它讲给大家听。买东西的事主要由我太太负责，她说要不然家里永远都不会有蔬菜，但她有时也会派我去跑个腿应急。于是乎，一天下午我就到了本地的超市，任务是采购电池和一个不粘锅。我已经停下脚步买了其他几样必需品（肉桂面包和土豆片），正当我在家居用品货架旁漫步向前时，一个妇女从另一头转了过来，骑着那种电动推车。她简直就是佛罗里达雪鸟的原型，八十岁左右，一头鬈发纹丝不乱，晒得黝黑的皮肤酷似科尔多瓦皮鞋。她看了我一眼，把目光转向别处，然后又看了我一眼。

“我认识你，”她说，“你是斯蒂芬·金，专门写那些惊悚小说。这没有关系，有些人喜欢，但是我不喜欢。我喜欢令人振奋的作品，比如《肖申克的救赎》。”

“那也是我写的。”我说。

“不是你写的。”她说，然后就走了。

重点在于，你写惊悚小说，你就像生活在城市边缘活动房屋停车场中的那个女孩：你名声大作。这对我是好事，我可以一边养家糊口，一边继续得到乐趣。正如那句话所说，只要你不太晚才打电话请我吃饭，随便你称呼我什么都可以。但是“流派”这个词根本引不起我的兴趣。不错，我喜欢惊悚故事。我也喜欢推理小说、悬疑故事、航海小说、纯文学小说、诗歌……我至少随便列举了几个。我还喜欢阅读和创作我觉得搞笑的故事，而这不应该让任何人感到意外，因为幽默和惊悚密不可分。

不久前，我听一个人说起缅因州某个湖畔发生的焰火军备竞赛，于是我的脑海里便有了这个短篇。请大家不要把这当成“乡土小说”，行吗？那是另一个我排不上用场的流派。

烟花醉了

供述人：艾尔登·麦克考斯兰德先生
供述地点：卡斯特县警局
记录者：警察局长安德鲁·克拉特巴克
实施逮捕的警员阿黛尔·贝努瓦也在场
上午十一点十五分至下午一点二十分
2015 年 7 月 5 日

没错，老爸去世后，我和老妈经常喝酒，也经常在外出露营，打发时光，你可以这么说。没有哪条法律说这样不行，对吗？当然，条件是你绝不能开车，而我们也从不酒后驾车。罚钱对我们倒不是问题，因为到那时，我们已经成为了大家所说的有闲的富人。这是根本没有想到的事。我老爸当了一辈子的木匠，自称是“熟练木匠”，但老妈总会加上一句：“熟练少，蒸馏多。”这是她开的小玩笑。

老妈在卡斯特街的罗伊斯鲜花店打工，但只有在十一月和十二月可以做全职。她可是编圣诞花环的高手，给葬礼搞个布置也不赖。告诉你吧，我老爸的葬礼就是她布置的。花环上系了一条漂亮的黄色丝带，上面写着“我们如此爱你”。简直像《圣经》里的语言是不是？大家看到它的时候都忍不住流泪痛哭，就连那些我老爸还欠着钱的人也一样。

我中学毕业后去松尼车行上班，干一些平衡车轮、更换机油、修补轮胎之类的活。我那个时候还经常要给轮胎打气，当然现在都是自助式的。我不妨告诉你，我当时还卖一点大麻。已经多年没有再干这种事了，所以我估计你无法指控我，但是在二十世纪八十年代那可是相当不错的现货自运生意，尤其在我们这些地区。口袋里总是装着钱，到了周五或周六晚上就出去跳舞。我喜欢有女人陪伴，但一直不愿意结婚，至少到目前还是。如果说我有什么追求的话，一个就是去看大峡谷，另一个就是大家所说的打一辈子光棍。那样就不会有太多麻烦。再说，我还得照顾老妈。大家都怎么说来着，男孩最好的朋友是他的……

我这就言归正传，可是阿黛尔，既然你想听我实话实说，那就让我按我的方式来说。如果说有人对整件事情的来龙去脉有一点兴趣，那就是你。我们一块上学那会儿，你总爱说个不停。费奇太太老是说，舌头挂在中间，前后都在转动。还记得她吗？四年级。她可真是个人物！还记得你那次把口香糖塞进她鞋子里大脚趾那里的事吗？哈！

我说到哪儿了？露营，对吗？在阿本纳基湖边。

那地方根本算不上什么，只是一个三居室木屋，外加一小片沙滩和一个靠船用的旧码头。老爸 1991 年买下了它，我记得是那一年，他干了什么工程，拿到了一点分红。那点钱连首付都不够，但我把卖“草药”赚的钱加进去后，我们如愿以偿。我得承认，那地方很恶心。老妈把那里叫作蚊子窝，我们也一直没有能把那里装修一下，让它值点钱。不过，我老爸一直按时支付房款；一旦他那里差钱，我和老妈就会赞助一点。她总爱唠叨，说是又把她在花店挣的钱拿走了，但她最多也只是过个嘴瘾；她从一开始就喜欢去那里，根本不在乎什么臭虫，什么屋顶漏水，等等。我们会坐在露台上，中午吃一顿野餐，静静地欣赏周围的一切。即便是在那个时候，无论是六罐一提的啤酒还是一瓶咖啡白兰地，她都来者不拒，只是她当时大多在周末喝酒。

2000 年前后，我们付清了所有房款，为什么不呢？那地方在镇子这边的湖畔，也就是湖的西边，你俩都知道那里是什么样子，到处是芦苇和浅水区，还长着许多毛刷草。湖的东边要漂亮得多，一栋栋大房子都被那些来避暑的人买下了。我估计他们眺望我们这边的贫民窟，看到这一边都是棚屋、木屋和活动房屋时，心里一定在想当地人生活得多么寒碜，都没有属于自己的网球场。他们爱怎么想就怎么想吧。就我们自己而言，我们过得和别人一样好。老爸会在码头尽头钓鱼，老妈会在柴炉上把他钓到的鱼做好，2001 年（也许是 2002 年）

之后，我们有了自来水，不必深更半夜跑到屋外去上厕所。我们过得和别人一样好。

我们原来以为房款付清后应该还剩下一点钱，可以把那地方装修一下，可似乎总是没有钱。钱究竟去了哪里，始终是个谜，因为那时候银行有大量资金可以贷给那些想建房子的人，而老爸又有固定工作。他在哈洛做一个工程时心脏病突然发作后走了，那是 2002 年的事。我和老妈以为自己从此成了穷光蛋。“我们会挺过去的，”她说，“如果他真把余钱花在了婊子身上，我也不想知道。”但是她又说，要是能够找到某个疯子想买阿本纳基湖边的房子，我们恐怕得把它卖了。

“我们明年春天把它挂牌，”她说，“赶在墨蚊孵化出来之前。你同意吗，艾尔登？”

我说可以，甚至去把它装饰了一下。换了新的木瓦，更换了码头上几块腐烂最严重的木板，也就在这个时候，我们第一次时来运转。

老妈接到了波特兰一家保险公司打来的电话，终于明白了为什么在付清了房款也买下了木屋周围两英亩土地后家里始终没有余钱。不是什么婊子；老爸用余钱买了人寿保险。也许他已经有了你们所说的预感。这个世界上每天都会发生更加稀奇古怪的事情，比如天降青蛙雨，还有我在卡斯特县农展会上看到的双头猫——让我做了好多天噩梦，还有尼斯湖怪。不管怎么着，我们从来没有料到会有七万五千块钱从天而降，进入了我们在 K 银行的账户。

那还只是第一个好运。接到那个电话两年后，几乎正好是两年后，第二个好运接踵而至。老妈有个习惯，每周去诺米超市买东西后，总会花五块钱买一张刮刮刮彩票。这么多年来，她一直这样，最多也就中个二十块钱。2004 年的某一天，她又买了一张缅因州百万美元刮刮刮彩票，结果刮出的下面 27 个数字与上面 27 个数字刚好相配。哦，我的上帝啊，她看到自己这次中了二十五万美元。“我当时觉得自己都要尿裤子了。”她说。超市的人把她那张中奖的彩票放进了橱窗中。你们大概还记得，在那里放了至少两个月。

整整二十五万！交完所有税之后大概只有十二万，可还是一大笔钱。我们把这笔钱投在了阳光石油公司的股票上，因为老妈说石油向来是个好的投资，至少在石油耗尽之前是的，而到了石油耗尽时，我们早变成灰了。我只好同意，结果回报不错。那几年股市快速增长，你们大概也记得，我们从那时开始了自己的悠闲生活。

我们也从那时开始豪饮。有时候在城里的家中，但在那里不算太厉害。你们知道邻居们总喜欢说长道短。我们直到差不多完全搬到蚂蚁窝之后，才真正开始酗酒。老妈在 2009 年彻底辞掉了花店的工作，一年之后我也永远告别了补轮胎、更换消声器的活。打那时起，我们就没有太多理由再住在城里，除非是到了冬天；要知道，湖边没有供热炉。到 2012 年，也就是我们与湖对面那些意大利佬发生矛盾的那一年，我们会在五月阵亡将士纪念日前一两个星期去那里，一直待到感恩节左右。

老妈胖了一点，大约一百五十磅左右，我估计其中一大块要归功于咖啡白兰地，大家把那东西叫作“杯装胖屁股”并非没有道理。可是她说她从小就不是美国小姐的体型，甚至都不是缅因州小姐的身材。“我属于讨人喜爱型的姑娘。”她喜欢说。斯通大夫则喜欢说，至少到她不再去找他时为止，说如果她再不戒掉喝艾伦牌咖啡白兰地的话，她会成为那种过早离世的姑娘。

“哈莉，你会随时得心脏病，”他说，“或者肝硬化。你已经患有二型糖尿病，难道对你还不够吗？我简单明了地告诉你。你需要戒酒，然后需要戒酒协会。”

“嗬！”老妈回到家后说，“被那样臭骂了一顿之后，我需要喝一杯。你呢，艾尔登？”

我说我可以喝一杯，于是我们像大多数时候那样，把户外椅搬到码头尽头，一边凝视着太阳落山，一边喝得酩酊大醉。和人家一样好，比许多人更好。听我说，反正总会有什么东西要了所有人的命，我说得不对吗？医生们常常忘记这一点，但是我老妈知道。

“那长寿的混账东西可能说得对，”我们摇摇晃晃走回木屋时，她说。那大概是十点左右，我们两个人尽管身上抹了避蚊胺，还是被蚊子叮咬成了碎片。“但至少我临死时知道自己生活过。再说我不抽烟，每个人都知道那才是最坏的。不抽烟应该能让我挺一会儿，可是你呢，艾尔登？等我死了，那笔钱也花完了之后，你准备干什么？”

“我不知道，”我说，“但是我肯定想看看大峡谷。”

她放声大笑，用胳膊肘捅了一下我的肋骨，说道：“这才像我的儿子。只要有这种态度，你永远不会得胃溃疡。我们现在睡一会儿吧。”我们就睡了一会儿，第二天上午十点左右醒来，中午时分开始用“泥舵牌”龙舌兰酒治疗宿醉。我倒是不想像医生那样为老妈担心。我认为她现在太开心，不会死。果不其然，斯通医生比她先行了一步，他有天晚上在鸽子桥上被一位醉驾司机开车撞死了。你可以把那称作讽刺或者悲剧，也许生活就是那样。我，我可不是哲学家。我很高兴斯通医生的家人当时不在他身边。我也希望他的保费都交完了。

好吧。这些都是背景，下面才言归正传。

马西莫一家。还有那该死的喇叭手，请原谅我的法语。

我把那叫作 7 月 4 日军备竞赛，虽说 2013 年才正式启动，其实一年前就已经开始了。马西莫一家住在我们正对面，一栋带柱子的白色大房子，草坪一直延伸到他们家的沙滩边。那沙滩上是洁白的沙子，不像我们家的沙滩，上面还有碎石子。他们家肯定有十多个房间，要是再把旁边客人们住的别墅算进去，应该有二十多个房间。他们把那地方叫作十二棵松营地，因为主屋周围有杉树，正好将它掩映起来。

营地！我的天哪，那地方就是一栋豪宅。是的，他们还有网球场，还有羽毛球场，旁边还有一块地方可以扔蹄铁[①]。他们六月底前后过来，一直待到劳动节[②]，然后再关闭那鬼地方。那么大的地方，他们每年十二个月中竟然让它空闲九个月。我不敢相信。不过我老妈能够相信。她说我们是“意外有钱”，而马西莫家是真有钱。

“那都是非法所得，艾尔登，”她说，“我也不是凭空造谣。大家

① 一种掷蹄铁套住立柱的游戏。

② 美国的劳动节为每年九月第一个星期一。

都知道保罗·马西莫有关系。”每次说起“有关系”这个词时，她总是这样加重语气。

据说他们家的钱来自马西莫建筑公司。我在网上查了一下，好像很合法，但他们是意大利佬，而马西莫建筑公司的总部在罗得岛州的普罗维登斯。你们是警察，你们可以将疑点联系在一起。就像我老妈总爱说的那样，二加二永远不可能等于五。

他们过来时会占用白房子里所有的房间，我只能说这么多。还有客人们住的别墅里的房间。老妈常常望着湖对面，用她杯中的“墨西哥帽牌”或者“泥舵牌”龙舌兰酒向他们致意，并且说马西莫家的人一生就生十几个，不值钱。

他们知道怎么玩得开心，这一点我承认。他们举行露天烹调野餐，玩水枪大战，十几岁的孩子开着那些喷气式划艇兜风——他们家肯定有五六艘那样的喷气式划艇，各个颜色鲜亮，看久了会灼伤你的眼睛。傍晚，他们会玩触身式橄榄球，通常总有足够的马西莫分成两个标准球队，一边十一人；然后，等到天黑看不清球时，他们就会唱歌，而且常常用意大利语。你可以从他们嚎叫的歌声中看出，他们自己也享用了一杯或三杯酒。

其中一人有个喇叭，他会随着歌声吹响喇叭，只是哇哇哇的响声，足以刺激你的眼睛流泪。“他又不是迪兹·吉莱斯皮[①]，”老妈说，“应该有人把那喇叭浸入橄榄油里，然后再塞进他的屁股。他可以打屁吹出《上帝保佑美国》。”

十一点左右，他会吹“熄灯号”，晚上表演结束。我不知道其他邻居是不是抱怨过，哪怕他们唱歌和吹喇叭一直闹到凌晨三点，估计当我们湖这边的人大多相信他就是现实生活中的托尼·瑟普拉诺[②]时，他们也不会。

转眼就到了那一年的7月4日——我说的是2012年，我有一些烟花、两三包“黑猫牌”鞭炮、两个樱桃爆竹。我在牛津路安德森快

---

① 迪兹·吉莱斯皮（Dizzy Gillespie，1917—1993），美国爵士小号演奏家。

② 美国电视剧《黑道家族》中的黑帮分子。

乐跳蚤市场的波普·安德森小店买的。这也算不上是在泄露秘密，除非你们蠢到家，而我知道你俩都不是。嗨，每个人都知道你可以在快乐跳蚤市场上买到爆竹。但是波普的店里只卖小玩意儿，因为那时候出售烟花是犯法的。

总而言之，那些马西莫家的人在湖滨到处乱跑，玩橄榄球，打网球，穿着泳衣相互打闹，小家伙们在湖滨戏水，大人们从浮舟上跳水入湖。我和老妈坐在码头尽头的户外椅上，喝醉了，旁边放着我们的爱国主义物资。夜幕降临，我递给她一根烟花棒，点燃它，然后再用她的烟花棒点燃我手中的烟花棒。我们在暮色中挥舞着烟花棒，不一会儿对面的小家伙们就看到了，然后开始吵吵嚷嚷地要烟花棒。马西莫家年纪稍大一点的两个男孩把烟花棒分发给他们，于是他们也朝我们挥舞起来。他们的烟花棒比我们的更大，燃烧的时间更长，头上面用某种化学物处理过，所以能够发出不同颜色，而我们的只有淡黄一种颜色。

那个意大利佬又吹起了喇叭——哇—哇—哇，好像在说："这才是真正的烟花棒。"

"没关系，"老妈说，"他们的烟花棒是大一点，不过我们可以点几根爆竹，看看他们有什么反应。"

我们一根接一根地点燃爆竹，把它们扔出去，让它们在掉入湖水之前砰的一声发出亮光。十二棵松那边的孩子看到了，又开始嚷嚷起来。马西莫家有几个男人进屋搬出来一个纸箱，里面装满了鞭炮。不一会儿，大一点的孩子开始点燃鞭炮，一次一包。他们肯定有几百包，噼里啪啦的像机枪的枪声，我们的爆竹顿时显得平淡无奇。

哇—哇，那喇叭又响了，好像在说："再试试。"

"嘀，吃奶嘴长大的东西，"老妈说，"艾尔登，你不是还有那些一直不让我点燃的樱桃爆竹吗？给我一个。"

"好吧，"我说，"但是一定要小心哦，老妈。你已经几杯酒下肚了，肯定不愿意明天早晨醒来后看到自己少了根手指。"

"给我一个，少啰唆，"她说，"我昨天又没有从草垛上摔下来，而且我不喜欢那喇叭的声音。我敢打赌他们没有这玩意儿，因为波普不会把这种东西卖给平原佬。他只要看到他们的车牌，就肯定会告诉他们已经卖完了。”

我递给她一个，然后用一次性打火机点燃它。导火线冒出了火化，她把它扔到了高空。它炸开时发出的亮光足以刺伤我们的眼睛，而爆炸声则响彻了整个湖区。我点燃另一个樱桃爆竹，然后像罗杰·克莱门斯[①]那样把它扔了出去。砰！

“瞧瞧，”老妈说，“他们现在知道谁是老大了吧。”

可就在这时，保罗·马西莫和他年纪最大的两个儿子走到他们家码头的尽头，其中一人——就是那个身穿橄榄球衫、身材高大的帅小子——腰带上有什么皮套之类的东西，里面装着那破喇叭。他们向我们挥手，然后当爸爸的递给他们每个人什么东西。他们伸出手中握着的东西，让他点燃导火线。他们把那些玩意儿扔到了湖面上……我的上帝！不是砰，而是轰的一声！轰隆两声，像炸药爆炸，巨大的光亮如同白昼。

“那些不是樱桃爆竹，”我说，“是M-80。”

“他们从那里买到的？”老妈问，“波普可不卖那些东西。”

我们望着对方，答案不言自明：罗得岛。你在罗得岛大概什么都能买到。起码只要你姓马西莫，什么都能买到。

那做父亲的又递给了他们每人一个，点燃它们后又自己点燃了一个。三声巨响，我可以肯定，足以吓晕阿本纳基湖最北端的每一条鱼。然后，保罗朝我们挥挥手，吹喇叭的家伙像掏转轮枪那样，把喇叭从皮套里抽出来，长长地吹了三声：哇……哇……哇。好像在说：“对不起了，你们这些穷北方佬，祝你们明年好运。”

我们当时倒也并非束手无策。我们还有一包“黑猫”鞭炮，可是在他们燃放了那些M-80之后，这些黑猫肯定会显得平淡无奇。而且在对面，那些意大利佬正在鼓掌欢呼，姑娘们身穿比基尼，在上下跳跃。没过多久，他们唱起了《上帝保佑美国》。

老妈望着我，我也望着她。她摇摇头，我也摇摇头。然后她说：

---

① 美国棒球明星。

“明年。”

“是的，”我说，“明年。”

她举起酒杯——我记得我们那天晚上喝的是“桶中好运”，我也举起酒杯。我们为预祝 2013 年获胜干杯。7 月 4 日军备竞赛就这样开始了。我想主要是因为那该死的喇叭。

请原谅我的法语。

第二年六月，我去波普·奥德森小店，向他说明了我的情况；告诉他我感到我们湖西边必须捍卫自己的荣誉。

“嗯，艾尔登，”他说，“我不明白燃放烟花与荣誉有什么关系，但是生意就是生意，要是你一星期后再来，我或许可以给你准备一些东西。”

我一星期后果然又去了他的商店。他带我走进他的办公室，把一个箱子放在办公桌上。箱子上有几个汉字。“我平常不卖这玩意儿，”他说，“可是你老妈和我是小学同学，她在柴炉旁帮我拼单词，还帮我学乘法表。我替你搞了一些特别响的东西，他们称它为 M-120，就响声来说，除非你想扔雷管，否则没有多少产品比这更响。还有十几个这玩意儿。”他拿出一个圆筒，下面插着一根红棍。

“这看上去像冲天炮，”我说，“只是更大。”

“是啊，你可以把这称作豪华型号，”他说，“它们的名字叫中国牡丹。它们会升到两倍的高度，然后发出满天火光——有红色的，紫色的，还有黄色的。你把它们插在可乐瓶或啤酒瓶里，就像平常的冲天炮，但是点燃后一定要后退到远处，因为它们升起的时候导火线会发出嘶嘶响声，把火星洒落得到处都是。手边要准备一块毛巾，免得引发山火。”

“太棒了，”我说，“等他们看到这些时，就不会再吹那该死的喇叭了。”

“这一整箱卖三十块，”波普说，“我知道这价格有点高，不过我又给你加了一些黑猫和几个旋转烟花。你只需把那些插进木块堆里，它们就会旋转着飞起来。非常好看。”

“别说了，”我说，“就是高一倍的价格也算便宜。”

“艾尔登，”他说，“你可别用这种方式对我这一行的人说话。”

我把这些带回到了木屋，老妈非常兴奋，想立刻点燃一个 M-120 和一个中国牡丹。我通常不会阻止老妈，因为她会还以颜色，但我这次坚决制止了她。“只要给那些马西莫一线机会，他们会弄出更好的东西来。”我说。

她想了想，亲吻我的脸颊，然后说：“艾尔登，对于勉强高中毕业的你来说，你的脑子并不糊涂。”

于是我们便迎来了 2013 年辉煌的 7 月 4 日。马西莫一大家子又像往常一样聚集在了十二棵松，至少有二十多人。我和老妈坐在我们家码头尽头的户外椅上，脚旁放着那一大箱子好东西，外加一大罐“橙色动力”。

没过多久，保罗・马西莫抱着一箱好东西来到了他们家码头的尽头。那箱子比我们家的大一些，但是我并没有在意。要知道，狗打架获胜靠的不是身材大小，而是获胜的欲望。他的身旁站着他那两个已经长大的男孩。他们向我们挥挥手，我们也向他们挥挥手。黄昏到来，我和老妈开始燃放黑猫，这次不是一个个，而是一包包地燃放。他们那边的小孩也一包包地燃放着黑猫，等他们厌倦了这个之后，他们又点燃大烟花棒，挥舞着。他们家吹喇叭的那个儿子吹了两下，像是在调音。

几个年龄小一点的孩子听到后也来到了十二棵松的码头上，他们聊了一会儿后，保罗和两个大男孩给他们每个人发了一个灰色的大球，我认出那是 M-80。声音在湖面上传得很远，尤其是没有风的时候，我可以听到保罗在告诉那些小孩要小心，并且演示怎样把它们扔进湖里。然后，马西莫点燃了它们。

有三个孩子按要求扔得又高又远又漂亮，但是年龄最小的那一个——最多七岁的样子——却像该死的诺兰・莱恩[①]那样，将手中的烟花扔在了脚旁的码头上。烟花在那里弹跳了一下，要不是保罗猛地把他往后一拉，大概会把他的鼻子炸掉。有一个女人尖叫起来，但马

---

① 美国棒球明星。

西莫和男孩们只是放声大笑。我估摸着他们肯定不止喝了几杯。很可能是葡萄酒，因为那些意大利佬就喜欢喝那玩意儿。

“好吧，”老妈说，“时间浪费得差不多了，我们还是让他们瞧瞧，免得那高个子又开始吹那破喇叭。”

于是，我拿出两个 M-120。那玩意儿黑幽幽的，看上去就像你有时候在老动画片中看到的那种炸弹，也就是坏蛋们用来炸毁铁路和金矿的那种炸弹。

“你小心点，老妈，”我说，“这东西要是握在手里太久，会把你的手炸飞的。”

“你别为我担心，”她说，“我们给那些意大利佬秀一把吧。”

我点燃了它们，然后扔了出去，哇呜！一个接着一个！我估计足以震得远在沃德福德的窗户嘎嘎作响。吹喇叭的家伙惊呆了，手中的喇叭停在了空中。几个年纪小的孩子哭了起来，所有女人都跑到了沙滩上，看看发生了什么事，是不是恐怖主义袭击。

“这把他们给镇住了！”老妈说，然后举杯向喇叭先生致意。喇叭先生站在那里，手中握着喇叭，竖起了大拇指。也不完全是，怎么说呢，算是吧。

保罗·马西莫和他的两个儿子走回到码头尽头，像几个垒上都已有人时棒球队员那样聚在一起商议。然后他们一起进了屋。我原以为他们完蛋了，老妈更是深信不疑。于是我们点燃旋转烟花，算是庆祝吧。我在木屋后面的垃圾桶里找到了一些包装材料，切下一块块泡沫塑料。我们把旋转烟花插在那些泡沫塑料上，把它们推进水里。这时已经到了天完全黑下来之前最后一丝亮光的时刻，非常美丽，许愿星已经高挂在空中，其他星星也将一一露面。既不是白天也不是黑夜，我认为那一直是最美的时刻。还有那些旋转烟花——它们不只是好看，而是非常美丽，漂浮在那里，有红有绿，像蜡烛火苗一样时隐时现，倒映在湖面上。

四周重归寂静，寂静到你可以听到远处布里奇顿开始的烟花秀的隆隆声，以及岸边重新响起的蛙鸣声。青蛙们肯定以为那天晚上的响声和动静就此结束了。但它们根本不知道，因为就在这时，保罗和他两个成年男孩又走回到了他们家的码头上，而且隔湖望着我们。保罗手里拿着个东西，差不多有垒球那么大，不吹喇叭的那个男孩——我认为他在兄弟俩中更聪明一些——点燃了保罗手中的东西。马西莫没有浪费时间，自下而上将它扔了出去，高高飞到湖面之上。我还没有来得及要老妈捂住耳朵，那东西就爆炸了。我的上帝，它发出的亮光似乎要遮蔽整个天空，爆炸声简直有炮弹爆炸时那么响。这次出来看的不只有马西莫家的女人和女孩，该死的，差不多还有湖边每个人。虽然那鬼东西炸开的时候他们有一半人大概尿湿了裤子，他们却还是在鼓掌！你敢相信吗？

我和老妈相互看了一眼，因为我们知道接下来会是什么。果不其然，喇叭先生再次举起他那该死的喇叭，冲着我们吹了起来，只有长长的一声：哇！

马西莫家的人个个在哈哈大笑，拼命鼓掌，湖两边的人也一样。我们真是丢脸丢尽了。你们可以理解，对吗？安迪？阿黛尔？罗得岛来的一帮平原意大利佬居然用烟花把我们比下去了。偶尔吃一盘意大利面我并不反感，可是每天吃？饶了我吧！

“好吧，好，”老妈说，她挺直了肩膀，“也许他们可以在声音上打败我们，但我们还有那些中国牡丹。我们看看他们有什么反应。”但是我从她的脸上看出，她觉得他们还是有办法胜我们一筹。

我在码头尽头放了十多个啤酒罐和苏打水罐，并且往每个罐头里插了一个中国牡丹。马西莫家的人站在对面注视着我们，那个不会吹喇叭的家伙跑进屋去补充弹药。

这时，我依次点燃导火线，不慌不忙，那些中国牡丹一个接一个飞了出去，没有哑炮。它们非常漂亮，可惜持续的时间不长。就像波普承诺的那样，五颜六色。人群发出 片惊呼声——包括马西莫家人在内，这一点我不否认——接着，跑进屋的那个小伙子回来了，又抱了一个箱子。

原来那箱子里装满了烟花，很像我们的中国牡丹，只是更大。每一个都有自己的马粪纸发射台。我们可以看到，因为到这个时候，马西莫家码头尽头的灯亮了起来，形状像火把，用的却是电。保罗点燃那些烟花，它们一个个飞起来，天空中绽放出了一朵朵金色花朵，比我们的大两倍，也亮两倍。它们落下来的时候还在闪烁，并且发出机枪般的嗒嗒声。大家的掌声更加热烈，当然我和老妈也只好跟着鼓掌，不然的话别人就会认为我们输不起。那喇叭也响了起来：哇——哇——哇——！

后来，我们把买来的烟花都放完之后，老妈穿着睡袍，拖着格子呢拖鞋，在厨房里跺脚，气得她耳朵都要冒烟。“他们从哪里搞到那些弹药的？”她问，可那是大家所说的设问式问题，她都没有给我时间回答。“从哪里？肯定是从他罗得岛的什么黑帮朋友那里搞到的。因为他有关系，而且他是那种什么都要赢的家伙！你只要看他那样子就知道！”

我想，这可有点像你喔，老妈；但是我没有说出来。有时候真的沉默是金，尤其是在你老妈肚子里装满了艾伦牌咖啡白兰地，而且比泼妇还要更加抓狂的时候。

“而且我恨透了那该死的喇叭。恨得气不打一处来。”

她说的这一点我可以同意，而且也确实同意。

她抓住我的胳膊，她那天晚上的最后一杯酒溅湿了我的衬衣前胸。“明年！”她说，“我们要让他们看看明年谁是老大！答应我，艾尔登，2014 年一定要让那喇叭变成哑巴。”

我答应试一试——我只能做到这一点。保罗·马西莫在罗得岛有的是资源，我有什么？波普·安德森，折扣运动鞋店隔壁的路边跳蚤市场的老板。

不过，我第二天还是去找了他，把经过告诉了他。他听着，没有放声大笑，算是给了我面子，只是他的嘴角抽搐了好几次。我愿意承认，这件事确实有搞笑的一面——至少到昨晚之前都很搞笑，可是当哈莉·麦克考斯兰德在背后监督你时，那就不太搞笑了。

“是的，我可以看出那确实惹恼了你老妈，”波普说，“只要有人赢了她，她就会惹是生非。可是看在上帝的分上，艾尔登，这只是烟花。她清醒过来后就会明白的。”

“我想她不会，”我说，不想告诉他老妈从来没有真正清醒过，只是从微醉到大醉到睡着再到宿醉，然后再回到微醉。我也差不多。“与其说是烟花的事，还不如说是那喇叭，你明白吗？她只要能在 7 月 4 日那天让那该死的喇叭不响，我觉得她就会满意了。”

“我帮不上忙，”波普说，“市场上倒是有许多更大的烟花出售，但我不会卖那些东西。一方面，我不想失去营业执照；另一方面，我不想看到有人受伤。醉鬼点燃爆炸物向来是在找灾祸。不过，如果你真的铁了心，你得去印第安人岛，和那里的一个人去谈。一个身材特别高大的佩诺布斯科特人[①]，名叫霍华德·加马奇。他可是缅因州身材最大的印第安人，可能也是世界上最魁梧、壮实的印第安人。他骑一辆哈雷摩托，脸颊上有羽毛图案的文身。他就是你所说的关系。”

有关系的人！那正是我们需要的！我谢过波普，把霍华德·加马奇的名字写在我的笔记本中，第二年四月，我开着卡车去了佩诺布斯科特县，卡车仪表板的储物箱里放了五百美元现金。

我在老城中的丰收宾馆的酒吧里找到了加马奇先生。他确实如所说的那么魁梧——我估计他身高约两米多，体重超过一百五十公斤。他听我讲完了我的伤心故事，我又请他喝了一大罐百威啤酒，他不到十分钟就把它喝完了，然后说：“麦克考斯兰德先生，你随我走一截，去我的棚屋，到那里后再详谈。”

他骑着一辆哈雷摩托车，就是那种大功率怪物，可当他骑在上面时，那摩托车简直就像马戏团里小丑们骑的小单车。两瓣屁股一直垂到工具箱那里。他的棚屋其实是一栋两层乡间民居，后面有个游泳池，供他那一大帮孩子玩耍。

不，阿黛尔，那摩托车和那游泳池对我所讲的事并不重要，但如果你想记录的话，你得按我说的去写。而且我觉得很有意思。他们家地下室里甚至还有一个家庭影院。我的天哪，我真想搬到那里去住。

烟花放在他的车库里，上面盖着油布，全都装在木板框里摞在那里，而且里面有一些非常不错的东西。“要是你带着这些东西被抓的话，”他说，“你从来没有听说过霍华德·加马奇这个个人。对吗？”

---

① 居住在美国佩诺布斯特河流域的印第安人。

我说对，因为他看上去很诚实，不会坑我——至少不会坑我太厉害，于是我问他五百美元可以买些什么东西不。结果，我拿到的大多是方形烟花，也就是说一大盒多个烟花共用一根导火线。你只要点燃导火线，它们就会十个、十个地升空。有三大盒烟花叫作“焰火猴”；另外两盒叫“独立宣言”；还有一盒叫“精神错乱”，会射出一团团大火花，就像鲜花一样。这个特别的东西我一会儿再说。

“你认为这些东西能让那些意大利佬闭嘴？”我问他。

“那当然，”霍华德说，“只是我这个人更喜欢别人叫我美国原住民，而不是什么红皮佬或者战斧汤姆。同样，我也不喜欢有人使用意大利佬、爱尔兰佬、骆驼佬①、豆子佬②这样的蔑称。他们也是美国人，和你我一样，没有必要贬低他们。”

“我记住了，”我说，“我会牢牢记住的，可那些马西莫还是把我气坏了，如果我冒犯了你，那只是无心之过。”

“我明白，我完全能够理解你的情感。不过，你这白人佬，我还是想给你一点建议：回家的路上绝对不能超速。后备厢里装着那些东西，你可不想被抓。”

老妈看到我买回来的东西时，她高举拳头挥舞着，倒了两杯“脏轮毂”来庆祝。“等他们看到这些，他们肯定会气得尿湿裤子！”她说，“甚至还会拉在裤裆里！看他们会不会！”

只是结果并不像我们想象的那样。我估计你们都知道了，对吗？

去年 7 月 4 日如期到来。阿本纳基湖充满了火药味。你们瞧，大家都在说，这是麦克考斯兰德北方佬和马西莫意大利佬在争夺烟花最高荣誉。我们这边的湖滨聚集了至少有六百个人。他们那边没有这么多人，但是也不少，好吧，人数超过以往。密西西比河以东的每个马西莫大概都来观看 2014 年的双雄大战了。我们这次不再玩鞭炮和樱桃爆竹这样小儿科的玩意儿，只是在耐心地等待着黄昏的到来，这样就可以点燃那些大家伙。我和老妈把印有汉字的箱子摆在我们家的码

---

① 原文直译为“骆驼马球”，是对阿拉伯裔美国人的蔑称。

② 对讲西班牙与美洲人的蔑称。

头上，他们也一样。马西莫家的小崽子们在东面的湖滨排成一排，挥舞着烟花棒，那画面就像星星落到了地球上。我有时候在想，其实烟花棒就足够了，而今天早晨我真希望我们只比拼烟花棒。

保罗·马西莫向我们挥手，我们也向他挥了挥手。拿着破喇叭的那个白痴长长地吹了一声：哇——！保罗指了指我，好像在说“先生，您先请”，于是我点燃了一个“焰火猴”。它点亮了天空，每个人都惊呼一声“啊”。接着，马西莫的一个儿子点燃一个相似的烟花，但是比我们的更亮，燃放的时间更长。人群又是一声惊呼“哦”，那破喇叭又响了起来。

“别管那什么破猴子了，”老妈说，“把那‘独立宣言’放了。给他们点颜色看看。”

我点燃了“独立宣言”，非常壮观，但那些该死的马西莫把我们这个也打败了。我们点燃什么，他们就灭了我们什么，比我们的更亮，那混蛋把喇叭也吹得更响亮。这把我和老妈气疯了；妈的，就连教皇恐怕也会气疯的。大家那天晚上看到了一场精彩的烟花秀，大概不亚于波特兰的烟花秀，我相信他们回家去的时候个个都很开心，但是我们蚊子窝的码头上没有欢乐。我可以肯定地告诉你们这些。老妈遇到稳操胜券的事的时候通常都很开心，但是那天晚上她没有。那时天已经全黑了，满天繁星，湖面上漂浮着一层薄雾似的火药残渣。我们只剩下最后一个、也是最大的一个烟花。

“把它放了，”老妈说，“看看他们是不是还能打败它。不妨试试。但如果他再吹一次那个破喇叭，我的脑袋肯定会立刻爆炸。”

我们最后一个烟花，也就是那个非常特别的烟花，叫作“复仇鬼”，霍华德·加马奇当时曾经发过誓。“非常美丽的东西，”他告诉我，“完全不合法。麦克考斯兰德先生，点燃后一定要后退，因为它会像井喷一样壮观。”

那上面的导火线有手腕那么粗。我点燃之后就往后站。导火线烧完几秒钟后仍然没有反应，我都以为那是个哑炮。

“那玩意儿不会是要给家里怀一只狗吧，”老妈说，“他又要吹那该死的破喇叭了。”

他还没有来得及吹喇叭，“复仇鬼”就点燃了。首先是如喷泉般冒出的白色火花，升到高处后变成了玫瑰色。它开始射出弹珠，到空中爆炸成一团团耀眼的星爆。到这时，我们码头尽头的火花喷泉至少已经高达十二英尺，而且是明亮的红色。它又发射出更多的弹珠，直接飞入天空，炸开时发出的响声如冲破声障的喷气飞机中队。老妈捂着耳朵，但是她在狂笑不止。火花喷泉逐渐平息，接着又最后一次大发作——老妈说，就像光顾妓院的老头——将美丽绝伦的红色和黄色射向天空。

片刻的沉默——你们知道吗，被镇住了——然后湖边每个人开始像疯了一样鼓掌。有些露营的人吹响了自己的喇叭，但是在那么多震耳欲聋的响声过后，显得非常单薄。马西莫一家也在鼓掌，表明他们赢得起输得起，给我留下了深刻的印象，因为你们也知道，那些什么都想赢的人通常不会。拿喇叭的那个家伙再也没有把那该死的东西从套子里拿出来过。

“我们成功了！”老妈喊了起来，“艾尔登，给我一个亲吻！”

我亲吻了她，然后向湖对岸望去，看到保罗·马西莫站在他们家码头的尽头，他们家火把形状的电灯照亮了他。他竖起一根手指，仿佛在说：“等着瞧。”我内心深处顿时有了一种不祥之感。

不吹喇叭的那个儿子，也就是我判断有一点理性的那个儿子，放下一个发射器，动作很慢，很庄重，就像教堂里的祭台助手摆放圣餐一样。发射器上有一个烟花，除了在电视上看到过卡纳维拉角有那玩意儿外，我还从未见过那么大的火箭。保罗单腿跪地，把打火机伸向导火线。导火线刚一点着，他就拉着两个儿子飞速跑出了码头。

那东西不像我们家的“复仇鬼”那样还会停顿一下，它就像阿波罗 19 号那样立刻起飞，后面拖着一条蓝色火光带，蓝色很快变成了紫色，然后再变成红色。一秒钟后，一团巨大的火焰如大鸟一般遮蔽了天上的星星，几乎覆盖了整个湖面。它先是停在空中，发出耀眼的亮光，然后爆炸，小鸟似的火团飞向各个方向。

人群疯狂了。那两个大儿子在拥抱他们的老爸，捶打着他的后背，哈哈大笑。

“我们进屋吧，艾尔登，”老妈说，自从老爸去世后，我还从来没有见她那样伤心过，“我们输了。”

“我们明年打败他们。”我拍着她的肩膀说。

“不会的，”她说，“那些马西莫总会领先一步的。他们就是那种人，那种有关系的人。我们只是两个穷鬼，发了一笔横财，我想到此结束吧。”

我们顺着台阶走向寒酸的小木屋时，湖对面漂亮的豪宅里传来了最后一声喇叭声：哇——！老妈肯定脑袋都要炸了。

霍华德·加马奇告诉过我，终结烟火叫作“命运之鸡”。他说他在 YouTube 上看到过视频，但背景声音中总有人在说汉语。

“我真不明白这个马西莫是怎样把这东西弄到美国来的。”霍华德说。那是大约一个月后，去年夏季即将过去的时候。我最后还是鼓起勇气，驱车去了印第安岛他那两层楼的棚屋，把事情经过告诉了他：我们前面势均力敌，但最后一刻功亏一篑，再说多少都没有用。

“我倒是能够明白，”我说，“他在中国的朋友大概在给他装最后一批货物的时候把那东西装了进去，算是额外赠品。怎么说呢，算是一个小礼物，感谢他与我们做生意。你有没有能够打败那东西的玩意儿？加马奇先生，我老妈现在情绪很低落，明年不想再和他们比了，但是我在想，要是有东西……怎么说呢，能够终结一切的终结杀手……我可以付一千美元。哪怕只是为了 7 月 4 日那天晚上能够看到我老妈露出笑容，也值了。”

霍华德坐在屋后的台阶上，双膝像两个大圆石那样竖起，直到他的耳朵两旁。上帝啊，他的块头实在是太大了。他想了一会儿。认真思考着。盘算着自己的得失。他最后开口道：“我听到过谣传。”

“什么谣传？”

“一种很特别的东西，名叫‘第四类接触’，”他说，“是从一个与我在火药娱乐产品这个话题上有联系的人那里听到的。他的本土语言名字叫光辉之路，但大多数时候人们都叫他约翰尼·帕克。他是卡尤加族印第安人，住在纽约州的奥尔巴尼。我可以把他的电子邮箱地址给你，不过他不会答复你。我得先给他发邮件，告诉他你很安全。”

“你愿意给他发邮件吗?”我问。

“当然,”他说,“但是我的白人兄弟,你得先付一笔钱。五十块钱就够了。”

钱从我的小手到了他的大手中,他给“光辉之路”约翰尼·帕克发了邮件。我回到湖边后给帕克发了份邮件,他立刻回了我。但是他只愿意当面谈他所说的“第四类接触”,并且说政府通常会查看所有美国原住民的邮件。这一点我不想和他争论,我敢打赌政府那些混账东西谁的电子邮件都查看。于是我们同意见面,去年 10 月 1 日我去了趟纽约州。

老妈当然想知道我究竟为了什么事非得去纽约州北部,我也没有编造借口去骗她,因为她从我蹒跚学步时就能一眼看穿我的谎话。她只是摇了摇头。“去吧,如果那样你能开心的话,”她说,“但是你要知道,他们每次总能搞到更大的东西,我们只能一次次受到打击,一次次听那混账小子吹那该死的喇叭。”

“嗯,也许吧,”我说,“不过这位光辉之路先生说这个烟花能够终结所有烟花。”

你们已经知道了,那果然是实话。

一路驱车很顺利,那位光辉之路约翰尼·帕克人很不错。他的棚屋位于格林岛上,那上面的房子几乎与马西莫家的十二棵松一样大,他太太做的一手好玉米卷饼。我就着绿色的热酱吃了三个,结果在回家的路上闹起了肚子,但那肯定不属于我该讲的内容,我看到阿黛尔已经又不耐烦了。我把这部分省略掉吧。我只能说感谢上帝有湿纸巾。

“‘第四类接触’得专门预订,”约翰尼说,“中国人一年也只做三四个,而且是在外蒙古或者类似的地方,因为那里一年九个月都有雪,而且那些玩意儿据说是伴着狼崽子一起变大的。这种爆炸装置一般都是运到多伦多。我估计可以替你预订一个,然后我亲自替你从加拿大弄进来,不过你得付我油钱和时间,万一我被抓,我可能会被当作恐怖分子关进莱文沃思监狱。”

“上帝啊,我可不想让你陷入那种麻烦之中去。”我说。

“嗯，我可能有点夸大其词，”他说，“但是‘第四类接触’是终结版的烟花。无可比拟。如果你们家湖对面的那个家伙还有东西打败这玩意儿，我不能把钱退给你，但是我可以把我的利润还给你。我就这么有把握。”

“而且，”他老婆辛迪·帕克说，“约翰尼喜欢冒险。麦克考斯兰德先生，再来一块玉米卷饼吗？”

我谢绝了，所以我才没有在佛蒙特州某个地方呕吐，我后来几乎把这件事给忘记了。元旦一过——我们现在就要说到重点上了，阿黛尔，你不高兴吗？——我接到了约翰尼的电话。

“如果你想要我们去年秋天聊过的那玩意儿，”他说，“我已经拿到手了，但价格是两千美元。”

我倒吸一口凉气。“这不便宜啊。”

“我无法和你讨价还价，但是你得这样看，你们白人仅仅花了二十四块钱就得到了曼哈顿，我们一直都在寻求补偿。”他哈哈大笑，然后又说，“但是说正经的，如果你不想要，没问题。也许你们家湖对面那伙计会感兴趣的。”

“你敢！”我说。

他听到后笑得更厉害了。“我得告诉你，这东西很恐怖。我这些年卖出过很多烟花，还从来没有见过与它哪怕是相似的东西。”

“像什么？”我问，“是什么东西？”

“你得亲眼看到，”他说，“我可不打算通过互联网给你寄过去一个罐子。再说了，外观算不了什么，要看到它……嗯……用出来的效果。如果你想开车过来，我可以给你看一段视频。”

“我会去的。”我说。两三天后我就到了那里，头脑很清醒，刮了胡子，头发梳得整整齐齐。

你们两个现在仔细听我说。我不想为我所做的事找借口——你们可以放过我老妈，因为那玩意儿是我弄过来的，也是我点燃的——但是我要告诉你们，约翰尼给我看的视频中的“第四类接触”与我昨晚点燃的不是一码事。视频中的那个要小得多。约翰尼和我把装着我那颗“第四类接触”的板条箱放到我的卡车后面时，我甚至还拿板条箱的大小开过玩笑。“他们肯定在里面装了许多包装物。”我说。

“估计是他们要确保船运过程中不出任何问题。”约翰尼说。

你们瞧，他也不知道。他老婆辛迪问我是否至少想把板条箱打开来看一眼，确保没有弄错，但是它到处都钉死了，而我又想在天黑前回家，因为我的视力已经大不如前。但是由于我今天来这里时已经决定坦白一切，我必须告诉你们那不是实情。傍晚是我喝酒的时候，我不想错过。这才是实情。我知道这有点不像话，而且我知道我得采取一点措施来戒酒。我估计如果他们把我关进监狱，我就会有机会了，对吗？

第二天，我和老妈打开板条箱，看看究竟买到了什么东西。这是在城里的家中，因为我们现在说的是一月，天寒地冻。好吧，里面有一点包装材料，大概是中文报纸，但是不像我想象的那么多。这颗“第四类接触”的直角大约有两米多，看上去像是用牛皮纸包起来的一个包裹，只是那纸张有点油，很沉，摸上去更像帆布。导火线从底部伸出来。

“你觉得它真的能升到空中？”老妈问。

“呃，”我说，“就算这颗烟花升不到空中，还会发生什么更糟糕的事吗？”

“我们会损失两千块钱，”老妈说，“但这还不是最糟糕的。最糟糕的是它升起两三英尺后掉进湖里。然后就是那个长得像害人精贝恩[①]的小意大利佬又会吹他的喇叭。”

我们把它放在车库中，它在那里一直待到阵亡将士纪念日。我们在那一天把它带到了湖边。我今年没有再买任何别的烟花，没有从波普·安德森那里，也没有从霍华德·加马奇那里买任何东西。我们把宝全部押在了这一样东西上，要么是“第四类接触”，要么是一败涂地。

好吧，现在说到昨天晚上了。2015 年 7 月 4 日，阿本纳基湖从未是这个样子，我希望再也不会。我们知道今年天气特别干燥，我们

---

① 美国电影《小镇》中的一个人物。

当然知道，但是我们从来没有想过这一点。为什么要去想它呢？我们是在水面上放烟花，不是吗？还有什么比这更安全？

马西莫全家都在那里，尽情玩着——演奏音乐，打球，在五个不同的烤炉架上烤着维也纳火腿肠，在沙滩附近游泳，从浮舟上跃入水中。其他所有人也都到了场，湖两岸都是。甚至连湖的北岸和南岸也有人，尽管那些地方全是沼泽。他们全都赶过来，想看一看今年的 7 月 4 日军备竞赛的最新一章，意大利佬对扬基佬。

黄昏降临，许愿星终于像往常一样出来了，马西莫家码头尽头火把形状的电灯亮了起来，宛如两盏聚光灯。保罗·马西莫趾高气扬地走到了码头上，两个大儿子走在他的两旁，身上那衣服穿得简直是要去参加某个乡村俱乐部的化装舞会！老爸穿着燕尾服，儿子穿着白色晚宴服，翻领上夹着红花，长得像害人精贝恩的那个儿子将喇叭别在他的屁股后面，活像个枪手。

我环视四周，看到湖边聚集的人比以往任何时候都多。肯定至少有一千人。他们赶到这里，期待着看一场表演，而马西莫家的那些人光是身上的打扮就够他们瞧的。老妈穿着平常在家里穿的衣服，我穿了一条牛仔裤，T 恤衫上印着**吻我身上发臭的地方，到米利诺基特**[①]**来见我**。

“他没有拿箱子，艾尔登，”老妈说，“为什么会是这样？”

我只是摇摇头，因为我不知道。我们今年唯一的烟花早已放在了我们家码头的尽头，上面盖着一条旧被子。已经在那里一整天了。

马西莫向我们伸出手，一如既往地彬彬有礼，告诉我们应该开始了。我摇摇头，立刻向他伸出手，好像在对他说“不，先生，这次您先请”。他耸耸肩，手在空中做了个旋转的手势，有点像裁判在说本垒打得分。大约四秒钟后，天空充满了火花向上翻飞后留下的一道道痕迹，烟花开始在湖面上爆炸，像星爆，像水雾，还有数不清的圆筒烟花喷射出花朵和喷泉，我不知道还有什么。

老妈在呼呼喘气。“嘿，那条脏狗。他去雇来了整整一支烟花队！

① 美国东北部缅因州一偏远小镇。

够专业哈!”

是的,他正是那样做的。他为那二十分钟的天空秀肯定花费了一万到一万五千块钱,特别是快结尾时的“双魔剑”和“群狼”。湖边的人群在欢呼、叫喊,足以盖过乐队,有的在按车喇叭,还有的在欢呼、尖叫。长得像害人精贝恩的那个小子在使劲吹着喇叭,差一点让他得脑出血,但是天空中的射击练习还在继续,你甚至都听不到那喇叭声。天空明亮如白昼,而且还有各种颜色。烟花燃放队所在的地方腾起团团烟雾,映衬出沙滩上燃放的烟火,但是没有一个被风吹到湖对面。相反,风将这些刮向了他们家房子的方向,也就是十二棵松那里。你们可能会说我应该注意到了,但是我真的没有。老妈也没有。谁都没有注意到。我们都目瞪口呆。马西莫在给我们发出一个信息:结束了。你们这些扬基可怜虫,明年你们想都不用想。

片刻的停顿,正当我以为他们已经放完了最后的烟花时,又一个双管烟花升到了空中,天空中飘浮着一条燃烧的大船,还带着船帆!我从霍华德·加马奇那里知道这是什么东西:美丽舢板。那是中国式的小船。等它终于熄灭而且湖滨的人群不再发疯时,马西莫示意他的烟花燃放队最后一次燃放,这次是在沙滩上燃放出一面美国国旗。这个烟花呈现出红、白和蓝的颜色,并且将火球抛向四面八方,同时还有人通过扩音系统在播放《美丽的阿美利亚》。

终于,国旗燃烧殆尽,只剩下橙色灰烬。马西莫还站在码头尽头,笑容可掬,再次向我们伸出手。好像在说,来吧,把你们那破东西点燃放完吧,麦克考斯兰德,然后我们就结束了。不只是今年,而是永远。

我望着老妈,她也望着我。我们昨晚喝的是“月震”,她将杯中剩下的一点酒倒进湖水中,说:“来吧。这玩意儿大概最多也只是雪地上的一个尿坑,不过既然已经买了这该死的东西,我们不妨把它点燃了吧。”

我记着当时四周一片寂静。青蛙还没有开始鸣叫,那些可怜的潜鸟已经聚集在一起睡着了,也许今年夏天剩下的时光它们都会在睡梦中度过。湖滨仍然站着许多人,想看看我们有什么,但是更多的人已经开始回城，就像球迷看到自己喜欢的球队被狂虐并且没有机会返回来一样。我可以看到湖滨路上一眼望不到尽头的车灯，那条路与 119 号公路对接，然后通往漂亮婊子路，再从那里通往 TR-90 和切斯特米尔。

我做出了决定，既然我要秀一把，我就要秀得漂亮；如果燃放得不对，剩下来的那些人就会尽情地嘲笑我们。我甚至可以容忍那该死的喇叭，因为我知道我明年不用再听它冲着我吹响，因为我已经完蛋了，而且我可以从老妈的脸上看出，她和我一样的感觉。就连她的奶子好像也垂了下来，但那有可能只是因为她昨晚忘记戴胸罩了。她说那玩意儿把她夹得很痛。

我像魔术师表演魔术那样把盖在那玩意儿上面的被子掀开，下面就是我花了两千块钱买来的方形东西，或许只是马西莫为他那“漂亮舢板”支付的金额的一半，用帆布一样厚实的纸张包裹着，又粗又短的导火线从下面伸出来。

我指着它，然后又指着天空。那三个衣冠楚楚的马西莫仍然站在码头尽头，大笑着，那喇叭又响了起来：哇——哇！

我点燃导火线，导火线开始冒出火花。我一把抓住老妈，把她往后一拉，免得那该死的东西在发射台上爆炸。导火线燃烧进了木板箱里后就消失了。那该死的箱子只是摆放在那里。手中握着喇叭的马西莫将喇叭凑到嘴唇旁，但他还没有来得及吹，火焰从木板箱底部喷射而出，那玩意儿开始上升，起初很慢，然后越来越快。我估计是里面的气流点着了。

越升越高。十英尺，然后是二十英尺，然后是四十英尺。我只能看清群星映衬下的它的方形轮廓。它最终到了五十英尺高，每个人都伸长了脖子在观望。就在这时，它爆炸了，与约翰尼·帕克给我看的 YouTube 视频一模一样。我和老妈在欢呼。每个人都在欢呼。那些马西莫显得很困惑，也许——从我们这边很难说清楚——还有一点不屑，仿佛他们在想，一个爆炸的箱子，那是他妈的什么东西？

只是“第四类接触”的表演还没有结束。大家的视力适应了之后，他们惊呆了，因为那纸包着的东西在一层层打开，甚至在它开始发出五颜六色的亮光过程中也在伸展，其中有些颜色是你从未见过的。它旋转成了一个该死的飞碟。就像上帝在打开他的圣伞一样，它还在不停地延伸，并且开始向各个方向射出火球。每个火球爆炸后又射出更多的火球，在那飞碟之上形成了一道彩虹。我知道你们看到过手机拍摄的视频，大概每一个有手机的人都拍了视频，而且我相信这些将成为我受审时的证据。但是我告诉你们，你们只有当时在场才能完全欣赏到它的壮观。

老妈紧紧抓住我的胳膊。“真漂亮，”她说，“可是我原来以为它只有八英尺宽。你那印第安人朋友不是这么告诉你的吗？”

没有错，但是我燃放出来的那个东西有二十英尺宽，而且在喷射出十多个小降落伞让它继续浮在空中之后，它仍然在喷射出更多的色彩、火花、喷泉和闪光弹。它或许不如马西莫家烟花秀那样壮观，却比他的“漂亮舢板”壮丽。当然，它最后登场。人们将永远记得他们最后看到的东西，你们不觉得吗？

老妈看到马西莫家的人都在凝视着天空，他们的下巴落了下来，就像挂在坏了的铰链上的门，看上去像在地球上行走过的最纯的傻瓜。她开始手舞足蹈。喇叭在害人精贝恩的手中晃荡着，仿佛他已经忘记了它。

“我们击败他们了！”老妈冲我尖叫着，挥舞着双拳，“我们终于做到了，艾尔登！你瞧瞧他们！他们被打败了，我们所花的每分钱都值了！”

她想要我和她一起跳舞，但是我看到了我一直没有太关心的事。风正把那飞碟吹向湖的东岸，吹向十二棵松。

保罗·马西莫看到了同样的情况，用手指着我，仿佛在说：是你把那东西弄到空中的，你应该趁着它还在水面之上把它弄下来。

只是我当然做不到，而在这期间，那该死的东西还在把填在里面的东西喷射出来，把火箭和炮弹以及喷泉射向四面八方，就像它永远不会停止一样。然后——我根本没有料到会发生那样的事，因为约翰尼·帕克给我看的视频没有声音——它开始播放音乐。一遍遍地播放着五个音：杜—滴—杜—达—滴。那正是《第三类接触》中宇宙飞船奏出的音乐。结果，就在它一遍遍播放这五个音时，那该死的飞碟着火了。我不知道那是个意外，还是那就是最后的效果。把它悬停在空中的降落伞也着了火，那破东西开始下降。我起初以为它会在飘出湖面之外、在降落之前烧尽，或许最多在马西莫家的浮舟上烧尽。那样虽然不太好，但不是最糟糕的。可就是这时，一股强风吹了过来，仿佛大自然母亲都厌倦了马西莫，或者说她厌倦了那该死的喇叭。

你们知道他们那房子名称的由来，那十来棵树已经干透了。长长的前门廊两旁各有两排松树，“第四类接触”恰好撞到了那些松树上。那些松树立刻燃烧起来，很像马西莫家码头尽头火把形状的电灯，只是更大。首先烧起来的是松针，然后是树枝，然后是树干。马西莫家的人开始跑向各个方向，就像有人踢倒了蚁窝后的蚂蚁。一截燃烧的树枝落到了门廊上方的屋顶上，不一会儿就熊熊燃烧起来。在这过程中，那杜——滴——杜———达——滴的音乐声一直不断。

飞船断成了两半，一半落到了草坪上，这还不太糟，但另一半飘到了主屋顶上，仍然在喷射出最后几支火箭。有一支火箭穿过楼上的窗户，点燃了窗帘。

老妈转身对我说：“哦，那可不好。”

“不好，”我说，“看上去很糟糕，是不是？”

她说：“艾尔登，我看你最好给消防队打电话报警。实际上，我看你最好给两三个消防队报警，不然的话，从湖边到卡斯特县公路都会变成一片火海。”

我转过身，准备跑向木屋去拿电话，但她抓住了我的胳膊。她的脸上带着那种滑稽的笑容。“你走之前，”她说，“看一眼那一幕。”

她指着湖对面。到这时，整栋房子已经着火，所以我立刻看到了她在指什么。他们家的码头上已经空无一人，但是那里留下了一样东西：那该死的喇叭。

“对他们说这全是我的主意，”老妈说，“我去蹲监狱吧，但是我根本不在乎。我们至少让那该死的玩意儿闭嘴了。”

我说，阿黛尔，能给我一杯水吗？我渴死了。

贝努瓦警官给艾尔登端来了一杯水。她和安迪·克拉特巴克看着他把水喝完。艾尔登又高又瘦，下面穿了一条黄色斜纹布裤子，上面穿了一件背心，花白的头发已经稀疏，由于缺乏睡眠，也由于前一天晚上喝了太多三十度的“月震”，所以脸上显得很憔悴。

“至少没有人受伤，”艾尔登说，“这一点我还是很高兴。而且我们也没有烧毁树林。这一点我也很高兴。”

“风停了，算你运气不错。”安迪说。

“而且幸好三个镇的消防车都在严阵以待，”阿黛尔补充说，“当然，每年 7 月 4 日晚上他们都得待命，因为总有几个蠢货喝醉酒后燃放烟花。”

“这都是我的过错，”艾尔登说，“我只是希望你们明白这一点。那该死的东西是我买的，也是我点燃的。我老妈和这件事毫无干系。”他停顿了一下，“我只希望马西莫也能明白这一点，放过我老妈。要知道，他跟这件事有关系。”

安迪说：“那家人在阿本纳基湖避暑已经有二十多年了，而且据我所知，保罗·马西莫是一位合法商人。”

“啊哟，”艾尔登说，“就像艾尔·卡彭[①]那样。”

埃利斯警官敲了敲了敲问询室的玻璃门，指着安迪，用拇指和小手指做了一个接电话的手势，然后点头示意。安迪叹了口气，走了出去。

阿黛尔·贝努瓦瞪着艾尔登。“我这辈子见过一些离谱的事，”她说，“从警以来见过更多荒唐事，但你这事真是登峰造极。”

“我知道，”艾尔登低着头说，“我不想找借口。”他脸上的表情突然由阴转晴，说：“不过，那烟花燃放时真是漂亮极了。大家永远不会忘记。”

阿黛尔哼了一声。远处传来了警笛声。

安迪终于回来了。他坐下来，起初没有说话，只是望着远处。

“是关于我老妈吗？”艾尔登问。

---

① 艾尔·卡彭（Al Capone，1899—1947），美国黑帮首领。

“是你老妈打来的电话，”安迪说，“她想和你说话，我告诉他你现在不方便接电话，她问我是否可以给你传个话。电话是从幸运餐厅打来的，她刚刚与你们家湖对面的邻居在那里和和气气地坐下来吃了顿早午餐。她要我告诉你，他身上还穿着燕尾服，而且是他请客。”

“他威胁她了吗？”艾尔登叫了起来，“那狗娘养的——”

“坐下来，艾尔登。别紧张。”

艾尔登刚才已经半站起了身子，现在只好重新慢慢坐下，但他的双手仍然紧握成拳头。他的手很大，如果他被激怒的话，他的那双手看似能够制造一些破坏。

“哈莉还要我告诉你，马西莫先生不打算起诉。他说两家人进行了一场愚蠢的竞赛，因此两家人都有过错。你老妈说马西莫先生希望过去的事就过去吧。”

艾尔登的喉结在一上一下地移动，让阿黛尔想起了她小时候玩过的一个小猴爬杆玩具。

安迪向前探过身。他的脸上露出了笑容，那是一种人们想忍但是没有忍住的笑容。“她说马西莫先生希望你知道，他为你剩下的烟花惹出来的事情感到抱歉。”

“剩下的烟花？我说过，我们今年没有别的烟花，只有……”

“我说话的时候你不要插嘴。我可不想忘记你老妈托我转告你的话。”

艾尔登闭上了嘴巴。他们可以听到外面传来了第二声警笛，然后是第三声。

“厨房里的烟花。那些烟花。你老妈说你准是把箱子放得太靠近柴炉了。你还记得吗？”

“呃……”

“艾尔登，我希望你能想起来，因为就这桩特殊的狗屎秀案子而言，我很想就此结案。”

“我想……大概是吧。”艾尔登说。

“我甚至都不想问你为什么要在炎热的七月晚上生着炉子，因为我干警察工作三十年了，知道人喝醉了酒之后会把任何不成熟的想法装进脑袋里。你同意这一点吗？”

“嗯……同意，”艾尔登承认道，“人喝醉了酒之后什么事都会干得出来，而且那些‘月震’确实很要命。”

“这就是为什么你们家在阿本纳基湖边的木屋这会儿正在烈火中夷为平地的原因。”

“我的耶稣啊！”

“艾尔登，我认为我们不能把这场火灾怪罪到耶稣身上，不管他有没有拄着拐杖。你们投保了吗？”

“天哪，当然投了，”艾尔登说，“投保是个好主意，我老爸去世的时候我就学到了。”

“马西莫家也投了保。你老妈要我也把这一点告诉你。她说他们两个人边吃着培根和鸡蛋边同意双方扯平了。这一点你同意吗？”

“嗯……他家的房子比我们的房子大多了。”

“估计他投保的金额会体现这种差别的。”安迪站了起来，“我估计最终还会有某种形式的听证，但现在你可以走了。”

艾尔登说了声谢谢，趁他们还没有改变主意，赶紧走了。

安迪和阿黛尔坐在问询室里，相互对视。最后还是阿黛尔先开口：“火灾发生的时候麦克考斯兰德太太在哪里？”

“在马西莫过来请她去幸运餐厅享用龙虾松饼和炸薯条之前，她一直待在我们警局。”安迪说，“等待着看看她儿子是去法院还是去县监狱。她希望是去法院，那样她就可以把他保释出来。埃利斯说她和马西莫离开时，他甚至还用胳膊搂着她的腰。他的胳膊可够长的，你想想她那腰围是多少。”

“你认为麦克考斯兰德家的火是谁放的？”

“我们永远无法肯定，但是如果你非要我回答的话，我认为是马西莫的儿子，而且是在日出之前。他们把他们自己家没有放完的烟花放在了麦克考斯兰德家的炉子旁，或者炉子上面，然后再往炉子里塞满易燃物，让炉子烧得又旺又烫。你想想看，那无异于把一颗炸弹放到定时器上。”

“混蛋。”阿黛尔说。

“结果便是：喝醉了酒后玩烟花，这是坏事；一方为另一方开脱，这是好事。”

阿黛尔想了想，然后噘起嘴巴，吹出了《第三类接触》中的五个音旋律。她试着想再吹一次，但是咧嘴一笑，没有再噘嘴。

“不错，”安迪说，“但是你可以用小号把它吹出来吗？”

思念马歇尔·道奇

还有什么比用一个关于世界末日的短篇来结束短篇小说集更好呢？我已经就这个话题写过一部冗长的著作《末日逼近》，但是这里的焦点已经压缩到了只剩下一个针孔大小。关于这个短篇，我没有太多的话要说，只是在心中想念着我心爱的1986年版哈雷软尾摩托车。我现在已经把它放到了一旁，而且可能是永远——我的反应力已经放慢，哪怕我上路，以六十五迈的速度骑行，我都会给自己和他人带来危险。我真心喜爱那辆摩托。写完《失眠症》之后，我骑着它一路从缅因州到加利福尼亚州，记得有天傍晚在堪萨斯州的某个地方，我目送太阳在西方落下，橙色的大月亮从东方升起。我停下车，只是在那里望着，心想那是我一生当中见过的最漂亮的日落。也许确实是的。

啊，《夏日雷声》的写作地点很像罗宾逊、他的邻居以及那条名叫甘道夫的流浪狗所处的地方。

夏日雷声

只要甘道夫没事，罗宾逊就没事。不是一切都是很好意义上的没事，却是从一天挨到下一天意义上的没事。他仍然在深夜醒来，脸上常常挂着泪水。在那些栩栩如生的梦中，戴安娜和爱伦还活着，可是当他把甘道夫从它睡觉的角落里的毯子上抱起来，再放到床上时，他常常会再次进入梦乡。至于甘道夫，它根本不在乎睡在哪里，如果罗宾逊把它拉得靠近自己，那也没事。这地方暖和、干燥、安全。它已经得救。甘道夫只关心这一点。

有了另一条生命需要照顾，情况稍稍好了一点。罗宾逊沿着 19 号公路驱车五英里，去乡间小店买狗粮。甘道夫坐在皮卡车副驾驶座上，竖起耳朵，眼睛雪亮。小店里空无一人，当然也已经被洗劫一空，不过谁也不会拿走优卡牌狗粮。6 月 6 日之后，人们心中最不关心的就是宠物。这是罗宾逊得出的结论。

罗宾逊和甘道夫其他时间都待在湖边。食品柜里有的是吃的东西，楼下还有一盒盒吃的东西。他一直取笑戴安娜是在为大灾变做准备，结果玩笑落到了他的头上。实际上是他们两个人的头上，因为大灾变终于到来时，戴安娜肯定没有想到自己会和女儿在波士顿，打探是否有可能进入爱默生学院。一个人吃的话，这些食物足够让他维持到生命尽头。罗宾逊对此毫不怀疑。蒂姆林说他们注定要灭亡。

他从来没有料到世界末日会如此美好。天气暖和，万里无云。要是在以前，波科姆塔克湖上会热闹非凡，到处都是机动船和水上摩托艇（老一辈的人抱怨说，这些摩托艇正在杀死湖里的鱼），但今年夏天这里很安静，只剩下潜鸟的鸣叫声……而且每天晚上鸣叫的潜鸟好像又少了几只。罗宾逊起初以为这只是他的想象，而他的想象力显然与他大脑的其他部分一样因悲伤而受到影响，但是蒂姆林向他保证说那不是他的想象。

“难道你没有注意到？大多数林地鸟类都已经不见了。早晨没有山雀奉献的音乐会，中午也没有乌鸦的啼叫。到 9 月，潜鸟也会像干出这事的那些蠢货一样离开人世。鱼儿会活得稍微久一些，但最终也会死去。就像那些鹿、那些兔子、那些金花鼠。

关于这些野生动物，已经没有什么可争论的。罗宾逊和甘道夫那次去卡尔森角杂货店时，看到店门前的招牌——上面写着**在这里购买佛蒙特州的奶酪和糖浆！**——面朝下倒在已经干涸的加油泵旁。他们在去那里的路上已经看到湖滨路的旁边有十多只死鹿，19 号公路旁的死鹿更多。风从东面吹过来时，不是从湖面吹来，而是吹向湖边，空气中夹杂着刺鼻的臭味。炎热的天气进一步加重了情况。罗宾逊想知道为什么没有出现核冬天①。

“哦，核冬天会来的。”蒂姆林说。他坐在摇椅上，望着远处的阳光穿过树林投下的斑驳光影。“地球仍在吸收最后一次爆炸带来的后果。再说，我们从最后几份报告中得知，南半球——更不用提亚洲大部了——完全笼罩在很可能永远不会消散的云层之下。彼得，趁着现在还能见到阳光，尽情地享受它吧。”

仿佛他什么都能享受似的。他和戴安娜一直在念叨着，爱伦上大学后，他们要去英国度假，那将是他们度完蜜月之后第一次度个长假。

爱伦，他想。她刚刚摆脱与第一个真正的男朋友分手后的痛苦，脸上重新开始露出笑容。

末日过后这些阳光灿烂的晚夏的每一天，罗宾逊都会给甘道夫的项圈系上牵绳（他根本不知道这条狗在 6 月 6 日之前叫什么名字；这条杂种狗到来的时候戴着项圈，上面只挂着一块马萨诸塞州接种牌），他们会步行两英里去一块价格不菲的私人领地，那里现在只剩下霍华德·蒂姆林一个居民。

戴安娜曾经把这段散步的路程称作快照天堂。很长一截路都俯瞰着笔直而下的湖面，以及四十英里外的纽约景色。在一个地方，道路

① 核武器爆炸后引发的全球性气温下降。

突然一个急转弯，那里竖了一块告示牌，上面写着**小心驾驶**！当然，夏日来度假的人总把这急转弯称作“死人弯”。

林中英亩——在世界终结之前属于天价级别、与外界隔绝的地方——还要再往前一英里。中央核心建筑是一栋用大卵石垒砌的旅馆，里面有一家餐厅，以其美景、五星大厨和收藏有一千多品牌的“啤酒储藏室”而名扬四海。（“相信我的话，”蒂姆林说，“许多都还可以喝呢。”）主旅馆周围树木掩映的小山谷中，有二十多幢风景如画的“别墅”，其中一些的主人是一些大公司——当然是在6月6日结束这些大公司之前。大多数别墅在6月6日那天也仍然空着，在此后疯狂的十天中，住在那里的几个人逃亡去了加拿大，因为有谣言说加拿大没有辐射。那时候还有足够的汽油让他们得以逃生。

林中英亩的主人是乔治和爱伦·本森夫妇，他们留了下来。蒂姆林也留了下来，因为他离了婚，没有孩子需要他哀悼，而且知道加拿大没有辐射的说法纯属寓言。后来，7月初，本森夫妇吞下药片后上床，听着电池驱动的留声机播放贝多芬的音乐。现在这里只剩下蒂姆林。

“目所能及之处都是我的，”他告诉罗宾逊，大手庄重地一挥，“孩子，总有一天，它将属于你。”

每天步行去林中英亩时，罗宾逊的悲伤和失落感就会减少；阳光具有魅力。甘道夫嗅着灌木，试着在每一棵灌木上撒尿。只要听到林中有什么动静，它就会勇敢地吠叫，却总是朝罗宾逊身边凑近一些。之所以要用牵绳，只是因为那些死了的松鼠和金花鼠。甘道夫不想在那些残骸上面撒尿；它想在残骸上面打滚。

林中英亩小道从罗宾逊现在独自生活着的营地道路分岔出去。这条小道原先有一道大门，将窥视者和像他这样的打工族关在门外，但是大门现在已经永远打开。小道蜿蜒半英里，两旁是茂密的树林，灰蒙蒙的斜阳仿佛与过滤着它的参天云杉和松树一样古老。小道再往前便是四个网球场，绕过高尔夫球的推杆区，在马厩后面兜一个大圈——马匹早已死在了各自的小隔间里。蒂姆林的别墅位于旅馆的另一边，面积不太大，有四个卧室和四个卫生间，外加一个热水浴缸和自己的桑拿房。

“你只有一个人，干吗需要四个卧室？”罗宾逊问过他一次。

“我现在不需要，也从来没有需要过，”蒂姆林说，“但是这里的别墅全都有四个卧室。只有毛地黄、欧蓍草和薰衣草三栋别墅除外。它们有五间卧室。薰衣草别墅还外带一条保龄球球道。全都是现代化生活设施。可我小时候跟家里人一起来这里时，我们要到外面的厕所撒尿。是真的。”

罗宾逊和甘道夫到达那里时，蒂姆林通常会坐在别墅（维罗妮卡）宽大的前门门廊中的一张摇椅上，看书或者听电池驱动的CD播放器。罗宾逊会解开甘道夫项圈上的牵绳，然后甘道夫便会跑上台阶让人抚摸一番。这毕竟是一条杂种狗，除了双耳像西班牙猎犬外，没有任何让人一眼就能看出的品种特征。蒂姆林抚摸它几下后，就会轻轻拉扯狗身上不同部位的灰白色毛发，如果没有扯下来，他总会说同样的话：“了不起！”

8月中旬的这一天，阳光灿烂，甘道夫只在蒂姆林的摇椅旁待了片刻，嗅了嗅他光着的脚踝，然后就跑下台阶，冲进了树林。蒂姆林向罗宾逊举起手，做出老电影中印第安人所做的“怎样”的手势。

罗宾逊回敬了他的问候。

“要啤酒吗？”蒂姆林问，“还是凉的，我刚从湖里拉上来。”

“今天的酒是‘老混蛋’还是‘绿山露’？”

“都不是。储藏间有一箱百威啤酒，你或许还记得，就是啤酒之王。我将它从储藏间解放了出来。”

“既然是这样，我很高兴和你一起共享。”

蒂姆林起身时痛苦地哼了一声，然后进了屋，身子微微有些左右摇晃。他告诉过罗宾逊，关节炎两年前悄悄蔓延到了他的髋关节，然后似乎还不满足，决定再占领他的踝骨。罗宾逊从来没有问过，但是判断蒂姆林已经有七十五六岁了。他身材修长，意味着一辈子都身体健康，但这种健康如今正开始离他而去。罗宾逊本人从未感到身体像现在这样好过，考虑到他所剩时日不多，这很有讽刺意味。蒂姆林当然不需要他，尽管这老家伙与他非常投缘。随着这个美丽得异乎寻常的夏季即将过去，只有甘道夫真正需要他。这没有问题，因为现在有甘道夫就足够了。

他想，只是一个男孩和他的狗。

这条狗6月中旬从树林里出来，骨瘦如柴，全身污泥，毛发上缠结着牛蒡钩刺，鼻子上有一道很深的划口。罗宾逊当时正躺在自家的客房中（他不忍心睡在他和戴安娜共同睡过的床上），又是伤心又是压抑，难以入眠。他知道自己正一步步逼近放弃一切。仅仅几个星期前，他会把这种行为称作懦弱，但是打那之后已经意识到了几个事实。痛苦不会过去。悲伤不会过去。当然，他的生命反正也不会太长。你只需闻到林中腐烂的动物发出的臭味就会知道前方等待着的是什么。

他听到了嘎啦嘎啦的声响，起初以为可能是个人，或者是闻到他的食物香味后前来的某只尚存的熊。当时还有电，感应灯立刻照亮了车道，他借着耀眼的灯光看到一条灰色的流浪狗，一会儿扒门，一会儿蜷缩在门廊上。罗宾逊开了门，狗起初后退了几步，夹着尾巴，耳朵往后翘。

“我想你最好还是进来吧。”罗宾逊说，那条狗不再犹豫，进了屋。

罗宾逊给它端来了一碗水，它疯狂地啪嗒啪嗒舔食着；他又给了它一罐普鲁登斯牌咸牛肉土豆泥，它五六口就吃完了。狗吃完后，罗宾逊抚摸着它，希望它不会咬自己。结果，狗不但没有咬他，反而舔了他的手。

“你是甘道夫，”罗宾逊说，“灰袍巫师甘道夫[1]。”然后，他放声大哭。他试着说服自己，这样痛哭流涕太荒唐，但是他一点也不荒唐。家里不再是他一个人了。

“你那摩托车怎么样了？”蒂姆林问。

他们已经喝到了第二瓶啤酒。罗宾逊喝完后就得和甘道夫一起步行两英里回家。他不想在这里待太久；黄昏降临时，蚊子会越来

[1] 《魔戒》中的人物。

越多。

他想，如果蒂姆林说得没有错，继承地球的将是这些吸血生物，当然，它们必须能够找到血源。

“蓄电池没电了。”他告诉蒂姆林。然后他又说道，“我妻子要我保证五十岁就把摩托车卖了。她说过了五十岁，人的反应力就会放慢，不安全。”

“你什么时候到五十岁？”

“明年。”罗宾逊说，随即又觉得这很荒唐，放声大笑。

“我今天早晨掉了一颗牙齿，”蒂姆林说，“虽说在我这个年龄算不了什么，可是……”

“便池中有血迹吗？”

蒂姆林告诉过他，那是辐射中毒加重后的第一个迹象，他对这些事情的了解远胜于罗宾逊。罗宾逊只知道，6 月 5 日日内瓦疯狂的和谈演变成核爆后，自己的妻子和女儿去了波士顿，第二天整个世界自我终结时，她们仍然在波士顿。从哈特福德到迈阿密，美国整个东海岸现在已经基本成了炉渣。

“我准备动用第五修正案，”蒂姆林说，“你的狗回来了。最好检查一下它的爪子，它有点瘸。好像是左后爪。”

但是他们没有在甘道夫的任何一只爪子上找到刺，而蒂姆林这次轻轻地拉扯它的毛的时候，它后腿上一块地方的毛掉了下来。甘道夫似乎都没有感觉到。两个人对视了一下。

“有可能是疥癣，”罗宾逊说，“或者是紧张。狗紧张时会掉毛的，这你知道。”

“也许吧。”蒂姆林望着湖对岸的西方，“又是一个美丽的日落。当然，每一个日落现在都很美丽。就像喀拉喀托火山[①]1883 年爆发时一样。只是这一次相当于一万座喀拉喀托火山爆发。”他弯腰抚摸着甘道夫的脑袋。

“印度和巴基斯坦。”罗宾逊说。

---

① 印度尼西亚一火山岛。

蒂姆林重新挺直了身子。“是啊。可那时候其他每个人都想采取行动，对吗？就连车臣也有核武器，用皮卡车运往了莫斯科，就像全世界欣然忘记有多少国家——和组织，那些该死的组织！——拥有那些东西一样。”

“或者像那些东西不会造成什么破坏一样。”罗宾逊说。

蒂姆林点点头。“这一点也是。我们过于担心债务上限，而我们池子对面的朋友一门心思在想着如何阻止儿童选美，如何让欧元坚挺。”

“你能肯定加拿大不会像美国本土四十八个州这样受到污染吗？”

“我估计是程度问题。佛蒙特州没有纽约那么严重，加拿大或许不如佛蒙特那样严重。但是会的。再说，大多数去往那里的人早已染病，如果引用克尔凯郭尔[①]的话来说，已经病入膏肓。再来一瓶啤酒吗？”

“我得回去了，”罗宾逊站起来，“走吧，甘道夫。该燃烧掉一点卡路里了。”

“明天会见到你吗？”

“也许下午晚些时候吧。我上午要办一件事。”

“我能问是什么地方吗？”

“本宁顿，趁着我的皮卡车还有汽油跑个来回。”

蒂姆林眉头一扬。

“想看看能否给摩托车找到一个蓄电池。”

甘道夫凭自己的力气一直走到“死人弯”那里，但它的爪子越来越瘸。他们来到那里时，它只是坐下来，仿佛要观看这沸腾的日落倒映在湖中。那是一种烈焰般的橙色，中间夹杂着一道道深红色。甘道夫发出一声声哀鸣，舔着它的左后腿。罗宾逊在它身旁坐了一会儿，但是当第一批蚊子侦察兵呼叫增援部队时，他抱起甘道夫，重新开始

---

① 索伦·克尔凯郭尔（Soren Aabye Kierkegaard，1813—1855），丹麦神学家、哲学家，一般被认为是存在主义之父。

步行。等他们走到家中时，罗宾逊的手臂在发抖，肩膀疼痛。要是甘道夫再重上十磅，甚至再重上五磅，他可能不得不丢下这条杂种狗，回家去开皮卡车过来。他的头也在疼，或许是因为天太热，或许是因为那第二瓶啤酒，或许两者皆有。

车道倾斜向下通往房子，两旁树木成排，此刻只是一团黑影，屋子本身则是漆黑一片。数周前已经完全停电，日落已经隐退成了一种暗紫色的淤青。他迈着沉重的脚步走到门廊前，放下甘道夫，打开屋门。“进去吧。”他说。甘道夫挣扎着想站起来，但是没有成功。

就在罗宾逊弯腰想把它重新抱起来时，甘道夫又尝试了一次，想站起来。它这次越过了门槛，却侧身倒在了门口，大口喘着气。狗上方的墙上挂着至少二十张照片，都是罗宾逊深爱着的人，如今都已离开了人世。他甚至都无法再拨打戴安娜和爱伦的电话，无法再听到她们录好的声音。他自己的手机在发电机不再工作之后不久也没电了，但其实在那之前，所有手机服务就已经完全停止。

他从食品柜拿了一瓶“波兰泉”矿泉水，给甘道夫的碗倒满水，然后又放了一大勺狗粮。甘道夫喝了点水，但是没有吃狗粮。罗宾逊蹲下来挠它的腹部时，毛发一团团地掉落下来。

他想，这一切发生得这么快。早晨它还好好的。

罗宾逊借着手电筒，走进屋后临时搭建的披屋。湖上传来一只潜鸟的鸣叫声——只有一只。摩托车上面盖着油布。他把油布拉开，手电筒的光柱顺着摩托车闪亮的车身照过去。这是一辆 2014 年产的哈雷肥霸，现在虽然有几年了，但里程数很低。他早已过了从 5 月到 10 月骑上四五千英里的日子。尽管如此，肥霸依然让他魂牵梦绕，只是他的梦想现在大多停留在过去两年骑着它所去过的地方。空气冷却，双凸轮轴，六速，气缸容量差不多一千七百立方厘米。还有它发出的响声！哈雷摩托车特有的响声，就像夏日的雷声。遇到红灯停在一辆雪佛莱车旁时，车内的人会立刻锁上车门。

罗宾逊一只手的手掌顺着手把摸过去，然后他跨过一条腿，坐到车座上，双脚踩在脚踏上。戴安娜越来越坚决地要求他把摩托车卖了，而每当他骑着摩托车外出时，她会反复叮嘱他，佛蒙特州制定法律，要求骑摩托车的人必须戴头盔，这是有原因的……与新罕布什尔州和缅因州的那些白痴不同。此刻，他可以随心所欲地不戴头盔就骑着它出门。再也没有戴安娜在旁边唠叨，再也没有县里的骑警命令他把车停到路边。只要他愿意，他可以一丝不挂地骑在车上。

“不过我下车的时候得提醒自己要注意那些排气管，”他说，然后放声大笑。他没有将油布重新盖到哈雷摩托车上就走进了屋。甘道夫躺在罗宾逊用毯子给它做成的床上，鼻子靠在一只前爪上。它没有碰狗粮。

“最好吃一点，”罗宾逊说，轻轻抚摸着甘道夫的脑袋，“你会感觉好一点的。”

第二天早晨，甘道夫后腿周围的毯子上有红色斑点，它想站起来却没有成功。它第二次尝试失败后，罗宾逊把它抱到了外面。甘道夫先是躺在草地上，然后成功蹲坐了起来。它吐了一大口血。甘道夫像是为此害臊一样爬着离开那摊血，然后躺下来，可怜巴巴地望着罗宾逊。

罗宾逊这次把它抱起来时，甘道夫痛苦地叫了起来。它露出牙齿，但是没有咬他。罗宾逊把它抱进屋，放到毯子做成的窝中。他站起身后看了看手，发现手上都是狗毛。他拍打掉手中的狗毛，狗毛像乳草一样飘走了。

“你会没事的，”他对甘道夫说，“只是肚子有点不舒服而已。肯定是趁我没有注意时偷吃了一只该死的金花鼠。待在这里，好好休息。我相信等我回来时，你肯定会感觉好多了。”

皮卡车还有半箱多汽油，足够跑上六十英里一个来回去本宁顿了。罗宾逊决定先去林中英亩，看看蒂姆林是否想要什么东西。

他的最后一位邻居坐在维罗妮卡别墅门廊上的摇椅中，脸色异常苍白，眼睛下方有紫色眼袋。罗宾逊把甘道夫的情况告诉他后，蒂姆林点点头。“我几乎一晚没有睡，一直在上厕所。我们肯定遇上了同一只臭虫。”他脸上的笑容告诉罗宾逊他是在开玩笑，却不是一个好笑的玩笑。

不，他说，本宁顿已经没有什么他想要的东西了，但罗宾逊回来的时候或许可以在这里停一下。“我有你或许想要的东西。”他说。

罗宾逊没有料到去本宁顿要花那么长的时间，因为公路上到处都是丢弃的汽车。他驶进“哈雷王国”门前的停车场时，已经接近中午。橱窗早已被人砸破，里面展示的样品也不见了踪影，但是后面还有许多辆摩托车。这些车无人能偷，外面包着塑料套的钢缆将它们拴在一起，还有非常结实的摩托车锁。

这对于罗宾逊来说没有问题。他只想偷一个蓄电池。他看中的那辆肥霸款式比他的新一到两年，但是蓄电池是一样的。他从皮卡车的底座取来工具箱，用 Impact 万能表检查蓄电池（这个检测器还是两年前女儿送给他的生日礼物），万能表上的绿灯亮了。他取下蓄电池，走进展示厅，看到那里有各种地图。他用其中最详细的地图寻找到一些偏僻道路，下午三点顺利回到湖边。

他看到大量的动物尸体，包括一头巨大的驼鹿，它倒在某个人房车的水泥砖台阶旁。杂草丛生的草坪上竖起了一块牌子，有人在上面手写了几个字：**快到天堂了**。

维罗妮卡别墅的门廊上没有人，但是当罗宾逊敲门的时候，蒂姆林叫他进去。他坐在装饰淳朴的客厅中，脸色比以往更加苍白。他的一只手握着一条特别大的亚麻餐巾，上面有一块块血迹。他面前的咖啡桌上有三样东西：一本名为《佛蒙特胜景》的画册，一个装满黄色液体的注射器，一把左轮手枪。

“很高兴你能过来，”蒂姆林说，“我不想没有和你告别就走。”

罗宾逊心中闪过的第一个回答是“别这样匆忙”，但他随即意识到那样答复太荒唐，于是便不再说话。

“我已经掉了五六颗牙齿，”蒂姆林说，“但这还不是主要问题。在过去十二个小时里，我好想快把肠子吐光了。最古怪的地方在于没有什么痛感。我五十多岁时得过痔疮，那比现在疼痛得多。疼痛会到来的——我看过书，知道这一点——但是我不想再活着去全面体验它。拿到你想要的蓄电池了？”

“拿到了，”罗宾逊说，一屁股坐下来，“天哪，霍华德，我感到十分抱歉。”

“谢谢。那么你呢？你感觉如何？”

“身体上吗？还好。”只是这早已不再是实话。他的前臂上已经隐约出现了几块红斑，根本不像太阳灼伤，而且胸前还有一块，就在右乳头上方。这些地方很痒。还有……早餐虽然进了肚子，但他的胃似乎不愿意接受这早餐。

蒂姆林向前探过身，轻轻拍了拍注射器。“杜冷丁。我原来准备自己注射，然后翻看佛蒙特州的照片，直到……直到。但是我改变主意了。我想这把枪可以。注射器给你。”

“我还没有准备好。”

“不是给你用的，是给那狗。它不应该受苦，毕竟造那些炸弹的不是狗。”

“也许它只是吃了一只金花鼠。”罗宾逊口是心非地说。

“我们都知道这不是实情。就算是这样，那些动物尸体充满了辐射，简直就是钴胶囊。它能活到现在已经是个奇迹了。你要感谢它给你带来的快乐时光。一点恩惠。狗就是上帝给你的一点恩惠。一点恩惠。”

蒂姆林紧紧盯着他。

“不要为我流泪。你要是流泪的话，我也会流泪。鼓起勇气。冰箱里还有六罐百威啤酒，我不知道为什么还要不嫌麻烦地把酒放进冰箱，但是老习惯很难根除。去给我们一人拿一瓶来吧。热啤酒总比没有啤酒强；我相信是伍德鲁·威尔逊[①]说的。我们为甘道夫干一杯。也为你的新蓄电池干一杯。我要上一趟卫生间，这次可能要多花点时间。”

罗宾逊拿到了啤酒。他回来时屋里没有蒂姆林，差不多五分钟

---

① 伍德鲁·威尔逊（Woodrow Wilson，1856—1924），美国第28任总统。

后，蒂姆林才慢慢回来，手按着大腿。他已经脱掉了裤子，用一条超大号毛巾裹住腹部。他坐下来的时候痛得轻轻哼了一声，但还是接过了罗宾逊递给他的那罐啤酒。他们为甘道夫干杯。百威啤酒虽然是常温的，但还不错。这毕竟是啤酒之王。

蒂姆林拿起手枪。“我的离世方式将会是经典的维多利亚式的自杀，”他说，听上去仿佛为那一刻感到高兴，“枪对着太阳穴。一只手蒙住眼睛。再见了，无情的世界。”

“我要去加入马戏团。”罗宾逊脱口而出。

蒂姆林开心地哈哈大笑，嘴唇往后张开，露出剩下的几颗牙齿。“那倒是好事，但是我很怀疑。我有没有告诉过你，我小时候被卡车撞过一次？就是英国佬所称的那种送奶车。”

罗宾逊摇摇头。

“那是 1957 年。我十五岁，在密歇根州的一条乡间道路上行走，去往 22 号公路，希望能在那里搭便车去特拉福斯城，看一场双片连放电影。我在白日做梦，梦想着自己的房间里有一个姑娘，有着长长的秀腿，还有隆起的乳房，结果离开了相对安全的路肩。送奶车从山丘顶上驶下来，速度太快，迎面撞上了我。如果车上装满了牛奶，我会当场被撞死，但车上是空的，所以轻得多，让我有机会活到七十五岁，体验将肠子拉进抽水马桶而马桶却没有水冲洗的日子。”

罗宾逊一时不知如何回答。

“送奶车越过山顶下来时，挡风玻璃上有一道阳光，然后……什么都没有。我相信子弹穿过我的大脑、终结我的一切思想和经历时，我大概会有与上次相同的体验。”他有着教授般的手指，此刻抬起其中一根，“只是这次不会再有以后。只有一道闪光，就像牛奶车挡风玻璃上的阳光，然后便一片漆黑。一想到这一点，我就感到又是害怕，又是非常灰心。”

“也许你应该再等一等，”罗宾逊说，“你或许……”

蒂姆林扬起眉头，出于礼貌，耐心地等他说完。

“妈的，我不知道。”罗宾逊说。接着，他大声嚷了起来，把自己都吓了一跳。“他们究竟干了什么？那些狗娘养的究竟干了什么？”

“你很清楚他们干了什么，”蒂姆林说，“我们现在只能承担后果。彼得，我知道你爱那条狗。这是一种错位的爱，也就是心理医生们所说的歇斯底里转化，但我们来者不拒，如果我们还有半点头脑，就应该充满感激。所以不要犹豫。把注射器扎进它的脖子，用力扎进去。抓牢它的项圈，免得它退缩。”

罗宾逊放下手中的啤酒。他不想再喝了。“我走的时候它状况很不好。也许早已死了。”

但是甘道夫还没有死。

罗宾逊走进卧室时，它抬起头，摇了两下尾巴，重重地击打在血淋淋的毯子上。罗宾逊在它身边坐下来。他抚摸着甘道夫的脑袋，想到了爱的末日，当你直接凝视着那些末日时，你会发现它们其实很简单。甘道夫将脑袋枕在罗宾逊的膝盖上，抬头望着他。罗宾逊从衬衣口袋里掏出注射器，取下针管上的保护套。

“你是条好狗。”他说，然后按照蒂姆林的吩咐抓牢了甘道夫的项圈。

就在他鼓足勇气准备注射时，他听到了一声枪响。枪声从远处传来，很轻，但是湖边一片寂静，那枪声明确无误。它穿过夏日炎热的空气，逐渐变弱，试图引发回声，却没有成功。甘道夫竖起耳朵，罗宾逊突然有了一个想法，一个既荒唐又令人宽慰的想法。也许蒂姆林所说的什么都没有是说错了。完全有可能。在这个世界上，只要抬起头就能看到满天繁星，他认为一切皆有可能。也许……

也许。

他把针扎进狗的身体里时，甘道夫仍然在望着他。有那么一刻，狗的眼睛明亮，仿佛知道一切似的，那一刻无限漫长，如果可能的话，罗宾逊真想把它收回来。

他在地上坐了很久，希望最后一只潜鸟会再鸣叫一次，但是没有。过了一会儿，他走进披屋，找到一把锹，在他妻子的花园里挖了一个坑。没有必要挖得太深，反正也不会有动物过来，把甘道夫的尸体挖出来。

第二天早晨醒来时，罗宾逊觉得嘴里有一股铜的味道。他抬头时，脸颊是从枕头上撕开的。他的鼻子和牙龈晚上出了血。

又是一个美好的日子，虽然夏天仍未过去，树木已经悄悄有了色彩变化。罗宾逊将哈雷肥霸从披屋推了出来，更换蓄电池，在一片寂静中慢慢、仔细地干着。

更换完蓄电池后，他打开开关，绿色的空挡指示灯亮了起来，但是有一点闪烁。他关上开关，拧紧接头，然后重新试一下。绿灯这次不再闪烁。他启动按钮点火，那响声——夏日雷声——打破了寂静。有点像在亵渎神灵，但是说来也怪，是以一种美好的方式。

罗宾逊情不自禁地想起了自己第一次也是唯一一次去南达卡他州参加一年一度的斯特吉斯摩托车集会。那是 1998 年，也就是他遇见戴安娜的前一年。他记得自己骑着本田 GB500 慢慢沿着枢纽大道前进，他只是两千辆游行车中的一辆，那些摩托车发出的轰鸣声震耳欲聋，几乎成了一种物理现象。那天晚上还有篝火，滚石乐队、AC/DC 乐队、金属乐队一个接一个登场，通过像巨石阵那样叠摞起来的马歇尔放大器发出震耳欲聋的吼叫声。文身女孩在火光中跳着无上装舞蹈；留着络腮胡子的男人从奇形怪状的头盔中喝着啤酒；儿童贴着贴纸文身四处乱跑，手中挥舞着烟火棒。那是令人害怕、令人惊奇、令人感叹的一幕，世上的一切对与错都聚集在同一个地方，成为完美的焦点。头顶上，繁星灿烂。

罗宾逊发动引擎，松开油门杆。发动引擎，松开油门杆。再发动引擎，再松开油门杆。车道里立刻弥漫着刚刚燃烧的汽油发出的浓烈气味。整个世界已经变成了一片残垣断壁，但寂静已经被打破，至少暂时被打破，这是好事。这没问题。× 你的，寂静，他想。× 你，还有你骑在上面的马儿。这是我的马，我的铁马，你喜欢吗？

他使劲握紧离合器[①]，用脚尖把变速杆推到第一档。他驶上车道，向右倾斜拐弯，然后再用脚尖把变速杆推到二挡，再推到三挡。道

① 哈雷摩托的左车把负责离合器。

路上布满灰尘，有些地方还有很深的车辙，但是摩托车轻而易举地越过了这些车辙，罗宾逊在鞍座上颠簸得一上一下。他的鼻子又开始流血，血顺着他的脸颊流下来，大滴大滴地飘落到他身后。他拐过第一个弯，再拐过第二个弯，身子越来越倾斜。前方出现一小截直道时，他换到了四挡。哈雷肥霸急于加速前进，因为它在那披屋里待得太久，任凭灰尘不断在它身上聚集。罗宾逊从眼角可以看到他的右边是波科姆塔克湖，平静如明镜，太阳在蓝色天际投下了一道金黄色的轨迹。罗宾逊大吼一声，冲着天空——冲着宇宙——挥舞起一个拳头，然后重新抓住车把。前方就是那个急转弯，“小心驾驶”标识牌告诉他这里就是“死人弯”。

罗宾逊瞄准那块告示牌，将油门加到最大。他正好来得及将油门加大到第五档。

献给科特·萨特和理查德·切兹马